Decameron

十日谈

［意］乔万尼·薄伽丘◎著　尼拉◎译

中国华侨出版社

北京

图书在版编目（CIP）数据

十日谈／（意）乔万尼·薄伽丘著；尼拉译. —北京：
中国华侨出版社，2019.10
ISBN 978-7-5113-7967-2

Ⅰ.①十… Ⅱ.①乔… ②尼… Ⅲ.①短篇小说—小
说集—意大利—中世纪 Ⅳ.①I546.43

中国版本图书馆 CIP 数据核字（2019）第 189502 号

十日谈

著　　者／（意）乔万尼·薄伽丘
译　　者／尼　拉
责任编辑／高文喆
策　　划／周耿茜
责任校对／刘　坤
封面设计／胡椒设计
经　　销／新华书店
开　　本／880 毫米×1230 毫米　1/32　印张/17　字数/520 千字
印　　刷／天津旭非印刷有限公司
版　　次／2020 年 7 月第 1 版　2020 年 7 月第 1 次印刷
书　　号／ISBN 978-7-5113-7967-2
定　　价／58.00 元

中国华侨出版社　北京市朝阳区西坝河东里 77 号楼底商 5 号　邮编：100028
法律顾问：陈鹰律师事务所
编辑部：（010）64443056　64443979
发行部：（010）64443051　传真：（010）64439708
网　　址：www.oveaschin.com
E - mail：oveaschin@sina.com

目录
Contents

《十日谈》(也叫《加莱奥托①王子》)的书由此开始,包括由七位女郎和三个青年在十天内讲述的一百个故事。

---

① 是"爱情撮合者"的代称。

原序

　　同情烦恼的人是人的一种天性，任何人都有义务这样做，需要安慰而且得到过别人安慰的人就更不用说了。我就是其中一个需要安慰，而且的确得到了安慰的人。从年少时期一直到现在，我一直被一种高尚的爱情所折磨，如果我倾诉出来，你们会觉得，我简直是异想天开，特别不匹配我低贱的身份。虽然一些对我的爱情有所了解、明事理的人会赞许我，我却一直被巨大的痛苦所折磨，尽管这不是因为我的心上人非常无情，而是因为我的心中燃烧着无法克制的欲望，理性的界限根本无法控制那些欲望，所以我被那些欲望折磨得生不如死。

　　当我烦恼时，朋友们的耐心劝导让我不再那么痛苦，以至我相信，我之所以能活下来，都是他们的功劳。根据千古不变的法则，万能的天主对世间万物都有终期进行了规定。虽然我的爱情非常炽烈，虽然任何劝导、迷茫、羞辱和显而易见的危险都不能减弱它，我请求天主，让它随着时间的流逝慢慢消失。它结束了，留下来的只有爱的激情，带给那个无缘在爱海中畅游的人快感。之前，我觉得特别凄凉，如今不再被辛劳所控制，心情愉悦了不少。

　　尽管我现在已经不再愁苦，但我没有忘记那些同情我的人，我相信我这一辈子都会记住他们的高尚情谊。我一直都觉得知恩图报是一件非常值得颂扬的美德，相反则应该遭到痛斥。既然我现在已经没有任何牵挂，为了表明自己是一个知恩图报的人，我决定尽我所能去安慰那些曾经照顾过我的人。对于那些睿智、平步青云的人来说，我的安慰或许有些多余，可是最起码是适合另一些人的。对于需要它的人来说，哪怕我的帮助或者安慰可能不值一提，我仍然应该竭尽全力，因为在那些最适合的场合，它所起的作用会更大，受到的欢迎程度会更高。

　　所有人都不能否认，相比男子，温柔的女子更需要我的帮助。是啊，爱情的火焰隐藏在他们柔弱的胸怀里，曾经经历过或者正在经历爱情的人都明白，相比公开的、坦诚的爱，纠结的情焰更加激烈。除此以外，女子还必须受到父母、兄长和丈夫的制约，没办法恣意行乐。很多女子都局限于自己的闺房里，每天愁眉苦脸、无所事事，怎么可能一直保持愉悦的心情？假如欲望过于强烈，带来了哀伤，而又没有出现新的思绪，无从排遣，那么她们就只能把它深埋于心。更何况相比于男子，女子要想得到安慰更难。大家都知道，陷入情网的男人的情况是不一样的。如果他们有了哀愁，他们有的是办法缓解、消除。只要他们愿意，他们可以去外面散步，看到很多新奇古怪的事情。他们可以狩猎、垂钓、驯鹰、骑马、赌博、经商。每个人都有自己的办法，让精神不那么萎靡，把一个时期忘记，进而得到抚慰或者让痛苦减轻。

　　温柔的女子并没有强求命运，命运却很少给她们安慰。为了对命运的过错进行弥补，也为了给多情种子提供帮助（其他女子可以通过针线、纺锤、捻纱杆消解情绪）。在这里，我讲述了一百个故事，抑或说一百篇寓言、一百件轶闻、一百段野史，不管怎么说都可以。讲述人是七女三男这十个正直的青年，他们讲述时，正值瘟疫横行，到处都弥漫着哀伤，还把一些女郎们唱的娱乐的歌曲插进去了。这些故事不但有或悲或喜的爱情纠纷，也有从古到今的一些离奇的事件。淑女们看了可以缓解一下忧愁，娱乐自身，还可以吸收一些有益的东西，知道要避免什么，可以效仿什么。假如天遂人愿，让我一开始的目的得以实现，那么她们可以考虑对爱神表示感谢，正是因为爱神让我不再受束缚，我才能给他们提供一点娱乐。

第一日

decameron

《十日谈》的第一天就这样开始了。首先,作者解释了十个男人和女人聚在一起的原因。以下是他们在潘皮内娅的领导下随机讲述的故事。

温柔的女士们，我知道你们天生富有同情心，读了这本书，不禁会觉得故事的开头是如此的悲伤和凄惨，让人想起不久前发生的可怕的瘟疫，当时的场面如此悲惨，让身临其境或者耳闻其事的人都觉得难过。但请不要因为读着这本书会让你们叹息、流泪，就不敢再往下读。这本书的开头虽然荒凉，就像一座陡峭的大山，挡住了一片鸟语花香的平原，越过前面的大山，就能达到愉快的境界；艰难的攀登将换来双倍的快乐。虽然快乐过头会带来悲伤，但悲伤到了尽头，也会涌起意想不到的快乐。所以这只是暂时的愁苦——我说暂时的，是因为它只有几页长。然后就是喜悦，就像我刚才预告的那样——如果不这样事先声明的话，真怕你们没有耐心等待。说实话，我不想让你们走这条崎岖的道路，但是又没有别的路可走，如果不追溯一下悲惨的过去，我无法交代清楚你们要读到的许多故事，因此，我只好把它写在书的开头。

我们的主诞生一千三百四十八年后，在意大利最美丽的城市，繁华的佛罗伦萨城，爆发了一场可怕的瘟疫。这场瘟疫是受到天体的影响，还是全能的上帝对恶人的惩罚，都不得而知。它从东方开始，几年间夺走的性命不计其数。后来，瘟疫不幸地蔓延到西方。人们采取了很多预防措施，比如清理城市里每一个肮脏的地方，不让病人进入这个城市，执行各种保护健康的措施。虔诚的人们一次又一次地成群或分散地向上帝祈祷，可是那一年的初春，瘟疫严重的后果奇特而可怕地显现出来。佛罗伦萨的瘟疫和东方的不同，在东方，一旦病人的鼻孔流出鲜血，就必死无疑。而在这里，感染瘟疫的男女起初在腹股沟或腋窝肿起一个肿瘤，有苹果或者鸡蛋大小。一般人把这些肿瘤称为脓肿。不久之后，这种致命的脓肿就会扩散到身体的各个部分，这时候症状再次改变，胳膊、腿和身体其他部位出现黑色或紫色斑点，有时是稀疏的斑块，有时是小而密集的斑块，但这和最初的脓肿一样，是死亡的征兆。

医嘱和药物对这种病都起不到效果，也许因为这是一种绝症，也许因为病因不明，没有找到正确的治疗方法——当时许多对医药知识一窍不通的男女，也和医生一样有许多偏方。总而言之，得了这种病而且幸运地被治愈的人屈指可数,大多数患者会在发病后三天内死亡,而且没有发烧或其他症状。

瘟疫是如此可怕,以致一个健康的人在接触到病人时就会被感染,就像火边的干柴一样容易燃烧。不,更严重的是,不要说走到病人面前,就是和病人交谈都有可能导致生病,而当你接触到病人穿戴、使用过的东西,也会立即被感染。如果不是我和其他许多人亲眼所见,我这番描述简直令人难以置信。如果很多可靠的人没有耳闻目睹,我都不敢相信,更不用说记录下来了。这种流行病是如此可怕,以致它不仅在人与人之间传播,还会传染给动物。这些动物一旦接触到病人或死者的某种东西就会生病,不久就会死去。有一天,我亲眼看到路上有一堆破烂的衣服,显然是一个生病死去的穷人的遗物。这时候过来了两头猪,用鼻子拱这堆衣服,还乱咬了一会儿。不久,这两头猪就像吃了毒药一样开始打滚,然后倒在衣服上死了。

活着的人每天都会看到这种或大或小的惨事,心中充满了恐惧。最后,几乎每个人都采取了冷酷无情的方法:避免接触病人和病人所用过的一切,以为这样就可以保住健康。

有些人认为逃避这场瘟疫的唯一办法就是过有节制的生活,于是他们三五结伴,躲到没有病人的干净房子里,和外界完全隔绝。他们吃最好的食物,喝最好的葡萄酒,凡事适可而止。他们不和任何人交谈,对外界的疾病和死亡不闻不问,通过音乐和其他事务来打发时间。

还有一些人的想法恰好相反,他们认为对付瘟疫的唯一办法就是沉溺于欢乐,开怀吃喝,满足自己的所有欲望。而且他们当真说到做到,夜以继日地纵情狂饮,从一家酒店到另一家酒店,有时一时兴起,还会闯进别人家里为所欲为。没有人阻拦他们,因为大家都是有今天没明天,根本顾不上什么财产。因此,大多数房屋已经成为公共财产,随便一个路人都可以大摇大摆地闯进去。他们做事十分张扬,连病人们都绕着他们走。

在这场浩劫中,城市的法律和规则几乎消失殆尽,因为牧师和执法官员无一例外都死了,或者生病了,剩下的都和家人一起闭门不出,根本无法履行他们的职责。因此,几乎每个人都可以为所欲为。

除了以上两种极端行为,其他的很多人采取的是折中的态度。他们的饮食既不像前者那样严格,也不像后者那样贪吃和野蛮。他们满足自己的欲望,但是适可而止。他们不待在室内,而是在手里拿一些花、草药或香料外出。他们总会将这些东西闻上一闻，觉得它们可以清除空气中弥漫的病人、药物和尸体的气味。有些人更加冷酷（似乎这样会比较安全），认为对抗瘟疫只有一个好办法，就是避开它。以这种方式思考的人只关心自己，根本不考虑别人。他们离开他们生活的城市，抛下他们的家庭和财产，逃到其他地方，或者至少逃到佛罗伦萨的郊外，仿佛上帝出于愤怒而对人类的邪恶的惩罚只会落在那些留在城里的人身上，他们一离开城市，就逃离了灾难。或者说，他们以为城里剩下的人都将灭亡。

这些人各持己见，但他们并没有全部死亡，也没有全部逃过这场灾难。实际上，有很多得病的人分散在各处，健康的时候，他们为人们树立了养生的榜样；生病之后，他们就被遗弃，孤独地等待着死亡。

大家互相躲避，邻居们彼此漠不关心，亲戚朋友也几乎断绝了往来，或者说偶尔才会探望一次。瘟疫如此可怕，兄弟、姐妹、叔侄，甚至夫妻都互不照顾。最悲哀、最不可思议的是，连父母都拒绝照顾他们的孩子，好像他们不是自己亲生的一样。

生病的男男女女被忽视了，只有一些好心的朋友偶尔会给他们带来一丝安慰，但这种情况很少见。偶尔也会有仆人愿意为病人提供高薪服务，但这样的人很少，而且大多都粗鲁的、对这一行一知半解的人，根本不知道怎么照顾他们，只能给他们递一些茶水之类，或者给他们送终。料理后事的差事经常得不偿失，虽然能赚大钱，却也会因此丧命。病人没有邻居或朋友的照料，也很难雇到用人，这就出现了一种闻所未闻的做法，就是一个女人，不管以前有多么美丽、多么高贵，生病之后就会无所顾忌地雇用一个男用人，不管他年老还是年轻，只要病情需要，就会不顾羞耻地解开裙子让他看到自己的身体，就好像他是一个女仆。她们这样做也是因为生病、无助，有些女人在痊愈之后不如以前贞洁，这可能是一个原因。

有很多病人如果能够得到很好的照顾，本来是可以得救的，却因为缺乏人手而丢掉了性命。瘟疫以如此猛烈的力量袭来，病人缺乏照料，以致城里的许多人日夜不停地死去，这景象听起来就令人震惊，更不用说亲眼看到了。至于那些有幸活下来的人，在这样的情况下，也形成了一些和以前完全相反的风俗。

传统上（现在仍然可以看到），当一个人去世时，亲戚、朋友和邻居会聚集在殡仪馆向家人表达敬意；家里的男人会与他们的邻居和其他市民一起聚集在门口。然后牧师也会来，人数的多少取决于死者的身份。亲友们扛着死者的棺材，后面跟着手拿蜡烛唱着挽歌的送葬队伍，一起走向死者生前指定的教堂。但是随着瘟疫的蔓延，这种做法即使没有完全被废除，也大部分被除了，被一种新的风气取代。当一个病人去世时，不仅周围没有妇女在哭泣，甚至可能没有人在场，能够感受到他们的亲人的悲伤和眼泪的死者寥寥无几。活着的人不像来哀悼——他们玩得很开心，尽情打闹。女性原是富有同情心的，但是现在，为了救自己的命，她们违背了自己的本性，顺应了潮流。

护送尸体去教堂的邻居不超过十几个。抬棺材的也不是那些受人尊敬的市民，而是那些自称为掘墓者的市井之徒。他们这么做全是为了钱财，所以总是匆匆地把棺材运到最近的教堂，而不是死者生前指定的教堂。他们后面跟着五六个教士，有时手拿蜡烛，但大部分时候都没有，也不会为死者举行庄严的埋葬仪式，而是找一个空墓穴将棺材扔进去就算完成任务。对于下层阶级和大多数中产阶级来说，情况更加糟糕。因为他们没有钱，也许是因为心理上的侥幸，他们大多待在家里，结果每天生病的有成百上千。这些人几乎都死了，因为他们缺乏适当的医疗护理，没有人照顾他们。无论白天黑夜，总有许多人倒在路上死去。许多人死在自己的家里，直到尸体开始腐烂发臭，邻居才知道他死了。

城里到处都是尸体，住在附近的人如果能找到一个搬运工，就会请他帮忙把尸体搬到大门口；如果找不到搬运工，他们就会自己动手。这样做不是出于怜悯，而是害怕腐烂的尸体会威胁他们的健康。每天黎明时分，每家每户的门口都堆满了尸体。尸体会被放回架子上抬出去，如果没有架子，就用木板。一般来说，一个架子上通常会放两三具尸体。丈夫和妻子，或父亲和儿子，或两三个兄弟的尸体放在一个架子上的情况非常普遍。更为常见的情况是，两个教士头上顶着十字架送葬，搬运工背着三四具尸体跟在后面。有时候教士以为是给一个死者送葬，没想到却有六七具尸体，甚至更多。没有人为死者流泪，也没有人为他们点蜡烛；那时有一个人死了，就像现在一只山羊死了一样，根本不算什么。起初，一个聪明的人即使在人生道路上偶尔遇到一些不愉快的事情，也很难学会耐心。现在，在这场史无前例的灾难之后，很明显，即使是最没教养的人也学会了逆来顺受。

每一天，甚至每一个小时，都有大量的尸体被运到城市的各个教堂,教堂的墓地已经容纳不下他们了,特别是那些按照习俗被要求埋葬在祖先坟墓里的家庭。当墓地人满为患时,他们在周围挖了又长又宽的坑,埋葬了成百上千被运来的尸体。这些尸体被堆在坑里,就像船舱里的货物一样。坑被填满之后,上面再盖一层薄土。

我只能补充说,当瘟疫在城市肆虐的时候,郊区的城镇和村庄并没有逃脱这场灾难(小城堡的惨状更是不比城市差多少)。在荒芜的村庄和田野里,贫苦的农民(和他们的家人)生病之后没有任何人照顾,于是,他们就像动物一样,死在路上,死在田野里,死在家门口。

他们也像城里的居民一样寻欢作乐,不再去做农活,而是吃他们能得到的任何东西;他们曾经在土地、牛羊上花了大量的心思,如今却得过且过。于是,牛、驴、绵羊、山羊、猪、家禽,以及人类忠实的伙伴——狗,都被赶出家园,在没有收割的田地里到处奔跑。这些动物中的许多仿佛是有灵性的,白天在地里吃饱了,到了晚上,尽管没有牧人来赶它们,它们还是会回到自己的农场。

让我们再说回城里。除了上帝对人类如此残忍,人类自己也十分狠心。一是因为瘟疫十分可怕,二是因为病人太多,人们害怕被传染,不敢去照料,任其自生自灭。从 3 月到 6 月,佛罗伦萨死亡的人数超过了 10 万。在瘟疫爆发之前,没有人料到城里居然会有这么多居民。

唉,达官贵人曾经经常光顾的宏伟的宫殿和豪华的宅第,现在空荡荡的,连仆人都找不到了!有多少显赫的门第、庞大的不动产和漂亮的房屋,连个继承人都没有。有多少英俊的男子、漂亮的女子、头角峥嵘的青年(就连加兰诺①、希波克拉底和埃斯库拉庇乌斯②也得承认他们是强壮的),早上还和他们的亲戚朋友高兴地吃早餐,晚上就到另一个世界和他们的祖先共进晚餐了。

讲这样一个悲伤的故事让我很痛苦。因此,让我就此打住,现在只提一件事:

就在佛罗伦萨的居民大批死亡的时候,我从可靠的消息来源得知,在一个星期二的上午,庄严肃穆的圣玛利亚新教堂举行了弥撒,几乎没有什么人,但有七个年轻的女子,都穿着一样的黑色丧服。她们之间要么有血缘关系,要么是朋友,要么是邻居。最大的不到 27 岁,

---

① 古希腊医学家。
② 希腊神话中的医药之神。

最小的只有18岁。她们都端庄优雅,知书达理,显然都十分高贵。如果不是不方便的话,我会告诉你她们的名字,但是她们所说的和所听到的将记录在下面,我不希望有一天使她们难堪。因为如今的社会风气比当时严格,不像当时那样堕落。那时,不仅年轻女孩喜欢寻欢作乐,就连年长女性也不能幸免于这种时尚的影响(至于这种时尚的原因,我们已经提到过)。而且,我不想让那些喜欢诽谤别人、过分讲究纯洁和清白的人所说的粗俗话语来玷污这些年轻女郎的名声。所以,我不得不为她们每个人选择一个合适的名字,这样读者就能看明白是她们之中的谁在讲故事。第一个是年龄最大的,我叫她"潘皮内娅"。第二个叫菲亚梅塔,第三个叫菲洛梅娜,第四个叫艾米莉娅,第五个叫劳蕾塔,第六个叫内菲莱,最后一个叫艾莉莎。

她们那天的会面也是一个巧合,而不是事先安排好的。

她们在教堂的一个角落里围成一圈坐下,长长地叹了口气,停止了祈祷,开始彼此谈论当时的情况。沉默了一会儿后,潘皮内娅说:

"我亲爱的姐妹们,你们一定和我一样听说过,一个尽职尽责的人是不会被人瞧不起的。尽力保全自己的生命是每个人的自然权利。如果你杀人是为了保护自己的生命,你甚至不需要为此付出代价。如果公共利益的法律容忍这种行为,我们采取保护自己的生命而不伤害他人的措施当然是合理的。当我想到今天早上,想到我们一起度过的这段时间,想到我们这几天一直在谈论的事情,我感到——你们一定也感到了,我们对自己的生命所受到的威胁感到恐惧,我不觉得奇怪;我奇怪的是,我们女人有女人的判断力,那么为什么不为我们自己做点什么来摆脱它呢?

"我认为,我们留在这里,只是为了看看还有多少尸体要被埋葬,或者听听最后一批教士是否还在定期唱圣歌,或者用丧服向每一个来到这里的人展示我们遭受了多大的不幸。走出教堂,我们看到到处都是死尸和病人;或者以前被当局放逐的罪人。他们知道执行法律的人不是死了就是病了,就大摇大摆地走在街上。在我们的城市里还有一些自称为掘墓人的社会渣滓,他们喝我们的血,骑我们的马到处跑,唱着肮脏的歌来嘲笑我们的苦难。从东到西,我们只能听到'有人死了',或者'有人要死了'。如果有人为死者悲痛,那么我们在这个城镇所听到的就是一片哭泣。我不知道你们家是不是和我家一样,我全家人都死了,只剩下我和我的女仆在大厅里,一想到这个,我就不寒而栗。不管我是坐着还是站着,总感觉房子里有许多幽灵。他们的面孔我以前从来没有见过,但十分可怖,使我感到害怕。

"因此,无论是在这里的教堂里,或是在外面的大街上,还是在家里,我总是心神不宁。特别是因为所有像我们这样有体力和办法的人都逃跑了,而我们是这里仅存的人。即使这里还剩下一些人,我也常常听说——并亲眼所见——一个人,或一群人,日日夜夜地吃喝玩乐,对与错之间不再有任何区别。不仅世俗的人们,甚至修道院的僧侣都认为他们也可以做别人最爱做的事,因此违背了他们的誓言和规定,追求肉体的快乐。因此,为了逃避这场灾难,人们变得毫无节制。

"如果是这样的话,我们为什么还在这里?我们期待什么?我们还梦想什么?为什么我们不像其他人一样早早地为自己的安全着想呢?难道生命对我们来说不像对别人那样珍贵吗?还是我们认为我们的生命力比别人更强大,这样我们就不用担心灾难会降临到我们头上?我们错了。我们被骗了。如果我们真的这样认为,简直是太过糊涂。我们只需要想想有多少年轻人死于这场可怕的瘟疫,就能得到一个非常明确的答案。

"我不知道你们是否也有同样的想法,但在我看来,如果我们不愿意拿自己的生命开玩笑,坐等死亡,我们最好也像别人一样离开这座城市。但是,正如逃避死亡一样,我们必须避免生命的堕落;我们每个人在乡村都有几座别墅,就让我们去乡下,过平静的生活。在那里我们可以在自己的心中寻找快乐,但不能超越理性的界限。

"在乡下,我们可以听到鸟儿的歌唱,眺望绿色的山丘和田野,看到田野里起伏的小麦和各种各样的树木。我们依然可以看到广阔无垠的天空,尽管上天对我们很冷酷,却还在我们眼前展现出永恒的美,比我们空荡荡的城市要好得多。此外,那里的空气更清新,在这个季节里,我们在乡下可以摆脱许多烦恼,增加生活的乐趣。虽然农村的农民和城里的人们一样一个接一个地死去,但是毕竟地广人稀,不像城里这样触目惊心。

"另外,我认为我们这么做不会抛弃这里的任何人。但是,说实话,是我们被抛弃了——你看,我们的亲戚要么死了,要么逃跑了,留下我们独自承受着痛苦,好像我们不再是他们的亲人。

"如果按照我说的做,就不会有人非议我们。不这么做,就可能遭受痛苦、危难甚至死亡。所以我想,如果可以的话,我们不妨带着女仆们,带着一切必要的东西,离开这座城市,住住不同的房子,在这种日子许可的情况下尽情享乐。我们还是接受现实吧。只要死亡不召唤我们,我们总有一天会看到上帝是如何对付这场瘟疫的。记住,对我们来说,正大光明地离开城里,不比许多妇女在城里干伤风败俗的事情更糟糕。"

听到潘皮内娅的话,大家都钦佩她的见解,并迫不及待地开始讨论细节,仿佛她们站起来就要出发。但是菲洛梅娜是一个非常谨慎的姑娘,她说:

"姐妹们,潘皮内娅所说的一切都很好,但我们也不能随心所欲,说走就走。我们都不是年轻的小姑娘了,也都知道如果没有男人参加,几个女人在一起是做不成什么大事的。我们心性活泼,太任性,太多心,又软弱。因此我担心如果只有我们几个,没有男人领头,很快我们就会不欢而散,闹得脸上无光。让我们先解决这个问题,然后再行动。"

艾莉莎也说:"是的,男人是女人的领袖,没有男人的帮助,我们可什么也做不成。但是我们怎么才能找到男人陪我们呢?我们都知道,我们的大多数亲戚都已经去世了,活着的人也各走各路,不知道去了哪里。邀请陌生人又不太妥当,因为我们必须避免危险,同时防止一些流言蜚语,这样我们在寻求快乐和安宁的过程中就不会招来麻烦。"

年轻的女郎们正在谈论的时候,有三个年轻人碰巧从外面走进了教堂——说他们年轻也不太准确,因为最小的一个也快 25 岁了。他们都是多情种子,虽然亲戚和朋友都死了,生命也处在危险之中,但他们的爱情都没有变得冷淡,更不用说完全熄灭爱情的火焰。他们三个,第一个叫潘菲洛,第二个叫菲洛斯特拉托,最后一个叫狄奥内奥。他们三个都风流倜傥,文质彬彬,正在寻找各自的心上人。在这个多灾多难的岁月,他们只希望有机会见到他们的心上人,这对他们来说是一种莫大的安慰。幸运的是,这七位女郎中有三个是他们的心上人,而其他几位跟他们也都有亲戚关系。

他们刚刚走进教堂,女郎们就看到了他们。潘皮内娅笑着说:

"看看我们多幸运!这里有三个英俊而勇敢的年轻人,他们可以满足我们的愿望。如果我们愿意接纳他们,他们会很高兴成为我们的向导和伙伴。"

内菲莱的情人正是三个男人中的一个,她红着脸说:"看在上帝的分上,潘皮内娅。我很清楚,他们三人都是高尚的年轻人,毫无疑问,他们可以承担比这更大的任务。我也认为他们是非常合适和愉快的伴侣,就算比我们更加美丽和尊贵的女士,他们也可以陪伴。但是每个人都知道,他们现在爱上了我们中的一些人,我担心,如果把他们带入我们姐妹的行列,虽然我们大家都没有过错,却依然会遭受诽谤和流言蜚语。"

"这有什么关系呢?"菲洛梅娜继续说道,"只要我问心无愧,随便别人怎么说,我永远不会感到不安。上帝和真理会保护我们的名誉。如果他们愿意加入我们,那么,正如潘皮内娅所说,我们的确很幸运,上帝派他们来实现我们的愿望。"

接下来的沉默表明,姑娘们听了这话不但没有反对,还一致同意过去招呼这三个年轻人,把自己的意图告诉他们,并询问他们是否愿意和她们一起住到乡下。潘皮内娅不再多说什么,站起身来走向他们,因为她和他们中的一个是亲戚。

三个年轻人正站在那里看着她们,潘皮内娅迷人地向他们微笑,向他们解释她们的计划,以她和她所有姐妹的名义请他们以兄弟般纯洁的感情陪伴。

起初,这三个年轻人以为是在和他们开玩笑,但是看到她说话这么严肃,就高兴地同意了。为了能够早点出发,他们开始做必要的准备工作,也预先通知了要去的地方。第二天是星期三,七位女郎带着几个使女,青年们带着三个侍从,在晨曦中离开城里,走了不到两英里,就到了事先选定的地方。

这个地方在一座小山上,距离道路很远,四周是各种各样的植被,景色宜人。山顶有一座宅邸,中间有一个大庭院,四周环绕着露天走廊、厅房和雅致的卧室,墙上装饰着色彩明快的画。宅邸四周有草坪,也有舒适的花园,还有清冽的水源。房间内有地窖,里面藏着上好的葡萄酒,但是它们对贤惠的女郎来说毫无用处,只能留给酒徒们去品尝。房间打扫得很干净,床上用品也配备齐全,摆满了应季的鲜花,地上铺满了灯芯草。大家看到一切都安排得这么整齐,心里十分高兴。

他们安顿下来之后。最乐观、最有趣的狄奥内奥说:

"女士们,我们在这里是因为你们的聪明才智,而不是因为我们的远见。我不知道你们怎样才能摆脱烦恼,但是对我来说,当我开始和你们在一起的时候,已经把它们留在了城门口,所以我请求你们和我一起欢笑和歌唱,当然是在不损伤你们的尊严的限度内,否则,我请求你们让我回到痛苦的城市,重新生活在悲伤中。"

潘皮内娅似乎已经抛开了她的悲伤,愉快地回答说:"狄奥内奥,你是对的,让我们尽情欢乐吧,因为这就是我们逃离苦难的目的。但是任何没有规矩的事情都不会长久。是我把这些好朋友聚到一起的,但是要想让我们的快乐维持长久,我觉得应该从我们中间推选一个头领,每个人都要尊敬和服从他,让他找出让我们更加快乐的方法。为了让每个人都能体会到当首领的责任和荣誉,避免生出忌妒之心,我建议每天把这个责任和荣誉交给一个人。第一个当政的人由大家推选,第一天傍晚,首领就要指定第二天的继承人,继承人可以决定我们的生活地点和生活方式。"

大家听了潘皮内娅的话都很高兴,一致选举她为第一天的首领。菲洛梅娜跑到一棵月桂树旁,摘了几根细长的树枝,做成了一顶美丽而华丽的王冠,因为人们常常告诉她,王冠代表着荣誉和尊敬。现在这顶王冠成为他们统治地位的象征,无论谁戴上它都可以统治其他人。

潘皮内娅当上女王之后,命令所有人保持安静,然后叫来了一同前来的三个男仆和四个使女。等大家都安静下来之后,她说:

"既然你们推选我做第一天的女王,我就要立下一些规矩,好让一切都井然有序,大家都过得开心幸福。我先任命狄奥内奥的仆人帕尔梅诺做我的总管,负责宅邸的日常事务,尤其是大家的伙食。潘菲洛的仆人西里斯科负责财务,听从帕尔梅诺的指挥。廷达罗不但要照顾菲洛斯特拉托,还得照顾狄奥内奥和潘菲洛,因为他们两个的仆人有别的任务。菲洛梅娜的使女莉奇斯卡和我的使女米西亚负责厨房,准备帕尔梅诺安排的食谱。劳蕾塔的使女基梅拉金和菲亚梅塔的使女斯特拉迪莉娅在女郎们的房间里伺候,负责打扫我们的住处。请允许我提醒你们,不管你们去哪里,如果你能看到或者听到什么,要是想获得大家的好感,就不能带回不愉快的消息。"

潘皮内娅的布置赢得了大家的一致称赞,她精神抖擞地站起来说:"这里有很多花园、草坪和宜人的地方可以漫步,但是在午前祈祷的钟声响起的时候,大家必须回到这里,趁着天气凉快的时候用餐。"

这些快乐的年轻男女得到女王的准许后,在花园里慢慢地走着,他们说着笑着，戴着鲜艳的花环，唱着情歌。到了女王规定的时刻，他们回到宅邸，才发现帕尔梅诺已经安排好了一切。他们走到底层的餐厅，看到桌子上铺着雪白的桌布，酒杯闪着银光，到处都是金雀花。他们按照女王的吩咐洗了手，按照帕尔梅诺排好的位置依次就座。精致的食物和美酒纷纷上桌，三个仆人静静地站在一旁伺候。一切都安排得井井有条，大家都十分满意，谈笑风生。

这些年轻的男女都会跳舞，有些人还擅长演奏和唱歌。早餐结束后，女王吩咐取来乐器，狄奥内奥弹诗琴，菲亚梅塔拉中提琴，两人开始弹奏一支美妙的舞曲。女王令仆人们去吃饭，自己和别的女子以及两个不演奏乐器的年轻男子翩翩起舞，跳完之后又唱起欢快的歌曲。

他们玩得十分开心，直到女王觉得该午睡了。于是大家回到各自的卧室——男女的卧室被分成两部分，床整齐地摆放着，和餐厅一样，有许多鲜花。于是，大家就都上床休息了。

午后祈祷的钟声敲响不久，女王第一个醒过来，叫醒其他的女郎，又派人把三个青年叫醒，说睡得太久会对健康有害。于是大家一起来到草地上，这里绿草如茵，清风徐来。大家按照女王的吩咐席地而坐。女王说：

"你们看，太阳仍然高高地挂在天空中，天气非常炎热，除了橄榄枝上的蝉，几乎没有任何声音。在一天的这个时候出去是非常愚蠢的。这里是唯一凉爽宜人的地方，而且，你们知道，可以玩象棋和骰子消遣。但是在我看来，我们不应该下棋和掷骰子，因为这些东西总是有赢有输，这会不可避免地使一方感到沮丧，而另一方和旁观者并没有感到多少快乐。让我们来讲一些故事，度过一天中最热的时候。一个人讲一个故事，就能让所有的人都高兴。等每个人都讲完一个故事，太阳就落山了，热气也会消退，然后我们就可以去任何我们想去的地方了。如果你们觉得这个建议可以接受，我们就这样做。如果你们不同意，我也不会强迫你做任何事。晚祷时见。"

女郎们和青年们都赞成。

"既然你们同意，"女王说，"今天是第一天，我将允许你们每个人讲述他或她最喜欢的故事，没有限制。"

她回头看了看坐在她右边的潘菲洛，微笑着让他带头讲一个故事。听到这个命令，潘菲洛立刻开始讲下面的故事。大家都聚精会神地听着。

故事一

切帕雷洛先生临终之前通过虚假的忏悔,欺骗了神父。他活着的时候坏事做尽,死后却被誉为圣徒,称为圣亚齐帕雷托。

一个人无论做什么,都应该以创造万物的伟大而光荣的名义开始,这是再合适不过的事情。因此,鉴于我是第一个讲故事的人,我打算从一件神迹开始,听完之后,大家就能坚定对我们的天主的永恒的旨意的信念,永远赞美他。

世间的所有事物都短暂无常,还要承受身心各方面的烦恼和焦虑,遭受无尽的痛苦。我们人类不仅混迹于世间万物之中,而且就是这万物中的一分子,如果天主不给我们力量和智慧,我们是很难维持长久的。但是我们要相信,这种恩宠并不是靠我们自己的功德得来的,而是全靠天主的慈悲和圣徒们的祈祷。那些圣徒曾经是跟我们一样的凡人,跟我们没什么区别,也会享受人间的欢乐,但他们在世时刻谨记主的意志,如今才能在天上受祝福,得永生。我们在祷告的时候,不敢向最崇高的审判者祈求,而是向圣徒们诉说自己的请求,请求他们转达天听,因为他们凭借自己的经验,洞悉我们的弱点。我们身为凡夫俗子无缘见到天主,我们的俗眼也无法窥探他内心的奥秘。有时候我们会受到蒙骗,会错找那些已经被放逐、再也见不到圣颜的人来祈祷。但天主向来仁慈,并不跟我们计较。但天主不会受到蒙骗,他会考虑到祈祷者的真心,原谅他的无知,也不追究被放逐者的罪孽,答应祈祷者的请求,就像他听的是真正的圣徒的祈求。在我即将讲的这个故事里,这一点表达得非常清楚。但是我说"非常清楚",并不是就天主的论断而言,而是对我们人类而言的。

从前,法国有一个叫穆齐亚托·弗兰采西的富商,被朝廷封为骑士。当时,法国国王的弟弟查理奉了教皇法齐奥的召见,要去托斯卡纳,穆齐亚托就奉命一同前往。和一般商人一样,穆齐亚托手上的事情千头万绪,可行程仓促,短时间内很难处理,于是他就想将手上的大小事务托给别人代办。其他的事情都好处理,只有一件很难处置,他曾经放给勃艮第人很多债,目前还找不到一个可靠的代理人去催收。他知道勃艮第人都非常泼辣,而且蛮横无理,所以想找一个又泼辣又值得信赖的人前去催收,才能制服他们。他想了很久,突然想起了一个叫切帕雷洛·德·普拉托的人,这个人身材矮小,衣着讲究,以前经常在他巴黎的寓所里出入。法国人不知道"切帕雷洛"有"木桩"的意思,还以为这个字跟"齐亚帕洛"(花冠)有关,再加上他身材矮小,所以叫他"齐亚帕雷托"。这个名字叫开之后,他的真名就不为人所知了。

齐亚帕雷托虽然是一个公证人,却十分擅长开具假证明,如果他真的经手了一份没有弄虚作假的文件,反而会感到羞愧。请他开假文书,他会非常高兴,甚至肯白白为你服务。请他开真文书,不管花多少钱他都不乐意。他最高兴的事情就是给人发假誓。当时法国人民非常重视誓言,不敢胡乱发誓。可他根本不在意这个,每当法庭上让他出席作证、以天主的名义起誓时,他就会发假誓,因此每次他都能靠这种伎俩胜诉。他还喜欢在亲朋好友和任何人之间挑拨是非,散播仇恨,并以此为乐。乱子闹得越大,他就越高兴。要是有人让他去做谋害性命或者别的缺德事,他总是来者不拒。他曾经多次说,愿意亲手去杀人。对于天主和圣徒,他总是极尽亵渎之能事,只为了一点小事都能够暴跳如雷。他从来没踏进过教堂一步,看到教堂里办圣事就一脸鄙夷,躲得越远越好。而那些小酒店和下流场所,却是他经常流连忘返的地方。他离不开女人,就像恶狗少不了一根棍棒,没有哪一个圣徒比他更加卑鄙下流。他做起邪恶的事情总是心安理得,如同圣徒向天主奉献一样。他吃起东西没有节制,赌博时又善于作弊。但我何必多啰唆呢?只知道他是天底下第一号坏蛋就足够了。一直以来他都为穆齐亚托效劳,而穆齐亚托也靠自己的权势包庇着他,也因此,尽管他屡屡作奸犯科,却还能受到朝廷的器重。

穆齐亚托深知齐亚帕雷托的为人,现在又想起了他,觉得他是去对付狡猾的勃艮第人的最佳人选,就派人去把他请来,对他说:

"齐亚帕雷托先生,你知道,我很快就要出国了,归期未定。只是我还有些勃艮第人的债务没有收回,这些人十分狡猾,我想除了劳驾你之外,根本找不到第二个合适的人选去催债。现在你赋闲在家,如果你愿意去的话,我会向朝廷保举你。等你收账回来,我会从中拿出一部分作为你的酬劳。"

齐亚帕雷托眼下度日艰难,如果向来照应他、庇护他的朋友走了,只怕日子更不好过,所以他稍作思考就答应了下来。两个人商量好之后,穆齐亚托就离开了。齐亚帕雷托也弄到了公证人任命和授权文书,动身前往勃艮第。那里的人都不认识他,而他也一反本性,温和地收起账来。他行为检点,本本分分,似乎要等时机合适了才露出本来面目。

他寄居在佛罗伦萨一对放高利贷的兄弟家。兄弟俩见他是穆齐亚托派来的,对他十分恭敬。没想到他居然突然病倒了,兄弟俩急忙为他请了大夫,还派了仆人伺候他,希望他早日康复,但是一切都没有什么成效。他上了年纪,以前又不知爱惜身体,导致病情日益严重,医生说已经回天乏术,让兄弟俩十分忧心。一天,他们在紧挨着病室的房间里商量起来,一个说:

"这个人该怎么处理?我们怎么遇到这么个人,真是太倒霉了。现在他病情严重,要是把他撵出去,于情于理都不合适,还会被人唾骂。大家看到我们把他留下,又请医生给他看病,还派人照顾他,他也没有得罪我们,现在却忽然看见我们把他撵了出去,这怎么能行?反过来说,他这一辈子坏事做尽,一定不会忏悔,接受教堂的洗礼。等他死后,没有教堂会收留他,他就得像死狗一样被扔到沟里。就算他肯忏悔,他平日作恶多端,罪孽深重,一定不会有神父或修士愿意赦免他。要是他得不到赦免,最后的下场还是被扔到沟里。当地人本来就痛恨我们干这个行当,天天咒骂我们。要是出了这样的事,一定会借机来抢夺我们的钱财,骂我们:'这些伦巴第狗,连教堂都不愿意收留他们,快点滚蛋吧!'他们会冲进我们家,不光抢夺我们的钱财,说不定还会要我们的命。所以,一旦那个人死了,我们就得受连累。"

刚才说过,齐亚帕雷托就在隔壁,病人的听觉又格外敏锐,所以他把兄弟俩的话一字不落地听进了耳朵。他把兄弟俩叫到自己的房中,对他们说:

"请你们不要为我担心,也不用害怕我连累你们。你们刚才说的话我都听到了。如果事情按照你们所说的这样发展,一定会出现你们预料的这种结果。但是我有办法扭转这个局面。我这一生中总是违逆天主,犯下无数罪孽,临死之前也不怕再犯一次。你们快去请一个最德高望重的神父过来——如果天底下真有这种人的话,其他的事情就不劳你们费心了。我一定能把事情办得让你们满意,也能照顾到我自己。"

虽然这两兄弟感到没什么希望,但还是赶到了修道院,说家里有一个快要病死的意大利人,请求某个神圣而博学的人去听他的忏悔。于是修道院派出一位上了年纪的神父,他是一个善良而圣洁的人,对《圣经》深有研究,所有的公民都非常尊敬他、敬重他。

神父来到齐亚帕雷托躺着的房间,坐到他的身边,非常亲切地慰问他,然后问他有多长时间没有忏悔了。一辈子从没忏悔过的齐亚帕雷托说:"神父,我每周都会忏悔一次,有时候还不止一次。但是这次我病了八天,一直没有忏悔过,这场病已经让我没有力气忏悔了。"

神父说:"我的孩子,你做得很好。既然你经常忏悔,我就不用费力问你了。"

齐亚帕雷托说:"神父,不要这么说。虽然我已经多次忏悔过,但是我现在愿意把从我出生开始到最后一次忏悔时的所有罪孽全都说出来。所以我恳求您,我的神父,请你详细地问我,就像我从来没有忏悔过一样。不用顾及我的病,我宁愿牺牲肉体的舒适,也不想让我的灵魂沉浸在深渊中,辜负了基督用他那宝贵的鲜血挽救我的好意。"

神父听了他的话,十分高兴,觉得这是他心地纯洁的证明。他对齐亚帕雷托的虔诚大加赞扬,然后问他有没有和女人犯过奸淫罪。齐亚帕雷托叹着气说:"神父,关于这件事,我不太好意思实话实说,因为我怕犯下自负罪。"

神父说:"你只管大胆说,只要你说的是真话,不管你是在忏悔还是别的场合,都不会是犯罪。"

齐亚帕雷托说:"既然如此,我就实话实说了。到现在为止,我还跟刚出生时一样,是个童身。"

"啊,天主保佑你!"神父说,"这种品德太难得了,你自愿守住清白,功德要超过我们和其他受到教规约束的人。"

神父又问,他有没有冒着天主的不悦犯下贪口腹的罪孽。齐亚帕雷托叹了口气说,不但犯过,还犯了很多次。除了像别的信徒那样每年遵守四旬斋的斋戒之外,他每个星期还会至少斋戒三天,只吃面包、喝清水。可是他喝起水来津津有味,特别是在祈祷累了或者朝圣的路途中感到疲乏的时候,就像酒徒喝酒一样有滋有味。他有很多次像妇女进城一样想吃素什锦,有时候吃东西会给他带来快感,这对于像他这样斋戒的人来说,是实在不应该的。

"我的孩子,"神父说,"这种罪孽是人之常情,完全可以理解,你不用觉得良心上过意不去。不管多么虔诚的人,在长期斋戒之后也想吃东西,在疲乏的时候也想喝水。"

"啊，神父，"齐亚帕雷托说，"请不用说这些话来安慰我，一切跟侍奉天主有关的事情，都要真心实意地作答，不能有一丝杂念。我对此十分明白，你也很清楚。"

神父听了他的话，高兴地说："你有这么一片心，又有这样的诚心，让我十分高兴。但我还是要问你，你有没有犯过贪婪罪？比如有过非分的念想，或者得到过不义之财。"

"神父，"齐亚帕雷托说，"请不要因为我借住在两个放高利贷的人家里，就对我有什么成见。我跟他们毫无瓜葛。我之所以来到这里，就是想让他们金盆洗手，不再做这种可恶的勾当。要不是天主来召唤我，我已经达到目的了。你要知道，我的父亲给我留下了很多财产，在他老人家离世之后，我将其中的大部分献给了天主。后来我为了维持生计，也为了救济穷人，又做了点小本生意，不过我总是把赚来的利润一分为二，一份给穷人，一份给自己。多亏天主保佑，我的生意做得越来越好。"

"你做得很好，"神父说，"那你会经常动怒吗？"

"噢，"齐亚帕雷托说，"这种事经常发生。看着人们做各种坏事，不把天主的戒律放在眼里，也不害怕最后的审判，又有谁能抑制住自己的怒火？看着青年人追求虚荣，假话连篇，在酒店里流连忘返，却不去教堂，不追随天主的光明大道，只想走世俗的旁门左道，我每天都有好几次气得想离开这个世界。"

"我的孩子，"神父说，"这种愤怒是应该的，你不需要为此忏悔。但是你有没有在这种愤怒的驱使下杀人或者骂人，或者做别的伤害人的事情呢？"

"唉，神父，你是天主的子弟，怎么能这么说呢？你所说的这些罪恶，哪怕我曾有过一次这样的念头，你认为天主还会保佑我吗？这些都是坏蛋的行径，每次我见到他们都会跟他们说，'去吧，愿天主来感化你们！'"

神父说："愿天主保佑你，但是我的孩子，请你告诉我，你有没有做过伪证来陷害别人，有没有说过别人的坏话，有没有擅自取用过别人的东西？"

"神父，我说过别人的坏话，"齐亚帕雷托说，"以前我有一个邻居，总是动不动就殴打他的妻子。有一次我就去告诉那个可怜的女人的亲戚，说她的丈夫有多么不好，因为他总是喝完酒之后就狠狠地打他的妻子。我很同情她。"

神父又问:"你跟我说你是个商人,那你有没有像普通商人一样欺骗过顾客?"

"有过,只是我当时并不知情。"齐亚帕雷托说,"曾经有一个人赊了我的布,来还账的时候,我顺手把钱接过来,也没有仔细数就放进了一个盒子里。一个多月之后,我拿出来数才发现多了四文钱。我把这些钱保留了一年,准备还给那个人,但从那之后他再也没来过,我只好把这笔钱施舍给了穷人。"

"这只是一件小事,你处理得也很妥当。"神父说。

神父又提问了很多问题,齐亚帕雷托又像刚才一样一一作答。神父正要宽恕他的罪孽的时候,他突然大声说:

"神父,我还有一件罪孽需要忏悔。"

神父急忙问他是什么事,他说:

"我记得有一个礼拜六,做过午祷之后,我还让仆人把房间打扫了一下,这是我对神圣的安息日的不尊敬。"

"我的孩子,这也是一件小事。"神父说。

"不能说这是小事,"齐亚帕雷托说,"礼拜日应该受到重视,因为这是我主复活的节日。"

神父又问:"你还有别的罪过吗?"

齐亚帕雷托回答道:"神父,有一天我在天主的教堂里吐了一口口水。"

神父微笑着说:"孩子,这种事不用放在心上,我们这些修士也每天在那里吐口水。"

"那就是你们的大不敬,教堂是献祭的场所,理应十分洁净。"

总之,他还说了许多类似的事情,一开始只是呻吟,后来干脆号啕大哭。这是他的拿手好戏,说哭就能哭。神父慌忙问道:"孩子,你怎么了?"

齐亚帕雷托说:"神父,我还有一桩罪恶一直没说,因为我羞于启齿。每当我想起这件事,就会像你刚才看到的那样号啕大哭。我觉得,天主是永远不会宽恕我这桩罪恶的。"

神父说:"孩子,不要哭。就算世界上已经犯过和即将要犯的所有罪孽都集中在一个人身上,而这个人就像你这样愿意痛改前非,那么天主的恩德是无边的,只要你愿意招认,就会赦免你,请你放心说吧。"

齐亚帕雷托一边哭一边说:"神父,我罪孽深重,除非你帮助我,为我祈祷,否则我一定不会被赦免的。"

神父说:"你只管说吧,我一定会为你祈祷。"

齐亚帕雷托还是不说,自顾自哭着。神父劝了半天,他才叹了一口气说:"神父,既然你答应为我祈祷,我就告诉你。你要知道,我小时候曾经骂过自己的亲娘。"

"我的孩子,"神父说,"你真的以为这是一种深重的罪孽吗?每天都有很多人在诅咒天主,可是只要他们忏悔,天主就会原谅他们。你只犯了这么点过错,难道天主就不会原谅你吗?不要哭了,把心放宽,就算你是把耶稣钉到十字架上的人之一,看到你现在的样子,天主也会原谅你的。"

齐亚帕雷托说:"神父,你怎么能这么说呢?我的母亲怀胎十月才把我生下来,我却咒骂她,实在是太不应该了,简直罪大恶极。如果你不在天主面前为我祷告,那我永远无法被宽恕。"

神父看见齐亚帕雷托已经没什么忏悔的了,就开始宽恕他的罪孽,为他祝福。神父对他编造的一套谎话深信不疑,把他当成世间最纯洁的人。话说回来,这些话都出自一个临终的人之口,说得声泪俱下,又有谁会不相信呢?仪式结束之后,神父说:

"齐亚帕雷托先生,天主保佑,用不了多久你就会恢复健康。但是如果天主要将你纯洁善良的灵魂召唤到他身边,你是否愿意将你的遗体安葬在我们的修道院里?"

"我当然愿意,神父。"齐亚帕雷托说,"我不想安葬在别的地方,因为你答应了替我向上帝祈祷。再者说来,我对你们的教派一直有一种特别的崇敬。我还有一个请求,就是你回去之后,派人将圣体,也就是你们每天早晨供在圣坛上的圣饼给我送过来。虽然我不配享有这荣耀,但我还是希望能够领到圣餐。虽然我活着的时候是个罪徒,但临终之前领了圣餐,举行了涂油仪式,死的时候也像个基督徒了。"

善良的神父听到齐亚帕雷托的话,自然十分高兴,说回去之后会立刻派人送圣饼来,然后就回去了。

再说那兄弟俩,虽然把神父请来了,却担心齐亚帕雷托会故意捉弄他们,就在隔壁偷听,把齐亚帕雷托对神父说的话听了个一清二楚。

有好几次,他们几乎忍不住笑出声来。他们私下说:"这个人真不得了,不管是衰老还是疾病,都对他无可奈何。他也不管死亡就在眼前,不管马上就要接受天主的审判,还是使出他的伎俩,到死都不想悔改!"可是听到他将会安葬在教堂里,他们也就放心了。

齐亚帕雷托领完圣体之后,病情越来越严重,又接受了涂油礼,在他深深忏悔的当天,就一命呜呼了。按照他的意愿,兄弟俩为他举办了隆重的葬礼,又派人去修道院请来修士,按照习俗为死者进行夜祷,第二天早上搬运尸体。

听他忏悔的神父得知他的死讯,就向寺院主持报告,打钟召集了全体修士,告诉他们死者齐亚帕雷托是怎样的一个正人君子——只要听听他的忏悔就知道了。神父希望天主通过他显示许多神迹,所以劝说大家怀着最大的尊敬和虔诚迎接死者。听了他的话,寺院院长和修士们都表示同意。那天晚上他们一起来到了停放齐亚帕雷托遗体的地方,隆重地为他守灵。第二天早晨,每个人都穿着白色法衣,手拿《圣经》,胸前挂着十字架,以最隆重的仪式把他的遗体送往教堂。这件事轰动全城,几乎所有的善男信女都紧跟在他们后面走。到了教堂之后,听取他忏悔的神父登上法坛,详细介绍了齐亚帕雷托一生的事迹,仔细讲述了他的斋戒、童贞、清白和圣洁,以及其他值得赞扬的事情。他还特别提到齐亚帕雷托是怎样痛哭流涕地向他忏悔自己以为的最大的罪孽,以及他怎样费尽口舌,才让那个圣洁的人相信天主会宽恕他。说到这里,他就斥责听众:"你们跟他相比,真是一个天上,一个地下,连脚下绊着根草,都要辱骂天主、圣母和所有的圣徒。"

然后,神父又宣扬了死者的忠诚和纯洁。原本当地人就对他的话深信不疑,这次更是大受感动。布道刚一结束,大家就冲上前来,亲吻死者的手和脚,把他的衣服扯得粉碎,以为抢上这么一小片布就能沾上福气。遗体停放了一整天,好让大家瞻仰他的遗容。到了晚上,遗体才被庄重地放进厅里的一个大理石棺。第二天,人们络绎不绝地赶来,手持蜡烛向他祈祷,还有送了蜡像来还愿的。他的圣名越来越响,香火也越来越旺。后来,人们遇到难处之后就只会向他祈祷,再也不求别的圣徒。人们称他"圣齐亚帕雷托",还说天主借他之手显示了很多奇迹,只要诚心求他,就能得偿所愿。

齐亚帕雷托·德·普拉托活着的经历,以及死后是怎么变成圣徒的,大家都听到了。我不想他说不可能在天主面前蒙受祝福,虽然他生前坏事做尽,但他在临死的那一刻可能真心忏悔,获得了天主的宽恕,进入了天国。当然,这都是我们无法窥测的事情。我们只能按常理来揣度,他此刻应该在地狱里,而不是在天堂。果真是这样的话,我们就能知道天主对我们的恩惠是何等深厚了。他不计较我们的愚昧,只看我们是否真心诚意,就算我们把天主的敌人错认为圣徒,向他诉说我们的心愿,天主也会把他当成朋友,就像我们选择的是一个真正的圣徒一样。我们靠着天主的恩惠,才能平安地聚到这里,愉快地讲故事,安然度过这次灾难。就让我们赞美他吧,他一定会听取我们的祷告的。

潘菲洛的故事到此结束。

故事二

在好朋友詹诺托·德·奇维尼的劝说下,犹太人亚伯拉罕来到了罗马,目睹了教会的腐败生活。回到巴黎之后,他皈依了天主。

潘菲洛讲故事的过程中,女郎们一直听得津津有味,有时还会被逗笑。女王也聚精会神地听着,等他讲完后,就吩咐他身旁的内菲莱讲下一个。内菲莱不但面容俊俏,举止也非常温柔,她高兴地接受了命令,开始讲下一个故事:

方才潘菲洛讲的故事告诉我们,天主十分宽容,凡是因为我们无从辨别善恶而犯下的过错,他都不会怪罪。我要讲的故事是要告诉你们,一些理应拿言语行动来宣扬天主的恩典和真理的人却为所欲为,反其道而行之,天主却并不计较,而是宽恕他们,还用颠扑不破的真理来证明我们应该坚守自己的信仰。

亲爱的姐妹们,我听说巴黎有一个叫詹诺托·德·奇维尼的商人,心地善良,经营丝绸呢绒,买卖做得很大。他有一个好朋友叫亚伯拉罕,是个犹太人,腰缠万贯,而且为人同样正直善良。詹诺托见他的朋友这么聪明能干,只是因为没有正确的信仰,将来那正直的灵魂一定会堕入地狱,不由得心生怜悯。詹诺托劝诫他的朋友抛弃犹太教,信奉基督教。他说,就算是犹太人也能看到基督教的神圣,因此日益发扬光大,而你所信奉的宗教正在走向末路,最后一定会消亡。犹太人回答说，他觉得世间所有的宗教中，只有犹太教最为神圣，他从一落地就入了犹太教，并打算到死都会信奉犹太教，不管什么人都别想让他改变主意。几天后，詹诺托又提起了这件事，还用商人的逻辑说明我们的宗教为什么会胜过犹太教。虽然他的话有些浅显，而亚伯拉罕对自己的法律也十分精通，不知道他是被友情打动，还是借那个单纯的人之口说出的话起了作用，这次他居然听进了朋友的话。但是他依然坚持自己的信仰，不打算轻易放弃。可他越是坚定，詹诺托越是步步紧逼。最后犹太人拗不过他，只好说：

"詹诺托，既然你坚持让我改信基督，我准备听你的。但是我得先去罗马一趟，看看你所谓天主派到世间来的代表，瞻仰教皇、红衣主教和教士们的气派。如果他们真的如你所说，能让我相信你的宗教比我的好，我就会听你的。否则，我就继续信我的犹太教。"

詹诺托听了他的话，不由得暗暗叫苦，心想："虽然我的主意不错，看似改变了他，实际上只是白费力气。他不去罗马教廷还好，去了准会坏事。要是让他看到教士们骄奢淫逸的生活，别说让他改信基督教，就算他已经信了基督教，也会重回犹太教。"于是他对亚伯拉罕说：

"我亲爱的朋友，你从这里去罗马不但要花不少钱，还要舟车劳顿，干吗要多此一举呢？而且像你这样有钱的人出门，难免遇到危险。你以为这里就找不到人给你进行洗礼吗？如果你听不懂我给你宣讲的教义，这里还有很多饱学之士和神学大师，不管你想知道什么、想问什么问题，都可以为你解答。所以我觉得你完全没有必要亲自去一趟。也许你会说，那里的主教和大主教待在教皇的身边，一定会比这里的好。要我说，这次就不要去了，等到下次教皇大赦的时候再去，说不定到时候我会跟你一起呢。"

犹太人说："詹诺托，我相信你说的是对的，但是不管怎么说，如果你真的想让我改信基督，就得让我去罗马一趟，否则我是不会改变主意的。"

詹诺托见他打定了主意，知道劝说无用，只好说："去吧，祝你一路平安。"但是他想，等到亚伯拉罕看到罗马教皇宫廷里的情况，一定不肯信奉基督教，但他也没有办法，只能让他去。

亚伯拉罕准备妥当之后，就骑着马朝着罗马教廷出发了。到达罗马之后，那里的犹太朋友热情地招待了他。在罗马期间，他绝口不提此次的来意，只是暗中观察教皇、红衣主教、大主教和所有神职人员。他原本就是个精明的人，根据自己亲眼所见和从别人那里听来的情形，知道这些人都淫乱好色，甚至贪恋男色，根本不知道羞耻为何物。结果就是妓女和娈童当道，想办事都得通过他们的门路。他还发现他们每个人都只顾口腹之欲，如同野兽一般。而且那些人还非常贪财，一切都能拿来交易，包括人的血汗、教堂里的供奉和教会的收益。其贸易之大、赚钱之多，连巴黎的呢绒绸缎或者其他商人都望尘莫及。他们借着"委派"的名义盗卖圣职，用美味佳肴充当斋饭，仿佛天主和我们一样，看不透他们卑劣的内心，能够被蒙混过去。

这一切，以及一些无法言说的罪恶，让这个正派的犹太人愤怒不已。他觉得自己已经看透了真实情况，就返回了巴黎。詹诺托听说好朋友回来了，就赶去看他，心中也知道他一定不会改信基督教了。两个人见面之后都非常高兴。等亚伯拉罕休息了两三天，詹诺托才去问他，这次去罗马对于教皇、红衣主教和其他神职人员有什么印象。犹太人立刻回答道：

"要我说，天主应该惩罚这些人，如果我观察得还算准确，那里的人身上根本看不到圣洁和虔诚，那里的人也算不上为人典范，甚至连教士都算不上。我看到的只有淫乱、贪婪、饕餮、欺诈、妒忌和傲慢，甚至还有一些比这更丑恶的现象，因此那里给我的印象并非神圣的温床，而是罪恶的发源地。按理说，那些人应该是基督教的支柱和基础，但我觉得他们在处心积虑地要搞垮基督教，让它从这个世界上消失。但是他们的目的没能达到，你们的宗教岿然不动，而且日益发扬光大，这让我不得不相信，你们的宗教有圣灵做支柱和基础，所以比其他的宗教更加神圣。虽然前一段时间你苦口婆心地劝导我，我却听不进去，不想信奉基督教。现在我坦白告诉你，没有任何东西能够阻挡我成为一个基督徒。我们现在就一起去教堂吧，我要在那里按照你们宗教的仪式进行洗礼。"

詹诺托怎么也没想到他居然会得出这样的结论，听完之后简直兴奋异常。他立刻陪着亚伯拉罕到了巴黎圣母院，请那里的神父为亚伯拉罕进行洗礼。詹诺托将他从洗礼盆边扶起来，给他起了"约翰"的教名，还请了很多有学问的人来给他讲解教义。亚伯拉罕进步神速，后来成了一个高尚的善人。

故事三

> 犹太人梅基塞德讲了一个三只戒指的故事，让自己没有落入
> 萨拉丁设下的圈套。

内菲莱的故事讲完了，赢得了大家的交口称赞。于是菲洛梅娜奉了女王的命令，开始讲下一个故事。

听完内菲莱的故事，我想起了另一个犹太人遇到的难题。关于天主和我们的宗教的真谛，我们讲得已经很透彻了，现在我们来讲一个新的话题，就是凡人的遭遇和作为。听完这个故事之后，如果再有人问你们什么问题，也许你们会回答得更加谨慎。

亲爱的朋友们，你们都知道，愚蠢给人带来的不是幸福而是痛苦，而聪明人却往往能够凭借智慧摆脱危险，过上平静的生活。很多人原本可以幸福快乐，却因为愚蠢而落到悲惨的境地，这样的例子实在是不胜枚举，我就不多讲了。我现在想用一个小故事来告诉你们：明智能保太平。

萨拉丁原本出身寒微，但凭着骁勇善战，成了巴比伦的苏丹，而且在战争中接连获胜。他连年用兵，再加上生活奢靡，把国库都耗干了。有一次他急需一笔巨款，短时间内又筹集不到，感到十分伤神。他想来想去，想起亚历山大城有一个放高利贷的人。这个人是犹太人，名叫梅基塞德，爱财如命，要让他自愿拿出钱来是不可能的，萨拉丁不想强迫他，但又必须借到这笔钱。萨拉丁思来想去，就想设下一个圈套，让梅基塞德自愿出钱，当然表面上还得过得去。于是萨拉丁派人去把梅基塞德请来，热情地招待了他，请他坐在自己身边，对他说：

"先生，很多人都跟我说你非常博学，对于各种教义都有深刻的认识，所以我想向您请教一下，您觉得在犹太教、天主教等之中，哪一种是最好的？"

那个犹太人确实非常聪明，一听这话就知道萨拉丁设下了圈套，想要抓住自己的把柄。他知道，不管自己推崇这三者中的哪一个，都会让萨拉丁阴谋得逞。他必须想一个万全的回答，才能保证稳妥。于是他想了一会儿，说道："苏丹陛下，您这个问题问得好。但是在回答这个故事之前，我得给您讲一个小故事。从前有一个大富翁，家里珍

藏了很多珍珠宝石，其中有一枚非常名贵的戒指。他希望这枚戒指成为传家宝，就立下遗嘱，在他死后，得到这枚戒指的人就是他的继承人，其他所有的子女都要把他尊为一家之长。得到这枚戒指的儿子也按照这个办法给子女立遗嘱，指定新的继承人。于是这枚戒指世代相传，最后来到了一个继承人手里。这个人有三个儿子，每个都德才兼备，孝敬父亲，父亲也一样疼爱他们。这三个儿子知道戒指的历史，都想成为一家之长，就对父亲关怀备至，希望父亲能把戒指传给自己。父亲对这三个儿子一样疼爱，根本不知道应该传给谁，他想让大家都满意，就分别答应了三个儿子。然后，他私下找了一个手艺高超的工匠，按照戒指的样子仿制了两个。造出来的戒指和原来的一模一样，连他自己都难以分出真假。父亲临终的时候，就将这三枚戒指分别交给了三个儿子。父亲死后，这三个儿子都想成为一家之长，彼此各不相让，还拿出戒指来作为证据。可是这三只戒指一模一样，根本无法分辨真假，所以这个一家之长的问题就一直没能解决，到现在还是一桩悬案。

"苏丹陛下，我认为天父赐予三个民族的三种信仰也和这三个戒指一样。因为大家都以为自己得到的才是真传，才是真正的教义。但这个问题很难解决，就像那三只戒指一样棘手。"

萨拉丁听了他的话，就知道这个聪明的犹太人已经避开了自己的圈套，只好向他说明真相，看他能不能帮自己一个忙。萨拉丁还说，如果不是他把这个问题回答得这么圆满，自己准备怎么整治他。

犹太人痛快地答应帮忙，拿出了萨拉丁所需的款项。萨拉丁有了钱之后，不但如数奉还，还额外送了很多珍贵的礼物，并把他当成朋友，让他进宫做客。

故事四

一个修士犯下了理应受到严惩的罪过，他却设计让主持也犯下了这个罪过，最终逃避了惩罚。

菲洛梅娜讲完故事，坐在她身边的狄奥内奥知道该轮到自己了，还没等女王吩咐就说：

亲爱的女士们，如果我没有误解你们的意图，那我们坐在这里就是为了讲故事消遣，只要不违背这个原则，就可以讲述自己觉得最有趣的故事。我已经听了犹太教徒亚伯拉罕在詹诺托·德·奇维尼的劝告下拯救了灵魂的故事，也听了梅基塞德运用智慧避开了萨拉丁的圈套，保全了自己的财产的故事。我要讲的是一个修士怎么靠计谋逃脱责罚，免遭皮肉之苦的故事。

离这里不远的地方有个叫伦尼嘉奈的小镇，那里有一座修道院。原来修道院里的教规比现在严厉，修士也比现在多。有一个小修士进院的时间不长，斋戒和夜祷都无法磨灭他的情欲。有一天中午，他趁着别的修士午睡的时候，一个人溜出了修道院。外面是一片荒野，他那天却恰好看到了一个美丽的姑娘——大概是某个佃户的女儿——正在田里采集花草。他第一眼看到她，心中就产生了一种欲念。他走上去和姑娘搭讪，两个人聊得非常投机。最后，他把姑娘带回了自己的单人房间，没让任何人发现。

修士玩得有些奔放，正当两个人快活的时候，午睡醒来的院长从门前经过，听到了里面的声音，就凑到门前仔细听。他一听就知道，房间里有个女人。他本来想立刻打开门，可是转念又改变了主意，准备先回自己房间，等小修士出来再说。

而小修士虽然玩得十分快活，心里还是有些害怕。他隐约听到外面有脚步声，就从壁缝里张望了一下，果然看到院长正在偷听，知道大事不妙，院长肯定知道他在房间里藏了女人。他知道，一顿惩罚是避免不了的。虽然他内心害怕，表面却不动声色，只是在心里快速想办法脱身。终于，他想出了一个好主意，就假装和姑娘玩畅快了，对她说："我先出去想想办法，好让你走的时候别被别人发现。你先不要出声，在这里等我回来。"

他出去之后，就反锁上房门，来到院长那里，交出了钥匙（这是每个修士外出时的规矩），若无其事地说："师父，我今天打的柴火还没来得及全运回来，如果你允许的话，我想现在去树林把剩下的柴搬回来。"

院长以为小修士没有发现自己偷听的事情，就高兴地收下钥匙，让他出去，自己好进一步调查这件事。小修士一走，院长就考虑该怎么处理这件事：是先当着全体修士的面打开房门，好让大家都看个清楚，以免他将来受罚的时候喊冤；还是先盘问那个姑娘，她是怎么到这里来的？接着他又想，如果那个姑娘是自己某个熟人的女儿，这么做会让她当众出丑。他思来想去，决定先去看看那个姑娘是谁再做主张。于是他悄悄地来到小修士的房间，打开门进去，随手锁上了门。

姑娘看到进来的是修道院院长，又吃惊又害臊，忍不住哭了起来。院长把她上下打量了一番，见她容貌俏丽，虽然自己上了年纪，却突然欲火中烧，跟小修士刚才经历的情况一样。他想："我每天有那么多烦心事，现在为什么不趁机享乐一番？这个姑娘长得这么讨人喜欢，而且没有人知道她在这里。要是我能说动她的心，让我快活一下，为什么不干呢？反正也没有人知道。一桩罪恶如果不为人所知，也就减轻了一半罪名。这是难得的机会。这是天主的美意，我可不能白白辜负。"他想着想着，就改变了原来的主意，走到姑娘身边，和气地安慰她，让她不要哭。劝了半天，他才说出了自己求欢的意图。那姑娘也不是铁石心肠，就同意了。于是院长紧紧地搂住她，不停地亲吻，然后一起上了小修士的床。也许他想到自己过于肥胖，姑娘又像一朵鲜花，就没有趴在她身上，而是让她在自己身上，两个人玩了好长时间。

再说那个小修士，他假装去了树林，其实藏在了走廊里。他看到院长自己走进他的房间，就松了一口气，知道自己的妙计一定能成功。等听到院长从里面锁住了门，他更是放下了心。他悄悄地离开藏身之处，贴到了壁缝边。院长在里面做的事、说的话，都被他看了去、听了去。

过了一会儿，院长玩得酣畅淋漓，就把那姑娘锁在房中，回到了自己的房间。很快小修士就来了，院长还以为他是从树林搬柴回来，就准备把他痛骂一顿，然后关进牢房，自己享受那个到手的猎物。于是院长派人去把小修士叫过来，把他痛骂一顿，然后吩咐将他关进地牢。小修士从容地说："院长大人，我入本尼迪克特教团①的时间不长，学习的教规还不多。你虽然教了我斋戒和做夜祷，却没有教我在女人身下修炼功夫。要是您能饶恕我这一次，我一定按您的示范去做。"

院长是个聪明人，一听这话就知道小修士不但知道他做了什么事，还亲眼看到了。他自己也犯了同样的罪过，哪还有脸惩罚别人呢？院长宽恕了小修士，让他不要把看到的事情张扬出去，然后两个人私下放走了那个姑娘，不过据说后来还经常把她叫过来。

---

① 也称黑衣教团，主张清心寡欲。

故事五

蒙费拉特侯爵夫人用母鸡做酒菜,再配上几句得体的话,婉拒了法兰西国王荒唐的求爱。

女郎们听着狄奥内奥的故事,十分难为情,脸都红了,随后大家面面相觑,忍不住笑了起来。故事讲完后,女王轻轻地责备了狄奥内奥几句,说他在女士们面前讲这样的故事不成体统。然后,女王又对狄奥内奥身旁的菲亚梅塔说,轮到她讲了。菲亚梅塔笑着讲了一个故事。

我很高兴,刚才的几个故事都说明,机智的回答能够起到很大的作用。据我所知,男人们都觉得追求身份比自己高的人是非常明智的,而女人们却觉得爱上身份比自己高的男人是愚蠢的。亲爱的朋友们,在我接下来讲的这个故事中,我会说一个高贵的女人是怎么从容应对,挡住了一个有权有势的男子的追求,让他知难而退。

蒙费拉特侯爵速来骁勇善战,又是护教的旗手。他响应信奉基督教的欧洲国家的号召,加入了十字军,渡海东征。法国的国王独眼腓力也准备加入军队,出国远征。一天,宫里谈起了侯爵的英勇,一个骑士说,侯爵和他的夫人真是天造地设的一对,因为侯爵英勇善战,是骑士们中的佼佼者,而他的夫人美貌贤惠,也是妇女中十分出色的。没想到说者无心,听者有意,法国国王虽然没有见过侯爵夫人,却在心中燃起了熊熊爱火。他决定先从陆路出发,到热那亚乘船,这样就可以借着探望侯爵夫人的名义,光明正大地去找她。他觉得,既然她的丈夫不在家,那一定可以如愿以偿。

他按照自己的想法,命令部队先出发,自己只带了少数侍从,直奔热那亚而去。在距离侯爵的封地还有大约一天的路程时,他就派使者去通知侯爵夫人,说第二天会在她家用餐。侯爵夫人非常聪明,立刻表示欢迎,说国王的到来是莫大的荣幸。使者离开之后,侯爵夫人仔细思索,为什么国王会趁着自己的丈夫不在家的时候莅临呢?一定是因为自己美貌的名声在外,才会让国王慕名而来。不过她胆大心细,依然决定按照臣子的礼节来招待国王。她召集留在城里的所有男丁,让他们准备接驾,而她亲自负责宴席上的菜肴。她命人将附近所有的母鸡都征收过来,让厨子用这些母鸡为原料,制作出各种菜肴。

第二天,国王如约到来,受到了侯爵夫人隆重的接待。国王仔细打量了她一番,发现她比自己想象中更加美丽,心中更是为之倾倒。国王先进了几间布置得十分豪华的房间,稍事休息。到了午宴的时候,国王和侯爵夫人在同一桌用餐,其他人坐在另外的几桌,按照级别分别入座。

美味佳肴一道一道地端上桌,眼前有美酒,身旁有佳人,国王不由得有些得意。虽然菜肴很多,可是国王终于发现,所有的菜都是母鸡,不免有些奇怪。他知道这附近有很多野味,而且已经提前派人知会了她,不可能没有时间去狩猎。虽然奇怪,他却不想谈母鸡之外的事情,就笑着说:

"夫人,这附近是只有母鸡,没有公鸡吗?"

侯爵夫人领会了他的意思,觉得这是天主赐给自己的表明心意的机会,就从容地说:"不是的,陛下,虽然这里的女人在装饰和身份上有所不同,但跟别的地方的女人还是一样的。"

国王一听,就知道了侯爵夫人为什么用母鸡来款待自己,意识到她是在暗示自己的清白。他知道,用言语来挑逗这样一个女人只是在浪费口舌,更不用说用强硬手段了。本来对她产生欲火就是一件荒唐事,现在为了保全自己的脸面,也只能压下这一团欲火。他怕自讨没趣,就一门心思吃饭,吃完饭后又急忙告辞,唯恐暴露自己的企图。他感谢了侯爵夫人的殷勤招待,又为她祝了福,就匆匆赶往热那亚。

故事六

一个机智的人用一番得体的话,巧妙地嘲笑了修士的伪善。

大家赞扬了侯爵夫人的贞洁,也称赞她只用一句话就让法兰西国王无话可说的机智。坐在菲亚梅塔旁边的是艾米莉娅,按照女王的吩咐,她开始讲述:

我要讲的是,一个机智的平民怎么凭借一番得体的话嘲笑了伪善的修士。这个故事不但好笑,还让人起敬。

亲爱的朋友们,不久之前我们的城里住着一个米尼莫教会的修士,是一名宗教裁判官。跟所有的神父一样,他表面上看起来道貌岸然,私下却总是打听人谁的荷包里有钱,谁有过亵渎神圣的言行。他的苦心没有白费,居然找到了一个腰缠万贯却头脑简单的人。那个人并不是不尊敬天主,只是喝多了酒,一时兴起,跟朋友们说:他家里有一种酒,就连耶稣都喝得。这位宗教裁判官听到这番话,同时打听到那个人家资丰盈,就动用自己手中的权力,派人把他逮捕了,给他扣上严重的罪名。他这么做并不是为了加强被告的宗教信仰,而是想趁机大捞一笔。

宗教裁判官把那个人叫到自己面前,问他是否承认有这么一回事。那个人说确实有这么一回事,还详细描述了当时的情形。这个无比崇拜金口圣约翰①的宗教裁判官呵斥道:

"照你这么说,耶稣基督就是一个酒徒,跟你们一样,每天混迹在酒店里。现在你却轻描淡写,不把它当回事。如果我依法办事,你就得被活活烧死在刑柱上。"

宗教裁判官声色俱厉,似乎他眼前站着的是否认灵魂不灭的伊壁鸠鲁。说错话的人被吓得魂不附体,赶紧托人出面说情,买了一大块金口圣约翰的药膏奉上(这种药膏据说对那些不敢沾钱的米尼莫教士尤为灵验)。虽然这种药膏在加兰诺的医书里都没有出现过,却极为灵验,能够把原本的火刑减轻为在身上佩戴一个十字架。这个十字架黑底黄纹,如同一面漂亮的军旗,佩戴之后就像要渡海远征的十字军。宗教裁判官拿到钱之后,先把那个人关在裁判所里几天,让他早上去佛罗伦萨圣十字教堂做弥撒,宗教裁判官吃饭的时候还在一旁伺候,其他时间可以随意行动。那个人不敢怠慢,每天严格按照吩咐去做。

一天早上做弥撒时,那个人听到《福音书》里的一句话:你奉献一个,就能得到百倍回报,而且可以永生。他将这句话牢记心间,吃饭的时候就按照吩咐,到宗教裁判官那里服侍。修士一边吃饭一边问他今天有没有做过弥撒,他立刻说:"去过了,神父。"

宗教裁判官又问:"你有没有什么听不懂的需要问我?"

那个人说:"我对听到的每一句话,我都毫不怀疑。但是我听到的一句话,让我十分担心你们这些修士,担心你们的来世。"

宗教裁判官问:"你听到了什么话?"

"神父,就是《福音书》里的一句话:你奉献一个,就能得到百倍回报。"那个人说。

---

① 指圣约翰·克里索斯托莫,是君士坦丁堡总主教,口才过人。

宗教裁判官说:"这话没错,你为什么要担心呢?"

"神父,请听我说。"那个人回答道,"我每天来到这里,看到修道院将你们吃剩的菜汤施舍给外面的穷人,有时候每人一勺,有时候每人两勺。如果你们每天施舍一勺,到了天国之后就要得到一百勺的回报,那你们一定会被菜汤淹死的!"

同桌吃饭的人听到这番话,不由得哈哈大笑。宗教裁判官却意识到这是在嘲笑自己以权谋私,不知道该怎么办。他敢这样讥笑他们这些神父,原本又是大不敬的罪过,幸亏他甘愿受罚,宗教裁判官只好板着脸把他撵走。那之后,他再也不许这个人出现在自己面前。

故事七

> 贝加米诺讲了一个"普里马索和克伦尼院长"的故事,讽刺了卡内·德拉·斯卡拉先生的吝啬。

艾米莉娅讲的故事非常有趣,表情也很可爱,逗得大家都笑了,还一致称赞那个"十字军"的机敏。等到笑声停下来之后,就轮到菲洛斯特拉托继续讲故事了,他说:

高贵的小姐们,射中固定的靶子固然值得赞美,可是如果能够射中什么突然出现的东西,才算得上了不起。僧侣们过着腐化的生活,这是众矢之的,每个人都可以抨击。修士们假仁假义,将原本应该倒掉或者拿去喂猪的残渣喂给穷人,还要冠上"救济"的美名,被那个悔罪者讽刺了一番,实在是解气。不过我想起了一个更值得夸赞的人。卡内·德拉·斯卡拉先生原本十分大方,突然无缘无故变得吝啬起来,后来听了一个影射他的故事才知道悔改。

腓特烈二世登基之后,卡内·德拉·斯卡拉先生在意大利权贵中间也算是首屈一指的人物。他家财万贯,乐善好施,美名远播。有一次,他打算在维罗纳举办盛会,邀请了很多人,一些献艺说唱的人也闻讯赶来。可他不知怎么的又临时改变了主意,给已经赶到的人一小笔钱,把他们通通打发回去,只剩下一个叫贝加米诺的人。贝加米诺口才惊人,没有跟他面谈过的人,简直无法想象他的舌头有多么灵巧。他留在维罗纳,既没有人招待他,也没人来打发他走。他想,不如留下来,也许以后还有得到补偿的机会。但是卡内先生自有想法,觉得给贝加米诺赏赐东西就如同打了水漂,所以既不跟他面谈,也不找人转告。几天后,贝加米诺始终不见有人来找他,也没获得什么补偿,而他带着仆人和马匹寄宿在客栈里,带来的钱已经不多了,心中十分焦虑,又觉得不告而别不太合适,只好继续等着。他随身带来了三件华贵的衣裳,是别的贵族老爷送给他的,让他在宴会时能够穿得体面一些。客栈老板来讨要房钱的时候,他就拿出一件衣服抵账。过了几天,他又拿出第二件衣服抵账。这次他打定主意,要尽可能拖延几天,等到第三件衣服也抵出去再回家。

他就这样靠着第三件衣服糊口。有一天,他神情凝重地去见卡内先生。卡内先生正在吃饭,不想让他说些什么开心的事,只想取笑他,就说:

"贝加米诺,你看起来好像有什么心事,跟我说说吧。"

贝加米诺似乎早就想好了,毫不犹豫地说了下面的这个故事:

大人,你也知道普里马索是一位精通拉丁文的学者,而且满腹经纶,出口成章。他的才名远播,受人尊敬。很多人虽然没有机会一睹他的真容,却也听过他的名声。但是他怀才不遇,一生穷苦不堪。有一次他在巴黎,听人说起了克伦尼修道院院长,说他是除了教皇之外,天主教会里最有钱的神职人员。而且他的住宅非常气派,总是大开门庭,用饭的时候凡是有人登门求见,他一定会供应饭食。普里马索很喜欢和王公贵族打交道,就想去见见这位院长,看看他有多么气派。他问别人院长的住宅距离巴黎多远,别人告诉他,院长的住宅距离巴黎大约 6 英里。普利玛索一想,如果早点动身,应该赶得上去吃午饭。他问了路之后,却没有发现有谁跟他同路。他担心自己走错了路,连饭都吃不到,就准备自己带三个面包,以防挨饿。真的出现这种情况,他也可以就着清水吃面包,虽然他很嫌弃这种淡而无味的感觉。他带着面包上路,所幸一切顺利,在午饭时赶到了院长家。进门之后,他忍不住东张西望,看见饭桌上摆满了酒菜,心想:"这位院长果然十分大方。"

过了一会儿,该开饭了,院长的总管就吩咐盛水上来,让大家洗手,然后安排大家一一就座。普里马索的座位恰巧靠着房门,院长进餐厅时一定会经过这里。

这所宅子里有个规矩,在院长落座之前不能开饭,不管是面包和酒,还是其他吃的,都不能端上来。总管将餐桌布置完毕后,就去请院长出来吃饭。院长让人打开通往餐厅的门,一眼就看到了普里马索。

院长之前没有见过他，只觉得他衣着寒酸，突然觉得很不痛快，心想："连这种人都能到我这里蹭吃蹭喝了。"他转过身，令人关上门，并问坐在门口桌旁的那个无赖是谁，可是大家都不认识他。

而普里马索向来不斋戒，赶了半天路，早已经饥肠辘辘。他等了一会儿，见院长还不出来，就拿出一个面包吃了起来。

过了一会儿，院长派人去看看普里马索走了没有。那个人回来说：

"老爷，他没走，正在吃自己带来的面包。"

院长说："那就让他吃吧，他吃了自己带来的面包，就不会吃我们的东西了。"

院长不想把普里马索轰走，希望他能主动离开。没想到他吃完一个面包，见院长还不出来，又开始吃第二个面包。前去打探的人看到了这个情况，又报告了院长。

普里马索吃完第二个面包，又开始吃第三个。这件事又被报告给了院长，他想："我今天怎么会有这种怪念头？为什么要这么吝啬，这么看不起人呢？这么多年来，不管是上等人还是穷汉，有钱还是没钱，是富贾还是小商贩，只要来向我求食，我都来者不拒，就算是一些无赖来吃饭，我也没生出过今天这样的念头。能让我变得吝啬的，一定不是个普通人。我觉得他是个无赖，其实他大有来头。"他一打听，才知道这个人是普里马索（院长早就听说过他），因为仰慕自己热情好客，才来看看院长有多么慷慨。院长羞愧不已，为了弥补之前的怠慢，赶紧热情地招待他。饭后，他还送给普里马索一套华服，又赠送了一些钱和马匹，跟他说他可以自己决定回去还是在这里多住几天。普里马索十分高兴，再三感谢了院长之后，就回了巴黎。他来的时候是步行，回去就有马匹了。

卡内先生非常聪明，用不着贝加米诺多说就知道了他的来意，笑着说：

"贝加米诺，你的口才确实很好，用一个故事就表明了你的委屈、你的才华，我的吝啬和你对我的希望。说实话，我并不是个吝啬的人，但是这次对你确实太刻薄了。我要用你给我的棍子，把我心里的吝啬赶走。"

于是，卡内先生派人去付清了贝加米诺拖欠的房钱，还送给他一套华服，以及一些钱和一匹马，由他自己决定是去还是留。

故事八

> 说唱诗人圭列莫·波西厄尔用几句含蓄的话讽刺了守财奴埃尔米诺·德·格里马迪。

坐在菲洛斯特拉托旁边的是劳蕾塔,她听到大家对贝加米诺的机智赞不绝口,知道下一个就该自己讲了。不等女王吩咐,她就开始讲:

亲爱的朋友们,听了刚才的故事,我想起了一个说唱诗人。他的故事和这个有点类似,也是讽刺了一个贪婪的大财主,也起到了一定的效果。虽然这个故事和刚才的差不多,但好在情节很有趣,结局也很圆满。

从前在热那亚有一个绅士,叫作埃尔米诺·德·格里马迪,他拥有大量的金银和田地,人们都说他比意大利最有钱的富豪都富。可是,就像他的钱比任何一个意大利人都多一样,他的吝啬也是天下无人能及的。他爱财如命,不但对别人苛刻,对自己也十分吝啬。一般的热那亚人都很讲究穿着,他却是个例外,穿得十分破烂,在饮食方面他也十分吝啬。于是大家都叫他吝啬鬼埃尔米诺先生,反而忘了他的姓格里马迪。

他的钱财只进不出,当然越来越多。这时候热那亚来了一个说唱诗人,名叫圭列莫·波西厄尔。他谈吐不凡,出身很好。现在的说唱诗人大部分只干龌龊的勾当,却硬要装出正直的样子,其实他们比宫里那些最粗鄙的人强不了多少,只配称作驴子。但波西厄尔跟他们截然不同。以前,说唱诗人会把调解贵族之间的冲突、消弭战祸当成自己的责任。他们撮合婚事,促进友谊,劝解烦恼的人,用机智的话来娱乐朝廷,对于犯了错误的人,又会像严父一样严厉责备——虽然这些事情报酬微薄,他们也乐意做。如今的说唱诗人却热衷于搬弄是非,传播一些有伤风化的新闻。更糟糕的是,他们很善于捕风捉影,说别人的坏话,在别人背后说人家的倒霉事,还要颠倒黑白,粉饰达官贵人们的斑斑劣迹。他们以此为乐,在上面花费了大量时间。坏话说得越多、坏事做得越多的人,却越受到尊敬。行为最卑劣的人却最受欢迎,得到最优厚的报酬。这是我们这个时代的耻辱,也正表明道德沦丧,只有我们这些不幸的人在泥淖中打滚。

正义的愤慨让我说得有些离题,现在还是回过头来说故事吧。我说过,圭列莫受到了热那亚当地的绅士的尊敬和热情的招待。他在城里待了几天,听了很多有关埃尔米诺的吝啬的故事,就想去见一见他。埃尔米诺也久仰圭列莫的大名,虽然他为人吝啬,但是礼数还算周到,就客气地接待了圭列莫,两个人相谈甚欢。然后,他领着圭列莫和当地的几个人一起去了他的一座新造的住宅。参观完毕后,他说:

"圭列莫先生,你见多识广,能不能告诉我一样人类从来没有见过的东西,我请人把它画在客厅里?"

圭列莫觉得这个要求非常可笑,就说:"先生,我一时也很难说出你没有见过的东西,除非是喷嚏之类。不过只要你高兴,我还真能说出一件你没有见过的东西。"

埃尔米诺急不可耐地说:"是什么呀?快点告诉我吧!"

他怎么也没想到,这一问会自讨没趣。只听圭列莫说:"你让人画个'慷慨'吧!"

埃尔米诺听到这句话,十分羞愧。他反省了一下,觉得自己做得确实很过分,必须彻底改变才行,就说:"圭列莫先生,我一定会按照你的意思,让人把'慷慨'画出来,好让你或者别人再也不会说我没见过什么是慷慨。"

受到圭列莫这句话的触动,埃尔米诺成了当时最慷慨的绅士,总是殷勤款待当地和远方的人士。

故事九

塞浦路斯国王昏庸无能,被一个加斯科涅女人讽刺后,变得英明起来。

现在只剩下艾莉莎还没有讲故事,她不等女王吩咐,就愉快地说:

各位姑娘,有时候会出现这种情况:一个人犯了错,不管我们怎么责备,他都不会醒悟,无意中的一句话却会产生效果。从劳蕾塔的故事里,我们能清楚地看到这一点,我打算再讲一个简短的故事来对此进行补充。不管讲故事的是谁,好的故事多听听总是没坏处的,

塞浦路斯第一任国王在位期间,圣地已由戈弗雷·德·布永①收复。那时加斯科涅有一个女人去朝圣回来,在塞浦路斯遇到了一群强

---

① 第一次十字军东征的统帅,后成为耶路撒冷国王。

盗,惨遭奸污。她恨得咬牙切齿,想要出这口怨气,就准备去找国王告状。可是别人告诉她,找国王也是白费力气,因为国王十分昏庸。别说不会替受了冤屈的人主持公道,就连他自己受到侮辱也不放在心上。有些人因为无处申冤,就对着国王破口大骂,国王却丝毫不放在心上。这个女人听完这番话,知道自己没有指望报仇,又咽不下这口怨气,就打算把这个窝囊的国王奚落一番。于是她哭着来到国王面前,对他说:

"陛下,我来的目的并不是让你替我报仇,因为我听说你总是受到别人的侮辱,却能承受下来,所以我来讨教一下。我是多么希望天主能让我受到的侮辱加在你身上啊,因为你太有涵养了。"

这个向来昏庸的国王听到这番话,突然振作起来。他先是严惩了那群侮辱这个女人的强盗,此后凡是有人敢蔑视王法,一律严惩。

故事十

> 阿尔贝托用几句婉转的话,让一个取笑他痴情的寡妇感到羞愧。

艾莉莎讲完,就轮到女王讲了。她优雅地开始讲道:

高贵的小姐们,璀璨的繁星装饰着清明的夜空,春天的花朵装饰着碧绿的草地。在人际交往中也是如此,风趣的话语能为优雅的举止和愉快的谈吐增光添彩。风趣话出自女人嘴里特别合适,因为男人本来就不适合唠叨。说来惭愧,现如今能够听懂风趣话的女人很少,就算能够听懂,也不知道该如何作答。以前的女人注重修养,现在的女人却注重装饰,以为只要打扮得花枝招展,戴上金银珠宝,就比别的女人身价高,仿佛装扮好的驴子比别的驴子高出一头一样。说这番话的时候,我自己也十分羞愧,因为说别的女人就等于说我自己。那些女人虽然打扮得花枝招展,穿得花里胡哨,却要么像大理石雕像一样一言不发,要么答非所问,说了还不如不说。她们想让人知道,她们之所以在社交场合中不善言辞,完全是因为心地纯洁。她们将自己的迟钝美化为"老实",似乎只有跟侍女、洗衣妇和面包师的老婆交谈的人才叫"老实"。如果她们真的像自己标榜的那样,就不会有这么多废话了。说话就像做事一样,要将时间、地点和谈话的对象考虑在内。有些男女在说话的时候没有好好估计对方的分量,结果面红耳赤的不是对方,而是自己。我希望你们在说话时能够随时注意这些地方,以免印证了那句俗话:"女人总是做不出好事"。我今天讲这最后一个故事的目的,就是让你们知道,既然我们的心灵比别的女人高贵,那我们的谈吐也应该比她们文雅。

几年前,波洛尼亚出了一名举世闻名的名医,名叫阿尔贝托,说不定他现在还健在。虽然他已经是古稀之年,但精神矍铄,虽然他的体力有所衰退,心中爱的火焰却熊熊燃烧着。有一次他去参加聚会,遇到了一个漂亮的寡妇,名叫玛格丽达·特·基索莉爱莉。他对她心生爱慕,居然像一个大小伙子一样,要是白天看不到她,晚上就辗转反侧,无法成眠。为了见到她,他总是到她的门前流连,有时候步行,有时候骑马,从不缺席。后来,寡妇和她的女伴们知道了他来这里的目的,觉得像他这样一把年纪、满腹经纶的人居然也会坠入情网,实在是可笑至极。在她们看来,只有年轻人那轻浮的头脑里才会产生爱意。

阿尔贝托医生经常在寡妇门前流连。有一天,正是一个节日,寡妇跟女伴们坐在门前,看到阿尔贝托医生从远处走过来,就商量着要捉弄他一番。把他请进去,郑重地款待他,再取笑他的痴情。等他走近了,她们就站起身迎接她,邀请他进去坐坐,然后把他带进了一个凉爽的院子,拿出美酒和糖果来招待他。最后,她们半开玩笑地问:既然你知道她身边围绕着不少年轻英俊的小伙子,为什么也会爱上她。

阿尔贝特医生听出他们的弦外之音,知道她们是在取笑自己,就笑着说:

"夫人,真正明事理的人不会对我的爱情感到大惊小怪,特别是我爱的是你,一个值得人爱慕的人。人上了年纪之后,体力有些跟不上,这是符合自然规律的,但这并不说明他不知道该爱谁,不懂得怎么爱。和年轻人相比,他的经验更丰富,也更懂得自己的优势所在。我知道有很多年轻的小伙子追求你,而我这个糟老头也喜欢你,是有原因的。我经常看到妇女们吃饭的时候,会吃扁豆和韭菜。韭菜的味道不好,但它的根不辣,也不算难吃。而你们却另有癖好,抓着韭菜的根,只吃上面又有味道又没营养的韭菜叶。夫人,我怎么知道你挑选爱人的时候不是用的同样的办法呢?如果是这样,那么中选的就是我,被拒绝的就是其他人了。"

寡妇跟她的女伴听到这番话,羞愧得无地自容。寡妇说:

"大夫,我们太过狂妄,冒犯了你,你却只是轻轻地说了我几句。

你德高望重，我很尊重你的爱情。从今以后，只要不涉及我的名誉，其他的事情我都听你的吩咐。"

阿尔贝托站起身来，向寡妇道了谢，微笑着告辞而去。

寡妇没有看清对象，想要取笑别人，却反而被别人取笑。如果我们是明白人，就千万不要做这样的事。

十个青年男女讲完故事，已经是夕阳西下，暑气也消失了。女王高兴地说：

"亲爱的朋友们，我一天的任期已经结束，接下来只剩下一件事情，就是推选一位新的女王，让她来决定她自己和我们的生活。原本我的任期要到晚上才能结束，但是继任者如果不事先准备，就会有些措手不及。所以我认为，为了让新的女王对明天的事有所安排，最好让她现在就接任。所以为了适应赐予我们生命的天主的旨意，也为了实现我们大家的愿望，我会推举最有见地的菲洛梅娜来做明天的女王。"

说到这里，她就站起身来，取下头上的花环，恭敬地戴在菲洛梅娜头上。她先向给新女王致敬，然后其他的男女也跟着她行礼，表示会拥护新女王的统治。

菲洛梅娜没想到自己会成为女王，脸上不由得泛起了红晕，可是她想起潘皮内娅说的那番话，就不再紧张，鼓起勇气来执行女王的权力。她首先肯定了潘皮内娅的分工，让大家继续各司其职，又安排了明天的日程和晚餐，然后说：

"亲爱的朋友们，我年少无知，承蒙潘皮内娅的厚爱，我才成了你们的女王。所以，在安排我们的共同生活方面，我不打算独断专行，还是想听取大家的意见。我先简单地说一说，告知你们我的想法，再由你们提出意见来修改或补充。我觉得潘皮内娅今天的安排已经十分出色，让我们过得非常愉快。如果大家不讨厌再这么过一天，或者另有反对的理由，我打算还这么做。现在我来安排，大家先起来舒活一下筋骨。等到太阳落山之后，我们可以趁着凉风吃晚饭，再唱唱歌玩一会儿，就去睡觉。明天大家早点起床，可以随意玩一会儿，再像今天一样回来吃饭，吃完饭后可以跳个舞，然后午睡。醒来之后，我们可以像今天一样讲故事。我觉得这是非常有趣，也很有益处的做法。潘皮内娅今天匆忙上任，来不及给大家规定讲故事的范围。我觉得不如从我开始,确定一个故事的范围,大家可以在这个范围里想一个好听的故事。我想,自从开天辟地以来,人们都被命运捉弄着,吉凶难料,以后也是如此。如果你们不反对的话,把明天的范围定为:一个人受尽磨难,在临近绝望的时候突然逢凶化吉,最后取得圆满结局的故事。"

在场的青年男女都觉得这个想法很不错,表示愿意遵守。等到大家都安静下来,狄奥内奥突然说:"女王,我和大家的想法一致,都觉得你这个办法很不错。但是我希望你能够赐给我一个恩典,就是在我们相聚的这段时间里,不要限制我讲故事的范围,让我想讲什么都可以。为了避免大家觉得我是因为没有故事讲才求这个恩典,以后我愿意总是最后一个讲故事。"

女王知道狄奥内奥为人风趣,也知道他提出这个请求的目的。如果大家听同样主题的故事感到厌倦了,他可以讲一个有趣的故事来活跃气氛。因此,在征得大家的同意后,女王同意了他的请求。然后大家都站起来,缓步来到了一条小溪边。这条小溪自山上蜿蜒而下,流过乱石和草地,流进树木葱茏的山谷。他们都光着脚,赤着胳膊,跳进水里玩闹。到了晚饭时间,他们才一起回去,高兴地吃起了晚饭。用过晚饭后,女王让人拿来乐器,让劳蕾塔跳舞,艾米莉娅唱歌,狄奥内奥弹着琵琶伴奏。在劳蕾塔翩翩而舞的时候,艾米莉娅一展歌喉,唱起了下面的歌谣:

> 我爱上了我自己的美貌,
> 全心全意,至死不渝,
> 没有什么感情能够将我困扰。
>
> 我揽镜自照,欣赏自己的美貌,
> 无限爱怜,无比欣喜,
> 眼前的光景和往日的思绪,
> 都无法夺走这些乐趣。
> 天下还有什么可爱的东西,
> 能唤醒我心中的柔情蜜意,
> 引起我新的渴望?
>
> 这种幸福从不缺席,
> 每当我看着自己的倩影,

它就会立刻出现在我面前，
但笑无言，脉脉含情，
根本无法用言语形容。
风情万种，
让众生难以抵御。

我越是注视镜中这可爱的倩容，
心中的爱火越是熊熊。
我将自己整个献给了它，
换回它的承诺：
未来还会有更强烈的快乐，
因为我知道，
谁都看不到这样的美丽。

　　艾米莉娅唱歌的时候，大家都起劲地跟唱，还有人将歌词玩味了一番。唱歌跳舞之后，时间已经不早。夏天原本就是夜短昼长，于是女王下令第一天的活动到此结束。她命人点起火炬，让大家回去好好休息，第二天早晨再见，于是大家依言回到了自己的卧室。

第二日

decameron

《十日谈》的第一天已经结束，第二天从此开始。女王菲洛梅娜带领大家讲述了一个人受尽磨难，在临近绝望的时候突然逢凶化吉，最后取得圆满结局的故事。

旭日东升，新的一天开始了。小鸟在枝头上唱着欢快的歌曲，如同在报晓一般。女郎们和三个青年闻声而起，来到了花园里，信步走在缀满露珠的草地上。他们编了一顶顶花冠，跟昨天一样玩了很长时间。他们在绿荫下吃了早饭，跳了一会儿舞，就睡到中午。到了午祷时分，他们又纷纷起身，按照女王的命令来到草地上，围着女王坐下。头戴花冠的女王真是美艳无比，她环顾众人，让内菲莱先讲故事。内菲莱并不推托，高兴地开始讲述。

故事一

马台利诺装成跛子，触碰了圣阿里古的遗体就痊愈了。有人识破了他的诡计，把他毒打一顿，扭送到官府。他差点被绞死，最后终于捡回一条命。

亲爱的姐妹们，一个人想要嘲弄别人，特别是理应尊敬的事物，通常会自讨苦吃。听到女王的这个题目，我就想起了我的一个同乡，他一开始吃尽苦头，后来逢凶化吉，结果十分圆满。

不久前，特雷维索住着一个日耳曼人，名叫阿里古。他家境贫寒，靠给人做脚夫赚些小钱。但是他为人正直，美名远播，被人们当成圣洁的人。听当地人说，在他去世的时候，特雷维索大教堂里的钟在没有人敲打的情况下，突然一起响了起来，也不知道是真是假。不过大家都认为这是一个奇迹，因此断定阿里古成了圣徒。大家像潮水一样涌向他家，把他的尸体抬到大教堂，按照对待圣徒一样的仪式对待。城里那些瘸子、瘫子、瞎子，以及有各种病痛灾祸的人都来到了教堂，希望碰一碰圣体，就能百病全消。

正当大家在城里闹哄哄的时候，有三个佛罗伦萨人来到了特雷维索，他们分别叫史台希，马台利诺和马凯斯。他们擅长演滑稽短剧，能够模仿别人的动作和表情，经常到王公贵族的宫廷里献技，博得他们一笑。这是他们第一次来到特雷维索，看到街上的人们闹哄哄的，感到十分奇怪。经过一番打探，他们知道了事情的缘由，就想去见识一下。他们来到一家客店，把行李安排妥当，马凯斯就说：

"我们也可以去瞻仰这位圣徒，但我觉得这很难办到。我听说为了避免发生事故，城里的长官在广场上安排了很多雇佣兵和武装人员站岗。教堂里更是人满为患，根本挤不进去。"

马台利诺急着去看热闹，就说："这并不难办，我有办法让你们挤到圣体前面。"

"什么办法呢？"马凯斯问。马台利诺说：

"听我说，我可以装成一个跛子，你和史台希就一左一右搀扶着我，到圣体面前去治病。别人看到我们的样子，一定会给我们让路的。"

马凯斯和史台希一致认为这个主意非常不错。他们三个立刻离开客店，来到一个僻静的地方。马台利诺大显身手，把自己的手指和胳膊都扭转过来，腿也瘸了，眼也斜了，嘴也歪了，一张脸变得奇形怪状，十分恐怖，任谁看了他这副模样，都会觉得他是一个全身残疾的人。马凯斯和史台希就一左一右搀扶着这个假病人，一起走向教堂。一路上，他们满脸虔诚，恳求大家看在天主的面上，为他们让出一条路。果然，大家不但主动让路，还纷纷嚷着："让开点，让开点！"就这样，他们三个来到了圣阿里古的遗体前面。旁边的几个绅士把马台利诺抬到圣体上面，好让他恢复健康。

每个人都目不转睛地盯着马台利诺，看他身上会发生怎样的奇迹。马台利诺也很清楚在现在的场合下应该怎样表演，他先伸直了指头，又抬起了手，然后张开胳膊，最后全身都挺直了。看热闹的人看到奇迹发生，都在赞美阿里古。

恰好当天有几个佛罗伦萨人也在教堂里，就在离圣体不远的地方。马台利诺一开始怪模怪样的，他们没有认出来，现在见他恢复了原貌，立刻认出了他，笑着说：

"他可真会捉弄人，看他进来的那个样子，谁会不相信他是一个真的瘸子？"

几个当地人听到这番话，立刻问道："难道他不是个残疾人吗？"

佛罗伦萨人说："当然不是，他四肢健全，不比我们任何一个人差。不过在假装残疾人方面，他比我们都强。"

那几个人听到这番话，也不再多问，就使劲挤到前面，嚷道：

"这个坏蛋胆敢取笑天主和圣徒！他并不是瘸子，却要装成瘸子来戏弄我们，抓住他！"

听到这番话，大家立刻抓住马台利诺的头发，把他从圣体上拖下来，拖到外面，把他的衣服撕成碎片，对他拳脚相加。马台利诺发出杀猪一样的嚎叫："看在天主的面上，饶了我吧！"他到处躲藏，可是打他的人越来越多，他顾头不顾尾。

史台希和马凯斯见到这番情景，知道事情弄糟了，唯恐受到牵连，不敢上去帮他，反而跟别人一起喊："打死他！"不过他们心中却在想办法，要把他从愤怒的群众中救出来。要不是马凯斯急中生智，说不定马台利诺真的会被打死。马凯斯看见执政官官邸前面有很多警士在站岗，就跑到一个执政官模样的人面前说：

"看在天主的面上，请帮帮我吧。那个贼偷了我的钱包，里面足足装了100个金币。请老爷抓住他，把我的钱讨回来。"

执政官听到他的话，立刻派了十几个士兵朝着马台利诺挨打的地方奔去，好不容易才驱散开人群，将被打得鼻青脸肿的马台利诺抓回官邸。很多自感受了侮辱的群众还不肯离去，听说他是因为偷窃的罪名被抓的，觉得这样能让他多吃些苦头，就一口咬定自己的钱包被偷了。

执政人手下的法官执法严厉，听说抓了一个小偷，就立刻提来审问。马台利诺不知厉害，说话时嬉皮笑脸。法官勃然大怒，命人重重抽他几鞭子，让他快点招认，好把他送上绞刑架。

马台利诺疼得满地打滚，法官还问他招不招。他知道如果继续否认，只会遭受更多的皮肉之苦，就说："大人，我愿意招供。但是您要把原告叫来，说出我偷钱包的时间和地点，我才能知道哪些是我偷的，哪些不是我偷的。"

法官说："可以。"于是叫了几个原告上来，有一个说钱包是八天之前被偷的，另一个说是六天前，还有一个说是四天前，有几个说是刚刚被偷的。马台利诺说："大人，他们都是在胡说八道，我可以保证我所说的句句属实。我这是第一次到这里来，刚来不久就过来瞻仰那具遗体。活该我倒霉，被揍成了这副模样。我半句谎言也没有，要是大人不相信，可以去问在城门口检查外人入境的官员，查看他的登记簿，还可以询问客店老板。如果大人查证下来，发现我没有说谎，还请大人不要听那些坏蛋的话，判处我死刑。"

这边审问还在继续，而马凯斯和史台希在外面看到法官已经动了刑，知道马台利诺只怕很难脱身，急得不知如何是好。他们说："这步棋走错了,我们刚把他救出油锅,没想到又推进火坑。"

两个人急忙赶回客店,找到店主,把自己闯下的祸告诉他。店主觉得十分好笑,就带他们去见城里的一个绅士,叫作桑德罗·阿戈兰第,这个人和执政官很有交情。客店老板详细讲述了事情的经过,还跟他们一起恳求桑德罗去营救马台利诺。桑德罗听完他们的话,先是笑了一阵,才去见执政官,请他网开一面,放掉马台利诺。执政官一口答应下来。

他们去领人时,才看见马台利诺还在受审,他只穿着一件衬衣,吓得浑身哆嗦,因为法官根本不听他的任何辩解。也不知道这位法官是不是特别痛恨佛罗萨人,非要把马台利诺绞死不可。他一开始拒不交人,最后迫于命令才不情愿地把人交出来。

马台利诺来到执政官面前,把事情的来龙去脉仔细讲了一遍,还恳请执政官允许他离开这里,因为他要是不平安地回到佛罗伦萨,就总感觉脖子上套着一根绞索。

执政官听到这种稀奇事也哈哈大笑,还赏给他们每人一件衣服。就这样,他们绝处逢生,回到了家乡。

故事二

> 里纳尔多·德·达司蒂被抢劫之后,顶风冒雪来到圭列莫城堡,幸亏有位寡妇收留了他。第二天,他追回了失去的财物,平安回乡。

女郎们听了马台利诺的遭遇,都忍不住笑了起来,三个青年也哈哈大笑。特别是坐在内菲莱旁边的菲洛斯特拉托,他一听到女王的吩咐,就从容地说道:

美丽的姑娘们,接下来我要讲的这个故事跟宗教有关,其中不但有不幸,也有爱情,听完之后也许你们会获得一些益处,特别是那些踏上爱情崎岖道路的人,如果不祷告圣朱利安①,祈求他的保佑,就算有一张舒适的床也不能安睡。

在阿索·法拉拉侯爵生活的时期,商人里纳尔多·德·达司蒂来到波洛尼亚办事,事情办妥后就启程回家。他在离开法拉拉境地,赶

———————————
① 中世纪认为此人是教徒中的享乐主义者。

往维罗纳的时候,突然遇到了几个看起来像商人的人。实际上,这些人并不是商人,而是些无恶不作的强盗。里纳尔多跟他们攀谈了一会儿,居然放下警惕,和他们结伴赶路。那些人看他一副商人打扮,猜测他身上有钱,就准备找机会下手抢劫。为了不让里纳尔多起疑,这些人刻意做出一副正派的模样,言谈举止十分亲热。里纳尔多这次只带了一个仆人骑马随行,正觉得无聊,遇到他们之后只觉得自己走运,遇上了同伴。他们一边前行,一边谈天说地,后来就说起了向天主祈祷。三个强盗中的一个问里纳尔多:"兄弟,请问你出门在外的时候,经常念哪种祷告?"

里纳尔多说:"说实话,我是个俗人,并不太精通祷告一类的事,记住的祷词也很有限。我这个人比较老派,只知道一毛钱等于 10 个子儿。在我出门旅行的时候,每天早上离开客栈之前,我会念一段天主经和一段万福玛利亚,为圣朱利安的父母祈福,求他们保佑我能在晚上有一个舒适的地方睡觉。在我的旅途过程中,我也遭遇过很大的危险,但每次都能逢凶化吉,晚上还能有一个舒适的地方下榻,我相信这种恩典都是圣朱利安向天主为我求来的。要是我早上没有祈祷就出门,白天赶路就不顺利,晚上也没有好的休息场所。"

那个强盗又问:"那你今天早上祷告了吗?"

"当然。"里纳尔多说。

对方知道今天会出什么事,心想:"如果我们的计划没有差池,只怕你今晚没有好的睡觉场所了。"于是他对里纳尔多说道:

"我也经常在外奔波,听人说起这套祷告的好处,但我一直没有念过。今晚我们就可以看一看,是念过祷告的你睡得舒服,还是不祷告的我睡得舒服。说实话,我念的是'不要毁坏'、'至福童贞'和'邻近阴间'。我的祖母告诉我,这些祈祷词才管用。"

他们一边闲聊,一边继续前行,强盗们只等着合适的时间和地点,就要动手抢劫。黄昏时分,他们走到了离圭列莫城堡不远的渡口附近,强盗们见四下无人,就突然袭击了里纳尔多,抢走了他所有的钱财和马匹,把他剥得只剩下一件衬衫,还对他说:

"滚吧,看你的圣朱利安今晚会不会跟我们的圣徒一样,给你安排一个像我们一样好的住处!"说完,三个强盗就过了河,不见了踪影。

里纳尔多的仆人胆小怕事,见到主人被抢劫,根本不敢施以援手,反而调转马头就逃，直到进了圭列莫城堡才停下来。当时天色已晚，他就找了个客店住下，根本不管别的事。

里纳尔多光着脚，只穿了一件衬衫。天气冷，飘着雪花，天色也黑下来，他冻得牙齿打战，浑身发抖。他环顾四周，想找个地方借宿一宿，以免冻死在雪地里。可是不久前这里刚刚经过战事，一切都化成灰烬，根本没有住所。他冻得受不了，只好拼着力气跑向圭列莫城堡。他不知道仆人跑到了哪里，只想着只要能进城，就能靠天主的慈悲活下来。可是他刚走到离城一英里的地方，天就黑了，等他赶到城下，城门已经关闭，吊桥已经收起，根本进不去。他伤心绝望之余，忍不住号啕大哭，只好随便找个地方躲避风雪。好在他看到城墙外面有一间房屋，造得稍许凸出一些，他就打算去那里将就一晚上。可是他走近了才发现，门已经关了，只有门口有一堆茅草。他没办法，只好蜷缩在茅草里，抱怨圣朱利安这样对待自己的忠诚。可是圣朱利安并没有抛弃他，很快就给他安排了一个舒适的住处。

城里住着一个漂亮的寡妇，风姿绰约，深得阿索侯爵的喜爱。侯爵把她安置在一座华屋里——里纳尔多现在藏身的地方就是她家的屋檐。那天白天，侯爵过来了，并和寡妇约好要留下过夜，让她准备好洗澡水和丰盛的晚餐。没想到一切安排齐全之后，突然来了一个仆人，向侯爵报告了一些急事。侯爵没办法，只好匆忙离去，并告诉寡妇不用等自己来了，说完就骑马离开。寡妇有些不高兴，就打算自己享用备好的热水，吃过晚饭后就寝。浴室紧挨着倒霉的里纳尔多藏身的地方，寡妇洗澡的时候，就听到了他的哀叫，以及牙齿的打战声。寡妇对使女说："你去看看是谁在墙角下，在做什么。"

使女把头伸出窗外，借着雪光看到一个男子，赤脚单衫，正在瑟瑟发抖，就问他是做什么的。可怜的里纳尔多冻得话都说不清楚，简短地讲述了自己的遭遇，并苦苦哀求使女做做好事，不要让他在外面冻死。使女动了恻隐之心，就回去告诉女主人。寡妇听了，也觉得他很可怜。她想起那扇门上有一把钥匙，有时候侯爵就从这扇门里进出，就说："你去把门打开，让他进来，这么一桌菜我也吃不完，也不缺让他睡一觉的地方。"

使女连声赞美女主人心地善良，然后去打开门，把里纳尔多领了进来。寡妇见他快冻僵了，就说："先生，你快点洗个澡吧，水还热着呢。"

里纳尔多也不拒绝，就跳进了澡盆里。洗完澡之后，他重新温暖过来，好像死而复生。寡妇找了几件她过世不久的丈夫的衣服给他，没想到他穿着正合适，倒仿佛是量身定做的。他一边等着女主人的吩咐，一边在心里感谢天主和圣朱利安让他免遭风雪，找到一个舒适的住处。寡妇让他休息了一会儿，就让人把大厅里的炉火生旺，自己则问使女，那个男人怎么样了。

使女说："太太，他已经穿上了衣服，看起来非常端正，很有教养。"

"那你去请他过来烤火吧，顺便吃点东西，他应该还没吃饭。"

里纳尔多来到火炉旁，看到这家的主妇就知道她身份高贵，不敢怠慢，急忙问了安，感谢她的救命之恩。寡妇看了他的人品，听了他的话，觉得使女的评价果然不错，就高兴地接待他，邀请他坐在自己身边烤火，然后问他是怎么落难的。里纳尔多详细讲述了自己当天的遭遇。他所说的这些事，在他的仆人逃进城里的时候，已经流传开来，所以寡妇深信不疑，还说找到他的仆人并不难。这时晚餐已经备好，里纳尔多按照女主人说的洗了手，坐下来跟她一起享用晚餐。他身材高大，器宇轩昂，谈吐不俗，所以寡妇的目光总是有意无意地落在他身上。之前侯爵约好了来和她相会，让她春心荡漾，现在不由得对里纳尔多芳心暗许。晚饭后，杯盘都撤了下去，寡妇就和使女商量，既然侯爵让她白欢喜一场，她是不是应该接受这个天赐良机？侍女明白女主人的心思，就极力怂恿她，还为她谋划。寡妇回到大厅，见里纳尔多正独自烤火，就含情脉脉地说：

"里纳尔多，你怎么愁眉苦脸的？难道丢了一匹马和几件衣服就这么难过吗？你先宽宽心，把这里当成自己家。我还要跟你说，你穿的是先夫的衣服，我总是把你当成他，今天晚上我有上百次想搂住你亲吻，只是怕你不高兴，我才没有这么做。"

里纳尔多并非草木，听了这番话，看着她热辣辣的眼神，就张开双臂迎向她：

"夫人，你救了我的命，让我免于冻死，我就应该尽心服侍你，让你高兴，否则就是我太不识好歹了。你想搂我亲我都可以，作为回报，我一定心甘情愿地回敬你。"

事已至此，一切言语都是多余。寡妇按捺不住，投进了他的怀抱，亲吻了他上千次，也被回吻了上千次。两个人起身进了卧房，宽衣上床，快活了一夜。等到东方发白时，两个人就依依不舍地从床上下来了——因为寡妇唯恐别人知道这件事。她找出一件旧衣服给里纳尔多穿上，又把他的荷包装得满满的，让他对昨晚的事情保密，然后告诉他该怎么去找他的仆人。里纳尔多又从昨晚进来的小门出去，扮成一个刚从远方前来的旅客进了城，找到了仆人。他从仆人带的行囊里拿出自己的衣服换上，刚要骑上仆人的马上路，就遇到了昨天的三个强盗。他们在犯案时失了手，被官府抓住，押解进城。按照他们的供词，里纳尔多的马匹、金钱和衣服都物归原主。只少了几根带子，因为强盗们也不记得扔在了哪里。里纳尔多感谢了天主和圣朱利安，就踏上了回家的路途。第二天，那三个强盗就被绞死了。

故事三

> 三个兄弟肆意挥霍，掏空了家底。侄儿失意回乡，途中偶遇一位修道院院长，却是英格兰国王的女儿。公主招他为驸马，还帮他的叔父重振家业。

青年男女们听了里纳尔多的一番遭遇，都对他的虔诚赞不绝口，也感谢天主和圣朱利安救他于危难之间。至于那个抓住天主赐予机会的寡妇，虽然做得不太光明正大，他们也不愿意责备她。她们讨论着那一夜风流的时候，坐在菲洛斯特拉托旁边的潘皮内娅知道轮到自己讲故事了，就思考了一会儿。等到女王一吩咐，她就从容地说道：

高贵的朋友们，说到造化弄人这个题目，相关的事例简直讲不完。留神观察，我们就会发现，平时我们愚蠢地说由自己掌握的东西，其实都掌握在命运之神的手里。命运凭借它那不可捉摸的旨意，不停地将东西从这个人手里转到那个人手里，毫无规律可言。这样想来，我们就不会觉得有什么奇怪了。几乎每天每时每刻，这个事实都能够得到充分的证明。我们刚才讲的几个故事也阐述过。不过如果女王允许，我准备再补充一个，你们听了一定会喜欢，也许还能有所收获。

从前我们的城里有一个绅士，名叫泰巴尔多。有人说他是兰贝托家的后裔，也有人说他是阿戈兰特家族的后裔。考虑到这位绅士的后代在挥霍无度方面和阿戈兰特家族十分相似，因此后一种说法也许更准确。我要说的是他的三个儿子，大儿子叫作兰贝托，第二个叫作泰巴尔多，第三个叫作阿戈兰特；这三个人都仪表堂堂。这位绅士去世的时候，大儿子还不满18岁。三个人按照法律，继承了他所有的遗产。自从接管了这偌大的产业，兄弟三人就毫无节制，大手大脚。他们雇用了无数的仆役，畜养着许许多多的骏马、猎狗、猎鹰，还养了很多食客，每天热衷于各种娱乐消遣，还发明了很多新玩意儿。这样的日子持续了不长时间，父亲留下来的产业就花光了，虽然也有收入，但是入不敷出。他们需要钱，就开始变卖和抵押产业。今天卖这个，明天卖那个，等他们醒悟的时候，已经是一穷二白。他们的眼睛向来被金钱蒙蔽，现在却被贫穷打开了。

一天，兰贝托把两个兄弟叫来，说父亲在世时家业兴隆，富甲一方，如今却因为挥霍无度而花光了家产，眼看就要变成穷光蛋了。他决定，卖掉手上寥寥无几的产业，在场面拆穿之前离开这里。

三个人商量好之后，没有跟任何人告别，就悄悄地离开佛罗伦萨，一口气跑到英国，在那里租了一所小房子住下。他们节衣缩食，过起了靠放高利贷生活的日子。也算他们走运，没过几年，他们就攒下了很多钱。

兄弟三人先后回到佛罗伦萨，赎回了旧时的大部分产业，又另外添置了一些，各自娶妻。为了维持在英国的高利贷产业，他们派了一个名叫阿莱桑德洛的侄子去那里打理，自己留在佛罗伦萨。现在他们三个都已成家，却又旧态复萌，忘记了原先吃过的苦头，又开始一掷千金，比以前更加奢侈，钱不够就向别人借，很快就欠下一笔巨款。多亏阿莱桑德洛在英国向贵族放高利贷，用城堡或者其他产业作为抵押，收回利息就寄回佛罗伦萨，弥补他们的亏空，于是日子就这么支撑了几年。

三兄弟挥金如土，唯一的指望是从英国来的接济。没想到英国国王突然和一个王子失和，二者兵戎相见。全国分为两派，有的效忠国王，有的拥护王子。战火一起，押给阿莱桑德洛的贵族的城堡几乎都被占领，没有任何收益。他原以为国王和王子很快就能和好，那他就能收回本金和利息，所以一直逗留在英国。而在佛罗伦萨的三个叔父却依然挥金如土，欠款越来越多。

几年过去，战火依旧没有平息。三兄弟因为欠债不还，已经信用扫地，还被债主告了，关进了监狱，在还清欠款之前不能出狱。他们的妻子儿女则各自流落四方，日子过得十分凄惨，看来是永无翻身之日了。

阿莱桑德洛在英国观望了几年，却迟迟等不到战火平息，觉得再耽搁下去，恐怕连性命都保不住了，就决定回意大利。打点好一切之后,他就踏上了归途。巧的是,他路过布鲁日的时候,遇到了一个穿白袍的修道院院长,对方率领了很多修士和侍从,也准备出城,前方还有马帮驮着行李。修士身边有两个上了年纪的绅士,阿莱桑德洛认出他们是国王的亲戚,就过去打了个招呼。对方见到他也很高兴,就邀请他同行。在路上,阿莱桑德洛问那些修士是谁,要去哪里,为什么会带这么多侍从。其中一个绅士说:

"骑马走在最前面的是我们的亲戚,最近被任命为英国最大的修道院的院长。但是他年纪太轻,按照教会的规矩,还不能承担这么重要的职位,所以我们要陪他去罗马,请求教皇的特许,恩准他的任命。你知道就行了,千万不要把这件事告诉别人。"

那位新院长骑着马,就像我们通常能够看到的贵族出行一样,有时在前,有时押后,所以注意到了阿莱桑德洛。阿莱桑德洛正值壮年,举止优雅,院长一见就喜欢上了,觉得没有人比他更可爱。于是院长将阿莱桑德洛叫到身边,问他的姓名,从哪里来,要到哪里去。阿莱桑德洛将自己的来历和盘托出,并表示愿意为院长效劳。

院长听他这番话讲得很有条理,更加留心观察他,发现他虽然现在并不得志,将来一定有出头之日,因此对他更有好感。院长对他的遭遇深表同情,好言安慰,让他不要放弃希望,只要为人正直,天主也会让他恢复旧状,甚至比以前更好。此后他们继续向托斯卡纳进发,于是院长就邀他同行。阿莱桑德洛感谢了院长的好意,并表示愿意听从院长的差遣。一路上,院长想的都是阿莱桑德洛,心情无法平静。几天后,他们来到了一个小镇,这里并没有几家客栈,院长却硬要在这里过夜。好在阿莱桑德洛和其中一家客栈的老板熟识,就让老板准备了一间像样的屋子。这样一来,阿莱桑德洛凭借他的干练,简直成了院长的总管,为他妥善安排侍从们的住处。

院长吃完晚饭,时候已经不早,大家都已经就寝。阿莱桑德洛就问客栈老板自己睡在哪里,没想到老板说:

"说实话,我也不知道让你睡在哪里。你看,这屋子里住满了人,我跟我的家人都只能睡在长凳上。不过院长的房间里放着几袋粮食,我可以在上面给你临时搭一个铺位,让你在那凑合一夜。"

阿莱桑德洛说:"这可不行,院子的房间本来就小,连他的修士都没有睡在那里,我怎么能去呢?早知道这样,我就让修士睡在那里,我自己睡在修士的床上了。"

客栈老板说："事已至此，你就凑合一下吧，睡在那里也不错。院长已经睡着，帐子也已经放下了。我给你搬个床垫进去，你就在那睡吧！"

阿莱桑德洛觉得既然不会打扰院长，就这么办吧。于是，他蹑手蹑脚地过去睡下了。其实，院长这时候并没有入睡，他把阿莱桑德洛和店主的话一字不落地听了进去。他还听到阿莱桑德洛悄悄地进来睡觉的声音，心想："这是天主赐给我的机会，好让我得偿所愿。要是错过这次机会，以后也不可能再有了。"院长下定决心，等到四下寂静的时候，就小声叫着阿莱桑德洛的名字，让他到自己的床上来睡。阿莱桑德洛再三推辞，最后才答应下来。院长把手放在他的胸口，不停地抚摸他，就像一个少女挑逗情人一样。这让阿莱桑德洛大为震惊，还以为院长喜欢男人。院长也不知道是凭着直觉，还是感受到了他的反应，立刻明白了他的心思，就笑着解开内衣，拿起阿莱桑德洛的手放在自己胸前，说：

"阿莱桑德洛，你不要乱想，摸摸我这里就知道我藏了什么。"

阿莱桑德洛用手一摸，摸到了两个又小又圆的乳房，像象牙一样细腻。他这才明白，原来院长是个女人。他顾不上说什么，就将她搂在怀里，要跟她接吻。可是她推开他说：

"等一下，等我把话说清楚了，咱们再亲热。现在你也知道了，我是个女人。我离家的时候还是个处女，去请教皇为我主婚。也不知道是你走运还是我的不幸，从我见到你的那一天，我就爱上了你，就像别的女人喜欢男人一样。我只想让你做我的丈夫，不想要别人。如果你不想娶我，就立刻下床，回到你的床上去。"

阿莱桑德洛虽然还不知道她的身份，但见她带了这么多随从，必定是有钱人家的小姐，而且长得又美貌，就毫不犹豫地说，只要她不嫌弃，他就愿意娶她。

她听到这话，就从床上坐起来，交给他一枚戒指，作为定情信物，又跟他一起朝圣像下跪。仪式结束之后，他们才亲吻拥抱，快活了一夜。他们商量好办法之后，阿莱桑德洛就悄悄离开了房间，好让别人不知道他是在哪里过的夜。一路上，他都和院长一起前行，好不得意。几天后，他们到达了罗马。院长休息了几天后，就带着两个绅士和阿莱桑德洛一起觐见教皇。向教皇敬礼后，院长说：

"教皇陛下，每个想过上纯洁正直的生活的人，都要避免一切引诱他背道而驰的事物,这一切您应该深有体会。我的父亲,也就是英格兰国王,让我嫁给年迈的苏格兰国王,因此我才带了一些珍宝悄悄离开宫中,到这里来求教皇陛下为我主婚。我并不是嫌弃苏格兰国王年纪太大,而是我年纪太轻,意志薄弱,担心以后抵挡不住诱惑,做出什么违背天主的戒律和有违我们王室名誉的事。在我赶来这里的路上,慈悲的天主让我遇到了他为我选中的丈夫,就是这个青年(说着,她指向阿莱桑德洛)。您看,他现在就在我身边。虽然他没有什么高贵的出身,但他的品德和仪表完全能配得上最高贵的小姐。不管我的父王和别人有什么看法,我都打算要嫁给他,再没有第二个人能占据我的心。我之所以远道而来,原本是为了我的婚事,虽然现在这个动机已经不存在了,但我还是赶了来。一是为了看看这个神圣的城市,觐见教皇陛下。二是为了当着您和众人的面,确认我和阿莱桑德洛私下约订、由天主做证的婚姻。所以,我请求您成全符合天主和我的意愿的婚事,并替我们祝福。您是天主在世间的代表,有了您的祝福,就获得了天主的允许。那我们就可以同生共死,不辜负您和天主的荣耀。"

阿莱桑德洛听说自己的妻子是英国的公主,不由得又惊又喜。可是那两个绅士听到这番话却震惊不已,要不是有教皇在场,说不定会凭一时气愤伤害阿莱桑德洛,甚至连公主都无法幸免。

教皇看到公主女扮男装,又看到她给自己选了一个丈夫,也是十分惊讶。但是木已成舟,一切都无法挽回,就同意了她的请求。他还劝解两位绅士,让他们不要动怒,跟公主和阿莱桑德洛和解,着手准备婚事。

到了指定的日子,教皇安排了盛大的宴会,将红衣主教和许多王公贵族都请了来。新娘一身华服,美艳动人,让大家赞叹不已。新郎阿莱桑德洛也身着盛装,看起来根本不像那个放高利贷的小伙子,而是一个王公贵族。两个绅士也盛装出席。在教皇的主持下,新人举办了盛大的婚礼。仪式结束后,教皇祝福了这对新婚夫妻,确认了他们的关系。之后,阿莱桑德洛带着公主离开罗马,来到了佛罗伦萨。在他们到达之前,结婚的消息就已经传开,所以他们受到了人们的热烈欢迎。公主还清了三兄弟的债务,让他们恢复自由,还替他们赎回家产,接回了妻子儿女。之后,阿莱桑德洛夫妇邀请阿戈兰特一起来到了巴黎,受到了法国国王的热情接待。那两个绅士先行回国,竭力在国王面前替公主说情。国王原谅了女儿,还为她举办了盛大的欢庆仪式。不久之后,国王授予阿莱桑德洛伯爵名衔。阿莱桑德洛巧妙周旋,让英国国王和太子和解,使国家恢复和平,也赢得了人民的敬爱。阿戈兰特将账款全部收回,又被阿莱桑德洛伯爵封为爵士,高兴地回到了佛罗伦萨。伯爵和他的夫人非常恩爱,据传说,他凭借自己的勇敢和才干,以及父王的帮助,征服了苏格兰,成了苏格兰王。

故事四

　　　兰多福经商失败后沦为海盗,又被热那亚人捉去,后来他遭
　　遇海难,抱着一只箱子漂到了古尔福,被一个妇人救了。没想到,
　　箱子里全是金银珠宝,于是他回到故乡,成为富人。

　　坐在潘皮内娅身旁的劳蕾塔听到她的故事已经接近尾声,就继续讲起下一个故事:

　　善良的姐姐们,要我说,命运的力量是无穷的,它能让穷困潦倒的阿莱桑德洛平步青云,成为皇亲国戚。刚才潘皮内娅所讲的故事就是这样。现在既然大家要讲相同主题的故事,那我也来讲一个吧。虽然这个故事的结果不是那么圆满,但其中经历的苦难比前一个更多。相比之下,我这个故事可能没那么精彩,但是我也讲不出更好的,希望大家多多包涵。

　　每个人都说,从莱乔到加爱达这一段沿海地带,堪称意大利风景最优美的地方。特别是萨莱诺附近的,被当地人称为阿玛尔菲海岸的那片山坡。那里遍布着各种城镇和花园,还有不少喷泉,住在那里的都是有钱的商人。那里有一个叫拉维洛的小城镇,镇上住着不少富翁,最有钱的一个叫兰多福·鲁福洛。虽然他腰缠万贯,却还是不满足,想要更富一些,没想到差点弄得倾家荡产,连性命都不保。

　　他经过一番思虑,就像别的商人一样,买下一艘大船,拿出自己所有的钱买了一船货,朝着塞浦路斯驶去。可是到了那里才知道,有很多运着同样货物的船已经先于他到达。这样一来,他只好降价,最后几乎等同于白送。就这样,他一下从富翁变成了穷光蛋,不知该如何是好。他想,要么自杀,要么去抢劫,弥补自己的损失,要不然真是无颜回家。

　　他卖掉自己的大船,又凑上贱卖货物的钱,买了一艘快船,配上必

需的武器和航海用品,当起了海盗。他的主要目标是海上的商船,特别是土耳其人的船只。也许是上天眷顾,他干这种无本的买卖比做商人顺利得多。一年后,他抢回的钱财不但弥补了损失,还赚了一倍。他还记着之前栽过的跟头,不想多冒风险,就准备金盆洗手,拿着这笔钱回家。这一次他没有购买货物,就乘着那艘让他发财的快船,带着抢回的钱,往家乡进发。

船行驶到爱琴海的时候,一天下午,突然刮起了强烈的东南风,大海上波涛汹涌,把快船冲离了航线。他们怕快船支撑不住,就进了一个小岛的港湾躲避,等待风平浪静。过了不久,另外两艘船也要躲避风暴,驶入了这个港湾。这两艘船来自君士坦丁堡,是热那亚大商船,他们看到这艘快船,打听到船主就是富翁兰多福,就见财起意,想要抢劫。他们将大船横在湾口,挡住快船的去路,好动手抢劫。他们又派了一些水手登上岸去,准备好弓弩对准快船,不让一个人上岸。大船上其他的水手跳上舢板,借潮水的力量来到兰多福的快船边,轻而易举地抓住了兰多福和他的水手。他们将快船上的财物洗劫一空,把兰多福剥得只剩马甲,押到大船上,关进舱底,随后将快船凿沉。

第二天风向变了,两艘大船扬起帆向西驶去。一开始一切顺利,没想到到了傍晚,海上又刮起风暴,惊涛拍岸,把两艘大商船冲散了。兰多福所在的那条船被风刮到了切法伦尼亚岛附近,撞上了沙洲,就像玻璃一样成了碎片。刹那间,海面上漂浮起很多货物、箱子和木板。这时天色已黑,风浪又险恶,落水的人当中那些水性好的只管随便抓住什么。兰多福连遭厄运,有时候想着倒不如死了算了,以免回去后一无所有,平白遭人嘲笑。可是到了生死关头,他又害怕了,也像别人一样去抓住漂过来的木板。好在天主仁慈,没有让他沉下去。他就趴在木板上,任凭风吹浪打,在海里漂了一夜。天亮之后,兰多福举目四望,只见水天相连,不远处漂着一只箱子。他很害怕箱子漂过来把木板撞翻,所以每次箱子漂过来,他就用力把它推开。忽然,一阵暴风吹来,巨浪涌来,把箱子刮到了他的木板上,木板一下就被撞翻了,他也跟着掉进了海里。他无助地挣扎着,也不知道哪来的力气,居然挣扎着浮出了水面,发现木板已经漂远,再也抓不到了,倒是箱子离得近一些。他就游过去抓住箱子,将身子伏在上面,用手不停地划动。他又在海上漂浮了一天一夜,一口食物都没有,只灌了一肚子水。只见天海茫茫,已经不知道漂到了哪里。

到了第二天，他已经像一块浸了水的海绵，双手却还是握着箱子不放——溺水的人通常都是这样紧抓着身边的东西的。不知道是天主的旨意，还是风的力量，他被海浪飘到了古尔福岛海滩。巧的是，有个贫穷的女人正在用海水和泥沙洗器皿。她看到海上漂来一个东西，吓得连连后退，放声尖叫。这时候兰多福已经连说话的力气都没有，眼睛也看不清，根本没法呼救。等他离岸边靠得更近了一些，那个女人才认出是一只箱子，箱子上有两条胳膊，再看看兰多福的脸，她就知道发生了什么。

此时已经风平浪静，她就冲到海边，抓住兰多福的头发，连人带箱子一起拖上了岸。兰多福的手紧紧地抓着箱子，她用了好大的力气才把他的手指掰开，叫来女儿把箱子顶在头上，自己像抱小孩一样把兰多福抱回了家。女人给他洗了个热水澡，才让他的身体回暖，恢复了生机。女人见他醒了过来，又给他喝了点酒，吃了点糖果。这样细心照顾了他几天，他终于恢复了体力，神智也清醒过来。女人将一直保存着的箱子归还给他，说他可以走了。

兰多福早就想不起这只箱子了，既然那个善良的女人说是他的，他就收了下来，觉得里面就算没什么值钱东西，也能维持他几天的生活。他拿起箱子掂量了一下，觉得分量很轻，难免有些失望。不过女人不在的时候，他还是打开了箱子，看看里面到底是什么。打开之后，他才发现里面有很多宝石，有镶嵌的，也有没镶嵌的。他对珠宝有一定的鉴赏能力，知道这些东西很值钱，就感谢上天垂怜，没有抛弃自己。

他连遭两次命运的打击，吃尽了苦头，只怕第三次遭殃，决定这次要小心地将宝石带回去。他用破布把宝石包好，对那个善良的女人说，可以把箱子送给她，只求给自己一个袋子。女人高兴地给了他一个袋子，他谢过女人的救命之恩，就背着袋子走了。他先乘小船到了布林迪西，又沿海岸航行到特拉尼。在那里，他遇到了几个布商，交谈之后才知道是同乡。他讲述了自己的可怜遭遇，只是将箱子的事情略过不谈。布商对他深表同情，就给了他一身衣服，还送给他一匹马，找人与他一起回了拉维洛。

他平安回家之后，先是感谢了天主，然后打开袋子，仔细检查了这些宝石，发现这些都是精品，如果按照市价出售，换回的财产应该比出门时多了一倍。他将宝石卖掉，给古尔福岛上那个善良的女人寄了很大一笔钱,报答她的救命之恩。又给特拉尼那个送他衣服的布商寄了一笔钱,其他的就留着自己享用,再也不想出去经商了。

故事五

　　贝鲁加的马贩安德烈乌乔到那不勒斯买马,一夜之间三次遇险,最后不但转危为安,还带了一枚红宝石戒指回家。

接下来轮到菲亚梅塔讲故事了,她说:

听了兰多福获得珍宝的故事,我不由得想起了另一个故事,其惊险程度并不亚于劳蕾塔讲的这个。不过,她的故事前后经历了几年,而我讲的故事发生在一夜之间。

我听说在贝鲁加有个年轻的马贩子,叫作安德烈乌乔·得·彼得。他听说那不勒斯的马市十分繁荣,就用钱袋装了五百个金币,和别人一起出发去往那边。说起来,这还是他第一次离开家乡。他到达那不勒斯的时候,恰好是晚祷时分,就向客栈老板请教了一番,第二天一早就去了市场。市场上人满为患,好马也不少,可是他讨价还价了半天,一匹也没有买。他阅历尚浅,不知道财不露白,为了表明自己买马的诚意,他三番五次将钱袋拿出来展示。这时候,一个长得十分俊俏的西西里姑娘从她身边路过,将这一幕看在眼中。她是风月场所的老手,心想:"要是我能把这笔钱弄到手就好了。"

这个姑娘身边有一个西西里老太婆,她一看到安德烈乌乔,就跑过去热情地打招呼。姑娘看到这一幕,就默默地在一旁等着。安德烈乌乔早就认识这个老太婆,见到她自然十分高兴。老太婆跟他约好要去他下他的客栈看望他,就离开了。安德烈乌乔继续在市场上谈买卖,可是一匹马都没有买到。

那个姑娘先是盯着安德烈乌乔的钱袋,后来发现老太婆跟他熟识,就打算把他的钱全部弄来,至少也要弄到一部分。于是她就向老太婆打听他是谁,从哪里来,他们是如何结识的。老太婆就把安德烈乌乔的家世一五一十地告诉了她,就算安德烈乌乔本人也说不了这么详细。她说跟安德烈乌乔的父亲是老相识,一开始是在西西里,后来是在贝鲁加。她还说了他的住处和来此处的目的。

姑娘听到老太婆的话,就记住了安德烈乌乔的名字和他亲戚的情况,想出了一条毒计。回家后,她给老太婆安排了一大堆事,让她脱不开身去见安德烈乌乔。临近傍晚,她安排了一个专门干这种事的使女到了安德烈乌乔下榻的客店。巧的是,使女到达客店的时候,安德烈乌乔正一个人站在门口,所以她一下就问到了他本人。使女把他拉到一旁,对他说:"先生,你什么时候方便,城里有位夫人要跟你谈谈。"

安德烈乌乔向来觉得自己很英俊,应该是那不勒斯数一数二的美男子。听说有位夫人邀请,就觉得对方一定是对自己有意。他一口应承下来,还问见面的时间和地点。使女说:"你什么时候方便都可以,她一直都在家等你。"

安德烈乌乔顾不上跟客店里的人打个招呼,就说:"那就现在去吧,劳烦你带路。"

使女就带着他来到了夫人家,那个地方叫下斜区——光听这么名字就知道不是什么正派地方。可是他没听说过这类地方,什么都想不到,还以为自己来了一个体面的地方,要见一个高贵的夫人。他跟在使女身后进了屋子,使女一边上楼,一边招呼:"安德烈乌乔来了。"他抬起头,看到那位夫人已经在楼梯的尽头等候了。她非常年轻,长相俊美,穿着华丽。看到安德烈乌乔快上楼了,她下了三级台阶迎接他,还张开双臂搂住他的脖子,半晌没有说话,似乎一时间悲喜交加,连话都说不出来了。然后她亲吻了他的前额,哭着说:"我的安德烈乌乔,欢迎你!"

安德烈乌乔有些受宠若惊,说:"夫人,很高兴见到你。"

她也不说话,只是牵着他的手走进客厅,又领着他进了卧室。卧室里弥漫着玫瑰和橘花的香气,再加上各种香料,香气扑鼻。安德烈乌乔又看到一张锦帐低垂的床,屋里还挂着很多漂亮的衣服和华丽的装饰,很符合当地的风俗。这都是他从未见识过的,不由得眼花缭乱,更加认定她是富贵人家的夫人。他们一起坐在床边的一只箱子上,然后她开始说话:

"安德烈乌乔,你是不是被我的眼泪和热情弄得有些莫名其妙?因为你根本不认识我,也没听人说起过我。如果我告诉你一件事,你一定会十分吃惊,我是你的姐姐。承蒙天主垂怜,我能在有生之年见到一个兄弟(要是我能见到所有的兄弟,该有多高兴啊),真是死而无憾。现在,我就把这件事情的来龙去脉告诉你。你应该知道,我们的父亲彼得罗曾经在巴勒莫住了很长一段时间。他为人和善,每个认识他的人都会心生好感。其中我的母亲爱他最深,她是一个有身份的人，当时寡居在家。她为了爱情，不顾父兄的监视和自己的名誉，后来生下了我，也就是现在在你面前的人。后来彼得罗抛下我们母女两个，去了贝鲁加。就我所知，他把我们忘了个干干净净。如果他不是我的生父，我一定会斥责他对我母亲的无情无义——且不说他还欠着我这个女儿一份情，我又不是什么低贱的女人生的。可是事已至此，也别无他法。对于曾经做过的错事，尽管追悔莫及，却也无法补救。就这样，父亲把我扔在了巴勒莫，好在我母亲有钱，能够抚养我长大。后来，我就嫁给了阿里格琴托的一个贵族，他为人正直，很爱我和我的母亲，就搬来巴勒莫跟我们同住。他是个教皇派的中坚力量，和查理国王在西西里密谋了什么，结果还没采取行动就被腓特烈皇帝发觉了——要不然，我是可以成为岛上的头号贵妇人的。我们没办法，只好收拾了些许细软（说些许，是因为我们原本有很多东西），抛弃了庄园，到这里来避难。查理国王感念我们对他的忠心，赏给我们一些产业作为弥补，还对我的丈夫，也就是你的姐夫十分优待。想必你也能看出，我们在这里过得还不错。我就是这样来到了这座城里，没想到在这里遇到了你，亲爱的弟弟，这都是天主的恩典。"

说完，她就抱住了安德烈乌乔，亲吻着他的前额，小声哭泣着。

安德烈乌乔听完这个故事，觉得非常合理，再说她讲得那么顺畅，一点儿磕巴都没有。他又想起，父亲确实曾经在巴勒莫待过一段时间，他又拿自己作比，觉得一个小伙子贪恋女色是十分寻常的事情。再加上她那滚烫的泪珠、深情的拥抱和亲吻，这一切都让他相信她说的都是真的。然后他接口道：

"夫人，我确实很吃惊。我也不知道为什么，父亲从来没有提到过你们母女俩，也可能是他提过，我却没有听到。所以我并不知道世界上还有你的存在，对你的事情也不了解。我孤身一人来到这个城市，没想到却认了一个姐姐，真的感觉非常高兴。真的，不管身价多高的男人，都会想结识一个像你这种身份的女人，更别说我这样的小商贩了。但我还有一件事需要向你请教，你是怎么知道我在这里的？"

她说："啊，我是听一个常来我这里干活的老太婆说的。父亲在巴勒莫和贝鲁加的时候，都曾经请她帮佣。听完她的话，我就想去看你，又觉得去找你不太合适，只好把你请过来。"

随后她又问起了家中一些亲戚的近况，安德烈乌乔也一一作了回答，更加相信他不应该相信的事情。

他们聊了很长时间。因为天气很热，女人就让人端上了希腊葡萄酒和糖果，他吃完之后，发现已经到了晚饭时间，就想告辞。她却不答应，装出一副生气的样子说："哎呀，我现在才知道你根本不在乎我。你遇到了从未见过的姐姐，按理说是要留下来住宿的，你却要回客店吃饭，哪有这种道理？不行，你要留下来吃晚饭。虽然我的丈夫不在家，但我作为主妇，也应该好好款待你。"

安德烈乌乔无言以对，只好说："亲爱的姐姐，我要是不回去吃饭的话，只怕会让别人久等，这样不合适。"

"天啊！难道我就不能派人去告诉他们，让他们别等你吃饭吗？如果你真懂得礼貌，就应该把你的朋友们也叫来吃晚饭，到时候如果你想走的话，就可以跟他们一同回去。"

安德烈乌乔说今晚不想把朋友们叫过来，只想跟她单独聊聊。于是她假装派人去客店通知安德烈乌乔的朋友们，又跟他谈了好久，然后留他吃晚饭。她准备了很多美味佳肴，故意把吃饭的时间拖得很长。吃完晚饭，安德烈乌乔起身告辞，她却怎么都不同意，说在那不勒斯，走夜路非常不安全，尤其是他还是个外地人。她还说就像刚才派人去客店通知他不回去吃饭一样，会再派人去通知他不回去睡觉了。安德烈乌乔对此深信不疑，就留了下来。

晚饭后，她们又聊了很长时间，直到深夜。然后她让安德烈乌乔睡在她的卧室，留下一个小厮伺候，自己带着使女去了另一个房间。

天气很热，安德烈乌乔就在女人走后脱下了外衣，把裤子挂在床头。突然，他想要解手，就问小厮马桶在哪里。小厮指着屋角的一扇门说："从那扇门出去。"

安德烈乌乔不疑有他，推开门就走了出去，没想到一脚踏在一块架空的木板上，连人带木板一起掉了下去。好在天主慈悲，他虽然从高处跌下来，却没有受伤，只是沾了一身粪便。为了让各位听得明白一些，我需要进行简单的解释。一般来说，在两栋房子之间会有一条狭窄的夹道，两对面的墙壁上装着一对椽子，椽子上面钉几块木板，人就蹲在上面方便。安德烈乌乔一脚踩在松动的木板上，就掉了下去。他十分着急，大声呼喊小厮。没想到小厮一听到他掉落下去的声音，马上去报告了女主人。女人急忙冲进自己的卧室，找到了安德烈乌乔的衣服，伸手一摸，钱果然就在口袋里——因为这个蠢货担心钱被偷，总是放在身边。这个狡猾的巴勒莫女人刚把钱拿到手，就不顾他的死活,把他出去的那扇门锁得严严实实。

安德烈乌乔喊了半天,也没听到小厮的回应,就抬高了嗓门,可是依然没有回应。他终于起了疑心,觉得自己受骗了——但是为时已晚。他翻过夹道里的一堵矮墙,来到了大街上,绕到了他记得清清楚楚的那所房子的前门。他叫喊了好长时间,都没有人出来应门。他知道自己受骗了,就痛哭着说:"啊,我可真倒霉,一眨眼就丢了五百个金币和一个姐姐。"

他哭了一会儿,就用脑袋撞门,不停地叫喊着,把附近的人们都给吵醒了。那个女人的一个使女也来到窗口,装出刚睡醒的样子,恼怒地说:

"是谁在敲门?"

安德烈乌乔嚷道:"难道你不认识我了吗? 我是安德烈乌乔,是你们菲奥尔达利索夫人的弟弟呀。"

使女讥笑道:"先生,你要是喝多了,就先回家睡觉,明天再来吧。我并不认识什么安德烈乌乔,也不知道你在胡说些什么。你快点离开这里,我们还要睡觉呢!"

"什么?"安德烈乌乔说,"你居然说你听不懂我的话? 你一定懂的。要是西西里人对亲戚都是这么翻脸无情,那你至少应该把我的衣服还给我,我一拿到衣服就走。"

女仆都要笑出来了:"你是在做梦吗,先生?"

说完,她就砰的一声关上了窗子。安德烈乌乔知道自己是被骗了,也没有希望把钱要回来。可是他气不过,就想用蛮力来挽回损失。他捡起一块大石头,用力地砸门。

很多被吵醒的邻居都以为他是坏人,编出瞎话来骚扰那个女人,又恨他吵得大家不得安宁,就都冲到窗口,像一群当地狗朝一只外地狗狂吠一样,怒气冲冲地呵斥他:

"人家是个正派女人,你半夜三更在人家门前鬼叫什么! 先生,请你安静一下,让我们睡觉吧! 要是你们之间有什么账,明天再来算吧! 不要吵得我们都睡不着。"

外面的吵闹声吵醒了一个在那女人家帮闲的人,他一开始什么都没看到,什么都没听见,现在却壮着胆子来到窗口嚷道:"是谁在下面?"

安德烈乌乔听到声音就抬起头来,虽然看不太真切,却能看到对

方长着一脸黑胡子,似乎非常强壮。那个人用手揉着眼睛,好像刚从睡梦中醒来。安德烈乌乔有些发慌,就说:

"我是住在这所房子里的太太的兄弟……"

那个人不等他说完就打断了他,用更大的嗓门喊道:"你这头喝醉了酒的蠢驴,吵得我们大家不得安生。我倒奇怪,为什么不下去打你一顿?"

说完他就转过身,关上了窗子。邻居们都知道这个人的脾性,就小声对安德烈乌乔说:

"看在天主的面上,就别留在这儿了,他会把你打死的。为你自己着想,快点走吧。"

安德烈乌乔被那个人的嗓门和模样吓坏了,又听了邻居们的劝说,知道钱是回不来了,就垂头丧气地沿着使女领自己来时的路往客店走去。这时候他闻到自己身上的恶臭,就想先去海边洗一洗,就往左转,来到了一条叫作卡达拉奈的街道。他正走向城外的时候,看到迎面走来了两个人,手里还提着一盏灯笼。他以为来人是捕役或者什么强人,想要加害他,就躲进了一所小屋里。没想到那两个人也进了屋,其中一个还拿下随身携带的工具进行检查,并和另一个闲聊。突然,其中一个说道:

"我闻到了一股从来没有闻过的臭味,这是怎么回事?"

说完他就举起灯笼,看到了倒霉的安德烈乌乔,就问:"是谁在那里?"

安德烈乌乔默不作声。那两个人提着灯笼来到他身边,问他在这里做什么,为什么这么狼狈。安德烈乌乔原原本本地讲述了事情的经过。这两个人琢磨了一下,就知道是谁干的,都说:"一定是'火性子'那家干的。"

其中一个对安德烈乌乔说:"虽然你丢了钱,可还是应该感谢天主。因为你从木板上掉了下来,再也没法进屋。如果你没掉下来,他们一定会趁你睡熟的时候要你的命,到时候你就会丢钱又丢命。这么一想,你就没什么可抱怨的了。你想要拿回钱,比上天摘星星还难。如果她知道你四处宣扬这件事,一定会要你的命。"

这两个人商量了一会儿,又说:"听着,我们很同情你。现在我们要去做一件事,如果你愿意加入的话,我们可以分给你一些好处。我可以向你保证,绝对比你损失的要多。"

安德烈乌乔处境艰难,就同意去。原来那天白天,那不勒斯的一位大主教菲利浦·米奴托罗恰好落葬,有很多珍贵的陪葬品,特别是他手上戴的那个红宝石戒指,价值超过五百个金币。这两个人准备去盗墓,就将计划告诉了安德烈乌乔。安德烈乌乔只想要钱,也顾不上这件事是否缺德,就跟着去了。在去大教堂的路上,一个人受不了安德烈乌乔身上的臭味,就说:

"他身上太臭了,想办法让他洗洗吧!"

另外一个说:"可以,这附近有一口井,平日里总有一个水桶吊在辘轳上,我们就带他去那里洗洗吧!"

三个人来到井边,才发现辘轳上没有水桶,就打算用绳子把安德烈乌乔放下去,等他洗完之后摇摇绳子,他们再把他拉上来。

安德烈乌乔刚下井,就过来了几个巡捕。他们刚才在追捕一个人,跑得又累又热,就到井边喝水。那两个盗墓贼看见巡捕过来了,吓得拔腿就跑。巡捕们着急喝水,也没有在意。这时候安德烈乌乔已经清洗干净,就开始摇晃绳子。巡捕们放下小盾和武器,开始拉绳子,还以为拉上了一桶水。安德烈乌乔被拉到井口,就牢牢地抓住井栏杆。巡捕们一看上来一个人,吓得魂飞魄散,扔下绳子拔腿就跑。安德烈乌乔大吃一惊,要不是双手紧握着栏杆,早就掉回井里,说不定会受伤或者送命。他从井里爬出来之后,发现地上居然有几件兵器,觉得非常疑惑,因为那两个同伴并没有带武器。他不知道该怎么办,又害怕这里面有什么阴谋,就决定什么都不碰,悄悄离开。

他刚走了一会儿,就遇到了那两个同伴,他们是回来把他从井里拉出来的。这两个同伴看了他非常震惊,就问他是怎么上来的。安德烈乌乔自己也说不清楚,就把事情的经过告诉了他们,还说自己在井边看到了什么东西。那两个人就明白了,笑着跟他说为什么他们刚才会离开,以及是谁把他从井里拉出来的。此时已是午夜,他们不再多说什么,径直来到了大教堂,走到一口巨大的大理石棺材前面。他们用随身带来的铁棍撬开石板盖,再用东西把它撑住,正好够一个人进出。其中一个人说:

"谁进去?"

"我不去。"另一个说。

"我也不去,"第一个说,"就让安德烈乌乔进去好了。"

"我不想进去。"安德烈乌乔说。

那两个人愤怒地说："你不想进去？你要是不进去，我们就用大铁棍打你的脑袋，让你一命呜呼。"

　　安德烈乌乔非常害怕，只好钻进棺材里。他一边钻一边想："这两个家伙逼我进来，一定是想骗我，等我把棺材里的东西都拿出来，他们早就跑得没影儿了，让我一无所获。"他决定给自己留下一份，就想起了那两个盗墓贼说的珍贵的戒指，赶紧从大主教手上摘下来，套到自己手上，然后把大主教的牧杖、帽子、手套等东西一件一件地拿出来，交给在外面等待的盗墓贼，还说现在主教已经只剩下了内衣，没什么可拿的了。那两个盗墓贼说应该还有一枚戒指，让他再找找。他就装出寻找的样子，让那两个人等着。可这两个人十分狡猾，一边催他继续找，一边抽掉了支撑石板盖的铁棍，将他关在里面，自己扬长而去。

　　安德烈乌乔听到石板落下的声音，心中的惊骇不难想象。他想用头和肩膀把石板顶开，可是用尽吃奶的力气，那石板还是一动不动。他又急又气，就昏倒在大主教的尸体上。这时候要是有人看到，很难分辨出谁是死人，谁是活人。他醒过来之后，感到一阵绝望，不由得号啕大哭。他知道摆在面前的只有两条路：要是没有人来挪开石板，他就会在这污浊的空气中窒息而死，在爬着蛆虫的尸体旁边饿死；要是有人抬起石板，发现了他，他就会被以盗墓的罪名绞死。正在他悲痛不已的时候，突然听到了几个人的脚步声，还有说话的声音。他立刻想到，这些人也跟刚才的两个人一样，是来盗墓的，这让他越发惊恐。可是当他们撬开石板并撑好之后，就又出现了一个问题：派谁进去。他们谁都不肯进去，并为此发生了激烈的争吵。最后，一个教士说："你们怕什么？是怕被吃掉吗？死人是不会吃人的，让我先下去好了。"

　　说着，他就用胸口贴住棺材盖，先把两只脚伸进棺材里。安德烈乌乔见状，立刻抓住了教士的一只脚，装作要把他拖进来的样子。教士感觉到自己的脚被抓住，吓得大叫一声，拼命地爬出棺材。其他教士也吓得魂飞魄散，拔腿就跑，似乎后面有魔鬼在追赶他们一样，根本来不及盖上棺材盖。安德烈乌乔抓住机会，从棺材里爬出来，从来时的路逃出了大教堂。

　　这时天快亮了，他戴着戒指，有路就走，最后跑到了海边，然后他找到了路，回到了客店。朋友和客店老板发现他一夜未归，正在为他担心。他把自己的遭遇告诉了他们，客店老板说，让他最好快点离开那不勒斯。他不敢耽搁，立刻回了贝鲁加。他本来是带钱来买马的，结果马没有买成，却带回了一枚戒指。

故事六

> 白莉朵拉夫人和两个儿子失散后，独自流落荒岛，跟两头小山羊同住，获救后到了尤尼基那。她那一个儿子在那里长大，充当仆役，和主人的女儿产生了恋情，事情败露后被监禁起来。后来西西里政变，母子得以相认，主人将女儿嫁给了白莉朵拉的儿子，另一个儿子也被找回，一家团圆。

这些青年男女听到了安德烈乌乔的遭遇，忍不住哈哈大笑。菲亚梅塔讲完故事之后，艾米莉娅遵照女王的吩咐，开始讲述：

造化弄人，让人生充满了悲惨和痛苦，可是每当命运之神青睐我们，我们又会忘记那黑暗的一面。听到这种故事，我们似乎可以清醒一些。我想不论是幸运还是不幸的人，听了都会喜欢，因为幸运的人可以把它当作警告，而不幸的人可以把它当作安慰。因此，虽然我们已经听了很多这样的故事，我还是想讲一件确有其事的人间惨剧。虽然故事等结局十分美满，但当初经历的那些艰辛是最后的欢乐无法抵偿的。

亲爱的姐妹们，大家都知道，在腓特烈二世驾崩之后，曼弗雷迪就成了新一任西西里国王。辅佐他的大臣中，最有名望的是那不勒斯贵族阿里格托·卡贝斯，职位是西西里总督。他的妻子白莉朵拉·卡拉乔拉也是那不勒斯人，长得十分美貌。阿里格托听说查理一世在贝内文托打败了西西里军队，还杀死了曼弗雷迪，统一了整个王国，心想：西西里人不够忠贞，自己又不想背弃前王，不如逃跑。没想到消息走漏，西西里人获知了他的计划，把他和许多朋友、仆人一起抓住，当成给查理国王的见面礼。白莉朵拉横遭变故，突然失去了丈夫，也不知道他是生是死，只感觉大祸临头。为了避免被敌人凌辱，她舍弃了所有家产，也顾不上自己已有身孕，带着 8 岁的儿子朱弗雷迪，乘坐小船逃到了利帕里群岛。在那里她又生下一个男孩，取名斯卡恰托。她又雇了一个乳娘，大小四人一起坐船，准备去那不勒斯投靠亲戚。没想到天不遂人愿，他们在海上遇到了风暴，船偏离了航线，被吹到了庞扎岛。他们没有办法,只好在港湾停泊,等风平浪静之后再启程。白莉朵拉见别人都上了岸,就也跟着上去,来到了一个僻静的山洞。她想到现在生死未卜的丈夫,不由得伤心欲绝,放声痛哭。之后的每一天,她都会到洞里痛哭一场。

一天,她正在岛上的时候,海上驶来了一艘海盗船,趁着水手和其他人不防备,将所有人都掳上了船。白莉朵拉哭完之后,就和往常一样回到岸边看儿子,却发现岸边一个人都没有。她不知道出了什么事,往大海上一看才发现,海面上有一艘大船,后面还拖着一只小船。她这才明白,她不但丢了丈夫,现在连孩子都没有了,只剩下她孤零零一个人流落在荒岛,也不知道今生能否再见到丈夫和儿子。她大声呼喊着他们的名字,竟然在海滩上昏了过去。她身处荒岛,怎么会有人用冷水或者药品来救她呢?于是她灵魂出窍,独自飘荡了很久。等她终于回过神来,就一边哭,呼喊着儿子的名字,找遍了各个山洞。天色已晚,她知道再找也是白费工夫,也不知道还有什么希望,不如早些替自己打算。于是她离开海滩,来到了自己经常痛哭的山洞里。

她又伤心又害怕,度过了一个痛苦的夜晚。第二天,大约到了午祷的时候,她突然觉得肚子很饿——因为从前一天就滴水未进。她找了些野果充饥,吃饱之后,又开始发愁,感觉前路渺茫。

正在这时,她看到一头母山羊走进了附近的一个山洞,不一会儿又走出来,进入了树林。她来到山洞口一看,里面有两只刚出生不久的小羊羔,十分可爱。她刚分娩不久,还有奶汁,就轻轻地抱起两只小羊,给它们喂奶。小羊毫不犹豫地吃起奶来,仿佛她就是母羊。这之后,它们也不管是吃母羊的奶,还是吃她的奶,都吃得一样欢快。在这个荒无人烟的岛上,她像是给自己找到了伴侣。她吃野果,喝山泉,跟母羊和小羊生活在一起。有时候想起丈夫和孩子,她就痛哭一场,准备在岛上度过余生。

一眨眼,几个月过去了,她从一个贵妇人变成了野人。有一天,一艘来自比萨的小船也遭遇了风暴,在她当初上岸的地方靠岸了。船上有一个来自马里比纳的侯爵,名叫库拉多,随他而来的还有他贤惠的夫人。他们俩朝拜了阿普利亚境内的所有圣地,现在正乘船回家。一天,库拉多和夫人为了打发时间,就带着一些仆人和几条狗上了岛。来到白莉朵拉栖身的山洞附近的时候,那些狗看到了两头正在吃草的小山羊——它们已经长大,能够独自觅食了。狗狂吠着追了上去,小山羊害怕极了,急忙跑回山洞里。白莉朵拉见状,就拿去棍子去打狗。库拉多夫妇一路跟着狗追过来,看到一个又黑又瘦、披头散发的人,吃惊不已。白莉朵拉骤然见到生人,也是十分害怕。

库拉多把狗唤回来,然后和气问她是谁,为什么会在这里。她详细地讲述了自己的来历和悲惨的遭遇,以及眼前的艰难处境。库拉多和阿里格托原本就是故交,听到这番话,流下了同情的眼泪,还竭力劝她离开荒岛,表示愿意将她带回家,像亲姐妹一样对待她,说不定有一天时来运转。白莉朵拉却并不想接受他的好意,坚决拒绝。库拉多就让妻子陪着她,好言相劝,还给她拿来了衣服和食物,因为她身上的衣服早已破烂不堪。侯爵夫人听了她的遭遇,也是扼腕叹息,让人拿来衣服和食物之后,费尽了唇舌才让她换上衣服。最后白莉朵拉提出,跟他们回去也可以,但只去没有人认识自己的地方。最后,她才同意去伦尼基那,但是要把母羊和两头小羊都带上。这时候,母羊和小羊都回了山洞,和白莉朵拉十分亲昵,让旁观者都十分惊叹。

天气好转之后,白莉朵拉就带上母羊和小羊,跟库拉多夫妇上了船。船上的人不知道她叫什么,就称她为卡夫柳奥拉。他们一路顺风,很快就到了马格拉河口,来到了库拉多的城堡。在城堡里,白莉朵拉穿着寡妇的衣服,像一个管家一样和库拉多夫妇住在一起,举止谦逊。她对那两只小羊也很关爱,照顾得很好。

再说那群海盗,他们在庞扎岛截获了白莉朵拉乘的那艘船之后,就将船上的所有人(除了白莉朵拉)运到了热那亚,在那里分了赃。乳娘连同两个孩子一起落到了一个叫加斯帕林·道利亚的人手上,成了他家的奴仆。乳娘想到自己和主母失散,跟两个孩子被掳到他乡,成为奴隶,不由得伤心无比,总是偷偷痛哭。她虽然出身卑微,却很有见地,知道哭也无济于事,就总是安慰两个孩子。她考虑到眼下的处境,知道如果被人知道孩子们的真实姓名,也许会对他们不利。等哪一天情势改变,他们就可以恢复自己的身份,因此她打定主意,要对他们的真实身份保密。不管谁问,她都说他们是自己的儿子。她把大儿子称为朱弗雷迪,叫詹诺托·德·普罗奇达,小儿子则没有改名。她恳切地告诉朱弗雷迪,为什么要给他改名,而且一旦被人认出会有怎样的危险。大儿子非常聪明,将乳娘的话牢牢记在心上。

乳娘和这兄弟俩在加斯帕林家干些粗重活,过了几年苦日子。哥哥詹诺托很有志向,不想做奴才,就在十六岁的时候离开了加斯帕林家,搭上了一艘去亚历山大的船,跟着漂泊了很多地方,却一直没什么发展。过了三四年,他长成了一个高大英俊的小伙子。他原以为父亲早已去世,后来却听说父亲只是被查理国王关在牢里,并没有死。詹诺托四处漂泊,来到了伦尼基那,并到了库拉多手下当差。他的母亲就在主妇身边,所以偶尔也能相见,但是由于分别的时间太久,母子二人的变化都很大,所以并没有认出来。

　　库拉多的女儿叫史宾娜,嫁给了一个叫尼科洛·德·格里尼亚诺的人,可是婚后不久,丈夫就去世了,寡居的她只好回了娘家。她年方二八,长得十分美丽,见到詹诺托后,就陷入爱河,两个人很快就偷偷发生了关系。几个月间,都没有人发觉他们的私情。可是时间长了,他们的胆子越来越大,忘了这原本应该是背人的勾当,不再像之前那么谨慎了。

　　一天,库拉多一家去森林里游玩,史宾娜和詹诺托故意走在众人前面,来到了一个绿树成荫的地方。他们以为众人都被远远地抛在后面,就毫无顾忌地寻欢作乐起来。两个人玩了很久,却只当过了一会儿。突然,史宾娜的母亲闯了进来,随后是库拉多。库拉多见他们干出这等丑事,勃然大怒,让三个仆人把这对情人抓起来,押回城堡。他对此羞愧难当,准备把他们一起处死。

　　库拉多的夫人虽然也痛恨女儿做下这种丑事,觉得应该严厉地惩罚她,但是当她从丈夫口中听到要怎么处置他们时,又十分不忍,就冲到暴怒的丈夫面前,请他不要杀了亲生女儿,也不要让一个奴仆弄脏了他的手。如果真的气愤,还可以有别的惩罚措施,比如将他们囚禁起来,让他们忏悔自己的罪过。库拉多经过妻子的劝说,也放弃了要他们性命的想法。库拉多让人把这对男女分别关押,严密看守,每天只给很少的食物,准备以后再决定怎么处置他们。于是,这对男女就失去了自由,终日半饥不饱,过得十分痛苦。

　　詹诺托和史宾娜被囚禁了整整一年,一年后,库拉多几乎已经忘记了他们。这期间,阿拉戈纳的彼得国王借助吉安·德·普罗奇达的力量,鼓动西西里人民发动起义,从暴君查理国王手里将西西里岛夺了回来。库拉多原本是拥护国王的,听到这个消息不由得欣喜万分。詹诺托也从狱卒那里听到了这个消息,叹了口气说:"唉,我在外面漂泊了14年,等的就是这一天。谁知道这一天到来了,我却被关在监狱里,只怕到死都得待在这里了。"

"这话从何说起呢?"狱卒问道,"那只是国王和大人物之间的事情,跟你有什么关系? 你跟西西里又有什么关系呢?"詹诺托说:"想到我父亲当年的风光,我就感觉心痛无比。我从西西里逃离的时候,还是个小孩。但是我记得当初曼弗雷迪王在位的时候,我父亲是西西里的总督。"

狱卒又问:"那你的父亲是谁?"

"我现在可以说出我父亲的名字了,"詹诺托说,"以前我害怕招来危险,总是不敢说他叫什么。我父亲名叫阿里格托·卡贝斯,如果他现在还在世,用的也是这个名字。我的真名并非詹诺托,而是朱弗雷迪。如果我不是被关在这里,而是在西西里的话,也是一个大人物。"

狱卒没有再追问,而是找机会把这件事报告了库拉多。库拉多听说之后,若无其事地来到白莉朵拉面前,客气地问她是不是有一个儿子叫作朱弗雷迪。白莉朵拉哭着说,如果她的儿子还在世的话,就是这个名字,现在应该是 22 岁。库拉多一听,就明白那个年轻人很可能就是朱弗雷迪。他想,既然如此,不如做一件一举两得的事情——将女儿嫁给他,这样还能保存颜面。

他命人将詹诺托带了过来,详细询问了他的身世,并判断出詹诺托就是阿里格托的儿子,于是对他说:

"詹诺托,我对下人向来宽厚,这一点你应该很清楚。按理说,你应该把维护我和我家的荣誉当成你的责任,你却跟我的女儿做出那种勾当,让我蒙羞。如果是别人做出这种丢人现眼的事情,我早就把他处死了。但是对你,我一直狠不下心来。既然你说你出身贵族,我就愿意放你一条生路,让你不用再受牢狱之苦,还能保全我的名誉。你跟我的女儿史宾娜相好,但是你们的做法并不合适。她是个寡妇,有很大一笔嫁妆,人品和家境也都不错,这你都知道。对于你眼前的境况,我没什么可说的。如果你愿意的话,我就能让她不再做你见不得光的情人,而是做你名正言顺的妻子。你做了我的女婿之后,就可以光明正大地住在这里。"

虽然在过去一年的牢狱生活里,詹诺托的身体遭受了很多痛苦,但他那高贵的出身为他养成的品格,以及他对史蒂娜的一片真心却丝毫没有受到摧残。虽然此时库拉多对他说的话正合他的心意,但他还是凭借自己光明磊落的胸怀从容地说:

"库拉多，我并不是因为看重你的权势或者钱财才介入你的生活的。无论是过去还是现在，还是将来，我都爱着你的女儿，因为她真的值得我的爱。在世俗的眼光中，我跟她是犯了错，但我们这种错是跟'青春'有关的，要想消除这种错，就得先消灭人类的青春。如果老年人回想一下，自己也曾拥有过青春，也曾犯过错误，再将自己从前的错误和现在这个错误比较一下，就会觉得我这个错误也没那么严重。而且，我犯这个错误的时候并没有恶意，而是善意的。对于你刚才的建议，我期盼已久。早知道你会答应，我早就提出来了。如今在我不抱什么希望的时候，你却提了出来，让我喜出望外。但如果你说的并不是真心话，那也不用哄我，不如把我送回监狱，随便你想关多久都可以。不过，既然我爱史宾娜，不管您怎么处置我，我都不会有任何怨言。"

库拉多听了这番话，知道他充满勇气，对爱情坚定不移，就更加看重他。他站起来拥抱了他一下，又让人把史宾娜带过来。

史宾娜被囚禁了一年，早已面黄肌瘦，不像之前那么美貌——就跟詹诺托一样，完全变了一个人。他们按照当时的习俗，当着库拉多的面定下婚约。

短短几天之内，婚礼所需的所有物品都置办妥当，让两个年轻人非常满意。库拉多觉得时机已经成熟，应该让两个母亲也高兴一下，就叫来自己的妻子和卡夫柳奥拉，对她们说：

"白莉朵拉夫人，如果能够让你跟你的大儿子团聚，而且让他娶我的女儿，你觉得怎么样？"

"在我看来，我儿子比我的生命都宝贵，如果你真能这么做，我只能说我以后享受你的恩德就更大了。如果你真的能把他带来，我失去的希望就恢复了一半。"说到这里，她已经开始落泪。

库拉多又对妻子说："夫人，如果我给你找这样一个女婿，你觉得怎么样？"

她说："不管是王公贵族还是农民，只要你喜欢，我就喜欢。"

库拉多说："很好，我能让你们两个立刻高兴起来。"

两个年轻人经过几天的休养，已经恢复如初。他们穿上华丽的衣服，来到了库拉多面前。

库拉多问朱弗雷迪："如果你看到你的母亲也在这里，会不会觉得双喜临门？"

朱弗雷迪说:"我真的不敢想象她在经历了这么多苦难之后还在人世,果真如此的话,我就要高兴死了。有了她的指点,我一定能恢复在西西里的地位。"

库拉多把两位夫人请了过来。她们见到这对新婚夫妻,不由得十分高兴,并为库拉多突然改变心意让他们成婚感到奇怪。白莉朵拉回想起库拉多刚才说的话,就仔细打量着詹诺托。出于母子之间某种神秘的天性,她想起了儿子小时候的一些特征,立刻张开双臂抱住了他。突如其来的喜悦让她激动不已,不由得昏了过去,倒在了儿子怀里。詹诺托见状非常吃惊,他曾经在城堡中见过这位夫人很多次,却不知道她是谁。现在他突然意识到,这就是自己的母亲,不由得责怪自己之前太过疏忽。他将母亲抱在怀里,泪流满面地亲吻着她。库拉多的夫人和史宾娜见状,急忙端来凉水洒在白莉朵拉身上,总算让她苏醒过来。她激动地搂着儿子,流着眼泪诉说对儿子的思念,他也温柔地回应着她。

他们拥抱了三四次后,就各自诉说了自己的遭遇,让在场的人都为之动容。库拉多将婚事通知了亲友,并准备为他们举办盛大的婚礼。可是朱弗雷迪说:

"大人,感谢您一直照顾我,而且十几年来,您对我的母亲也是关怀备至,但我现在还是要求你一件事。我曾经说过,我和弟弟一起被海盗掳走,在热那亚的加斯帕林家中做仆人,后来我离开了,他却还在那里。要是你能把我的弟弟找来,那对我和我的母亲,以及这场婚礼来说,就十分完美了。另外,我还想求你派人去西西里打探一下,看看我的父亲阿里格托是否还健在,以及近况如何,好回来告诉我们。"

库拉多听了朱弗雷迪的话,立刻派了两个干练的人,分别去了热那亚和西西里。

去热那亚的人找到了加斯帕林家,以库拉多的名义请他释放斯卡恰托和乳娘,并详细讲述了库拉多为朱弗雷迪母子俩做的事。加斯帕林听了,感到十分惊奇,说:

"我当然很乐意为库拉多效劳,而且你说的那个小伙子和他的母亲确实在我家里,已经有十四年了,我愿意把他们交给你。但是请代我转告库拉多,让他不要轻信那个詹诺托。他现在自称朱弗雷迪,谁知道他是个什么人。"

他周到地安排了库拉多的使者,然后悄悄把乳娘叫了过来。乳娘早已得知西西里起义的事情,也知道阿里格托还活着,就毫无顾忌地说出了实情,并解释了自己之前为什么要隐瞒真相。

加斯帕林发现乳娘所说的和库拉多派来的人所说的十分吻合,开始相信了。但是他为人谨慎,又设法打听了一番,才确认这件事属实。他为自己把阿里格托的儿子当了十几年的奴仆感到羞愧,就想想办法弥补。他有一个11岁的女儿,长得十分美丽,他就把女儿许配给他,还赔上一大笔嫁妆。在举办了热闹的婚礼之后,他就带着女儿女婿、奶娘和库拉多的使者登上一艘船,驶往伦尼基那。库拉多早已在岸边恭候多时,热情地接待了他们。他们一起骑马来到了布拉多的一座城堡,参加那里已经准备好的婚宴。

母子团聚,兄弟重逢,又见到了忠心的乳娘,大家都十分高兴。大家对加斯帕林和他的女儿表示了热烈欢迎,这对父女也觉得十分高兴。他们的兴奋很难用语言形容,只能让大家自己去体会了。

天主在施恩的时候总是十分慷慨,这时候又传来消息,阿里格托不但健在,而且处境不错。当在场的所有宾客纷纷落座,庆典刚刚开始的时候,派往西西里的使者恰好赶回来。他向大家报告了阿里格托的近况。人民起义的时候,阿里格托还被关在监狱里。愤怒的人民像潮水一样冲进监狱,杀死狱卒,把他救了出来。他原本就是查理国王的死对头,现在自然被奉为起义军的领袖,领导大家追杀法国人。彼得国王对他十分器重,不但发还了以前的产业,还恢复了他的职权,目前情况很好。使者还说,阿里格托对他十分优待,听到妻儿的消息时更是兴奋无比——自从他下狱,一直不知道妻儿的下落。现在他已经派了一艘快船和几个侍臣,要将他们接回去。大家听了使者的话,都非常高兴。库拉多立刻带着在场的朋友们出去迎接白莉朵拉和朱弗雷迪的侍臣,并邀请他们一起入席。见到侍臣之后,所有人都很高兴。侍臣们入席之前,先代表阿里格托向库拉多表示问候,并对他照顾朱弗雷迪母子俩表示感谢,还说只要有用到阿里格托的地方,他一定会尽心竭力。然后他们又对加斯帕林说,阿里格托还不知道他对斯卡恰托的恩情,知道后也一定会感激不尽。随后,大家都高兴地和这两对新婚夫妻举杯畅饮。库拉多隆重地款待了女婿和诸位亲友,宴席结束后,白莉朵拉和朱弗雷迪都觉得该告辞了,就带着史宾娜登上了去往西西里的船,库拉多和加斯帕林跟他们依依惜别。阿里格托在巴勒莫接到了妻子和两对新人,高兴得无以言表。那之后,他们就过着幸福的日子，深深地感谢天主的恩德。

故事七

> 巴比伦苏丹遣嫁公主，让她乘船去加博和国王成婚，没想到途中船只失事。公主在外面漂泊了四年，落到了九个男人手里。回国后，父亲以为她还是处女，又将她嫁给了加博国王。

姑娘们听到白莉朵拉夫人遭受的苦难，不由得十分心酸。要是故事再长一些，只怕她们都要哭了。故事讲完后，女王命令潘菲洛来讲下一个。他从容地说道：

美丽的姑娘们，有时我们是很难理解命运的安排的。比如我们经常能看到，很多人认为有了钱就有了一切，可以过得逍遥自在，于是不但苦苦向天主祷告，还会不惜一切代价去谋取财富。可是在有钱之后，却被别人忌妒，白白丢了性命。还有些人出身寒微，经过了千百次恶战，靠着兄弟朋友们的鲜血才成了王公贵族，以为从此以后就能享尽荣华富贵，没想到登上王位之后反而日夜忧虑，直到死到临头才知道盛宴前的金樽里面原来藏的是毒药。还有一些人希望自己体力超群，容貌过人，或者具有别的长处，却不知道这些长处给他们带来的只是厄运，甚至是杀身之祸。我不想把人类的欲望一一详述，但我可以肯定地说，没有任何一个人能够有把握地选择适合自己的东西。所以，我们最妥善的办法就是诚心地接受天主赐予我们的，因为只有他最了解我们，知道我们的需求。男人们会因为各种各样的欲念而犯下罪孽，而女人们也有一种罪孽，就是渴求美貌。你们不满足于已有的容貌，还要想办法来增添自己的魅力。接下来我要讲的，就是一个撒拉逊女人的故事，她因为长得太美，在四年中被九个男人占有了身子。

很久之前，巴比伦有个叫贝米内达的苏丹，他一生都十分顺遂。他有很多个儿女，其中有个女儿叫阿拉蒂，每个见过她的真容的都惊为天人。在阿拉伯军队入侵的时候，苏丹借助加博国王的力量，将他们打退。后来加博国王就请求娶阿拉蒂为后妻，苏丹一口答应下来。为了准备公主远嫁，苏丹准备了一大船嫁妆，派大队将士护送公主去成婚。到了启程的日子，他亲自送公主上船，祈求天主保佑她。

水手们见天气晴好，就在船上挂起满帆，离开了亚历山大港。最初的几天都是顺风，他们驶过撒丁岛，眼看着就要到目的地了。没想到有一天海面上突然刮起了暴风,将船吹离了航线。大家都以为在劫难逃,多亏水手们勇敢无比,拼命和风浪搏斗,支撑了两天。到了第三天,风势不但没有减弱,反而更大了。这时候天空布满乌云,根本找不到航向。行驶到距离马霍卡岛不远的地方时,船身剧烈震动,似乎随时都会散架。

水手们见势不妙,都只顾着各自逃命。船主往水里放了一条小船,觉得它会比漏了的大船更安全。水手们见状,争先恐后地跳向小船,然后拔出刀子,阻止其他人跳上来,可是根本阻挡不住。很快小船就支撑不住,沉到了水底,船上的人全部葬身海底。

这时大船上只剩下公主和几个侍女,她们早被这样的风暴吓得魂飞魄散,晕倒在甲板上。船只虽然破裂,进了半船水,在风暴中还是快速前行,很快就到了马霍卡岛,撞到了沙滩上,被牢牢地困住,再也没有被风浪吹走。

第二天黎明,风暴终于小了一些。虚弱的公主苏醒过来,呼唤她的侍女,可是根本没有人回应,因为她们离得太远了。她一个人都看不到,也没有人回应,不由得十分害怕。她挣扎着爬起来,才看到侍女们都横七竖八地躺在船上。她一个个地推,一个个地叫,却发现大部分已经死了,活着的也只剩下一口气。公主害怕极了,她现在孤身一人,又不知道在什么地方,亟须找人商量,于是她用力推醒了那些还有气息的侍女。现在她们找不到船上的男人,船也搁浅了。她们不知道该怎么办,只好抱头痛哭。

她们不停地往岸上张望,希望有人能够来搭救。直到中午时分,她们才看到有人经过,原来是一个叫佩里科内·达·维沙哥的贵族子弟带着人骑马路过这里。他看到有船只搁浅,就知道出了事,派仆人过去查看。仆人上船之后,看到公主和几个侍女躲在桅杆下。她们一见到仆人,就哭着向他求助,可是因为语言不通,仆人根本听不懂她们在说什么。她们没有办法,只好用手势来说明自己的遭遇。

仆人在船上查看了一番,就回去向佩里科内详细报告了自己在船上看到的情况。佩里科内就命人把船上的几个女人以及所有的值钱物品都搬到岸上,一起带回城堡。进了城堡之后,他就给这些女人准备了食物,让她们好好休息。佩里科内注意到阿拉蒂的打扮,猜想她是一个高贵的女人。阿拉蒂也发现,他对自己尤为尊敬。她经历了海难,蓬头垢面,但神采风韵依然十分迷人。佩里科内当下想到,如果她还没有结婚,就娶她为妻,至少也要把她当成自己的情妇。

　　佩里科内将公主带回家之后,每天派人悉心照料,几天后公主就复原了,果然长得倾国倾城。他越看公主越喜欢,只是苦于语言不通,不知道她是谁。佩里科内正值壮年,被公主迷得神魂颠倒,就想尽办法向她求欢,希望她能顺从自己。没想到公主对他冷若冰霜,让他白费力气,热情反而更加高涨。公主在城堡里住了几天,根据周围人的饮食起居来看,知道这里住的都是基督徒。她知道,就算说出自己的真实身份也不会有什么好处。她想,不管是主动还是被动,总有一天她得让佩里科内满足欲望。但她是一个高傲的女人,想在这种不利的情况下想出一个好计策。于是她对身边仅剩的三个侍女说,如果没有把握得到援助,恢复自由,绝对不要向任何人透露她的身份。她还劝侍女们要保持贞操,说自己已经发誓,除了自己的丈夫之外,让任何人玷污自己的清白。侍女们都赞扬公主的决心,表示一定会听从她的吩咐。

　　佩里科内每天都能看到美人,却无法下手,日子十分难熬。他想,既然奉承和引诱都无法让她顺从,就得使用一定的手段,如果最后还不能成功,就只能使用暴力了。他留意到公主喜欢喝酒——因为那里的法律禁酒,所以她以前从没喝过,就想,酒能乱性,也许能借助这个爱神的帮手的力量。一天晚上,他安排了晚宴款待公主,做出一副不在意公主的冷淡的样子。阿拉蒂到场之后,佩里科内就吩咐在一旁伺候公主的侍从给她斟酒,这酒是用几种美酒混合到一起调制而成的。公主不知是计,只觉得酒味不错,不由得多喝了几杯,没想到酒后乱性,变得十分兴奋,忘却了自己遭遇的不幸。她看到有几个女人正在跳马霍卡舞,就加入她们,跳起了亚历山大城的舞蹈。佩里科内感觉事情有望,就让人继续上酒上菜,一直把宴会拖到深夜。酒足饭饱之后,宾客纷纷散去,他又亲自送公主回房。这时候公主酒性发作,似乎把佩里科内当成了她的侍女,毫无顾忌地当着他的面宽衣解带。佩里科内不敢怠慢,急忙熄灭房间里的蜡烛,把自己脱得干干净净,上床搂住了公主。他见公主无力抵抗,就成就了好事。公主以前并不知道和男人欢好是这么快活的一件事,自从尝到甜头,就后悔没有早些顺从佩里科内。这之后,她不等佩里科内去找她,就主动叫他过去——虽然他们无法靠语言交流,但意思不难明白。她正和佩里科内蜜里调油的时候,却没想到命运之神并不满足于把她从一个皇后变成西班牙的情妇,还为她安排了更加残酷的命运。

佩里科内有个叫马拉多的弟弟,正好 25 岁,长得风流倜傥,一表人才。他对阿拉蒂一见钟情,又观察她的神情举动,认为她对自己也有情意,只是因为佩里科内把她看管得太紧,她才没有办法和自己亲近。于是他想出了一条毒计,并毫不犹豫地付诸实践。

当时马略卡港口里正好停着一艘货船,准备等风向一变,就驶向罗马尼阿的克拉伦萨。船主是一对热那亚兄弟,马拉多跟他们商量,说第二天晚上会带一个女人来搭他们的船。

他找了几个好朋友,将自己的计划和盘托出。第二天傍晚,他带上这几个人来到了毫无防备的佩里科内家,悄悄地藏了起来。到了后半夜,他们闯进了佩里科内和公主睡觉的房内,将尚在睡梦中的佩里科内杀死。公主从梦中惊醒,开始哭喊。他们威胁她说,再出声就要她的命。随后,他们带着公主,搜刮了佩里科内家的值钱物品,逃到了海边。马拉多带着公主上船,其他人各自回家。船上的水手趁着风起,立即解缆起程。

公主接连遭遇两次不幸,内心十分悲伤。幸亏马拉多用天主赐予男子的法宝安慰她,让她十分舒适,很快就忘记了佩里科内。没想到,就在她对自己的境遇刚刚感到满意的时候,命运女神又给她增添了新的磨难。

我们在前面说过,阿拉蒂长得倾国倾城,所以那两个热那亚船主一见就爱上了她。他们有些忌惮马拉多,不想被他察觉,但总是想方设法接近她,讨她欢心。这两个人都知道对方的心事,就暗中商量,想要把公主抢到手,像享受货物或者钱财一样,大家平分。只不过马拉多盯得很紧,所以他们根本没有机会下手。有一天,船借着顺风飞速前行,马拉多正站在船尾观赏风景。这兄弟二人抓住机会,从背后抱住他,将他丢进了大海。等到大家知道马拉多掉进海里的时候,船早已经驶过了一海里多。

公主得知这个消息,又不知道该怎么救他,急得一直哭。那两个船主立刻凑上前来,用甜言蜜语来安慰她,还承诺给她很多好处。可是公主根本听不懂他们的话,一方面为了马拉多的死,另一方面为了自己的倒霉,还是哭个不停。这两个人劝了半天,觉得已经劝住了她,就开始争论谁应该第一个跟她睡觉。他们谁都不肯退让,争论得面红耳赤,最后甚至拔刀相向。船上的人极力劝解,却根本拉不开他们,其中一个中了几刀，当场毙命，另一个也身受重伤。公主见此情景惊慌不已，现在只有她一个人，没有人能够搭救她，也没有人能给她出主意，又怕那两个船主的家人把自己当成祸水而迁怒自己。幸好那个受伤的船主为她求情，而且船很快就到了克拉伦萨，她才保住一条命。

她和受伤的船主一起上岸，住进一家客店。没多久，城里就有消息传开，说有一个芳华绝代的女人进了城。正逗留在克拉伦萨的莫莱亚亲王也听到了这个消息，就想一睹她的芳容。见面之后，亲王觉得她比传说中的还要美几分，就疯狂地爱上了她，为她神魂颠倒。他打听了她来到这里的经历，断定把她弄到手应该不难。他正在绞尽脑汁想办法的时候，那位船主的家人已经得知消息，急忙将人送了过来。亲王十分高兴，就连公主本人也暗自庆幸，以为自此以后就能过上平静的日子。亲王见她不但年轻貌美，而且雍容华贵，一定是出身大户人家，就更加爱怜她，不把她当成情妇，而是当成妻子。公主渐渐忘记了之前的遭遇，满足于现在的境况，因而精神焕发，容貌也更加娇艳。于是，她成了整个罗马尼阿的人们热议的话题，艳名甚至传到了雅典公爵的耳朵里。雅典公爵风流倜傥，和亲王又是亲戚，平日里经常往来。他很想一睹公主的真容，就带着一大批随从来拜访亲王，亲王也热情地招待了他。不久，两个人就谈到了公主的美丽。公爵问亲王，她是否真像传说中那么美丽，亲王说："比传说中还要美，等你亲自看一看就知道了。"公爵于是提出想要亲眼看一看公主。亲王同意了，亲自带着公爵来到了公主的住处。公主早就得到了通知，出来迎接他们。由于语言不通，他们无法交流，只好像瞻仰奇迹一样看着她。特别是公爵，更是把公主当成了女神。他怔怔地看着她，似乎喝下了爱情的毒酒，不由得为之倾倒。等他和亲王一起从公主的房间里出来后，他暗忖，亲王能够弄到这么一个绝代佳人，实在是艳福不浅。他想着想着，就产生了邪念，要不惜一切代价把这个美女从亲王手里抢过来。

他色令智昏，将理智和正义全部抛到了九霄云外。他先买通了亲王身边一个叫朱利亚奇的侍从，暗中备好了马匹和行李，以便随时都能动身。一天晚上，他和一个刺客手握武器，在朱利亚奇的带领下进入了亲王的寝室。那天天气很热，公主已经入睡，而亲王为了凉快，正站在窗边乘凉。公爵悄悄地走到窗前，朝着亲王的腰上猛刺一刀，然后托起他扔出窗外。亲王的宫殿建在海边的高地上，下面是一些多年无人居住的民房,早已被海水冲塌,人迹罕至。公爵早就打算好,把尸体扔在这里,不会有人发现。刺客见公爵已经得手,就做出要拥抱朱利亚奇的样子,然后趁其不备,掏出一条绳索套在他的脖子上。这时公爵也进来,两人合力把他勒死,并将尸体从窗口扔出去。

这一切干得十分利落,既没有惊动公主,也没有惊动别人。公爵拿着烛台走到床前,揭开公主身上的罗衾。此刻公主犹在梦中,睡得十分香甜。公主穿着衣服的时候已经是风姿绰约,把他迷得神魂颠倒,现在一丝不挂,更是让他心花怒放。他受到欲火的驱使,根本顾不上自己刚刚犯下滔天罪孽,手上还沾着血,就迫不及待地爬到床上,跟她交欢。公主睡眼蒙眬,还以为是亲王,也迎合着他。完事之后,他立刻起床,叫来几个侍从,让他们把公主劫走,不让她喊出声来。他们找到来时的那扇暗门,原路返回,骑着马悄悄地回了雅典。但是公爵早已成婚,把公主带回去不太方便,就将她藏在了离城不远的一座海滨别墅里,物品一应俱全。

第二天,亲王的侍从们发现已经过了午祷,亲王却还没起床,房间里也没有声响,就推开了虚掩的房门,进去之后却发现空无一人。他们还以为亲王带着美女出去玩了,所以完全没有放在心上。

第三天,一个疯子到海边的废墟闲逛,见到了亲王和朱利亚奇的尸体,就拖着朱利亚奇脖子上的绳子,将尸体拖了出来。大家认出这是谁的尸体,惊讶不已,就哄着疯子带路,来到了发现尸体的地方,又发现了亲王的尸体。全城的人们都十分悲伤,隆重地埋葬了亲王,然后开始调查谁是凶手,并认为不辞而别的雅典公爵嫌疑最大,一定是他杀死了亲王,抢走了美女。亲王的一个弟弟继承了爵位,成了新的亲王,大家一致要求他为死者报仇。新的亲王多方查证,找到了新的证据,证明了公爵的罪行,就召集所有的亲朋好友和下属,组成一支强大的军队,去讨伐雅典公爵。

公爵得到消息,就调集所有兵力,准备迎战,许多贵族也赶来相助。君士坦丁堡的皇帝派了儿子康士坦丁和侄子马诺韦洛率兵增援,受到了公爵的热忱款待。公爵夫人更是高兴,因为康士坦丁正是她的哥哥。

形势日益严峻。公爵夫人将两个兄弟叫到自己的房间,流着泪讲述了战争的起因,以及公爵私藏情妇的事情,说这是对她的侮辱,希望他们为了保持公爵的荣誉,为了一解她心头之恨,一定要插手这件事,想怎么处置都可以。这两个青年早就对公爵的事有所耳闻,也没有多问,只是不停地安慰公爵夫人,答应会施以援手。在问明了那个女人的藏身之处后,他们就告辞了。

他们早就听说过阿拉蒂的艳名,希望能够一睹美人的真容,就向公爵提出了请求。公爵忘记了当初亲王为他引荐之后是怎样的下场,居然同意了。他在公主住处的花园里设下宴席,就带着这两个亲戚去赴宴。康士坦丁坐在公主身边,竟看得出了神,他想自己活了这么多年,都没有见过这么标致的女人。不管是公爵还是别人,为了占有这个女人而干下丧尽天良的事情,都是可以原谅的。康士坦丁从公主那里离开的时候,已经对她念念不忘。他一心想着怎么才能把那个女人从公爵手里夺过来,早把打仗的事情忘到了九霄云外。当然,他并没有表现出来。就在他欲火升腾的时候,亲王的军队已经日益迫近。按照预定计划,公爵和康斯坦丁都应该去往边境,将敌人阻挡在边境之外。

康斯坦丁虽然身处前方,心中却只想着那个女人。他想,趁现在公爵不在,正是实施计划的好时机,就假装生病,要回雅典休养。他在获得公爵的许可之后,就把军权交给马诺韦洛,自己回了雅典他妹妹那里。几天后,他在跟妹妹闲聊时,故意谈到了公爵瞒着她在外面有情妇的事,说如果她需要的话,可以帮她把那个女人弄到别处。公爵夫人还以为这是哥哥的一片好心,就说非常赞成,只要别让公爵知道她参与了这件事就行。康士坦丁让她放心,她就让他见机行事。

康士坦丁暗中准备好了一艘快船,一天黄昏,他让人把船停在了公主的花园附近。他在船上留了几个人,给每个人都安排好任务之后,就带着几个朋友来到了公主的住处。公主亲自带着仆役出来迎接他们,还带他们去花园散心。康士坦丁说公爵有话让他转达,单独把公主引到了一扇靠海的门边。康士坦丁的手下打开门,向停在外面的船发出信号,船迅速驶过来。大家一起抓住公主,跑到了船上,康士坦丁则回过身来对别墅里的仆役们说:"谁敢动一下或者喊一声,我就要他的命!我不是来抢公爵的女人,而是给我妹妹解恨。"

仆役们都不敢作声。康斯坦丁就上了船,坐在哭泣的公主身边,让船夫快点划桨,离开雅典。船飞快地行驶着,第二天一早就到了埃伊纳岛,大家才到岸上短暂休息了一会儿。康士坦丁趁机和公主欢好,而公主呢,只为自己的不幸痛哭。休息好之后,大家继续上船,行驶到了希俄斯岛。康士坦丁唯恐父亲怪罪,让好不容易劫来的美女落空,就打算留在岛上,觉得这里会安全一些。阿拉蒂哭了几天,多亏康士坦丁刻意安慰,她才又满足于命运之神的安排。

再说土耳其国王奥斯贝克,他和君士坦丁堡皇帝之间长期战事不断。有一次他路过士麦拿,听说康斯坦丁拐了一个美女,现在正藏在希俄斯岛,日子过得十分逍遥,没有任何戒备,就召集了一支队伍,乘着几艘战船来到了希俄斯岛,在夜里发动了偷袭。当时很多人正在梦中,并不知道有敌军来袭,被打得落花流水。也有一些警觉的,准备拿起武器反抗,最终也丧了命。奥斯贝克下令焚烧全岛,将战利品和俘虏都装到船上,就回到了士麦拿。

奥斯贝克也很年轻,在清点俘虏的时候,看到了阿拉蒂,知道她是从康斯坦丁的床上抓回来的。奥斯贝克很喜欢她,立刻决定娶她为妻。举办过婚礼之后,两个人快活地生活了几个月。

在这件事发生之前,君士坦丁堡皇帝曾经和卡帕多西亚国王巴山诺协商,要一起进军土耳其,但是因为巴山诺提的要求太高,双方没能达成一致。现在他听说儿子被人暗算,就立刻答应了卡帕多西亚国王的要求,只求他快点发兵攻打土耳其,自己则从另一侧进攻。奥斯贝克收到消息后,不想腹背受敌,就先率军去迎战卡帕多西亚国王,将美人留在士麦拿,托付给一个心腹。没想到双方交战之后,奥斯贝克的军队被打得溃不成军,自己也命丧沙场。巴山诺乘胜进攻,进占了士麦拿,当地人民都纷纷投降。

受奥斯贝克的嘱托照看阿拉蒂的心腹名叫安蒂奥科,虽然已经是一把年纪,却也对美人怦然心动,完全把主人的嘱托抛诸脑后。更让阿拉蒂高兴的是,他懂得她的语言。这几年,她听不懂别人的话,别人也听不懂她的话,她就像一个聋哑人一样。短短几天之后,安蒂奥科就和公主十分亲密,完全忘记了在外作战的主人的嘱托,尽情地享受床笫之欢。后来他们听说奥斯贝克战死沙场,巴山诺的军队一路开来,正在烧杀抢掠,觉得不能坐以待毙,就收拾了奥斯贝克的大部分财宝,逃到了罗得岛。可是刚到岛上不久,安蒂奥科就得了重病,自知命不久矣。他有一个至交好友,是塞浦路斯岛的商人,此时正好在罗得岛。他派人把商人叫来,要将自己的财产和女人都托付给他。临终之前,他把这两个人叫到床前,对他们说:

"我知道我快死了,在我一生中最快乐的时候死去,真是让我难受。但让我欣慰的是,我能死在世上我最亲爱的两个人的怀里,一个是你,我的好朋友,一个是她。自从认识她之后,我比爱我自己还要爱她。让我放心不下的是,我死之后,她一个人孤苦伶仃,无依无靠。要不是我知道你在这里,会替我好好照顾她,我一定会死不瞑目。所以我恳求你,我死之后,请你接受她和我所有的财产,一切都由你照顾和支配,只要能让我的灵魂得到安慰就行。还有你,我最爱的姑娘,我死之后,不要忘了我。就算到了另一个世界,我也会因为得到过这个世界上最美的女人的爱而自豪。如果你们能答应我这两点,我就死而无憾了。"

商人和公主听到他的话,都泪流满面,并说一旦他去世,一定会按照他说的做。过了不久,安蒂奥科就死了,两个人为他举办了隆重的葬礼。几天后,商人处理完了罗得岛上的相关事宜,就想乘船回塞浦路斯岛。他对公主说,自己要回去了,问她要不要跟自己一起回去。公主说,很愿意和他一起回塞浦路斯,不过希望他顾念跟安蒂奥科的情谊,像姐妹一样对待她。商人说一切都依她,但是为了行路方便,在到达塞浦路斯之前,都对外宣称是夫妻关系。

上船后,船长把他们安排在船尾的一个小房间里。他们既然宣称是夫妻,只能睡一张床。没想到,发生了一件他们从罗得岛出发时都没有预料到的事:因为船舱里十分昏暗,床铺又十分温暖,两个人心痒难耐,忘记了对死者安蒂奥科的情谊,发生了关系。还没到商人的家乡巴法,两个人已经如胶似漆。到了巴法之后,他们就一直同居。巧合的是,有个阅历很深的老绅士安提古诺正好从巴法路过。他如今为塞浦路斯国王效力,但是一直郁郁不得志,也没什么钱。有一天,安提古诺正好从公主的住处经过,当时商人去了亚美尼亚经商,只有公主在家。他看到窗前有个绝色美人,不由得多看了几眼,只觉得似乎在哪里见过,但一时想不起来。公主受尽命运的捉弄,终于要否极泰来了。她看到这个老绅士,就想起曾经在亚历山大城见过他,当时他为自己的父王效力,地位很高。她觉得,有了他的帮助,也许自己还能恢复公主身份,就赶紧叫人把他请进来。老绅士进来之后,公主问他是不是法马古斯塔地方的安提古诺先生。安提古诺说正是,还说:"小姐,我也觉得你十分面熟,只是一时想不起曾在哪里见过你,你介意提醒我一下吗?"

公主突然哭了起来,搂住老绅士的脖子说:"你有没有在亚历山大城见过我?"安提古诺经过这么一提醒,才认出她是苏丹的女儿阿拉蒂,据说她已经遭遇海难,葬身鱼腹了。安提古诺急忙行礼,公主却拦住了他,让他坐下说话。安提古诺坐下后,就恭敬地问起她怎么会来到这里,什么时候来的,因为埃及的人们都以为她几年前就葬身大海了。

"要是真的死在海里反而好了,就不用受这么多磨难。要是父王知道我的遭遇,一定也会希望我早点死掉。"说到这里,她又痛哭失声。

安提古诺安慰她说:"公主,不要悲伤,现在还没有到走投无路的时候。你可以先把你的遭遇和你现在的生活讲给我听听,也许天主能够保佑我们想出弥补的办法。"

"安提古诺,"美丽的公主说,"见到你就像见到我父亲一样,出于女儿对父亲的爱,我把原本可以隐藏的事情全告诉你。你能够来到我面前,我非常高兴,这是我见到别人没有的感受。我一直没有把自己的遭遇告诉任何人,既然我把你当成父亲,就告诉你吧。如果你听完之后,能够想办法让我回到皇宫,就请帮助我。如果你也没有办法,就把我说的话烂在肚子里,也不要跟别人说见过我。"

于是,她就哭着将自己从马霍卡岛之后到现在的所有遭遇都说了一遍。安提古诺听着,也流下了同情的泪水。他思考了一会儿,说:"公主,你在遭遇苦难时都没有透露自己的身份,那我就能想办法将你送回国王身边,以后你还能再和加博国王成婚。"

公主问他有什么计划,他就将自己的计划娓娓道来。为避免夜长梦多,他立刻去见了法马古斯塔国王,对他说:"陛下,我有一件事请求您,您同意出面的话,能够获得莫大的荣幸,而我也能得到很多好处。念在自从我追随您以来一直落魄的份上,希望您能答应。"

国王问是什么事,安提古诺说:

"巴比伦苏丹有个美丽的女儿,别人都说她早就死于海难,没想到这都是谣传,现在她就在巴法。为了保持清白,她吃了不少苦头,现在活得十分清苦,所以很想回到父亲身边。如果陛下能够派我送她回巴比伦,对您来说就是做了一件好事,对我也有好处,我想苏丹一定不会忘记您的恩德的。"

国王向来宽宏大量,立刻同意了他的请求,派人将阿拉蒂接到了宫里,和王后一起隆重地招待了她。当他们问她起的经历时,她就按照安提古诺说的重复了一遍。几天后,在她的请求下,国王派出一大批侍从护送她,并由安提古诺负责,回到了巴比伦。苏丹十分兴奋,热烈欢迎了女儿,也隆重接待了护送公主回来的安提古诺和侍从。

公主休息片刻,苏丹就问她是如何保全了性命,这几年又在哪里,为什么一点儿音讯都没有。公主就按照安提古诺事先教好的,说道:"父王,我们出发后的第二十天就遭遇了风暴,船破了,在西方阿迦莫达附近的海滩上搁浅。我不知道船上的男人们都怎么样了,后来也没有听说过。我只记得第二天一早才醒过来,发现有很多当地的居民来船上抢东西。我和两个侍女只好逃到岸上,后来她们被几个小伙子抢走,音讯全无。而我也被两个小伙子抓住,往树林里拖。幸好有四个骑马的人经过,把那两个小伙子吓跑了。那几个人看起来很有地位,他们来到我身边,问了我很多话,但是苦于语言不通,无法交流。他们商量了半天,最后让我上马,送到了一个女子修道院。骑马的人对她们说了些什么,我就住了下来,受到了优待。当地的妇女信奉圣克雷西·德·瓦尔卡瓦,我也学着她们一起崇拜他。我在修道院里住了一段时间,也学会了一些她们的语言。她们问我是什么人,来自哪里。我害怕一旦说出实话,就会被当成异教徒撵出修道院,于是假装自己是塞浦路斯贵族的女儿,原本是要去克里特岛成亲的,没想到途中船只失事。为了不露出破绽,我总是尽量按照她们的风俗习惯做事。修道院里的院长问我是否想回塞浦路斯,我说这正是我求之不得的事情。但是院长很在意我的安全,不肯将我随意托付别人,只想找一个可靠的人带我去塞浦路斯。两个月后,有两对法国夫妇要去耶路撒冷朝拜圣地,就是天主耶稣被钉死后埋葬的地方,路过了修道院。其中一位太太和院长是亲戚,院长就将我托付给他们,请他们带我回塞浦路斯,交给我的父亲。这两对夫妇欣然同意,对我也不错。我们上船之后,在海上漂泊了好几天才到了巴法。这时候我实在很发愁,因为院长是嘱托他们把我交给父亲的,但我在那里人生地疏,一个人都不认识。就在我不知所措的时候,天主照应我,让我在下船时遇见了安提古诺。我马上用我们本国的语言招呼他,以免被那两对夫妇听到。我请求他假装我的父亲,他立刻明白了我的意思,并按我说的做。虽然他的经济条件不太好,却还是尽力款待了这两对夫妇,又带我去见了塞浦路斯国王。国王和王后热情地招待了我,又将我送回到你身边。如果我还有什么没说清楚的,可以让安提古诺补充一下,他已经多次听我讲述我的遭遇。"

安提古诺急忙对苏丹说:"公主刚才说的话,已经跟我说过很多次,送她来的那两对夫妻也跟我说过。只有一件事她没有说,我想是因为不方便。那两对夫妇都称赞她的美德和品行,说她在修道院里过得十分端庄。他们把公主交给我的时候,都依依不舍,泪流满面。如果把他们称赞公主的话说出来,只怕一天一夜都说不完。总之,根据他们的话和我亲眼所见,公主不但美丽,而且品性高洁,是天下任何一位国王的女儿都比不上的。"

苏丹听到这番话高兴不已,他向真主祷告,一定会报答那些照顾过公主的人,特别是郑重地将她送回来的塞浦路斯国王。几天后,苏丹重赏了安提古诺,让他回了塞浦路斯,又派专人去塞浦路斯送信,感谢国王对公主的恩德。然后,他又准备按照原来的约定,把阿拉蒂嫁给加博国王,就将这其中的曲折写信告诉了加博国王,比如说如果他还想迎娶公主,就快点派人过来。

加博国王收到信后十分高兴,立刻派人来迎接公主,欢喜地成了婚。先后和八个男子睡过上千次的公主,居然能让丈夫相信她还是个处女。她成了加博国的王后,跟国王过上了幸福的生活。就像那句俗话说的:"被吻过的朱唇依然娇艳,弯弯的月亮有盈也有亏。"

故事八

> 安特卫普伯爵被人诬陷,只好将一双儿女留在英国,自己踏
> 上流亡之路。多年后,他从苏格兰回国,发现儿女的近况都不错,
> 就去为法兰西国王效力,后来冤情昭雪,重新恢复爵位。

女郎们听完美丽的公主的遭遇,不由得连声叹息,但谁知道她们是为什么叹息呢?也许她们不是为公主的遭遇叹息,而是在感叹自己不能像她一样嫁那么多人吧!潘菲洛最后引用了一句俗语,惹得大家哈哈大笑。女王知道他的故事讲完了,就让艾莉莎继续讲。艾莉莎从容地说:命运给我们安排了很多新奇的事件,今天的故事范围很广,别说轮一圈,就算轮十圈都讲不完。既然如此,我们就从那无尽的故事中讲一个来听吧。

自从罗马帝国脱离法兰西,落入日耳曼手里,两国之间的仇恨日益加深,战火连绵不断。法兰西的国王和一个王子为了保卫国家,纠集了大批军队,在亲友的帮助下组成了一支大军,对敌人发动进攻。

国王出征之后，国内就面临着无人治理的困境，幸好他知道安特卫普伯爵瓜尔蒂耶里为人谦虚谨慎，正直可靠。虽然伯爵也深谙兵法，国王却认为应该让他负责国内的政务，于是委托他做代理总督，掌管全国的政务，自己则带领大队兵马出发。

伯爵当上代理总督之后，运用自己的才干，把国家治理得井井有条，大小事务都要跟王后和太子妃商量。虽然王后和太子妃都应该被他管束，他却像尊敬女主人一样对待她们。

伯爵刚刚不惑之年，英俊潇洒举止优雅，在当时的骑士中，他堪称数一数二的人物。国王和太子在外征战期间，伯爵的妻子不幸去世，只留下一双儿女。为了讨论国家大事，他经常要出入王宫，没想到太子妃居然被他的外表和风度倾倒，心生好感。她想，自己如花似玉，美艳无双，伯爵又孤身一人，形单影只，只要放下羞涩，应该很容易满足欲望。于是她决定，要放下羞涩，跟他吐露心意。一天，宫里只有她一个人，她觉得时机成熟，就派人把伯爵叫进宫，说有事情商量。

伯爵不疑有他，听到召唤就立刻进了宫。此时房间里只有他们两个，她让伯爵坐在床边。伯爵问她有什么事，一连问了两次都没有得到回应。最后，情欲战胜理智，她红着脸说："亲爱的伯爵，我亲爱的朋友，像你这么聪明的人，一定知道男人和女人各有弱点。也知道由于不同的原因，女人比男人更加脆弱。所以一个真正公正的法官在量刑的时候，会根据各人不同的情况处以不同的判决。如果一个整天靠力气吃饭而只能糊口的男人或女人，却想效仿那什么都不缺、饱食终日的富家太太，追求一些风流韵事，那应该是每个人都会责备她轻浮吧？因此我说，如果是一个富家太太因为种种原因坠入情网，我们就不应该对她太过责备，而如果她看上的是一个英俊又有身份的人，那就更可以原谅了。对于我来说，这两个假设我都合适，而且我正值妙龄，丈夫又征战在外，自然更有可能产生情愫。你这么聪明，一定能够了解我内心的痛苦。现在我把它告诉你，希望你能帮我出个主意。

"现在我独守空房，无法抵御肉欲的冲动和爱情的引诱，它的势头太过强大，不要说是柔弱的女子，就算一个刚强的男子也无法抵挡，随时都能被它压垮。你也知道，我整天无所事事，更需要爱情，更迫切地想要寻找爱情的欢乐。我知道，如果让别人知道这件事，我会颜面扫地，可是如果别人不知道我做的这件事，就不会有人笑话我了。再说爱神非常厚待我，虽然我受到爱情的引诱，但我并非饥不择食，随便一个男人都可以，我一定要找一个能够配得上我的男人。我觉得我的眼睛非常明亮，我爱上的是法兰西最可爱、最有修养的绅士，这个人就是你。现在我丈夫征战在外，你也没有妻子，所以请你可怜我的一片真心，可怜我的青春，接受我吧。我的心已经像冰遇到火一样，为你融化了。"

说到这里，她的泪珠滚滚落下，有话也说不出来，垂下头，柔弱无骨地倒在伯爵怀里。伯爵是一个正人君子，见她要引诱自己做苟且之事，就立刻把她推开，严肃地说，就算粉身碎骨，他也不会做出对不起主公的事情。太子妃一听这话，恼羞成怒："你可真不识抬举，我对你一片痴情，你居然这么对待我。既然你不让我活，你也别想独活，我要让你在这个世上无法立足。"

说完，她就弄乱自己的头发，撕破胸前的衣服，高声叫喊："救命啊，安特卫普伯爵要强奸我！"

伯爵见状，有些惊慌失措，他虽然没做什么亏心事，但朝廷上有很多臣子嫉贤妒能，恐怕只会听太子妃的一面之词，不相信他的清白。他立刻站起身来逃出王宫，回到了家里。到家之后，他一刻都不敢耽搁，将一双儿女抱上马背，骑马直奔加来。

宫里的很多侍从听到太子妃的叫喊声，急忙冲过来。他们看到太子妃的模样，再听到她的话，都信以为真，都说伯爵平日里看起来十分正派，没想到会做这一种下三烂的事情。宫里的人气势汹汹地冲到伯爵家，想要逮捕他，没想到扑了个空，就像房间里所有值钱的东西全部扫荡干净，又把房子夷为平地。

国王父子在军中听到消息，极为震怒，立即判决伯爵和他的子女永远放逐，并且通告全国，凡是见到伯爵的人都可以将其逮捕，不论死活都有重赏。

伯爵知道，自己这样一逃，就算是被诬陷的也坐实了罪名。好在到加来的路上没有人认出他，他就立刻从加来乘船到了英国，前往伦敦。进入伦敦城之前，他叮嘱了两个孩子很多话，主要有两件事：第一，命运突然把苦难降临到他们身上，虽然他们并没有做错事，也要甘心忍受贫困。第二，如果他们想保全性命，就千万不要说出自己的来历，也不要说出父亲是谁。伯爵的儿子刚刚 9 岁，名叫路易。女儿 7 岁，叫作维奥兰特。两个孩子虽然年纪不大，却非常聪明，将父亲的告诫牢记心间。伯爵认为，保险起见，还要给他们改名字，就将儿子改名贝罗,女儿改名珍妮特。他们就这么进了伦敦,衣衫破旧,靠乞讨度日。

一天早上,他们正在教堂门口乞讨。有一位英国元帅的夫人看到了他们,就问伯爵来自哪里,这两个孩子是不是他的子女。伯爵说自己来自法国毕卡第,因为长子行为不端,导致家道中落,他只好带着幼子幼女流落在外。将军夫人心地善良,见伯爵的女儿长得十分讨人喜爱,而且举止文雅,就说:"可怜的人,我看你女儿长得十分清秀,我想收养她。如果他长大以后有出息,我一定不会亏待她,为她找个好人家。"

伯爵觉得这是个好主意,立刻答应下来,含泪将女儿交给了元帅夫人。临别之前,他又叮嘱了女儿很多话。在给女儿找到安身之处后,他决定不在伦敦停留,就带着儿子贝罗沿路乞讨,来到了威尔士。他从没有过长途步行的经历,因此弄得十分狼狈。

威尔士有英国国王手下的另一位元帅,他家大业大,人丁兴旺,伯爵就经常带着孩子去他家门前乞讨。元帅的孩子经常和别人家的孩子在门口玩游戏,贝罗去熟了,就加入他们,玩得比他们都好。元帅有几次看到这个孩子,觉得他非常灵巧,问了周围的人,才知道是经常来这里乞讨了一个穷人的孩子。元帅派人将他找来,说要收养这个孩子。伯爵虽然十分不舍,但还是忍痛答应了。

现在子女都有了安身之处,伯爵打算离开英格兰,就来到了爱尔兰的斯坦福,做起了一个乡村伯爵的骑士家里的杂役。就这样,他隐姓埋名地过了好几年,每天都要干各种杂事。

再说他的女儿,已经改名为珍妮特的维奥兰特,一直生活在伦敦元帅夫人家里,几年后就长成了一个标致的大姑娘,元帅夫人和家中的每个人都十分喜欢他。凡是看到她的人,都会觉得她举止文雅,像是一个大家闺秀。元帅夫人收养她的时候,只听她父亲说过一些情况,并没有详细打听,所以就打算按照她的身世为她找婆家。但是天主能够洞悉人间的善恶,知道她出身高贵,只是因为别人的恶行才沦为微贱,不愿让她嫁给低三下四的人家。后来发生的事情,是对天主的仁慈的最好证明。

收养珍妮特的元帅夫妇只有一个儿子,所以对他百般宠爱,一方面因为他是独苗,另一方面是因为这个孩子品德高尚,既聪明又有礼貌。他比珍妮特大6岁,见她长得美丽又温婉,对她情根深种。但是他以为珍妮特出身卑微，就不敢向父母透露自己的心意，以免他们说自己不顾身份。但是他相思成疾，得了重病。父母请了很多医生来为他医治，却不知道他得的是什么病，个个束手无策。父母十分着急，就问他到底哪里不舒服。他要么叹口气，要么说觉得自己十分虚弱。

　　一天，一位医术高明的年轻大夫正在为他把脉，珍妮特恰好走了进来——她是来帮老夫人伺候病人的。病人一见到她，虽然没说什么话，也没什么动作，内心的爱情之火却熊熊燃烧，脉搏跳得非常快。大夫察觉到这种变化，感到非常惊奇，就想看看这种现象能持续多久。珍妮特走出房间后，病人的脉搏也恢复了正常，大夫觉得自己已经找到了病因。他一边按着病人的脉搏，一边把珍妮特叫回来，好像要问她什么话似的。珍妮特回来之后，病人的脉搏又加快，而她一走，脉搏又慢了下来。医生断定了病因，就对病人的父母说："令郎的病并非医生所能治愈的，而是掌握在珍妮特手里。据我观察，令郎害的是相思病，而珍妮特并不知情。你们要是爱惜他的生命，就快点想办法吧。"

　　元帅夫妇听到这番话，松了一口气，因为他们已经知道了该如何救儿子，但是从内心来说，他们并不太想让珍妮特做他们的儿媳。医生走后，夫妻俩来到儿子的床前，母亲说道："孩子，我没想到你有心事瞒着我，结果憋出了病。你要知道，只要能让你高兴，我什么事情都乐意做。虽然你不向我吐露秘密，但是天主爱怜你，不想看着你病死，他让我们知道了你的病因，就是你爱上了一个姑娘。其实你大可以说出来，不必害羞，在你这个年纪，谈情说爱才是正常的，如果你不懂爱情，我倒要为你担心。孩子，不用瞒着我，把你的心事说出来吧，这样我才能找到你的病根。你要知道，我把你看得比自己的命都重要，只要我能做到的，我一定会去做。你不用害羞，也不用害怕，大胆告诉我吧，看看我能不能在你的爱情上为你尽点力。如果我不尽心帮你把事情办妥，你就把我当成这个世界上最残忍的母亲吧。"

　　病人听了母亲的话，一开始觉得有些羞涩，后来他想，母亲才是最关心自己的人，于是大胆说道："母亲，我之所以不把我的爱情说出来，是因为我看到许多人一旦上了年纪，就忘了自己年轻的时候。既然你这么关心我，我得承认，你说的都是事实。我希望你能够按照你承诺的，治好我的心病。"

　　元帅夫人发现事情正如自己所料，就说，只要他肯把心事说出来，她一定会帮他达成心愿。

病人就说："妈妈，我们家的珍妮特长得美艳动人，端庄大方，我爱上了她，但是又不能告诉她，也不敢告诉任何人，才变成了现在的这个样子。如果你无法实现对我的承诺，只怕我就活不长了。"

元帅夫人知道目前只能安慰他，不能责备他，就笑着说："孩子，你就是因为这件事才变成这个样子的吗？你放心吧，一切都交给我，我一定能让你痊愈。"

病人有了希望，病情就逐渐好转。元帅夫人见状也很欢喜，就考虑该怎么兑现自己的承诺。一天，她把珍妮特叫到自己身边，假装无意地问她有没有情人。珍妮特红着脸说："夫人，像我这样一个孤苦伶仃的姑娘，连个家都没有，只能吃住在别人家，哪有资格恋爱？"

"如果你真的没有情人，我可以给你介绍一个，两个人在一起才能快乐。像你这么漂亮的姑娘，怎么能没有情人呢？"

珍妮特说："夫人，在我父亲走投无路的时候，你收留了我，把我当亲生女儿养大，按理来说，我应该听你的话。但是关于这件事，虽然你觉得对我有好处，但我无法从命。如果你想给我找一个丈夫，我一定会一心一意爱他。但是我现在仅有的东西就是祖先留给我的清白，我打算终身守住它。"

夫人听到这番话，知道自己很难兑现对儿子的承诺了，不由得十分失望。又知道她为人正派，打从心底里佩服她，就说："怎么，珍妮特。当今的国王是一个年轻的骑士，年轻潇洒，如果他看上了你，向你求爱，你也会拒绝吗？"

珍妮特毫不犹豫地说："国王可以用武力胁迫我，但我宁愿死也不会愿意做苟且的事。"

元帅夫人见她意志坚决，也不好再说什么，但还是想试探她一下，就对儿子说，会找机会让他和珍妮特同处一室，到时候他就可以自己向她求欢了。如果由自己出面，像老鸨一样为儿子牵线搭桥，有失体面。小伙子听到这个主意，病情又恶化了。夫人无奈，只好找到珍妮特，说明实情，没想到珍妮特还是意志坚定。夫人又和元帅商量，两个人一致决定同意儿子娶珍妮特为妻，因为让他娶一个贫贱的姑娘，高兴地活下去，比让他无法成婚郁郁而终好。珍妮特开心不已，衷心感谢天主没有忘记自己，不过她依然自称流浪汉的女儿。元帅的儿子痊愈后，高兴地迎娶了珍妮特，两个人过上了幸福的生活。

再说被另一位元帅收留的贝罗，他也已经长大成人，深得元帅喜欢。他武艺高强，力大无穷，在各种比武中总是拔得头筹，很快就远近闻名，被称为"流浪汉贝罗"。天主保佑了他的妹妹，对他也十分优待。当地发生了一场可怕的瘟疫，全岛一半的人都因此丧命，活着的人也大都逃往他乡。元帅一家人，包括他们夫妻、独子、兄弟，还有一些别的亲戚，全都被病魔夺去了生命，只剩下一个待字闺中的小姐和贝罗。瘟疫过去后，小姐觉得贝罗英俊有为，就和几个健在的亲戚商量，选贝罗做她的丈夫，将自己继承的产业交给他管理。不久，英国国王听闻了元帅的死讯，又听说"流浪汉贝罗"武艺高超，就任命他做了新一任元帅。这就是安特卫普和子女被迫分离后，这对儿女的大概处境。

自从伯爵逃离巴黎，已经过去了 18 年。在爱尔兰，他过着辛苦的生活，所以变得十分苍老。他很思念自己的骨肉，就想去打听他们的近况。虽然他容貌已改，略显苍老，但他的身体经过常年的劳作，比之前更为结实。他离开老东家，来到了英格兰。他先去了当初留下贝罗的地方，发现他已经成了元帅，十分威风。他高兴不已，但是还不想让儿子认出自己，因为他还要去找女儿珍妮特。

伯爵日夜兼程，来到了伦敦，婉转地向人打听收养他女儿的那位夫人，听说珍妮特嫁给了夫人的儿子，心里十分高兴。他看着儿女都长大成人，过上了幸福的生活，就觉得以前受到的所有痛苦和折磨都不算什么了。他很想见女儿一面，就经常在她家附近游荡。一天，珍妮特的丈夫雅凯见到了他，觉得他非常可怜，就让一个仆人把他叫进家里，给他点吃的，仆人照办了。

珍妮特已经给雅凯养了几个孩子，最大的只有 8 岁，个个活泼可爱。他们看见伯爵吃东西，就都围到他身边，对他十分亲近，似乎有一种神秘的力量让他们知道这就是他们的外祖父。伯爵知道他们是自己的外孙，对他们格外关爱。这样一来，孩子们就更加离不开他了，不管他们的老师怎么呼喊都不管用。珍妮特听说这件事，就从房间里走出来对孩子们说，谁不听老师的话就要挨打。孩子们都哭了，说想跟老人一起玩，因为他比老师更爱他们。珍妮特和伯爵听到这番话，都忍不住笑了起来。伯爵见到珍妮特，就站起身来，像一个穷人一样对她表达敬意，而不像一个父亲对一个女儿，但他内心非常高兴。可是珍妮特并没有认出他来，因为他的变化太大，面貌苍老，皮肤黝黑，完全变了一个人。珍妮特见孩子们不肯离开老人,只好对老师说让他们再玩一会儿。

　　孩子们正围着老人玩耍的时候,雅凯的父亲来了,老师就把情况告诉了他。他本来就瞧不起珍妮特,就说:"随他们去吧,本来种子就不好。母亲是个叫花子,他们就想和叫花子待在一起。"

　　伯爵听到这番话,感到无比难受,但他又像忍受别的屈辱一样,默默地忍受了下来。雅凯听说孩子们和老人十分亲热,也不太高兴,可是出于对孩子的爱,为了不让他们啼哭,就说老人愿意的话,可以留在这里干活。伯爵说他很乐意,但他做了一辈子马夫,只会看马。于是元帅家里的人就交给他一匹马,让他伺候马匹,并跟小孩子们玩耍。

　　命运替伯爵和他的一双儿女做出这种安排的时候,法兰西国王和日耳曼人时而和谈,时而开战,很快就去世了,由太子继承王位,而陷害伯爵的太子妃就成了王后。后来和谈期满,新国王在边境上开展了新一轮的战争。这时候英国国王和法国国王成了亲戚,就派兵支援,由贝罗元帅和另一位元帅的儿子雅凯指挥。伯爵也以马夫的身份随军,但是没有任何人认出他。伯爵兵法娴熟,献出了很多良策。

　　正在两国交战期间,法国王后得了重病,自知不久于人世,就向全国最圣洁的鲁昂大主教忏悔,交代了自己的罪孽,其中一件就是,自己是如何诬陷安特卫普伯爵的。她不但向大主教认罪,还将这件事告诉了很多大臣,请他们替她请求国王,如果伯爵尚在人世,就恢复他的爵位,归还他的财产,如果他早已离世,就将爵位传给他的子女。忏悔后不久,王后就去世了,葬礼十分隆重。使者到军中转达了王后的忏悔,国王得知真相,知道自己冤枉了伯爵,不禁扼腕叹息,立刻通告全军,凡知道安特卫普伯爵或者其子女的下落的,可得重赏。根据王后的忏悔,他不但不用被流放,还要恢复爵位,甚至加封。

　　伯爵听说这个消息,加以核实后,就请雅凯和贝罗陪自己去见国王,说知道国王悬赏的人在哪里。三个人见面后,伯爵对贝罗说:"贝罗,雅凯娶了你的妹妹,却没有任何陪嫁。为了不让你妹妹只是嫁个人过去,我认为应该由他来领取国王的重赏。你可以告诉国王,你是安特卫普伯爵的儿子,雅凯的妻子就是你的妹妹维奥兰特,而我就是你的父亲安特卫普伯爵。"

　　贝罗听到这番话,仔细打量了一会儿,认出老人就是自己的父亲,就跪在他的膝下,哭着说:"父亲,我真高兴见到你!"

雅凯听到伯爵这番话，又看到贝罗的举动，真是又惊又喜，不知所措。他想起自己一直把伯爵当马夫使唤，羞愧得无地自容，也跪倒在伯爵膝下，哭着请他原谅自己原来对他的不敬。伯爵急忙把他扶起来，让他不必把过去的事情放在心上。他们一起谈起过去的经历，时而流泪，时而欢笑。贝罗和雅凯请伯爵换上新衣服，却被伯爵拒绝了，他让雅凯先去报告，领取国王的重赏，然后自己再穿着这身破衣服去见国王，好让他羞愧一下。

雅凯将伯爵和贝罗带到王宫，说是已经找到了伯爵父子，前来领赏。国王立刻让人拿出厚礼，让他快些将伯爵父子带进来。雅凯就转过身，让伯爵和贝罗走上前来，说："陛下，这就是伯爵和他的儿子。伯爵还有一个女儿，就是我的妻子，现在并不在这里。但是天主仁慈，很快就能让你见到她。"

国王闻言，就打量起伯爵，虽然他苍老了许多，但是仔细辨认，还是能认出来。国王含着眼泪离开座位，将跪在地上的伯爵扶了起来，不停地亲吻和拥抱他，然后又拥抱了贝罗。他让人给伯爵换上衣服，给他准备了侍从、马匹和合乎他身份的所有物品。国王对于雅凯也十分优待。雅凯领了国王的赏赐后，伯爵说："这些是陛下的赏赐，你都拿回去吧。别忘了告诉你父亲，你的孩子，也就是我的外孙，并不是叫花子生的。"

雅凯领了这份赏赐，派人将妻子和母亲接到了巴黎，贝罗也把妻子接了过来，大家都高兴地和伯爵在一起。国王不但恢复了伯爵的爵位，还比以往更加重用他。后来，子女们征得国王的允许，各自回家。而伯爵留在巴黎，度过了幸福的晚年。

故事九

贝尔纳博和安勃洛乔打赌受骗，派人去杀害无辜的妻子。妻子逃脱之后，女扮男装，在苏丹手下做了官。后来她遇到了恶徒安勃洛乔，就让人把丈夫从热那亚带过来，惩罚了恶徒，自己恢复女装，带着钱财和丈夫回到了热那亚。

艾莉莎讲完这个哀伤动人的故事，就轮到了女王菲洛梅娜。女王身材丰腴，笑靥如花，只听她从容地说："我们应该信守对狄奥内奥的承诺，现在就剩我们俩没有讲故事，那就我先来吧。"

人们常说一句俗话，叫作害人害己。我觉得如果没有事实证明，只靠语言是很难让人相信的。我希望你们听完我的故事，能够知道这句话千真万确，也要学会防备坏人。

一天，一家巴黎的客栈里住进了几个意大利商人，他们都是来这里处理事务的。晚上他们吃过晚饭，就开始闲聊，不知怎的，话题就变成了留在家中的老婆。一个商人打趣道："我不知道我老婆独守空房的时候会做什么，但是如果我遇到了一个心爱的姑娘，我就会跟她欢好，才不会把老婆放在心上。"

另一他说："我也是这么想的，因为我老婆也会趁我不在家的时候找乐子。这才是十分公道，谁都不吃亏。"

第三个商人也有类似的想法。总之大家都觉得，独守空房的老婆是不会错过找乐子的好时机的。只有一个热那亚人，名叫贝尔纳博·伦美里尼的，持有不同的观点。他说多谢天主的恩宠，让他娶到了一个意大利少有的贤惠媳妇，别说是女人了，就连很多男人都比不上她。她正值青春妙龄，容貌秀丽，心灵手巧，女红更是一绝。而且她为人谨慎，料理酒席的本领让贵族家里的总管都望尘莫及。她善于骑射，还会放鹰，对账目的精通程度不逊色于任何一个商人。他把老婆极力赞美了一通，又转回这个话题，说天底下没有哪个女人比他的老婆更加贞洁，就算他十年不归，或者更长的时间，她都不会和别的男人相好。

在这堆人中有一个年轻商人，叫作安勃洛乔。他听到贝尔纳博说他的妻子最贞洁，忍不住笑了起来，还嘲笑地问他，他的福气是不是皇帝赐予的。贝尔纳博气恼地说，这份福气不是皇帝赐予的，而是天主赐予的，天主的权力可比皇帝大得多。

安勃洛乔说："贝尔纳博，我毫不怀疑你所说的一切都出自真心，但是在我看来，你对事物的本性研究得不够透彻。我想你并不傻，如果你真的在这方面多加留意，应该不会轻易得出这样的结论。在这个问题上，我要跟你深谈一下，免得你以为我们这样谈自己的妻子，是因为她们是用和你妻子截然不同的材料做成的。我们之所以这么说，实在是因为洞悉了她们的心理。我的观点是，男人是天主创造的生物之灵，而女人是仿照男人造出来的。我们通常都认为男人比女人更加完美，自然也就更加坚定。事实也果真如此，相比之下，女人更加水性杨花，我可以举出很多例子来证明这一点，但是我今天暂且不谈。虽然男人更为坚定，但是当女人主动送上门来，或者遇到自己心仪的女人，也会把持不住,拼了命想去亲近。这种事并不是每个月发生一次,而是每天都要发生上千次。而女人本来就意志薄弱,如果有一个男人打她的主意,对她巴结奉承,送上礼物,你觉得她能抵挡得住吗?就算你嘴上说能,我也不觉得你会相信自己的话。你的妻子跟别人一样,都是血肉之躯,也和别的女人一样充满欲望,抵挡诱惑的力量自然也跟别的女人一样。所以,不管她怎么贞洁,她都能做出别的女人做出的事。既然有这种可能,你就不应该抵死不承认。"

贝尔纳博说:"我只是个商人,不是哲学家,所以只能用商人的见解来回复你。我知道,一个不知廉耻的蠢女人确实能干出你说的这种事,但是聪明的女人会十分重视自己的荣誉,相比不看重荣誉的男人,她们更有决心维护自己的荣誉,而我妻子就是这种人。"

安勃洛乔说:"说实话,如果女人每和男人勾搭一次,头上就长出一只角,暴露她们干的好事,我想她们就会很少尝试这种事。事实却是,她们的头上压根不会长出角。聪明的女人都知道,耻辱是在事情败露之后才会遇到的,因此,只要她们能偷偷摸摸去干,就不会放弃任何机会,要是不抓住机会,才是傻瓜呢。还要记住一点,如果真有这样贞洁的女人,那只是因为没有人追求她,或者她追求别人遭到了拒绝。我说的是常情,也是真理。要不是我和很多女人有过经验,我也不敢说得这么肯定。所以要我说,如果我能够接近你那圣洁的太太,那用不了多长时间,就能像勾搭别的娘们儿一样勾搭她。"

贝尔纳博生气地说:"我们这么争论下去就没有尽头了。咱们各自都有自己的理由,谁也说不过谁。既然你说所有的女人都能勾搭到手,而你又是此中的老手,我却说我的妻子是一个贞洁的女人,那我现在跟你打赌,如果你能把她勾搭到手,我就把我的脑袋给你,如果你做不到,就给我一千个金币。"

安勃洛乔也动了肝火,说:"贝尔纳博,就算我赢了,也不知道拿你的性命有什么好处。如果你真想证实我的话,就拿出五千个金币,跟我的一千个金币赌个输赢,这总比你的头颅便宜得多吧。你没有限制这个赌局的时间,就让我来说,从我离开这里去热那亚的那天开始算,三个月之内,我一定能把你妻子搞到手,并拿她贴身的物品作为凭证,好让你相信我所言不虚。但你也要答应我一个条件,就是在这段时间里不能回热那亚,也不能给她通风报信。"

贝尔纳博一口答应下来。在场的商人都觉得这不是儿戏,很可能惹出大祸,就尽力劝阻。但是两个人都在气头上,根本听不进去,不但请在场的人作证,还现场订立了契约。契约定好之后,贝尔纳博就按照约定留在巴黎。安勃洛乔则迅速处理完手上的事务,动身前往热那亚。他先花了几天时间打听贝尔纳博的妻子的住址和品行,才发现她真的就像贝尔纳博说的那样,作风正派。他有点后悔自己的冒失,觉得事情很难办。但是他很快就认识了一个穷苦的女人,这个女人和贝尔纳博的妻子关系不错,经常去她家走动。安勃洛乔就给了那个女人一笔钱,让她把自己装在一个特制的木箱子里,运到贝尔纳博家,还要抬进卧室。这个穷女人收了钱,就对贝尔纳博的妻子说,自己要去外地,想把一只箱子寄存几天。就这样,箱子运到了贝尔纳博家的卧室。到了夜里,安勃洛乔想着贝尔纳博的妻子已经入睡,就从箱子里拨动机关,打开箱盖爬了出来。卧室里点着一盏灯,他就借着灯光观察了墙上的画和房间里的摆设,牢牢记在心里。然后他走到床前,发现她和一个小女孩睡得正香,就揭开被子,见她玉体横陈,和穿着衣服时一样美丽。他仔细打量了一番,发现她身上并没有特殊的印记,只是左乳下有一颗黑痣,四周长着几根金毛。面对这种美色,他很难抵挡诱惑,真想爬上床去和她睡一觉。但他又想到这个女人十分贞洁,不敢造次,就轻轻地帮她盖好被子。夜里的时间还很长,他就在寝室里转了半天,从衣柜里拿出一个荷包、一件睡衣、一件长袍和几枚戒指,藏到箱子里,然后自己也爬回箱子,将箱盖盖好,让一切都看起来和原来一样。

他就这样活动了两个晚上,没有惊动贝尔纳博的妻子。第三天,那个穷女人过来要回了箱子。安勃洛乔从箱子里爬出来,按照约定给了她很大一笔钱,就带着偷来的东西赶回了巴黎。到那之后,还没有到约定的期限。他将上次打赌时在场的商人们召集到一起,当着大家的面告诉贝尔纳博,他赢得了这场赌局。为了证明自己说的是真的,他先把房间内的陈设和墙上的壁画描述了一遍,又拿出偷来的东西,说是贝尔纳博的妻子送的。

贝尔纳博承认他描述的都是对的,也承认这些东西都是他妻子的,但是他又说,安勃洛乔完全可以从仆人那里打听到房间里的情景,也可以从仆人手里弄到这些东西,只靠这些东西不能作数。

安勃洛乔就说:"其实有这些证据就够了,但是你还想让我继续说,我就只好对不起你了。你的妻子齐内弗拉夫人的左乳下面有一颗很大的黑痣,周围长了6根金毛。"

贝尔纳博听到这句话,如同一把刀直插胸窝,脸色巨变,虽然他一句话也没说,但他的神情已经表明,安勃洛乔所言不虚。过了一会儿,他才开口说:"各位先生,安勃洛乔说的都是真的,他赢了,可以随时去我那里取钱。"

第二天,贝尔纳博如约将五千个金币交给了安勃洛乔,自己则怀着对妻子的满腹怨恨离开巴黎,返回了热那亚。在距离热那亚还有二十英里的时候,他不愿再前进,就住到了自己的一所别墅里,然后派了一个心腹仆人带了一匹马和两封信去热那亚通知他的妻子,请她来别墅和自己见面。可是他暗中告诉仆人,在路上要找机会把他妻子杀了。

仆人奉命来到热那亚,把信交给主母。主母非常高兴,第二天一早就和仆人各骑着一匹马赶往别墅。他们边走边聊,不知不觉来到了一个僻静的山谷,四周森林茂密,沟壑纵横。仆人觉得这是下手的好地方,就拿出匕首,抓住主母的胳膊说:

"夫人,别再往前走了,快向天主祷告吧,因为这里就是你的葬身之地。"

贝尔纳博的妻子看到匕首,又听到这番话,惊恐地说:"天啊,看在上帝的分上,做做好事吧。你能不能告诉我为什么要杀我,我是怎么得罪你的,你要向我痛下杀手?"

仆人说:"夫人,你并没有得罪我,但我不知道你怎么得罪了你的丈夫,他命令我在半路上把你杀死,如果我不从命的话,他就会杀了我。你知道我对你的丈夫忠心耿耿,会听从他所有的命令。天主知道我也很同情你,但是我没有办法。"

贝尔纳博的妻子哭着说:"看在上帝的分上,做做好事吧。不要因为了服从命令,就要杀死一个和你素无冤仇的女人。天主洞悉一切,知道我从没有做过任何对不起我丈夫的事,不应该有这样的下场。不过现在说这些没有用。我有一个好办法,让你在天主面前,在我丈夫和我面前都能交代过去。你拿走我的衣服,留下你的紧身衣和斗篷,然后跟我的丈夫说,你已经杀了我。你留我一条性命,我愿意对你发誓,我会立刻离开这里,从此隐姓埋名。从此之后,不管是我的丈夫还是你,这是这一带的任何人,都不会听到我的消息。"

仆人原本就不想杀她,经过她的乞求,果然起了恻隐之心。他脱下自己的紧身衣和斗篷，还给了她一点儿钱，让她快些离开这里，自己则回去向主人复命，说事情已经办妥，尸体被野狼吃掉了。

贝尔纳博这才回到热那亚，他杀害妻子的事情很快就传了出去，大家纷纷谴责他。

再说可怜的齐内弗拉，她孤苦无依，直到天黑了，才敢走进附近的一个村子，幸好遇见了一个好心的老太婆。老太婆见她的衣服不合适，就帮她改小了紧身衣，又把斗篷改成裤子。她把头发剪短，打扮成水手的样子，向着海岸走去。

在岸边，她遇到了一位西班牙卡达鲁尼亚的绅士，名叫堂卡拉。因为阿尔本这里有清泉，所以他把船停在附近，在这里休息。齐弗内拉自称西库拉诺，跟他攀谈起来。两个人谈得非常投机，堂卡拉就留下她做仆人，还给了她一身整齐的衣服。她细心照料堂卡拉，深得倚重。不久后，堂卡拉运了一船东西到亚历山大城，并带了几只猎鹰献给苏丹。苏丹为了表示感谢，就热情款待他。席间，苏丹看到西库拉诺伺候得十分殷勤，举止得体，就向堂卡拉开口要留下这个仆人。堂卡拉虽然不情愿，也只好同意了。

西库拉诺进宫之后，就像之前在堂卡拉身边时一样，很快就得到了苏丹的欢心。当时，阿克地方举行一年一度的盛大市集，很多基督教和撒拉逊商人都赶了过来，场面十分热闹。这里也属于苏丹的管辖范围，为了保障商人和货物的安全，苏丹不仅要派人管理市场，还要派大臣带领军队维持治安。这一次，苏丹决定派西库拉诺去，此时她已经学会了当地的语言。西库拉诺奉命赶到阿克，负责当地的治安。她做事尽忠职守，十分称职。她在巡逻的过程中，结识了很多从西西里、比萨、热那亚、威尼斯以及从意大利各地来的商人。出于对家乡的怀念，她总会跟这些人攀谈几句。

一天，她走进一家威尼斯商人的店铺，看到了一些小玩意儿，里面有一个钱袋和一条腰带，她立刻认出这是自己的东西，吃惊不已。但是她不动声色，只是平静地问这些东西是谁的，是不是要出售。这时候，恰好安勒洛乔从威尼斯装了一船货来到这里，听到长官问这些东西，就笑着迎上前："先生，这些东西是我的，不卖。不过如果你喜欢，我可以送给你。"

西库拉诺见安勒洛乔一脸笑容，还以为自己露出了破绽，就拉下脸说："你是因为我一介武夫对女人的东西感兴趣，才会笑我吗？"

安勃洛乔急忙说:"先生,我不是笑你,只是想起当初弄到这些东西的情景,觉得好笑。"

"天主保佑,如果不是什么见不得光的事情,能讲给我听听吗?"

安勃洛乔说:"大爷,这些都是热那亚一个叫齐内弗拉的太太给我的,她是贝尔纳博·伦美里尼的妻子。她有天晚上跟我睡觉,就请我收下这些东西当作纪念。我一想到天下居然还有像贝尔纳博这样的傻瓜,就忍不住要笑出声来。他跟我说,是绝对不可能勾搭到他的妻子的,还拿出五千个金币,来跟我赌一千个金币,结果我赢了。他不但不责怪自己的愚蠢,反而将火气撒在了他妻子身上。实际上,他妻子做的是每个女人都会做的事,他却从巴黎赶回热那亚,把他杀掉了。"

西库拉诺听了这番话,才知道当初贝尔纳博为什么要这么狠心杀死自己,让自己遭受这么多苦难。她想,我绝对不能放过这个坏蛋。于是,她假装对这个故事十分感兴趣,之后又经常去拜访他,劝说他在市集结束后留了在亚历山大城。西库拉诺不但帮安勃洛乔开了一个货栈,还拿了一笔钱给他当本金。安勃洛乔还以为有了靠山,就留了下来。

西库拉诺一心想向丈夫证明自己的清白,就靠着亚历山大城里的几个热那亚人的帮助,让贝尔纳博来到亚历山大城经商。此时贝尔纳博已经穷困潦倒,西库诺拉又通过一个朋友给了他一笔钱,只待时机成熟。在此之前,西库诺拉已经把安勃洛乔带进宫里,让他在苏丹面前讲述了自己引以为豪的故事,苏丹对此也很感兴趣。贝尔纳博到来之后,西库诺拉觉得时机成熟,就请求苏丹把安勃洛乔和贝尔纳博叫到宫中对质,让安勃洛乔说清楚是怎么弄到这些东西的。如果他不说实话,可以动刑。

两个人来到宫中之后,苏丹当着众人的面,让安勃洛乔如实说出当初是怎么和贝尔纳博打赌,怎么赢得五千个金币的。在周围的人里,安勃洛乔最信任西库诺拉,现在却见她翻脸无情,让自己快些招认,否则就要动刑。安勃洛乔没有办法,只得在贝尔纳博和众人面前说出了实情,还以为自己不会受到什么惩罚,顶多就是需要把偷来的东西交出去。安勃洛乔说完之后,代表苏丹审理这件事的西库拉诺就问贝尔纳博:"听完他的谎话,你是怎么处置你的妻子的?"

贝尔纳博说:"我输了钱,又丢了脸,一怒之下,就派一个仆人去杀死了他。仆人回来告诉我,她的尸体被野狼吃了。"

苏丹听了他们的陈述,知道了事情的来龙去脉,只是不知道西库拉诺为什么要追查这件事,就问她怎么办。西库诺拉说:"陛下,现在你应该不难看出,那个可怜的女人有这么一个'姘头',还有这么一个丈夫,该有多么满意。这个'姘头'造谣生事,破坏了她的名誉,害得夫妻反目。丈夫跟她生活了好多年,却宁可相信别人的鬼话也不相信她的贞洁,让人杀死了她,让她的尸体被狼吃掉。还有,这个'姘头'和丈夫经常在她身边,却认不出他。陛下圣明,应该知道这两个人犯了什么罪。但如果您能给我一个恩典,允许我惩罚骗子,赦免那个上当受骗的人,我可以把那个女人带到您面前。"

在这件案子上,苏丹对西库拉诺言听计从,就答应了她的请求。贝尔纳博一直以为妻子早已不在人世,听到这番话,不由得大吃一惊。安勃洛乔早知道事情不妙,只怕不是退还钱财就能了结的,正在暗自担忧,听说那个女人要出场,不由得十分震惊。西库拉诺在征得苏丹的同意之后,就立刻跪在地上哭了起来,用女人的嗓音说:"陛下,我就是那个可怜的齐内弗拉。被这个安勃洛乔用卑鄙的手段陷害,又被这个狠心的男人派仆人杀害,尸体拿去喂狼。六年来,我女扮男装,受尽屈辱。"

她当着苏丹和众人的面撕开胸前的衣服,露出胸部,证明自己确实是一个女人。然后她又愤愤地质问安勃洛乔,他说得那么活灵活现,现在就当着大家的面讲清楚,到底是什么时候跟她睡过觉。安勃洛乔现在认出了她,吓得低下头,一言不发。

苏丹一直以为她是个男人,现在听到她的话,又看到她的模样,简直不敢相信自己的眼睛。等他平静下来,才知道西库拉诺就是齐内弗拉,就大力赞美了她的忠贞和品行,又让她换上华丽的衣服,派了很多侍女伺候她,还顺从她的愿望,宽恕了贝尔纳博。贝尔纳博认出她之后,也痛哭流涕,跪在她面前请罪。她原谅了这个无情无义的男人,把他扶了起来,还给了他一个深情的吻。

苏丹命人将安勃洛乔押到城里的高处,绑在木桩上,浑身涂上蜂蜜,任他风吹日晒,谁都不能去给他松绑。这个命令立即执行。苏丹命令将安勃洛乔所有的财富——大约一万个金币,都判给了齐内弗拉,又摆下宴席款待齐内弗拉和她的丈夫贝尔纳博。此外,他还赏赐了很多金银珠宝,价值也在一万个金币以上。

宴席结束后，苏丹命人为他们准备了一艘大船，让他们按照自己的心情，随时返回热那亚。他们回家之后，人们热烈地欢迎了他们，尤其是大家早以为不在人世的齐内弗拉。在齐内弗拉有生之年，一直声誉良好，受到人们的尊敬。

安勃洛乔被绑到木桩上之后，吸引了无数的苍蝇、牛虻和黄蜂的叮咬。很快他的肉就被虫子吃光，只剩下了骨头。这白骨被挂了很久，好让人们知道：害人终害己。

故事十

> 海盗帕加尼诺劫走了理卡多·德·金齐卡的妻子。理卡多打探到妻子的消息，就去请求海盗放妻子回家。海盗让那个女人自己做主，但是她并不愿意回去。在理卡多去世后，她嫁给了帕加尼诺。

这些青年男女听完女王讲的故事，都赞不绝口。尤其是狄奥内奥，今天只剩下他还没讲故事，于是他说道：

美丽的姑娘们，我原本打算讲另外一个故事，可是听完女王的故事，我又改变了主意。我这样做的目的，就是证明贝尔纳博和与他类似的人的想法有多么愚蠢。他们自己在外面游荡，勾搭了一个又一个女人，却以为家中的妻子会守身如玉。我们是女人生下的，在女人中间长大，他们产生这种想法，就好像我们不了解女人。我要讲的故事会告诉你们，这些男人有多么愚蠢，还以为靠一套谬论就能让别人改变本性，相信他们自己都不会信的东西。

从前，在比萨有一个叫理卡多·德·金齐卡的法官，他十分聪明，只可惜体力很差。他觉得，只用做学问的功夫来应对妻子，就能让她满足，再加上他手里有钱，就想找个年轻貌美的女人做妻子。如果他自己做事也像规劝别人一样，是一定不会这么做的。结果天遂人愿，一个叫罗托·葛兰地的人把女儿巴托洛梅娅许配给了他。在整个比萨城，这个姑娘的美貌都是数一数二的。法官非常高兴，举办了隆重的婚礼，将姑娘娶回了家。新欢之夜，两个人少不了合欢一番，没想到这一次就不太成功。第二天一早，他喝了些白葡萄酒，吃了很多蜜饯和滋补品，才算缓过来。

现在，这位法官对自己的能耐有了清楚的了解，就拿出一本适合孩子认字的历书给他妻子。这本书可能是在拉文纳①编印的，上面一年到头的每一天都是圣徒的节日，有时候一天还有好几位圣徒。法官告诉妻子，在这些圣徒的节日，夫妻应该禁止同房，以示对圣徒的尊敬。除了这些斋戒日，法官还自己添加了一些日子，比如四季斋戒日，十二门徒彻夜祈祷日，其他千余位圣徒的节日、礼拜五、礼拜六、礼拜日、复活节四旬斋，以及月圆月缺等……他以为夫妻生活就像法院里的民事案件一样，推一推拖一拖也没什么要紧。

这让他的妻子苦不堪言。一个月里，他最多去她那里应付一次，却又严密监视着她，仿佛害怕别人教她破戒一样。有一天，天气特别热，理卡多就带着妻子到了蒙特内罗的别墅游玩。一天，他想让妻子散心，就让人准备了两条船，去海面打鱼。他和几个渔夫坐了一条，妻子和女伴们坐另一条。大家玩得非常开心，不知不觉就远离了海岸。正在大家忙着打鱼和观景的时候，海面上突然来了一艘双桅船，是当时的大海盗帕加尼诺·达·梅尔的。他一看到这两条小船，就加快速度驶来。小船虽然拼命逃跑，但载有女眷的那条还是被追上了。帕加尼诺见船上有一个漂亮的太太，就把她掳上船来。理卡多此时已经逃到岸边，见妻子被掳走，不由得十分痛心，要知道，平日里他就是个醋坛子。他在比萨控告了海盗们的恶行，却不知道她被掳到了哪里。

帕加尼诺并没有妻子，见抓回这样一个美女，觉得自己真是走运，只想把她留在身边生活。一开始，帕加尼诺好话说尽，她还是哭个不停。到了晚上，帕加尼诺就准备用行动来安慰她，反正他也不管什么历书，什么斋戒之类的。这种行动马上取得了效果，他们还没等回到摩洛哥，她就已经忘记了那个法官丈夫和一大套规矩，高兴地和帕加尼诺生活在一起。回到摩洛哥之后，帕加尼诺不但日夜讨她欢喜，还像对待妻子一样尊重她。

后来，理卡多打听到了妻子的下落，就想立刻把她找回来。他觉得事关重大，托付谁都不放心，就准备亲自处理，并决定花多少钱都在所不惜。他坐船来到摩纳哥，果然见到了她，她也见到了他，当晚就告诉了帕加尼诺，并表明了自己的心意。

第二天一早，理卡多就来找帕加尼诺，两个人交谈一番之后，竟然像朋友一样熟络起来。帕加尼诺早知道对方的来意，却故意不点破，

---

① 意大利北部的一座城市。

只看他会采取怎样的行动。理卡多觉得时机已到,就说出了自己此行的目的,请求帕加尼诺将妻子还给自己,他想要多少赎金都可以。帕加尼诺笑着说:"先生,欢迎你来到我这里,对于你说的事情,我可以直接回复你。我家里确实有一个年轻女人,但至于她是你的妻子,还是别人的妻子,我并不知情。因为我既不认识你,也不认识她,只是和她同居了一段时间。我看你也是位绅士,不妨带你去见她一面,如果你真是她丈夫,她应该会认识你。只要她承认你所言非虚,而且愿意跟你走,我就让她跟你走,随便你想付多少赎金都可以。但如果她不是你的妻子,那你就是故意想从我身边夺走她,这就不合礼数了。我是个年轻男人,懂得满足一个女人,特别是像她这样罕见的可爱的女人。"

理卡多说:"她确实是我的妻子,等你让我见到她,你就明白了。她一定会扑到我身边,搂着我的脖子,所以我非常赞同你的提议。"

"很好,"帕加尼诺说,"那咱们现在就去。"

两个人一起来到帕加尼诺家,到了客厅,帕加尼诺把她叫了出来。她打扮得光彩照人,从里屋走出来,但对理卡多十分冷淡,似乎只把他当作帕加尼诺带回来的一个陌生人。理卡多原本以为她见到自己会十分高兴,现在见她如此冷漠,心想:一定是我失去她之后太过悲痛,容貌有很大变化,所以她认不出我了。于是他说:"太太,上次带你去钓鱼,这让我付出了惨痛代价。自从失去了你,我真是万分悲痛,而你现在看到我,就好像不认识我一样。难道你认不出我就是你的理卡多吗?我是来赎你回去的,不管出多少钱我都愿意。而这位先生也很讲义气,说我付多少赎金都可以。"

女人笑着对他说:"先生,您是在跟我说话吗?请您确定一下,千万别认错了人,因为我不记得曾经见过您。"

理卡多着急地说:"你说的这是什么话啊?请你仔细地看一看我,就能认出我是你的丈夫理卡多·德·金齐卡了。"

女人说:"先生,我觉得老盯着您看不太好,但是我已经看清楚了,我确实没有见过您。"

理卡多又想,她一定是因为害怕帕加尼诺才不敢和自己相认的,就请帕加尼诺回避一下,自己要跟她单独谈谈。帕加尼诺一口答应下来,但是要求他不能用强暴的手段亲吻她。然后,他就让女人和理卡多一起进入内室,听听他有什么话可说,再按照自己的心意回答。女人和理卡多进入卧室坐定后，理卡多说：

"我的心肝，你是我的灵魂、我的希望。你的理卡多爱你胜过爱他自己，你怎么不认识他了呢？怎么会这样呢？难道我变化太大，让你认不出来了吗？我的心肝宝贝呀，看看我吧！"

女人笑着打断了他的话："您也知道我不是那么健忘，居然连您，法官先生，理卡多·德·金齐卡都不记得了。但是我跟您在一起的时候，您似乎也不太认识我。如果您真像您自己所说的那么聪明，就应该能看出，我青春靓丽，精力旺盛，虽然我因为羞涩不好意思说出口，但除了吃穿之外，我还有别的更迫切的需要。对于你自己的表现，我不说你也清楚。如果你觉得法律比女人更适合你的心意，就不应该娶妻。在我心里，你不像法官，只是圣徒的节日、斋戒日、彻夜祈祷日的宣传员，因为你针对这一套实在是太在行了。如果你让你的雇工也按照这些节日来耕种土地，那你连一粒谷子都收不到。天主可怜我，让我遇到了这个男人，他跟我睡在这个房间里，根本不需要遵守你说的那些节日。你只知道奉承天主，却不知道奉承女人。这间房间里从来没有什么礼拜六啊、礼拜五啊，更没有什么漫长的四旬斋。这里日夜都在耕种田地、梳理羊毛。今天早上早祷过后，我还跟他上了一工呢。趁着我现在还年轻，我准备跟他过，至于那些圣徒的节日、赦免、斋戒，就等我年老了再说吧。你快点回去，想怎么过节日都可以，就不用拉上我了。"

理卡多听到这番话，简直心如刀割，就说："我可爱的灵魂，你在说些什么呀？难道你就不顾及一下家里的名声和自己的名誉了吗？你宁愿留在这里给他当姘头，你也不愿意回比萨做我的太太吗？等他哪一天厌倦了你，就会像丢一只破鞋一样把你扔掉，而在我这里，我会永远视你如珍宝，就算我不愿意，你也是我家的女主人。在我眼里，你比我的生命都重要，难道你为了肉欲，就不管你跟我的名誉了吗？亲爱的，不要再这么说了，跟我回去吧。我现在已经了解了你的需要，以后一定会尽力满足你。亲爱的宝贝，请你改变主意，跟我回家去吧。自从你被抢走，我一天好日子都没有过过。"

她说："事已至此，我也只能自己顾自己了，用不着别人来顾惜我的名誉，尤其是我的父母。如果当初他们让我嫁给你的时候，能考虑一下我的名誉，该有多好！当初他们就不为我打算，现在我也不必为他们打算。你说我留在这里是不合妇道的，那我跟你回去也不近人情,既然如此,就用不着你为我操心了。我留在这里,感觉是帕加尼诺的合法妻子,在比萨才像你的姘头。你跟我交合的时候,还要考虑月盈月亏,以及各种节日,仿佛我们是星宿一样。而帕加尼诺并不考虑这些,整夜将我搂在怀里,跟我恩爱。你说你会努力,你能努力三次而不疲软吗?你这话说的,好像几天不见你就变成了一个英雄。你快点离开这里吧,看你瘦得跟棍子一样,身体不垮就不错了。我还要告诉你,就算这个男人抛弃我(我想他一定不会这么做),我也不会回到你的身边,因为你的身上连一滴'甘露'都榨不出来。我已经上过你的当,体会到了深刻的教训,自然得另找生路。我再跟你说一遍,这里没有什么斋戒之类的,我准备留下来,你最好立刻离开这里,否则我就大声喊,说你要强奸我。"

理卡多无计可施,只好失望地走出房间。他现在终于知道,像自己这样的老头子娶一个年轻的妻子是多么的不明智。他跟帕加尼诺交谈了几句,就一个人回了比萨。遇到有熟人跟他打招呼,他只会自言自语:"那个鬼地方是不守什么安息日的。"过了不久,他就郁郁而终。帕加尼诺得知消息,知道那个女人深爱着自己,就跟她正式做了夫妻。只要他们还能动,就会努力干活,从来不理会什么圣徒的节日或者四旬斋,日子过得十分舒适。所以亲爱的小姐们,我觉得贝尔纳博跟安勃洛乔争论的时候,就像骑着山羊下山,错得十分彻底。

大家听到这个故事,都哈哈大笑,笑得牙床都隐隐作痛。女郎们都觉得狄奥内奥说得对,贝尔纳博实在是个傻瓜。等到笑声平息,女王看到天色已经不早,故事也已经讲完,觉得自己应该结束统治了,就按之前的约定,取下王冠,放在内菲莱的头上,笑着说:"亲爱的妹妹,现在这个小国由你治理。"

内菲莱接到这一殊荣,有些羞涩,脸蛋红扑扑的,如同四五月份清早刚刚绽放出的玫瑰。她虽然低沉着头,但她美丽的眸子依然像星辰一样闪亮。等到大家都安静下来后,她挺直腰板说:"前面两任女王的治理都十分英明,我也不准备采取什么新的措施,一切都遵循旧制。我只是简单说一说我的想法,大家可以各抒己见,我会听从你们的建议。大家都知道,明天是礼拜五,后天是礼拜六,这两天应该斋戒,会让一些人觉得头痛。不过礼拜五是基督殉难的日子,我们应该纪念,为了尊重天主,我们应该在这一天向天主祈祷,我觉得这比讲故事来得合适。而在礼拜六,通常要洗头,将这一周的污渍洗干净。另外,为了崇敬圣母,在这一天也应该斋戒。接下来是礼拜天,更应该停止所有的活动。所以我认为,我们这三天里不能按照从前的规矩行事,要暂时停止讲故事。

"礼拜六是我们住在这里的第四天,为了避免有人来打扰,我觉得我们应该换个地方。我已经找了一个好的地方,而且已经布置好了,礼拜日我们就可以搬到那里去睡。今天我们已经讲了很多故事,但是为了让大家有所准备,我还是应该限制一下故事的内容。我们可以在命运无常的总题下,讲它的一个方面,就是每个人凭着自己的机智终于得偿所愿,或者找回自己失去的东西。各位可以顺着这个思路,讲一些有教育意义,或者至少是有趣的故事。当然,狄奥内奥享有特权,可以不受这个限制。"

大家纷纷赞同女王的计划,决定按照她说的做。女王把总管叫来,吩咐当晚的晚餐在哪里吃,并详细说明了他在任期间应办的事务。然后大家站了起来,自由活动。

这一群青年男女来到了一个小花园,玩了一会儿就到了晚饭时间,又一起用餐。饭后,征得女王的允许后,艾米莉娅弹奏乐器,潘皮内娅开始演唱:

> 我已经实现了作为女人的所有愿望,
> 如果我再不唱歌,还等待什么?
>
> 爱神,来吧,你是我幸福的源泉,
> 带给我所有的快乐和希望,
> 让我们一起歌唱,
> 不再提哀怨和苦恼,
> 只唱高兴的今朝,
> 只唱灿烂的火焰,
> 你在火里发出耀眼的光芒,
> 我像对神一样崇拜你。
>
> 爱神,回想那一天,
> 我第一次投进你的火焰,
> 你让一个青年出现在我面前,

他风流倜傥，惹人爱怜，
很少有人能与他相比，
比他强的人更是天下难觅。
他燃起我心中爱情的火焰，
爱神啊，我不由得赞颂你。

更让我觉得幸福的事，
我爱他，他也爱我，
爱神啊，我要感谢你的恩赐，
我今生的愿望已经实现，
来世也将得偿所愿，
因为我对他信心十足。
明鉴一切的天主啊，
愿您给我们天国的安宁。

　　唱完这首歌，大家又唱了别的歌，还尽情地跳着舞，演奏着各种乐器。后来，女王觉得天色不早，该休息了，各人就举着火炬回到了自己的房间。之后的两天，大家都按照女王的吩咐行事，同时也在期盼礼拜日早早来到。

第三日

decameron

《十日谈》的第二天已经
结束,第三天由此开始。内菲
莱提出的故事的总题是:每
个人凭着自己的机智终于得
偿所愿,或者找回自己失去
的东西。

礼拜日早上，太阳刚刚从东方升起，将朝霞染成金黄色，女王就已经起身，而且派人去把所有人都叫醒。总管早已准备好了新住处的必需品，见女王起身，就吩咐仆人们收拾好所有行李，跟着主人出发。女王在众人的陪伴之下，沿着一条小路款款前行。小路两旁杂草丛生，中间夹杂着一些不知名的野花，在朝阳下竞相开放。夜莺和别的鸟儿的叫声婉转悠扬，似乎在欢迎他们。他们边走边聊，很快就走了两千多步。刚到午祷时分，他们就来到了一座小山的平地，这里坐落着一座宏伟壮丽的别墅，好像恭候多时。

大家进了别墅，到处浏览了一番，发现里面十分整洁，陈设齐全，装饰华丽，所需的物品一应俱全，都赞不绝口，觉得这座别墅的主人一定十分慷慨。然后他们又参观了美丽的庭院，以及美丽的酒窖、清凉的泉水，不由得对这个地方更加赞叹。然后他们来到了那个可以俯览庭院美景的阳台，休息了一会儿。此时正是夏季，树木丰茂，鲜花盛开，生机勃勃。他们落座之后，总管端来精美的甜食和上好的美酒供他们品尝。然后，他们又去了别墅旁那个围着短墙的花园游玩。那里风光旖旎，景色宜人，让人忍不住想要细细观赏。花园四周和中间有很多宽阔的通道，上面搭着葡萄棚，长满了绿色的藤蔓，预示着这一年葡萄丰收。园里花团锦簇，芳香扑鼻，让人误以为自己进了东方的香料房，道路两旁长满了玫瑰花和茉莉花，不管在早上还是烈日当空的正午，都可以在绿荫下散步，沉浸在香味里，不会受到阳光的照射。

田园里的花木种类多样，交代起来非常烦琐，总之是一切适宜在这一带生长的花木在这里都能见到。在花园的中央，还有一个让他们更加喜欢的场所，就是一片草坪，从远处望去，只是一片墨绿的芳草，点缀着姹紫嫣红的花朵，以及茂盛的柑橘或者香橼树，有的正在开花，有的已经结果，绿荫沉沉，让人神清气爽。草坪中央有一座喷水池，是用大理石雕琢而成的，池中心的柱子上有一尊人像，将水花喷射的半空中。水花从高处落下，像雨水一样洒落下来，发出悦耳的声响。这座喷泉也不知道是靠自然的力量还是人为的力量，总之这流量足够一个磨坊用了。池里溢出的水从暗道流出草坪，再流进环绕着花园的暗沟和设计精巧的水沟，留到花园的其他地方，最后再汇集在一起，成为一条清泉,留到花园的其他地方,推动设在园里的水磨,给主人创造不少经济利益。

大家看到这样一个优美的花园,有繁盛的树木,有喷泉,不由得赞叹不已,都说如果天堂的乐园住在人间的话,就会和这个花园一模一样。他们在园中畅玩了一番,随手折下枝条,编成美丽的花冠,听着鸟儿的啁啾声,心情十分舒畅。突然,他们有了新的发现,原来花园里还有上百种可爱的动物,这边突然跑出一只家兔,那边突然蹦出一头野兔,还有小山羊优雅地休息,小鹿漫步于草丛中,各种动物都十分听话,让他们欢喜不已。游览完全园的景色之后,女王命人将饭桌摆在喷泉旁边。大家按照女王的吩咐,唱了六支歌,跳了六支舞,才坐下来吃午饭。桌上的酒菜十分精美,伺候也十分殷勤,大家都吃得心满意足,然后又开始演奏乐器,唱歌跳舞。直到暑气越发浓烈,女王觉得该午睡了,这才停止。有几个人回房休息,有几个人留恋园中的美景,就留在园中看小说,或者下棋。

到了下午,睡觉的人醒了过来,用冷水洗脸,清醒一下,然后来到了喷泉边的草坪上,按照平日的次序坐好,根据女王指定的题目开始讲故事。

女王让菲洛斯特拉托第一个讲,以下就是他讲的故事。

故事一

马塞托装成哑巴,进入一家女修道院做园丁,院里的修女们争着要跟他睡觉。

各位美丽的姑娘,这个世界上有很多愚蠢的人,他们觉得一个年轻的姑娘只要披上白头巾,穿上黑长袍,就再也不是女人,再也不会思春,变成了一块石头。一旦他们听到出乎自己意料的事情,就会怒气冲天,似乎对方做了什么大逆不道的事情。这些人也不想一想,自己随心所欲,尚且不能得到满足,而孤独寂寞的时光是多么难挨。还有一些人觉得,那些挥舞着锄头在田间干活的人,只要让他们过上艰苦的生活,就会忘记淫欲,变得不知好歹。现在,我就按照女王的吩咐来讲个故事,证明这些人的想法有多么愚蠢。

在我们国家有一座以圣洁著称的修女院,为了避免损害它的声誉,我就暂且隐去它的名字。那时候院里有八个修女和一个院长,都是些年轻的女人，她们雇用了一个穷人来照管花园。这个人觉得工资太低，就结算了工资，回到了家乡波雷基奥。他回家之后，有很多亲友前来探望，其中有一个年富力强的小伙子，名叫马塞托，算是庄稼人里长得比较清秀的了。马塞托就问这个穷人，一段时间不见，他去了哪里。这个叫牛托的穷人就如实回答，马塞托又问他在修女院里做什么。牛托说："我在那里帮她们照顾花园，那个花园很大，也很漂亮，我的工作就是去林子里打些柴火、挑挑水、做点杂事，可她们给我的工资太少，连买双鞋都不够。而且那些女人都非常年轻，心里似乎住了个促狭鬼，不管我怎么做都不合她们的心意。有一次我在花园里干活，这个吩咐我'把这个拿到这里来'，那个吩咐我'把那个拿到那里去'。还有一个夺过我手里的锄头说：'你这么做不对！'她们总是这么使唤我，我一怒之下，就丢下工作走出了花园。那里给我的钱又少，还让我不高兴，我就不想干了。临走的时候，管事的老头儿嘱咐我，如果有合适的人选，要给他介绍一个，我当时同意了，但是我根本不会给他介绍的，让天主保佑他不要腰酸背痛才好！"

马塞托听到这番话，不由得心花怒放，很想混到修道院里。但是他知道，如果把自己的目的告诉牛托，这件事一定办不成，就说："你说得对，一个男人整天和一群娘们儿混在一起，能有什么出息？还不如去和魔鬼做伴，十个女人里有九个不知道自己究竟要做什么。"

马塞托从牛托家出来之后，就想着怎么才能混进修女院。他觉得自己能够胜任牛托说的这份工作，但是自己太过年轻，长得又不错，只怕不会被录用。他想来想去，就想到了一个好办法："那个修女院距离这里很远，不会有人认识我，我扮成一个哑巴，她们一定会收留我。"想到这里，他就扛着一把斧子，装成一个穷汉的模样，动身前往修女院，但是没有告诉任何人。

巧合的是，他刚来到修女院，就碰到了管事的老头儿。他装作一个哑巴，用手求对方看在天主的面上，给他一点儿东西吃，并表示如果需要的话，他可以帮他们劈木柴。管事的给他拿了一些东西吃，又带他来到一堆木柴面前，这是牛托那个老头儿劈不动的。马塞托年富力强，不一会儿就把木柴全部劈好了。管事的正好要去林子里砍柴，就带了他一起去，用手势告诉他砍一些柴，用驴子驮回修女院。马塞托做事干净利索，管事十分满意，就留他干了几天杂活。一天，院长看到了他，就问管事这人是谁，管事说："院长，这是一个聋哑人，有一天他来求施舍，我就安排他干了些杂活。如果他愿意留下来，帮我们照顾花园，我觉得一定非常得力，因为他年富力强，能干很多活。而且他是个哑巴，不用担心他跟年轻的修女们搭讪。"

院长说："嗯，你这话说得很有道理，你先看看他会不会种菜，然后再想办法把他留下来。你送他一双鞋子，再挑几件旧衣服送给他，对他好一点儿，让他吃饱饭。"

管事的一一答应下来。马塞托正在离他们不远的地方打扫庭院，把他们的话听了个一清二楚，心想：要是你们把我留下，我一定卖力地为你们耕种。

管事的见马塞托把花园里的活干得十分在行，就打手势问他愿不愿意留下来。马塞托也用手势回复说，自己愿意留下来，什么都愿意干。管事的就把他留下来，让他照料花园，再做一些别的事情，自己则处理修女院里的其他事务。

马塞托在花园里工作了几天，修女们就开始纠缠他。她们认为他是哑巴，不能顶嘴，就用一些非常难听的话骂他。院长也觉得既然他是哑巴，一定缺根弦，所以根本不理会这件事。有一天，马塞托干完活之后，觉得疲惫不堪，就躺下来休息。两个修女来到花园里闲逛，走到他身边，见他睡熟了，就打量了他一会儿，其中一个胆子大些的说：

"我早就产生了一个想法，如果你保证不告诉别人，我就说给你听，也许对你也有好处。"

另一个说："你只管说吧，我保证不告诉任何人。"

那个胆子大些的修女就说："我不知道你有没有感觉到，这里的规矩非常严格。我们就像被关在笼子里，除了那个管事的老头儿和这个哑巴，没有一个男人敢进来。我经常听到来这里探望我们的那些女人说，男女之间的那种乐趣是天底下最舒服的，没有任何事情能与之相比。所以我觉得，既然我们身边没有别的男人，倒不如和这个哑巴试一试。他不能说话，也就无法说我们的坏话，所以他是最合适的人选。另外，虽然他身强体壮，却是个傻子。你觉得我的想法怎么样？"

"你这是在说什么呀？"另一个修女说，"我们不是早就发过誓，要把童贞献给天主吗？"

"唉，人们总是向天主发誓，可是又能有几个能真正做到呢？又不是只有我们两个发过誓，就让别人去遵守誓言好了。"

另一个修女又说："那要是怀孕了可怎么办？"

"你总是杞人忧天,事情还没发生就开始担心。真有那么一天,我们再想办法也不迟。我们有的是办法可以瞒过别人,只要自己不说就行了。"

另一个修女听到这番话,不由得心痒难耐,甚至比她的同伴更急于尝试男人到底是怎样的生物,就说:"那我们要怎么下手?"

第一个修女说:"你看,现在正是午睡的时候,除了我们两个,其他修女都在午睡,我们可以先去花园里转一转,看看有没有别人。如果没有的话,我们就把哑巴带到泉水边那个小棚屋里,一个跟他进去,一个在外面望风。他头脑这么简单,一定会听凭我们的摆布。"

马塞托听到他们的话,心里乐开了花,等她们来拉自己。两个修女在花园里转了一圈,见四下寂静无声,出主意的那个就走到马塞托身边,将他推醒。他立刻醒了过来,修女笑着做了一个手势,牵着他的手,他就傻笑着跟她走进了棚屋。马塞托也不用邀约,就按照她的意愿动作起来。修女果然言而有信,自己欢快之后,又把同伴叫了进来。马塞托依然假装成白痴,任由她们摆布。可是那两个姑娘还不想走,还想再领教一下这个哑巴的功夫。后来她们私下谈起,一致觉得这件事情美妙无比,比听人说的还要有趣。这之后,她们一有机会就去找哑巴。

一天,她们正在干好事的时候,第三个修女从窗前经过,看到了他们,就叫另外两个修女一起来看。原本她们是打算向院长告发的,可是商量了一会儿,又改变了主意,跟最初的两个修女和谈之后,她们开始一起享用马塞托。不久,剩下的三个修女也加入进来,分享马塞托。

最后,修女院里只有院长一个人还不知道此事。一天,她独自在花园里散步,看到马塞托正在树下睡觉。因为他日夜十分劳累,天气又热,所以正在树下补觉。刚好一阵风吹来,将马塞托的衣服吹起来,让一切都展露在院长面前。院长见四下无人,忍不住多看了几眼,和其他修女一样起了欲望。她立刻叫醒马塞托,带回自己的房间,一连几天都没有放他出来。修女们发现园丁不见了,个个怨声载道,说花园不能没有园丁的照顾。从前女院长总是当着修女们的面说男女之欢是一种罪恶,可自己她现在尝到了甜头,却反复尝试。最后,她才将马塞托放了回去,但经常会叫他过去。其他修女也总是找他,让他疲惫不堪,他心想,再这样下去,只怕性命难保。一天,他正和院长在一起的时候,突然开口说话了:"院长,我听说一只公鸡可以满足十只母鸡,可十个男人也无法满足一个女人。而我呢,一个人就要应付九个女人,我实在是撑不住了,现在我筋疲力尽,稍微做点什么就气喘吁吁。所以,请看在天主的份上,让我回去吧,否则就给我想个补救的办法。"

院长听到哑巴说话,不由得大吃一惊,说:"你不是哑巴吗?怎么会说话?"

马塞托回答道:"院长,我并不是生下来就是哑巴,只是因为患了一场病才变成哑巴的。感谢天主,我今天又能开口说话了。"

院长相信了他的话,又问他说,要应付九个女人是什么意思。马塞托将实情和盘托出,院长这才知道,她手下的八个修女个个比她手段高强。她不舍得放马塞托出去,又怕丑事外扬,就决定和大家商量一下,想一个稳妥的办法。

这些事原本是偷偷摸摸做的,现在拿到了明面上,经过一番讨论,大家一致同意(还征求了马塞托的同意)对外宣称,由于她们虔诚的祈祷,修道院里哑了多年的园丁马塞托现在能够开口说话了。附近的男女对此深信不疑,都说这是奇迹。不久之后,管事的老头儿病故,马塞托就接替了他的位置。修女们将他的工作进行了安排和分摊,让他不至于太过疲惫。就这样,他为修道院生下了很多小信徒,但一切都做得十分机密,在院长去世之前,外人对此一无所知。后来院长去世,马塞托年事已高,又攒了些钱,想回家乡去,这件事才传播开来。这正合他的心意,他借机离开了修道院。

他头脑机灵,没有虚度青春,回乡时不但有了大把钱财,而且儿女成群,既不用他操心,也不用他花钱。当初离开家乡时,他两手空空,只有一把斧头。所以他常对别人说,耶稣总会善待那些让他头上长角①的人。

故事二

一个马夫冒充国王,和王后睡觉。国王发现这件事后,查出这个人是谁,还剪掉他的一缕头发。马夫把同屋的人都剪掉一缕头发,逃过了惩罚。

———————————

① 西方俗语中将妻子有外遇的丈夫称为头上长角。

姑娘们听了菲洛斯特拉托的故事,有的羞红了脸,有的笑了起来。这个故事结束之后,女王吩咐潘皮内娅来讲下一个,只见她带着笑容说:

有些人为人轻浮,一旦知道了一些不该自己知道的事情,就喜欢到处宣扬,以为宣扬别人的隐私就可以遮住自己的丑事,实际上只是欲盖弥彰。但是,我现在要举一个反面的例子,说明一个地位比马塞托还低贱的人是怎么运用计谋对付国王的。

伦巴第的国王阿吉勒夫和前任们一样,都定都于巴维亚,并娶了前任国王奥泰利的遗孀苔奥德琳达为王后。苔奥德琳达美艳动人,知书达理,只可惜爱情不是很圆满。在贤能的国王阿吉勒夫的统治下,伦巴第人安居乐业,国家繁荣昌盛,没想到就在这时候,发生了一件事:王后有一个马夫自不量力,竟爱慕上王后。马夫地位低贱,但以他的才能而论,做马夫实在委屈了他,因为他身材高大,和国王有些相像。他知道这种爱慕只是痴心妄想,所以从来不敢告诉别人,更不敢正眼看王后。他虽然知道这种感情并没有任何希望,却也为自己钟情的对象如此高贵而得意。他既然怀着炽热的爱情,就一门心思讨好王后,比宫里所有的仆役都卖力。因此王后每次出门,都会挑选他来伺候。他也会将这当成是对自己的恩宠,寸步不离王后,哪怕只是碰到她的衣服,都感到无比幸福。

天下的事往往如此:希望越小,热情就越高,那个可怜的马夫也是如此。他虽然爱得深沉,却毫无希望,只能把这份爱埋在心里,这种内心的痛苦让他难以承受,几次三番想自杀。但是他转念一想,就算要死,也得让别人知道自己是为热爱皇后而死的。因此,他打算努力实现自己的心愿,哪怕只能实现一部分,这样就死而无憾了。他并不打算对王后表白,也不敢写信去求爱,因为他知道这两种方法都不会有什么结果。他思来想去,准备用点计谋来睡到她身边。最后他想到一个办法,就是冒充国王,因为据他所知,国王并不是每个晚上都去她那里的。

马夫心想,要想进入王后的寝宫,就要知道国王是怎么进去的,规律是什么。一连几夜,他都躲在王宫的大厅里,从这里就能窥见寝宫的房门。一天晚上,他看到国王穿着一件大斗篷,一只手里拿着一支火炬,另一只手里握着一根短棒,走到王后寝宫前的时候并不叫喊,而是用短棒敲一两下,里面立刻有人出来开门,接过火炬。后来国王走出去的时候也是如此。

　　马夫将这一切看在眼里,就打算照样做。他找了一件和国王穿的类似的斗篷,又弄了一支火炬、一根短棒。行动之前,他好好地洗了个澡,将自己身上的马粪味清洗干净,以免被王后闻到。一天晚上,他又像往常一样藏进王宫的大厅,等到夜深人静的时候,他想,就是现在,要么能得偿所愿,要么为爱情献身。他用随身携带的火镰和火石将火炬点燃,披上斗篷,来到王后的寝宫门口,用短棒敲了两下门。应门的是一个睡眼惺忪的侍女,她接过火炬,将火熄灭。他脱下斗篷,躺到王后身边。他知道,国王激动的时候,是没有人敢跟他说话的。于是他做出一副激动的样子,将王后搂在怀里,一连跟她干了几次。他虽然不舍得离开王后,却知道时间拖得太长,就容易露出马脚,很容易招致杀身之祸。他无奈地从床上起来,拿了斗篷和火炬,默默地走出王后的寝宫,回到了自己床上。可是他刚刚躺下,那边国王已经起身,来到了王后的寝宫。王后一见国王,不由得十分诧异。国王上床后,跟她有说有笑。她见国王很高兴,就壮着胆子问:"国王今天是怎么了?你不是刚刚离开我这里吗,而且跟我玩得比平时都尽兴,怎么这么快就回来了?你可要珍重呀!"

　　国王一听,就知道王后是被一个外貌类似自己的人骗了。但他非常聪明,立刻想到,既然连王后都不知道这件事,别人就更不会知道,这件事还是不挑明为好。换成一个头脑简单的人,一定会说:"我并没有来过,来你房间的人是谁?他是怎么来的?"这样又会闹出很多事端,也会让皇后感到烦恼,或者会让她产生纵欲的愿望,还想再来一次。只要保持沉默,就能把这件事遮掩过去,如果声张开来,反倒没什么好处。所以国王不动声色地说:"王后,你以为我没有办法再接再厉吗?"

　　王后说:"当然有,我只是想让您珍重身体。"

　　国王说:"既然如此,我就听你的,先回去了。"

　　国王怀着一肚子怒火,披上斗篷离开了寝宫,准备暗中把那个坏人查出来。他知道,这件事一定是宫里的人干的,而且此人尚未出宫。

　　他点了一盏灯笼,走到御厩上边的一个统间,这里摆放了很多床铺,宫里的仆役全都睡在这里。他知道,王后所说的那个人刚才玩得十分尽兴,现在一定心跳得厉害。于是,他轻轻地从统间的一头挨个摸每个人的胸口,看谁的心跳得厉害。

现在,所有人都进入了睡梦之中,只有去过王后寝宫的马夫还没有睡着。他看见国王越走越近,知道事情已经败露,吓得心跳加速。他想到了各种可能性,但是他看到国王没有带武器过来,就假装熟睡,看看国王要怎么做。国王摸了好几个人,都没有找到目标,最后来到了马夫床前,觉得他的心跳得厉害,知道他就是自己要找的人。国王不想惊动别人,就悄悄地拿出一把剪刀,剪下了这个马夫的一缕头发——那时大家都留着长发,这样第二天很容易就能辨认出这个人了。剪完头发之后,国王就回到了自己的房间。

这个马夫十分机智,他立刻知道国王剪下自己的头发是为了什么。他赶紧起床,找到一把剪马鬃的剪刀,轻轻地从每个人的头上都剪下一缕头发,而且都跟自己一样,剪去耳边的。他做得十分谨慎,谁都没有发觉,然后他就上床睡觉了。

第二天一早,宫门还没有打开,国王就下令召集所有的仆役。等大家都到齐之后,他让所有人都摘下帽子,然后用心查看。没想到,所有的仆役都剪去了一缕头发,而且剪得一模一样。他想:"这个家伙虽然下贱,脑子却很聪明。"他知道,现在只有一番大动作,才能找出那个人,可是又不想为了出口气而招来羞辱,因此他没有作声,只是小小地警告一下那个人。他对所有仆役说:"下不为例,你们都走吧。"

换成别人,一定不会善罢甘休,会把所有仆役抓起来,严刑拷打,这样会让家丑闹得沸沸扬扬。虽然查清楚这件事可以出一口气,让这个人得到惩罚,但国王会受到屈辱,王后的名声也就毁了。

仆役们听到国王的话,都不知道是什么意思,有些莫名其妙。只有一个人知道国王的用意,就是那个马夫。他也非常聪明,从不敢吐露这个秘密,也不敢再自寻死路。

故事三

一位少妇看上了一个青年,却假装贞洁,到神父面前忏悔。神父被蒙在鼓里,为她牵线搭桥,让她得偿所愿。

听完潘皮内娅讲的故事,大家都开始赞颂马夫的机智和国王的审慎。于是女王转过身,吩咐菲洛梅娜讲下一个故事。她高兴地说道:
我今天要讲的,是一个美丽的少妇让一个端庄的神父上当的故事。这些教士大多十分愚蠢,不懂世故人情,却自以为比别人见多识广。实际上,他们比别人的乐趣少得多,只能像猪一样,只关心吃喝。亲爱的姐妹们,我讲这个故事的目的,不光是为了完成女王的命令,还想让你们知道,我们有些高估了教士,他们不但会上当,有时候还会被女人戏弄。

不久之前,在我们那个尔虞我诈多于爱心和诚信的城市里,住着一位非常美丽的少妇,她不但长得漂亮,而且足智多谋。虽然我知道她的名字,也知道故事中其他几个人物的名字,但这些都无关紧要,我也想略过不提,因为有些人还活着,如果知道我把他们的事情当成笑话讲,一定会生气的。

那位少妇是大家闺秀,却下嫁给了一个羊毛商。她觉得羊毛商虽然有钱,但是地位太低,配不上自己,所以很是瞧不起他。而且他一天到晚只知道织布,跟毛纺女工争论线的粗细,根本不懂风情,所以她轻易不跟他亲热。为了弥补自己空虚的内心,她就想找一个比羊毛商更加般配的情人。后来,她爱上了一个年富力强的绅士。这个人身份高贵,风流倜傥,把她迷得神魂颠倒,如果白天见不到他,晚上就睡不好觉。

她在单相思中苦苦挣扎,那个男人却一点儿都不知道,也未曾注意过她。而她做事谨慎,也不敢贸然写信给他,或者让别人替自己传达情意,以免消息外漏。后来她发现,这个绅士跟一个神父的关系非常密切,这个神父虽然一副蠢相,却非常虔诚,受到当地人的敬仰。她觉得,用这个神父来给她和她的意中人牵线,一定能成功。她思虑再三,就找了个时间到了神父所在的教堂,请人告诉神父,自己要忏悔。神父出来,见来者是一位高贵的太太,立刻答应下来。忏悔结束后,少妇说:

"神父,我还有一件事要告诉你,希望你能为我指点一二。我刚才已经说过我是谁,也介绍了我的父母和丈夫。我的丈夫很爱我,也很有钱,我想要什么就给我买什么。因此我也很爱他,不会做任何让他不高兴的事,或者有损他名誉的事,我甚至都没有过这种念头,否则,也应该被地狱之火活活烧死。但是现在有这样一个男人,我不知道他叫什么,只知道他看起来很有地位,如果我没有弄错,他似乎还是你的好朋友。他身材健硕,平时穿一身深色的衣服。他可能以为我是一个风流的女人,所以总是纠缠我。只要我一走到门口,一靠近窗台就能看到他待在外面。今天他居然没有尾随我来到这里,倒是一件怪事。他这样纠缠,一定会败坏我的名声,所以我十分烦恼。我几次想把这件事告诉我的兄弟,可是转念一想,这样很容易动起手来。为了不把事情闹大,我就没有声张,先来告诉你,因为你和那个人是朋友,又是神父。就算你跟他素不相识,让你来解决也会更加合适。请你看在天主的份上,去教训他一顿,让他不要再这么做。他这种做法也许会让很多女人喜欢,但是我不属于此列,这件事真的给我造成了很大的困扰。"

说完她就低下头,装出一副要哭的样子。圣洁的神父立刻明白她指的是谁,不但对这番话深信不疑,还把她大力赞美了一番,并且保证会想办法,让那个男人不敢再来纠缠她。神父也知道她是有钱人家的太太,就讲了讲乐善好施的功德,暗示自己需要一笔钱。那少妇说:"请你以天主的名义来劝说他,如果他不听,你就告诉他是我亲自跟你说的,他对我造成了困扰。"

她忏悔完毕,想起了神父说的乐善好施,就拿出一笔钱,悄悄塞进他手里,请他为她那些死去的亲人做弥撒,然后就起身告辞了。

不久之后,那位绅士像往常一样来拜访神父,两个人聊了一会儿,神父就把他拉到一个僻静的地方,照着那个少妇的说法,委婉地把他指责了一番,说他不应该纠缠有夫之妇。这个绅士感到十分困惑,因为他从来没有多看她一眼,也很少从她家门前经过。他刚要辩解,神父却说:"你不用假装吃惊,也不用浪费时间为自己辩解,因为这些事并不是从邻居那里传来的,而是那位太太亲口告诉我的。说实话,你做的这事情太荒唐了。我可以告诉你,我从没有见过比这位太太更加正经的女人。为了你和她的名誉,听我一句劝,不要再去纠缠她了。"

这位绅士比神父聪明很多,稍一思考就知道了那个少妇的用意,立刻装出一副羞愧的样子,再三保证不会去纠缠她。他刚走出教堂,就直奔少妇的家而去,发现少妇正守在窗口,看自己会不会经过。少妇看到他,露出了动人的微笑,知道他明白了神父的意思。之后那几天,他就经常装作有事的样子,从她家那条街上经过。他自己对此十分得意,少妇也很高兴。过了几天,少妇看出他已经对自己产生了情意,就想进一步发展。于是,她看着时机,又来到了教堂。刚看到神父,她就开始哭。神父关心地问她怎么了,她说:"神父,我上次对你说的你那个朋友，真是个天生的冤家，想要引诱我，让我做出不守妇道的事。如果我真的这么做了，只怕以后就没脸见人了。"

"他还在纠缠你吗?"神父问。

"是的，"少妇说，"自从我上次来到你这里哭诉，他似乎恼羞成怒，故意要报复我。他明知道我不喜欢他在我家门前走来走去，以前每天只走一次，现在每天要走七次。如果他只是在我门前张望徘徊也就算了，昨天他居然胆大妄为，让一个女人来传达对我的情谊，还给了我一个荷包和一条腰带，好像我没有这些东西似的。这让我十分生气，要不是为了怕出事，又顾及您的情面，我真的会当场闹起来。但我还是极力忍耐下来，在得到您的指点之前，我不会贸然采取行动。我立刻把荷包和腰带退给那个女人，让她快点滚蛋，后来我又想，万一她私自昧下这些东西，却说被我留下了——这种女人总是做这种事，就把她叫回来，生气地抢过她手里的荷包和腰带。今天我把这两样东西带了过来，想请你帮忙退还给你的朋友，并且告诉他，感谢天主和我的丈夫，我自己的和包和腰带都能把他给埋起来。神父，如果他还不收手，那我就不会考虑什么后果，一定要告诉我的丈夫和兄弟。如果他因此吃了亏，也是自找的，我可不想这样替他受罪。"

她哭着说完这番话，就从裙子下面拿出了一个华丽的荷包和一条贵重的腰带，放在神父的膝盖上。神父不疑有他，生气地收起这两样东西，说："女儿，你为这种事情发怒，也是情理之中的事。我不但不会怪罪你，还要赞美你听从我的劝告。上次我把他批评了一顿，他也向我做了保证，但是他食言了。单凭这一点，以及他最近做的这件事，我就要狠狠地批评他，让他再也不敢招惹你。但是天主保佑你，你千万不要因为一时气愤而告诉你的亲戚，否则这件事就没法收场了。你也不用担心自己的名誉受损，我会在天主和众人面前为你作证。"

少妇听了神父的话，假装消了气。她知道神父为人贪婪，就说："最近几天我总是梦见那些去世的亲戚，他们都非常痛苦，特别是我的母亲，那种痛苦的神情让我心痛不已。也许她知道我在这里受到恶魔的折磨，所以为我伤心。所以我请你为我母亲的灵魂做四十次弥撒，让她从地狱的炼火里超度出来。"

说着，她就往神父的手里放了一枚金币。神父高兴地收下，还说了几句赞美的话，并大力赞扬她的虔诚，替她祝福后让她走了。神父并没有想到自己受骗,立刻派人去把那个绅士朋友叫了过来。那个绅士见神父满脸怒容,知道是那位少妇又带来了什么口信,就等着神父开口。神父先是复述了那个少妇的话,指责他不应该送东西给她。此时绅士还不知道神父要说什么,就含糊其辞地否认送过荷包和腰带。神父生气地说:"你还想抵赖?这是她哭着亲手给我的,你看看认不认得这两样东西!"

绅士假装羞愧地说:"没错,确实是我送出的,我知道错了。既然她意志这么坚定,我可以向你保证,以后再也不会纠缠她。"

两个人又聊了很多。最后,神父把荷包和腰带交给他的朋友,让他改过自新。绅士一口答应下来,拿着这两样东西离开了教堂。他见少妇给自己送来这么珍贵的礼物,一定是真心实意,不由得十分高兴。他立刻来到少妇门前,好让她知道自己已经拿到了这两份礼物。少妇见自己的计策成功,心中也是高兴不已,只等着丈夫出门,就能大功告成了。

不久之后,她丈夫要去热那亚办事,一大早就骑着马出发了。少妇立刻出门,来到神父那里,哭着说:"神父,我实在是无法忍受,才来告诉你。上次我曾经跟你说过,在得到你的指点之前,我不会贸然采取行动。可是你那个朋友,那个魔鬼的化身,在今天天还没亮之前又来了我家。我不知道他是如何打听到我丈夫要去热那亚的,天刚蒙蒙亮,他就翻进了我家的花园,爬上一棵大树,想从窗户爬进我的卧室。我从梦中惊醒,从床上跳起来,正要喊救命,他在窗口求我,看在天主和你老人家的面上,千万不要声张。我听他这么说,又顾及你的面子,就没有出声。当时我也顾不上自己赤身裸体,就跑到窗边,用力地关上窗户,把他关在外面。后来我再也没有听到什么东西,想来他是走了。我不知道您是否能够忍受这种事,反正我是忍无可忍。神父,我之所以几次三番忍受他的侮辱,都是看在您的面上。"

神父听完她的话,一时间气得说不出话来,只是反复问她,有没有可能看错了人。少妇回答道:"感谢天主,我怎么会认错他呢?我可以肯定地告诉你,就是他,就算他抵赖,也不要相信他。"

神父说:"女儿,我也没什么话可说,只能说他太过狂妄,你把他赶走是对的。幸而天主保佑,你没有被他侮辱。既然你之前两次都听从了我的话,那就再听一次吧,先暂时不要把这件事告诉你的亲人,交给我来办,我倒要看看自己能不能说服这个魔鬼,枉我以前一直把他当成好人。如果我能让他洗心革面,从此不再做这种下流的勾当,当然很好。如果他执迷不悟,那就随你处置,想怎么办都可以,我为你祝福。"

"好吧,"那少妇回答说,"这次我也不违背你的旨意,以免让你生气,但是我要说清楚,如果他再对我无礼,我也不会为这件事来找你了。"

说完,她做出一副生气的样子,扭头就走。她刚离开不久,那个绅士就来了,神父将他叫到一旁臭骂了一顿,说他言而无信,下流无耻。绅士挨过两次骂,知道里面定有文章,就用心听着。他故意问:"神父,你为什么生这么大气?难道是我把耶稣钉上了十字架吗?"

神父说:"你这个下贱胚子,说的是什么话?你刚刚干了些下流无耻的勾当,却好像是一两年之前做的,忘得干干净净的了。这件事只不过隔了一个上午而已——你今天早上做什么了?"

"我自己也不知道,"绅士说,"不过,你怎么这么快就听说了?"

"当然,"神父说,"我还知道,你听说人家的丈夫不在家,就以为她一定会把你搂在怀里。你可真是个正人君子。现在你倒是什么都能做出来了,半夜在外面游荡,跳进人家的花园,从树上爬到人家的窗口上。你以为趁着黑夜爬到人家的窗口,人家就会顺从你?她最讨厌的人就是你,你却总觍着脸去纠缠人家。且不说每次她都表明了对你的厌恶,就像我这种谆谆告诫,你也听不进去,委实太过分了。我跟你说吧,她之所以没有告诉别人你的丑恶行径,并不是因为对你有什么好感,而是因为我在替你求情。但是她说了,以后再也不会容忍你。我也答应她,如果你再纠缠不清,她可以随意处置你。如果她把这件事告诉他的兄弟,有你的好果子吃。"

现在,绅士已经从神父的嘴里打听到了等待自己的是什么,就赶紧赔罪,并再三保证,好不容易让神父消了火,这才告辞。第二天一早,他就跳进少妇的花园,爬上窗前的大树,从开着的窗户跳进卧室,投入少妇的怀抱。少妇早就等得不耐烦了,见他来了,满怀欣喜地抱住了他,说:"多谢神父,为你指明了来这里的道路。"

他们两个纵情欢乐,嘲笑了神父的愚蠢,又挖苦了羊毛行当的人,最后玩得畅快淋漓。分别之前,他们又秘密约定,共度了好几个良宵,再也不用劳烦神父。但愿天主慈悲,允许我和普天下有同好的基督徒都能欢度良宵。

故事四

　　费利斯修士教给修士普乔忏悔的方法。就在普乔苦修的时候，费利斯趁机去和他的妻子欢好。

　　菲洛梅娜讲完故事，狄奥内奥对少妇的机智大加赞扬，又说菲洛梅娜最后做的祷告很有意思。女王笑着看向潘菲洛，说："潘菲洛，你再讲个有趣的故事，让大家高兴一下。"

　　潘菲洛立刻答应下来，说道：

　　有很多人一门心思想要登上天堂，没想到反而把别人送上了天堂。我接下来就要讲这么一个故事，它是不久之前发生在我邻居身上的。

　　在圣潘克拉契教堂附近，住着一个叫普乔·狄·林尼厄利的有钱人，他为人良善，热衷于精神修养，入了圣方济各教友会，被称为普乔修士，家里只有一个妻子和一个侍女。他没什么事情可做，就一心修行，经常在教堂里逗留。他天生头脑简单，每天除了诵经，也要参加布道会，做弥撒，还要唱赞美诗，斋戒，鞭笞自己。

　　他的妻子叫伊莎蓓达，只有二十八九岁，实在是娇艳欲滴，像一个诱人的苹果。只可惜她的丈夫年事已高，又非常虔诚，总让她独守空房。时间长了，她就厌烦了这种生活。每当她想和丈夫同房，丈夫就会搬出一大堆基督的清心寡欲、教士的传教等来敷衍她。

　　这时候，有一个叫费利斯的修士从巴黎回到了佛罗伦萨，来到了圣潘克拉契教堂。他不但长得一表人才，学问也很高深，普乔修士对他十分钦佩，有什么问题都要向他请教。他发现普乔修士热心修行，就总在他面前装出一本正经的样子。普乔经常把他请到家里，有时候也会留他吃饭。伊莎蓓达太太见他是丈夫的好朋友，也十分尊重他。这位修士到普乔家的次数多了，见他的妻子这么丰满，料想她生活中一定有什么不如意的地方，就打算替普乔兄弟尽一份力。因此，他几次三番向她眉目传情，并成功激起了她内心的欲望。既然二人互生情愫，他就找机会表明了自己的心意。对方虽然有心同意，却不想去和外面跟他幽会，而丈夫普乔又寸步不离，所以此事很难实现。修士冥思苦想，终于想到一个办法，就算普乔不出门，自己也能在不引起普乔疑心的情况下留宿在他家里。一天，他对普乔说：

"普乔,我知道你一门心思想要成为一个圣徒,但实际上你走的是弯路。那些教皇和大主教都知道捷径,因为他们自己就是这么走的,只不过他们不想把秘诀公之于众,唯恐所有人都知道这个秘诀,不再给教会捐献,那教会就无法维持下去了。只是因为你是我的好朋友,对我也不错,我才会把这个秘诀告诉你。"

　　普乔一听,就缠着费利斯将秘诀告诉自己,并保证绝对不会在未经许可的情况下告诉别人。

　　修士说:"既然你已经做了保证,我就可以告诉你了。你要知道,教会里的圣师们都认为,每一个想要修成正果的人,都要实行我教给你的修行忏悔。但你要知道,我并不是说你忏悔完之后,从此就不是罪人了,而是说你在忏悔之前的所有罪过都能够得到赦免;忏悔之后再犯罪过,天主也不会让你下地狱,而是会用圣水为你洗清罪孽。所以在你开始修行之前,一定要彻底地忏悔所有罪孽,还要严格地斋戒四十天。在此期间,你要避免接触任何女人,就连自己的妻子都不能亲近。你最好在家里找到一块可以望到天空的地方,在那里摆上一张大桌子,每天晚祷的时候,你就背贴着桌面,双脚着地,两手摊开,如同被钉在十字架上一样。你还可以在桌子上钉几枚钉子,给手臂作为支撑。你必须保持这个姿势,仰望上天,直到天明。你如果你素日里研究过经书,我可以告诉你几段祈祷词,你反复背诵,或者你也可以背三百遍天主经和三百遍圣母颂,来敬礼神圣的三位一体。每当你仰望苍天的时候,要记住是天主创造了天地,你也要记住你这副架势就是当时基督被钉在十字架上的模样。天亮之后,你可以回到床上去睡觉,但是不能脱衣服,早上你还得赶往教堂,至少要望三坛弥撒,念五十遍天主经和五十遍圣母颂。之后你可以酌情处理一些事务,吃完午饭后再去教堂,念我抄给你的祷告词,如果不念的话,之前的辛苦就白费了。到了晚祷时分,你可以按照我刚才说的顺序重复一遍。我之前就是这么做的,如果你也虔诚地按照我的做法来做,那么不用等到忏悔结束,你就能感受到一种神奇的效果,体会到永久的幸福。"

　　普乔修士说:"这听起来并不难,时间也不算很长,我一定可以做到。凭着天主的名义,我从礼拜日就开始。"

　　于是他告别了费利斯,回到了自己家,并在征得同意后,把这件事告诉了自己的太太。她一听说丈夫在天亮之前都无法动弹,立刻明白了修士的用意,觉得这是一个非常好的办法,就告诉丈夫,凡是对他的灵魂有益的事情，她都会无比赞同，还说为了让天主保佑他功德圆满，自己愿意跟他一起斋戒，其他的事情就不奉陪了。夫妻二人商量好之后，到了礼拜日，普乔就开始忏悔。费利斯早就和普乔的太太约好，趁人不备溜到她家，跟她一起吃晚饭，然后一起上床。天亮时，费利斯起身离去，才轮到普乔上床。

普乔修士忏悔的地方，正在太太的卧房外面，中间只隔着一道很薄的板墙。一天晚上，费利斯和她寻欢作乐时有些得意忘形，让普乔修士觉得地板有些震动。当时他刚念完一百遍天主经，不敢乱动，就大声呼喊太太，问她在做什么。他的太太十分风趣，也许当时正骑在圣班纳台多还是圣约翰·奎尔贝特①的驴子上，就大声说："丈夫啊，我正在辗转反侧呢！"

"辗转反侧？"普乔兄弟又问，"你这是什么意思？"

这位太太生气活泼，忍不住笑出了声——当然，她自有她发笑的理由，回答道："你不知道吗？我可听人讲过上千遍：'晚饭停一餐，整夜把身翻。'"

普乔还以为妻子是因为斋戒节食，饿得睡不着觉，在床上打滚，就说："太太，我早就劝过你，让你不要斋戒。现在既然斋戒了，就别想那些，快些睡觉吧。看你摇晃得多厉害，整栋房子都震动起来了。"

"你不用操心这些，还是管好自己吧。我知道自己在做什么，一定会做好的。"

普乔没有再说话，继续念起了他的天主经。第二天晚上，他的妻子在另一间房里安了一张床铺，和费利斯在那里寻欢作乐，等他离开后才回到原来的床上。普乔修士结束忏悔，腰酸背痛地回到自己床上，他的太太却夜夜跟修士寻欢作乐。所以她经常笑着说：

"你让普乔忏悔修行，他却让我们成了活神仙。"

她和丈夫在一起的时候，总是吃了上顿没下顿，如今和费利斯在一起，就像享用了一顿大餐，让她十分满意。普乔修士忏悔结束后，她就和费利斯去别的地方约会，又享受了很长时间的乐趣。

我在结束这个故事的时候，那就再回到开头的话题：普乔修士忏悔修行，一心想登天堂，却让别人成了活神仙：那个修士和他的太太。他的太太和他生活在一起，总是饥渴难耐，费利斯本着慈悲心肠，施舍

---

① 这两个人都是圣徒，在画像上都骑着驴。

给她甘霖。

故事五

齐马送给弗朗切斯科·韦尔杰莱西一匹马,交换的条件是跟他的妻子谈几句话。她一言不发,齐马代替她回答,并将语言付诸实践。

听完普乔修士的故事,女郎们都忍不住笑了起来。女王吩咐艾莉莎来讲下一个故事,艾莉莎立刻遵命。她的语调里有点调皮,这是她一直以来的习惯。然后她说:很多人都自以为聪明,将别人当成傻瓜,他们想要愚弄别人,结果自己却上了当。所以我认为,无缘无故考验别人的才智,实在是一件非常愚蠢的事情。也许有人不太认同我的观点,下面就趁着我讲故事的机会,给大家讲一讲一个皮斯托亚地方的绅士的故事。

在皮斯托亚的维琪莱西一族有个绅士,叫作弗朗切斯科。这个人精明能干,家境富裕,但十分贪婪。他奉命前往米兰担任最高行政长官,已经准备好了行装,所需物品也已经打点好,只是差一匹合意的坐骑。找了很久都没有找到,他不免有些焦虑。当地有一个名叫里恰尔多的青年,虽然出身低微,却十分有钱,衣着华丽,招摇过市,人们都叫他"齐马"。他一直对弗朗切斯科的妻子心存爱慕,不过那位太太不但长相出众,品行也很端正,所以齐马一直未能得偿所愿。最近齐马买到了一匹皮斯托亚最优秀的骏马,骨骼均匀,让他十分喜爱。由于齐马总是当着众人的面说弗朗切斯科的妻子美艳动人,就有人怂恿弗朗切斯科去找齐马协商,说不定齐马会甘愿把这匹骏马让出来。弗朗切斯科贪婪成性,果然让人去把齐马叫了来,嘴上说是想花钱买,实际上却希望对方白白奉送。齐马听懂了他的意思,就说:

"先生,不管你出多少钱,我都不会把它卖给你。但是如果你跟我商量,想让我把它送给你,我也可以答应,不过我有一个条件:我要当着你的面跟尊夫人说几句话,而且你要站得远一点儿,只能让她自己听到。"

弗朗切斯科一心想占便宜,又觉得齐马年少可欺,就一口答应下来。他让齐马在客厅里等着,自己跑到卧室里告诉妻子,只要她出去和齐马见个面,不用说什么话,就能轻而易举地得到一匹好马。他的妻子原本对这件事十分反感,可是又不能不听丈夫的话,只好勉强答应下来,跟他一起来到客厅,听听齐马想说什么。齐马把刚才商量好的交换条件重复了一遍,就和弗朗切斯科的太太在客厅的一角,远离众人的地方坐了下来,说道:

"尊贵的夫人,你是如此聪慧,一定早就知道我对你情根深种。普天之下,没有哪个女人比你的仪态更华贵、品德更高尚。我对你的爱情是如此忠贞热烈,无法用言语表达。只要我一息尚存,我就会始终如一地爱着你。如果有一天我离开了这个世界,只要天上也像人间一样有爱情,我还会继续爱你。你完全可以相信,我的一切都由你掌控。世间的那些身外之物,不管是贵是贱,只要是你想得到的,我都会尽力为你办到。你吩咐我做一件事,不管我是亲自去做,还是吩咐别人替你做,我都会感到无比光荣。

"听到我刚才这一番告白,你就知道我的身心都属于你,就不能怪我日夜为你祷告,因为你是唯一能让我感到安宁和幸福的人。我把希望寄托在你身上,我的灵魂正在爱情的火焰里燃烧,它唯一的希望就是你,我希望你能发发慈悲,怜悯我的一片忠诚,不要像过去那样冷漠。这样我也能安慰自己,以前我因为你的美貌而沉醉,现在因为你的慈悲,我也没有白活一次。如果我的祈求无法打动你的心,我一定会性命难保,别人就会说我的命丧在你手里。虽然我的性命不足挂齿,但我的死并不会为你增光添彩。我想,有一天你自己也会觉得良心过不去,觉得不该对我这么冷漠,可是为时已晚,而且你想到曾经见死不救,就会更加痛苦。所以,趁着我还在世,我希望你能发发慈悲。我是能成为这个世上最幸福的人还是最痛苦的人,全凭你一句话。我正在忐忑地等待你的答复,我想,你应该不会见死不救吧?我希望你能可怜我,给我一个满意的答复,安慰我的心灵。"

他说到这里就停住了,等待她的回复,偶尔还长叹几声,掉下几滴热泪。齐马在追求她的时候,曾经在她的窗前徘徊,也唱过表达爱情的歌曲,她都无动于衷。可是现在听到这么一番热烈的情话,她居然因怜生爱,产生了一种前所未有的感觉。虽然她听从丈夫的吩咐,一句话都没有说,可还是轻轻地叹了口气,这表明她其实是想给齐马一个回音的。齐马等了一会儿,见她一句话都不说,觉得有些奇怪,很快就猜出这是她丈夫的阴谋。可是她的叹息让他又看到了希望,就用她的口气回答道:

"齐马,我早就知道你对我情深义重,现在听到你的表白,我比之前更加了解你,感到十分高兴。我以前似乎对你十分冷漠,但不要因为我外表冷淡,就觉得我对你无情。我也爱着你,把你看得很重。我之所以那么冷漠,一是怕别人说闲话,二是我珍惜自己的名誉。现在我要告诉你,我也爱你,我想要报答你从前和现在对我的深情。你放心吧,机会很快就来了。你为了要见到我,把自己的骏马送给了弗朗切斯科,过几天他就会骑着它去米兰上任。我凭着一腔热爱答应你,等他出门之后,我用不了几天就能和你在一起,实现我们美妙的爱情。为了避免以后没有机会跟你讲话,我现在就跟你约好:如果你看到我的窗口挂着两块毛巾,那就是暗号,你可以在晚上从花园的小门到卧室里来找我,我们可以厮守一整夜。但是你要小心,不要被别人发现。"

齐马替这位夫人说完后,又换成自己的口气说:"亲爱的夫人,听到你的答复,我真是心花怒放,简直无法用语言来表明我的谢意。就算能用语言表达,也不是三言两语就能说清的。那就让聪明的你自己去想象我的情意吧,我只想告诉你,我绝对会按照你吩咐的去做,也会尽心来报答你的恩宠。现在我没什么好说的了,亲爱的夫人,愿天主保佑你。"

那位夫人始终没有说话,于是齐马站起身来,走向弗朗切斯科,后者赶紧迎上去前去,笑着说:"怎么样,我已经兑现了诺言吧?"

齐马说:"先生,你说让我和尊夫人说话,却让我面对了一座大理石像。"

弗朗切斯科听到他的话,心里更加高兴,对妻子也更加信任,就说:"现在你的马归我了!"

"是的,先生,早知道我向你提出条件,却什么都得不到,还不如直接把马送给你。这样一来,我只担了虚名,实惠都是你的。"

弗朗切斯科听到这番话,哈哈大笑起来。得到骏马之后,他很快就去米兰上任了。那位夫人独守空房,经常回想起齐马说的话,想起他对自己的情义,还为自己丢掉了一匹马,又见他经常在自家门口徘徊,就想:"我为什么要这样辜负自己的青春呢?我丈夫去了米兰,这一走就是半年,他什么时候能够补偿我这虚度的青春?难道要等到我人老珠黄的时候吗?而且像齐马这样痴情的人,真是打着灯笼也难找。我一个人在家里,为什么不趁着这千载难逢的好机会,及时行乐一番呢？再说这件事不会有人知道，就算真的被人知道了，再忏悔也不迟。"

她这么想着，终于有一天按照齐马说的，在朝花园的门口挂了两条毛巾。齐马一见这毛巾，高兴得不得了，当天夜里就摸到花园门口，发现门是虚掩的，就溜了进去。那位夫人早已等候多时，见齐马来了，急忙迎上前去。他一把将她搂进怀里，吻了一遍又一遍。他们上了楼，进入卧室，马上上了床，享受着爱情的幸福。这次约会只算个开场白。在弗朗切斯科滞留米兰期间，齐马经常去找她，甚至在他回来后，他们也没有断了往来，经常交欢。

故事六

里恰尔多爱上了菲利佩洛·西吉诺尔福的妻子，知道她为人善妒，就说菲利佩洛要和自己的妻子在澡堂幽会。她到了澡堂后，以为和自己睡觉的是丈夫，实际上却是里恰尔多。

听完艾莉莎的故事，女王对齐马的聪明赞不绝口，然后让菲亚梅塔接下去讲。菲亚梅塔说道：

虽然我们这座城市里应有尽有，也有无数个话题，但有时候讲一讲别处的传闻，也是非常有趣的。所以我决定像艾莉莎一样，讲一讲在别的城市发生的故事，这个故事发生在那不勒斯，讲的是一个一本正经、对丈夫忠贞不贰的少妇，可是她的情人比她聪明，设下巧妙的圈套，让她还没有开出爱情的花朵，就先尝到了爱情的果实。大家听这个故事，一方面可以解闷，另一方面，如果自己遇到类似的事情，也可以小心一些。

那不勒斯这座古城堪称意大利最美丽的城市。在这座城市中住着一个叫里恰尔多·米奴托罗的年轻人，他出身高贵，家财万贯。虽然他的妻子温柔娴静，美艳动人，他却爱上了一个叫卡苔拉的女人。大家一致认为，卡苔拉的姿色在那不勒斯的女人中数一数二。卡苔拉是菲利佩洛·西吉诺尔福的妻子，品行端庄，对丈夫忠心不二。里恰尔多对卡苔拉钟情已久，凡是追求女人的手段，他都一一尝试了，却始终没有打动卡苔拉的芳心。他虽然心灰意冷，却又无法斩断情丝，真让他求死不能，求生不得，痛苦不堪。他的亲戚中有几位太太，见他活得这样痛苦，都劝他快点死了这条心，不要为这种毫无希望的爱情自寻烦恼,因为卡苔拉只爱自己的丈夫,并且忌妒心极强,哪怕天上飞过一只鸟儿,她都会担心把她的丈夫抢走。里恰尔多听说卡苔拉忌妒心极强,立刻有了一个主意。他假装移情别恋,开始追求另一个女人。原本他总是为了卡苔拉比武献技,如今开始对别人献殷勤。过了不久,整个那不勒斯的人,包括卡苔拉本人,都以为他已经爱上了别人。这样过了一段时间,不但每个人都相信他已经移情别恋,就连卡苔拉也不再对他冷淡回避,见面时会主动跟他打招呼,把他当成老朋友一样。

按照那不勒斯的传统,等到天气炎热的时候,男男女女就会集合起来,一起去海边游玩。里恰尔多听说卡苔拉约了几个好友去了海边,就带着几个朋友跟了去。卡苔拉和女伴们看到他们,就邀请他们留下来一起玩。里恰尔多故意装出一副不情愿的样子,在对方邀请了很多次之后,才勉强答应下来。卡苔拉的女伴们开始拿里恰尔多的新欢打趣,他故意装出对新欢用情至深的样子,大家讨论得越发热烈。后来,大家分头去游玩,只剩卡苔拉、里恰尔多跟几个人还在原处。里恰尔多就说,也许菲利佩洛也另有新欢,卡苔拉听了,果然忌妒心起,想让他把事情说明白。最后她实在按捺不住,就请里恰尔多看在他心爱的人的分上,把菲利佩洛的事告诉她。里恰尔多就说:

"不管我心爱的女人提什么要求,我都会答应,既然你以她的名义来向我讨人情,我自然不会拒绝。但我有一个条件,在你亲眼看见之前,不要把我说的事情告诉你的丈夫,也不能告诉任何人。如果你想知道,我就告诉你,反正你也能亲眼看到这回事。"

卡苔拉信以为真,立刻答应了他的条件,保证不会告诉任何人。他们走到一个无人的角落,里恰尔多就说:"夫人,如果我现在还像以前那样爱着你,一定不会把这件事告诉你,让你伤心。既然我的痴心妄想早已成为往事,那我就不妨告诉你真相。我不知道你丈夫是注意到了我向你求爱,还是觉得你已经爱上了我,反正他趁我不备,就开始做怀疑我已经做了的事情,也就是说,他勾引我的妻子。最近,他派人给我妻子送了几封信。我妻子把这些事情向我和盘托出,并按照我教她的话写了回信。今天早上我来这里之前,看到一个女人正在跟我的妻子说悄悄话。我立刻猜到了是什么事,就问我的妻子那女人的来意,我妻子说:

"'她是来给菲利佩洛牵线的,前几天你让我故意给他一些希望,现在他派人传话，要得到确切的答复。他说如果我同意的话，他可以想办法跟我在一家澡堂会面。现在他纠缠得很紧，我不知道你为什么要让我跟他周旋，要不我早就好好教训他一顿，让他以后再也不敢看我一眼。'

"我觉得他做得有些过分，再也无法容忍，才会把这件事告诉你，让你知道，你对你的丈夫忠心不二，几乎要了我的命，而他给你的就是这种回报。为了让你相信这不是我胡编乱造的，我可以让你亲眼看到，亲身接触到。我让我的妻子告诉那个传信的女人，明天中午大家午睡的时候，她会去澡堂赴约。那个女人得到这样的答复，就高兴地去回话了。你也知道，我肯定不会把我的妻子送到那种地方，我是替你打算的，让你的丈夫在那里找到的不是别的女人，而是我，把他羞得无地自容。这样他对你和我的侮辱，就得到了报复，只能自取其辱。"

卡苔拉听完这番话，也不想想说话人是谁，也不想想里面是否有陷阱，只是凭着一腔妒火，完全相信了他的话。她越想越生气，就说这件事做起来并不难，如果菲利佩洛真的来了，一定要好好羞辱他一番，让他再也不敢对别的女人起什么歪心思。

里恰尔多一听这番话，心中十分高兴，觉得胜利在望，就极力劝说她这么做，并让她千万不要告诉别人这是听他说的。她用自己的名誉作保，郑重地答应了。第二天一早，里恰尔多就来到了那家澡堂，把自己的计划向女主人和盘托出。这个女人素日里受他的照顾，自然答应效劳。她的澡堂里有一间不带窗户的暗室，她在里面摆了一张床，让里恰尔多躺在床上，等待卡苔拉光临。

卡苔拉对里恰尔多的话深信不疑，愤怒地回了家。恰好那天菲利佩洛有心事，没有像平日一样对她亲热，让她更加起疑，心想：他一定是在想着明天怎么和那个女人偷情，我不会让他得逞的。她整晚都在想这件事，想明天在澡堂遇到丈夫时，要怎么教训他。

到了第二天午睡的时候，卡苔拉按照计划，来到了里恰尔多说起的那个澡堂，找到女主人，问菲利佩洛是不是在这里。女主人按照里恰尔多吩咐的说："你是那位来找他说话的太太吗？"

"是的。"卡苔拉答道。

"那您跟我来吧。"女主人说。

卡苔拉就跟着她来到了里恰尔多躺着的房间。她围上一条面纱，随手把门锁上。里恰尔多见她进来，高兴地将她搂在怀里，小声说：

"欢迎,我的灵魂!"

卡苔拉为了假装是另一个女人,也搂抱他,亲吻他,只是不说话,以免露馅。幸好房间里十分黑暗,待了一段时间之后也看不到什么,这让他们俩都十分满意。里恰尔多把她抱上了床,也不敢说话,以免被她识破口音。两个人玩乐了很长一段时间,其中一个人的快乐远超过另一个。然后,卡苔拉觉得自己应该发作了,就生气地说:

"唉,女人可真是命苦,不少人对丈夫忠贞不贰,只可惜所托非人。这八年来,我对你一往情深,把你看得比我的命都重要,而你呢,却爱上了另一个女人。你这个没有心肝的男人,真是让我痛心。你以为是在跟谁睡觉,其实就是那个被你蒙骗的女人啊!你这个混蛋,我是卡苔拉,不是里恰尔多的妻子!难道你连我的声音都听不出来吗?你这条忘恩负义的狗,我活多久,就要骂你多久。唉,这么多年来我死心塌地地爱着的,居然是一条忘恩负义的狗!他还以为自己搂着的是另一个女人,所以百般恩爱。我和你在一起这么多年,都还比不上这一会儿的温存。你这条没有脊梁的狗,在家里垂头丧气,在这里却无比卖力!天主保佑,你以为是在耕别人的田,实际上耕的还是自己的田。怪不得昨天晚上你不愿意跟我亲热,原来是为了养精蓄锐,在别人身上纵横驰骋。幸好天主保佑,我又聪明,没有让甘霖落进别人的田里。你这个混蛋,为什么一声不吭?我说了这么多,你一句话都不说,难道变成哑巴了吗?我居然忍着气,没有把你的眼睛抠出来。你是不是自以为这件事做得十分机密?天主在上,别人可不比你笨,你还不知道,你的一举一动我都看着呢。"

里恰尔多听到这番话,忍不住要笑出声来,可是不敢接话,只是更热烈地亲吻她,爱抚她。她又说:

"你这条讨人嫌的狗,你以为这样跟我亲热,就能让我消气,跟你重归于好,那你可就大错特错了,我一定要当着所有亲朋好友和邻居的面,把你羞辱一番,出这口恶气。你这个混蛋,难道我不比里恰尔多的老婆漂亮吗?你这条癞皮狗,为什么一声不吭?她比我强在哪里?滚开,癞皮狗,今天你已经够卖力了。你已经知道是我了,还这么卖力,分明是假装的。天主在上,以后我要把你扔在一边。我不明白,里恰尔多那么爱我,我却对他那么冷漠,连正眼都不瞧他一下。我不明白,就算跟他欢好又怎么了?你以为是跟他老婆睡在一起,就等于已经做了这种事,至于没有到手,都是你自己的错。如果我去找里恰尔多，你也别怪我！"

　　卡苔拉哭天抢地，抱怨了好半天。里恰尔多知道，要是再这么骗下去，让她带着误会回家，说不定会闹出大乱子，就准备把这件事说破。他紧紧地抱住她，让她无法脱身，然后说："亲爱的心肝，请你不要生气。我对你思慕已久，却无法接近你，于是爱神帮我想出了这条妙计，把你赐给了我。我就是你的里恰尔多。"

　　卡苔拉听到这番话，又认出他的口音，就拼命挣扎，可是根本挣脱不掉。她想要大声喊，又被里恰尔多捂住了嘴。

　　"夫人，现在生米已成熟饭，就算你喊一辈子也无济于事。如果把这件事情闹大了，让别人听到，只会有两个结果。一是你看得无比重要的名誉会受到损害。也许你会说是我把你骗到这里的，但我可以反咬你一口，说你是收了我的金钱和礼物才来的，还可以说你嫌我给得太少，这才跟我翻脸。你也知道，相比好事，人们更加愿意相信坏事，所以大家会信我的话，而不会相信你。二是你丈夫得知这件事之后，就会跟我结下不解的仇恨，而不是我杀了他，就是他杀了我，这对你都不会有什么好处。所以，我的心肝，你千万不能让你的丈夫跟我变成仇敌，让自己的名誉受损害。世上受骗的女人有很多，你不是第一个，也不会是最后一个。我这么做并不是故意要损害你的名节，而是因为太爱你了。我只想做你最忠诚的奴隶，永远爱你一个人。我的心和我的身子，以及我所拥有的一切早就属于你，从今往后更是如此。我知道你在别的方面都很有主见，今天这件事也不会犯糊涂的。"

　　里恰尔多说这番话的时候，卡苔拉只顾着痛哭流涕，但她心里也知道，里恰尔多并没有胡说，他所说的情况是很有可能发生的。最后她才说道："里恰尔多，我受到了你这样的欺骗和侮辱，只有天主才能让我活下来。只怪我忌妒心太强，头脑简单，才会被你骗到这里来。我不想在这里把这件事张扬开来，但是我也咽不下这口恶气，我一定会报复你的。现在你放我走吧，你已经满足了欲望，现在就让我回家吧！"

　　里恰尔多见她确实生了气，就想在跟她和好之后再放她走，于是他低声下气好话说尽，终于打动了她的心，跟她和好了。两个人你情我愿，又缠绵了好长一会儿。她这才感觉到，情人的亲吻比丈夫的亲吻更有味道，对他的冷酷也转变成了柔情蜜意。之后，他们又多次约会，享受了爱情的幸福。愿天主也允许我们经常享受爱情的幸福。

故事七

> 台达尔多情场失意,就离开佛罗伦萨。七年后,他乔装成一个香客,回来见到情妇,指责她的薄情。这时情妇的丈夫被控谋杀,要被处以极刑,台达尔多救下了他,同时跟情妇重修旧好。

大家听完菲亚梅塔讲的故事,都赞不绝口。女王也不多加耽搁,吩咐艾米莉娅继续讲,艾米莉娅说道:刚才两位讲的都是其他城市发生的故事,现在我要讲的是发生在佛罗伦萨的事。这个故事说的是一个本地人怎么跟他的情妇分了手,又跟她重修旧好。

从前,佛罗伦萨城里有一个贵族青年,名叫台达尔多·爱里赛。他喜欢上了阿多勃兰第·帕莱米尼的妻子埃梅莉娜,并赢得了她的芳心。可惜造化弄人,埃梅莉娜跟他好了一段时间,突然跟他断绝了往来,不但不跟他见面,连捎去的口信都不回复。台达尔多为此郁郁寡欢,好在二人之间的关系无人知晓,所以大家都不知道他为什么不高兴。他自己觉得并没有做什么对不住情人的事情,就想尽一切办法要挽回这段感情,只可惜徒劳无功。最后,他决定远走他乡,以免让那个女人看到自己这副憔悴的模样。他筹集了一笔钱,秘密地离开了佛罗伦萨,除了一个知己,他没有告诉任何人这件事。到达安康纳之后,他改名为菲列波·德·圣洛德齐奥,并在那里结交了一个富商,为他办事,和他一起坐船去塞浦路斯。他勤劳能干,谈吐优雅,很得富商赏识。富商不但给了他优厚的薪水,还让他做自己的合伙人,将很多事务委托他处理。台达尔多做事尽心尽力,几年后就积累了大把钱财,也成了一名富商。他在辛勤经商的时候,也会经常想起他那个狠心的情人,他心中的创伤一直没有平复,很想再见她一面。这七年来,他一直靠坚强的意志压制着这种感情。可是有一天,他在塞浦路斯街上听到了一首歌,这是他从前为情人所作的,歌词就是形容他和情人的你侬我侬。听到这首歌,他心中再起波澜,认为埃梅莉娜不可能忘了旧情,就想再见她一面,决定立刻回佛罗伦萨。他先处理了手头的事务,带了一个仆人先到安康纳,托一个合伙人把他所有的财产运到佛罗伦萨,寄存在合伙人的朋友那里。他自己则扮成从耶路撒冷朝圣回来的香客,带着他仆人悄悄回到佛罗伦萨,下榻在一家小客栈里。这家客栈是兄弟俩开的,距离他的情人家不远。

他安顿下来之后,做的第一件事就是去了情人家门前,希望能见她一面。可是他到了那里才发现,门窗都关得紧紧的,这让他十分吃惊,还以为她死了,或者搬了家。他又来到自己兄弟家门前,却看见四个兄弟全都穿着丧服,更为惊讶。他知道自己在外七年,样貌和装束都和以前大不相同,不会轻易被人认出,就走到一个鞋匠面前,问这几个人为什么都穿着丧服。鞋匠说:"这些人有个兄弟,名叫台达尔多,已经离家多年,据说两个星期前被人谋杀,所以他们正在服丧。听说官府已经查明,杀人凶手是阿多勃兰第·帕莱米尼,现在他已经被关押起来了。受害人跟他的妻子有过私情,这次偷偷回来跟她相会,就被他给杀掉了。"

台达尔多心想,一定是有个人长得酷似自己,被人认错了,而阿多勃兰第无辜受屈,也让他很难过。不过他从鞋匠那里打听到,自己的情人还活得好好的,不由得宽了心。这时天色渐黑,他回到客栈,吃过晚饭后就回去睡觉——他的房间就在房子的最高一层。回屋之后,他心事重重,再加上床铺不舒服,晚上也没有吃饱,所以辗转反侧,到半夜都没有睡着。正在这时,他突然听到有人从屋顶上爬下来,然后门缝里就透过一丝亮光。他悄悄走到门边向外张望,看到了一个年轻美貌的姑娘,手里举着一盏灯,然后,有三个男人从屋顶上下来,来到他身边。其中一个打了招呼之后说:"天主保佑,我们算是安全了。我们已经打探清楚,台达尔多的几个兄弟控告了阿多勃兰第,说他谋杀了台达尔多,他对自己的罪行供认不讳,判决书也已经下达。但我们还要加倍小心,千万不能走漏风声,否则我们的下场会跟阿多勃兰第一样危险。"

姑娘听到他们的话,似乎非常高兴,然后那几个男人就各自下楼睡觉了。台达尔多在房间里听到他们的话,大吃一惊,心想这简直是荒唐!自己的兄弟竟然把一个陌生人当成自己,将他好生安葬,为他哭泣。还有那个含冤入狱的人,因为一些莫须有的罪名就被定了罪。他觉得法律是如此的盲目和残酷,那些官吏自诩为大公无私的执法者,实际上只是在草菅人命,是罪恶和魔鬼的代理人。他想了很久,终于想出了营救阿多勃兰第的办法。

第二天,他早早起床,让仆人在客栈等着,自己来到了情人家。正好大门开着,他就径直走了进去,见她正在一间小房子里痛哭。看到这凄凉的光景,他也忍不住要流泪,于是走到她身边说:"夫人,请你不要难过,这场灾难很快就会过去。"

她听到有人说话,就抬起头,泪眼迷离地说:"你应该是外地来的香客吧? 你又不知道我的遭遇,怎么知道灾难很快就能过去呢?"

台达尔多说:"夫人,我是君士坦丁堡人,是奉了天主的派遣,来将你的眼泪变成欢乐,让你的丈夫免于一死。"

她说:"如果你刚从君士坦丁堡来,又怎么会知道我和我丈夫的身份呢?"

香客就说出了阿多勃兰第遭难的经过,还说出了她的名字,结婚有多久,以及他知道的有关她的所有事情。那女人听他说的句句属实,十分吃惊,把他当成一位先知,跪在他的脚下,请他以天主的名义快些搭救她的丈夫,否则时间就来不及了。香客装出一副圣洁的样子说:"夫人,别哭了,你先站起来,好好听我说话,但是你不能把我的话告诉任何人。天主告诉我,你之所以要遭此大难,是因为以前犯下过一桩罪孽,天主想借此给你警示,并让你尽力补救过去的错误,否则还会让你遭受更大的苦难。"

那女人说:"先生,我曾犯下过很多罪孽,不知道天主想让我从哪一桩开始弥补。如果你知道的话,麻烦你指点一二,我一定会尽力补救。"

那个香客回答道:"夫人,我知道这桩罪孽是什么,现在只是让你自己说出来,他让你加深悔恨。请你告诉我,你是不是有过一个情人?"

女人听到这句话愣住了,因为她本来以为没有人知道这个秘密,只是在台达尔多下葬的时候,他那个知己口风不严,才走漏了一些风声。她说:"看来天主把人们的秘密都告诉了你,那我也不用向你隐瞒什么。在我年轻的时候,我确实火热地爱过一个不幸的青年,我让他死于非命,我丈夫也因此受到牵连。他的死讯传来时,我为他痛哭流涕。虽然他离开之前,我对他十分冷漠,但尽管我们已经分离了这么多年,尽管他已经惨死,我还是不能忘记他。"

香客说:"你爱的不是那个不幸的死者,而是台达尔多。我们先不说这个,我问你,当时你为什么要跟他断绝往来? 他做了什么对不起你的事?"

女人说:"他从来没有做过对不起我的事,我之所以跟他断绝往来,是因为听信了一个神父胡说八道。有一次我向他忏悔,说出了和台达尔多的私情，没想到他大发雷霆，我至今回想起来都觉得害怕。神父告诉我，如果我不快点斩断情丝，就会被打到地狱深处，永远被魔鬼咬，被烈火烧。我害怕极了，就决定不再和那个情人见面，不管他是写信还是托人捎口信，我都不理睬。我想他之所以远走他乡，也是因为绝望了吧。如果他留下来，我看到他的生命像白雪在阳光下那样慢慢消融，也许我会不那么狠心，一定会向他屈服。"

香客说："夫人，就是这桩罪孽让你现在这么痛苦。我知道，台达尔多从来没有强迫过你，你爱他是心甘情愿。因为你喜欢他，他才来跟你约会，两个人产生私情，这并不是他一个人的事。一开始他对你的爱只有十分，在感受到你的爱意后，他的爱才增加到了一万分。我知道你们之间的情形就是如此，所以你为什么翻脸无情，对他不理不睬了呢？做这种事情就应该慎重，早知道会追悔莫及，还不如一开始就不做。在他属于你的时候，你也属于他了。在他不属于你的时候，你想怎么做都可以，因为这只是你一个人的事情。可是等你们成了情人，你却突然甩了他，这就是你的不对了，因为你夺走了他的爱。我是修士，对修士的那一套知根知底，不如把它们和盘托出，以免你以后再上当。

"以前的修士的确都纯洁善良，而如今那些自称为修士的人，除了穿着一件长袍外，几乎没有了修士的气味，连长袍都已经有失体统。以前修士穿的长袍都要符合规矩，要用粗布制作，以显示他们蔑视世俗浮华的精神。如今的修士可大不一样，他们穿的是华丽的法袍，样式考究，在教堂和广场上，就像孔雀一样扬扬自得。他们的行径和渔夫没什么两样，渔夫只想着把河里的鱼一网打尽，而他们只想迷惑更多的少女和寡妇，及愚夫愚妇。说到底，他们已经算不上什么修士，他们也没有真正穿着修士的法袍，只是借这件黑袍子的光而已。

"而且，从前的修士致力于普度众生，而如今的修士只知道贪财好色。他们把地狱里的光景描述得绘声绘色，想尽一切办法去恐吓那些无知的人，好让他们相信，只有捐献和做弥撒才能洗清人生的罪孽。他们之所以大肆宣扬这番言论，并不是为了虔诚，而是出于一些卑鄙的动机，想要不劳而获，靠施舍过上轻松的生活。人们相信了他们的胡话，担心死去的亲人在地狱里受苦，就用面包、葡萄酒、金钱来孝敬他们。施舍和祷告原本是可以洗清人们的罪孽的，但是如果捐献的人发现，得到施舍的人也有罪，只怕他们不会再这么慷慨。修士们知道，分享肥肉的人越少越好，所以他们总是费尽唇舌，极力恐吓，骗人们把钱交出来。他们谴责人们心中的淫欲，是为了吓走那些被谴责的人，自己来享用那些女人。他们谴责重利盘剥和收取不义之财的人，说这些人会被打入地狱，万劫不复，是为了让那些人把不义之财交出来，让他们去做更华丽的法袍，去谋求更高的职位。如果有人指责他们的行为，他们就会说：'按照我说的做，不要以我为榜样。'这样一来，他们就把责任推得一干二净，就好像羊群应该比牧羊人更加坚强，更能抵挡诱惑似的。很多听到这种话的人无法理解其中的意义，但是只听他们的口气，就能知道他们的目的。

"现在这些神父就是让大家按照他们的话去做，就是把自己口袋里的钱掏出来填满他的钱袋，把自己的秘密都告诉他，要人们逆来顺受，宽恕别人。这些行为确实不错，可是修士们为什么要劝你们这么做呢？因为有些事如果听任别人去做，他们自己就做不成了。如果没有钱，就无法过上只吃饭不做事的舒服日子。如果你自己把钱用来享受，神父们又怎么能过上舒适日子呢？如果你去跟女人谈情说爱，那让他们怎么追求女人？如果你不讲仁爱，不能容忍别人对你的损害，那神父还怎么来腐化你的家庭？不过我为什么要费尽唇舌跟你说这些呢？神父们总是这样给自己辩护：'按照我说的做，不要以我为榜样。'既然他们无法过上圣洁的生活，为什么不一直待在家里？如果他们安心做一个出家人，为什么不遵照《福音书》里的圣训：'基督以身作则，诲人不倦'去做？先让他们做好榜样，再去管别人吧。我曾见过无数个神父，他们不但勾引良家妇女，还勾引修女。可是当他们站到布道台上，又开始严厉谴责奸淫的行为。我们真的要听这种人的话吗？谁愿意听就听去吧。天主自然知道他们做的是不是对的。

"那个神父指责你对配偶不忠是非常严重的罪孽，就算他说的有道理，那么夺走一个男人的爱，罪孽是不是更加严重？让他对生活失去信心，从此流落他乡，罪孽是不是更加严重？在这方面，也许我们的意见各不相同。一个女人和男人发生关系固然是罪孽，但也是人之常情。可是夺走他的爱，让他对生活失去信心，流落他乡，是蓄意犯罪。我已经说过，你爱上了台达尔多，却突然甩了他，就相当于抢走了他的心上人。你对他那么冷漠，让他对生活失去信心，流落他乡，就相当于谋杀了他。根据法律的精神，导致罪行和直接犯罪的性质一样。不管怎么说，他在外面流浪七年，都是拜你所赐。这样看来，你在上面所说的三个方面都有罪孽,比跟他相好犯下的罪孽更加严重。

"那台达尔多被你抛弃,是不是他罪有应得呢?据我所知,你自己也承认过,他爱你胜过爱他自己,他尊敬你、赞美你,一有机会就会投入他对你的痴情,他把他的自由和荣誉全都奉献给了你,难道他不是一个高尚的青年?难道在全城的小伙子里,他算不上英俊?难道他不是一个优秀的青年?难道他没有得到大家的好感和爱戴?难道他不是处处受欢迎?我想你应该不会否认我的话吧?既然是这样,你为什么要听从那个愚蠢的神父的胡言乱语,跟他断绝关系?一个女人怎么能对一个男人冷若冰霜?这是非常严重的错误。女人要谨记自己的地位,要知道天主赐予万物之灵的男人高贵的德行,那在她受到男人的爱慕时,就应该感到无比荣光,而且要热烈地回应,体贴入微地讨他喜欢,而不是给他泼冷水。可是你是怎么对待他的呢?你也知道,你是受到那个神父的教唆才这么做的。那个神父让你这么做,一定是别有用心,想把别人从你身边赶走,自己取而代之。公正的天主赏罚分明,一定会惩罚你的过错。以前你毫无理由地抛弃了台达尔多,如今你的丈夫就要毫无理由地为他偿命,而你自己也痛苦不堪。如果你想得到救赎,就应该答应——而且非做到不可,如果有一天台达尔多流浪回来,你要跟他重修旧好,爱他,尊重他,像你还没有听那个神父胡言乱语之前那样对他。"

埃梅莉娜用心听着香客的话,觉得他说话句句在理,认为自己之所以遭受这样的苦难,都是因为之前那桩罪孽。她说:"天主的使者,你说的都是实情,枉我以前一直把神父当作圣人,直到听完你的话,我才看清楚他们的真面目。我也承认,这样对待台达尔多实在是大错特错。如果有可能的话,我愿意按照你的指示进行补救,可是说什么都晚了,台达尔多已经死了,再也不会回来。既然是无法做到的事情,我又何必空许愿呢?"

香客说:"天主启示我,台达尔多并没有死,他现在还在人世。要是蒙你垂怜,他能活得更好。"

埃梅莉娜说:"你说的这是什么话呀?我亲眼看到他死在我家门口,身上有好几个刀洞。我搂着他的尸体,泪水打湿了他的脸,也许就是因为我如此动情,才会让人说闲话吧。"

"夫人,"香客回答,"不管你说什么,我都坚持说台达尔多尚在人世。只要你按我说的做,我相信用不了多久你就能与他相见。"

埃梅莉娜说:"我答应你,只要能见到我丈夫平安无恙,见到台达尔多尚在人世,那我真是无比快乐!"

台达尔多觉得自己应该表明身份,也好让情人相信她的丈夫一定会逢凶化吉,就说:"夫人,为了让你对你丈夫的安全放心,我要告诉你一个秘密,但是你千万千万不能告诉别人。"

埃梅莉娜对眼前这个香客深信不疑,就将他带进了一间密室,房中只有他们两个。台达尔多拿出一枚戒指——这是他们两个最后一次相聚的时候,女人送给他的纪念品,问道:"夫人,你认识这枚戒指吗?"

埃梅莉娜一眼就认了出来,说:"当然,这是我送给台达尔多的。"

香客就站起身来,摘下帽子,脱下披肩,用佛罗伦萨的口音说:"那么你认识我吗?"

埃梅莉娜仔细一看,才认出眼前这个人竟是台达尔多。她就像白日见鬼一样,根本没想到他是从塞浦路斯回来的旧情人,只把他当成一个坟墓归来的死人,吓得想要逃跑。台达尔多急忙说:"夫人,不要害怕,我是台达尔多啊,我还活得好好的,并没有死,也没有被杀,你跟我的兄弟只是认错了人。"

埃梅莉娜稍稍定下心神,听出了他的口音,又仔细打量了他一会儿,认出他果然是台达尔多,就搂着他的脖子亲吻起来,然后哭着说:"欢迎你回家,台达尔多!"

台达尔多也亲吻了她,然后说:"夫人,我们现在没有时间叙旧,我得设法去营救阿多勃兰第,把他完整地交还给你。据我估计,明天之前就能给你带来好消息。如果我估计得没错,我今晚再来看你,把个中情形详细告诉你。"

他披上披肩,戴上帽子,又给了情人一个吻,让她在家中静候佳音。出门之后,他就来到了监狱。阿多勃兰第突遭大难,知道自己凶多吉少,不由得忧心忡忡。台达尔多扮成一个安慰囚犯的修士,在征得狱卒的同意后来到了牢房,走到阿多勃兰第身边,在他身边坐下,说道:"阿多勃兰第,我是你的朋友。天主知道你蒙受冤屈,特意让我来拯救你。如果你尊敬天主,能够答应我一个小小的请求,那你就不用被判处死刑,而是会无罪释放。"

那个囚犯说:"善良的人,既然你要救我,想必你真的是我的朋友,虽然我并不认识你,也不记得曾在什么地方见过你。我确实是蒙受了不白之冤,因为没有犯过的罪行而被判处死刑。当然,也许是因为我之前犯过什么罪孽,才有了今天的报应。为了尊敬天主,不管你让我付出多大的牺牲,我都会同意,更别说一个小小的请求了。你尽管说吧,只要我能出去,一定按你说的办。"

香客说:"台达尔多的四个兄弟误以为你杀害了他们的兄弟,才会把你告到官府,让你落到这样的下场。我的请求就是,希望你原谅他们。如果他们向你赔罪,你要把他们视作朋友和兄弟那样看待。"

阿多勃兰第说:"只有受过迫害的人才知道报复是一件多么痛快的事情,才渴望着报复。不过,既然天主让我脱离苦难,我情愿原谅他们,现在就原谅他们。如果我这次能够逃出生天,一定按照你说的做。"

香客听到这番话非常满意,也没有再说什么,只让他安心等待,第二天一定会有好消息。离开监狱之后,他直奔官府,让主审官员屏退左右,说道:"大人,我们遇到事情,总想查问真相,像您这样身居高位的人,更是要事情弄个真相大白。这样好人才不会受到冤枉,坏人才不会逍遥法外。我之所以来到这里,就是让您威名远扬,让罪犯得到应有的下场。关于台达尔多被人伤害一案,您认为凶手就是阿多勃兰第,准备处死他。但其实是一桩冤案,我会在今天午夜之前把凶手交到您手里。"

主审官员知道这是性命攸关的大事,就听从了香客的意见,和他讨论一番后,把开客栈的兄弟俩和他们的女仆抓了回来。到了公堂上,他们经不起严刑威逼,就各自招供,承认一起杀害了台达尔多,但当时并不知道他的姓名。主审官员问他们杀人动机,他们说死者趁他们不在店里的时候,调戏他们中一个人的妻子,还想强奸她。

香客听到这里,就向主审官员告退,去了埃梅莉娜家。此时她家中的人都已睡下,只有她一人还在焦急等待,一方面是想听到丈夫平安的消息,另一方面是想跟台达尔多重修旧好。台达尔多喜滋滋地告诉她:"亲爱的夫人,我有好消息要告诉你,明天你丈夫就能平安归来了。"

为了让埃梅莉娜更加放心,台达尔多把自己这一天所做的事情和盘托出。对她来说,这简直是双喜临门——她原以为台达尔多已经不在人世,没想到他还活着。原以为丈夫要无辜丧命,没想到却逢凶化吉。她紧紧地抱住台达尔多,两个人冰释前嫌,重温旧梦,真是无比恩爱。

天快亮时,台达尔多从床上起来,说明了自己的计划,再次叮嘱她要保守秘密。他自己又打扮成香客,去处理阿多勃兰第那件案子的未尽事宜。天亮之后,官府对这件案子进行了重新审理,认为已经查明真相,阿多勃兰第无罪释放。将杀人凶手带到犯罪现场,斩首示众。阿多勃兰第大难不死,和他的妻子、朋友们重逢,心中无比高兴。他知道,自己能够保全性命,都是那位香客的功劳,就把他接到家中,悉心照料。他的妻子更是殷勤招待,无微不至。

　　过了几天,台达尔多听说由于阿多勃兰第的无罪释放,自己的几个兄弟遭到了人们的嘲笑,同时他们也怕被报复,所以出入都带着武器。台达尔多觉得自己应该出面调解,让兄弟们和阿多勃兰第和好,就请阿多勃兰第履行诺言。后者一口答应下来,并按照香客的安排,第二天摆下丰盛的酒席,请来亲朋好友,一起招待那兄弟四人和他们的妻子。香客又主动表示,自己可以出面去请那四兄弟赴宴。

　　阿多勃兰第对香客言听计从。于是香客就去见他的四个兄弟,给他们讲道理,让他们去向阿多勃兰第赔罪,请求对方的宽恕。这四个兄弟都答应了。台达尔多又邀请四兄弟明天带着妻子去阿多勃兰第家吃饭,四兄弟也答应了。

　　第二天,台达尔多的四个兄弟身穿丧服,带了几个朋友,一起来到阿多勃兰第家里,此时主人早已恭候多时。四兄弟当着满堂宾客的面扔下武器,表示愿意听从阿多勃兰第发落,只希望他能饶恕自己的罪过。阿多勃兰第眼含热泪,一一吻了他们,只用几句话说了说自己受到的伤害。四兄弟的妻子和别的女亲戚也来了,也都穿着丧服,受到了埃梅莉娜和她的女伴们的热情接待。于是宾主入座,大开宴席。美中不足的是,席间十分冷清,因为台达尔多的亲属全都穿着丧服,心情悲痛,根本提不起兴致。这时就有人抱怨那位香客,觉得他在这个时候举办这样一个宴会是非常不得体的。香客对这一切心知肚明,等到大家吃水果的时候,他觉得是时候消除悲痛了,就站起身来说道:"这原本是一场欢乐的宴会,可惜台达尔多没有来,让人提不起兴致。其实他就在你们身边,只不过大家没有把他认出来,现在我就把他介绍给你们。"

　　说完,就脱去香客的长袍和披肩,露出一身绿色的绸衣,让在场的人十分惊讶。大家盯着他看了很长时间,才确信他真的就是台达尔多。他见大家将信将疑,就说出了很多家事。他的兄弟和众人才相信,高兴地过来拥抱他,激动得热泪盈眶。在场的女眷也不论亲疏,都跑过来拥抱他,只有埃梅莉娜坐着不动。阿多勃兰第见状就问:"埃梅莉娜,为什么不像别人一样去拥抱台达尔多?"

埃梅莉娜故意抬高嗓音,好让在场的所有人都听到:"说到欢迎,在场没有哪一个女人比我更欢迎他。因为我欠他的情最多,他救了我丈夫的命。可是上次我们为台达尔多痛哭,招来很多闲言闲语,所以我得避嫌。"

她丈夫说:"我才不会相信那些鬼话,看他为了救我四处奔波,就知道那些人全都是在胡言乱语,而且我也没有相信过。你去拥抱他吧!"

埃梅莉娜早就求之不得,听到丈夫的命令,立刻像别的女人一样,热情地拥抱了台达尔多。阿多勃兰第的宽宏大量让在场的所有人都很满意,过去大家听到那些流言蜚语,不由得有所猜疑,如今心境就开朗多了。台达尔多亲手扯掉了大家的丧服,为他们换上颜色明亮的衣服。大家换好衣服之后,就一起唱歌跳舞,十分开心。这场宴会开头的时候十分冷清,结束的时候却十分欢乐。大家一起涌到台达尔多家,在那里吃了晚饭,一连庆祝了好几天。

一开始,佛罗伦萨的人都以为台达尔多是死而复活,对他十分害怕,连他的几个兄弟也觉得有些难以置信,不知道他是不是真的台达尔多。如果不是后来偶然发生的一件事,让他们明白了死者的身份,也许这种疑虑还会一直存在下去。

事情是这样的:一天,几个卢尼嘉纳士兵从他们家门口经过,看见了台达尔多,立刻过来打招呼:

"你好啊,法齐乌罗!"

台达尔多正和几个兄弟在一起,就说:"你们是不是认错人了?"

对方听到他的声音,意识到自己果真认错了人,非常狼狈,连连请他原谅,说:"你跟我们一个叫法齐乌罗的兄弟长得真是一模一样。他半个月前来到这里,就杳无音讯了。刚才我们看到你的打扮,还觉得有些奇怪。他也是当兵的,怎么会穿这种衣服呢?"

台达尔多的哥哥听到这番话,就问那个法齐乌罗穿的是什么衣服,他们一描述,大家才知道原来被杀的那个人是法齐乌罗,不是台达尔多,就这样,大家的疑惑烟消云散了。

台达尔多在外面赚了大钱,对他的情人忠贞不贰,两个人再也没有闹过别扭。他们一直小心行事,享受着恋爱的幸福。愿天主也让我们享受恋爱的幸福。

故事八

> 修道院院长爱上费隆多的妻子,就给费隆多下药,让他昏迷不醒,把他当成死人埋掉。再把他挖出来,关进地窖,让他误以为自己在炼狱受罪。后来费隆多的妻子怀孕,院长才把他放出来,做孩子的爸爸。

艾米莉娅这个故事很长,但情节离奇曲折,所以大家并不觉得乏味。然后女王朝劳蕾塔做了一个手势,她就说道:刚才我们听的是一个人死了,被错当成另一个人而埋葬哀悼的故事。这让我想起了一个十分荒诞的故事,但它也是真实发生过的。这个故事讲的是一个活人被当成死人埋掉,然后又被从坟墓里挖了出来,虽然他没有死过,可他本人和别人都觉得他是死而复生,而那个应当被谴责的罪人却受到人们的崇拜,被当成圣人。

在托斯卡纳城有一所修道院,也跟我们常见的那些修道院一样,设立在一个非常僻静的地点。院长是由修士升任的,他虽然比较虔诚,但是有一个毛病,就是好色。但由于他做事小心,所以不曾被人发现,人人都以为他是一个大圣人。当地有一个富裕的农场主,名叫费隆多,院长就和他交上了朋友。这个人头脑简单,时而闹出一些笑话,院长就是因此才和他交往的。交往了一段时间之后,院长发现费隆多的妻子美艳不可方物,就对她暗生情愫,为她茶饭不思,夜不能寐。偏偏费隆多虽然在别的事情上比较愚钝,在看管老婆这方面却毫不松懈,让院长一直无机可乘,不由得有些心灰意冷。不过院长毕竟是一个聪明人,知道怎么给费隆多设下圈套。一天,费隆多带着娇妻到修道院的花园里来玩,院长就趁机大谈特谈永生的幸福,以及以前的许多善男信女是如何修得正果的。费隆多的妻子听到了,不由得十分心动,就想向院长忏悔,费隆多只得答应。院长心中暗喜,就带着她去一个单独的房间进行忏悔。坐定之后,她说:"院长,如果天主没有给我丈夫,也许我就能接受你的教诲,踏上永生的道路。我一想到费隆多那蠢笨的模样,倒觉得自己还不如是一个寡妇,但我毕竟已经嫁了人,只要他在世,我就不能另嫁他人。他不但头脑蠢笨,而且妒忌心极强,我守在他身边，简直是活受罪。所以在我开始忏悔别的罪孽之前，我希望你能在这方面给我出个主意。如果不能解决这个问题，不管是修行还是忏悔，都是徒劳无功。"

院长听到这番话，心中窃喜，知道这是老天给他打开了方便之门，就说："女儿啊，我完全可以理解，你这么温柔善良，却要嫁给一个粗笨的丈夫，再加上他的妒忌心极强，有这双重苦痛，你的日子一定十分难熬。虽然愚蠢无药可救，但妒忌应该是有办法治疗的。我有一个妙方，可以试着为他治疗一下，但我有一个条件，你不能把我说的话告诉任何人。"

那个女人说："神父，你放心，你不让我把话告诉任何人，我是宁死也不会说出来的，只是要怎么做呢？"

院长说："只要把他送进炼狱，才能治好他。"

"可是一个活着的人怎么才能进入炼狱？"

院长说："要让他先死去，才能进入炼狱，等他在那里受尽折磨，妒忌心被消磨得一干二净，我们再向天主祈求，让他回到人世间，天主一定会答应的。"

"那我岂不是要做寡妇？"女人说。

"没错，但都是暂时的，"院长说，"在此期间，你千万不能改嫁，避免惹得天主生气。等费隆多复活之后，你还要跟他一起生活，不过到时候他就不会妒忌了。"

女人说："只要能治好他这个毛病，让我做什么都行。那就按你的意思做吧。"

院长说："做倒是可以，但是我为你效劳，你拿什么来报答我呢？"

女人说："只要是我力所能及的事，我都可以答应你。但我只是一个女人，能为你这种大圣人做些什么呢？"

院长说："我能为你效劳，你也可以为我效劳。我帮你得到幸福和安慰，你也要让我得到幸福。"

女人说："要是这样的话，我乐意效劳。"

"很好，"院长说，"就把你的爱情给我吧，让我得到成全。我对你的爱情期盼已久，想你想得好苦。"

女人一听，慌忙说道："神父，你在说些什么呀？我一直以为你是圣人，一个女人来到圣人面前请教，他怎么能提出这种要求呢？"

院长说："我的心肝宝贝，这没什么可奇怪的。圣洁与否要看你的灵魂,而我求你的事只是精神上的罪过。你长得这么美丽,让我难以抗拒,我是受到爱情的驱使才会提出这种要求的。你可以在别的女人面前炫耀自己的美貌,因为像我这种见惯了天仙的圣人,居然会为你心动。而且我虽然是修道院院长,也和别的男人一样,是血肉之躯,而且我的年纪还不大。我说的这件事并不会让你为难,等费隆多进入炼狱时,我夜里可以来陪你,代替他安慰你。不会有任何人知道这件事,因为大家都像之前的你一样,把我当成圣人。不要拒绝天主赐给你的恩惠,很多女人对我想给你的东西求之不得,你只要听我的话,就能得到。我还有一些美丽的珠宝首饰,不舍得送给别人,只想给你。你是我甜蜜的希望,我这样为你处理,你也报答我吧。”

那个女人低下头,心中十分慌乱,她觉得不应该答应院长的请求,却又不知道怎么拒绝。院长见她沉默不语,认为她已经同意了一半,就又说了很多话来劝导她,直到她红着脸答应了他的请求才罢休。但是她又说,得等费隆多进入炼狱之后,她才能从命。院长得意地说:“我很快就能让他去,明天或者后天,你想办法让他来我这里一趟。”

院长说到这里,就拿出一枚漂亮的戒指,放进了女人手里,然后放她回去。女人得到这件礼物,心中十分欢喜,希望还能得到别的。从忏悔室出来之后,她和丈夫一起回家,路上不停地夸赞院长的圣洁。

过了几天,费隆多来到了修道院,院长一见到他,就准备把他送进炼狱。院长曾经从地中海东部的一位亲王那里得到了一些奇妙的药粉,据说这是当年“山中老人”①把人送进极乐世界的灵丹妙药。根据剂量的多少,可以让服药的人昏睡一段时间,看起来像死了一样,不过不会危害生命。院长悄悄拿出药粉,趁费隆多不注意,倒进一些在酒里,让他喝下去。喝完之后,院长又把费隆多带到禅房里,跟大家逗他说些傻话。突然,费隆多药性发作,站在那里就睡着了,轰然倒地。院长装出十分惊慌的样子,让修士解开他的衣裳,拿冷水泼到他的脸上,还采取了很多急救措施,仿佛以为他得了什么急症,想要把他抢救过来。院长和修士们采取了很多措施,见他还没有醒来,再试试他的脉搏,发现早已停止,就认定他已经气绝身亡,派人去通知了他的妻子和亲属。他们立刻赶来,痛哭了一阵。院长让他穿着本来的衣裳,将他埋进了修道院的墓地。费隆多的妻子送葬回来,说自己不会改嫁,会

---

① 一个暗杀基督教徒的秘密社团的首领的名字。

留在家中抚养和费隆多的儿子,这样,费隆多的财产就落到了她手里。

当天夜里,院长悄悄从床上爬起来,叫来自己的心腹——一个刚从波洛尼亚来挂单的修士,两个人合力把费隆多从坟墓里挖出来,抬到了一个不见天日的地窖。平日里,这个地窖被用作监牢,关押犯了清规戒律的修士。他们脱下费隆多身上的衣服,给他换上一件修士的长袍,然后把他放在稻草堆上,等他慢慢醒过来。波洛尼亚来的修士听从院长的指挥,在一旁守着。

第二天,院长带了几个修士去慰问那位太太,只见她一身黑色丧服,神情悲戚。院长说了几句安慰的话,趁机提醒她不要忘记履行诺言。那个女人没有了费隆多的管束,已经是自由自在,现在又注意到院长的手指上戴着一枚漂亮的戒指,就立刻约院长晚上到家里来相会。到了晚上,院长换上费隆多的衣服,带着一名心腹修士来到了费隆多家,跟他的妻子共度良宵,直到天亮才走。这之后,院长就经常在这条路上奔波。时间长了,有人从远处看见他,还以为是费隆多的鬼魂在外面游荡,好忏悔自己的罪孽。那班无知的村民对此议论纷纷,费隆多的妻子自然也有所耳闻,只有她知道到底是怎么回事。

费隆多从地窖里醒来时,不知道身在何处,正在吃惊时,那波洛尼亚修士骂骂咧咧地进来了,用鞭子抽了他一顿。费隆多哭喊道:"我这是在哪里呀?"

"在炼狱里!"那修士回答。

费隆多说:"什么?难道我已经死了吗?"

"是的。"那教士说。

费隆多想起自己的娇妻幼子,十分不舍,不由得放声大哭,竟胡言乱语起来。后来,教士给他拿了一些吃喝的东西,他问:"死人也要吃东西吗?"

"是的,你妻子到礼拜堂给你做弥撒,这就是她带的贡品,天主允许你享用这些东西。"

费隆多说:"愿上帝保佑她吧。我生前对她很好,一整夜都能把她搂在怀里亲吻。有时候我兴致来了,也会干点别的。"

他确实也饿了,就大吃大喝起来,只是觉得葡萄酒不好喝,就说:"神父,这酒可不好喝,她为什么不把挂在墙上的那一桶酒送给教会呢?"

他刚刚吃饱,教士又用刚才那根鞭子狠狠地打了他一顿,费隆多痛得大叫："为什么要打我？"

修士说："天主给我下了命令，每天要打你两次。"

"为什么呀？"费隆多问。

"因为你太会妒忌，你娶的是当地最贤惠的女人，你却还要妒忌。"

"唉！"费隆多说，"你说得没错，她还十分甜蜜，连蜜糖都没有她那么甜。早知道天主会厌恶妒忌的男人，我一定不会这么做。"

修士说："你要诚心悔过，改过自新。将来有一天你回到人世，你要记住我给你的这些鞭子，再也不要妒忌。"

费隆多嚷道："死人还能回到人世吗？"

修士回答："是的，只要天主开恩。"

费隆多嚷道："如果有一天我能回到人世，我一定做天底下最好的丈夫。我再也不会打骂我的老婆，最多只嫌她今天送的不是好酒，还要说她今天没有送蜡烛过来，让我只能在黑暗中吃饭。"

修士说："她送了蜡烛过来，只是做弥撒的时候用完了。"

"我想你是对的，"费隆多说，"如果我还能回到人世，她想怎么做我都随她。不过我还要请问，看管我的这位大爷，你是什么人？"

修士说："我也是个死人，来自撒丁岛。我活着的时候，总是助长我主人的妒忌心，天主才会罚我干这个差事，我要管你吃喝，还要揍你，直到天主把你我另行发落。"

费隆多就问："这里就只有你和我两个人吗？"

修士说："这里还有成千上万个鬼魂，只是你看不到他们，也听不到他们，他们也同样看不到你。"

"那我们距离人世有多远呀？"费隆多问。

修士说："嘿，远得一塌糊涂。"

费隆多说："这样的话，真的是太远了，咱们一定已经不在人世了。"

费隆多在地窖里吃喝拉撒，每天要挨两次打，很快就过去了十个月。在这段时间里，修道院院长经常去探望他那个美丽的太太，两个人快活似神仙。虽然这件事瞒过了别人的耳目，可还是出了问题——女人怀孕了。她发觉之后，立刻告诉了院长。院长觉得，要赶快把费隆多从"炼狱"里放出来，让他回到人世间，就能说孩子是他的了。于是院长来到囚禁着费隆多的地窖里，故意变了个语调说："费隆多，我有好消息要告诉你,天主决定放你回人世。回去之后,你的妻子会为你生一个孩子,你要叫他班尼迪克。要不是那位圣洁的院长、你的妻子和这个孩子日夜为你祈祷,天主才不会赐给你这个恩典。"

费隆多听到这番话,喜出望外,就说:"我可真高兴,但愿天主保佑修道院院长,保佑班尼迪克,保佑我那美丽的妻子。"

院长在给费隆多喝的葡萄酒里又加了一些药粉,剂量能让他睡四个小时,趁他不省人事的时候,给他换上原来的衣服,又跟那个心腹神不知鬼不觉得把他抬回墓地,放进棺材。第二天一早,费隆多醒了过来,看到有光线从棺材的缝隙里透进来——这还是他十个月以来第一次看到亮光。他相信自己已经复活,就大声叫道:"让我出去! 让我出去!"

他一边嚷着,一边用头去顶棺材盖,把盖上的钉子都撞松了。这时修士们刚做完晨祷,听到声音,急忙过来查看,见费隆多正从棺材里往外爬,又听出他的口音,被这样离奇的事情吓坏了,都跑去报告院长。院长此时正在假装祷告,听到报告后站起身来说:"孩子们,不要惊慌,拿着十字架和圣水,我们一起去看看天主的力量。"

他们一起来到墓地。这时候,费隆多已经从棺材里爬了出来。因为十个月没有见阳光,他面色苍白,一见到院长,就奔过去跪在他的脚下:"神父,我得到天主的启示,知道是你、班尼迪克还有我妻子的祷告,才让我离开炼狱,重回人世。愿天主保佑你。"

院长说:"让我们赞美万能的主。我的儿子,自从你离开人世,你的妻子每天都十分伤心。既然天主放你回到人世,你就快回去安慰安慰她吧。从今以后,你要真心做天主的奴仆。"

费隆多说:"我知道了,神父。待会儿我一看到她就亲吻她,我可是真爱她。"

院长假装对这种奇迹吃惊不已,带领大家一起唱起了赞美诗。费隆多一路跑回村里,逢人就说自己已经复活,把村里的人吓得都逃跑了。他的妻子一见到他,也十分害怕。后来人们稍微平静了一些,发现他果真是个活人,就开始问长问短。他去炼狱走了一遭,人似乎也聪明了许多,不但有问必答,还带来了每个人亡故的亲属的消息。他绘声绘色地讲述了炼狱里的情形,还当着大家的面宣告他复活之前,大天使加百列给他的启示。

费隆多回家之后,重新掌管自己的财产,又和老婆团聚,还认为妻子给自己怀了一个孩子。到了第九个月,他的妻子生下了一个男孩,取名"班尼迪克·费隆多"。

费隆多说话如常,又很灵验,大家都以为他真的是死而复生,因此修道院院长的名声也大为提高。而费隆多由于妒忌,不知道挨了多少鞭子,如今已经像院长对他的妻子保证的那样,再也不敢妒忌。他的妻子还和以前一样,跟他安度生活,但一有机会就会去和院长幽会,而院长也尽心尽力,满足她的需求。

故事九

吉莱塔治好了法国国王的顽疾,请求国王将贝尔特兰赐给自己做丈夫。贝尔特兰勉强同意结婚,却在婚后不告而别,来到了佛罗伦萨。吉莱塔赶到那儿,冒充一个姑娘和丈夫睡觉,为他生下一对双胞胎,最后让他回心转意,认自己为妻。

劳蕾塔讲完了故事,狄奥内奥又有特权,于是接下来就轮到女王自己讲了,她不等臣民要求,就和气地说:

从前法国有一个叫伊纳尔的贵族,被封为罗西利翁伯爵。由于他身体孱弱,家中常年请着一个医师,名叫热拉德·德·拿包纳。伯爵只有一个叫贝尔特兰的儿子,长得十分英俊。他的玩伴中有一个叫吉莱塔的姑娘,就是医师的女儿,她虽然年幼,却早早就对贝尔特兰情根深种。伯爵去世后,贝尔特兰继承爵位,前往巴黎伺候国王。自从贝尔特兰离开,吉莱塔一直郁郁寡欢,过了不久,医师也去世了。她很想有一个正当的理由能够去巴黎,去找贝尔特兰。但她身边没别的亲人,又刚刚继承了一笔遗产,所以亲戚们把她监护得非常严格,她根本无法脱身。等她到了该出嫁的年龄,还是对贝尔特兰念念不忘。亲戚来替她做媒,都被她一一谢绝,可她又坚持不肯说出拒绝的理由。

她听说贝尔特兰到了巴黎之后,出落得更加风流倜傥,对他的爱慕更深了。这时候,法国国王的胸口长了一个脓疮,由于治疗不得法,伤口一直未能愈合,变成瘘管,让他痛苦不堪,请了很多名医来诊治,却都不见起色,反而每况愈下。后来国王自己也丧失信心,拒绝了一切医生的医治。吉莱塔得知这个消息,不由得心花怒放,她知道,自己不但可以靠这个借口去巴黎,而且如果国王的疾病跟她想象的差不多,她就能治愈国王的顽疾,趁机跟贝尔特兰结为夫妻。医师在世的时候,曾经传授给她不少秘方,现在她就按照国王的症状准备了一些草药,配成药粉,骑着马来到了巴黎。到了巴黎之后,她先想办法见到了贝尔特兰,才去求见国王,让国王允许自己为他诊治。国王见她是一个年轻貌美的姑娘,不忍心拒绝,就给她看了患处。她看完之后,觉得更有把握,就说:"国王陛下,如果你允许让我治疗,在天主的帮助下,我不但能把您治好,还不会让您觉得痛苦,也不给您造成麻烦。"

国王见这个姑娘口气这么大,心想:"我遍请天下名医都治不好的病,一个小姑娘又能有什么办法?"所以他谢绝了她的好意,说自己已经不准备再请医师看病了。

吉莱塔就说:"国王陛下,您看到我只是个小姑娘,觉得我没什么本领,对吗?但是我要告诉您,我之所以要求给您治病,靠的不光是自己精通医道,还要靠天主的帮助,以及家父热拉德·德·拿包纳的教导,他生前是一位名医。"

国王心想:"说不定这个姑娘真的是天主派来的,她说能把我的病治好,又用不了多长时间,而且不会让我觉得痛苦,我不妨一试。"

国王拿定主意之后,就说:"姑娘,如果你无法治好我的病,我该怎么惩罚你?"

吉莱塔说:"陛下,您可以现在就派人把我看管起来,如果八天之内我无法治好您,您就可以烧死我。但如果我把您治好了,您打算怎么奖励我?"

"我看你好像还没有婚配,如果你真能把我病治好,我就给你寻一门体面的亲事。"

"陛下,您愿意为我的亲事操心,我很高兴,但我有一个要求,就是让我自己来选丈夫。当然我不会选择您的王子,也不会高攀王室的后裔。"

国王立刻答应了她的条件。吉莱塔就开始为他看病,还不到八天,居然真的把国王治好了。

国王说:"我该为你安排婚事了。"

吉莱塔说:"陛下,我请求您把贝尔特兰·德·罗西雄赐给我,我从小和他一起长大,早就对他芳心暗许。"

国王觉得这个要求太高,但他早已答应,不能言而无信,就将贝尔特兰伯爵召进宫来,对他说:"贝尔特兰,如今你已长大成人,我现在给你选一个姑娘做妻子，你就带她回去治理你的采邑吧！"

贝尔特兰问："陛下，敢问那位小姐是谁？"

"就是那个为我治好顽疾，让我恢复健康的姑娘。"国王说。

贝尔特兰当然认识他，最近还刚刚见过她一面，觉得她虽然容貌动人，但是出身低微，和自己不相配，就不屑地说："陛下，您是让我娶一个江湖郎中？天主在上，我不想要这种女人做我的妻子。"

国王说："我已经答应过那位姑娘，如果她能治好我的病，我就给她寻一门体面的亲事。难道你要让我失信于人吗？"

"陛下，"贝尔特兰回答，"我是您的臣子，一切都要听从您的安排，你也可以把我许配给那个姑娘，但是我要先说明白，对于这门亲事，我永远都不会满意。"

"将来你会满意的。"国王说，"那个姑娘美丽又聪明，而且对你用情至深。我敢保证，你娶了她会比娶一位出身高贵的小姐更加美满幸福。"

贝尔特兰没再说什么，国王就吩咐筹备盛大的结婚典礼。到了那天，一对新人在国王面前结了婚，贝尔特兰终于娶了这个深爱自己的姑娘。婚礼结束后，贝尔特兰就向国王告辞，说回到采邑之后再圆房，并得到了国王的准许。说完，他就骑马离去，但他并没有去采邑，而是直奔托斯卡纳而去。到那之后，他得知佛罗伦萨人正在和西恩那人交战，就打算加入佛罗伦萨的军队。那里的人对他表示热烈欢迎，还让他做了军官，给他丰厚的饷银。就这样，他就留在了军队里。

新娘见丈夫不告而别，内心十分痛苦，希望他将来能够有一天回心转意，回到采邑。她只身先来到罗西利翁，当地的人都对她十分尊敬，把她当成伯爵夫人。她来到宅邸之后，就开始整顿家务，因为这里长期无人管理，一切都十分破败。由于她十分勤勉，采邑的事情很快就安排得井井有条，属民们越发敬爱她。处理完采邑的事情之后，伯爵夫人就派两个骑士去报告贝尔特兰，希望他能回来。如果他因为她的缘故不愿意回来，也可以把话说明，她可以顺从他的心愿，离开这里。没想到贝尔特兰冷酷地说："她的事情我不干预，我也不会回去跟她一起生活，除非她戴着我的这枚戒指，抱着跟我生的孩子。"

他的那枚戒指能够避邪，所以他十分珍爱，时刻不离身。两个骑士觉得这个条件太过苛刻，根本无法办到，也劝说不动，只好回去见过伯爵夫人，原封不动地把话告诉她。

　　伯爵夫人听到这番话伤心不已，可是她转念一想，如果真能做到这两件事，也许还能让丈夫回心转意。她想到办法之后，就把当地的一些乡绅和父老请来，详细说明了自己对伯爵的真心，以及伯爵是怎样对待自己的。最后她悲戚地说，她不想让伯爵流浪在外，却霸占他的采邑，所以今后要去朝拜圣地，救死扶伤，好挽救自己的灵魂。她请他们接管采邑，并让人去通知伯爵，说自己再也不会回罗西利翁，再也不会碍他的事。

　　大家听到她的话，都感到一阵酸楚，忍不住落下泪来，劝她慎重考虑，但是她主意已定。她向天主为他们祈福，然后带了一个堂弟和一个女仆，全都换上香客的服装，收拾许多钱财，一起来到了佛罗伦萨。到那之后，他们就住在了一个善良的寡妇开的客栈里，像三个穷苦的香客一样，过着简单的生活，同时等待丈夫的消息。

　　第二天，她就看着贝尔特兰骑着马，带着一队侍从从客栈门口经过。她装出不认识他的样子，向女店主打听那位贵族是谁。女店主说："他从国外来，叫贝尔特兰伯爵，为人谦恭有礼，城里的人都很喜欢他。现在他们正一门心思追求我们邻居的一个姑娘，姑娘出身名门，只可惜家道中落。她人品出众，只是因为没有陪嫁，到现在也没有嫁人。她和母亲相依为命，她的母亲知书达理，为人正派。要不是这位母亲，说不定伯爵已经得手了。"

　　伯爵夫人把这番话记在心里，想了很久，终于想出了一个办法。她问明了那对母女的姓名和住址，就穿着香客的衣服去拜访她们，发现她们果然过得十分清苦。她问候过这对母女，就对老太太说自己有话想跟她私下谈谈，不知道是否方便。老太太起身把她带进内室，一起坐下。然后伯爵夫人说道："夫人，看来你和我一样，都是苦命人。不过如果你愿意出手帮我，也许能改变现在的境况。"

　　老太太说，只要方法光明正大，她当然愿意改变现在的境况。伯爵夫人又说："那你要先发誓，不能辜负我对你的信任，要不然你会断送我的希望。"

　　老太太说："你只管有话直说，我保证不会辜负你对我的信任。"

　　伯爵夫人于是说明了自己的身份，自己对伯爵的爱慕，以及她为这份爱情所做的努力。老太太见她言辞恳切，况且之前也对这件事情略有耳闻，所以对她深信不疑，并对她产生了同情。

伯爵夫人又说:"我已经向你说明了我的不幸遭遇,要想让我丈夫回心转意,我首先得做到那两件事。我觉得你是唯一可以帮助我的人,因为我听说我丈夫爱上了你的女儿,不知是否确有其事?"

"夫人,伯爵看起来是很热情,但我也说不准他是不是真的爱我女儿,你需要我怎么帮助你呢?"老太太说。

伯爵夫人说:"夫人,我马上告诉你。但是我先要告诉你,在你帮助我之后会得到什么好处。我看你的女儿也该嫁人了,但是因为家境贫寒,她至今还留在你的身边。如果你同意帮我,我可以给你一笔钱,让你体面地把女儿嫁出去。"

老太太手头拮据,听到这番话自然十分高兴,但是她很有志气,又说:"夫人,请你先告诉我。只要是光明正大,我一定乐于为你效力。"

伯爵夫人说:"你要请一个可靠的人去通知我的伯爵丈夫,说你女儿愿意跟他相好,但是他必须证明自己的真心。听说伯爵有一枚戒指,经常戴在手上,如果能够把戒指送来,就能相信他的真心。等到伯爵把戒指送来,你就把它交给我,然后再派人去传话,说你的女儿晚上约他来相会,我再冒充你的女儿跟他睡觉。如果天主垂怜,一次怀孕,这样我手上戴着他的戒指,怀里抱着他的孩子,就能让他回到我身边,成为真正的夫妻。真有这么一天,我一定会重谢你。"

一开始老太太觉得这件事非同小可,万一走漏风声,会对女儿的名誉造成损害,但是她转念一想,伯爵夫人十分贤德,如果能让他们二人团圆,也是成人之美,所以就答应了这个要求。几天后,老太太按照伯爵夫人的指示,和伯爵取得联系,拿到了伯爵珍贵的戒指,又让吉莱塔冒充她的女儿跟伯爵睡觉。伯爵温柔缱绻,两个人这一夜交欢之后,吉莱塔就怀了孕,后来一下生下了两个男孩。老太太设法让伯爵夫人和她的丈夫相会不止一次,每次都谨慎小心,没有任何人发觉。所以伯爵一直以为和自己睡觉的是那个心爱的姑娘,从没想过是自己的妻子。每次分别的时候,伯爵都会送给她一些美丽的首饰,伯爵夫人都小心保存起来。后来她发现自己有了身孕,不想再麻烦这位太太,就说:"老太太,感谢天主和你的帮助,我已经达到了目的,现在我要报答你。了却这件心事后,我会离开这里。"

老太太听说她的目的达到,心里十分高兴,就说自己之所以愿意效劳,并不是为了得到报酬,而是想成人之美。

"老太太,你真是太好了。你要什么尽管开口,我不会把这当成报酬,而是还你的人情,而且我理应帮助别人。"伯爵夫人说。

老太太确实处境艰难,就羞涩地说要一百磅作为女儿的嫁妆。伯爵夫人见她这么羞涩,要求的数目又这么少,就给了她五百磅,又给了她很多贵重的首饰,也值五百磅以上。老太太非常高兴,再三道谢。伯爵夫人于是向她告辞,回到了客栈。老太太唯恐伯爵以后再来,或者捎信过来,就带了女儿去乡下的亲戚家暂住。不久后,贝尔特兰听说吉莱塔已经离开采邑,就在属民们的劝说下回到了自己的领地。

伯爵夫人听说伯爵已经回到了采邑,心中十分高兴,仍留在佛罗伦萨等待分娩。后来她生下两个男婴,都酷似父亲。她请了乳母,小心抚养两个孩子。又过了一段时间,她觉得是时候动身了,就悄悄离开佛罗伦萨,来到了蒙比利埃,一边休息,一边打探伯爵的消息,得知伯爵会在万圣节那天举办盛大的宴会,那时候很多骑士和贵妇都会到场。到了那天,她依然打扮成香客模样,回到了家中。在宾主入席的时候,她不顾自己一身粗陋的衣服,抱着两个孩子挤到伯爵面前,扑倒在伯爵脚下,哭着说:"我的夫君,我是你那苦命的妻子,为了让你回来,我四处飘零。你曾经让骑士给我传话,提出了两个条件,好在天主垂怜,我都完成了,希望你也可以遵守诺言。你看,我怀里抱着的不是你的一个儿子,而是两个,我的手上还戴着你的戒指。你是不是应该遵守诺言,承认我是你的妻子?"

伯爵听到这番话,呆住了,他认出这是自己的戒指,也发现这两个孩子跟自己十分相像,就说:"这是怎么回事?"

伯爵夫人于是详细讲述了这件事的始末,让在座的人听到了都大为惊讶。伯爵知道她说的都是实情,被她的毅力和智慧而感动,又为这对可爱的孩子而高兴,就决定履行诺言。他的属民们一边赞叹,一边要求伯爵接纳妻子。于是他终于不再固执己见,将她从地上扶起来,拥抱和亲吻了她,承认她是自己的合法妻子,承认这两个孩子是自己的儿子。他让她换上华服,恢复原来的身份,出来和大家相见。在场的人听到这个好消息,都十分高兴,一连庆祝了好几天。从此之后,伯爵不但把她当成正式的妻子那样尊敬,而且对她百般疼爱。

故事十

阿莉贝克要出家修行,从修士鲁斯蒂科那里学会了怎么把魔鬼打进地狱。还俗之后,她嫁给了内尔巴莱。

狄奥内奥用心听着女王讲的故事,等她讲完,知道只剩自己没有讲,就主动笑着说:

美丽的女郎们,也许你们并不知道魔鬼是怎么被打回地狱的,现在我就来讲一个这样的故事,好在它和今天大家讲的主题也不是相差很远。听完这个故事,你们也许能拯救灵魂,并能够明白,虽然爱神更喜欢逗留在那些豪华的宅邸中,很少光顾穷人家的茅屋,但有时候它的力量也会展现在深山老林和岩洞中,我们就能知道一切都要听从它的支配。

好了,言归正传。话说在北非的卡普萨城有一个富豪,他儿女众多,其中有一个美丽可爱的姑娘,名叫阿莉贝克。她虽然不是基督徒,却总是听到城里的很多基督徒赞美耶稣,崇拜天主,不由得心生向往。有一天她就问一位基督徒,要怎么侍奉上帝才能事半功倍。对方告诉她,最好的办法就是避开世间的所有牵绊,就像逃到撒哈拉沙漠里的隐士一样。

这个姑娘只有 14 岁,头脑又简单,她并不是受到教义的感染,而是一时心血来潮,第二天就悄悄离家出走,朝着撒哈拉沙漠走去。虽然一路艰苦,还是在几天后到了沙漠。她看到远处有一座小屋,就往那儿走去,正好看到一个圣洁的修士站在门口。修士见到她感到非常奇怪,就问她为什么来这里。她说自己是受了天主的感召,想要皈依宗教,需要请一位修士指点他怎么侍奉天主。修士见她年轻漂亮,只怕收留她之后会抵挡不住魔鬼的诱惑,就赞美了她的诚心,拿出了一些野菜根、野苹果、枣子来给她吃,又给她喝了一些清水,对她说:"女儿,在距离这里不远的地方,有一个圣洁的修士,他比我更懂得侍奉天主,你还是去请教他吧。"

阿莉贝克继续前行,找到了第二位修士,得到的答复跟上一次一样。于是她继续往前走,遇到了一个非常虔诚的年轻修士,名叫鲁斯蒂科。姑娘又向他讲述了自己的来意。这个年轻的修士为了考验自己,并没有像之前两位修士一样把她打发走,而是把她留在了自己的小屋。到了晚上,他用棕榈叶铺成一张床,让她睡在上面。不一会儿,肉欲就开始诱惑他,修士这才意识到过高地估计了自己,所以魔鬼只进攻了几个回合,他就宣告投降。他把圣洁的思想、祈祷和苦修全部抛到一边,只想着那个少女青春美丽,又暗自盘算该怎么才能满足自己的欲望,还不会让姑娘觉得自己淫荡。他先问了她几句话,发现她果真和外表一样天真,还没有接触过男人。于是他看出,正好可以借着侍奉天主的名义来引诱她,让她满足自己的欲望。于是,他开始滔滔不绝地讲述魔鬼是怎么和天主为敌,罪孽有多么深重,然后告诉她,要想侍奉天主,最好的办法就是把魔鬼送进囚禁它的地狱。

阿莉贝克问:"要怎么送呢?"

鲁斯蒂科说:"你就看着我,我怎么做,你就怎么做。"

于是,他很快将自己脱得一干二净,姑娘也学着他的样子脱光了身上的衣服。然后他跪到地上,像是要祷告的样子,将姑娘拉到自己身边,和她面对面跪着。鲁斯蒂科看到美色,不由得热血澎湃,心潮荡漾。阿莉贝克看得很奇怪,就问:

"鲁斯蒂科,你身上那个直挺挺的是什么东西呀?为什么我没有?"

"女儿呀,"鲁斯蒂科回答道,"这就是我跟你说的魔鬼,它让我十分痛苦,再也无法忍受了。"

"赞美天主,看来我比你幸运得多,因为没有魔鬼来纠缠我。"

鲁斯蒂科说:"没错,不过你身上却有另一样我没有的东西。"

"是什么?"阿莉贝克问。

"是地狱。我相信,天主之所以派你来到这里,就是为了拯救我的灵魂,因为这个魔鬼把我折磨得十分痛苦,如果你可怜我,就让我把它送进地狱,这样我就会得到安慰,我们就能一起侍奉天主,做了一件功德,而且你来到这里的目的也就实现了。"

姑娘虔诚地说:"神父,我来这里就是为了侍奉天主,既然地狱就长在我身上,那你随便什么时候想把魔鬼打进去都可以。"

"我的女儿,愿天主祝福你!"鲁斯蒂科说,"我们现在就把它打进去,以免它再折磨我。"

然后他把姑娘带到小床上,让她摆好姿势,好把那个该受天主谴责的魔鬼关进去。姑娘的地狱还没有关过魔鬼,不免感到疼痛,就说:"神父呀,这个魔鬼可真坏,真是天主的对头,怪不得要受到天主的惩罚。就算进了地狱它还不老实,还要伤人。"

"女儿,"鲁斯蒂科说,"以后他就不会这么放肆了。"

为了降伏魔鬼,鲁斯蒂科接连把它打进地狱六次,才从床上爬起

来,把它治得服服帖帖。这之后,每当它要嚣张的时候,姑娘就想要帮忙收服它。时间长了,她觉得这种把戏非常有趣,就说:

"城里的那些人说,侍奉天主是非常快乐的一件事,我现在才知道,他们说得非常对。我平常做过很多事情,没有哪一件比把魔鬼关进地狱更舒服的。有些人居然不去侍奉天主,而是做别的事情,真是傻到极点。"

因此,她经常凑到鲁斯蒂科身边,说:"神父,我来找你是为了侍奉天主,不是为了偷懒,快让我们把魔鬼关进地狱吧。"

有一次,他们正在囚禁魔鬼的时候,她说:"鲁斯蒂科,我想不通,魔鬼进了地狱之后,为什么还要跑出来?它那么喜欢地狱,地狱也乐意接受它,它应该不愿意出来才对呀。"

鲁斯蒂科应女孩子的要求,三番五次侍奉天主,身子很快就被掏空了,在别人热得汗流浃背的时候,他还要喊冷。于是他告诉姑娘,如果魔鬼不再那么嚣张,也不必惩罚它,将它送进地狱。他说:"你看,我们托天主的福,已经收服了它,它在向天主祷告,祈求天主的饶恕。"

就这样,姑娘安静了一段时间,可是过了一阵儿,她发现鲁斯蒂科不再来找她将魔鬼打进地狱,就说:"也许你的魔鬼已经受到惩罚,不敢再来对你纠缠不休,可我的地狱不肯放过我。以前我用地狱来帮你制服魔鬼,现在你也应该用你的魔鬼来救我地狱里的急。"

鲁斯蒂科吃的是菜根,喝的是清水,很难满足她的要求,就说要解除地狱里的煎熬,只靠一个魔鬼是不行的,他只能尽自己的力量来帮助她,于是他就偶尔敷衍她一次,可是次数太少,就像往狮子的嘴里扔一颗豆子,根本无济于事。那个女孩子觉得自己没有尽心尽力地侍奉天主,经常会抱怨。

就在阿莉贝克的地狱跟鲁斯蒂科的魔鬼一个要求太高,一个难以满足的时候,城里发生了一场火灾,阿莉贝克的兄弟姐妹和所有的亲戚都在火灾中丧生,这样一来,她就成了唯一的财产继承人。群里有一个叫内尔巴莱的青年,终日不务正业,把家产都花光了,听说阿莉贝克还活着,就到处打探她的下落,居然在官府认定她父亲的财产无人继承、应该没收之前,把她给找到了。内尔巴莱硬是把她带回了城里,这样一来,鲁斯蒂科松了一口气,阿莉贝克却很不情愿。

内尔巴莱将他带回城里,娶了她做妻子,继承了她父亲的一大笔遗产。在她和内尔巴莱同房之前,一些女人问她在沙漠里是怎么侍奉天主的,她说方法是将魔鬼送进地狱里,而内尔巴莱硬是把她带回家,让她再也无法侍奉天主,实在是罪大恶极。女人们又问:"你是怎么把魔鬼打进地狱的?"

她就指手画脚地说给她们听,她们听完之后,都笑得合不拢嘴,说:"姑娘,不用发愁,这里的人也是这么侍奉天主的,内尔巴莱也会跟你这么做!"

过了不久,这个笑话就传遍全城,竟然成了一句谚语:要想侍奉天主,最好的办法就是把魔鬼送进囚禁它的地狱。后来,这句话还远渡重洋,传到了我们这里。美丽的女郎们,如果你们想要得到天主的恩惠,也可以学着将魔鬼送进地狱,不但能让天主高兴,还能让双方快活,好处多多。

狄奥内奥的故事讲得十分有趣,让女郎们笑得前仰后合。女王听他讲完故事,知道自己任期已满,摘下头上的桂冠,戴在菲洛斯特拉托头上,笑着说:"豺狼领导羔羊,是不是比羔羊领导豺狼更好呢?我们拭目以待。"

菲洛斯特拉托也笑着说:"要是你们肯听我的话,豺狼早就教会羔羊把魔鬼送进地狱了,就和鲁斯蒂科教会阿莉贝克一样。所以你们不是羔羊,我们也不是豺狼。现在竟然轮到我来做国王,我一定会尽心尽力。"

内菲莱伶牙俐齿,就说:"马塞托从修女们那里得到了教训,再也不敢装哑巴。菲洛斯特拉托,如果你要教我们,说不定自己也会得到教训。"

菲洛斯特拉托自讨没趣,不敢再开玩笑,开始执掌权力。他把总管叫来,对情况进行了全面了解,又进行了一些指示,好让大家更加满意。最后他对女郎们说:"亲爱的女郎们,我真是不信,爱上了你们中间的一个美女,结果自寻烦恼。我虽然百依百顺,情况却越来越糟糕,所以我决定,明天的故事要以'结局悲惨的恋爱'为主题,这十分契合我的处境,也符合我将来可能会得到的悲惨结局。我叫菲洛斯特拉托[1],这个名字取得真是很有道理。"

说完,他就站起身来,安排大家自由活动,吃完饭时再集合。花园

---

① 在希腊语中意味着"为爱情憔悴"。

里的景色如此优美,让大家不忍离开。此时太阳已经西斜,没有那么炎热,经常会有小鹿、小羊或者其他的动物出现,惹得大家竞相追逐。狄奥内奥和菲亚梅塔唱起了威尔吉和劳拉①的歌谣,菲洛梅娜和潘菲洛开始下棋。就这样,大家各自消遣,很快就到了吃晚饭的时间。饭桌就摆在喷泉旁边,大家愉快地坐下来,共进晚餐。吃完晚饭后,菲洛斯特拉托按照前几位女王定下的规矩,吩咐劳蕾塔领头跳舞唱歌。

"陛下,我不会唱别人的歌,我自己会的歌也没有适合当前欢乐气氛的,不过如果您允许,我可以唱一首我记得的歌。"

国王说:"你的歌已经十分动听,就唱你会的吧。"

劳蕾塔就开始歌唱,声音中带着一丝伤感,其他姑娘齐声附和。

> 哪一个姑娘,
> 会像我这般命苦,
> 我为情所伤,潸然泪下。

> 那掌管乾坤的造物主,
> 根据自己的喜爱受到了我,
> 优雅大方,千娇百媚,
> 让每个富有热情的男子见到我,
> 就如同置身天国,
> 可是庸俗的世人,
> 见识浅薄,愚不可及,
> 不但不赞赏,还要嘲笑我。

> 当初我青春年少,
> 有个人真心爱我,
> 他拥抱着我,为我着迷,
> 他看着我,眼中仍有爱火,
> 他在我面前献殷勤,
> 我对他也是一往情深,
> 日子像流水一样过去。

---

① 这两个人是13世纪一首广为流传的法国叙事诗里的人物。

如今我再也见不到他。

随后来了一个傲慢的青年，
他目中无人，自命不凡，
他占有了我的身体，
我才发现他无比猜忌，
这让我十分苦恼，
我以为我来到这个世界，
是为了给很多人带来欢乐，
没想到却被他一人独占。

活该我倒霉，
我居然答应男子的求婚，
脱下了少女的旧装，
换上新娘的华服。
旧装虽不华丽，但我满心欢喜，
华服虽然艳丽，
我的心情却不好受，
所有举动都受到约束
啊，痛苦的婚礼，
早知如此，
我不如早早死去。

让我感到无比幸福的，
只有我的初恋，
如今你已站在天主面前，
请你为我祈祷，
让我不要把你忘怀，
让我的心里又燃起爱情的火焰，
请你向天主祷告，
让我早日和你相见。

　　大家听着劳蕾塔唱的歌，虽然歌词相同，但每个人的理解不一样。
有人按照米兰人的想法，觉得温柔的丑胜过忌妒的美丽，还有几个知道她心事的,解释更加合理,在此不必多谈。随后,国王让大家在草丛里多点一些灯,大家围坐起来,唱起别的歌。直到星辰西落,大家觉得是时候睡觉了,才互道晚安,回到自己的房间。

第四日

decameron

《十日谈》的第三天已经结束,第四天由此开始。在国王菲洛斯特拉托的主持下,大家讲起了结局悲惨的恋爱故事。

亲爱的女郎们,根据那些有识之士的见解,以及我自己看到和听到的许多事情,我得出的结论是:妒忌的狂风只会袭击高耸的塔楼和巍峨的树冠,后来我才发现,我这个结论并不正确。为了逃避这种狂风的袭击,我不但逃到了平地上,还躲进了深邃的谷底,却依然没能幸免。读过前面几篇故事的人也许会有这种想法,这些故事都是我用难登大雅之堂的佛罗伦萨方言和散文写成的,没有书名,也没有献词,尽可能掩藏自己的锋芒。可是尽管这样,我还是没有躲避那可怕的狂风,那风刮得我天昏地暗,差点将我连根拔起,那忌妒的尖牙咬得我遍体鳞伤。直到现在,我才明白那些饱学之士说的,这个世界上只有苦难才不会遭人妒忌,是多么的有道理。

　　有些贤明的女士读了这些故事,觉得我太喜欢你们了,说我这样心甘情愿地安慰你们,赞扬你们,未免有失体统。还有些人故作稳重,说我一把年纪,明智的做法是和缪斯女神守在帕尔纳索斯山,不应该跟你们纵谈风月。还有一些人气急败坏地说,我应该多想想怎么去挣面包,少在这胡扯,以免连西北风都喝不上。还有一些人为了诋毁我的作品,就说我讲的故事全都是凭空捏造的。尊贵的女士们,我为你们效劳,得到的却是这些攻击和啮咬,被咬得头破血流。天主明鉴,不管他们怎么说,我都冷静听着,揣摩他们的话。按理来说,你们应该对我表示支持,但我并不打算吝惜自己的力量,就算我不跟他们一一辩解,也要反驳他们一番,让他们不要再胡言乱语。我的书现在写了还不到三分之一,就有了这么多狂妄的敌人,等我写完之后,他们一定会更加嚣张。如果不赶紧对付他们,只怕他们轻而易举就能将我打垮,到时候不管你们有多大的力量都无济于事。

　　在反驳他们之前,我想先讲一个故事:从前,我们城里有一个男人,名叫腓力·巴杜奇,他虽然地位低下,却靠经商积累起大笔钱财。他和妻子相敬如宾,恩爱非常。只可惜人总有一死,他的妻子不幸去世,只留给他一个不到两岁的儿子。妻子的离世让他悲痛万分,他觉得失去了一个好伴侣,活着也没什么意思,就将财产全部捐给教会,带着儿子去阿西那奥山修行。父子俩住在一间小房子里,斋戒祈祷过日子。眼见儿子一天天长大,他也就只教他一些祈祷的东西,从来不谈世俗事物。父子俩就在这山上住了几年,儿子从没离开这个小房间一步,也没见过什么新鲜事物。

腓力有时也要下山去,到佛罗伦萨领取一些善男信女的施舍。转眼间,腓力已经变成了一个老头子,他的儿子也长成了一个18岁的小伙子。有一天,腓力正要下山,儿子问他要去哪里,腓力告诉了他,儿子就说,

"父亲,你现在年纪大了,受不得操劳,为什么不带我去佛罗伦萨一趟,让我见见你的朋友和天主的信徒,我比你年轻,以后有什么需要就让我去,你留在这里。"

腓力觉得儿子已经长大成人,又已经习惯了侍奉天主,就算见到世俗事物也能抵挡诱惑,心想:这孩子说得不无道理,于是下次下山时就带上了儿子。小伙子看到佛罗伦萨里的教堂和宫殿,这都是他以前从未见过的,就拉着父亲问长问短,父亲一一做了回答。路上,父子就这么一个问一个答,突然遇到了一群年轻美丽的姑娘,衣着华丽,打扮入时,原来是刚参加完婚礼。小伙子一看到她们,就立刻问父亲这是什么东西。

"孩子,"腓力说,"快低头看着地面,不要看她们,这都是坏东西。"

儿子又问:"她们叫什么?"

腓力不想让儿子知道她们是女人,以免唤醒他的肉欲,就说:"那是母鹅。"

说也奇怪,这个年轻人从来没见过女人,也没见过这些教堂和宫殿,以及牛、驴子和金钱等,这些他都不感兴趣,可刚一见到女人就说:"父亲,请你给我弄一个母鹅好吗?"

父亲说:"孩子,我不是告诉过你那是坏东西吗?"

年轻人说:"坏东西就是这样的吗?"

"是啊。"父亲说。

儿子却说:"我不懂你说的话,也不知道她们怎么会是坏东西。我还没有见过这么美丽,这么惹人喜爱的东西,比你给我看的天使的画像还要好看。求你帮我想办法,让我带一个母鹅回去,我要喂她。"

父亲说:"不行,你不知道怎么喂。"

他现在才知道,自然的力量比他的训诫要强得多,他对把儿子带到佛罗伦萨感到十分后悔。

故事就讲到这里,我们言归正传,再来说说那些非难我的人。年

轻的女郎们，有些人觉得我太喜欢你们，对你们太好了。我也承认，我确实很喜欢你们，也想讨取你们的欢心。但是我想问，这有什么值得大惊小怪的？亲爱的女郎们，先不说我们曾经有过多少次甜蜜的亲吻和拥抱，以及同床共枕，光是看到你们的容颜，看到你们绰约的姿态和冰肌玉骨，我就会心生爱慕。刚才我们也看到，一个在远离人世的深山中长大的小伙子，他从未走出过小屋子一步，他身边只有父亲陪伴，可是一下山看见你们，就对你们心生爱慕。他们完全可以诽谤我、伤害我，但是我是为你们而生，我从小时候起就偏爱你们，看到你们明亮的眼眸，听到你们温柔的言语，我心中的爱情之火就会熊熊燃烧。一个隐居山林的小伙子，在见到你们的时候都会心生欢喜，我又怎么会不喜欢你们，不尽力讨你们的欢心。当然，确实有人不爱你们，也不愿意被你们所爱，这些人根本感觉不到与生俱来的爱情的崇高，我也根本不会把他们的指责放在心上。

还有人拿我的年纪说事，这就说明他们不懂得虽然韭菜头是白的，可叶梢是绿莹莹的。我们暂且不说这些笑话，让我来正经地回答他们：我不觉得讨好女人是一件可耻的事，为就是过了中年的基陀·卡伐坎蒂、但丁，已到了晚年的契诺·达·皮斯托亚，都对女性推崇备至，以讨好他们为荣。为了不违反惯常的说理方式，我就不从历史中举出一些人物，说明他们到了老年还只想讨女人的欢心了。如果那些批评我的人不懂历史，不如先去翻翻历史书。有人说我应该和缪斯女神守在帕尔纳索斯山，这个意见确实不错，可我们没法永远和缪斯女神待在一起，女神也无法和凡人长相厮守。如果有人愿意离开女神，去找和她们相似的人，似乎也无可指摘。缪斯本来是女人，世上的女人虽然远不及她，但模样上至少有相似之处。先不说其他的，女性为我带来灵感，让我写了一千多首诗，而缪斯从来没有启发我写过一首诗，我从女神那里得到的是帮助，在她的帮助下，我写下了这些诗，还有这些不太像样的故事。所以我在编写这些故事的时候，并不像很多人想象的那样，远离女神和帕尔纳索斯山。

很多人担心我挨饿，让我多花些心思找面包，我对此有什么话说？有朝一日我食不果腹，他们一定会这样说："去你写的作品里寻找面包吧。"实际上，诗人在作品里找到的面包，比富人在金库中找到的面包要多。很多人努力写作，给自己的时代增光添彩。还有一些人贪得无厌，想要追求更多的面包，却落得了不好的下场，我还要再说什么

呢？我不会向他们乞求，也用不着他们为我操心。天主保佑，我现在
还不至于乞讨面包，如果真的有这么一天，我也会学耶稣的使徒的样
子，忍受饥饿。总之我能够自己想办法，用不着别人替我操心。

还有一些人说我写的故事和真相不符，如果他们能向我指明真
相，我将不胜感激。如果我的故事确实和真相不符，我会承认他们的
批评公平合理，一定会想办法改正错误。可如果他们只是空口叫嚣，
没有任何证据，那我只能不理不睬，用他们说我的话回敬他们。我想，
用这番话来回答他们已经足够了。温柔的女人们，在天主的帮助和你
们的支持下，我会拿出耐心继续前行。不管那风刮得多么猛，我都会
转过身来。我的命运就像那暴风中的小沙子，要么留在原地，要么被
刮上高空，落到人们头上，落到帝王的冠冕上，有时候也会落在高大的
宫殿或者塔楼顶上，就算掉下来，也不会落到比原来更低的地方。

我从前努力讨你们欢心，如今我的意志更加坚决，因为我知道我
或者别人对你们的爱慕是出于天性，用不着谁来指摘。违反自然天性
需要很大的力量，要跟它作对只会枉费心机，甚至可能对自己造成损
害。我自认没有这种本领，就算有，我也愿意借给别人使用，不自己使
用。所以，那些批评我的人可以闭嘴了，如果他们缺少热情，就去寻找
他们腐败的嗜好吧，也让我在这短促的人生中寻找乐趣。

美丽的女郎们，我们已经离题太远，还是言归正传吧。

旭日东升，赶走了天上的星星，驱散了雾气。这时菲洛斯特拉托
已经起身，将大家叫醒，于是大家一起来到了美丽的花园。这天的午
饭也安排在昨晚吃饭的地方，饭后午睡，起身时太阳已经西斜，于是大
家又来到喷泉边，依次坐下。菲洛斯特拉托让菲亚梅塔来讲第一个故
事，于是她柔声细语地说：

故事一

坦克雷迪亲王杀死女儿的情人，将心脏取出，放在金杯中给
她。郡主在心脏上倒上毒汁，喝完就死去了。

国王要求我们今天讲结局悲惨的爱情故事，似乎他觉得我们在这
里寻欢作乐，应该讲一些悲伤的事情，好让我们心生同情。也许这几
天我们的日子太过逍遥自在，他想用悲惨的故事来平衡一下。不管他
是什么用意，我们都无法违反他的旨意，现在我就给大家讲一个非常

凄惨的故事，让大家流下同情的泪水。

　　萨莱诺的亲王坦克雷迪原本十分仁慈宽厚，到了晚年却变得十分残暴，双手沾染了一对情侣的鲜血。亲王膝下只有一个女儿，对她百般疼爱，没想到，要是不养这个女儿，也许他的晚境更好一些。亲王这么疼爱女儿，就一直不想让她出嫁，直到后来再也无法耽误了，才将她嫁给了卡普亚公爵的儿子。没想到刚结婚不久，丈夫就去世了，她又重新回到父亲身边。她正值妙龄，美艳动人，生性活泼，只可惜做了寡妇。她回到父亲身边，养尊处优，日子过得十分奢华。后来，她见父亲这么爱自己，没打算让她再嫁，自己又羞于提出这件事，就准备找个合适的男子做情人。

　　这位亲王的宫廷里跟我们这里的贵族宫廷一样，也有很多男人，分三六九等，有的高贵，有的贫贱。她仔细观察了很多男人的举止行为，最后看上了父亲身边的一个年轻侍从，名叫季斯卡多。他虽然出身贫寒，但人品高尚，仪表堂堂，让其他人望尘莫及。她对他心生爱慕，并且越看越爱。那小伙子并非草木，很快就察觉到了她的心意，也是春心萌动，每天都在心里想着她。

　　两个人都对对方有意，郡主很想找个机会跟他幽会，又不敢把这件事假手于人，就想了一个非常巧妙的办法。她写了一封信，让他第二天来和自己幽会，然后将这封信塞到一根苇管里，交给季斯卡多，开玩笑地说道："你把这个拿回去，让你的女仆用它吹火吧！"

　　季斯卡多接过苇管，觉得郡主不会无缘无故送给自己这件东西，说这些话。回家之后，他仔细观察了苇管，看见上面有一条裂缝，掰开一看，里面藏着一封信。看完信之后，他喜出望外，马上按信中所说的做好准备，等着去和郡主幽会。

　　亲王的宫殿附近有一座山，山上有一个石室，已经有些年头。这间石室和一个岩洞相通，透着微光。石室久已废弃，洞口长满了杂草和荆棘，很难发现。石室的楼梯直通郡主宫殿的地下室，由一扇结实的门隔开。因为早就废弃不用，所以大家早就忘掉了这些楼梯。可是爱神让人明察秋毫，让这个多情的郡主想起了这条密道。她不想被任何人知道这个秘密，就找了一些工具，用了几天时间，才把门撬开。她登上楼梯，找到山洞的出口，就将山洞的高度都写在信上，通知季斯卡多，让他从这个洞里进入自己的宫殿。

　　季斯卡多立刻准备了一条打了很多结的绳子，还有一些铁钩，方便自己攀缘。他还穿了一件皮衣,以免被荆棘划伤。然后他悄悄地来到洞口,把绳子的一端拴在一棵大树上,自己沿着绳子爬下去,在石室里等候郡主。

郡主假装自己要午睡,把所有侍女都打发出去,一个人留在卧室里。然后她打开暗道门,顺着楼梯走下石室,果然找到了等候已久的季斯卡多。两个人见面之后分外欣喜,一起回到郡主的卧室,纵情欢乐了大半天,快活似神仙。分别之前,他们两个约定了以后如何进行幽会,以免走漏风声。于是季斯卡多回到石室,郡主则关好暗门,去找她的侍女。天黑后,季斯卡多再用绳子爬出洞口,回到自己的家。这之后,他们两个就经常幽会。

没想到,命运之神对这对有情人心生妒忌,借着一件意外的事情,将他们的欢乐变成了悲痛,事情是这样的。

坦克雷迪经常会来到女儿的房间中小坐一会儿,跟她聊一会儿天,然后离开。有一天,他又来到了女儿绮思梦达的寝宫,发现女儿正和许多侍女在花园玩,不想扫她的兴,就没有通知她,而是悄悄走进卧室,没让任何人看到或者听到。进入房间之后,他看见窗户都关着,帷幔低垂,就在床脚边的一张矮凳上坐下,头靠着床,用帷幔盖住身体,好像要故意藏起来似的,很快就睡得十分香甜。

凑巧的是,这一天绮思梦达刚好约了季斯卡多前来幽会,于是她玩了一会儿,就让侍女们继续玩,自己回到了卧室。她将门关上,却没注意到房间中还有别人,只是打开暗门,把等候已久的季斯卡多放了进来,两个人一起寻欢作乐。正在兴头上的时候,坦克雷迪醒了过来,见女儿和季斯卡多正干好事,真想当场发作,可是转念一想,自己有别的方法对付他们,为了避免家丑外扬,就暂且忍下了这口气。

那一对情人还像平常一样,温存了好半天才下床,根本不知道坦克雷迪就在一边。季斯卡多回到石室,郡主也走出了卧室。坦克雷迪虽然年事已高,身体还算灵活。他从窗口跳进花园,悄悄回到了自己的房间。随后,他命令两个仆役去山洞门口等着,等到季斯卡多爬出来的时候抓了现行。当时他身上还穿着皮衣,十分狼狈。亲王见到他,气得几乎流泪,说道:"季斯卡多,平日里我待你不薄,如今却亲眼看到你做出这种丑事,这是对我的侮辱,让我十分痛心。"

季斯卡多只说:"我们谁都无法抵抗爱情的力量。"

坦克雷迪命人将季斯卡多关进密室,严加看管。直到第二天,绮思梦达对此还一无所知。亲王思来想去,该怎么处置他们。吃过饭后,他来到女儿房中,让所有人都退下,只剩自己和女儿,然后关好门,流着泪说:

"绮思梦达,我原以为你端庄稳重,如果只听别人说,而不是亲眼所见,我是断然不会相信你会勾搭丈夫之外的男人,甚至不会相信你有这种念头。现在我年事已高,活不了几年了,却遇到这种丑事,真是让我痛心不已。就算你真要做这种事,也要挑一个门当户对的人。我的宫廷里有多少个王孙公子,你却偏偏看中了季斯卡多。要知道,他出身贫寒,我是觉得他可怜,才让他进宫的。现在我心烦意乱,不知道该怎么处置你。至于季斯卡多,他昨天晚上刚出山洞就被我抓起来了,我也想好了处置他的办法。可是对于你,天主知道我根本还不知道该怎么处置。一方面,我狠不下这个心,我们毕竟是父女,没有哪一个父亲爱女儿会像我爱你这样。另一方面,你又这么轻薄。看在父女的情分上,我很想饶恕你,可是考虑到这件事,我又很想重重惩罚你。不过,在我下定决心之前,我想听听你有什么话说。"

说到这里,他就低下头号啕大哭,好像一个挨了打的孩子。

绮思梦达听到父亲的话,知道父亲不但已经知道了他们的事情,还把季斯卡多抓了起来。她心如刀绞,几次要像普通女人那样大声哭喊。但是她意志力惊人,仍然强装镇定,表现得十分平静。她已经拿定主意,就算死也不会求饶,而且她知道,季斯卡多只怕是死路一条。要是他死了,自己也不想活了。因此,她表现得并不像一个因为过失而悔恨的女人,而是毫不畏惧、十分镇定地对父亲说:"坦克雷迪,我并不想否认这件事,也不想对你求饶,因为这样做无济于事。我也不想用父女情分为自己开脱,我只想说出真相,用充分的理由为自己的名誉辩护,用行动来响应爱神的号召。没错,我爱上了季斯卡多,只要我活一天——只怕活不了太久了——我都会爱着他。如果人死后还能爱的话,我也会继续爱他。我之所以这么做,并不是一时冲动,而是因为你对我漠不关心,不让我改嫁,也因为他本人很可爱。坦克雷迪,你自己是血肉之躯,也应该知道你的女儿也是血肉做成的,并非铁石。你现在年纪大了,也应该记得青春时的规律,以及它对年轻人有多么大的力量。你年轻的时候,会武枪弄棒,也知道年轻人和老头子有着不同的兴趣爱好。我是你的女儿,是血肉之躯,如今正值妙龄,怎么能怪我有情欲呢?而且我结过婚,知道婚姻生活的趣味,情欲自然更加高涨。我是个年轻女人,抵挡不住它的力量。我在这种与生俱来的罪孽的驱使下,做出了这种事,但我也尽力不让自己丢脸,不给你带来羞辱。因此,多情的爱神和好心的命运才让我找到了一条无人所知的暗道,让我得偿所愿。不管是你自己发现的这件事,还是有人向你报告的,反正你已经知道了,我也不会否认。有些女人只要随便找一个人就会心满意足,我不一样,我挑中季斯卡多,是经过了深思熟虑。由于我们做事小心,我确实享受了很多欢乐。你之所以要痛骂我,不光是因为我跟别人有私情,还是因为你有偏见,觉得我不该和一个低贱的人发生关系,如果我找的是一个王孙公子,也许你就不会生气了。关于这一点,你要责备的是命运之神,而不是我,因为命运总是让那些平庸无能的人居于高位,却将有才能的人埋没在草莽里。

"我们暂且不说这些,来谈一个根本的道理,你要知道,我们人类的血肉之躯都是用同样的物质造成的,天主给了我们同样的品德,同样的德行。我们生来是平等的,只靠品德来区分,只有品德良好、行为高尚的人,才算得上高贵。虽然这条最基本的法律被世俗的谬见给破坏了,但它并没有被抹杀,还是能够在人们的举止和天性中显露出来。每个有品德的人都能证明自己的高贵,可如果有人说他们卑贱,不是他们的错,而是这样看待他们的人的错。

"你可以仔细看看宫中的贵族,打量一下他们的品德、举止和行为,再跟季斯卡多比较一下。如果你不存偏见,就能发现季斯卡多最高贵,而那些人都十分卑鄙。说起他的品德和价值,我不相信别人的意见,只相信从你嘴里说出的话,以及我自己的眼睛。有谁能像你那样屡次赞美他,把他当成一个品德高尚的人?你这些赞美并非毫无缘由,要是我没有看错,我觉得你那些赞美的话他当之无愧,而且他比你赞美的还要好。如果我受了骗,是因为上了你的当。你觉得我爱上的是一个低贱的人。我可以承认他的贫穷,但是这会给你带来羞耻,因为你不懂得提拔人才,让他和普通的仆役没什么两样。而且贫穷不会影响一个人的高贵品质,只有富贵才会让人丧失志气。王侯将相没有天生的贵种,很多王公贵族都是白手起家,很多村野牧人也曾经腰缠万贯。至于你要怎么处置我,也不用这样犹豫不决了。如果你想在风烛残年的时候干一些残忍的事,要对我狠下毒手,完全可以用残酷的手段对付我,我绝对不会求饶。而且如果这算是罪孽的话,我是最应该负责的人。我还要告诉你,如果你处置了季斯卡多,却不用同样的方法处置我,那我会自己动手。现在你就去和那些娘们儿一起哭吧,哭完之后,你可以硬下心肠,把我们俩一起处置了。如果你觉得我们非死不可,就杀掉我们好了,我连眉头都不会皱一下。"

亲王知道女儿有一颗伟大的灵魂,却不相信她真的会言出必行,所以他离开女儿的时候,就决定不用暴力对付她,而是用别的方式来打击她的爱情。当天晚上,他命令看守季斯卡多的那两个人悄悄把他绞死,把心脏拿过来。那两个人按照他的命令执行了。

第二天,亲王让人拿来一个精致的大金杯,把季斯卡多的心脏放在里面,派自己的心腹去把金杯送给郡主,并为她捎去一句话:"因为你用你父王最心爱的东西安慰她,所以他也拿你最心爱的东西来安慰你。"

再说绮思梦达在亲王走后,就下定了决心,让人去采了一些剧毒的植物,熬成毒汁,一旦自己担心的事情发生,就把它喝下去。仆人送来了亲王的礼物,还捎来了亲王的话。她面不改色,接过金杯一看,里面是一颗心脏,就懂得了亲王说这番话的用意,也知道这一定是季斯卡多的心脏,就对那个仆人说:

"只有用金子的容器,才配得上这颗高尚的心,父王这件事做得非常得体。"

然后她拿起金杯凑到嘴边,轻轻地吻了那颗心一下,又说:"父王向来对我十分慈爱,就算在我生命的尽头也不例外,反而越发慈爱。为了这件珍贵的礼物,请你代我向他表达最后的谢意。"

然后她就直勾勾地看着那颗心,将金杯贴到胸前,又说:"你是我的安乐窝,我的幸福之所在。那个人的狠心行为,让我现在用这双眼睛看着你,真是该受到诅咒。你是我心之所系,我用精神上的眼睛注视了你无数次。你已经走完了人生历程,来到了每个人最终都会到达的终点。你已经摆脱了尘世的劳役和辛苦,被你的仇人葬在一个符合你身份的坟墓里。你的葬礼唯一缺乏的,就是你生前最爱你的人的眼泪。现在眼泪也有了,因为天主感化了我那狠心的父亲,让他将你送过来。我原准备面不改色,从容赴死,但我现在要把眼泪献给你。哭过之后,我的灵魂就会过去和你团聚。只有你的灵魂让我愿意倾心相随,我愿意跟着你去往那不可知的冥界。我相信你的灵魂还在这颗心里,凝视着我们从前的乐园。我相信你还爱着我,那就等着我那深爱着你的灵魂吧!"

她不像普通妇女那样哭哭啼啼，却也泪流满面，将泪水滴在金杯里，亲吻着那颗心。侍女们不知道这是谁的心，也不知道她为什么说这番话，只见她哭得这么伤心，也都感动得陪着掉泪，追问她为什么这样伤心。可是不管怎么追问，她都不肯说，于是侍女们都极力安慰她。她哭了一会儿，就擦干眼泪，抬起头说："亲爱的心儿，我已经为你做了能做的所有事情，现在只剩下最后一步，就是让我的灵魂来和你做伴。"

她让人端来那昨天就已经熬好的毒汁，倒进金杯里，倒在那颗沾满了泪水的心脏上，然后毫无畏惧地一饮而尽。然后她就端着金杯上床，尽量躺得安详，把情人的心脏放在胸口，默默地等待死神。

侍女们不知道她喝下的是什么，见她如此反常，就立刻去报告亲王。亲王唯恐真有事情发生，就匆忙来到女儿的房中，见她躺在床上，就好言相劝，可是已经太迟了，他发现她命悬一线，就失声痛哭起来。女儿说：

"坦克雷迪，不要浪费这些眼泪了，留到比我更糟心的场合再用吧。我不需要你的眼泪，不要为我哭。你已经达到了目的，还有什么可哭的？如果你还对我存在一点儿慈爱之心，就答应我最后一个请求：虽然我活着的时候，你不想让我和季斯卡多在一起，但是现在请把我和他的遗体合葬，不管你已经把他的遗体埋在什么地方。"

亲王听到这番话，一时间泣不成声。郡主知道自己大限已到，就叫那颗心贴在胸口，说："天主保佑你，我去了。"

说完她就闭上眼睛，失去了知觉，摆脱了这痛苦的人生。

季斯卡多和绮思梦达这一对苦命鸳鸯的下场就是如此悲惨。坦克雷迪后悔自己不应该这么残忍，只可惜为时已晚，就将他们两个隆重地合葬。当地的人们听到他们的事情，都感到非常难过。

故事二

阿尔贝托修士欺骗一个女人，说加百列天使爱上了她，并假装成天使的样子去和她睡觉。女人的亲戚识破他的计谋，前来捉奸。阿尔贝托逃出她家，躲进一个穷人的家里。第二天，穷人把他当成野人带到广场。其他的修士认出阿尔贝托，将他抓回去关了起来。

女郎们听着菲亚梅塔的故事，几次流下同情的泪水。故事讲完之后，国王说："如果能让我享受到季斯卡多和绮思梦达所享受的快乐的一半，我甘愿付出生命的代价。你们不用觉得惊奇，虽然我活着，却时刻忍受着死一样的痛苦，根本不知道快乐为何物。现在先撇开我的情况不谈，我希望潘皮内娅接下来能讲一个类似于我的悲惨遭遇的故事。如果她能像菲亚梅塔那样把故事讲下去，我那被情焰灼烧的心房一定能感受到一些甘露的滋润。"

潘皮内娅考虑到女伴们的情绪，已经知道了她们的心意，却无法从国王的话中听出他的心事。她觉得，不能违背国王的命令，就决定在国王指定的范围内讲一个好笑的故事，就说：

俗话说："一个坏蛋被当成好人，就算再坏一些也没人怀疑。"这句话让我想到很多故事，我现在就讲一个既不偏题，也能让大家看清那些修士有多么伪善的故事。他们穿着白衣宽袍，脸色白得像纸一样，如果对人们有所请求，他们会谦恭柔顺；可是等他们指责别人的过错时，又会声色俱厉。他们要让我们相信，痛快地把手里的钱交给他们才能得到永生。仿佛他们不是像我们一样追求天上天堂的凡夫俗子，而是天堂的主人翁和统治者，能够把天堂划分出许多地盘，按照死者捐献的金钱多少来分配。他们这样首先欺骗的是自己，其次是那些把他们那些胡话奉为真理的人。如果我能揭露他们的罪行，一定会有许多愚蠢的人睁开眼睛，看看他们的长衣宽袍底下藏的到底是什么。不过我今天只讲个威尼斯修士的故事，他满嘴胡话，居然成了威尼斯赫赫有名的方济各会修士，最后却得到报应。

亲爱的女郎们，从前在伊莫拉有一个坏事做尽的混蛋，叫作贝托·台拉·马沙。他恶贯满盈，让很多当地人都吃过亏。后来他臭名昭著，不管他是撒谎还是说真话，都没有人再相信。他见自己混不下去，就悄悄地来到了藏污纳垢的威尼斯另谋生路。他觉得自己应该改变以前的作风，换一个方法来实施以前的伎俩，于是就像受到良心的责备一般，变得十分谦逊，皈依了天主教，比任何一个天主教徒都虔诚。他自称阿尔贝托·达·伊莫拉，穿上长衣宽袍，过上了清修的生活，大肆宣扬斋戒的好处，要是没有合他胃口的酒菜，就不吃肉，不喝酒。

就这样，一个小偷，一个无赖，一个骗子，一个杀人凶手，摇身变成了一个知名的传道士。当然，如果能够暗中作恶，他是不会让机会白白溜走的。后来他当上了神父,每当他要主持布道的时候,就会当着所有听众的面,为耶稣受难而痛哭流涕,因为他有个过人的本领,想哭就哭。总之,他凭借着三寸不烂之舌和两行热泪,骗取了威尼斯人民的信任,人们在去世之前,几乎都会找他来做遗产受托人和保管人,还有许多人家委托他掌管财产,许多善男信女来向他忏悔。就这样,原本是吃羊的狼,现在变成了牧羊人,他那圣洁的名声比当年圣方济各①在阿西西还要响亮。

当地有很多妇女都到阿尔贝托神父面前来忏悔,有一次来了一个年轻的女人,名叫莉赛达。她出身贵族,但是没什么头脑。她的丈夫是一个大商人,目前带着船去佛兰德经商了。她十分无聊,就和几个女伴一起来找神父忏悔。说到中间,神父问她有没有情人,她不高兴地说:"神父,你没有长眼睛吗?你不觉得我这姿色在女人中数一数二吗?如果我愿意,想要多少情人都能有,但是我这么漂亮,并不是随便一个男人都有资格爱的,像我这样的美女,你见过几个?就算那些天仙也不见得比我更漂亮吧。"

她自认为十分美丽,反复吹嘘自己的美貌,让人十分心烦。神父见她头脑这么简单,觉得这是天上掉下的馅饼,顿时欲火升腾。但是他觉得时机未到,所以没有用一些好听的话来奉承她,而是开始责备她不该这么虚荣。那女人非常生气,说他不辨美丑。神父不想刺激她,就结束了她的忏悔,让她和女伴回了家。过了几天,他带着一个心腹朋友来到了莉赛达家,说有机密的事情跟她说。等她屏退仆人后,他突然跪在她脚下说:"夫人,请你看在天主的面上,原谅我这一次吧。礼拜日那天,我对你的美貌口出狂言,当天晚上就受到了严厉的惩罚,直到今天才能起床。"

这个愚蠢的太太说:"是谁惩罚你?"

阿尔贝托神父说:"我现在就告诉你。那天晚上,我正在像往常一样祷告,房间里突然亮得像白昼一样,我还来不及回头看,就看到一个十分帅气的小伙子,拿着一根结实的棍子站在我面前。他一把拉住我的袍子,将我拉到他面前,然后举起棍子噼里啪啦地把我打了一顿,差点把我打散架。我着急地问他,为什么要这么打我?他说:'你这个狂妄的家伙,居然亵渎莉赛达夫人的美貌,要知道,她是我除了天主

---

① 天主教方济各派的创始人。

之外最爱的人。'我又问：那你是谁？'他说他就是加百列天使。我急忙恳求他，'我的天使啊，请你宽恕我这一次吧！'他说：'要我饶恕你也不难，你现在快点去见她，请求她的饶恕，只要她愿意饶恕你，我这次就放你一马；如果她不愿意饶恕你，我还用这根棍子打你，以后你别想过安生日子。'然后他还跟我说了很多话，但是你得先饶恕我，我才敢说。"

这位愚蠢的太太一点头脑都没有，听到这番话，不由得心花怒放，还以为神父说的句句都是实话，就高兴地说："阿尔贝托神父，我上次就告诉过你，就算那些天仙也不见得比我漂亮。我看你这么可怜，现在就饶恕你，免得你再受惩罚，但是你得把天使后来说的话如实告诉我。"

"夫人，"阿尔贝托神父说，"既然你原谅了我，我当然愿意如实相告。但是我要告诉你，这件事千万不能让别人知道，否则就坏了我们的事。你要知道，你是这个世界上最幸福的女人。加百列天使让我转告你，他非常爱你，有很多个夜里都想来找你，又担心你受惊。他派我来告诉你，他打算在某个晚上来和你相会。他是个天使，如果以天使的形体下凡，是无法一亲芳泽的。为了让你欢喜，他想借凡人的肉体来到这里，所以需要先问问你，要不要让他来，要借哪个凡人的肉体，好按照你说的意思做。这可真是你的福气，你是天下最幸福的女人。"

这位愚蠢的太太就说，能被加百列天使爱上，真是无限的荣光，因为她也很爱这位天使，每逢见到他的画像，都会在他面前点一只小蜡烛。她又说，天使什么时候来都可以，都会受到欢迎，因为她一个人在家。但是有一点，将来他不能抛弃她，去爱圣母玛利亚，因为她听说他对圣母很有情意，每次见到她都会跪在她跟前。她还说，随便借哪个凡人的肉体都可以，只要别太吓人。

阿尔贝托神父说："夫人，你言之有理，我一定会把你的话转告天使。但是我要向你讨个恩典，就是让天使借我的形体来。因为在他进入我的形体时，我的灵魂可以进入天国。他和你在一起待多久，我的灵魂就能在天国待多久。"

这位愚蠢的太太说："当然可以，你为我挨了一顿打，让我心里过意不去，自然应该补偿你。"

阿尔贝托神父说："那你今天晚上就开着门，好让他进来。既然他进入了凡人的肉体,就只能从门进来了。"

这位愚蠢的太太答应一定照办。阿尔贝托神父走后,她兴高采烈,手舞足蹈,只恨时间过得太慢。她越等越心焦,觉得这一天比一千年还长。而阿尔贝托神父知道,自己今晚会扮演一个骑士,而不是神父,所以吃了很多甜美的东西,以便打起精神,养精蓄锐。到了晚上,他向住持请了假,就带着自己的心腹朋友来到一个熟悉的女人家里,以往每当他想骑马的时候,就会到这儿来。等到该去找莉赛达的时候,他就用一些道具装扮成天使的模样,闯进了她的卧房。

莉赛达看到有个白色的人形突然闯了进来,急忙跪在地上。天使祝福了她,把她扶起来,用手势让她上床。她立刻听从命令,很快天使和就虔诚的崇拜者睡到了床上。

阿尔贝托神父原本就身强力壮,长得还算英俊,对又肥又嫩的莉赛达太太曲意逢迎,跟她丈夫的作风截然不同。那天晚上,虽然天使没有翅膀,却也上下翻飞了好几次,让她十分满足。另外,天使还把天堂里的很多景象说给她听。两个人就这么玩了一夜,直到天快亮时,神父才收拾起道具,去找他的朋友。而那位朋友也被那家的女主人热情招待,玩了一夜。

莉赛达吃完早餐,就去见阿尔贝托神父,说加百列天使降临了,还给她讲述了天堂里的美景。描述的过程中,莉赛达添油加醋,说得唾沫横飞。

阿尔贝托神父说:"夫人,对于你跟他之间发生了什么,我并不知情。我只知道他昨天晚上来到了这里,我把你说的话告诉了他,他就带我的灵魂来到了一个百花争艳的地方。说真的,我在凡界从未见过这么美丽的地方。直到今天早晨,我的灵魂才回来。至于我的肉体在这段时间里做了什么,我就不清楚啦。"

"我刚才不是和你说过了吗?"莉赛达说,"加百列天使借用你的肉体,跟我睡了一晚上。如果你不相信,就看看你的左乳下面,我昨天给了他一个很深的吻,应该留下了一个红印。"

阿尔贝托神父说:"真的吗?那我今天就要做一件好久没做过的事情,就是把衣服脱下来,看看你说的是否属实。"

两个人闲聊了好半天,女人才回家。此后阿尔贝托神父又扮成天使的样子去了好几次,每次都十分顺利。没想到有一天,莉赛达跟她的一个女伴争论起两个人谁美,为了压倒别人,她口不择言,说道:

"如果你知道我的美丽打动了谁，一定会哑口无言。"

这个女伴对她的脾气十分了解，很想知道她说的是谁，就说："太太，也许你说的是真的，但是如果你不说明姓名，我怎么能相信你呢?"

这个愚蠢的女人肚子里藏不住话，着急地说："原本我是不应该告诉你的，但是我的情人是加百列天使，他爱我胜过自己，还认为我是这天下最美的女人。"

女伴听到这番话，几乎笑出声来，可是她为了让莉赛达说下去，就说："夫人，如果你的情人真的是加百列天使，而且他也对你说过这番话，那你当然是无比美丽。但是我有些怀疑，天使怎么会做这种事呢?"

莉赛达说："那你可就错了。他的本事可比我丈夫强得多，他还跟我说，跟我一起非常开心，因为我比天上的仙女还要美丽。他爱上了我，经常来人间跟我过夜，现在你明白了吧?"那个女人从莉赛达家出来，恨不得立刻找地方把这件事宣扬出来。恰好有一堆女人在聚会，她就一五一十地把这件事说了出来。结果不出两天，这件事就传遍了整个威尼斯，莉赛达的几个大伯小叔也知道了。他们并没有直接问她，而是要查找事情的真相，看看这是哪位天使，到底会不会飞，因此一连几晚都在莉赛达家附近设下埋伏。巧的是，阿尔贝托神父还对这件事情一无所知。一天晚上，他刚把衣服脱下来，就听到外面十分嘈杂，原来是那些大伯小叔听到了情况，要来卧室捉奸了。阿尔贝托神父预感不妙，就慌忙跳下床，可是又无处可逃，只好打开窗户，跳进了下面的运河里。好在河水不深，他的水性也不错，没有什么损伤。他游到河对岸，看到岸上有户人家大门开着，就慌忙冲了进去。屋里有个穷人正要出门办事，阿尔贝托见了他就急忙求救，并说了一番谎话，解释为什么自己半夜三更会光着身子来到这里。这个穷人十分善良，见他处境可怜，就让他睡在自己的床上，自己先出门办事。然后他走出门来，将神父锁在里面，出去办自己的事了。

再说莉赛达的大伯小叔闯进她的卧室，发现加百列天使已经不见踪影，只留下一对翅膀，不由得十分失望，把莉赛达臭骂了一顿，然后带着天使的翅膀等东西，各自回家了。

天亮之后，收留阿尔贝托神父的那个穷人刚好来到了里亚托桥，听人说起昨天夜里加百列天使是怎么和莉赛达夫人一起睡觉，没想到他的亲属来捉奸,天使没办法,正好跳进了运河,至今不知所踪。这个穷人料想,躲在自己家中的就是天使。回家之后,他揭穿了天使的真面目,威胁说如果神父不拿出五十个金币,就要把他交给那位太太的亲戚。神父没有办法,只好同意。他想要溜走,那个穷人又说:

"现在事情闹得这样大,你怎么可能逃得掉?不过我有一个主意,你不妨一试。今天是这里的节日,人们会化妆成狗熊或者野人,让别人牵着,一起去圣马可广场参加狩猎赛会,狩猎完毕后,节日就算结束,大家可以随意牵着伪装的野兽回去,再也没有人管。如果你愿意的话,我可以把你打扮成野人,安全把你送出去,绝对不会被人发现。除此之外,我看你是没什么办法逃脱,因为那位太太的亲戚已经派人守住了各个路口。"

阿尔贝托神父不想扮成野人,可是转念一想,莉赛达的家属闹得这么厉害,唯恐出麻烦,就听了那人的话。那人先在他身上涂了一层蜂蜜,沾上一层羽毛,再用一根链子套在他的脖子上,还给他戴上一个面具。化装好之后,又让他一手拿着一根大棒子,另一手牵着两条从屠场里买来的大狗。然后他派人去里亚托桥上宣布:凡是想看加百列天使的,快点到圣马可广场集合。很多威尼斯人十分虔诚,都赶到了现场。

一切准备就绪之后,那个人就牵着他走了出来。路上有很多人看到了,都纷纷打听:"这是谁呀?"就这样,他们来到了广场,这里早已挤得水泄不通,有人是一路跟来的,也有人是听到通知后自行赶来的。那个人来到一个比较显眼的高处,将牵来的野人拴在一根柱子上,似乎在等着狩猎赛会开始。神父身上涂满了蜂蜜,招来了很多苍蝇和牛虻,咬得他痛苦不堪。那男人见广场上已经挤满了人,假装要解开野人脖子上的链条,却冷不丁摘下了阿尔贝托神父的面具,大声说:"先生们,野猪没有来参加狩猎赛会,我又不想让大家白跑一趟。现在大家就看看加百列天使吧,昨天他从天堂来到人间,安慰咱们威尼斯的女人。"

面具摘下之后,大家都认出了这是阿尔贝托神父,忍不住高声叫骂,还有一些人往他身上扔东西,羞辱他。这样闹了半天,消息终于传到了修道院,立刻有六个修士匆匆赶来,给他松了绑,套上一件长袍带回去。路上还有人紧追不舍,大声辱骂。他刚一回到修道院,就被关了起来,不久后就受尽苦楚,郁郁而终。

这个人假装好人,背地里却坏事做尽,还敢假扮成加百列天使的模样,最后却成了野人,受尽辱骂。愿天主显灵,让他这样的坏蛋都有这样的下场。

故事三

　　三个青年爱上了三姐妹,一起私奔到克里特岛。大姐出于忌妒,将丈夫毒死;二妹想要挽救大姐的性命,委身于克里特岛公爵,却被自己的爱人杀死;二妹夫带着大姐流亡他乡。三妹和爱人受此牵连,遭到逮捕,后来他们买通监狱看守,逃到了罗得岛,穷苦一生。

菲洛斯特拉托听完潘皮内娅的故事,沉吟了一会儿,才说:“你这故事的结尾还不错,我比较满意,但是前面的笑料太多,和我的本意不符。”然后他又转向劳蕾塔,说道:

“接下来就请你讲一个好一些的故事吧!”

劳蕾塔笑着说:“你可真是残忍,总想着有情人有个悲惨的结局。好吧,现在我就听你的,讲一个有关三对情侣的故事。他们原本想要享受甜蜜的爱情,结局却十分悲惨。”

说完之后,她就开始讲述:

年轻的女郎们,你们应该都知道,脾气坏的人不但会害了自己,有时候也会连累别人。按照国王的意愿,我要讲一个有关三对情人的故事。我觉得在那引诱着我们滑向罪恶的情欲中,愤怒是最坏的。它是在我们感觉不如意时,来不及思考就突然爆发的情绪。它会排除一切理智,蒙蔽理性的双眼,让我们心中燃烧起熊熊怒火。男人的脾气比较暴躁,自然容易发怒,只不过程度有所不同。可是女人一旦发起怒来,危害更大,因为她们很容易受到煽动,一件很小的事就能让她们发怒,喷射出的火气也更旺。这实在没什么可奇怪的,我们很容易就能看到,柔软的东西比坚硬的东西更加容易点燃,而且燃烧得更旺。说真的,女人比男人精细,也更加容易动摇——在这方面希望男人们不要见怪。既然女人们生性易怒,而且我们的温柔和体贴能够让跟我们交往的男人感到愉快,而我们的愤怒又会带来危险,所以大家切勿感情用事。现在我就要讲一个有关三对情侣的故事,由于其中一个姑娘的愤怒,他们的幸福全部化为乌有,只落得悲惨的下场。

众所周知,马赛是普罗旺斯沿海的一个古城,不但历史悠久,而且经济发达。在以前,这里的富商比现在多得多。其中有个商人叫纳尔纳德·克鲁达,他出身贫寒,头脑却很灵活,也十分讲究诚信,积累下大笔财富。他的妻子给他生下了好几个子女,最大的三个都是女儿。其中大女儿和二女儿是双胞胎,大的叫尼内塔,小的叫玛达莱娜,刚刚15岁。三女儿叫贝尔太拉,刚刚14岁。只等她们的父亲从西班牙经商回来,家里就要为她们操办婚事了。

大姐的恋爱对象是一个出生在家道中落的青年,名叫雷斯塔尼奥内。由于两个人来往十分谨慎,所以别人毫不知情。不久之后,两个妹妹也开始恋爱,对象是从父亲手里继承了巨额遗产的两个相互认识的年轻人,名叫福尔科和乌盖托,分别爱上了玛达莱娜和贝尔太拉。

雷斯塔尼奥内从尼内塔那里得知这个消息,心想自己手头正紧,不如去找那两个妹妹的情人求助。想到这里,他就想办法和这两个人交上了朋友,时常陪着其中的一个去探望情人,有时候甚至三人一起去。后来他觉得已经跟着两个人成了好朋友,可以无话不谈,就将这两个人请到家中,对他们说:"亲爱的朋友,我们已经结识了一段时间,想必你们也不难看出我对你们的深情厚谊。我把你们的事当成自己的事,尽心尽力地帮助你们。正因为我视你们为兄弟,所以我想把我的打算告诉你们,如果你们觉得合适,咱们就行动。根据你们说的话和做的事,我发现你们深爱着那两个妹妹,就像我爱上了她们的大姐一样。如果你们认同我的计划,我就很容易帮你们实现愿望。你们两个都很有钱,而我比较穷。如果你们不在意这些,我们可以把钱凑到一起,共同使用。我想办法找一个地方,咱们带着那姐妹三个一起过去,就能逍遥快活地过日子。我很有把握,那三个姑娘会带上家中的大笔钱财,跟我们一起走。到那之后,我们三个就像亲兄弟一样,各自守着自己的爱人,那时候世界上还有谁会比我们的日子更幸福?接下来就看你们的意见了。"

那两个年轻人正爱得火热,听说可以能带着情人一起走,就说只要能够行得通,他们当然同意。雷斯塔尼奥内心里有了底,过几天就想办法见到了尼内塔,将三个人商定的事情告诉她,然后说了一大堆甜言蜜语,让她同意。其实就算他不费这么多唇舌,她也会答应,因为她想跟他长相厮守,不想总是这么偷偷摸摸。她还说一定能说动妹妹,让他赶紧做好准备,以免夜长梦多。雷斯塔尼奥内于是又找到那两个年轻人,说已经和三姐妹说好了。这两个年轻人早就想着实现这个计划,早已等不及了。最终,他们决定去克里特岛,就假说要外出经商,变卖了所有的土地产业,并买下一艘轻快的双桨船,等到约好的时间就出发。

尼内塔深知两个妹妹是什么心理,就说了很多花言巧语,让她们跟自己一同逃跑,直撩拨得她们心猿意马,只盼望这一天早些到来。到了约定上船的那一晚,三姐妹偷偷打开父亲的箱子,偷出很多珠宝首饰,溜出了家门。她们和情郎会合之后,就一起上了船,吩咐立刻开船,一路没有靠岸,第二天晚上就来到了热那亚。在这里,他们第一次尝到了恋爱的滋味。他们在当地补充了一些必需品,又继续扬帆航行,经过了一个又一个港口,终于在第八天早上来到了克里特岛。上岛之后,他们买下了很多风景优美的房产,盖起了华丽的宅子,又雇用了很多仆人,从此过得像王爷一般,不但养了很多猎狗、猎鹰和骏马,还经常大宴宾客,寻欢作乐,成了这世上最幸福的男人。

可是,这个世界上多的是喜新厌旧,雷斯塔尼奥内曾经很爱尼内塔,可是自从轻而易举把她弄到了手,就慢慢对她感到厌倦。有一天他去参加聚会,遇到了一个年轻貌美的当地小姐,竟然对她着了迷,展开了热烈的追求。尼内塔发觉之后,不由得醋意大发,大闹一场,还严密地监视着他,让他过得很痛苦。就算是山珍海味,吃多了也会觉得厌烦,越是吃不到的东西,越让人嘴馋,尼内塔的吵闹反而让雷斯塔尼奥内对那位小姐更加迷恋。也不知道那位小姐对雷斯塔尼奥内是否有意,只是尼内塔认定他们已经有了关系。一开始她只是气恼,最后变成了狂怒,以前她有多爱雷斯塔尼奥内,现在就有多恨他。她被仇恨蒙蔽了双眼,就决定杀死雷斯塔尼奥内,出一出心中的怨气。

这个岛上住着一个希腊老太婆,非常善于配置各种毒药,尼内塔暗中带了钱过去,让她为自己配置了一种剧毒的药汁。一天晚上,雷斯塔尼奥内觉得口渴,尼内塔抓住机会,把毒药下了进去。第二天天还没亮,毒性就已经发作,雷斯塔尼奥内魂归西天。福尔科和乌盖托以及他们的情人想不到他是被毒死的,只听说他突然丧命,就跟尼内塔一起放声大哭,厚葬了他。

不久之后,把毒药卖给尼内塔的那个老太婆因为干了别的坏事而被捕,她经不起严刑拷打,就把尼内塔这件事在内的所有罪行全部说了出来。克里特公爵没有轻举妄动,而是悄悄派人包围了福尔科的住宅,将尼内塔抓获归案。尼内塔不等用刑,就招认了毒死雷斯塔尼奥内的经过。公爵私下里通知了福尔科和乌盖托，他们才知道尼内塔为什么被捕，又赶紧告诉了两个妹妹。按照法律，尼内塔要面临的惩罚是被火烧死，大家惊慌不已，想尽办法要把她营救出来。但是公爵决定秉公执法，不管他们怎么努力都不为所动。

在这三姐妹中，玛达莱娜的姿色最为出众。公爵早就对她垂涎欲滴，但她一直不为所动。这时候她心想，如果能够答应公爵的求爱，也许能挽救姐姐的性命，所以暗中派了一个心腹去告诉公爵，她能够满足公爵的任何要求，只是有两个条件：一是要释放她的姐姐，二是这事要严格保密。公爵听到这番话十分高兴，思量一番后，就答应了她的请求。他先知会了玛达莱娜后，派人将福尔科和乌盖托抓了起来，假说要进一步审讯他们，自己则趁夜悄悄地来到了他们家，和玛达莱娜过夜。他命人将尼内塔装进一个口袋，宣称在那天晚上把她扔进大海里，实际上将她带进她的妹妹家，作为他一夜风流的代价。第二天早上公爵临走的时候，请求玛达莱娜以后要跟他继续来往，还让她快点将大姐转移出去，以免连累她受到非难，尼内塔也要重新被严惩。

第二天早晨，福尔科和乌盖托被释放出来，听说尼内塔已经被扔进了海里，都深信不疑。他们回家之后，急忙安慰自己的爱人，让她们不要太过悲伤。玛达莱娜虽然已经把大姐藏了起来，却被福尔科发觉了。他感到十分奇怪，并且起了疑心，因为他早就知道公爵对玛达莱娜垂涎已久，就去盘问玛达莱娜，为什么尼内塔会出现在家里。玛达莱娜编了一大堆谎话，想要瞒过爱人，没想到福尔科十分精明，根本不相信，坚持让她说出实情。后来玛达莱娜没有办法，只得说了实话。福尔科听完之后，顿时怒火冲天，一把拔出剑，不顾爱人的苦苦哀求，把她杀死了。犯下这滔天大祸之后，他知道公爵一定不会放过自己，就丢下爱人的尸体，跑到了尼内塔的藏身之处，故作镇定地说："你妹妹让我现在立刻把你送去别的地方，以免你再落到公爵手里。"

尼内塔惊魂未定，自然没有起疑。她只想快些离开这里，也顾不上和妹妹们告别，就拿了一点钱，趁着夜色跟福尔科逃到海边，坐上一条小船，从此之后再也没有人听说过他们的消息。

第二天，玛达莱娜的尸体被人发现，一些平时和乌盖托不睦的人马上去告诉了公爵。公爵听说心爱的女人死了，迅速赶到她家，令人将乌盖托和他的爱人抓起来。这两个人对此事一无所知，也不知道福尔科和尼内塔早已逃走，但是受不住严刑拷打，只好承认和福尔科一起谋杀了玛达莱娜。他们知道,一旦认下这项罪名,就只有死路一条,好在家中还有一些应急的钱,于是他们买通看守,也顾不上打点细软,就乘着船逃到了罗得岛。后来他们过得十分凄惨,年纪轻轻就去世了。

雷斯塔尼奥内移情别恋和尼内塔的狂怒给自己和他人都造成了严重的后果。

故事四

> 西西里王子杰尔比诺违背祖父圭列莫的禁令,袭击了突尼斯国王嫁女的船只,想要将公主夺走。船员杀死了公主,杰尔比诺又杀死了船员们。回国之后,他自己也被杀。

劳蕾塔讲完故事,大家都为这三对情人的不幸而伤心,有人同情这个,有人同情那个,有人认为这一切都归咎于尼内塔的愤怒,其他人又有别的看法。直到国王似乎从沉思中惊醒过来,才示意艾莉莎继续讲,她就温柔地开口:

各位姐妹,很多人认为,一见钟情是非同寻常的,可是如果从没见过面,只凭听说就坠入情网,一定会招人耻笑。我接下来的这个故事就会证明,这种耻笑毫无依据,因为你们会听到一对素未谋面的情人是怎么凭借传说而陷入爱河,最后落得了悲惨的下场。

据说西西里国王圭列莫二世生有一儿一女,儿子名叫鲁奇利,女儿名叫戈旦莎。鲁奇利早早去世,留下一个儿子杰尔比诺,由祖父悉心照料。长大后,杰尔比诺风度翩翩,英俊潇洒,武艺高强,他的美名不但传遍西西里,还传到世界各国,尤其是西西里的属地巴贝里亚,就连突尼斯国王的一个公主都听说了杰尔比诺的美名。突尼斯公主美艳动人,雍容华贵,令大家赞扬不已。平日里她总是喜欢听英雄豪杰的故事,对杰尔比诺更是十分仰慕,她揣摩着他的品貌,竟深深地爱上了他,说起他来就十分兴奋,也很爱听别人提起他。

另外,公主的美名也传到了西西里,传到了杰尔比诺耳中。就像公主仰慕杰米诺一样,杰比诺也爱上了公主。他希望能够找到一个冠冕堂皇的借口,得到祖父的许可,去突尼斯见公主一面,但是一直没找到合适的机会,因此每当有朋友去西西里,他都会委托他们代为转达自己对公主的爱慕,并将公主的消息带回来。有一个朋友不负所托,打扮成一个珠宝商,进宫见到了公主,将杰尔比诺的仰慕之情告诉她,说王子甘愿为她付出一切。公主得到这个口信十分高兴,就对这位使者说,她也深爱着王子,并把自己最珍贵的一件首饰拿出来送给王子,作为爱情的信物。杰尔比诺拿到信物之后十分高兴,又几次托那位朋友帮他表达谢意,还给公主捎去贵重的礼物,并商量了很多见面的方法。

就当公主和杰尔比诺暗中传情,恋情日益加深的时候,突尼斯国王突然宣布,要将女儿嫁给格拉纳达国王。公主得知这个消息,知道以后两个人不但永难见面,而且再也没有办法结合了,不由得十分难过,就很想逃离父亲身边,去投奔杰尔比诺。杰尔比诺得知公主的婚讯也是异常悲痛,并盘算着如果突尼斯国王从海路遣嫁公主,就在海上拦截,把公主抢过来。突尼斯国王对于公主和杰米诺的爱情也略有耳闻,知道王子勇猛异常,担心他真的抢亲,就在婚期之前先往西西里派了一个使者晋见圭列莫国王,请求保证公主的安全,不要让杰尔比诺或者别人来阻挠。圭列莫国王已经是风烛残年,根本不知道孙儿爱上公主的事情,也不知道突尼斯国王的用意,就一口答应下来,为了表示诚信,还给了突尼斯国王一只手套。突尼斯国王得到安全的保证,就在迦太基港口准备了一艘大船,将长途航行所需的物品备齐,只等待顺风吹起,就送女儿去格拉纳达完婚。

公主见此情景,觉得事态紧急,就偷偷派了一个仆人前往巴勒莫求见杰尔比诺,说自己几天后就要乘船出发去格拉纳达。他是否真的像人们所说的那么勇敢,是否真像他自己说的那么爱她,现在就是考验他的时候。仆人不负使命,将公主的话一字不落地告诉了杰尔比诺,随后返回了突尼斯。王子听到公主的这番话,真的有些不知所措,因为他听说祖父已经对突尼斯国王做出了承诺。可是受到爱情的驱使,又受到公主的激励,他不想做懦夫,就立刻赶到墨西拿,配备好两艘快船,招募了一批勇敢的水手,来到撒丁岛洋面守候,因为这里是公主所乘的船只的必经之路。

他们等了几天后,公主的船果然出现了,当时风力很弱,船行进得十分缓慢。杰尔比诺看到那艘船,就对朋友们说:"兄弟们都是男子汉大丈夫,心中一定会有一个心爱的女人的影子,如果你们曾经有过爱情,或者正处于恋爱之中,就会理解我此刻的心情。我爱着一个女人,所以才要劳驾你们。我的爱人就在前面那艘大船上,船上不但有我心爱的人,还满载金银财宝,如果你们都是英雄好汉,我们一起进攻,很容易就可以把这些财宝抢过来。我之所以要发动袭击,为了得到船上那个女人,因此如果你们夺下那艘大船,我只要那个女人,财宝都归你们。现在连天主都帮助我们,那艘船因为没有风,已经停止了前行,正是我们进攻的好时机。"

就算英勇的杰尔比诺不说这番话,他手下的那帮墨西拿水手听说船上有宝物,早已经迫不及待想要开始拦截大船了。他们举起武器,大声说愿意听王子的安排,然后吹响号角,滑动船桨,向着大船发起进攻。大船上的人看到两条小船疾驰过来,知道大事不妙,却因为风小无法航行,只好准备应战。英勇的杰尔比诺来到大船前面,大声说让船上的负责人到快船上来。撒拉逊人问明了来者的身份,就展示了西西里国王的手套,指责他们言而无信,还说要跟他们一决高下,绝对不会交出船上的任何人或者东西。杰尔比诺站在船头,望见甲板上的公主,发现她比传说中更加美艳动人,爱情的火焰就更加炽烈,就说现在并不是在猎鹰,用不着手套,如果他们拒不交出公主,就准备应战吧。双方不再多言,开始厮杀,一时间箭石乱飞,双方各有损伤。

杰尔比诺觉得继续交战下去也不会有什么进展,就准备火攻。他把一只从撒丁岛带来的小船点上火,推到大船旁边。撒拉逊人看见这种情形,就知道非死即降,于是把公主带到船头,让杰尔比诺出来说话,并当着他的面杀死了公主。可怜的公主在临死之前还在痛哭流涕,请求饶命。随后,他们把公主的尸体扔入大海,说道:"拿去吧,我们把她送给你,这是你们背信弃义的报酬!"

杰尔比诺眼见心爱的公主惨死,再也不管自己的死活,将船靠近大船,自己跳了上去。他就像一头饿狮冲进了牛羊群中,挥舞着宝剑,见人就杀,转眼之间就杀死了很多人。这时候,大船上的火势越来越旺,他就命令水手尽情抢夺船上的宝物,然后退回快船,结束了这一场得不偿失的胜仗。

然后,他让人从海里捞起公主的尸体,痛哭了一场,然后运回西西里,隆重地安葬在乌蒂加岛上,随后痛不欲生地回了家。

突尼斯国王听说大船被毁,公主被杀,就派人穿着黑色丧衣去见西西里国王,详细讲述了这件事的始末,指责他们背信弃义。国王听说这件事,勃然大怒,可是对方要求严惩罪魁祸首也是合理要求,无法推诿,就让人将杰尔比诺抓来,不顾满朝大臣的求情,判处了王子死刑,并且亲自监斩。他宁愿断子绝孙,也不想被人说言而无信。

就这样,一对有情人未曾尝到爱情的幸福,就相继惨死。

故事五

> 莉莎贝达的三个哥哥杀了她的情人。情人托梦给她,指出自己被埋的地方。她偷偷挖出情人的尸体,将头颅埋在花盆里,终日对着花盆哭泣。哥哥们偷走花盆,导致她悲痛而死。

国王听完艾莉莎的故事,称赞了几句,就让菲洛梅娜继续讲。菲洛梅娜正在为杰尔比诺和公主的悲剧伤神,听到国王的吩咐,就说:

亲爱的姐妹们,虽然我的故事中的主人公并没有艾莉莎所讲的那样高贵,结局却也十分悲惨。刚才谈起了墨西拿,我才想到这个故事,因为这个故事就发生在那里。

墨西拿城里有三个兄弟,都以经商为业,十分有钱。他们的父亲是圣吉米尼亚诺地方的人,给他们留下了一笔可观的遗产。他们有一个妹妹,叫作莉莎贝达,长相甜美,温柔恬静,只是不知何故还没有婚配。三兄弟的店铺里有一个年轻的伙计,负责照管店中的所有事务,名叫洛伦佐。他长得高大英俊,自然引起了莉莎贝达的注意,很快莉莎贝达就对他暗生情愫。洛伦佐注意到这一点,也不再关注别的女人,一门心思喜欢莉莎贝达。他们郎情妾意,很快就互通款曲。两个人体会到了乐趣,不免有些疏于防范。一天晚上,莉莎贝达走进洛伦佐的房间时,恰好被大哥看见。大哥为人比较稳重,见妹妹做出这种事情,虽然十分生气,却也不动声色,仔细思考了一夜。

第二天早晨,他就找到两个兄弟,把撞破莉莎贝达和洛伦佐私情的事情告诉了他们。他们商量了一番,决定假装不知道此事,以免事情张扬开来,让大家都丢了面子。等有了合适的机会,就要洗雪这个耻辱,而且做得干净利索,不留痕迹。

拿定主意之后,他们还和平常一样,和洛伦佐有说有笑。一天,兄弟三人说要去郊外办事,把洛伦佐也带了去,等到来到一个荒凉的地方,就趁洛伦佐不备,把他杀了,埋到一个不容易发现的地方。回到墨西拿之后,他们就对别人说派洛伦佐去别的城市料理事务了。这种事情原本就经常发生,所以谁都没有怀疑。

莉莎贝达见洛伦佐一去不回,不由得心急如焚,经常追问几个哥哥。后来，一个哥哥被逼急了，就说："你是什么意思？你总是打听他，你们之间是什么关系？如果你再纠缠下去，只怕要碰一鼻子灰。"

莉莎贝达不知道究竟出了什么事，也不敢再追问，就经常在夜里反复呼喊着洛伦佐的名字，希望他早些回来。实在憋不住的时候，她也会痛哭一场，然后继续等待着洛伦佐的归来。

有一天，她又像往常一样为没有归来的洛伦佐痛哭，然后昏昏沉沉地进入了梦乡。突然，洛伦佐出现在了她的梦中，只见他形容枯槁，衣衫褴褛，似乎说了这么几句话：

"莉莎贝达，你日夜思念着我，见我久出不归，时刻悲伤痛哭，对我充满了抱怨。但是你要知道，我再也无法回来和你相见，因为就在你最后看到我的那一天，你的哥哥们杀死了我。"

说完，他就指明了自己被埋的地点，让她不必再呼唤自己，也不必再等待自己。说完之后，他就倒在地上消失了。莉莎贝达从梦中惊醒，觉得这个梦一定是真的，因此放声痛哭。

第二天早上起来，她准备来到梦中洛伦佐所指示的地点，看看这个梦是否真实。她不敢跟哥哥说什么，就说去郊外散心，带着一个知晓内情的女仆出发了。来到郊外，她就赶到了梦中所见的地点，扫开枯叶，在一块松软的土地上挖掘，果然发现了一具尚未腐烂的尸体，面目依然，就是她那可怜的情人，她的梦果然不假。莉莎贝达肝肠寸断，想把尸体运回去安葬，却知道无法实现，只好拿一把刀子将情人的头颅割下来，放在包袱里，再把无头的尸体重新掩埋好。她让女仆拿着包袱回到家中，没有让任何人发觉。

回到家里，她关上房门，抱着那颗头颅放声痛哭，用泪水洗干净了那只头颅，又亲吻了无数次，然后找来了一只原本栽种墨角兰或者罗勒的大花盆，将头颅用麻布包好，放到花盆底层，又撒上泥土，上面种了几株美丽的罗勒，用自己的泪水、玫瑰水或者香橙水灌溉。她整天痴望着这个花盆，喃喃自语，有时候就扑在花盆上大哭，泪水把罗勒花都淋湿了。

邻居们看到这番光景，觉得十分奇怪。一天，她的哥哥们说起她不知何故，日渐憔悴，邻居们就说："她每天都守着花盆痛哭，让我们觉得很是奇怪。"哥哥们听到这番话，留心观察后果然发现了这种情况，就责备了她几次，可是一点效果都没有，于是偷偷把花盆藏了起来。

莉莎贝达找不到花盆,心急如焚,苦苦哀求哥哥们快点把花盆还给她,可是哥哥们不予理睬。她日夜痛哭,终于一病不起,每天躺在床上都要问那个花盆去了哪里。三个哥哥感到奇怪,就想知道花盆里到底有什么。他们翻开泥土,发现了一个用细麻布包着的人头,头还没有腐烂完全,一看那蓬乱的头发就知道是洛伦佐。他们非常惊慌,担心别人察觉他们谋杀洛伦佐的罪行,就把头颅埋好,匆匆收拾细软,离开墨西拿,躲到了那不勒斯。

莉莎贝达终日哭泣,追问自己的花盆在哪里,最后悲伤地死去,这就是她悲惨的结局。过了一段时间,这件事在外面传开了,有人给她编了一支歌谣,一直流传到现在。前两句歌词是这样的:

哎,是哪个坏蛋,

把我的花盆偷走了?

故事六

安德烈奥拉和她的情人各自做了一个梦,并在幽会时说出了自己的梦。他突然在她的怀中死去,她和女仆搬运尸体时,被官府拘捕。她说出了真相。行政长官想趁机占有她,被她拒绝。后来,她被父亲救出来,进了修道院。

女郎们听完菲洛梅娜的故事,都觉得大开眼界,因为她们早就听过这首歌曲,却不知道它背后的故事。国王于是吩咐潘菲洛讲下一个故事,他就说道:

美丽的女郎们,我们都知道,几乎每个人都会做梦,并觉得梦中的情景十分真实,醒来之后会觉得,有的梦非常真实,有的梦让人半信半疑,还有一些让人难以置信。可是,有些梦真的会变成现实,所以有些人会相信自己在梦中见到的景象,做了好梦就喜气洋洋,做了噩梦就忧心不已。还有人根本不相信梦境,却真的遇到了梦中所见的危险。我们这两种人都不赞同,因为梦不都是真的,这是大家都知道的,梦也不都是假的,刚才菲洛梅娜的故事就已经向我们证明了这一点。接下来我要讲的这个故事也会证明这一点,但是我觉得,只要我们不做坏事,问心无愧,就算做了噩梦也不用害怕,而不管做了多么美的梦,都不能信以为真,干出坏事。闲话少说,让我开始讲故事吧。

从前在勃莱西亚城里有位绅士,名叫尼格罗·达·庞特·卡拉罗,他有几个儿女,其中有个女儿叫安德烈奥拉,面容娇美,还没有许配人家。邻居中有一个年轻人,叫作加勃里奥托,虽然家境贫寒,但长得一表人才,赢得了安德烈奥拉的喜爱。她靠着一个侍女的帮助,跟加勃里奥托建立了关系,两个人经常暗通款曲,并多次在她家的花园里幽会,两个人爱得死去活来。他们深爱着对方,就私下结为夫妻,发誓到死才会分开。一天晚上,安德烈奥拉做了一个梦,梦见和加勃里奥托在自家的花园里,她正搂着他,两个人柔情蜜意的时候,他的身体里突然钻出了一个奇形怪状的怪物。那怪物的样貌十分可怕,它用力抓住他,带他进入地下不见了。

安德烈奥拉从梦中惊醒,才知道自己做了一个噩梦,不由得暗自庆幸,可是想到这个噩梦,她还是有些害怕。这时候,加勃里奥托捎来口讯,说晚上要来找她,她想到这个可怕的梦,就让他改天再来,让他觉得非常不高兴。为了不让她的情人生疑,第二天晚上,他们就在花园里会面了。当时玫瑰花正在怒放,她就摘了一些红玫瑰和白玫瑰,跟他一起来到一个泉水清冽的喷水池旁,一起坐了下来。两个人玩乐一番后,加勃里奥托就问,昨天晚上为何不让自己过来。安德烈奥拉向他讲述了自己的梦,说因为这个梦感到非常不安。加勃里奥托哑然失笑,说梦是不可信的,我们之所以做梦,就是因为晚上吃得太饱,或者没有吃饱,梦都是无稽之谈。他说:"要是我也信梦,今天就不会来找你了,因为我昨天晚上跟你一样,做一个噩梦。我梦见在一个树木繁茂的森林里打猎,抓到了一只雪白的小山羊,看起来可爱极了。很快它就跟我十分亲热,不肯离开我。我也很喜欢它,就给它套上了一条金项圈和一条金锁链。后来,它就依偎在我的怀里,这时候突然窜出了一只黑色的猎狗,凶狠地扑向我。我躲避不及,只觉得它用尖利的牙齿咬了我的左胸,我感到心口都被撕裂了。我在剧痛中醒来,摸了摸胸口,发现自己还好好的,就觉得这个梦很可笑,还能说明什么呢?我曾经做过很多个这样的梦,还有一些比这个更可怕的,不过从来没有遭遇过什么意外。因此,用不着把这个梦放在心上,好好享受现在的幸福吧。"

安德烈奥拉原本就在为自己的梦感到害怕,现在听说他也做了一个梦,恐惧又加深了。可是她不想让加勃里奥托担心,就尽力掩饰着自己的恐惧,跟他拥抱和亲吻,两个人如胶似漆,难舍难分。但她总是觉得害怕,就总是偷看花园四周,看是不是真的有什么怪物。这时候,她怀中的加勃里奥托突然喘了一口气，说："宝贝，救救我，我要死了！"

说完，他就跌倒在草地上。安德烈奥拉抱住他的脑袋，带着哭腔说："亲爱的，你怎么了？"

加勃里奥托已经说不出话，只是气喘吁吁，浑身冒冷汗，很快就死去了。

安德烈奥拉爱他如命，此刻不难想象她有多么悲伤。她大声哭喊着，不断呼唤着他，但是他一点反应都没有。她摸了摸他的全身，发现他已经浑身冰凉，才确定他真的死了。她十分惊慌，不知道该怎么办，就将侍女找来，告诉了她实情。侍女本来就知道他们之间的私情，现在两个人为加勃里奥托痛哭了一会儿，安德烈奥拉就说：

"既然天主已经召走了我的爱人，我也不愿意独活。但是我自杀之前，我得保证我清白的名声，以免被别人知道我们的私情。现在，我得想办法埋掉我的情人这具高贵的尸体。"

侍女说："小姐，你可千万不能有自杀的想法，你已经在这个世界失去了他，要是你自杀了，也无法在另一个世界找到他，因为自杀的人是要入地狱的，而他这么好，一定不会入地狱。我劝你不要太难过，还是为他的灵魂超度吧，他生前难免犯下一些罪过，需要别人帮他超度。说到埋葬，我觉得最好就是将他葬在这个花园里，这样保准不会被人知道，因为谁也不知道他曾经来过这里。如果你不同意，我们也可以把他的尸体抬到花园外面，等明天早晨有别人发现了，就会把他抬回家里，家人自然会好好安葬他。"

安德烈奥拉虽然在痛哭，就还是留心听着侍女的话。她觉得第一个主意不太合适，对于第二个主意，她说：

"我这么爱他，和他结为夫妻，却把他像狗一样扔在街头，实在是莫大的罪过。我已经为他痛哭一场，也应该让他得到亲友们的眼泪，我已经想好该怎么办了。"然后她让侍女去柜子里拿了一匹上好的绸缎铺在地上，再把加勃里奥托的尸体抬上去，在他的头下放了一个枕头。痛哭一场后，她给死者阖上口眼，用之前摘好的玫瑰花编织了一个玫瑰花冠为他戴上，又把剩下的花洒在他的身上，对使女说：

"从这里到他家门口并不远，我们就这样把他抬过去，放在门口。再过一会儿天就亮了，他的家人出来看到他，就会把他抬回家里。也许他的家人不会感到欣慰，但我也算尽了一份心，因为他毕竟是死在我的怀里。"

然后她又扑到身体上哭了好久,侍女见天马上就亮了,一再催促,她才站起身来,从自己的手指上取下一个戒指,戴在加勃里奥托手上,说:"亲爱的丈夫,如果你的灵魂知道我在为你哭泣,如果你的灵魂已经升天,你的躯体还残存着一些感觉,就请你收下吧,这是你生前最爱人的送你的礼物。"

她再次和尸体告别,然后站起身来,跟侍女一起提起绸缎,将尸体抬出花园,走向他家门口。没想到,这时候行政长官的几名兵丁正好在巡街,从附近路过,看到两个女人抬着尸体,当场抓住了她们。安德烈奥拉此时悲痛欲绝,见到长官也不害怕,从容地说道:"我知道你们是谁,也知道自己逃不掉。我可以跟你们走,去官府把事情说清楚。但是如果你们对我动手动脚,或者动那具尸体,我就在长官面前告发他。"

那些兵丁听到这番话,并没有动她,还让她们主仆两个抬着尸体,一起来到了官府。行政长官得到报告,立刻将她传进办公室,听她讲述了这件事的来龙去脉。随后,长官召来几个医生来检验尸体,好知道有没有毒死或者谋害的情况。医生检查后,一致认为死因是心脏附近的一条血管破裂。长官听到报告,知道安德烈奥拉并没有犯错,却想乘人之危,一亲芳泽,就对姑娘说,如果她想得到释放,就要满足他的要求。

安德烈奥拉当然不会同意。长官见她不愿意,就想用强。没想到安德烈奥拉火冒三丈,拼死抵抗,还把长官痛骂了一顿。

天亮后,尼格罗先生听说女儿被捕,急忙带了很多朋友赶到官府,并询问了事情的缘由。他得知女儿无罪,就要求将女儿领回家。长官怕安德烈奥拉说出自己试图强奸的事,就决定采取主动,先是赞美了那姑娘的坚贞,说自己曾经想非礼她,见她意志坚定,不由得心生爱慕。虽然她父亲同意,虽然她曾经和一个平民发生关系,自己也愿意娶她。正在他们谈论此事时,安德烈奥拉走过来,跪在父亲面前说:

"父亲,想必您已经知道了我的所作所为,也知道我的不幸,我就不细说了。现在,我只求您原谅我的过错,我知道我不该背着您和别人私订终身。现在我向您求得宽恕,并不是为了免去死罪,而是希望至死都是您的女儿,不要成为您的敌人。"

说完,她就跪在父亲脚下痛哭。尼格罗先生年事已高,生性善良,听到女儿的这番话,不由得泪流满面。他温柔地扶起女儿说:"女儿,虽然我认为你应该找一个我认为合格的丈夫,但既然你选了你喜欢的人,我也会为你高兴。让我伤心的是,你让我蒙在鼓里,这让我觉得自己不被信任,但更让我伤心的是,在我知道这件事的时候,你的丈夫已经死了。如果他还活着,我一定会让他做女婿。现在他死了,我愿意把他当成自己的女婿安葬。"

说罢,老人扭头吩咐自己的儿子和几个亲戚,为加勃里奥托举办盛大的葬礼。这时候,死者的亲属和城里的人得到消息,都赶了过来。加勃里奥托的尸体躺在安德烈奥拉的绸缎上,周身洒满了她采的玫瑰花,被移到了官府的院子。除了两家的亲属,几乎全城所有人都到场参加了他的葬礼。出殡时不像一个平民百姓,而像一个王公贵族,遗体由显贵的人物从官府一直抬到坟地,场面非常隆重。

几天后,行政长官又来提亲,尼格罗对女儿说起这件事的时候,女儿根本不听。后来她征得父亲同意,带着侍女来到一家以圣洁著称的修道院,做了修女,度过了余生。

故事七

西蒙娜和帕斯奎诺到花园里游玩。帕斯奎诺拿起一片丹参叶擦牙,突然倒地而亡。西蒙娜有杀人的嫌疑,被逮捕归案。她在向法官说明情况时,也用那株丹参的叶子擦牙,结果当场毙命。

国王听完潘菲洛的故事,并不同情安德烈奥拉的遭遇,只是示意艾米莉娅讲下一个故事。艾米莉娅就说:

亲爱的朋友们,听了潘菲洛的故事,我又想起了另一个故事,情节有些类似,比如在花园里失去爱人,被官府拘捕,又被释放。不同的是,她并不是靠自己的坚贞和家里的势力而被释放的,而是因为突然死去。我们已经说过,虽然爱神更喜欢逗留在那些豪华的宅邸中,但也并非不光顾穷人的茅屋。它在穷人和富人面前会展现同样的威力,虽然我说的这一点并没有贯穿这个故事的始终,至少部分方面有所体现。这个故事发生在佛罗伦萨,我们已经讲了很多别的地方的故事,现在就回到自己的城市。

不久之前,佛罗伦萨城里有一个叫西蒙娜的姑娘,虽然不是富贵人家的女儿,但长得美艳动人。她家境贫寒,靠纺织羊毛线赚钱度日,但她的感情并不贫乏。有一个叫帕斯奎诺的年轻人，家境和她相仿，主要工作是按照他的老板——一个羊毛作坊的商人的安排，将羊毛送到纺织女工家纺织。这个年轻人非常忠厚，长得也一表人才，很快就俘获了西蒙娜的芳心。她对小伙子芳心暗许，又不敢贸然吐露真情，就在纺车前一边工作，一边长吁短叹，将思念织进那小伙子送的毛线里。小伙子工作十分卖力，尤其喜欢到西蒙娜家送羊毛。就这样，一个有情，一个有意，日子长了，小伙子的胆子越来越大，西蒙娜也不再那么忸怩羞涩，两个人就成就了好事。这之后，两个人就越来越亲密，都急于想首先开口寻欢。

日子长了，两个人的感情越来越深。有一次，帕斯奎诺建议西蒙娜去花园里幽会，那里更加自在，免得担心被人发现。西蒙娜同意了。到了礼拜日，西蒙娜吃完晚饭就告诉父亲，自己要去圣佳洛教堂忏悔，然后就带了一个名叫拉吉娜的女伴一起去了花园。帕斯奎诺早已经带着一个朋友在那里等候了，那位朋友名叫普奇诺，但是大家都叫他做"斯特拉巴"。斯特拉巴和拉吉娜来到花园的一个角落快活，帕斯奎诺就和西蒙娜另找了一个地方。

帕斯奎诺和西蒙娜来到花园的一角，那里有一丛茂盛可爱的丹参，他们在那里躺了一会儿，然后开始闲聊，说这个花园非常美丽，是野餐的好地方。帕斯奎诺正说着，就回身采下一片丹参叶，擦了擦自己的牙齿和牙龈，说它具有清洁牙齿的效果。说完之后，他又谈起了野餐的事情，可是刚说了几句话，就脸色骤变，很快就眼前一黑，无法说话，倒地死去了。西蒙娜见情人死了，吓得大声叫斯特拉巴和拉吉娜。两个人闻声跑来，见帕斯奎诺已经气息全无，而且浑身肿胀，身上全是黑斑。斯特拉巴性情莽撞，也不问缘由就大叫："你这个狠毒的女人，你毒死了他！"

经他这么一喊，公园附近的人都赶了过来，看着地上那具全身肿胀的尸体，又听到斯特拉巴指责西蒙娜毒死了情人，而这时候西蒙娜不但悲伤，而且心烦意乱，连句分辩的话都说不出来。大家都觉得斯特拉巴说得没错，也不管姑娘哭得伤心，就把她押到了官府。法官立刻审讯了西蒙娜，又听了斯特拉巴和帕斯奎诺的另外两个朋友（一个叫阿蒂夏托，一个叫马拉热伏）的证词，觉得这似乎不像一件谋杀案，也不明白姑娘为什么要伤害自己的情人，就准备到案发现场，亲眼看看尸体，了解事情经过。

法官来到帕斯奎诺横尸的花园,只见尸体还躺在那里,肿得像一个酒桶,不由得大吃一惊,就询问了当时的情况。西蒙娜走到丹参旁边,详细讲述了当时的情形,为了让法官明白到底发生了什么,她也像帕斯奎诺那样,从丹参上摘下一片叶子擦了擦牙齿。斯特拉巴、阿蒂夏托和帕斯奎诺的其他朋友都觉得她在胡说八道,认定她就是凶手,一致要求法官烧死她。这个可怜的姑娘看着情人突然死亡已经十分痛苦,现在听斯特拉巴等人要求烧死自己,更是十分惊骇。然后,她也像她那可怜的情人一样,突然倒地而亡,将在场的人都吓得目瞪口呆。

啊,幸福的灵魂,你们的生命和炽热的爱情都在同一天结束,如果你们的灵魂能够重新相聚,也会十分幸福。如果在另一个世界里也有恋爱,而你们能够像在人世间一样谈情说爱,就能幸福到极点。按照我们世人的眼光来看,最幸福的还是西蒙娜的灵魂,因为她让活着的人知道了真相,维护了自己的清白,不用受到斯特拉巴、阿蒂夏托和马拉热伏这些羊毛工人的诬陷,追随她的情人而去。法官和在场的人看到这悲惨的一幕,都震惊得说不出话。最后,法官说道:"正常的丹参应该是没有毒的,可是这一棵不一样,一定是有毒的,为了避免它再毒害别人,应该把它连根拔起,扔进火里烧掉。"

于是,园丁立刻执行了法官的命令,把这棵丹参连根拔起,这样,那对苦命鸳鸯的死因也就真相大白了。原来在这棵植物下面有一只硕大的癞蛤蟆,大家猜想,一定是它喷出的毒液让这棵植物沾染了毒气。谁都不敢走近那只癞蛤蟆,所以人们在附近围上很多柴火,把癞蛤蟆和丹参一起烧掉了,结束了这件不幸的案件。随后,斯特拉巴等人将帕斯奎诺和西蒙娜那浑身肿胀的尸体抬到了圣保罗教堂,一起合葬在那里的墓地,因为他们都是那个教区的居民。

故事八

吉罗拉莫和穷人的女儿萨尔韦斯特拉一起长大,但迫于母命,前往巴黎,归来时姑娘已经嫁人。吉罗拉莫潜入她家,死在她身边。他的尸体在教堂下葬时,萨尔韦斯特拉抚尸痛哭,死在他身旁。

艾米莉娅讲完故事,内菲莱就按照国王的命令,说道:

可爱的女郎们,这个世界上有些人狂妄自大,自以为懂得比别人多,他们不但拒绝接受别人的意见,连自然规律都想反对,真是愚不可及。因为他们这么做一点好处都没有，只会造成严重的后果。在所有的自然规律中，爱情的力量最不容违背，因为它只能自行消灭，不会因为外来的意见而消失。接下来我要讲的这个故事中有一个女人，她自以为聪明，试图阻挠儿子的一段几乎是命中注定的姻缘，结果就是让儿子不但失去了爱情，还失去了生命。

据老人们说，佛罗伦萨城里以前有一个非常有钱的商人，叫作伦纳德·西纪厄利，他有一个儿子，叫作吉罗拉莫。孩子出生不长时间，他就死了，所幸留下的产业都安排得有条有理。孩子的监护人和母亲操持着家业，日子还算过得去。吉罗拉莫慢慢长大，经常和周围的孩子一起玩耍。他的玩伴中有一个年纪跟他相仿的姑娘，是个裁缝的女儿，两个人关系特别要好。长大之后，这两个孩子也情投意合，陷入了热恋当中。吉罗拉莫一天不看见那个女孩子就坐立不安，那个女孩也是如此。吉罗拉莫的母亲注意到这种情况，非常不高兴，经常骂他，甚至出手打他，可是儿子痴心依旧。于是她觉得，家里这么多钱，一定能让李树长出甜橙，就对儿子的监护人说：

"虽然吉罗拉莫只有 14 岁，却已经爱上了邻居裁缝的女儿萨尔韦斯特拉。要是我们不早点想办法把他们拆开，总有一天他会背着我跟他结婚，那可就把我活活气死了。要是吉罗拉莫看到她嫁给别人，也一定会伤心欲绝。所以我觉得，为了避免出现这种事，可以让他以学习生意为借口，把他送到远处。他们分别的时间长了，也许就能忘了她，到时候我们再给他物色一个大户人家的小姐。"

监护人非常赞成这么做，就把孩子叫到货栈，其中一个堆着笑脸说："孩子，现在你已经长大了，也该学习怎么做买卖了。因为你的大部分生意都在巴黎，所以我们希望你能去巴黎一段时间，亲眼看看那里的生意是如何经营的，会比在这里学到的更多。而且你可以和当地那些有身份地位的人交往，学习他们的谈吐举止，成为一个有修养的人，等你学得差不多了，就可以回家。"

小伙子用心听完这番话，就明确表示自己不想去，想留在佛罗伦萨。监护人苦口婆心地劝说他，见他还是不为所动，只好将这件事回禀他的母亲。

母亲十分生气，把他叫过来严厉训斥了一顿，说他胸无大志，之所以不想去巴黎，是因为爱着那个姑娘。然后她又好言相劝，让他听从监护人的意见。最后，小伙子只好同意去巴黎，但是只去一年。

就这样,吉罗拉莫恋恋不舍地离开情人,来到巴黎。可是,他的母亲想方设法延长他的归期,让他一待就是两年。在这两年里,他并没有忘记萨尔韦斯特拉。回家之后,他急忙去找她,却没想到她已经嫁给了一个制作船帆的小伙子。他十分伤心,但是一切都已经无法挽回。他想办法打听到了她的住址,经常去他家门口徘徊,以为她像自己一样旧情难忘。但是让他意想不到的是,她已经不认识他了,似乎只把他当成一个陌生人,至少表面上如此。吉罗拉莫看出来之后,心里非常难过,觉得这样做无法让她想起旧情,就想跟她当面谈谈,哪怕因此丢了性命都不在乎。

他从她的邻居那里打听到了她家的布局。一天晚上,他趁着这对夫妻出去玩的机会,悄悄溜进了她家,躲在卧室的帆布后面。等到他们回到家,上了床,她的丈夫已经熟睡,就悄悄溜出来,走到萨尔韦斯特拉身边,小声说:"亲爱的,你睡着了吗?"

那少妇还没有入睡,发现有人进入房中,差点惊叫起来,他慌忙说道:"别出声,我是你的吉罗拉莫啊。"

她听出他的声音,声音都发颤了:"吉罗拉莫,看在天主的份上,请你快点离开这里吧。我们确实曾经相爱过,但那是小时候的事,现在早已事过境迁。现在我已经嫁了人,如果要和别的男人相好,就是我的不对。看在天主的份上,请你快点离开这里,要是我的丈夫醒过来,看到你在这里,就算我们没做什么坏事,我也别想安宁。而且他很爱我,我们过得非常平静。"

吉罗拉莫听到这番话,不由得十分心痛,他让她回想一下两人当初相爱的景象,说虽然分别两年,他依然深爱着他,还说了很多求情的话,许给她种种好处,可是她都不为所动。到了这个地步,他已经失去了活下去的信念,就求她看在自己一片痴情的份上,让自己在她身边暖和一会儿,因为他等的时间太长,已经快冻僵了。他保证自己不会再说话,也不会动手动脚,等到身子暖和过来就会离开。萨尔韦斯特拉对他心生怜悯,就答应了他的请求。

小伙子悄悄地躺在她身边,想起自己爱了她这么多年,现在她却对自己这么无情,让自己的一腔爱情化为泡影,不由得灰心到极点。他握着拳头,屏住呼吸,就在她身边死去了。

过了一会儿,少妇见他一动不动地躺在那里,觉得十分奇怪,又怕丈夫醒来,就说:"吉罗拉莫,你怎么还不走?"

小伙子一声不吭,少妇觉得奇怪,以为他睡着了,就伸手去推他,才发觉他身上冰凉。她非常害怕,更加用力地推他,见他毫无反应,才知道他已经死了。此时她又害怕又悲伤,不知道如何是好。最后,她决定先不和丈夫说明真相,先问问他如果这件事发生在别人家里,他会怎么做。她摇醒丈夫,把自己刚才的遭遇当成别人的故事讲给他听,并问他如果遇到这件事该怎么处理。丈夫说,最好把尸体偷偷运回他自己家,那个女人不应该受到责备,因为他觉得这个女人并没有任何过失。少妇说:"那就这么办吧。"她拉过他的手,让他摸了摸吉罗拉莫的尸体。丈夫大吃一惊,也顾不上和妻子说什么,赶紧整理好死者的衣服,然后扛着尸体就往外走去,放在了吉罗拉莫家的门前。

　　第二天一早,吉罗拉莫的尸体就被发现了,引起了骚乱,他的母亲更是哭闹不止。医生过来检查了尸体,并没有发现任何伤痕或者创伤,断定他是忧愤而死的。随后,尸体被抬到教堂,那母亲泪流满面,几个亲戚和街上的一些妇女也在身边陪她哭泣。萨尔韦斯特拉的丈夫,就是将吉罗拉莫的尸体抬出去的那个人对妻子说:"你戴一块头巾,去停放吉罗拉莫尸首的教堂,混到妇女中间,听听他们说些什么。我去男人那边打听打听,看看有没有人怀疑我们。"

　　萨尔韦斯特拉见吉罗拉莫死了,心中十分后悔,生前连个吻都没有给他,所以现在很想再去见他一面。她按照丈夫说的装扮好,就去了教堂。爱情的力量真是难以捉摸。吉罗拉莫生前的财富无法打动的那颗心,现在却被他的不幸打动了。萨尔韦斯特拉一看到那具尸体,就肝肠寸断,当时爱情的火焰又开始熊熊燃烧。她蒙着面纱,从妇女们身边挤到尸体面前,发出一声哀号,就扑倒在尸体上。原来她也和吉罗拉莫一样,悲痛过度死去了。

　　周围的人都不知道她是谁,也不知道她为何这么悲伤,都好言相劝,让她不要悲伤。见她趴在那里一动不动,就动手去扶她,认出原来她是萨尔韦斯特拉,也已经死去了。在场的妇女们见到这幕惨剧,哭得更加厉害。

　　后来,消息传到教堂外面,传到了萨尔韦斯特拉的丈夫的耳朵里,他忍不住放声大哭。哭了一阵子,他才说出昨晚吉罗拉莫和他妻子的情况,大家这才知道这对情人死亡的原因,不由得扼腕叹息。

　　人们按照当地的风俗,将萨尔韦斯特拉装殓好,抬到吉罗拉莫身旁,为他们痛哭之后,合葬在同一个坟墓里。他们生前不能结为夫妻,死后却成了永不分离的伴侣。

故事九

> 罗西雄杀了妻子的情人,取出心脏做成菜肴,让妻子吃下。
> 妻子知道后,跳出窗外自杀,后来和情人合葬在一起。

女郎们听完内菲莱的故事,都感到十分伤心。现在,只有国王和狄奥内奥还没有讲故事,而国王又不想剥夺狄奥内奥的特权,就说:

亲爱的女郎们,刚才这个悲伤的爱情故事,会让你们掬一把同情之泪,而接下来我要讲的这个故事,会让你们更加难过,因为我这个故事的主人公的地位更高贵,而遭遇更悲惨。

据普罗旺斯人传说,从前那里有两个高贵的骑士,各自拥有自己的城堡和僚属,一个叫圭列莫·德·罗西雄爵士,一个叫圭列莫·德·加贝当爵士。这两个人武艺超群,相互敬佩,经常穿着一色的盔甲去进行比武竞技。这两个人的城堡相距十英里,来往却十分密切。罗西雄家里有一个如花似玉的妻子,加贝当虽然和她的丈夫情同手足,却对她产生了爱意。他百般讨好,终于赢得了美人的芳心。夫人见他风流倜傥,英俊潇洒,也对他很有好感,对他朝思暮想。不久,两个人就暗通款曲,经常找机会幽会。

他们两个私下往来,不免有些大意,很快就被罗西雄察觉了。他发现好友居然做出这种事,不由得怒火中烧,把加贝当当成不共戴天的仇敌,发誓要杀死他。不过,他小心地将自己的怒火隐藏起来,藏得比那对男女隐藏私情还严密。

就在罗西雄积极谋划,想要找机会杀掉仇敌的时候,突然传来消息,法国要举办比武。罗西雄立刻将这个消息告诉了加贝当,请他来家中一叙,商讨是否要去参加比武,如果去的话又要怎么准备。加贝当高兴地回复,第二天来他的城堡吃晚饭。罗西雄心想,这正是杀掉情敌的好时机。第二天,他全副武装,带着几个侍从来到了城堡附近的一座树林,埋伏在这里,因为这是加贝当的必经之路。等了半天,他们才远远看到加贝当的身影,后面还跟着两个侍从。他们都没有带武器,因为这一带向来非常安宁。罗西雄也顾不上骑士的规矩,怒气冲冲地迎了上去,大声说:"今天就是你的死期!"然后举枪刺去。加贝当一点防备都没有,还来不及发出声音就被刺中胸部,从马上落下,当场毙命。那两个侍从根本没有看是谁杀了主人,掉头就往回跑。罗西雄跳下马来,掏出匕首割开加贝当的胸膛,拿出他的心脏,撕下长枪头上的小旗裹住,让一个侍从拿着。他命令他们不得把这个消息告诉任何人,然后骑马赶回城堡,这时天色已经黑了。

夫人听说加贝当要来吃晚饭,不由得十分兴奋,迫不及待地想要见到他,可是她等了半天,都没有看到加贝当的身影,不免有些奇怪,就问丈夫:

"加贝当怎么没跟你一起回来呢?"

"他派人来通知我,说明天才来。"丈夫说。

夫人感到非常失望,就没有再问。罗西雄下了马,把厨子叫过来,对他说:"这是颗野猪心,你要拿出看家本领,把它做得美味一些,晚饭时放在银碗里端上来。"

厨子把心拿回去,细细切碎,加上很多香料,做成了一道精美的菜肴。到了吃晚饭的时候,罗西雄就和妻子坐到餐桌前。不过,罗西雄并没有什么食欲,因为他刚刚做了伤天害理的事,心绪不宁。厨师把银钵端上来的时候,他借口自己胃口不好,放到了妻子面前。夫人并不疑心,尝了一口,觉得非常可口,就把一整颗心都吃了下去。罗西雄见妻子吃完了,就问:"这道菜味道如何?"

妻子说:"我很喜欢。"

"天主保佑,"罗西雄说,"我一点儿都不觉得奇怪,因为这颗心跳动的时候,就让你十分喜欢。"

妻子听到这番话,不由得怔住了,过了半天才是:"你让我吃的是什么?"

罗西雄说:"实话告诉你,你刚才吃掉的,是你这个不要脸的人所爱的人的那颗心,加贝当爵士的心。你放心吧,这是我亲手割开他的胸膛挖出来的,准保没错。"

妻子听到情人惨死的消息,不由得十分悲痛,过了半晌才说:"你身为一个骑士,居然做出这种事,实在是卑鄙无耻。我跟他在一起并不是被迫的,如果你觉得我们的私情对不起你,那也是我的错,应该惩罚我,你却杀死了他。天主在上,加贝当是个高贵的骑士,我吃了他那颗高贵的心,这辈子不会再吃别的东西!"

说完,她就冲到背后的窗户旁,纵身一跃。这扇窗户离地面很高,她一跳下去立刻毙命,摔得粉身碎骨。

罗西雄见此情景,吃惊不已,仔细一想,对自己所做的事十分懊悔,他害怕当地居民和普罗旺斯伯爵怪罪自己,就连夜骑着马逃跑了。第二天,这件事就在附近传开,两个城堡周围的居民含泪收拾了两具尸体,葬在爵士夫人城堡的小教堂墓地,并在墓地前立下一块墓碑,记载了他们的姓名、恋爱过程和惨死。

故事十

医生的妻子误以为情人猝死,就将他藏进木箱,没想到箱子被两个放高利贷的人偷去。情人苏醒过来,被当成小偷扭送到官府。幸亏太太的侍女去疏通了法官,表明人是自己藏的,使他免受绞刑。放高利贷的两个人因为偷窃而被罚款,以儆效尤。

国王的故事讲完之后,就只剩下狄奥内奥还没讲。他得到国王的吩咐,说道:

前面讲的都是悲惨的恋爱故事,听得几位姑娘心酸不已,我自己也觉得难受。所以,在今天故事的尾声,我不想再讲一些悲惨的故事,让人肝肠寸断,而是讲一些有趣又好听的故事,也许可以给我们明天的故事做个参考。

各位漂亮的姑娘,不久之前,萨莱诺城里住着一个十分有名的外科大夫,叫作马才奥·台拉·蒙太涅。虽然他年岁已高,却娶了城里一个如花似玉的年轻姑娘。为了博得姑娘欢心,他给她买了很多漂亮的衣服和首饰,只要她喜欢的东西都给她买,在这方面,她在全城的女人里都是数一数二的。但是医生已经是垂暮之年,精力大不如前,很多时候娇妻都是独自被晾在一边。我们应该还记得,理卡多·德·金齐卡是如何教他太太遵守各种节日,动不动就要进行斋戒祈祷,还说女色最伤身体,和女人同房一次要很多天才能复原,以及一些诸如此类的蠢话,让娇妻十分不满。

这个女人胆子很大,而且做事谨慎,见这个老头儿连一点一滴都嫌浪费,就准备再找一条出路。打定主意之后,她就开始留心观察身边的很多男人,最后选中了一个,就将所有的希望和幸福都寄托在他身上。那个青年觉察到她的情意,自然十分欢喜,对她十分殷勤。那个青年叫作鲁杰里·达耶罗利,原本出身正经人家,可是不思进取,不但花光了家中的钱,还学会了坑蒙拐骗,所以在萨莱诺城里名声很不好，连亲朋好友都唾弃他。但是这个女人独具慧眼，也不知道看上了他什么，并不在意他的坏名声。她让一个侍女牵线搭桥，精心谋划一番以后，两人见了面，就此勾搭在一起。

两个人相好之后，医生的妻子就说他过去的生活实在太荒唐，如果真心爱她，就要痛改前非，并经常拿出钱财来接济他，好让他改过自新。就在两个人好得蜜里调油的时候，有一天，来了一个腿上长疮的病人。医生进行检查之后，就对病人的家属说，腿里的骨头已经坏死，如果不切除，就会感染，不但坏腿难保，弄不好还有生命危险。家属听说病情这么严重，就拜托医生，让他全权处理。

医生知道，如果不用麻药，病人是无法忍受这种痛苦的，所以决定下午再开刀，上午就安排助手煎了一剂麻醉药，准备让病人喝下去，留出足够的时间进行手术。药煎好后，医生将药带回了家，顺手放在房间里，也没有告诉家人那是什么。

到了傍晚，医生正准备去动手术，突然来了一个人，说是阿马尔菲那里有很多人械斗，受伤惨重，他的朋友让他立刻去救治。医生没办法，只好把坏腿病人的手术推到明天，立刻坐了小船去往阿马尔菲。

妻子知道医生今晚不会回来了，就偷偷叫来了鲁杰里，把他藏进卧房，预备等到家里的人都睡着之后再幽会。

鲁杰里躲在房中，也不知道是因为白天过于乏力，还是东西吃得太咸，还是有爱喝水的习惯，总之是有些口渴，这时他看到了医生拿回来的麻醉药水，还以为是清水，端起来就喝了下去，很快就昏睡起来。医生的妻子好不容易等到脱身，就急忙回到卧室，发现鲁杰里坐在箱子上，睡得十分香甜，就用手推他，想要叫醒他，可是他一点反应都没有。女人有些生气，就更用力地推他，说："你这个瞌睡虫，快点醒过来，要睡觉就回家睡去，不要在这里睡。"

鲁杰里被她这么一推，就从箱子上掉下去，跌落在地，像死了一样，一动都不动。她惊慌失措，想把他拉起来，又是扯他的胡子，又是捏他的鼻子，可他还是不醒。她以为他死了，就用指甲掐他，用蜡烛火烧他，却都无济于事。她虽然是医生的妻子，却根本不懂医道，以为自己心爱的人就这么死了，不由得悲痛欲绝，可是她又不敢放声痛哭，只好趴在他身上默默流泪，感叹自己命苦。她独自哀伤了一会儿，又想到如果这件事情传出去，不但失去了情人，还会败坏自己的名声，要尽快想办法把尸体搬出去，搬回鲁杰里的家里。她悄悄把侍女叫过来，说了说当前的情况,请她给自己拿个主意。侍女也很害怕,就去拉鲁杰里,见他还是一动不动,就和女主人一样,觉得他死了,认为应该快点把尸体搬出去。

女主人说:"那要搬到哪里去呢?明天大家发现了尸首,总不能让人知道是从我们家里搬出去的。"

侍女说:"太太,今天下午,我看到隔壁木匠家门口有一个不太大的箱子,如果他没有收回去,正适合我们用。我认为,可以把尸体放进木箱,再在他身上扎几刀,扔在那里就可以了。等到人家发现尸体,一定不会想到是从我们家搬出去的,只会觉得他平日里坏事做得太多,现在是在做坏事的时候被仇人暗算了。"

女主人觉得这个主意不错,只是不肯在情人身上捅刀子。然后她就吩咐侍女出去,看看那个箱子是否还在街上。侍女出去看了一圈,回禀说箱子还在。这个侍女年纪很轻,身材强壮,女主人帮她把尸体扛在肩膀上,两个人瞅准四下无人,就将鲁杰里扔进箱子,盖好箱盖,回家去了。

这附近还住着两个放高利贷的小伙子,为人吝啬,只想着多赚钱,花钱的时候就一毛不拔,他们也注意到了木匠家门口的箱子,心想自家没什么家具,如果能够偷回来,也可以当一件家具用。过了半夜,他们两个偷偷过来,见箱子还在,抬起来就走,也不管里面是什么,只是心中疑惑这箱子有点重。箱子抬回家后,他们就把它放进老婆的房间,然后自己睡觉去了。

鲁杰里昏睡了一段时间,到了第二天清晨,麻醉药性一过,他就醒了过来,但也只是恢复了知觉,头还是昏昏沉沉的。他睁开眼睛,只觉得四周漆黑一片,用手摸了摸,才知道自己是在一个箱子里,他想:"出了什么事?我这是在哪里?我现在醒着还是在梦中?我想起来了,下午我去了情妇的卧室,现在怎么会到箱子里?是不是医生回来了,或者出了别的事,所以情人趁我熟睡,把我藏进了箱子里?我想应该是这样吧。"

他安静地藏在箱子里,听听外面有什么动静。箱子原本就不大,他蜷缩了这么久,只感觉腰酸背痛,只想翻个身。没房子原本放得不平,他这么一动,箱子就嘭然一声响,倒在地上。那两个熟睡的女人听到这声巨响,从梦中惊醒,吓得大气都不敢出。鲁杰里随着箱子跌落在地,也吓了个半死,但他看见箱盖已经打开,心想不管怎么样,在外面都比关在箱子里好,就爬了出来。可是他不知道自己现在在哪里,就暗中摸索,想找一扇门或者楼梯逃出去。那两个女人听到房间里有动静,就问:"是谁?"鲁杰里听到是陌生女人的声音,更加不敢作声。两个女人又大声叫自己的丈夫,可是他们两个刚刚熬了夜,睡得正香,都没有听到。

两个女人更加害怕,就从床上跳下来,跑到窗口,大声喊:"捉贼啊,捉贼啊!"

邻居们听到她们的喊声,都赶了过来,有的从窗口爬进来,有的从屋顶跳下来。这样一闹,那两个放高利贷的年轻人也醒了。鲁杰里吓坏了,连逃跑都忘记了,就被抓了起来,送到法官那里。因为他素日里作恶多端,法官立刻给他用刑,他承受不住刑罚,就说自己深夜潜入别人家是为了偷钱。法官认为他犯罪情节恶劣,判处他死刑。

第二天,鲁杰里深夜潜入放高利贷的人家中行窃并被逮捕的消息就传遍了萨莱诺城。医生的妻子和她的侍女也听到了这个消息,感到十分惊讶,昨天他明明就死了,尸体也是她们亲自弄出去的,他又怎么会去行窃呢?医生的妻子听说鲁杰里要被绞死,更是心急如焚。到了午前祈祷的时候,医生从阿马尔菲回来,要为病人进行手术,发现药水瓶子居然空了,不由得大发雷霆,说是家里什么东西都放不得。他的妻子本来就忧心忡忡,听到他唠叨个没完,就说:"不就是一瓶水吗?有什么了不起的?用得着这样大惊小怪,没完没了吗?世界上就只有这一瓶水吗?"

医生说:"夫人,你以为那是一瓶清水吗?那是一瓶麻醉药啊。"然后他就说明,这瓶药水是为了给人做手术特地配的。他的妻子这才明白,鲁杰里昨天夜里为什么睡得像死人一样。她说:"我们哪知道这是药水呀,你再配一瓶好了。"

大夫没有办法,知道再发脾气也没有用,只好重新配了一瓶,侍女听从女主人的吩咐,出去打探消息,回来说:"太太,我听到大家都在说鲁杰里的坏话,他那帮亲戚朋友没有一个人愿意出面救他,据说明天就要把他给绞死了。另外,关于他是怎么去到那两个放高利贷的人家去的,我也打探清楚了。你知道,我们把鲁杰里放进了木匠家门外的箱子里,刚才我听到木匠正在和一个人吵架,对方说他付钱做了箱子,木匠却把箱子卖给了别人,所以让木匠退还箱子钱。木匠却坚持说自己没有卖,箱子是被别人偷走的。那个人说:'你胡说八道,明明是卖给了那两个放高利贷的年轻人,昨天鲁杰里被抓的时候,我在他们家看到了那个箱子,他们亲口告诉我是你卖给他们的。'木匠说:'你才胡说八道,我根本没有卖给他们,是他们昨天晚上来偷的,你要是不相信,我们一起去找他们对质。'然后他们就一起去了放高利贷的人家,我就回来了。这样看来,鲁杰里是被抬到那个放高利贷的人家里,才被抓到的,但是我想不明白他是怎么活过来的。"

医生的妻子立刻明白了这件事的来龙去脉,就将医生的话转告了侍女,让她帮忙救鲁杰里的性命,因为她既想搭救鲁杰里,又想保全自己的名声。侍女说:"太太,你想好办法告诉我,我一定按照你说的做。"

医生的妻子急中生智,马上想到了一个好办法,细细教给了侍女。侍女立刻来到医生面前,哭着对他说:"主人,我做了对不起你的事,特意来向你请罪。"

医生问:"你做了什么事?"

侍女哭着说:"先生,你应该知道鲁杰里这个年轻人吧? 最近他向我大献殷勤,我有点怕他,又有点爱他,就同意接受他。昨天他知道你不在家,就想来哄我睡觉,我经不住他再三请求,就让他来我的卧室里。后来他觉得口渴,我的房间里既没有水,也没有酒,又不敢去客厅里拿,因为太太正在那里。我突然想起你有一瓶水在房间里,就去拿了给他喝,又将空瓶放回原处。没想到这居然是药水,害得你刚才大发雷霆。我承认我做了错事,可谁也不能保证一辈子都不做错事。我没想到会闯下这么大的祸,感到十分后悔。现在鲁杰里命悬一线,我希望您能原谅我,同时让我想办法救他出来。"

医生原本十分生气,听到这番话,不由得打趣道:"你这真是咎由自取,原本想请一个人来揭你的裙子,没想到找了一个瞌睡虫。快去救你的情人吧,但你要记住,再也不许他登我的门,否则我连这次的账一起算。"

侍女见第一步进展顺利,就跑到监狱,对看守说尽好话,得以进去见到鲁杰里,告诉他如果想要活命,就要在法官面前这样回答。随后,她又去见了法官。法官见她年轻貌美,还不等她开口,就拥抱了她。侍女只想着法官能听自己的话,就顺从了他,然后说:"大人,你把鲁杰里当成小偷抓了起来,可他是无辜的。"

然后她就绘声绘色地讲述了自己编造的故事,说鲁杰里是她的情人,她把他领到医生家里,错把麻药当成清水给他喝了,后来以为他死了,就把他藏进了木箱里。然后她又讲述了听到的木匠和定做木箱的人吵架的情况,说明鲁杰里是如何去到放高利贷的人家里的。法官认为她说的话很容易核实,就先去问了医生,确定有麻醉药水这么回事,然后又传来了木匠和定做箱子的人,以及那两个放高利贷的人,证明确实是那两个放高利贷的人趁夜偷了箱子。最后法官又把鲁杰里叫来,问他昨天晚上在哪里。鲁杰里说他自己也不知道,原本是去马才奥大夫家跟侍女过夜的,因为太过口渴,喝了口水,后来就人事不省,醒来之后才发现自己在放高利贷的人家的一只箱子里。

　　法官觉得这件案子十分好笑,又让侍女、鲁杰里、木匠和放高利贷的青年把案情说了一遍又一遍,并不是因为这个案子棘手,而是想和侍女多亲热几次。最后,鲁杰里被无罪释放,偷箱子的两个人被罚十枚金币,以儆效尤。鲁杰里死里逃生,觉得非常高兴,他的情人也是欢天喜地。他们一谈起那个侍女曾经要在他身上扎几刀,就笑个不停。以后,他们两个一直保持关系,日子过得十分快活。希望我也能有这种艳福,可是别把我关在箱子里。

　　女郎们听完前面几个故事,都感到十分悲伤,最后狄奥内奥讲的这个故事却让大家哈哈大笑,特别是法官借口审问案件,趁机和侍女寻欢的情节,让他们笑得十分起劲。国王见太阳已经落山,自己任期将满,就诚恳地向各位女郎道歉,因为自己制定的主题是悲惨的爱情故事,让大家十分伤心。然后他摘下头上的桂冠,在众人的注视下放在菲亚梅塔的金发上,对她说:

　　"我把桂冠放在你头上,因为你可以想出明天的故事题材,让大家打消今天的忧伤。"

　　菲亚梅塔长着一头金黄色的卷发,肩膀洁白细腻,脸蛋儿洁白,像百合花一样,腮上泛着玫瑰色,她眼含秋水,两半嘴唇如同两颗红宝石,笑着说:

　　"菲洛斯特拉托,我很乐意接受这顶桂冠,为了让你好好反省,我希望大家明天讲故事的主题是:有情人历尽艰难,终成眷属。"

　　这个提议得到了大家的一致拥护。于是她把总管叫来,安排了明天的事务,然后让大家自由活动,吃晚饭时再集合。花园里景色宜人,令人百看不厌。于是有人去散步,有人去参观磨坊,也有人随意走动,大家都心情愉快,自由自在,直到吃晚饭的时候又重新聚在喷泉旁边。晚饭十分丰盛,大家都吃得非常开心。饭后,大家又像以前一样唱歌跳舞,女王见菲洛梅娜跳完一支舞,就说:

"菲洛斯特拉托,我不想改变之前定下的规矩,也会像之前的国王一样,指定一个人来唱歌。我想你的歌会像你的故事一样哀怨动人,为了避免以后再扫大家的兴,不如由你来唱歌,把你那些令人悲伤的事情都唱出来。"

菲洛斯特拉托欣然从命,立刻开始演唱:

> 我对爱情充满憧憬,
> 海誓山盟却化为泡影,
> 我心如刀割,泪如雨下。

> 爱神啊,自从她的倩影闯入我的心房,
> 我就对她朝思暮想,日夜不尽。
> 我想着她娇美的容颜,
> 为她受尽煎熬,
> 爱神啊,我以苦为乐,
> 甘愿忍受折磨,
> 而如今却铸成大错,
> 悔之已晚,无可奈何。

> 她无视我的深情,将我遗弃,
> 我才知道受了爱情的欺骗,
> 我以为博得了她的欢心,
> 她对我也十分欢喜,两情相悦,
> 却想不到她喜新厌旧,将我抛弃,
> 根本不管我的死活。

> 我发现自己被弃若敝屣,
> 内心十分痛苦,
> 这辈子都没有停息的时候。
> 我在诅咒一个时辰,
> 我在那个时辰第一次看到了她,

她容颜华美，
让我目眩神迷，
如今我的心已经碎掉，
我的信念和激情都已退去。

主啊，我祈求你，
你了解我的心情，
知道我无法减轻痛苦，
我渴望的死神来临，
尽快了结残生。
主啊，不管我去哪里，
都好过在这里受折磨。

除了死，没有任何办法能够抚慰我的内心，
爱神啊，让我快些死去吧，
结束这些苦难。
我的人生已经没有乐趣，
我对人世也没有什么留恋。
只希望我死后她能快乐，
跟她的新欢想尽幸福。

就算没有人听到这首歌，
我也不会在意，
因为没有谁能像我唱得这样悲伤。
我只想托付你一件事，
求你到爱神面前，对他倾诉我的苦衷，
说我已经厌倦人生，
让他带我脱离苦海，
去往另一个安宁的世界。

　　歌词表达了菲洛斯特拉托的心情，以及他的心情如此悲伤的原因。要不是天色渐暗，掩盖了一个跳舞的女郎脸上的红晕，明眼人一下就能看出其中的奥秘。然后大家又唱了一些歌，女王觉得时间不早，就安排大家就寝，让大家各自回到卧室。

第五日

decameron

《十日谈》的第四天已经结束，第五天由此开始。大家在菲亚梅塔女王的主持下，讲起了有情人历尽磨难，最后终成眷属的故事。

天已经很亮了，东半球被太阳温暖的光辉照耀着，鸟儿们正在唱着一首首动听的歌曲，欢迎新的一天。这片悠扬的歌声也吵醒了菲亚梅塔，她起身叫醒了她的女伴和三位青年绅士，然后大家怀着高兴的心情去宽阔的田野里漫步，脚下是泛着露水的青草。直到太阳已经升得很高了，一阵阵热浪袭来，大家才回到别墅，吃了些美酒和糖果，又去那可爱的花园里嬉戏游玩了。

他们在花园里尽情高歌，还唱了几支民谣，很快就到了吃午饭的时间。按照女王的旨意，管家已经准备好了一切，大家高高兴兴地吃了午饭，又和往常一样开始唱歌跳舞，直到午休时间，才在女王的吩咐下开始自由活动。于是想休息的就去休息，不想休息的就继续待在花园里娱乐。

很快就到了女王所吩咐的集合时间，大家照样坐在美丽的喷泉边。女王坐上宝座，一脸喜悦地看着潘菲洛，叫他先讲个结局圆满的有情人的故事，潘菲洛很高兴地答应了，于是开始讲。

故事一

> 在爱情的启迪下，西蒙到海上去抢亲，被罗得岛人抓起来关到了大牢里面。那里的长官放了他，两人齐心协力，从喜宴上劫走了伊菲金妮亚和卡珊德拉两位新娘，一起逃到克里特岛，成为真正的夫妻，过起了安乐平和的日子。

可爱的女郎们，原本我可以讲很多故事，让今天这个美丽的日子有个良好的开端的，可是我太喜欢其中的一个故事了，不但因为这个故事有个圆满的结局，和我们今天的主题很契合，而且通过这个故事，我们可以发现爱情具有多么伟大的力量，它可以给人带来诸多好处，并不像很多人所说的那样卑鄙无耻，这只是胡说而已，这个故事一定会让大家听得非常高兴，因为我想大家现在都沐浴在爱河中。

只要对塞浦路斯这个岛国的古代历史有所了解的人，一定都知道这个岛上有一个名叫阿利提帕斯的绅士。他是全岛最富裕的人，但可惜命运非要与他作对，让他有一件非常遗憾的事，要不然这人世间最幸福的人就非他莫属了。这件遗憾的事不是其他的,就是他那个名叫莱苏的儿子,尽管他长得不错、一表人才,可是非常愚钝,跟一个白痴无异。

这孩子实在是太没有出息了,虽然有良师、严父在一旁不断告诫,甚至不惜动用武力,亲朋好友也想尽办法,想让他变得有学识一些、有教养一些,可全都无济于事。他的说话声总是很大,举止言行又非常粗鲁。说他是个人,还不如说他是个畜生。为了嘲笑他,人家给他取了个名叫西蒙的绰号。在他们的语言系统里,西蒙这个名词就和我们所说的“畜生”差不多。眼看他日日蹉跎,他的父亲整日唉声叹气,从此以后他再也不对这个儿子抱有希望,只得把他赶到庄园去,让他和那些庄稼汉混在一起,这样一来,看不到就不会心烦了。西蒙倒是很乐意,因为他就喜欢和那些村夫樵民在一块儿混,反而很讨厌城里的阔人们。

西蒙就这样来到了庄园干活。有一天,刚吃过午饭的他扛着一根木棍在各个农庄间游荡,不经意间进入了一座小树林。原本这一带的小树林很漂亮,再加上已经是晚春了,枝繁叶茂。可能上天有意给他安排一场艳遇,他信步前行,不知不觉来到一块草坪上。草坪周围大树参天,角落里有一汪清澈的山泉,一位只穿着一件单薄的衣服的清秀小姐睡在身旁的绿草地上,雪白的肌肤尽现无遗。她的下半身盖着一条轻柔的白被单。两个女人和一个男人睡在她的脚跟前,看样子像是她的用人。

一看到这位小姐,西蒙不由得停了下来,用木棍支着身子安静地看着她,一股爱慕之情从心底油然而生,似乎这是他这辈子第一次见到女人。他原本毫无学识,什么都不懂,尽管人家想尽办法开导他,依然不能让他得到半点素养,谁料到这会儿他却突然什么都懂了,觉得这是他见过的最美丽的小姐。于是,他细细地打量着她,那像黄金一样的头发,她的额头、鼻子、嘴唇、脖子、手臂,特别是她那一对微微隆起的乳房,更是让他沉醉不已。

似乎是一瞬间,他就从一个乡野俗人变成了一位审美学家。他真想看一看她的眼睛,可是那姑娘睡得正香,眼睛闭得紧紧的,所以他好几次都有想把她弄醒的冲动。可是他觉得自己从来没有看到过这么美丽的姑娘,不由得认为这个美丽的女孩是仙女下凡了。他真的一下子变得聪明起来了,觉得对待这样的天仙,不能像对待凡夫俗子一样,必须非常郑重才行，于是就极其耐心地等她自己醒来。尽管他等了很久，却没有表现出一丁点儿不耐烦的意思，反而越看越喜欢。

这个姑娘名叫伊菲金妮亚，过了好久以后她才睡醒，不过还是醒在几个仆人的前面。她把眼睛睁开，看到西蒙正拄着木棍在她面前站着，不由得大吃一惊。原来西蒙是个远近闻名的粗鲁人，再加上他父亲非常有钱，而且门第颇高，因此周边没有人不认识他的。于是，她对西蒙说：

"西蒙，你到这树林里来做什么？"

西蒙没有回答她，只是一直盯着她那一对张开的眼睛看，只觉得心里被这股柔情所填满，这是他有生以来感受到的最大的快乐。姑娘看他一直紧紧盯着自己，生怕他做出什么粗鲁的动作来，就起身叫醒了那两个女仆人，同时对他说：

"西蒙，看在天主的面上吧！"

谁知道西蒙却说："我要和你一起走。"

虽然姑娘对他心生忌惮，不愿意让他和自己一块儿走，可是无论如何也无法摆脱他，只能让他和自己一起走。

紧接着，西蒙就回到了他父亲那里，说是以后再也不回庄园了。尽管他父亲和家里人不愿意，可是也无可奈何，只好任由他的心意来，想看看他这次突然改变了想法到底是因为什么。

西蒙的心原本像一块顽固的化石，谁知道一睹伊菲金妮亚的芳容以后，便被感化了。没过多久，他就变得聪慧起来，让他的父亲和家里人，以及许多亲友都大吃一惊。

他先是请求父亲给他做一些华美的衣服，还要加上许多皱边装饰，让他打扮得和兄弟们一样美丽，阿利提帕斯欣然应允。之后，他又和一批地位尊贵的朋友结交，从他们那里学会了绅士应具有的风度，特别是学会了一套对待情人的礼仪。说来没有人相信，没过多久，他就对文字很擅长，即便是站在学者中间也非常突出。到后来（这当然都是因为他爱上了伊菲金妮亚，受到了爱情的熏陶），他不仅说话来也变得文雅起来，而且对音乐、骑术、武艺都非常擅长，这里不需要再赘述他的多才多艺了。总的来说，自从那次受到爱情的启迪之后，在短短四年时间内，他就变得非常出众，人人都夸他是一个年轻的绅士，在塞浦路斯岛中所有后生中拔得头筹，样样都比别人强。

可爱的小姐们，你们说西蒙是怎么一下子就脱胎换骨了呢，那只是因为他原本就是一个很聪慧的人，可是遭到命运之神的忌妒，他那些天赋被牢牢地禁锢住了，直到爱神来解救了他，帮他解除了束缚，又履行了那启迪的职责，让他那些资质重新释放出来。爱神的力量要比命运之神的力量大得多，只要是他所主宰的生灵，无论如何愚钝，他都可以用爱的光芒照着你前进。

西蒙尽管因为爱上伊菲金妮亚，也和情场中的一帮哥们儿一样，有些地方做得有点过火，可是眼见这个傻儿子在爱情的熏陶之下竟变成了一个很像样的人，父亲不但对他的所作所为予以包容，而且极力鼓动他呢。西蒙（因为伊菲金妮亚曾经叫他一声"西蒙"，所以他一直不愿意让别人用莱苏称呼他）为了让自己的梦想成真，反复请求伊菲金妮亚的父亲奇帕梭斯把女儿嫁给他，谁料奇帕梭斯却一直说，他已经把女儿嫁给了罗得岛上一个地位尊贵的后生帕西蒙达，不能失信于人。

终于到了伊菲金妮亚的婚期，新郎那边娶亲的人已经来了，西蒙心想："伊菲金妮亚啊，这一次我一定要用实际行动告诉你我有多么爱你了。正是因为你，我才变得像个人样，只要我得到了你，我真是比神仙还荣耀呢。如果不能娶到你，那我就去死。"

于是，他偷偷地把几个地位尊贵的年轻朋友找来，又偷偷装备了一条战船，只等男家接伊菲金妮亚的船过来，就和它来一场厮杀。再说那个新娘，等她父亲宴请男家宾客之后，便在男家派来的人们的护送下到了船上，开向罗得岛。西蒙一直都在注意着她的动向，第二天，便开船尾随而来，站在船头对伊菲金尼妮亚所在的那条船上的人大喊：

"停下来，把帆收起来，要不然我让你们都坠入海底。"

那边的人一听，马上抄起武器站在甲板上，准备和他来一场决斗。西蒙喊完以后就顺手把一只铁钩抓起来，甩向罗得岛人那条快速行驶的船头，使劲一拉，竟然把那条船拽到了自己船头。西蒙在爱情的驱使下，像一头雄狮，远远地抛下他的同伴们，以一己之力跳上那条船，以一夫当关的勇气扑向敌人，不停地挥舞着手里的那把短刀，很快就让不少人死于他的刀下。罗得岛人一看形势危急，赶紧把武器放下投降，于是西蒙对他们说：

"年轻的朋友们，我这次是全副武装从塞浦路斯岛离开，从海上来追赶你们，既不是为了夺取钱财，也不是为了报什么仇，而只是想得到一件价值连城的东西，而你们只要把她让给我就好了，其实对于你们，她根本不算什么。事实上，我要的就是伊菲金妮亚。我很爱她，在我的心里，她超过一切，我曾经一而再、再而三地请求她的父亲把她嫁给我，可是他执意不肯，我只能在爱情之神的驱使下前来抢亲，让你们难做了。我是想说，我要取代你们的帕西蒙达和她结婚，只要你们交出她，我不会伤害你们的。"

在武力的胁迫下，罗得岛人只好把伊菲金妮亚交给西蒙。西蒙见她哭得梨花带雨，就安慰她说：

"尊贵的小姐，不要伤心了。我是你的西蒙，我一直爱着你，你并没有嫁给帕西蒙达，你只是和他有婚约而已，而我是更有资格娶你的人。"

说着，他就搀扶伊菲金妮亚上了船，把那些护送她的罗得岛人都放走了，也没有抢劫他们的财物。西蒙得到了这样一个心肝宝贝，真是高兴极了，看到姑娘哭得梨花带雨，他先是柔声安慰了一番，然后和伙伴们商议决定，先不回塞浦路斯岛。大家都同意调转船头开向克里特岛，因为他们有不少认识的人都在那边，特别是西蒙，有很多亲友都在那边。大家都说带着伊菲金妮亚去那边是最安全的。

可是命运之神总是变幻不定的，她高兴时，会让西蒙如愿以偿，情场得意；可是她不高兴时，又会肆意捉弄这位一时间抱得美人归的后生，让他从喜悦的巅峰一下子跌至悲痛的谷底。

原来西蒙自从和那些罗得岛人分手以后，很快天就要黑了，他原本想度过生平以来最快乐的一个夜晚时，没想到天刚一黑，天气就发生了突然的变化。天空中乌云密布，海上刮起了狂风，暴风雨眼看就要来了。大家都惊慌失措，也不知道怎么开船，甚至连那条船都管不住了。

西蒙这时更是焦躁万分，他觉得上天之所以让他得偿所愿，只是为了让他死状更惨，要不然，如果没有得到伊菲金妮亚，他死去时也可以毫无牵挂。他的伙伴们也非常悲痛，特别是伊菲金妮亚，哭得更惨。一个浪头打来都把她吓得直哭，一边不停地指责西蒙，为什么要爱上她？还骂他不应该如此胆大，还说这突降的暴风雨就是神灵在告诉他，不能违背神明的意志，强行霸占她为妻，神明让西蒙不要异想天开，不要寄希望于得到这个福分，要叫她先行离开，然后让西蒙也不得好死。

大家一直悲痛不已,狂风吹得也越来越厉害,水手们都惊慌失措,也不知道该往哪个方向开,更不知道如何改变航道,竟然把船开到了罗得岛附近。当然,他们并不知道这里就是罗得岛,只是为了要保全自己,才用力地把船靠岸。幸亏命运之神对他们还是眷顾的,把他们带到了一个海湾。西蒙所释放的那批罗得岛人,也是前不久才开着那条船在这里靠岸的。一直到第二天天快亮的时候,他才知道自己到了罗得岛,看到昨天释放的那条船和他们只有咫尺之遥。西蒙狼狈极了,生怕那些罗得岛人要报复他——后来他们也还真的报复了,这是后话,先略过不说——便马上叫伙伴们把船开走,任由命运之神带着他们前行,去哪里都可以,因为不管去哪里都好过在这里。于是大家使出浑身的力气想把船开走,可是根本没有用。风一个劲儿地朝他们袭来,似乎故意跟他们作对一样,让他们不仅不能开出海湾,反而离海边越来越近。

　　他们才刚刚到这儿,那些上岸的罗德得的水手们就认出了他们。其中有个水手马上朝附近的一个村庄跑去,原来刚刚下船的那些罗得岛青年绅士们都去了那边。水手马上把他们找到,对他们说西蒙和伊菲金妮亚所在的那条船也和他们遭受了同样的命运,被狂风吹到了这里。这可能是天意,听到这个消息以后,他们都兴奋极了,马上带了一大群村民赶向海边。这时西蒙已经带着伊菲金妮亚一行人上了岸,准备逃往一个林子里,可惜全被他们抓住,带到了村里。帕西蒙达很快就知道了这个消息,马上把状告到岛上的官府里,这一年的官长是李西马柯,他马上答应处理这件事,带着一群警卫出城来,收押了西蒙一行人。

　　于是西蒙这个在情场上失意的人,刚得到伊菲金妮亚,马上又失去了她。他只是吻了她一两下而已,再说伊菲金妮亚,自然是受到了贵宾一样的接待,罗得岛的尊贵仕女们都出来迎接她、抚慰她。因为她在半路受到了惊吓,又在海洋上遭到了风暴的侵袭,所以她们一直陪着她,直到结婚大典的到来。

　　帕西蒙达一个劲儿地对官府说,要处死西蒙和他的伙伴们,可是官府想到他们前一天没有杀害那批年轻的罗得岛人,而是释放了他们,就并没有判处他们死刑,而是判处终身徒刑。不用想也知道,狱中的生活何其凄惨,和幸福根本毫无关系。

　　帕西蒙德这边可是高兴坏了,赶紧进行婚礼的准备工作。那命运之神让西蒙遭受了这么大的一个挫折,这时似乎有些后悔了,又带给他一次抚慰。

原来帕西蒙德有个名叫奥米斯达的弟弟,尽管他比哥哥小几岁,可是论长处,一点都不逊色于哥哥。他早就和城里一位名叫卡珊德拉的高贵小姐有了婚约,可好巧不巧,官长也深爱着这位小姐,以致好事一磨再磨,婚期也被无限期拖延下去。现在帕西蒙德马上就要结婚了,准备大摆喜宴,新郎心想:最好让奥米斯达和她一起办婚礼,这样就不用再破费一次了,于是,他就向女家的父母求情,女家同意了,于是他又和弟弟商量好,帕西蒙德和伊菲金妮亚结婚时,奥米斯达也迎娶卡珊德拉。

听到这个消息以后,李西马柯眼看自己的希望就要落空,不由得十分沮丧。他又想道,如果不是奥米斯达要和她结婚,那她的结婚对象一定就是自己。可是他终究是一个有智慧的人,尽管怨气满满,可是嘴上什么也没说。经过反复思考,他想好这次一定不能让奥米斯达如愿以偿,可是有什么好办法吗?除非劫走卡珊德拉。

他觉得这个办法最稳妥了,因为他可以利用职务之便,想干什么就干什么。可是他又转念一想,既然自己是官长,这样做未免太有失体统了。他想来想去,最后还是输给了爱情,他也不管会有什么样的后果,决定无论怎样都要劫走卡珊德拉。接下来他又想着怎么样才能让这个计划得以实现呢,需要找谁来帮忙呢?他马上就想到了被关押在大牢里的西蒙一伙人。他觉得西蒙是办这件事的最好人选,于是连夜把西蒙找来,对他说:

“西蒙,神明太大方了,让我们人类拥有了很多美好事物,可是他们也太精明了,总要考验一下接受恩赐的人,有没有享受这个福分的资格。谁够果断、够坚贞,神明便觉得他有资格享受他的赏赐,让他享有更多的福分。我知道你父亲是非常有钱的人,所以神明会更加严格地考验你,从而判定你有没有资格享受更大的福分。他们先叫爱神来撩拨你,让你一下子从一个什么都不懂的野兽变成了一个人(这是我听说的),接下来又让你有了一个心上人,当你一把她弄到手,又马上让你交了霉运,被关进了监牢,这只是想看看你是否具有足够坚定的意志,如果有,他们就要让你拥有更大的幸福。我之所以跟你说这些,只是为了让你振作起来,不要因此而颓废。

“伊菲金妮亚原本就是你的,命运之神先是大度地把她赐给了你,后来又因为一时不高兴,忽然又从你手里夺走了她。帕西蒙达想尽办法,只想让你死,现在他正张罗着准备和她结婚,要把你的伊菲金妮亚揽到自己怀里。假如你真的像我所想象的那样痴情,当然会非常伤心。因为我和你的境遇相同,所以你的痛苦我可以感同身受,他的兄弟奥米斯达也准备同一天结婚,新娘就是我的心上人卡珊德拉,现在我们没有办法来躲避了,除非我们能够凭借一腔孤勇杀出一条路来,劫走我们的意中人。这对于我来说还是生平第一次,而你已经是第二次了。假如你真的非常重视,我的意思说并不是说你非常重视自由,我知道你失去心上人以后,自由对你来说已经无关紧要了,我是想说假如你真的对神明的赏赐给你的意中人非常看重,你只需要按照我的办法来,给我帮帮忙,就可以重新得到你的心上人。”

一听这话,西蒙顿时来了精神,干脆地回复道:“李西马柯,你要干的这种事,我是最合适的人选。只要事成以后就像今天所说的,可以让我得到这份收获,我一定会不顾性命地回报你的。”

于是李西马柯说:“两天以后,那两位新娘就要和她们的丈夫成婚,到时你可以带领着你的伙伴全副武装,我也带着我的几个心腹朋友,趁天黑时到他们家去,把众宾客拨开,劫走我们的心上人。谁要是敢阻挡,就直接杀了,我已经提前准备好一条船,一旦抢人成功,就马上送到船上去。”

对于这个计划,西蒙举双手赞成,回到牢里的他安静地等着时机,准备依计行事。

很快就到了婚期,这两位新郎的家里自然是大摆宴席,很是奢华,处处都洋溢着喜庆的气氛。再说李西马柯,这时也准备好了一切,叫西蒙一伙人和他自己那边心腹朋友都带上武器,分成三队。他先是大声发表了一篇演讲,激励他们勇往直前。之后派了一队人偷偷在港口驻守,等到上船的时候,就可以畅通无阻了。不久他觉得时机已到,就带领其他两队人赶到帕西蒙达家里,又留下一队人放哨,让他们谁也不敢为难他们。他和西蒙带着其他一队人直接朝楼上奔去,来到客厅里,看到两位新娘正和许多太太小姐们坐着饮酒。于是,他们直接涌上去,把桌子推翻,分别抱起自己的意中人交给手下人,叫他们赶紧到船上去。

两个新娘哭叫不已,别的太太小姐以及仆人们全都哭闹起来,整个屋子里闹成一团。西蒙和李西马柯一伙人马上把刀剑抽出来,奔向楼梯口,大家看了都不敢再作声,只能乖乖地给他们让出一条路来。再说帕西蒙达,在里面听到叫喊声以后,马上拿起一根大棒走出来,这伙人正好下楼,双方来了个面对面。西蒙对准他的头颅就是一刀,对方当场殒命。他的弟弟奥米斯达也是个倒霉蛋,不但没有救成哥哥,也让西蒙一刀给杀死了。另外几个胆大的,不是受了伤就是挨了打,在西蒙和李西马柯的手下面前都连连往后退。

他们把抢过来的意中人扛在肩上,从血流成河的宅子冲出去,和门口一伙人会集以后,直接朝港口奔去,一路上竟毫无阻碍。到港口以后,两位新娘与伙伴们都上了船。谁料这时岸上已经人满为患,每个人都拿着兵器想要救两位姑娘。可是他们速度太快了,马上就开动船,扬长而去,很快就来到了克里特,亲人们都非常高兴,设宴款待他们。后来他们又大摆宴席,和这两位新娘正式喜结连理,真是快活似神仙。

因为这件事,塞浦路斯岛和罗得岛闹得不可开交,最后两个岛上亲友们反复从中斡旋,才让这件事情有了个圆满的结局,声明他们在异地待一段时间以后,西蒙可以带着伊菲金妮亚回到塞浦路斯,而李西马柯也可以带着卡珊德拉回到罗得岛。自此以后都在自己的故乡幸福地生活下去。

故事二

听说情人马杜丘死了,高丝坦莎非常难过,独自驾着一条小船在海上漂泊,想要一死了之。谁知道在风的吹动下,她被带到了苏沙城。她听说马杜丘依然活着,还深受突尼斯国王的器重。于是,她想方设法和他见了面,自此以后两人结为夫妇,一起回到了故乡。

潘菲洛把这个故事讲完以后,女王连声称赞,叫艾米莉娅接着往下说,于是艾米莉娅说道:

每个人都喜欢听爱情得到回报的故事,男女相爱原本就应该有个圆满的结局,而不应该整日抱怨连连,所以,相比昨天依据国王的旨意来讲另一类的故事,我更愿意依据女王的命令来讲这一类的故事。

美丽的小姐们,你们都知道,在西西里附近有个叫利帕里的小岛。之前,一个名叫高丝坦莎的小姐就住在这里,她长得很漂亮,地位也很尊贵。可能是上天故意安排,那岛上有一个叫马杜丘·高米多的年轻后生,长得一表人才,彬彬有礼,算得上有德又有才。他们二人相爱了。双方只要有一天没看到对方,就寝食难安。马杜丘把自己的心意告诉给了女方的父亲,要求和他的女儿结婚。可是那父亲嫌他太穷了,无情地拒绝了他。

马杜丘心想,自己只是穷了一点,就遭到人家的嫌弃,连结亲都遭人拒绝,于是气极了的他和亲友们商量以后,就装备好一条小船,准备从利帕里离开。他向他的亲友们发誓,如果这辈子他不能变成有钱人,就永远不回来。自此以后他就开始在海上打劫,在巴巴里沿岸一带活动,只要有商人从这经过,就全都成了他的羔羊。他的运气还真是好,遗憾的是,就是太贪心了。很快他那一伙人就攒下很多钱,已经变成了富人,可是他们还想更富有。一次,几条撒拉逊人的船进入他们的地界,经过一场恶斗,他们被抓住,船沉入了海底,伙伴们都葬身海底。马杜丘本人也被押到突尼斯,被关到大牢里受尽折磨。

且说那个姑娘,自从马杜丘走了以后,就一直非常伤心,如今又听说心爱的人葬身海底,更是哭得上气不接下气,再也没有了求生的欲望。可是,她又狠不下心来结束自己的生命,于是便打定主意,想另外的办法让自己走上死路。一天晚上,她偷偷从家里溜出去,来到港口,看到几条大船附近有一条小渔船,船上面有帆有桨,什么都有,原来船主人刚刚上了岸。她一个箭步跳上船,划向大海。这个岛上的妇女基本上都会划船,她也一样,因此她就把帆张起来,又把船桨都丢下水,任由风浪带着自己前行。她原以为这条小船轻,又没有掌舵人,即便不会被海浪吹翻,也会撞到岩石上,到了那时,哪怕她想逃也没办法了,只能被鱼给吃了。她缩在床底,把头埋在斗篷里,肆意地哭起来。

可是,让她没想到的是,这一天刚好吹的是北风,风力不大,海面上风平浪静,小船一直前行得非常平稳。第二天晚祷时分,小船漂到了苏沙城周边的一个海滩上,和突尼斯相距一百英里。

这位姑娘早已不在乎生死,所以从来没有抬起头来看过,因此压根不知道自己现在到底在哪里。说来也巧,船在海滩上搁浅时,一个给渔夫们帮佣的穷苦女人正在收渔网。看到这条船的帆张得满满的,却搁浅在沙滩上,她觉得很奇怪,还以为渔夫们在船上睡着了。于是,她走上前,想去一探究竟,却发现里面没有人,只有一位睡得正香的姑娘,便叫了叫她,叫了很久,才终于把她叫醒了。姑娘的打扮告诉她这是一个基督徒,于是,女人便用拉丁语问她怎么一个人孤零零地来到这里,姑娘听到她用拉丁语和自己说话,不由得心下犯嘀咕,还以为是一阵大风把她吹到了利帕里。她心下一惊,赶紧跳起来眺望了一下四周,发现自己身在陆地,而且是在一个自己从来没有来过的地方,便问那女人这是哪里,那女人回答道:

"姑娘,这里是巴巴里的苏沙城。"

一听这话,姑娘知道自己一心求死却没能成功,伤心极了。她生怕自己会遭到欺侮,一时间张皇失措,只得坐在船头痛哭失声。

看到她这个模样,那个善良的妇人很是同情,一再劝她去她那间小屋里坐一坐,等进屋以后又不停地劝她,姑娘这才告诉她自己为什么会来到这里。听到她这样说,那妇人知道她已经整整一天没有进过一粒米了,于是她把自己吃的干面包,还有一些鱼、一些水拿出来,非要让她吃一些。

听到她说的是拉丁语,高丝坦莎便问她姓甚名谁。那妇人回答说她是特拉帕尼人,名叫卡拉帕瑞莎,在这地方伺候几位以基督徒为信仰的渔人。尽管姑娘这时依然十分伤心,可是一听到卡拉帕瑞莎这个名字,也不知道为什么,总觉得这是一个很好的兆头,而且没有那么想死了,觉得还是有一些希望的。她并没有把自己的身份以及自己从哪里来说出来,只是恳求妇人看在天主的面上,多给她一些提点,怎么样才能不受到侮辱。卡拉帕瑞莎可真是一个善良的妇人,听了这话,便把姑娘留在小屋里,赶紧先去把渔网收了回来,然后又用自己的斗篷把姑娘严严实实地包裹住,把她送到了苏沙城。

到那以后,那个妇人告诉她:"高丝坦莎,现在,我要把你送到一个老大娘那里去。她是一个很善良的人,我时常给她帮忙做事,我去帮你求求情,她一定愿意收留你的,还会把你当作亲生女儿。和她住在一起以后,你也应该尽心尽力地照顾她,让她开心,等你将来交了好运,你再想想别的办法。"说过以后,她就依言照做了。

那个老大娘年纪很大了,听她讲述了事情经过以后,盯着她竟感动得哭了。听完以后,她就拉着姑娘的手,给了她一个吻,带她到了屋子里。这个房子里住的不仅有老大娘,还有其他几个别的女人,但是没有男人。她们做着各种手工活,有的纺织丝绸,有的做芭蕉扇,有的鞣皮制革。没过多久,高丝坦莎也学会了一些手工活,于是就和大家一起干。所以老妇人和其他几个人都还比较喜欢她,没过多久,她还学会了她们的说话方式。

就这样,姑娘就在苏沙住下了,她家人也不知道她去了哪里,还以为她死了,都非常伤心。这时突尼斯的国王是马列亚台拉,而此时,格拉那达地方一个地位尊贵的世家子弟正在冒犯他,那人派了大批人马想要把他从王位上拉下来。在大牢里的马杜丘也听说了这个消息,他原本就对巴巴里一带的土语非常精通,又听说国王正在想方设法抵抗,于是就对狱吏说:

"假如我可以见到国王,我一定可以想办法让他大胜而回。"

狱吏把这句话告诉了自己的上司,上司又禀明了国王。国王命令召来马杜丘,问他有什么好计策,他回答道:

"陛下,我曾经不止一次来到贵国,但见你在和敌人作战时,基本上靠的都是弓弩手。假如你的战术确实是这样的话,我想只需要用这一个计谋,就可以让敌军缺少武器,而我军又拥有足够多的武器,那么这仗你必胜无疑。"

国王说:"假如可以做到这一点的话,我也相信我一定会大获全胜。"

马杜丘说:"王上,只要你愿意听我的,就一定可以实现。我先来把我的计策说一遍。你得去定做一些弓,相比一般的弓弦,要做得细一些,再去定做一些箭,和这些细弦的弓相匹配。这件事一定要做得非常隐秘,万万不可泄露给敌军,要不然这条计谋就无法成功了。至于你问我,采用这条计策是出于什么理由,我可以这样告诉你,我军在和敌军交锋时,双方一起发射弓箭,然后我军把敌军射过的箭都捡起来,敌军也是这样。可是敌军把我军的箭捡起来以后,因为箭太小,和他们粗弦的弓根本不匹配,而我军所捡的敌人的剑,却和我军的细弦弓很是匹配。如此一来,我军的武器就会变得非常充分,而敌军就相当于没有武器了。"

国王原本就非常聪明,听了马杜丘的这个方法以后,觉得非常有理,于是依照他的计策行事,最后果然得胜而归。自此以后,他就非常器重马杜丘,让他一下子享受了数不尽的荣华富贵。这消息很快就传播开去了,几乎无人不知、无人不晓。不久,高丝坦莎也知道了这个消息,她原以为马杜丘早就不在世上了,想不到他还活着,于是她心中的爱情又再次活了过来,而且比从前更加热烈。她不再感到绝望,而觉得希望满满,于是,她将这些情形都跟那位善良的老大娘说了,又说自己想亲自去一趟突尼斯,亲眼看看这些传闻是不是真的,然后才能放心。老大娘对于她这个心愿极尽赞成,就像亲娘一般,用一条小船把她送过去,同行的还有卡拉帕瑞莎和她们所有人。她们在老大娘的一位女亲戚家里住下来,受到热情的接待。到那以后,她便让卡拉帕瑞莎去打听马杜丘的位置,结果卡拉帕瑞莎回来对老大娘说,他确实没死,而且现在既有钱又有势力,老大娘非常欣喜,要亲自告诉马杜丘这个特大的喜讯,说高丝坦莎过来找他了。有一天,她就去了那里,并告诉他:

"马杜丘,你有个仆人从利帕里到了我家里,要私下和你交流几句,因为他不相信别人,因此我便答应了帮他传话。"

马杜丘对她表示感谢,并和她一起来到了她家里。一看到他,高丝坦莎高兴坏了。她再也无法控制自己,张开怀抱,紧紧抱住他,把他的脖子紧紧搂住,竟无语凝噎。想到从前的所经历的悲惨岁月,再想到现在的快乐,不由得哭了起来。

看到意中人突然出现在面前,马杜丘一时间惊讶得不知如何是好,过了半天才叹着气说:"哎哟,我的高丝坦莎啊,原来你还没死啊!很久以前我就听说你失踪了,家乡人也不知道你去了哪里。"说着便抱住她猛烈亲吻起来,眼泪也不由自主地掉了下来。

于是高丝坦莎就把自己所遭受的种种磨难,以及这个老大娘是如何好心地收留她,并款待她的经过都详细地跟他说了。马杜丘和她互诉衷肠以后,就暂时和她告别,去了国王那里,跟国王说了这事情的前后经过——他自己曾经经历了多少风险,那位姑娘又经历了多少风险,都告诉给了国王,还说,希望国王允许他们能正式结婚。听了他的这番描述以后,国王也非常惊讶,马上把那个姑娘叫来对证,发现他们说的果真一模一样。于是,国王对她说:

"这样说来,你可真挑了个好丈夫啊。"

他又命令手下人准备了厚礼,分别赏赐给他们二人,又告诉他们按照自己的心意来。事后,马杜丘彬彬有礼地和那位收容高丝坦莎的老大娘告辞,感谢她照顾高丝坦莎,还送给她不少礼物,祈求天主赐福与她。临别时,高丝坦莎还热泪盈眶。接下来,国王又允许他们把卡拉帕瑞莎带上,一起上了一条小船,一路到了利帕里,当然是喜不自禁。在利帕里,他们举行了隆重的婚礼,自此以后,两人过着恩爱幸福的生活。

故事三

　　彼得和阿奏莱拉私奔,结果在路上遇到了强盗。在林子里,女的迷失了方向,幸运的是,城堡主人收留了她;男的被盗贼所抓,又侥幸逃了出来,经过了一夜的担惊受怕以后,也赶到那里和情人相会,有情人才终成眷属。

　　所有人都说艾米莉娅的这个故事讲得很好。女王见他讲完了,便转过身命令艾莉莎继续讲,艾莉莎马上非常高兴地接受了旨意,于是她便开始讲下面这个故事。

　　美丽的小姐们,我要说的这个故事讲的是一对青年男女,因为马虎,受了一晚上的折磨,后来终于交了好运,才过上快乐的日子,这个故事也还是契合主题的,所以我非常愿意和大家一起分享。

　　大家都知道,虽然现如今罗马已经衰败了,可是曾经也非常繁荣。就在前段时间,那城里住着一个名叫彼得·卜卡马查的后生,出生于城内一个权贵之家。他爱上了一位名叫阿奏莱拉的小姐。阿奏莱拉的父亲纪利奥卓·邵络虽然是个平民,可是在罗马人中享有很高的威信。彼得既然爱她,于是便想尽各种办法,让那位姑娘也爱上他。彼得感受到了爱情的美好以后,整日魂不守舍,不想再被相思折磨的他,便想好向她求婚。

　　一听到他有这个想法,他的亲友们都赶过来严厉地斥责他,叫他万万不可这样糊涂,同时又跑去对纪利奥卓说,叫他千万不要相信彼得的话,要不然他们是会和他断绝亲友关系的。彼得原本就想好,不管家里人怎么阻拦,只要纪利奥卓答应把女儿嫁给他,他就一定不会失言。可现在这仅有的一条得偿所愿的道路也被阻断了,他真是悲痛万分。可是不管怎么样,他最后还是想出了一个办法,只要他的情人和他的想法是一致的,那么这段良缘就不会断掉。于是,他就派人去打听她是怎么想的,她果然对他的做法表示赞同,于是他俩决定私奔,从这罗马城离开。

　　彼得先准备好所有事宜,到了商定好的那一天,他早早就起床了,和那位小姐一起上马,出发至阿纳尼,投奔那里的几位朋友。他们走得很匆忙,也没有时间举行婚礼,生怕后面有人追他们。一路上,两人不停地说着情话,不断地亲吻。哪料到彼得对路线并不熟悉,才离城八英里,原本是向右拐弯的,他却拐向了左边。

　　走了大概六英里路的样子,他们来到了一座小小的城堡附近,不巧他们的身影落入了寨中人眼里。十来个长得非常魁梧的大汉突然从寨子里冲了出来,眼看这些人就要来到他们跟前,那女的赶紧喊道:

　　"彼得,快跑,有人来要进攻我们了!"

　　说着,她就赶着马儿奔向一座大树林。她把马鞍扶紧,用力踢着马腹,那马一吃痛,就飞也似的向树林子里奔去。

　　哪料到,彼得一路上并不看路,光顾看着阿袅莱拉了,因此,他并没有一眼就看见这些陌生人。听了她的话,他正准备回头看,可是,遗憾的是,他还没有发现他们,就被他们逮了个正着。他们将他拽下马,问清楚他叫什么名字以后,商量了一会儿就说:

　　"这个人是我们敌人的一个朋友,我们可要把他的衣服全扒光,把他的马牵走,然后把他吊在那边的橡树上,这样奥森尼肯定非常气愤。"

　　大家都同意这样做,马上把彼得的衣服了脱下来。彼得眼看就要经历一场大磨难,只能任由他们胡作非为。哪料到,这时有足足二十五个人突然从草木丛中钻了出来,向这伙人大叫道:"杀呀！杀呀！"这伙强盗一时不知如何是好,马上把彼得放下,准备防卫。可是一看敌人太多了,而自己人数又太少,只能仓皇逃窜,那二十来个人一直在后面追着他们。

　　看到这副场景,彼得抓紧时间把衣服捡起来穿上,策马急驰,奔向阿袅莱拉逃去的方向。他走了一段距离,不仅没有找到人,而且都找不出一条像样的路,更别提看到马蹄印子了,这时全天下最伤心的人就非他莫属了。他又向前奔跑了一阵,觉得那些追他的强盗以及追赶强盗的那批人都已经走得很远了,他不用再那么匆忙地逃命了,才赶着马儿在树林里四处奔走,一边哭,一边叫着姑娘的名字,却没有得到任何回应。他既不敢往回走,往前走又不知道往哪个方向走,他想到森林里时常会出现野兽,不仅担心自己,还担心他的姑娘,仿佛眼看自己就要落入野狼或大熊之口。

　　可怜的彼得就这样在树林里瞎转悠着,不停地喊着他的情人。事实上他一直在往后退,他却以为自己是在朝前走,他就这样一边叫一边哭,又饿又怕,到最后一点力气都没有了,就停在了原地。眼看暮色降临,前不着村后不着店,他只能从马上下来,把马拴在一棵大橡树上，自己爬到树上面，以免落入野兽之口。转眼之间，月亮已经升了上来，月朗风清，他无论如何都睡不着，只是一个劲儿地怨自己命苦。一方面他是不敢睡，害怕从树上掉下去。另一方面，即便给他一个很好的睡觉的地方，可是一想到意中人，他又焦躁不安，依然睡不着。

再说那位小姐，当时她只顾着逃命，也不知道逃向哪个方向，只是任由她的马儿带着她一直走向林子深处，到后来实在找不到之前的入口，只能在那块一个人都没人的地方瞎转悠。她也和彼得一样，一会听听动静，一会又往前走一阵，哭喊着，感叹着自己的霉运。直到暮色快要降临，彼得依然没有踪影，这时，一条小路出现在她的面前，马儿随即走到那条小路上去。走了一两英里路以后，她看到远处有一座小房屋，赶紧骑马跑过去，看到有一对老夫妇住在这个屋子里。他们眼见她孤身一人，便问道：

"姑娘，这么晚了，你一个人到这里来干什么呀？"

姑娘哭着说，在树林中和同伴走失了，又问从这里去阿纳尼还要走多远的路。

那老者回答道："姑娘，你要是去阿纳尼的话，那你就走错方向啦，从这里到阿纳尼还要走几十里路呢！"

姑娘又问："那附近有客店吗？可以让我先住一晚。"

善良的老人说："天都快黑了，你就是往那个客店赶，恐怕现在也赶不及了。"

于是姑娘说："既然找不到借宿的地方也，您老能不能发发慈悲，让我今天晚上先在您府上住一晚？"

老人说："小姐，我们当然欢迎你在我们这里借宿，只是有一件事我们必须先告诉你，这一带经常有成群结队的歹徒出现，他们有的是同伙，有的是仇人。我们经常被他们害得很惨，你要是住在这里的话，万一碰上这群人，他们看见你长得这么漂亮，可能会对你做一些粗鲁的行为，那时候我们就没办法救你了，你可不要怪我们没有提前跟你说呀。"

听了老人的话，姑娘虽然有些恐惧，可是看天已经黑了，只能说："但愿天主保佑你和我都平平安安的，即便是遭遇不幸，相比待在树林里落入野兽之口，还不如被这些歹徒欺辱。"

说着，她就从马上下来，走到这个穷苦老人的家里，和他们一起吃了些菜饭，然后就和这对老夫妇在一张小床上挤着睡。一晚上，她都不停地叹着气，怨自己的命怎么这么苦，又害怕彼得遭遇不幸，越想越睡不着。

天刚蒙蒙亮时，一阵纷杂的脚步声传过来，她赶忙起身，走到屋后一个大院子去，看到院角里堆着一堆草，就赶紧钻到了里面，心想，如果真的来了什么歹人，也多少可以先避一下，不会很快就被人发现。她还没有藏好，一群歹徒就已经来到门前，用力撞开门，走进屋来，看到阿衾莱拉那匹马鞍辔俱全，便打听谁到了这里。善良的人看姑娘并不在屋里，才放心大胆地说：

"这里只有我们两口子啊，这匹马没有主人，昨天晚上，它跑到这里来，我们担心它被豺狼吃掉，就把它牵了进来。"

其中带头的那个人说："既然这匹马没有主人，那不如就归了我们吧！"

这伙人一进到屋子里面就到处翻腾，有些人去了院子，把枪矛剑盾都扔掉。其中有一人实在太闲了，随手把一根枪摔到草堆上，差一点儿就戳中了那个在草堆里躲着的姑娘。那根枪正好扔到了她的左胸附近，她的衣服都因此破了一个大洞，她差一点儿都被吓得尖叫起来，幸好她还记得现在的处境很凶险，所以虽然很害怕，但依然没有作声。之后，这一伙人大快朵颐，就把姑娘的马牵着各自走了，直到他们走了很远以后，老人才对他的妻子说：

"昨天在我们这借宿的那位姑娘现在也不知道怎么样了？我们起床以后，她好像就消失了呢！"

他的老妻说她也不知道，同时赶紧去找那位姑娘。那姑娘听说歹徒已经走远了，就从草堆里走了出来。老人见她并没有被歹人抓住，非常高兴，又见天已经亮了，于是对她说：

"姑娘，现在已经是白天了，你从这里出发，往前走五英里，就可以看到一个城堡，我们可以把你送到那里，这倒是很安全的。可是刚刚那伙歹徒把你的马牵走了，你只能步行前往。"

这时的姑娘哪还顾得上什么马啊，只求老夫看在天主的份上，赶快把她送到那个城堡去。一行三人赶紧出发，晨祷过半时就已经赶到那里了。

这个城堡原来的主人是奥森尼族的一个子弟，名叫廖纳罗·狄·康朴迭福，他的夫人是个很善良的人，这时刚好在家里，看见这位姑娘来了，一眼就认出了她，热烈地欢迎她进屋。问她为什么会到这里来，阿衮莱拉详细跟她说了事情经过。夫人也认识彼得，因为他是她丈夫的朋友，她听说彼得不幸被歹人抓住了，伤心了很久，又害怕他这次处境很危险，于是对阿衮莱拉说：

"既然你不知道彼得现在在哪儿，那就先在这里住下来吧，等我有时间便护送你到罗马去。"

再说彼得一直很伤心地在橡树上待着，到了平常睡第一觉的时候，他就看见一二十头狼把他的马儿团团包围起来。一闻到狼的气息，马儿便使劲地想要挣脱缰绳逃跑，可是周围都是狼，它根本逃不掉。它用劲蹄拼命地搏斗了好一阵，最后还是被狼群扑倒，肉也被狼群给吃得干干净净，只剩下一堆骨头。没有这匹马以后，彼得就相当于失去了一个好伙伴、一个和他同甘共苦的好朋友，他伤心极了，心里暗想，这辈子恐怕都要待在这个林子里了。

天刚亮，在橡树上待着快要冻死的他就不停地看向四周，只见大概一英里外的地方，有人生了一堆火，等到天大亮以后，他小心翼翼地从树上下来，走向那堆野火，他看到那里围着一群牧羊人，正在大快朵颐，好不高兴。大家可怜他，就让他跟他们一起吃了点东西。吃饱以后，身上也暖和以后，他便跟他们说了自己的痛苦遭遇，说他如何一个人孤零零地来到这里，又问他们这附近有没有什么乡镇城堡。

牧羊人跟他说，大概往前走十英里，就到了廖纳罗·狄·康朴迭福的城堡，主妇现在正在那边住，彼得听了很高兴，请求他们派人带他过去，有两个牧羊人马上就自告奋勇地带他去。到那以后，他找到了几个熟人，正准备想办法去树林里去寻找他的情人，刚巧这时夫人过来了，把他喊了进去。他一进到里面，看到阿衮莱拉也在那儿，一时间真是高兴坏了。他真想一把把她抱起来，可是又因为夫人在面前，他不敢做越矩的动作，而那位姑娘也和他一样喜不自禁。夫人非常热情地欢迎他、招待他过后，就让他把这次惊险的经历讲给她听。她听完以后责怪他不应该不听从家里人的心意，做出这样的事情来，之后见他一意孤行，又看女方的想法和他一致，心想："我为什么要把他们俩分开呢？既然他们俩这么相爱，而且又都是我丈夫的朋友，他们的愿望也没什么好诟病的，一个人侥幸逃离绞索，另一个人侥幸逃离枪矛，而且两人险些落入猛兽之口，或命丧于树林。我还是成全他们吧。"想到这，她转身对这一对情人说：

"假如你们俩一定要在一起，我也愿意成全你们，你们可以在这里结婚,所有开销都包在廖纳罗身上。婚后我再到你们家里去给你们求情。"

彼得听了很是高兴,阿衮莱拉更是喜上眉梢,于是二人喜结连理,夫人给他们办了一场特别体面的婚礼,只要是山城中可以准备的东西,都帮他们准备好了。少男少女享受着爱情的甜蜜,更是喜悦不已。几天以后,他们和夫人一起出发回乡,而且还派人一路把他们护送到罗马。彼得家里人看到彼得竟然敢做出这样的事情,非常生气,可是后来总算是和好了。彼得和阿衮莱拉从此过着幸福美满的日子。

故事四

> 卡德琳娜和她的情人正做着美梦,忽然被她的父亲发现了,
> 那情人甘愿听命,当场和她喜结连理,让老头儿不再气恼。

艾莉莎把故事讲完以后,小姐们都称赞不已,之后女王就叫菲洛斯特拉托接着讲下一个,他笑盈盈地开始说:

你们这些小姐们总是对我怨声载道,说我不应该要你们老是讲一些凄凄惨惨的故事,害得你们眼泪都快流干了。为了赎罪,这一次我要引得你们大笑不已。我要讲一个结局很好的短爱情故事,尽管中间有些许波折,可是那只是几声叹息,一些短暂的羞怯和害怕掺杂其中而已。

尊贵的小姐们,从前在罗马纳地方住着一位修养很好的高贵绅士,名叫利齐奥·达·伐朋纳。在他快要暮年时,他的妻子贾康米娜给他养了一位千金,待这女儿长大成人以后,长得亭亭玉立,是当地最明艳动人的姑娘。他的爹娘因为只有她这么一个独生女儿,自然把她当作掌上明珠一样爱护,还特别严厉地管束他,一心想着结一个好亲家。

有一个出类拔萃的后生时常到利齐奥家里来,他叫里恰尔多,是勃莱蒂诺洛地区玛纳第家的子弟。他和这家人经常来往,因此老夫妇俩都没有把他当外人,把他当作自己的儿子一样。谁料到这个后生看到他家的闺女正值芳华,又长得那么漂亮,只见了几次面便对她爱得不能自拔。他不敢莽撞行事,只想装得像个没事人一样,可是,爱情的火焰哪里是他能压住的?他可以瞒过别人,却无法瞒过那个姑娘,没过多久,她就发现了他的心思,不仅没有躲避他,反倒回以自己的柔

情。看见这般光景,里恰尔多很是兴奋,多次想向她表露真心,可又担心说错话。有一次,终于被他找到机会,他大着胆子对她说:

"卡德琳娜,快救救我吧,我都相思成灾了。"

那姑娘马上回应他:"天哪,你也快让我想死了!"

听到这句话,里恰尔多兴奋极了,胆子也一下子变大了不少,就对她说:"只要你高兴,我愿意做任何事情,只是要保全我们两个人的性命,你得好好想个办法才行啊。"

"里恰尔多,"她说,"你看,我父母那么严厉地约束我,我真不知道要如何才能让你靠近我,可是假如你有什么好办法,又不会让我蒙羞,那么请你一定要告诉我,我一定会按照你的方法来做。"

里恰尔多想了半天,终于想到一个好主意,于是对她说:

"我的好卡德琳娜,我也想不出来其他什么好办法,你家是不是有一个靠近花园的阳台? 假如你能想办法到阳台上去睡,或者去阳台上等我,提前跟我说好,那么我一定会从阳台爬上来,即便是再高我都不怕。"

"只要你敢爬上来。"卡德琳娜说,"那么我就一定有办法到那边去睡。"

里恰尔多满口应允,两人就匆匆吻别了。

那时候已经到了五月底,第二天,那姑娘就来到她母亲面前,娇嗔着说,昨天晚上太热了,她一晚上都没有睡好。她的母亲就说:

"我的孩子,你说热是什么意思啊? 现在天气哪里热了呀?"

"妈妈,"卡德琳娜回答道,"你应该这样说,'我觉得这天气一点儿都不热啊',那么这句话可能就没有问题。你可不要忘了,相比上了年纪的女人,年轻的姑娘要怕热得多呀。"

"我的孩子,"她的母亲说,"你说得都对,可是我不能按照你的心意来让天气说变就变呀,我们每年都要过一个夏天,你还是稍微忍耐一些吧,今天晚上可能就凉快一点儿了,这样你就能好好睡一觉了。"

"那要看老天爷的心意了!"卡德琳娜叫道,"可是现在已经慢慢进入夏天了,天气怎么可能变得凉快呢?"

"那么你想怎么办呀?"那母亲说。

"假如你和爸爸答应的话,"卡德琳娜说:"我想在他卧室外边的阳台上放一张小床,晚上我就在那里睡,听着夜莺在我旁边唱歌,又那么凉快,我肯定比在你的房间里睡要舒服多了。"

"孩子，你放心吧，"那母亲说，"我会去告诉你爸爸的，只要他允许我们就这样做。"

可是利齐奥年纪大了，年纪大的人总会比较偏，听了老伴儿的话，他却说，"夜莺是什么东西啊，她非要听着它的歌声才睡得好？我倒想让她听着蟋蟀入睡呢。"

听到父亲这样说，卡德琳娜折腾了一晚上，不仅自己不睡，而且让他母亲不能入睡，总是嚷嚷着天气热，一直跟她唠叨——事实上哪里是天热了，只是她很生气而已。次日一早，她母亲就去找利齐奥，说：

"老头儿，你也太不懂得疼惜你自己的女儿了，她要去阳台上睡，这又影响到你什么了呢？昨天晚上因为天太热，她一晚上都没有睡好，更何况，假如你想到她还只是个小孩子，那么爱听夜莺唱歌也就不足为奇了。年轻人嘛，当然有年轻人自己喜欢的东西。"

听到妻子执意这么说，利齐奥也只能妥协道："好吧，那就按照你的意思，在那里给她放一张床吧！再给她挂上一顶蚊帐，这样她就可以安心地睡在那里听夜莺唱歌了。"

听说父亲答应了，那姑娘急忙张罗着去搭床，准备今天晚上就睡在那里。一切都准备好以后，只等里恰尔多一来，根据提前约定好的，给他一个暗号，看到她的表示，他就知道应该怎么做了。

晚上，听到女儿上床睡觉以后，利齐奥就把那扇从卧室通向阳台的门锁上，自己也进入了梦乡。

再说里恰尔多，等到晚上大家都入睡以后，就在利齐奥家的围墙上架了一张梯子，一鼓作气爬到墙顶，也不管掉下去会有多么危险，只是紧紧地贴着墙爬了过去，终于爬到了阳台上。

那女孩子早早就在阳台上等着他了，这时一下子跌入他的怀抱，因为过于兴奋，差点叫了出来。他们紧紧相拥，不停地亲吻，手拉着走，一起睡觉，几乎一晚上都在玩——也不知听了多少首夜莺的歌。

夏天的夜晚总是很短暂，他们只顾眼前的快乐，却不知道天都快亮了，等到他们玩得尽兴以后，双方都又累又热，不一会儿就都睡着了，身上也没有盖任何东西。卡德琳娜用右手把里恰尔多的脖子勾住，左手却握住了那个——在男子面前，你们小姐无论如何也说不出口的东西。

很快天就亮了，这对青年睡得正酣，利齐奥起身想看看女儿在阳台上睡得怎么样，就小心翼翼地开了门，自顾自说道："让我去看看，在夜莺的伴奏下,卡德琳娜睡得还好吗?"

于是,他轻手轻脚地来到阳台,上前把帐子揭开,一眼看到他的女儿正和一个男子赤身裸体地拥抱在一起。他再一看,那男子不就是里恰尔多吗?赶紧退出去去叫妻子了,对睡眼蒙眬的妻子说:

"你这位妈妈赶紧起来,赶紧去看看你的女儿吧!你的女儿究竟是有多么喜欢夜莺啊,竟然把它捉过来,到现在还握在手里呢!"

"你说的这是什么话?"他妻子问。

"你赶紧过去看看就知道了。"利齐奥回答。

听到丈夫这样说,她赶紧把衣服穿好,跟着丈夫小心翼翼地来到女儿床边,把帐子一掀,这才发现,女儿为什么会把夜莺捉到,而且一直紧握在手里呢,原来是这样一只夜莺,也难怪她非要听夜莺唱歌才能入睡了。她顿时又气又恼,觉得里恰尔多让自己女儿受到了侮辱,正准备把他叫起来好好训斥一顿,可是她的丈夫把她拦住了:

"孩子的妈,假如你愿意听我说一句,那就先别吱声。说实话,既然她已经抓到了夜莺,就不应该放掉。里恰尔多的出身还不错,让他当我们的女婿也不错。他想从我这里出去,就必须先和她结婚。那他就会明白,他是把夜莺放到了自己的地盘上,并没有胡乱放在别人的笼子里。"

那妻子眼看事情已经发展到现在这般田地,丈夫却没有生气,不由得放心了一点儿,再想到女儿一晚上都睡得很好,还抓到了夜莺,她也就没什么好说的了。

他们正这样说着,里恰尔多忽然醒过来,看见天空已经露出了鱼肚白,不由得大叫了一声,赶紧把身边的卡德琳娜叫醒了,说道:

"我的宝贝,不好了呀,这下可怎么办啊?天都亮了,我还逃得掉吗?"

他刚说完,利齐奥就过来了,一把把蚊帐揭开,大叫道:"你们干的都是什么事儿?"

看到她的父亲来了,里恰尔多差点就要停止呼吸了,赶紧坐起来说:"先生,求你看在天主的面上,原谅我这一次吧!我知道我做了欺辱人的事,即便是把我判处死刑,我也是罪有应得,我任由你发落,只请你可怜可怜我,不要杀了我吧!"

"里恰尔多,"利齐奥说道,"一直以来,我都非常看重你,我觉得你是一个真正的男子汉,没想到你做出这样的事情,现在生米已经煮成了熟饭。你们既然已经干出了这样的事儿,现在也只有一条路可走,既可以让你的性命无忧,还可以不让我蒙羞,那就是说,你如果正式和卡德琳娜结婚,那么她不仅仅今天晚上属于你,以后的晚上就都属于你了。只有走这条路,我才能饶恕你,才能让你的性命无忧,要不然的话,赶紧向天主作最后一次祷告吧。”

在父亲和情人说话的时候,卡德琳娜已经把夜莺放走,把自己盖住,开始小声哭泣起来,她求爸爸饶了里恰尔多,一面又回头来求里恰尔多就按照她爸爸说的做,那么以后他们就可以每晚都像今晚一样睡得如此香甜了。

事实上根本不需要眼泪,也不需要祈求,又羞愧又恐惧的里恰尔多既想弥补自己的过错,也想保全自己的性命——仅凭这两点,暂且不说他有多么爱卡德琳娜,只想和她一辈子厮守在一起,他就会毫不犹豫地答应利齐奥的条件。

于是,利齐奥把太太手上的一枚戒指摘下来交给里恰尔多,里恰尔多就在床上,在两位老人的见证下,顺利娶到了卡德琳娜。如此一来,利齐奥和他太太觉得可以出去了,走之前还特意叮嘱这小两口:

“你们再睡一会儿吧,也许你们还想睡呢。”

二老前脚刚离开,这一对年轻人后脚就亲密地拥抱在一起,昨天一晚上,他们只是跑了六英里路,现在又继续走了两英里路,这才把第一天的事情干完。

他们起床以后,里恰尔多就和利齐奥进一步对婚礼的各种手续进行了探讨,一切的结局都非常圆满。没过几天,在众亲朋好友的见证下,他正式迎娶了卡德琳娜。自此以后,他们就过起了心满意足的小日子,不分白天黑夜地玩弄着夜莺。

故事五

吉岛还剩最后一口气时,请好友照顾自己的女儿,后来这个姑娘得到了姜诺和敏纳两个青年的爱,从而引发了一场争斗。经过一段波折以后,姜诺证明和姑娘是亲兄妹,于是姑娘便嫁给了敏纳。

听了夜莺的故事,小姐们一个个都笑得花枝乱颤,直到菲洛斯特拉托把故事讲完,她们依然笑个不停。等大家都笑够了,女王才说:

“昨天你确实把我们姐妹害得够惨,今天也让我们笑得够呛,所以今后我们再也不会抱怨你了。"说完她就叫内菲莱继续讲下一个故事,于是,内菲莱便愉悦地开始了自己的讲述。

既然菲洛斯特拉托所讲的故事是在罗马发生的,那么我也来讲讲那个地方所发生的故事。从前,有两个上了年纪的伦巴第人在凡诺城中居住,一个叫吉岛·达·克来蒙那,另一个叫贾考明诺·达·巴维亚。年轻时,他们都曾经在战场上冲锋陷阵,在疆场上厮杀。吉岛还剩最后一口气时,把一个差不多十岁的小女儿,连同他的财产,一并交由贾考明诺,因为他没有儿子,也没有可以托付的亲友。他交代完后事以后,便离开了人世。

贾考明诺像对待自己的亲生女儿一样,好生教养着这个小女孩。原本他住在费恩查城,可是因为那边常年征战不休,人民过着水深火热的生活,所以才搬到凡诺城来居住。如今那边形势有所好转,只要是愿意搬回去的就可以搬回去,贾考明诺原本就对那个地方十分喜欢,于是把东西都收拾好,带着这个小女孩一起回到了那边。

后来,这个女孩一天天长大了,出落得亭亭玉立,和全城任何姑娘相比都毫不逊色。更值得一提的是,她不仅长得好看,而且具有非常优良的品行,堪称完美,因此得到了城里许多后生的倾慕,其中有两位身价相当的青年对她尤其爱慕。彼此争斗,各不相让,都对对方怀恨在心。这两个人一个叫姜诺·狄·塞佛林诺,另一个叫敏纳·狄·明哥。这位姑娘十五岁时,他们两人都想把她娶回去做自己的妻子,无奈他们的家长怎么都不应允。既然不能八抬大轿娶回去,两人就只有暗地里想办法,让姑娘爱上自己。

贾考明诺家里有两个用人,一个是老太婆,另一个是叫克里维罗的男用人,这个人非常重情义,也很谦卑,和姜诺关系不错。姜诺眼看时机到了,便跟克里维罗吐露了自己的心事,求他给自己提供帮助,还答应他,只要事情办成功了,一定对他表示感谢。克里维罗当即对他说:

"有一点我倒是可以给你帮忙,那就是等哪一天贾考明诺不在家,我就想办法把你带去她那里,因为我如果在她面前帮你说话的话,她是不可能听我的话的。假如你觉得这个办法还可以,那我就去帮你办,等见面以后就看你自己的了。"

姜诺说,这真是一个好主意,于是双方就说好了。

再说敏纳那边,也把贾考明诺家的女用人收买了,托她给小姐捎了好几封信，让小姐慢慢爱上他，答应等哪一天贾考明诺不在家，就让敏纳进来。

过了一段时间，克里维罗一再怂恿贾考明诺去朋友家吃晚饭，同时让姜诺得知这个消息，叫他到时候过来，他会把门开着，一旦他给他发信号，他就进来。对于这一切，女用人毫不知情，可是她知道老爷这天晚上要出去吃完饭，于是把消息带给敏纳，叫他晚上就等在附近，收到她发的信号就进来。

到了晚上，这两个情敌当然不知道对方的状态，只是互相戒备着对方，分别带着三四个随从，拿着武器准备着，都对这个姑娘志在必得。敏纳的一伙人就在小姐隔壁的一个朋友家里等着，而姜诺和他的朋友则在离这个房子稍远一点的地方等着。

这时在那位小姐家，贾考明诺前脚刚离开，两个男女用人就赶紧想办法让对方离开。男的说：

"你快去睡觉啊，老在屋里转来转去干吗呀？"

女的说："你赶紧去接老爷呀，你晚饭也吃了，还留在这里做什么？"

两人就这样你推我搡，互相争执不休。眼看着已经到了和姜诺约定的时间，克里维罗心想，"我为什么要在乎这个老太婆？如果她不愿意守本分，那我就会让她吃点苦头。"于是他就给姜诺打了信号，并把门打开了。姜诺连忙带着两个朋友进来，在客厅里正好和小姐遇到，把她抱上就走。小姐努力挣扎，大声喊救命。谁知那个女用人也采取了一样的做法，也给敏纳一伙人打了信号，他们也一齐涌进来。他们刚进屋，就看到姑娘已经被带到门口，便拿出武器大叫道：

"混蛋，你们是活腻了吗？怎么这样没有王法？你们胆子也太大了，竟敢做出如此行为！"

说着，他们就猛地砍向对方。听到这一片吵闹声，街坊邻居们都举着火把赶过来，手里还都拿着武器。大家都斥责姜诺太无礼了，都纷纷站在敏纳那边。双方争执不休，敏纳终于救下了那位小姐，并把她送回了家。双方正闹得厉害，巡丁赶了过来，当场把很多人都抓走了，姜诺、敏纳和克里维罗也不例外，这场风波才暂时平息下来。贾考明诺回到家以后，看到眼前这副场景，很是气恼，便追问到底是怎么回事，但看到姑娘好好的，这才平静下来，决定早点把她许配给人家，免得再出现这样的祸事。

第二天一早,听到这个消息以后,两位后生的家长都担心贾考明诺会到官府去告他们,让他们的子弟在监狱里受折磨,便来到贾考明诺家里示好,求他原谅他们懵懂无知,请他们看在大人面上放过他们。他们会给他想要的所有赔偿,不管是他们赔,还是要他们的子弟赔,他们都愿意。贾考明诺是个见过大风大浪的人,而且颇有见识,马上回应道:

"各位先生,哪怕我现在待在自己的家乡,我也要和各位讲讲人情,不可能做出对各位感到抱歉的事情。更何况我现在还是贵乡的客人,在这件事上,就更加要和各位的心意相同了。说到这件事,事实上,你们得罪的是你们自己,而不是我。在大家眼里,这位姑娘要么是克莱蒙那人,要么是巴维亚人,事实上,她是费恩查本地的人。不管是我还是她自己,甚至连那位最后让我照顾她的那位老人,都不知道他到底出生于哪户人家。因此,不管诸位叫我怎么办,我都会听你们的。"

听了他的话,各位都觉得很奇怪。他们感谢他的大度,又请问那位姑娘的收养过程,又问他怎么知道她是费恩查人,他说:

"我有个朋友,也是在疆场上共同杀过敌的战友,名叫吉岛·达·克来蒙那,临终时他告诉我,当年,腓特烈皇帝占领本城以后,士兵们在城中无恶不作,他和他的士兵兄弟们来到一幢房子里,发现里面的人都逃走了,只剩下一个两岁的小女孩和满屋子的财物,看到吉岛上来,小女孩连声叫他'爸爸'。他一时生了恻隐之心,就把这个小女孩和屋里的财物都带走了,到了凡诺。临终时,他让我帮他照顾这个女孩,还跟我说,等她出嫁时,就把属于她的财物都留给她。如今她已经到了婚嫁的年龄,我还没有给她找到一个可靠的人依靠。为了避免发生昨晚那样的事情,我非常愿意把她早点许配给人家。"

在场的人里面有个叫吉格勒明诺·达·梅地契那的,当年费恩查城被洗劫一空时,他和吉岛在一起,他知道吉岛是对哪一家进行了抢劫,而且那个被劫的人现在也在,他就走到那人跟前,对他说:

"白那布丘,贾考明诺的话你听到了吗?"

白那布丘回答说:"我听到了,此刻我正在回忆那件事情。还记得在那个战乱的年代,我确实丢了一个小女孩,她的年龄和贾考明诺所说的正好相符。"

吉格勒明诺说:"那肯定就是这个姑娘无疑了,我曾经和他在一起待过,听他说过是在哪里抢劫的,所以知道他那次就是对你家进行了抢劫。你再好好想想,那女孩身上有没有什么与众不同的地方,可以一眼就把她认出来的,你当然希望把失踪的女儿找到吧。"

白那布丘想了好一会儿,才想起来女孩左耳上有一个十字形状的伤疤,那是因为在遭到抢劫以前她生了一场病,后来动了手术才留下来的。这时他看到贾考明诺还在,就一个箭步冲到他跟前,要求贾考明诺带他去看看那位小姐,贾考明诺当即应允了,先把他带到房间,然后叫小姐出来和他见面。白那布丘看到她的第一眼,就仿佛看到了自己的妻子。可是他依然心有疑虑,就要求贾考明诺允许他扒开她左耳边的头发,贾考明诺也答应了。这时,他才走到那个害羞的姑娘面前,用右手把她的头发拨开,果然看到左耳有一个十字形状的伤疤。这时,他才肯定,这确实就是他当年失踪的亲生女儿,不由得放声大哭起来,伸手要抱她,可是姑娘不愿意,他转身对贾考明诺说:

"老兄,她确实是我的亲生女儿。当年吉岛就是对我家进行了抢劫。当时这件事是突然发生的,我们一时之间慌了神,竟然把她忘记了。当天我的屋子就被烧毁了,我们还以为她死在了大火中。"

听了他这番话,又看看他是位老人家,姑娘这才相信他说得没错。在一种说不出的天性的激励下,她和他紧紧拥抱在一起,失声痛哭起来。白那布丘马上把她的母亲、兄弟姐妹和其他亲人都找来,把这一切经过讲给他们听。等大家都和她拥抱过后,他这才兴高采烈地把她接回去,包括贾考明诺在内,都满意极了。

再说本城的市长,他是个非常贤明的人,当这件事情传到他耳朵里以后,又听说关在牢里的姜诺就是白那布丘的儿子,也就是那位小姐的哥哥,便没有多加为难他,也释放了敏纳、克里维罗以及其他和本案有关的所有人。与此同时,因为这件事,他还跑去和白那布丘、贾考明诺商量,让两位青年和好如初,又亲自做媒,把那位姑娘阿涅莎许配给敏纳,让敏纳一家人十分高兴,敏纳自己自然也是非常得意,办了一场风风光光的喜宴,把姑娘接回家,一起过上了幸福的生活。

故事六

深夜,纪安尼潜入宫中和情人共度了激情一晚。事后暴露,两个人都被绑在火刑柱上,正准备执行刑罚时,幸亏海军大将鲁

杰厄里出手相救,才让他们免于死刑,两人最终喜结连理。

内菲莱把故事讲完以后,小姐们一个个都听得非常高兴。女王叫潘皮内娅接着往下讲,于是,潘皮内娅马上亲切地开始说:

各位美丽的小姐,今天以及前几天所讲的一些故事,都显示出了爱情伟大的力量。人们只要沐浴到爱河中,即便你叫他上刀山、下火海,他都会毫不犹豫。尽管这类故事已经讲了很多了,可是我还是想再来讲一个。

在那不勒斯附近,有个伊斯嘉岛。一位活泼可爱的姑娘就住在这里,她的名字叫莱蒂杜达,她的父亲是绅士马林·波尔加洛。在伊斯嘉岛附近的普罗奇岛上,有个叫纪安尼的青年,对这个姑娘一见倾心,视她如自己的性命一样。姑娘也非常爱他。白天,他从普罗奇达渡海过去看望她,到了晚上,即便没有船只了,他也会从普罗奇达泅水到伊斯嘉岛去,哪怕不能见到她,即便是看一眼她所住的房屋,也就心满意足了。

这对青年男女就这样沉浸在狂热的爱恋中。有一个夏天,姑娘一个人到海边去散步,在不同的岩壁间行走,一路上都用小刀子挖石头缝里的贝壳,不由得来到一个很偏僻的地方。这里处处都是峭壁,非常荒凉,还有一汪清泉。这时有几个西西里的青年正乘船从那不勒斯来到这里,看到这样一位美丽的姑娘一个人待在那里,而且并没有注意到他们,他们心思一转,打定主意把她劫走。他们可真是行动派,一下子就动手把她抓住,也不管她撕心裂肺地叫喊,直接把她架上船离开了。到了卡拉白里亚,因为这位姑娘,他们内部发生了争斗,彼此各不相让。后来,他们觉得因为这样一个少女再继续争斗下去,事情只会愈演愈烈,可不是闹着玩的。于是,他们商量好,决定把她献给西西里国王腓特烈,因为这位国王正当年,对男欢女爱之事甚是爱好。到巴勒莫以后,他们果然把姑娘带到了宫里。

看到她长得这般美丽,国王非常欢喜,可是他现在身体还很弱,便命令侍从把她带到他的古巴林苑里,让她先住在一栋非常考究的楼阁里,尽心尽力地伺候她,等他身体康复以后再做打算。侍从当然听从了他的旨意。

自从这个姑娘被劫走以后,伊斯嘉岛上闹翻了天。最气人的是,没有人知道究竟是什么人把她劫走的。相比其他人,纪安尼当然是最着急的那一个。眼看在伊斯嘉岛上找不到任何线索,他只打听到那夺船驶离的方面,之后装备了一条船,沿岸飞快前行,四处搜寻姑娘的身影,从明纳瓦海岬一直找到卡拉白里亚境内的斯开利亚。每到一个地方,他都会向当地人询问姑娘的消息。最后在斯开尼亚,他终于得知姑娘是被几个西西里船夫劫去了巴勒莫。

纪安尼马上赶去了那里,经过多方探寻,得知那个姑娘已经被送到了王宫,现在正在古巴林苑里住着。这一下,他可真是急得不知如何是好,担心从此以后,他不仅不能再和这位姑娘在一起,恐怕都没机会见她了。

可是他既然很爱她,便一定不会善罢甘休。他把小船打发走,心想这里没有人认识自己,可以考虑先在这个岛上住下来,再来想以后的事。自此以后,他天天经过古巴林苑,有一天,他正好看见他心爱的姑娘在窗口望着远方,姑娘也看到了他。两人都高兴不已。纪安尼看这个地方很偏僻,于是就走上前去和她说了几句话。姑娘又告诉他今后如果他要和她见面的话应该怎么做。他这才和她辞行,记下了那里的地理位置。

等到了后半夜,他又来到了这里,费尽千辛万苦才爬到花园——要知道,即便是啄木鸟,在这样的地方都很难找到攀登的地方呢。在花园里,他找到一根竹篙,把它放到意中人指给他所看的窗户里,然后蹑手蹑脚地爬到了窗口。

再说姑娘那边,她觉得自己已经毫无身份可言了,假如在以前,她肯定会觉得自己这样做有失体统,无论如何也不会做出这种事来。可是到了现在这种情况,她决定一切都按照他说的办,觉得自己这辈子非他莫嫁,更何况她满心盼望着纪安尼把她救出去,于是早就把窗户打开了,让他可以直接进来。

纪安尼看见窗户是开的,于是小心翼翼地走进室内,到她身边躺下来。这时她还没有睡着,两人见面以后,姑娘先是跟他表明了自己的心意,要求他带她离开这个地方。纪安尼一口答应,他也很愿意这样做,这次回去以后,他马上着手安排,下次来时一定把她带走。

接着,两人紧紧地拥抱在一起,尽心尽力地玩了好一阵,尝到了爱情的美好滋味。他们也不知道游玩了多久,直到都没有力气了,才抱在一起睡着了。

且说这位国王,原本对这个姑娘是一见倾心,一直把她放在心上。这天他觉得自己很有精神,尽管天已经快亮了,还是想去跟她待一会儿,于是带着几个随从偷偷来到古巴林苑,来到那个楼阁,吩咐侍从打开她卧房的门。侍从举着燃烧得旺旺的火把走在前面,他在后面走。他看到姑娘和纪安尼两人正赤身裸体地搂抱在一起,他不由得怒发冲冠,一句话也说不出,真想一剑把他们俩都杀了,可是他转念一想,这一对男女现在手里什么都没有,而且睡着了,假如现在趁机把他们杀死,不是干了天底下最无耻的行为吗? 如果要是让外面知道这件事情是帝王干的,那更是有失身份。他这才尽力把自己的怒火控制住,决定当众烧死他们。他转身对一个侍从说:

"我对这个女人一片痴心,谁料到她竟如此荒淫,你觉得我应该怎么办?"

他又问侍从这个青年男子是谁,竟然有如此大的胆量,敢闯到王宫里来,做出这样的事情来让他难堪。侍从回答说这个人他从来没有见过。

国王非常气愤地走了,命令侍从把这对男女就这样光着绑在一起,等天一亮就押到巴勒莫的闹市去,把他们背对背绑在刑柱上,先让他们丢尽了脸,等敲响晨祷钟以后,再活活烧死他们,这是他们理应得到的报应。说着,他就气愤地回到了巴勒莫的宫殿。

国王前脚刚离开,侍从们后脚就冲过去,把这个男人恶狠狠地从床上拖下来捆绑住,一点情面都不讲。这一对男女醒来发现事情败露,自己性命堪忧,不由得哭叫不已,这也是可以想象出来的。侍从们根据国王的旨意,把他们押到巴勒莫,背靠背绑在一根火刑柱上,当着他们的面把柴堆和火把准备好了,只等国王指定的时间到了,就把他们烧死。

巴勒莫所有的人都赶过来看热闹,男的都跑到情妇那边,仔仔细细地打量她的身体,都说她长得很美,身材也很好;女的呢,则都跑到情夫那一边。争着看那个小伙子长得是多么健壮,对他的身材夸赞不已。可是这一对遇难的情人,可真是羞愧到极点,只是低着头,哀叹命运的不公,一直都心惊胆战,生怕马上就要接受火烧的酷刑。

被绑在这里的他们只等着时间一到,就要被活活烧死,他们的风流韵事很快就在全城传开了。这城里有位叫鲁杰厄里·德洛里亚的贵族,是当朝的海军大将。听到这个消息以后,他也赶来凑热闹。他先看了看姑娘,觉得她长得真美,可是在回头看那男的时,他马上就把他认出来了,原来他们之前认识,便走近一步问他是不是普罗奇达岛上的纪安尼。

纪安尼抬头一看,也把这位海军大将认了出来,马上回答说:

"将军,你说得没错,我就是纪安尼,可是再过一会儿,我这个人就要从世界上消失了。"

海军大将问他为什么会沦落到这步田地,他回答道:

"这都是因为爱情,才惹怒了国王。"

海军大将叫他跟他说了事情的详细经过,他听完以后正准备走开,纪安尼又把他叫回来说:

"哎哟,大爷,求求你行行好吧,无论如何也要救救我,请你在准备杀我的王上面前给我求求情,让他答应我一个请求吧。"

鲁杰厄里问他有什么请求,纪安尼说:

"我知道自己死罪难逃,而且马上就要死,可是在我心里,这位小姐的生命比我自己的生命还要重要,她也很爱我,而我们俩现在却是背对背绑着,因此我请求他行行好,把我们面对面绑在一起吧,只要我能够再看她一眼,我也就死而无憾了。"

鲁杰厄里笑着说:"这个请求我非常愿意帮你转达,我一定想办法让你看到她,直到你厌烦为止。"

他从纪安尼身边离开,回头对执刑吏说,先不要执行刑法,等着国王下命令。说着,他马上去见国王。尽管国王这时仍然很生气,鲁杰厄里还是对他说:

"王上,我不知道这一对青年男女究竟哪里得罪你了,你一定要对他们施以火刑?"

国王把事情经过跟他说了。鲁杰厄里又说:

"他们犯了如此大的罪,遭受这样的处罚也是理所应当的,可是不应该是由你来处罚。既然犯了罪应该受到处罚,那么立功也应该享受赏赐才对,至于将功折罪,得到额外的宽容,也就是很正常的事了。你知道你要烧死那两个青年男女是谁吗?"

国王说他不知道,于是鲁杰厄里接着往下说:

"那么就由我来告诉你吧,让我也知道你因为一时的生气,做了一件多么不得体的事。那个青年的父亲就是蓝道尔福·狄·普罗奇达,也就是说,纪安·狄·普罗奇达是他的亲兄弟。如今你之所以能够做这个岛上的国王,都要感谢他的哥哥。而那位小姐就是马林·波尔加洛的女儿,因为她父亲的大力支持,你才享有伊斯嘉的统治权。

更何况他们这一对情人已经相爱很久了，假如年轻的情人做出这样的事都是在犯罪的话，那么他们也是因为太过相爱，所以才会犯下这样的罪，而不是有意要触怒陛下。如此说来，陛下原本应该好好招待他们，为什么反而要处死他们呢？"

听了鲁杰厄里的话，国王觉得他说得很对，迫切地想要把命令收回来，而且不应该让事情发展到这步田地。他当即下令放了这一对情人，并让手下人把他们带过来。手下人马上遵照他的旨意去办了。他当面问清楚了这件事情的来龙去脉，觉得应该好好招待他们，让他们没有白白受苦，于是当场把华丽的锦衣绣袍赏赐给他们，又见两人确实情投意合，便叫纪安尼把这位姑娘正式娶回了家。后来，他又送了他们很多珍贵的礼物，派人把他们送回家乡，亲友和乡邻都夹道欢迎他们，自此以后，他们在家乡过着幸福平静的生活。

故事七

台奥多罗和他主人的女儿维奥兰蒂有了私情，导致女方有了身孕，事情败露以后，他被判处绞刑，正准备执刑时，他很幸运地遇到了他的亲生父亲，他的父亲救了他，并让他和维奥兰蒂喜结连理。

在听故事的时候，小姐们一个个都胆战心惊的，不知道那对情人会不会被处死，后来听到他们终于保住了一条命，就对天主赞美不尽，一个个喜不自禁。潘皮内娅的故事讲完以后，女王就叫劳蕾塔接着讲下一个故事，于是，劳蕾塔就开心地说道：

美丽的小姐们，当西西里岛处于好威廉王统治时，有一位名叫阿麦利哥·阿伯特·达·特拉帕尼的绅士住在岛上，拥有万贯家财。因为他有很多儿女，所以需要多请几个用人。正巧那时在亚美尼亚沿岸，热那亚的海盗们抓到了一些儿童，在勒凡特装上船运到了这里。阿麦利哥以为他们是土耳其人，就买了几个下来。这些孩童们个个看起来都像是放牧出身，只有一个名叫台奥多罗的看起来比较优雅，像出身于大户人家，因此，虽然台奥多罗现在的身份是奴隶，却和阿麦利哥的子女一起长大。这孩子天生聪颖，并没有因为到了不同的环境而垂头丧气，因此，很多年以后，他也变得很有绅士风度，而且具有多项才能，主人非常看重他，并让他重新成为自由人。直到这时，阿麦利哥依然认为他是个土耳其人，对他施行洗礼，取了个叫彼得的教名，又把家务交给他负责，非常相信他。

阿麦利哥的孩子们一个个都长大成人了，其中有个叫维奥兰蒂的女儿长得尤其美丽，不过父亲一直没有把她嫁出去。说起来也是缘分，她暗暗地喜欢上彼得，无限倾慕他，可是因为害羞，她不敢直接向他表明她的心意。感谢爱神，总算没有让她的这场相思变成一场单恋，原来彼得也对她心生爱恋，一直暗暗地观察她的行为，但凡有一刻没有看到，就觉得难受。可是彼得又觉得这是一种奢望，生怕被人发现其中的痕迹。没过多久，那位一直都在观察他的小姐就看穿了他的心思，于是她便就坡下驴，对他尤其和善，事实上她自己心里也是很愿意的。这样两个青年男女虽然都心事重重，非常想把自己的心事表露给对方，可是又都不敢开口，在相思的煎熬下，他们变得越发憔悴。爱神觉得既然这种状况是他一手造成的，那么他就应该给他们提供一下帮助，于是便给他们创造了一个机会，让他们以后不用再畏畏缩缩了。

原来阿麦利哥有座很美丽的花园，就位于特拉帕尼城附近，他的太太时常带着女儿和其他女眷到那边去嬉戏玩耍。有一天，天气非常热，她们带着彼得一起去那边避暑，谁知道夏天的天气像小孩脸一样，说变就变，突然之间乌云密布。太太小姐们担心遇到大雨，就赶紧启程回家。彼得和维奥兰蒂这一对青年男女跑在了最前面，把后面的人落下一大截，当然，这并不是因为他们怕下雨，而是受到了爱情的推动，很快他们就和后面的同伴以及她的母亲拉开了很大一段距离。这时天空中忽然打起了响雷，紧接着倾盆大雨从天而降，还夹杂着冰雹。夫人和其他人都到一个农舍里去避雨了。彼得和维奥兰蒂两人在附近没有找到躲雨的地方，只好躲到一个非常破旧的小棚子里。棚里一个人都没有，只有一个小小的一角屋顶还可以躲一下雨。由于地方太窄了，两人只能紧紧挨在一起。这样一来两人的胆子便都变大了，被相思折磨许久的两人也不由得说出了自己的心事，彼得率先开口道：

"我真希望这场暴雨可以一直下下去，这样我就可以一直待在这里了。"

那姑娘说："我也是这样想的。"

两人互相吐露了心声之后，便把对方的手紧紧地握住，接着就拥抱在一起，再然后就开始接吻了，这时大雨一直下着。所有的一切都不必详说了，总的来说，他们品尝到了爱情最高的快乐，还把今后的约会都安排好了,暴风雨才停下来,于是他们就在附近门口等着夫人一行人过来。

之后,他们就隔三岔五地到这里来幽会,当然他们还是非常谨慎的,并从中品尝到了无尽的快乐。对于这件事,他们实在是太殷勤了,以致没过多久,那姑娘便有了身孕,双方变得一下子变得惶恐不安。姑娘甘愿违背天理,想尽了各种方法想把胎儿打掉,可是都没有起效。眼见情况不妙,彼得生怕自己性命不保,便对维奥兰蒂说他准备逃走,她回答道:

"你要是走了,我就只有死路一条了。"

彼得原本就非常爱她,听到这话根本忍不下心来,就只好说:"我亲爱的姑娘,我怎么能留在这里呢?你有了身孕,我们的事情很快就要被别人发现。你的家人当然不会怎么为难你,可是我不行,我得一个人承担我们两个人的罪过啊。"

"彼得,"她回答道,"我犯了罪,想瞒是根本瞒不住的,可是你放心,他们不一定就知道这是你的过错,只要你自己保守这个秘密。"

彼得说:"既然你这样说,那我就留下来吧,可是你一定要信守承诺才好啊。"

此后姑娘就千方百计地隐瞒自己的身孕,可是时间一天天过去,她的肚子越来越大,也无法再隐瞒下去了,只好来到母亲跟前,痛哭着跟母亲说了实情,希望她能帮自己掩饰。她母亲听了难受极了,痛骂了她一顿,并询问她为什么会做出这样的事,维奥兰蒂想要撇清彼得,所以就胡乱说了一通,想办法隐瞒了真相。

她母亲竟然相信了她所说的话,为了她的名誉,把她送到乡下的一座别墅里。等到她分娩的那一天,她也和一般妇女一样大声喊叫。可是好巧不巧,那阿麦利哥平常都不怎么去那别墅的,这一天正好放鹰经过那里,听到女儿在叫,就一脸惊讶,跑进去看看到底发生了什么事。夫人怎么也没想到她的丈夫这时候来了,一时间竟不知道如何是好,只好把女儿的事告诉了他。他可不像妻子那么好被蒙骗,听说女儿怀了孕,竟然连亲生父亲是谁都不知道,这也太荒谬了,发誓一定要把那个男人找出来才能原谅她,要不然就要毫不留情地把她处死。

夫人苦口婆心地劝他不要再深究下去了,就先把她的话当作实话吧,可是她的丈夫根本就听不进去。就在老夫妇争执不休时,女儿生下了一个男孩。他拔出剑来对女儿说:

"你要是不告诉我孩子的父亲是谁，我马上就把你杀死。"

那女儿眼看自己就要一命归天，也将当初对彼得的诺言给抛到了脑后，一五一十地跟父亲说了自己偷情的经过。他听了非常生气，恨不得一刀结果了她，可是他即便如此生气，也只是随便骂了女儿几句，就上马回到特拉帕尼，把彼得引诱她女儿失去贞操的事跟当地的总督居拉多说了。总督居拉多趁事情还没有传扬开去，就下令把彼得抓了起来，严刑逼供，让他招认了所有事实。

没过几天，彼得就被判处游街示众，然后被处以绞刑。虽然彼得被送上了绞刑架，可是阿麦利哥依然很生气，他要把这一对情人和他们的孩子一起处置掉，不想让他们再活在这个世上。于是，便准备了一把没有鞘的剑和一杯放了毒药的酒，让一个仆役带过去交给他的女儿，并对他说：

"你把这两样东西交给维奥兰蒂，并告诉她，叫她自己选择怎么死，要不然她就是自作孽，不可活，我要当众烧死她。你将这话跟她说了以后，就把前几天刚生下来的那个小孩的头撞到墙上，把他砸死以后再扔给野狗。"

那用人原本就是个落井下石的人，竟然甘当这个狠心人的帮凶，去谋害主人的亲生女儿和外孙。

再说彼得遭到严刑拷打以后，马上就被押到绞刑架上去受刑，正被押着经过一家大旅馆门前。正巧三位亚美尼亚的贵宾正住在这个旅馆里，他们都是受亚美尼亚国王的派遣才到这里来的，为的是去和罗马和教皇探讨一些和一支马上就要出发的十字军有关的重要事情。他们已经在这里休息了几天，受到了特拉帕尼当地绅士的热情款待，尤其是阿麦利哥，对他们极尽讨好。

听到执行吏押着彼得吵吵闹闹地从此地经过，他们就来到窗口查看。只见彼得赤裸着上半身，双手被绑在身后。三位使节中间，有位德高望重的、名叫芬尼奥的老先生，看见彼得胸口上有一颗大朱砂痣，用当地女人们的说法就是"玫瑰痣"。看到这颗痣，芬尼奥不由得想到自己十五年前不见了的一个儿子，他曾经在拉齐斯坦海岸被海盗劫走，直到现在都没有消息。看到这个被鞭打的囚犯的年龄，他心想，自己的儿子如果还活着，也这么大了。再看看他胸口的胎痣，不由得开始怀疑，那人是不是就是自己的儿子呀？接下来，他又想到，假如他真的是自己的儿子，那么他自己的名字以及他父亲的名字他肯定还记得,而且可以听懂亚美尼亚的语言。因此,当那人经过他身边时,他便喊道。

"喂,台奥多罗!"

听到这一声叫喊,彼得赶忙抬起头来,芬尼奥又用亚美尼亚话对他说:

"你是哪个国家的人?出生于哪户人家?"

为了尊重这位尊贵的客人,押解囚犯的差人马上停了下来,于是彼得回答说:

"我来自亚美尼亚,我的父亲名叫芬尼奥,我是被拐到这里来的。"

听了这话,芬尼奥马上明白过来,这就是自己当年走失的那个儿子,于是就和同伴们一起下了楼,当着差役人等的面和儿子抱头痛哭,接着又给他披上自己身上最华丽的绸大氅,请求监刑官先让他来处置这个囚犯,如果上面有命令下来,他们再将他带回去,队长满口答应了。

原本彼得的案子就已经闹得人尽皆知,所以芬尼奥也知道他犯了什么罪,他马上就和他的同伴以及随从人等到了总督居拉多那里,并对他说:

"先生,那个被当作奴隶、马上要被执行绞刑的人,事实上是个自由人,而且是我的亲生儿子。听说他和一位闺女偷了情,现在他准备和她结婚,所以我请求你先不执刑吧,让我先去问问女方是不是愿意嫁给他,如果她愿意嫁,那么就请你按照法律放了他吧。"

听说那个被处以绞刑的犯人是芬尼奥的儿子,居拉多先生不由得面如土色。他承认芬尼奥所说的没错,只怪自己不应该犯下如此大的罪过,他很内疚,并马上命令把彼得送回家,一面又请来阿麦利哥,跟他说了这所有情况。阿麦利哥还以为自己的女儿和外孙都已经被他处死了,很是难过,后悔自己不应该这么残忍,要是维奥兰蒂还活着,事情就会有一个圆满的结局。于是,他就派个使者赶去女儿那里,如果那个仆人还没有执行他的命令,那就把他的命令收回来。使者赶到那里时,阿麦利哥之前派去杀害小姐的那个仆人已经在姑娘面前放下了毒药和剑,可是姑娘一直不愿意,那个仆人大声地指责她,迫于无奈,姑娘正准备把那致命的东西拿起来,这时使者刚好进来了,救了她一命。听说是主人的命令,那个仆人也只好停下来,赶回去汇报情况。阿麦利哥听说女儿还活着,高兴坏了,连忙赶到芬尼奥那里,极尽谄媚地请求他原谅自己,差点流下眼泪,又说,假如台奥多罗愿意和他的女儿结婚,他非常乐意把她嫁给他。听完他道歉的话以后,芬尼奥也非常高兴地回答他说:

"我觉得我的儿子应该和你的小姐结婚,假如他不愿意的话,就继续执行原来的判决。"两人就此商定好,然后一起去看台奥多罗。尽管这时的台奥多罗因为和亲生父亲相见而很高兴,可是依然担心自己难逃死刑。他们便跟他说了这件事,问他是否愿意。他听说只要自己同意,就可以和维奥兰蒂在一起,高兴得一蹦三尺高。他马上回答道,只要两位老人家愿意,他是非常愿意的。

于是他们又派人去问那位姑娘是怎么想的,她原本正在那里担惊受怕,不知道自己什么时候会死去。忽然听到自己和台奥多罗这么大的喜讯,一时间竟有点恍惚,过了好久才觉得有些许欣慰,回答说:如果她可以得偿所愿,她觉得嫁给他就是她觉得最幸福的事情,可是这件事也应该听从父亲的意思。

这样一来,几方面就已经达成一致了,一对有情人就这样结为夫妇。婚礼宴席当然是极尽奢华,全城人民都赶来了,都很高兴看到这情人终成眷属。姑娘非常高兴,自此以后,就可以像其他妇女一样哺育孩子,很快就长得比之前更美了,等到孩子满月,她可以下床以后,她的公公也快要离开罗马回故乡了,她就去向公公请安了,尽到做媳妇的礼仪。见到这样一位貌美的媳妇,公公心里很是高兴,便又设宴庆祝他们的婚礼,自此以后一直把她当作亲生女儿。过了几天以后,芬尼奥就带着他的儿子一家人回到了故乡拉齐斯坦。一对年轻夫妇自此过上了幸福美满的生活。

故事八

　　　　　　纳达乔因为失恋而非常痛苦,隐居在山林中。在那里了他看到这样的景象:一个少女正遭到一个骑士和两条恶狗的追杀——原来那少女生前很是无情,死后才被遭到如此报应。于是,他请亲友们和那冷酷的姑娘一起到林子里来吃饭,让她亲眼见到这一幕幽灵现形的惨象。受到感化的她,自此接受了纳达乔的爱意,和他在一起了。

劳蕾塔把故事讲完以后,按照女王的吩咐,菲洛梅娜便开始讲了。

亲爱的姐姐们，人们都称赞我们是最有同情心的人，那么反过来说，如果我们这颗心太冷了、太硬了，就自然应当受到天主的惩罚。为了让你们对这一点有所意识，好让你们的心中不再有残忍这个词，我就在这里给大家讲一个先苦后甜的故事。

　　罗马纳有一个名叫拉维纳的古城，之前有很多贵族和缙绅就住在这里，其中有个名叫纳达乔·奥拉蒂的有钱人家的子弟还没有成婚。他的父亲和叔父都相继去世以后，留给他大笔遗产，因此他成了当地非常有钱的人。一般的富家子弟即便还没有结婚，也有个情人，因此他爱上了巴奥罗·特拉维沙利家的小姐，希望能通过那些礼物，以及当时比较流行的求爱方式让她爱上自己。可是特拉维沙利家是个大族，门第比他高得多，可能就是因为她的身份很尊贵，也可能是因为她的确长得很美，不管他发动多么猛烈的追求攻势，多么真诚地表达自己对她的爱意，对方都没有喜欢上他，反倒对他心生厌恶，甚至只要是他所喜欢的，她都会很厌恶。这位小姐就是如此矜持和残忍。

　　受到多次无情打击之后的纳达乔觉得难以忍受，有时他在非常伤心的时候，真想一死了之，可是又下不去手。他又多次想不理她了，既然她不喜欢他，那他也可以厌恶她啊！可是他依然做不到，而且越是觉得没有希望，他的爱情浓度似乎就越高。这个后生就这样炽烈地求爱，而且为了求爱，大肆挥霍着自己的财富。

　　他的亲友们觉得他再这样下去，就相当于在折磨自己，而且家产也快要被他掏空了，因此就劝他先离开拉韦纳，去其他地方住一阵，好让他的心冷静冷静，也不会这样挥霍无度。谁知他根本不将亲友们的话放在心上，只是听听就算了，直到后来，在他们的百般苦劝下，他才勉强答应了。他郑重地把行李打点好，似乎要到法国、西班牙这样遥远的地方去一样。收拾好以后，他就骑上马，带了很多朋友，来到契阿西这个离拉维纳才十来里路的地方，把帐篷搭好，告诉同行的人，他准备就住在这里了，让他们回拉维纳去。

　　在那里住下来以后，他依然和往常一样挥霍无度，不是请这帮朋友来喝酒，就是请那帮朋友来聚餐，天天过得热闹极了。五月初的一个晴好的天气，他又想到了那个冷酷无情的冤家，吩咐仆从们都退下，他一个人在那里静静地冥想，头脑昏沉的他信步往前走，最后不知不觉来到了一座松林。

　　这时，白昼第五个时辰早已经过了，他已经在林中走了一两里路，但是他依然继续往前走,全然忘记了吃晚饭等事情。正在这时,他听到一阵女人凄厉的哭喊,不由得被惊醒,发生什么事了?这时,他才发现自己正待在松林里,不由得心下茫然。他再往前面看了一眼,不由得更加吃惊了,只见一个容貌上乘却披头散发的姑娘从荒草乱树中窜出来。她全身不着寸缕,皮肉都被荆棘抓破了,像察觉不到痛一样,拼命往前跑,边跑还边大喊救命。再看她后面,紧跟着两头巨大的恶狗,正张开血盆大口拼命地撕咬着她,一个穿戴着黑胄黑甲的骑士,手拿长剑,一脸怒容地跟在那两头恶狗后面,骑着一匹乌黑的骏马奔驰而来,还不停地骂着那姑娘,不停地说着叫她拿命来。

这可怕的场景顿时让他呆住了,后来他开始同情那个姑娘,大着胆子想要上前去救她,可是他手里什么武器都没有,该怎么办才好呢?他回头看了看,跑向树边,大力把一条树枝折下来,权当作棍棒,之后跑过去准备和那恶狗和骑士大战一场。

可是那骑士还离他好远就对他大声叫道:"纳达乔,你走开点,这个贱女人是罪有应得,就让我和我的猎狗来收拾她吧!"

他正在说着,那两条恶狗已经从两边把那个姑娘扑倒了,把她纤细的腰肢紧紧咬住,不允许她再继续往前跑,紧接着骑士就骑马赶到了,跳下马。纳达乔跑上前对他说:

"我不认识你,可是你却一眼就认出我,可是我要告诉你的是,像你这样全副武装的骑士竟然对一个全身赤裸的姑娘紧追不舍,竟把她当野兽一样,还放出猎狗来咬她,这种行为实在是太卑鄙了,我一定要护她周全。"

"纳达乔,"那骑士回答他说,"我们俩是同乡啊,我的名字叫纪多·阿那塔纪。当你还很小的时候,我就爱上了这个女人,甚至超过你爱特拉维沙利家的女儿,可是这个无情的女人根本理都不理我,我一时感到很失望,就拿着这把剑自刎了,所以堕入地狱,永世不得超生。看到我自杀以后,那个无情的女人竟然鼓掌叫好,可是没过多久她自己也死了,直到临死她都没有忏悔过,她并不觉得她犯了什么罪,还感觉自己做得很好。既然她活着时对我这么无情,竟然以折磨我来取乐,所以死后也一样被打入地狱,永世不得超生。

"她一被打入地狱,就和我一样受到了判决。她要在我面前不停地奔跑,而我,当我还活着时,看重她甚至超过自己的生命的我,就要在后面不停地追她,把我从前热烈追求的情人看作仇敌一样追逐。等抓住她以后，我就要用这把剑把把杀死，把她的胸膛剖开，挖出那颗坚硬无比的心，还要挖出她的五脏六腑，一起喂给两只猎狗。

　　"可是，这也是天主的旨意。她刚被挖了心，之后又像没事人一样从地上跳起来，再次仓皇出逃，我和这两条狗又再次追赶她。在每星期的第五天里，在这个时辰，她逃到这里被我抓住，然后被我残杀。等一会儿你就可以看到了，不要觉得在其他日子里我俩就和平共处，我在其他地方也追赶她——只要是她生前厌恶过我、折磨过我的地方，我都要一一追赶她。这样一来，情人就变成了冤家。她生前让我经受了多少时间的痛苦，我就要追赶她多少时间，直到判决那一天，才能和她之间有个了结。因此你还是不要来多管闲事吧——你也管不了，就让我执行天主的旨意吧。"

　　听了他的这一席话，纳达乔只觉得全身寒毛倒竖，全身抖动个不停，不由得往后退了几步，亲眼看着那姑娘会遭受什么样的摧残。那骑士说完话面色突然就变了，把长剑举起来疯狂地刺向她。她根本无法挣脱，因为恶狗从两边咬住了她，她只好跪下来大声求饶，他用尽全身力气刺穿她的胸，剑锋从她的胸膛穿透到背后。中了这一剑以后，姑娘瞬间就倒了，可是没有死，只是不停地挣扎。那骑士又蹲下来，把一把匕首抽出来，把她的胸膛剖开，把她的五脏六腑都挖出来扔给恶狗，很快，恶狗就把那一地的血肉给吃得干干净净的。

　　没过多久，那姑娘又猛地跳了起来，似乎像没受到过伤害一样，狂奔向海边。那两头恶狗就一路追踪，一边追一边不停地咬她。那骑士把长剑拿起来，再次跨上马去追她，就像之前一样，没过多久，他们就杳无踪影了。

　　看到这一幕惨剧以后，纳达乔又恐惧又伤感，还迷茫了好久。后来，他记起那位骑士所说的话，每个星期五，他们都会出现在这个林子里，这事也许会帮助到他，于是他在那个地点做了个记号就回去了。第二天，他把许多亲友都请过来对他们说：

　　"感谢各位对我的关爱，时常劝我不要再想着那个冤家了，不要再挥霍自己的财产，现在我愿意听从你们的劝告，可是你们要答应我一件事，那就是下周五，我要设宴招待大家，请你们一定要把特拉维沙利家的老爷、太太和小姐，以及她家的女眷们都请过来。你们愿意请谁都可以。至于我为什么要这样做，到时候你们就明白了。"

　　他们觉得这倒不是件难事，就回到拉维纳。那天到了，他要求他们请过来的宾客果然都来了。尽管特拉维沙利家的小姐并不是很想来,可最终还是来了。纳达乔把宴席就安排在松林里,也就是七天前他看到那个无情的姑娘遭到屠杀的地点附近。当宾客就座时,他又有意让他的心上人坐在出事地点对面的位置。

于是大家开始用餐,当最后一道菜上来的时候,一阵哀号声从远处传来。那姑娘正在仓皇逃命,大家不由得呆住了,都想知道发生了什么事,可是没有一个人可以给出答案,于是,大家都赶紧站起来,望向林子里。一会儿,那个狼狈出逃的少女就过来了,后面紧跟着两头恶狗以及骑马追赶的骑士,不一会儿,就离铺设酒席的地方很近了。很多宾客看到骑士带领着恶狗,如此残害一个弱女,情绪都很激动,好多人甚至想冲上去救那个姑娘。可是那骑士制止了他们,把之前跟纳达乔说过的话又重复了一遍,直吓得他们一个个浑身发抖,不由得直往后退。当着大家的面,一星期前的惨剧再次上演,席上年龄稍长的女客和那个受罪的姑娘以及骑士是亲戚,对于他们生前的那一场爱情的悲剧还记忆犹新,不由得大声哭泣起来,就好像自己是当事人一样。

遭到屠杀的姑娘很快又跳起来继续往前奔走,骑士和恶狗继续在后面追赶,不一会儿,人和狗就全都消失不见了,大家这才惊呼起来,而且开始交头接耳。

可是在座的人,要数纳达乔所倾心的那位无情的小姐脸色最惨白,抖动得最为严重。她将这一切都尽收眼底,觉得这幕惨剧正好是在告诫自己——因为她不可能不把自己和那个无情的姑娘做对比,想到她曾经对纳达乔那么无情,她似乎看到自己在那仓皇逃跑,而她愤怒的情人带着恶狗在后面紧追不舍。

一想到这个,她就胆战心惊,生怕将来自己也会遭到如此厄运。于是,她对纳达乔的态度来了个一百八十度的大转弯,之前她有多么憎恶他,现在就有多么怜爱他。当天晚上,她就打发一个心腹女仆去将纳达乔请过来,她愿意接受他的任何要求。纳达乔说,他非常愿意侍奉小姐,觉得这是自己莫大的荣幸。如果她愿意,他希望能和她结婚,此外就不敢再有其他任何想法了。那姑娘觉得这门亲事当初之所以没能成功,都是自己从中作梗,这回就一口答应了,也不用挽媒撮合了,自己亲自把这件事跟父母说了。听说女儿愿意嫁给纳达乔,两位老人自然是欣喜异常。到了下礼拜日,他俩就举行了隆重的婚礼,两人后来一直相爱到老,生活得很幸福。

那林子里幽灵的幻象可不仅仅成全了这一桩美事,还以此告诫了拉维纳所有的姑娘,以后只要有人向她们求爱,她们再也不像以前那么矫情、那么难以靠近了,变得温柔了许多。

故事九

为了得到一位太太的欢心,费代里哥挥霍光了家财,最终还是没能如愿,自此以后就过着清贫的日子。之后,那位太太去看他,他没有什么好招待她的,于是把自己心爱的一只鹰给杀了,她受到很大的触动,以后就带着丰厚的陪嫁嫁给了他。

菲洛梅娜把故事讲完以后,女王看看剩下没有讲故事的人只有她自己和狄奥内奥了,而狄奥内奥是有特权的,可以最后一个讲,所以她自己便兴奋地讲道:

各位好小姐,我很高兴现在该我来讲故事了。我这次讲的故事其中有一部分和之前讲的那个是一样的,因为我不仅仅要让你们知道,对于多情的心灵来说,你们的美貌的力量有多大,而且要让你们意识到,你们在合适的时机下也可以主动对人表示衷心,不需要老是听从命运之神的摆布,因为命运之神教你用情大部分情况下都是不合适的,会有过分之嫌。

老帕·第·卜尔盖塞·多明尼奇,你们肯定都知道,他是我们城里一个德高望重的人,也许到现在都还在呢。他真是太伟大了,说流芳百世真的一点都不为过,当然,这并不是因为他的身份很尊贵,而是因为他太会为人处事了。到了晚年,他总是喜欢和亲朋好友们说说过去的事情,说起来非常动人,他的记忆力真的是无人能比,而且他的谈吐极其优雅。

他讲过的好听的故事可真不少,其中他最喜欢讲的一个故事是这样的。他说之前在佛罗伦萨,有个叫费代里哥的青年,他的父亲是费利坡·阿尔白里奇,他的武艺很高强,也很有绅士风度,在托斯卡纳全境堪称第一。和一般士绅一样,他也想要谈一场轰轰烈烈的恋爱,所以爱上了乔凡娜这个当时全佛罗伦萨最美丽的一位太太,为了让她喜欢上自己,他时常举办骑马和比武竞赛,或者把朋友们都请过来,一点都不吝惜自己的钱财。可是这位太太不仅长得很美,而且很有节操,她一点都没有被他的这些做法所打动。

因为过于挥霍，再加只出不进，费代里哥不久就把钱都用完了，只剩下一个小农场，从此依靠它的收入过着节俭的日子，除此以外，他还养着一只鹰，这只鹰可是全天下最好的品种。相比之前，这时的他对爱情更加热衷，依然想在城里与众不同，无奈有心无力，只能到他农庄所在的康比地方去住，每天唯一的喜好就是放鹰，自此过着清贫的日子，不和外界打交道。

正当他一无所有的时候，乔凡娜的丈夫忽然生了重病，自知无力回天，便立下遗嘱，把所有的财富都留给了他成年的儿子，如果儿子死后没有合法的后代，那么，就由他的妻子继承这笔遗产。遗嘱立好以后，他就撒手人寰了。

就这样，乔凡娜成了孤孀。那年夏天，根据当地妇女的惯例，为了避暑，她和儿子一起去了乡下的一个庄园，而这个庄园正好毗邻费代里哥的庄园，所以她的儿子就和费代里哥相识了。这孩子很喜欢打猎放鹰，有好几次，费代里哥的鹰飞到那里，他看到都非常喜欢，心想那要是自己的该多好啊，可是当他看到费代里哥那么珍视它，他也就不好意思开口了。

没想到那孩子却因为太过于想要那只鹰而一病不起，母亲焦虑不安，因为她只有这么一个儿子，巴不得把全天下所有的好东西都给他。她不分白天黑夜地在床前陪护他，安慰他，而且不止一次问他是不是想要什么东西，让他只管说，只要她能够做到的，她一定想尽办法满足他。听到母亲这么说，孩子就说：

"母亲，假如你能把费代里哥的那只鹰给我弄来，我相信我很快就会好起来的。"

听了这话，他母亲沉思了一会儿，心想这件事要怎么办呢？她知道费代里哥早就对自己一见倾心，可自己从来都没有回应过他。她心想：

"我听说那只鹰是全天下最好的鹰，而且是他仅有的一个安慰，我怎么能让他送给你呢？人家现在一无所有，就剩下那么一只鹰，要是我把人家这仅有的一点儿乐趣也剥夺走了，那不是太残酷了吗？"

尽管她知道，只要她开口问费代里哥要，他一定会毫不犹豫地给她，可是她总觉得不好办，一时竟不知道怎么样才能回复自己的儿子，只是沉默下来。最后，那颗爱子的心还是让她打消了所有的顾虑，她想着不论怎样也要让儿子的心愿得以满足，亲自去把那只鹰要来。于

是,她就对她说:

"孩子,你尽管放心,好好养病,明天一早我去把那只鹰给你弄来。"

孩子听了很高兴,当下就觉得病情好了一点。

第二天,夫人就带了一个女伴到费代里哥那里。正好这两天天气不好,费代里哥待在家里没有出去,此刻正在花园里监督手下人干活呢。听闻乔凡娜来了,他感到惊讶的同时,也很是高兴,赶忙出来迎接。见他来了,夫人立刻走上前去,温和地和他打招呼。费代里哥也毕恭毕敬地回应了她,于是,她说道:

"费代里哥,你最近还好吗?之前蒙你错爱,导致你自己受了很多累,如今我特地赶来向你表示歉意来了。为了聊表我的心意,我准备和我的女伴今天上午就在你这里吃一顿便饭。"

费代里哥赶紧十分恭敬地回答道:"夫人,你说的这是什么话?我从来没有因为你受累,只是觉得受益匪浅,我还很幸运,我爱的夫人是这样一个品德高尚的夫人,也算我这辈子没有白活,我应该好好感谢你才对。如今你光临寒舍我真的是太荣幸了。现在我的身价依然和当年一样,即便是再为你倾家荡产,我也毫不犹豫,遗憾的是我现在已经什么都没有了。"

说着,他就非常羞愧地让她到宅子里面去,带着她来到花园,看到没有外人在这里,他就说道:

"夫人,现在这里没有别人,就让我这个长工的妻子陪陪你,我去外面给你准备饭菜。"

尽管他现在什么都没有,可是从来没有因为当初的挥霍而后悔过,今天他才算第一次尝到没有钱的难处。之前,为了爱上这位太太,他曾经多次宴请宾客,可是如今他拿不出一点儿像样的东西来招待她。他急得像热锅上的蚂蚁,跑来跑去,结果却没有找出来一个钱,又拿不出什么东西可以换些钱,只能抱怨不已。眼看着时间已经不早了,他必须要对她尽些心意才行,可是他又不愿意去求人,即便是他自己的佣工,他也不愿意开口,于是,他看到了那只在小客厅里栖息的猎鹰。如今的他已经毫无办法了,只得把那只鹰捉起,摸摸它,发现它长得还挺肥实,觉得把它杀了,也可以向夫人聊表自己的心意。于是,他就毫不犹豫地勒死了它,吩咐小使女把毛拔干净,收拾好以后去烤。他又把剩下的几块洁白的餐巾在桌子上铺好,很快就一脸微笑地走到花园里去跟夫人说,他已经准备好了午饭,只是请夫人不要觉得太寒酸了。

　　夫人和她的女伴马上站了起来,和费代里哥一起去吃饭。费代里哥让她们赶紧吃肉,可是吃的什么肉,她们却不知道。吃完饭以后,客人和主人又亲热地交谈了一会,夫人觉得现在应该是表明自己来这的目的时候了,于是就转过身,非常客气地对费代里哥说:

　　"费代里哥,你只要想起来在你曾经拥有万贯家财时,为了我挥霍无度,而我却坚守节操,你那一定会觉得我这个人是多么冷酷,如今我到这里来本来是有一件很重要的事情的,你听了一定会更加奇怪,我这个人怎么如此冒昧,可是请你原谅,只要你有孩子,你就会体会到父母对孩子的这种爱,那你也多少可以谅解我一些吧。

　　"遗憾的是你并没有孩子,而我却有一个儿子,天下做父母的都一样,所以我也只能违背自己的意愿,把什么礼貌体统都先放到一边,请求你把一件东西送给我。我知道这件东西被你视若珍宝,而且你看重它也是很正常的,因为你没有交上好运气,现在只有这一件东西可以给你提供安慰了。这东西不是其他的,就是你的那只鹰。没想到我家孩子看到你那只鹰以后,竟然如此喜欢,并因此重病在床。假如我不帮他弄到手,他的病情就会越来越重,也许我就会失去这个儿子了,所以我请求你把它给我吧,而且不要因为爱我才这样做,而是本着你一直以来非常推崇礼仪的高贵精神。假如你把这些礼物给了我,就相当于救了我儿子一命,这辈子我都会对你感激不尽。"

　　听了夫人的这番话,费代里哥想到他已经把那只鹰杀了吃了,没办法答应夫人,一时间竟不知道该说什么好,竟放声痛哭起来。夫人一开始还以为他是因为爱那只鹰,好想告诉他自己不要了,可是她没有立刻说出这层意思,倒想看看他到底会如何作答。费代里哥哭了一会儿,才说道:

　　"夫人,上天让我爱上你,可是命运总是捉弄我,我真是太难过了。可是相比命运这一次带给我的折磨,它从前带给我的那些折磨根本不算什么了。只要想到它这一次的捉弄,我一辈子都无法原谅它。说起来真是太伤心了,当初我生活条件那么好的时候,你从来没有来过我家里,如今我不胜荣幸地看到你来到我家里,向我要那么一点儿东西,它却偏偏要和我作对,叫我没办法回报你,我现在就跟你说一下这件事吧。

　　"感谢你看得起我,愿意留在我这里吃饭,我就想:像你这样的身份地位,我不能用一般的礼仪来招待你,应该做几样像样的饭菜来,所以我就想这只鹰还算可以,可以当作一盘菜。你早上一来,我就把它杀了烤好,恭恭敬敬地呈上来,我还以为尽到了自己的心意,可是我没想到你有其他的需求,让我没办法帮你办到,这真是让我太难受了。"

说着,他就把鹰毛、鹰脚和鹰嘴都拿过来给夫人看,证明他所言属实。听了他的话,又看到这些物证,夫人一开始还怪他不应该为了一个女人而把这样一只好鹰杀掉,可是她回头一想,又不由得对他这种贫贱不能移的宽广胸襟佩服之至。于是她只能放弃拿走那只鹰了,又担心儿子的病情会加重,非常难过地回家了。

令人悲哀的是,没过几天,那孩子真的死了,不知道到底是因为没有得到那只鹰而难过至死,还是因为得了绝症,夫人当然很难过。

尽管她哭得很伤心,可是再怎么样她也是一个年轻而且有钱的孤孀,所以没过多长时间,她的兄弟们都劝她另嫁他人。一开始她并没有这方面的想法,可是在他们的再三劝告下,她不由得想到了高尚的费代里哥,以及他那一次杀鹰招待她的举动,就告诉她的兄弟们:

"我原本没想再嫁他人,可是假如你们一定要我再嫁他人的话,我一定要嫁给费代里哥·阿尔白里奇。"

她的兄弟们听了,都露出嘲讽的表情,对她说:"你这个女人怎么这么傻,怎么能说这种话呢?那么一个贫穷的人你到底看中他哪一点了呢?"

她回答:"兄弟,我知道你们说的都是真话,可是我要嫁的是人,不是钱。"

她的兄弟们看她已经想好了,也知道费代里哥尽管很穷,却有非常高尚的品质,只好答应让她带着丰厚的嫁妆嫁过去。费代里哥终于和心爱的女人在一起了,还得到了这么一笔丰厚的嫁妆,自此以后过着勤俭节约的日子,夫妇俩一直幸福地生活在一起。

故事十

彼得去朋友家吃饭,妻子趁机召来了情人,两人正在吃饭,忽然听到彼得在敲门,她一下子不知如何是好,只好把情人藏在鸡笼下面。没过多久,那个青年放在鸡笼下面的手指被马厩里的驴子给踩住了,痛得要死的他大声叫了出来,也因此让事情露了馅儿,但彼得自身也不是一个很正直的人，所以最终还是和妻子和好了。

女王把故事讲完以后，大家都称赞天主具有无上的恩德，竟然让费代里哥获得了这样的回报。狄奥内奥一向是不用嘱咐就开始讲了：

我们大部分人都喜欢对别人家的丑事极尽嘲笑，却不愿意提到人家的好处，特别是当这类丑事和我们本身毫无交集时，我们笑得就更加厉害了，这可能是因为我们起初我们一点儿都没有放在心上，后来慢慢地却养成了这种恶习，可能因为人类天生就有这种不足，至于到底是什么原因，那就不好说了。亲爱的小姐们，之前我讲故事只是为了让你们不那么无聊，如今讲故事依然本着这个目的，尽管这部分有些地方不太合适，可是不管怎样，最起码可以让你们开心一会儿，所以我还是接着讲吧。可是我想，就好像你们走进花园去摘玫瑰一样，只摘花不摘刺，你们听到这个故事，任由让那个蠢男人去出洋相，只需要看他的妻子是如何采用计谋和人家暗度陈仓的，你们只管笑一笑，再同情下那些不幸的人就好了。

不久以前，在佩鲁吉亚地区。有个叫彼得·第·文奇奥罗的富翁，他对男色情有独钟，在当地声名狼藉，所以，为了不让人家说闲话，让自己的名声变好一点，他就娶了个妻子，当然这并不是因为自己需要。上天也是待他不薄，他取了个矮胖，却精力充沛、极其风骚的红头发年轻姑娘，最起码要两个男人才能满足她，而如今，她遇到的这个男人却完全不在意她，而是有其他的喜好。

天长日久，她慢慢发现了这一点，觉得自己长得这么美，而且正值大好年华，这样的冷淡怎么受得了？所以难免会和丈夫吵一吵闹一闹，骂得也非常难听，两人三天两头在吵架。后来，她眼看着这样吵闹下去也是徒然地浪费了自己的精力，却不能让丈夫回归到正道上来，她心想：

"这个无耻的东西，他把我丢下，自己去干那种事，这是走歪路，我为什么不自己去找一个新欢，却在这儿忌妒别的男人呢？我嫁给他，还带来丰厚的嫁妆，原本以为他是一个男子汉，也非常喜欢男的喜欢干的事，可以和我和睦相处。假如我早知道他连一个男人的本分都不能尽，我为什么还要嫁给他呢？他明知道我是个女人，假如他喜欢的是男人，那为什么要娶我呢？这真是太荒谬了。假如我清心寡欲，完全可以去做修女啊！遗憾的是，我只是一个俗人，要是等他带给我快乐，恐怕这辈子都要白等了，那时候青春已经不在，只留下后悔。既然他现在给我做出了榜样,让我自己去寻找那些快乐,我为什么不这样做呢?我这样做,责任都在他身上,我是完全在理的。我只是触犯了法律,而他不仅触犯了法律,还违反了天理。"

这位少奶奶把这件事反复想了很多遍,并打定主意要落实到行动中。她结识了当地一个非常有名的老鸨,而那个老太婆却假装一副虔诚的样子,就像当年那位愿意用自己的生命去为喂蛇的圣人梵蒂安娜一样,手里一直拿着一串念珠到教堂去赎罪,整天不是教皇就是圣方济各的创伤,所以在人家心里,她几乎就是一个女圣人。交往了一段时间以后,这位少奶奶觉得时机到了,就跟她说了自己的心事。

老太婆说:"我的女儿,对于人世间的事,天主全都知道,他知道你完全可以做这样的事。假如你只是像其他女人一样,只是为了不让青春虚度,那你这么做就是理所应当的。只要稍微懂点事理的人都知道,虚度青春是人生最让人难过的一件事。我们女人家只要老了,就只剩下烧饭煮菜这一个用途了。实话告诉你吧,我是个过来人,这一点没有人比我更清楚了,我现在已经老了,一想到当年虚度的青春,虽然知道后悔已经没用了,却还是很难过。尽管我的青春并没有完全虚度,(当然你也不要觉得我年轻时就会那么笨),可是当年还是有很多心愿没能实现。你看,现在我已经老成这样,没有人愿意理我了,想起来真是让人伤心啊。

"男人可就是另一种情形啦,他们生下来的使命就很多,不仅仅只有这一件,他们还要做其他很多事情,而且相比年轻时代,他们到了老年更容易得志。女人们天生就是为这件事而生的,她们的优点就在于可以来这一套,可以抚育后代,男人爱女人也是为此。先不说别的,你只需要明白这一点就好,女人随时随地都可以干那件事,而男人却不行。一个女人可以同时玩弄好几个男人,而好几个男人却不一定对付得了一个女人,这是我们的优势。因此我再跟你说一遍,对于你的丈夫,你只需要以牙还牙就好,只有这样,到了老年,你的灵魂才不会埋怨你的肉体。

"人生在世,及时行乐很重要,特别是女人,女人的青春太短暂了,更不应该让大好时光虚度。你要知道,我们女人只要进入了老年,无论是自己的丈夫还是其他人,都不愿意再多看我们一眼,他们让我们去厨房刷锅洗碗,跟猫玩耍,更让人气愤的是,还要用一些歌谣来嘲笑我们,像什么'给大姑娘吃美食,让老太婆闭嘴'一类,比这难听的话还有很多呢。

"我不用说再说这么多了，只是实话跟你说，你总算找对人了，要是你把你的心事跟别人说了，没有人可以给你帮这样的忙。不管哪个男人，无论他的地位多么尊贵，我也敢用饮食男女的道理去说服他；不管哪个男人，不管他装作多么严肃的样子，我都有办法让他俯首帖耳，因此你只要跟我说你中意的是谁，以后的事情只管交给我就好。可是我的女儿，有一件事我要提醒你，老身一贫如洗，时常要带着念珠到教堂去祈祷，因此你也得给我帮帮忙，这样我才可以在天主面前给你的亡亲战友多点几支蜡烛，多为他们祈祷，祈求天主的原谅。"

老太婆把这番话讲完以后，少奶奶就说，有个小后生经常经过这里，并仔细描绘了一番他的面相特点，叫老太婆哪天看到他了一定要想办法给她弄来。两人商量好以后，少奶奶就把一块咸肉送给她，祈求上帝祝福她，并将她送了出去。

很快，老太婆就把她中意的那个后生带到了少妇房里。以后少妇只要喜欢上哪个男人，老太婆都会一一帮她弄到手。尽管她对丈夫还存着些许担心，却无论如何也不愿意失去这样的好机会。

有一天晚上，她丈夫去朋友艾柯朗诺家吃晚饭了，她就叫老太婆把佩鲁吉亚长得最俊俏的男子给她带来，老太婆立刻就帮她实现了。没想到，她刚和情人在屋里坐下吃饭，彼得就突然在外面敲门。听到敲门声，她一时间惊慌失措，不知道怎么办才好，放了情人也不行，把他藏起来也不行，最后实在没办法，只好让他躲在隔壁披屋里的鸡笼下面，又把那天刚撒空的那支草箭袋盖到上面，收拾停当后，她就赶紧去给丈夫开门。他一进门，妻子就问道：

"你怎么这么快就吃完了？"

"根本没吃。"她丈夫说。

妻子问："怎么了？"

"让我来告诉你吧，"丈夫说，"艾柯朗诺夫妇和我刚坐下来吃饭，就听到有什么人在外面咳嗽。一开始我们还没有放在心上，可是马上又听到第四声第五声，不停地咳嗽，大家都觉得很奇怪。艾柯朗诺原本就有些气恼他的妻子，因为他和我进屋的时候他妻子在给我们开门时，让我们在门外站了好久。现在又听到有人咳嗽，他就发起了脾气，问这到底是怎么回事？谁在咳嗽？说着他就往楼梯口走去。原来楼梯就在附近，楼梯下面是一个用来堆杂物的个小房间。

"他觉得咳嗽声就来自这个小屋。他把门稍微打开了一点儿，一股刺鼻的硫黄气味扑鼻而来。刚刚我们才闻到臭气，原来臭气就在这里。他夫人说道：'我刚刚用硫黄漂面纱，先把硫磺水倒在一只锅子里，把面纱放上去熏，熏好以后都放在这个小房间里，所以你们才觉得难闻。'等到臭气稍微淡了一点儿后，艾柯朗诺看向里面，发现里面有一个人，还在不停地咳嗽，那是因为硫黄的气味实在太刺鼻了。他每咳嗽一次，就会吸进去一口硫磺气味，都快憋死了，如果他还在那里待着，恐怕小命都不保了。

"一看到这人，艾柯朗诺就大叫道：'你这个女人，我们刚刚进来时，你就是因为这个原因，才那么久才给我们开门，我今天要是不教训教训你，我就不是人！'他妻子听到他这么说，知道自己的私情被丈夫发现了，根本不敢回嘴，急忙溜走了，也不知道逃去哪里了。艾柯朗诺没有发现妻子已经溜走了，只是让那个咳嗽的人赶紧出来。可是那人已经被呛得快没有呼吸了，无论艾柯朗诺说什么，他都没有动弹。

"于是艾柯朗诺就将他的一只脚抓住，把他拖了出来，之后要去找刀子，想一刀结果了他。我因为心虚，怕巡丁过来，就站起来竭力阻止他。为了保护那人，我大嚷大叫，把邻居们都叫了来，把那个只剩下一口气的青年给抬了出去。我也不知道那人被抬去哪里了，因为这件事，晚饭也没有吃成。根本不是我吃得快，而是根本就没有吃到。"

听完这个故事，他妻子知道全天下和她一样聪明的女人还有很多，只是有些女人运气不太好而已。她原本想站在艾柯朗诺的妻子的立场说几句话，可是转念一想，觉得还不如痛骂一顿别人的过错，正好可以证明自己的清白，于是她就说道。

"这么一位的圣洁太太怎么会做出这种事来呢？她那么圣洁，我还得向她忏悔呢！更糟糕的是，眼看她就快要老了，还给年轻姑娘做了这么一个好榜样，她出世的时辰就应该被诅咒。她真是该死，怎么还有脸活下去？她真是全天下最卑鄙无耻的女人，我们全村女人的脸都被她给丢尽了。她忘记了自己的贞操，忘记了对丈夫的盟誓，也毫不在意世人的眼光，她丈夫那么善良，那么正直，对她那么好，而她竟为了一个野男人毫不顾惜丈夫的脸面，也让她自己颜面无存。老天爷呀，我怎么也不会可怜这种女人的，就应该把她处死，把她烧得只剩下一堆灰才好。"

她虽然嘴上痛骂不已，可是心里一直惦念着那位躲在近旁鸡笼下面的情人，因此不停地催促彼得赶紧去睡觉，说是时间已经很晚了。可是彼得只想吃晚饭不想睡觉，就问他妻子有没有什么吃的。

他妻子说："啊，晚饭？平常只要你去了，我们什么时候等过你呀？真是太可笑了，你莫非把我当成了艾柯朗诺的老婆？天哪，你怎么还不去睡觉啊？我这也是为你好啊！"

正巧这天晚上彼得的佣工从农庄上运了不少东西回来，还忘了给关在披屋隔壁的一个小马厩里的驴子喂水。其中有一头驴子实在是太渴了，就挣脱缰绳，走出马厩四处闻，想要找水喝，一下子走到了鸡笼跟前。而在鸡笼下面趴着的那个青年也不知道是运气还是倒霉，把一只手伸到外面，手指正好被那头驴踩到了，痛得惊叫失声。彼得听了很是惊讶，觉得这叫声就在屋子里，他走到披屋那里，那人还在连声叫痛，原来驴子的脚正好踩在他的手指上。彼得问道："你是谁呀？"说着，就走到鸡笼跟前，把鸡笼拿起来，看到那个青年。那人原本已经被驴踩得痛得要死，现在见到彼得，自以为自己活不久了，全身瑟瑟发抖，真是我见犹怜。

彼得一下就发现，这个青年原是他觊觎已久的一个美男子，便问他在那里做什么。那人不知道该说什么好，只是恳求他看在天主的面上放他一马。

彼得说："你起来，不用害怕，我会放你一马的。我只要你跟我说清楚，你为什么会在这里，你来这里做什么就行。"

这个青年只好原原本本地把事情经过都说出来了，彼得这时的高兴和妻子的难堪正好形成鲜明的对比，他马上拉着他的手，把他带到内室里面，看到妻子正站在那里一副惶恐不安的样子，他在她对面坐下来说道：

"刚刚你还在咒骂艾柯朗诺的老婆，说她活该被烧死，她丢光了你们女人的脸，可为什么不先骂骂你自己呢？你和她不也是同一种人吗？你不骂自己，倒先骂上人家了，你的良心不会痛吗？天下女人都是天生的贱人，要不然怎么会做出这样的事呢？借着骂别人来洗刷自己的罪名，这可真是你们的拿手好戏，真希望天上掉下火来，把这些贱女人都烧死。"

他撞破妻子的隐私以后，尽管很生气，可是并没有多少为难她，只是骂了她几句而已。妻子看到他一脸兴奋地搀扶着那个漂亮小伙子，这才大着胆子回答道：

"你希望天上掉下火来烧死我们这些女人,我相信你说的是实话,因为你们男人喜欢女人就像狗喜欢棍子一样,可是我以天主的名义发誓,你是不可能实现这个愿望的。我现在倒是要跟你说清楚,看看你究竟有什么好抱怨的。你把我和艾柯朗诺的老婆做对比真是英明啊。她是个假装正经的贱女人,样样都称心如意,她丈夫对她那么体贴,而你对我却完全是另外一个样子,哪怕你让我吃得好、穿得好,可是,试问一下,你那方面待我如何,你有多久没有和我同床共枕了,相比较你让我一个人孤单地睡觉,我倒宁愿不要吃好穿好。你要知道,既然我是个女人,那我就有女人的欲望,既然我从你身上不能得到快乐,那么我就要去找别人,这你也怨不得我。最起码我还没有让你丢了面子,没有去找马夫和癞子。"

彼得见她说得那么一副义正词严的样子,而且好像一开口就停不下来一样,就毫不在意地说:

"我的太太,你也停一停吧,我承认你说的都是对的。我只请你大发慈悲,给我们弄点什么吃的当晚饭吧,我看这个小伙子和我一样,到现在也还没吃晚饭呢。"

"他当然没吃,"他妻子说,"我们刚坐下来准备吃饭,谁知道你这个不识时务的家伙就闯进来了。"

彼得说:"去吧,想办法去给我们弄点吃的,吃过饭以后,我包管安排好所有事情,不让你有什么好埋怨的。"

他妻子见他如此温和,便起身重新把饭桌摆好,摆出已经准备好的晚饭,和他那不成器的丈夫以及那个年轻小伙子一起高高兴兴地吃了起来。至于吃过晚饭以后,彼得想出了什么办法,让三个人都心满意足,我就不记得了。我只知道第二天早上,那个青年走的时候,根本不记得前一天晚上,他更多时候是和彼得睡在一起,还是和他老婆睡在一起。因此,亲爱的小姐们,我还要再重复一遍:"人家如何对待你,你也就如何对待人家。假如你吃亏了,暂时无法实施报复,可一定要记在心上,等将来有机会了,一定要给他点颜色看看,让他知道自作孽不可活是什么滋味。"

狄奥内奥的故事讲完了,小姐们倒没有笑得那么夸张,不是因为这个故事她们不喜欢,而是因为她们觉得太不好意思了。女王看到自己的任期满了,于是站起来把桂冠摘下来戴到艾莉莎头上,对她说:

"小姐,现在国政大权就交给你了。"

艾莉莎接受了这个光荣的职务,和往常一样把各项事务安排好,先跟管家商量了一阵,告诉管家在她的任期内,管家要准备些什么,让大家都能够开心,之后又对大家说:

"从我们听过的这许多故事中,我们可以知道天下很多人都因为灵活聪明、口齿伶俐,只要被人家抓住,就一定会想出妙计,绝处逢生。这一类的故事很有意思,可以考虑多说一些,所以我想规定明天每人都讲一个足智多谋的故事,要么针锋相对,让别人的指责不成立;要么灵机一动,躲避了当前的屈辱。"

大家都一致点头同意,于是女王起身让大家各自去娱乐,等到吃晚饭时再聚到一起。看到女王站了起来,大家也都跟着站了起来,随意活动开了。不久,女王就喊大家一起过来吃晚饭,众人高高兴兴地把晚饭吃完了,又开始唱歌奏乐。在女王的吩咐下,艾米莉娅带头跳起了舞,狄奥内奥也奉命开始唱歌,他马上就唱了起来:"阿罗达好姑娘,不要假装那副可怜的样子,我来告诉你一件大喜事,让你听了高兴至极。"小姐们听了都直笑,特别是女王,笑得最厉害。女王不允许他再唱下去,让他换一个歌再唱。

狄奥内奥说:"女王,假如我把小鼓带来了,我就可以唱《拉帕太太,撩起你的裙子》或是《橄榄树下的小草》,可能《我的忧伤像巨浪》你也喜欢听吧,遗憾的是,我并没有带小鼓,只好重新选几支。《快到我们身边来,五月牧场好风光》你喜欢听吗?"

女王说:"不行,你再给我们唱个其他的。"

狄奥内奥说:"那就唱《西蒙娜小姐,这不是十月天》怎么样?"

"你走开吧!"女王笑着说,"这些歌谁要听? 你给我们唱个正经些的。"

狄奥内奥说:"女王,好啦,你不要生气,你到底爱听什么呢? 我会唱的歌太多了,《这个滋味尝不够》,或是《好丈夫,饶饶我》,或是《我要用一百金镑买只鸟》怎么样? 你爱听吗?"小姐们都笑得前俯后仰,可是女王有些生气了,说道:"狄奥内奥,不要满嘴胡言乱语了,认认真真地给我们唱一支歌吧,要不然我可真的要生气了。"

狄奥内奥这才恢复了正形,认认真真唱了一支歌:

　　啊,伟大的爱神,

　　美人儿烟波流转那一阵,

怎能不叫我销魂。

她那水晶晶的眸子，
和我的眼睛一线牵，
让我心里燃烧起通红的火焰。
啊，爱神，一看到她的倩影，
我就知道你拥有万能的力量。
我只觉得晕晕沉沉，
被你的千丝万缕所束缚。
现如今我已经不知如何是好了，
为了她叹息个不停。

啊，慈悲的爱神啊，
我甘愿拜倒在你的脚下，任由你召唤，
只求你不要再让我无尽地相思。
可是我要问你，
他到底知不知道我这刻骨的相思，
我对我如此地忠诚，痴情于她，
谁能来解救我？
我这相思病谁能帮我治愈？

因此爱神我求求你，
一定要网开一面，
用你的爱火去让她的心变暖，
告诉她，为了她，我废寝忘食。
你看我越来越憔悴，
全靠你的恻隐之心来救我。
只希望有一天你能带我去和她见面，
让我高高兴兴和她在一起。

　　狄奥内奥唱完以后，女王对他极尽赞赏，接着又嘱咐其他人唱几支。眼看天色已晚，白天的炎热已经褪去，女王吩咐大家各自去歇息，明天继续玩乐。

第六日
decameron

《十日谈》的第六天就此拉开了序幕,女王是艾莉莎。每个人都要讲一个智慧超群的故事,要么针尖对麦芒,不让别人的责难得逞,要么机智过人,避过险情。

月亮的光辉逐渐黯淡,太阳喷薄而出,大地都变得明朗起来,女王这时已经起床,同时喊醒了同伴,于是一起来到小山脚下的一块草地上散步,一路上,欢声笑语不断,对各种问题进行探讨,对每篇故事加以评价,提到故事中一些好笑的场景,不由得开怀大笑。直到太阳升得老高,热浪一阵阵袭来,大家才不由得往别墅的方向走。

　　回到别墅,饭菜已经摆上桌,屋子里香气扑鼻,处处是鲜花和青草的味道。趁着早晨气温比较适宜,大家开始吃饭。大家边吃边聊,非常开心。吃过饭以后,他们先唱了几首轻松愉悦的歌,于是有的人开始休息,有的人开始下棋,还有的人开始掷骰儿,狄奥内奥和劳蕾塔合唱了一首特洛勒斯和利克莱西达①的歌曲。

　　到了集合时间,女王像前几天一样,把众人召集到一起,依然围坐在喷水池边。女王正准备要谁先讲一个故事,谁知道,一件从未发生过的事发生了——厨房里传来阵阵吵闹声。女王马上叫来管事的,询问发生了什么事,谁在那里喧哗。总管说是莉奇斯卡和廷达罗两人发生了争执,至于为什么吵起来,他也不知道,因为他正准备上前去劝架,就被女王叫过来了。女王叫他把这两人都叫来,当他们过来以后,女王就问他们为何争吵。

　　廷达罗正准备回答,年长的莉奇斯卡却率先发言了。由于刚刚发生了一场争吵,她的情绪还没有平复下来,因此抢先接过了话:

　　"看你这个混账,竟然敢抢我的风头,让我先说吧。"于是她转身对女王说:

　　"小姐,这个家伙要跟我讲西科凡特的老婆的故事,似乎我跟她还比较陌生一样,说什么她和她丈夫度过第一晚时,流了一晚上的血,费了好大一番周折才攻进了城堡,我说这根本就是胡说八道。他是直接进去的。这个男子还真是头脑简单四肢发达,他还以为女孩子会那么谨遵父辈的教导,白白让自己的青春流逝。事实上,女孩子中的大多数在出嫁的前三四年,就已经非常明白这回事了。如果让她们眼睁睁地等到嫁人,那可真是要急死人了。老天在上——老天爷知道我发

---

　　① 这两个人是薄伽丘年轻时写的一首长诗的男女主角。

誓往往不会是虚的——我周围的很多女孩子,都早在结婚前就已经破处了的。即便她们嫁了人,我知道依然有多种办法来欺骗丈夫。谁知道这呆头鸟竟然要跟我说什么女人,似乎我才出生一样。"

莉奇斯卡光顾着说,可着实乐坏了这班姑娘,一个个笑得前俯后仰的。女王连声制止了六次,都没能起效。她非要一股脑地全说出来,不愿意停下来。等她说完,女王回头对狄奥内奥说:

"狄奥内奥,这问题得交给你来处理了。等我们都讲完故事,你就要给这件事下个结论。"

狄奥内奥马上回答道:"小姐,这还不好判断吗?不需要等那么久。我觉得莉奇斯卡说得没错,每句话都非常有道理,廷达罗真是太傻了。"

听到这话,莉奇斯卡不由得笑开了怀,对廷达罗说:"你现在知道了吧?赶紧走吧。你这个稚嫩的小毛虫,竟然还要装作比我懂得多。真是感谢老天,我这几十年总算还学到了点东西。"

女王严肃地叫她住口,赶紧和廷达罗一起回厨房,不能再吵闹不休,除非她想挨一顿鞭子——若不是女王这样命令,恐怕她要一整天都说个不停。等这两人走后,女王叫菲洛梅娜开始讲故事。她兴高采烈地开始说了:

故事一

一位绅士和奥丽达太太一起出去玩,在路上给她讲了个牛头不对马嘴的故事,说是想让她骑马,以减轻她的疲惫,她却求他还是下来走比较好。

美丽动人的小姐,夜空中繁星点点,鲜花绽放,给碧绿的田野增添了不少活泼的色彩,青山在树木的装饰下,变得愈加光彩夺人。一样的道理,在谈话中加入一句诙谐的话语,就愈加吸引人了。诙谐的话往往比较精悍,因此很适合妇女,因为男人一旦开始说话便滔滔不绝,妇女可不能像他们那样,说话简短才是最重要的。可是不知道是我们女人的智商有问题呢,还是老天突然和我们唱反调,总之,女人们鲜少可以在适当的时机,说一句幽默的话,或者是人家说了一句幽默的话,她可以马上领悟其中的意思的,我们女人真的要感到羞愧。可是有关这一点,潘皮内娅已经讲得再清楚不过了,我也不用再赘述了,现在为了让大家明白,在合适的时候说一句合适的话是多么有用,我打算给大家讲一个女人是如何用一句得体的话,让一个唠叨个不停的绅士闭口不言的。

我们城里之前有个非常有教养,也很有名媛风范的女人,像她这样尊贵的女人,是应该提一下她的名字的。她是热里·斯宾那大爷的妻子,大家都用奥丽达太太称呼她——也许在座的有很多人都认识她,或者听人提到过。有一天,她邀请了很多女伴和绅士到家里来玩,吃过饭以后,大家一起去野外玩耍,去了很多地方,和我们现在的情景类似。那天准备走的一段路程比较远,走到一半时,一位绅士对她说:

"奥丽达太太,如果你不嫌弃的话,我想给你讲一个世界上最动人的故事,让你听得如痴如醉,就像骑马一样,全然不知疲惫。"

"啊,先生,那真是再好不过了。"那位太太说,"那就请你快点开始吧!"

于是绅士就开始给她讲故事。故事的情节倒是不赖,遗憾的是,他太不会讲故事了,和他使用他身边那把佩剑的功夫差不多,实在是太糟糕了,经常会重复同一句话,一会儿以后,又突然反应过来说:'哎呀,我说错啦!'往往弄不清故事中的人名、地名,让人丈二和尚摸不着头脑。他那说话的语气又完全不符合故事中的人物、场景,奥丽达太太听得头昏脑涨,全身直冒冷汗,只觉得要遭受什么大的灾难一样,小命都快不保了。到最后,她实在是受不了了,又见那位绅士愈说愈离谱,已经完全找不到方向了,只是在那里不停地转圈圈,完全找不到出口了,于是就亲切地对他说:

"先生,你那匹马已经跑得找不到方向了,请你还是让我下来吧。"

尽管这位讲故事的本领不太好,可是听了这句幽默的话,倒能明白一二,也还有肚量,因此连自己都忍不住笑了起来,就没有再继续讲那个让人不明白的故事了,开始说其他的话题。

故事二

面包师奇斯蒂只用简短的一句话,就让斯宾那大爷明白自己提出了过分的要求。

大家都纷纷夸赞奥丽达的那句幽默的话,于是,女王吩咐潘皮内娅接着讲下一个故事。只听她说道:

各位好姐姐，我一直有个问题没有弄明白，不知道是应该指责造化，还是指责命运之神，因为我发现，造化有时让卑微的肉体享有尊贵的灵魂，而命运之神有时却让那享有尊贵灵魂的人从事着卑微的工作，比如我们本城的市民奇斯蒂，还有其他人也是如此。奇斯蒂的精神非常高尚，可是命运之神让他从事面包师的工作。

　　我好想诅咒造化和命运之神，可是我很清楚，事实上，造化是最小心谨慎的，而命运之神呢，尽管在普通人眼里，她就是一个瞎子，可事实上她拥有一千只慧眼。我觉得造化和命运之神因为想得很长远，所以有时候，就如同我们人类身处在极其糟糕的环境下，为了做好万全的准备才会这样。在最脏乱差的角落里埋藏最为价值连城的东西，因为这样的地方不容易引起人的注意，所以往往用来保存珠宝，要比装饰精美的内室更安全。一样的道理，那统治世界的两位尊神让他们的宠儿和下等人生活在一起，让他们从事最为卑微的职业，等到时机成熟时，就一鸣惊人，愈显得出类拔萃。刚刚这个故事讲到热里·斯宾那的太太奥丽达，我不由得想到了面包师奇斯蒂，他通过一件小事，让热里·斯宾那恍然大悟。现在我就把这个小故事讲给大家听。

　　教皇卜尼法斯当政时，对热里·斯宾那大爷极为看重，因此有一次，教皇派遣几个特使去佛罗伦萨办公，他们专门跑去请教热里大爷，还在他家住下来。不知道要处理什么要紧的事，每天早晨，热里大爷都会和几位特使一起，从圣玛利亚教堂经过，而奇斯蒂的面包店就开在这附近，他亲自在店里辛苦干活。

　　尽管命运之神让他从事着最为卑微的工作，可是依然对他眷顾有加。店里生意很好，没过几年，他就过上了富裕的生活，竟想一直干下去。他不仅有了非常好的生活条件，而且地窖里还珍藏着佛罗伦萨和这附近最好的红酒和白酒。看到热里大爷和教皇的几位使臣每早都要经过他店门口，天气又酷热难耐，他很想让他们喝一口自己上好的白酒，以示尊敬。可是他又反过来一想，自己和热里大爷地位悬殊，因此不敢随便发出邀请，他准备想个好办法，让热里大爷主动开口问他。

　　每天一大早，他都身穿洁白的紧身衣，把一条干净的围裙系上，看起来不像个面包师，倒像个开磨坊的。当热里大爷和使臣快要经过他的店门口时他，就摆上一铝桶清水、一小壶上好的白酒（那小壶是出产于波伦亚的瓷器），还将两只晶莹剔透、像白银一样的杯子摆在旁边。当他们从面包店经过时，他总是在那里端端正正地坐好，先咳嗽两声,然后小口啜饮着美酒,那有滋有味的样子,真是把人馋得不行。

一连两天,他都是以这副模样呈现在热里大爷面前,到了第三天,热里大爷忍不住问道:

"奇斯蒂,你喝的这个是好酒吗?味道如何?"

听到热里大爷主动开口说话了,奇斯蒂赶紧站起来回答说:"是的,大爷,这是好酒,可是味道究竟有多么好,那有待你自己品尝,我是没办法说清楚的。"

不知道是因为天太热了,他们太累了,还是因为看到奇斯蒂喝得如此诱人,热里大爷也觉得口渴难耐,于是回头对几位使臣说:

"各位大爷,我们就品尝一下这位好人的酒吧,看起来味道还不错,我们不会后悔的。"

于是他们和他一起来到店门口,奇斯蒂叫人赶紧端了一条讲究的长椅出来请他们坐下。他们的随从想过来清洗杯子,遭到了奇斯蒂的阻挡,他说:

"朋友,往那边站一点儿,这工作还是让我来吧,我倒酒的功夫也非常好呢。这酒,你们就别想了啊。"

说完,他亲手将四只精致的新杯子清洗干净,把一小壶美酒端出来,认认真真地倒满了四杯酒,然后热情地招待热里大爷和他的朋友们喝。他们品尝了之后,都异口同声地赞叹好酒,说这是他们这么多年喝过的最好的酒。在使臣在佛罗伦萨停留期间,热里大爷几乎天天都会和他们一起到那里去喝酒。

之后,特使办完公事,辞行时,热里大爷给他们举办了盛大的欢送宴,把本地著名的士绅都邀请过来了,奇斯蒂也在其中,可是他拒绝了,始终不肯过来。没办法,热里大爷只好叫仆人把一个细颈的瓶子拿到奇斯蒂那里去讨瓶酒回来,准备在上第一道菜时,给每位贵宾都敬半杯。

谁能想到,那个仆从可能和主人一起到面包店去过,却从来没有喝到过酒,极其不高兴,竟然带了个大瓶子去。看到那个大瓶子,奇斯蒂说:

"孩子,热里大爷不会派你过来。"

尽管那仆人再三为自己辩解,可是对方一直不相信他,没办法,他只好回去跟主人说了。热里大爷说:

"你再去找他,就说确实是我派你去的。假如他依然用原话回答你,你就说,我派的就是你,要不然还能派谁呢。"

于是仆人又去找到了面包师,说:"奇斯蒂,我的确是我家主人派来的,他并没有派其他人。"

"孩子,"奇斯蒂回答道,"无论如何,他都不会派你到这来。"

"那么他派我来干什么呢?"

"去找那阿诺河。"奇斯蒂答道。

仆人只好再次回去禀报主人。热里大爷这才明白过来,对仆人说:"你带的什么瓶子,拿给我看看。"

当他看到这样一个大瓶子时,说:"奇斯蒂果然说得没错。"就斥责了仆人,让他换一个小瓶子。

看到那个小瓶子,奇斯蒂说:"现在我知道你是热里大爷派来的了。"

说完,就把这小瓶装满美酒交给仆人。

那一天,他另外准备了一小桶美酒,非常郑重地送到热里大爷的公馆,对他说:

"大爷,今天早晨我之所以被吓一大跳,并不是因为看见那个大瓶子,可是我想你可能是忘记了,前几天,我给各位倒酒都是拿的小壶,所以我想要你明白我这是家藏之酒,可是我现在觉得不需要保存这酒了,专门拿过来送给你,任由你敞开了喝。"

接到奇斯蒂的厚礼,热里大爷非常感激,自此以后非常尊敬他,视他为一辈子的朋友。

故事三

> 对于佛罗伦萨主教的无礼的戏谑,诺娜毫不客气地怼了回去,让他无话可说。

潘皮内娅把故事讲完以后,大家都对奇斯蒂擅长讲话、为人大方赞叹不已。于是,女王让劳蕾塔接着讲另一个故事。她微笑着开口说:

漂亮的好姐姐们,菲洛梅娜和潘皮内娅已经说过,一句得体的话语具有多么强大的力量,遗憾的是,我们还需要提升这种能力。她们说得没错,也就无须我赘述了,可是我想提醒大家的是,这应对的策略应该像蚊子那样轻咬一口,而不是像狗那样疯狂乱咬,因为假如伤害到了别人,就变成了辱骂,而不是应对了。奥丽达太太和奇斯蒂的答话就对这一点进行了证实。可是,假如一个人遭到了他人的辱骂,那适时回击一下也就没什么好指摘的了。因此我们就和人开玩笑说,应该看清楚对象,想想应该怎样把这句话说好,还要分清时间和场合。我们有个主教,就因为对这方面没有注意,本想用犀利的语言说一下对方,结果反被人家将了一军,偷鸡不成反蚀了把米。我今天要讲的小故事就是这个。

之前佛罗伦萨有个叫安东尼奥·杜尔索的主教,是个非常有学识、有教养的人物。那时有位名叫台哥·台拉·拉达的加达鲁尼亚的贵客来到佛罗伦萨,他是劳勃特国王手下的将军,长相很气派,久经情场,很快就被佛罗伦萨妇女群中长得非常好看的一位迷上了。她就是主教的兄弟的外孙女,尽管她的丈夫也称得上世家子弟,却是个眼里只有钱的小人。

那将军听说她丈夫是这样一个人,便向他提出交换条件,只要他让妻子和他过一晚,就给他五百个金币。那丈夫竟然不问自己的妻子是否愿意,就一口应承下来。而将军也有他自己的打算,他把当时通用的银币镀了金,待和那个女人睡过以后,就把那假的金币给那个丈夫。后来,大家都知道了这件事,一起笑话他,那个无耻的丈夫不仅没有拿到钱,还让名誉受了损。那主教呢,也真是个聪明人,全当不知道有这回事。

主教和将军时常会见面,有一次,两人一起在圣约翰节日出游,看到很多妇女从大街小巷穿过,跑向赛马场。主教看到一个名叫诺娜·德·布尔契太太的年轻女人,她是阿莱乔·里奴奇大爷的表妹,你们可能也认识她——遗憾的是,她在这次瘟疫中去世了。她是一位长得很美,又很有才的少女,品德也非常高尚,那时她刚刚嫁人,和丈夫一起在波达·圣·庇厄罗区住。主教把她指给将军看,等到走到她身边时,他一手搭着将军对她说:

"诺娜,你觉得这位俊俏少年如何?你能不能征服他?"

那少妇觉得当着这么多人的面,主教竟然说出如此无礼的话,会损害到自己的名誉,可是她不想为自己辩驳,而想要以牙还牙,于是用讥讽的语气说:

"大人,他可能征服不了我吧,假如他想试一下的话,我可是要真金币的。"

这句话一下子让将军和主教两个人都无地自容,因为前者曾经用无耻的方式玩弄了主教的兄弟的外孙女,而后者因为外孙女而觉得丢尽了脸,二人脸上青一阵,白一阵,再不敢多说话,也不敢看对方,只是骑着马,讪讪地走了。

那少妇就这样先被人咬一口,再漂亮地回咬了对方一口。

故事四

遭到主人斥责以后,厨子契契比奥随口说了句幽默话,让主人不再生气,脸上露出了笑容,进而原谅了他。

劳蕾塔讲完,大家都对诺娜的口才赞赏有加,于是女王吩咐内菲莱接着讲下一个故事。她就开口了:

亲爱的姐姐们,擅长讲话的人可以反应很快,可适时做出回应,把话说得非常得体。可是当一个普通人遇到紧急情况时,天主也会赐予他智慧,让他说出平常根本想不到的话,我现在就要把这样一个故事讲给你们听。

在我们城里,库拉多·让菲利阿奇颇受人尊敬,各位姐姐应该也看到过他,或者听说过他,他是个非常大方的人,过着非常绅士的生活,平时喜欢玩鹰犬,却不顾及正经事情。有一天,在彼莱托拉附近,他通过猎鹰抓到一只白鹤,他看它还小,而且很肥实,于是就让厨子契契比奥把它做成一道好菜端上来。

那厨子是个威尼斯人,厨艺很高超,却有点傻,他接过小鹤,清洗干净以后就在炉火上开始烹制。当鹤肉快要烹制完成,被烤得香气扑鼻时,正巧邻家的一个姑娘来了。这姑娘叫白伦纳达,契契比奥对她倾心不已。她来到厨房,一股香气袭来,又看到鹤肉,不由得口水直流,非要契契比奥给她一只鹤腿让她尝尝。他却哼着小调说:

"白伦纳达小姐呀,这个可不能给你啊。"

她一下子嘟起了嘴,对他说:"老天在上,如果你真的不答应我,我以后也不会答应你什么了。"

两人就这样针锋相对地吵了起来,契契比奥终究不敢让他的情人生气,只好给了她一只鹤腿吃。

没过多久,一盘鹤肉就烹制好了,并被端到了库拉多和很多宾客的餐桌上。库拉多看到鹤腿只剩下一只,觉得很惊讶,就叫来契契比

奥,问他另一只鹤腿去哪了。谁知那个满嘴谎话的威尼斯人竟然言之凿凿地说:

"主人,鹤只有一条腿啊。"

"你在说什么呢?"库拉多很是生气,"鹤只有一条腿吗?你觉得我连鹤都没有看到过吗?"

"主人,我说的是实话。"契契比奥坚持说道,"活着的鹤很多啊,假如你非要看,我可以带你去看。"

因为席上还有不少宾客,库拉多不想跟他一直纠缠下去,只是说:"好吧,既然你说你可以带我看这种我从来没有看到过的禽类,那你明天就带我去。可是我现在当着基督的圣体发誓,假如你所言有假,你就准备受刑吧,我要打得让你以后,只要一听到我的名字,心里就发抖。"

当天晚上,这件事就暂且搁置下来。次日一大早,库拉多从睡梦中醒来,依然很生气,叫马夫准备好坐骑,让契契比奥也坐上一匹驽马,和他一走奔向河边,到了早晨经常可以看到鹤群的河滩过。他在路上对契契比奥说:

"昨天晚上你究竟有没有说实话,马上就可以知晓了。"

契契比奥看到主人依然很生气,自己已经说了谎话,又不知道如何圆谎,只是在库拉多后面愁得直发慌,真想马上逃之夭夭,可是他知道自己无处可逃,所以心里一团乱,到处张望着,眼前的景物似乎都变成了两条腿的鹳鹤。

主仆俩很快就来到了河滩边,契契比奥最先看到了河滩边的鹤,而且都是单腿站立的——原来白鹤在假装休息时,总是蜷起一只腿。他马上指给库拉多看,说:

"主人,你看那边,我昨天说鹤只有一条腿没错吧?"

库拉多看到白鹤正在河滩上假装休息,便说:"你等等啊,我让你好好看看它们的两条腿。"

他边说边往河滩走去,对着它们"嗬!嗬!"地叫了几声。受到惊吓的白鹤马上把蜷曲着的腿放下来,走了几步就飞走了。库拉多回头对契契比奥说:

"你这个混账,现在你怎么解释?你看清楚了吧?它是不是有两条腿?"

契契比奥已经被吓得六神无主了,也不知道如何回答了,脱口而出道：

"是的，主人，可是昨天你并没有说那只白鹤叫'嗝！嗝！'呀；假如你当时也这样叫几声，它肯定也会像河滩上的这些白鹤一样，伸出另一条腿的。"

这句话竟然让库拉多不再生气，转而哈哈大笑起来，他说道："契契比奥，你说得没错。这都要怪我，当时并没有对它叫几声。"

因为随口说出了这句诙谐的话，契契比奥才逃脱了处罚，主仆两个才又变得和谐起来。

故事五

> 法律家福莱赛和画家乔托在从田庄回来的路上，下起了倾盆大雨，两人都笑话对方狼狈的样子。

内菲莱讲完故事以后，女郎们都觉得契契比奥的回答非常风趣，女王嘱咐潘菲洛接着讲，于是她开口道：

我最可爱的小姐们，刚刚潘皮内娅说得没错，命运之神有时让德才兼备的人在下等人中间隐藏着，一样的道理，那造化也让非常难看的人物拥有出众的才能。我现在就要讲一下这个小故事，通过我们城里的两个人物来对这回事加以证实。这两个人，一个是福莱赛·达·拉巴达，长得很难看，个子很小，面孔是扁的，鼻梁是塌的，即便是从巴隆奇家族来的人也不会长得比他难看了。可是他对法律非常擅长，受到很多有识之士的推崇，大家都说他的肚子里藏着一部民法。

另一位是乔托，非常擅长绘画，在那养育万物的大地上，以及那持续运转的天体下，他都可以用一支铅笔、一支钢笔，或一支毛笔把它们画出来，而且画得非常逼真。他的艺术不止一次让人们的眼睛上当，当人不仔细看时，还真的以为就是实物。

几个世纪以来，地位一直很低的绘画艺术直到他手里才又受到人们的追捧。因为出了这样一位大师，佛罗伦萨也因此觉得极为荣耀，更加值得钦佩的是，虽然他盛名卓著，在艺坛无人能及，可是是个非常谦卑的人。对于别人冠以他艺术大师的称号，他都是连连谦让，而他的门生和那班成绩远远赶不上他的人，却把这个称号盗过去使用，还为此扬扬自得。相比之下，他的声誉就更加卓著了。可是尽管他的艺术才能很高，可是长相和福莱赛差不多。现在我们说到正题吧——

福莱赛和乔托都在牟热罗有乡间别墅。一年夏天,趁法庭休假,福莱赛回到别墅居住。当他骑着一匹拖车的劣马回城时,在路上遇到了乔托,原来他也是在别墅小住以后回城的,而且他骑的也是一匹劣马,并没有带什么雨具。两人就一起出发。因为两个人年纪都不小了,所以骑得都非常慢,倒也不碍事。

夏天的天气原本就像小孩的脸,说变就变,这不,突然下起了暴雨,幸亏这附近住着一个他们熟悉的农夫,两人赶紧跑到他家去躲雨。这样过了一会儿,那大雨一直没有停的意思,他们原本想当天就回到佛罗伦萨的,所以只能向农夫借了两件旧的尼外套,两顶很破的帽子(因为他只能拿出这样的帽子),然后冒雨前行。

这时候路上变得非常难走,他们走了一段路,全身上下都沾满了泥浆,非常难看。后来雨慢慢小了下来,这两个旅伴原本只顾着赶路,没顾得上说话,现在又开始交流起来。乔托原本就是个很能说的人,就把话说开了。骑在马上的福莱赛认真听着,突然好好打量了一番乔托,看到他如此狼狈,不由得哑然失笑,也不想想自己现在是什么样子,竟大叫道:

"乔托,如果这时来了个陌生人,他从来没有和你见过面,看到你现在这个样子,还能把你这个大画家认出来吗?"

"大爷,"乔托马上回答道,"如果他看到你现在这个样子,以为你也是颇有学问的人,那么我想他肯定可以认出我的。"

听到这话,福莱赛知道自己说错话了,他想要嘲笑别人,反被他人嘲笑了一番。

故事六

史卡扎在很多青年面前证实巴隆奇是世界上最为尊贵的望族,从而让对方请他吃了一顿晚饭。

听到乔托信手拈来的诙谐话,那几位小姐都笑出了声,不等她们笑完,女王就嘱咐菲亚梅塔接着往下讲。于是她开口说道:

美丽的小姐们,潘菲洛刚刚说到了巴隆奇——可能你们没有他那么熟悉这一族——这反倒让我想到一个故事,这故事就对这一族有多么尊贵进行了证实,幸好它和我们今天的主题是契合的,因此我想把这个故事讲给大家听。

我们城里前段时间有个叫米歇尔·史卡札的青年，他是个非常幽默的人，会讲很多离奇又有趣的故事，因此佛罗伦萨的青年但凡要举行什么欢庆活动，都会邀请他出席。

有一天，他和几年青年在蒙台街聊得正欢，当说到哪个家族是佛罗伦萨最为尊贵、历史最为悠久的家族时。有的说是乌塔尔第家，有的说是朗培尔第家，大家各执一词，不知该相信谁的话，史卡札不由得笑着说：

"你们这帮傻子还不赶紧闭嘴！你们知道什么呀！全世界更不用说佛罗伦萨了——巴隆奇毫无疑问是历史最为悠久，最为尊贵的家族，所有哲学家都一致认同这一点，像我这样知道这一族的人也是这样认为的。为了避免引起误会，我郑重声明，我说的是你们的邻居，也就是在圣玛丽亚区居住的巴隆奇族。"

青年们还以为他要发表什么中肯的意见，一听这话，都开始笑话他说："你是在说笑吧，搞得似乎只有你知道巴隆奇家族，我们都不知道一样。"

"老天在上，我说的都是实话，并没有开玩笑。"史卡札回答道，"你们中间有谁愿意跟我打赌，我一定当仁不让，谁要是输了，晚饭就该谁请，而且对方可以带六个朋友一起来，而且不管你们让谁做裁判，我都答应。"

其中有一个叫奈利·马尼尼的青年说："就让我来吧！"

双方都同意让彼得·第·菲奥伦蒂诺做见证人，因为他们正在他家里，于是把他找了过来，大家都一同前往，都要看史卡札是如何输的，好笑话他一场。等找到彼得，他们就跟他说了事情的经过，彼得原就是个非常有学识的人，先是听奈利把话说完，之后问史卡札：

"你说说你的观点。"

"我的观点？"史卡札回答说，"我要拿出证据，让你们所有人都认为我说的是对的。你们都知道，一个家族越是具有悠久的历史，就越是拥有尊贵的门第，贵族们都是承认这一点的。而巴隆奇家的历史就要超过任何一个贵族的家世，因此他们称得上最尊贵的贵族了。只要我可以证实他们拥有最古老的家世，那我就是赢家了。

"你们要知道，当初天主把我们人类造了出来，造的第一个人就是巴隆奇。那时，天主他老人家的手艺还不是很精湛，其他的人类都是他技艺很熟练以后才造出来的。假如你们不信，你们可以对比一下巴隆奇家族的人和别人。别人都长得方方正正的,五官也很精致,而巴隆奇家族的人呢,不是太长了,就是太阔了,脸部中央的鼻子不是太短了,就是太长了,有的人长着一个翘下巴,牙床就像驴子一样。此外,有的两只眼睛还不是一般大,有的人两眼高度还不一致,看到他们你就会想到小孩子刚学绘画时,胡乱画出来的鬼脸。因此就像我所说的一样,天主在创造巴隆奇家族时,他的技艺还不够精湛呢,因此我们可以说在全人类中,家世最为悠久的一族就是他们了,所以他们也就是最为尊贵的一族了。"

作为裁判的彼得,以及赌了一顿晚餐的奈利,还有在场的所有人听了他这一番说辞以后,又想到巴隆奇家族的那种丑状,都不由得笑出了声,都觉得史卡札说得没错,理应获胜,因为巴隆奇家族不仅在佛罗伦萨,而且在全世界,也称得上是历史最为悠久、最为尊贵的家族了。

故事七

> 菲莉芭和情人幽会,不料被丈夫发现了,丈夫一怒之下向法庭提出了起诉。在庭上她用自己的三寸不烂之舌,把原来的法律推翻,躲过了刑罚。

菲亚梅塔讲完故事以后,听到史卡札那别具一格的辩论,证实巴隆奇家族是世界上最为尊贵,最独特的家族,大家都笑开了。这时女王叫菲洛斯特拉托继续讲,于是他开口了:

小姐们,擅长说话当然是一件好事,如果可以在关键时刻灵活应对,那就更加不得了了。我现在要说的这位贵妇人就有这样的本事,单凭几句话,就让在场的人笑个不停,还成功地拯救了自己,躲过了死刑,现在我就让大家听听这个故事。

从前在普拉托地区,有这样一条非常残酷的法律,只要妇女和情人通奸被丈夫当场抓住的,其罪等同于和有夫之妇为得到金钱而卖身的人,都要处以活焚的刑罚。

这条法律在实施期间,一天晚上,有位叫菲莉芭的温柔可人的夫人正在闺房和情人私会,不料被她的丈夫林奈度·德·布利西发现了。那情人长得很俊俏,是城里大户人家的子弟,名叫拉查利诺·德·加萨廖特利,菲莉芭很爱他,就像爱自己一样。那丈夫进房看到这等光景,不由得怒火中烧,要不是有法律的约束,他早就冲过去,把他们杀死了。

他只能拼命控制住自己,可是哪怕他不能亲手把自己的妻子杀死,也想通过普拉托的法律,让她死无葬身之地。幸运的是,他已经掌握了证据,便想好次日一早,就把证据提交给法庭,控诉自己的妻子水性杨花,要求让她到庭受审。

很多用情很深的女人往往意志很坚定,这位夫人就是这样,因此即便亲人们都来相劝,她依然打定主意要出庭,宁愿认罪,被判处死刑,也不想去逃命,忍辱负重地过一生。因为这样一来,就相当于证明了自己没有资格享受她情人的美好。很多男亲女友又劝她千万不要认罪。她就在他们的陪伴下来到了法官面前,她的表情很是镇定,淡定地询问法官为什么要传她到庭。

看见她长相姣好,举止得体,又听出她谈吐不俗,法官便知道她是个很重感情的女人,对她的印象不错,有意想要替她开脱,又担心她主动认罪,那时为了自己的权威着想,他就必须判她死刑了。可是在法庭上,难免要依照惯例先询问一番,于是法官便问道:

"夫人,现在你的丈夫林奈度控告你和别的男子通奸,他当场抓住了你们,所以要求我依照法律处死你。可是如果你自己不招认,我是不能判你死罪的,因此你答话时可千万要小心些。现在,请你告诉我,你丈夫控告你的是否属实?"

菲莉芭没有表现出一丝的退缩,而是直接回答道:

"法官,林奈度是我的丈夫,他昨晚确实看到我睡在了拉查利诺的怀抱里。我是真心爱他的,所以才几次都睡在他的怀抱中。我承认他说的是真的。我想你也应该知道,对于男女,法律要公正对待才行,而法律的制订也必须获得遵守法律的人的许可。可是就拿这一条法律来说,可根本不是这样,因为这条法律就是针对我们这些无助的女人的。事实上,相比男人,女人的能耐要强多了,一个女人同时满足多个男人根本不是问题。更何况,当时制定这条法律,女人根本没有同意过,而且没有问过我们女人是怎么想的,因此这样的法律是有失公允的。

"如果你一定要根据这条不公平的法律,不顾良心地要置我于死地,你完全可以这样做。可是在你判决以前,请允许我先问问我的丈夫,他每次向我求欢,我有没有拒绝过?"

不等法官询问，林奈度就回答没有，她每次都答应了他求欢的要求。

"那么，"菲莉芭继续说道，"法官大人，如果我已经满足了他，而我却还有剩余的精力，那我该如何是好呢？难道要扔给狗子吗？相比看着它白白被浪费，还不如把它送给爱我的绅士，难道这样不是更好吗？"

这件风流案子，把这样一位出众的美丽夫人牵涉进来，让整个普拉托的人都震惊了，几乎所有人都成了旁听者。当她说出这样一番新奇的言论时，大家都哄笑成一团，而且一齐喊道，说菲莉芭说得没错、说得很好。在得到法官的首肯以后，大家当庭把这条残酷的法律修改了，规定只处罚那些只贪图金钱，而对丈夫不忠的女人。

林奈度做了一件傻事，自觉得没有意思，就从法庭离开了，菲莉芭躲过了处罚，骄傲地回到了家，心里畅快极了。

故事八

契丝卡说，那些看起来一脸凶相的人是她最为厌恶的，她的叔父劝她先不要照镜子了。

小姐们都受到菲洛斯特拉托的故事的触动，不由得羞涩起来，因为她们的脸上出现了一层红晕，可是当她们相互看向对方时，却不由得笑了出来，她们边听故事边捂嘴偷笑。当菲洛斯特拉托把故事讲完以后，女王叫艾米莉娅接着讲下一个故事。她似乎才从梦中醒过来，叹息了一声开始说：

好姐姐，我一直沉醉在自己的心事中，现在听从女王的吩咐，只能讲一个非常简短的故事了。我要说的是一个叔父是如何用戏谑的方式改正侄女的问题的，假如她是一个非常精明的女人，就应该知道那句笑语是什么意思。

弗莱斯哥·达·乞拉蒂哥有个小名叫作契丝卡的侄女，尽管长得称不上绝色，倒也还不错，身形窈窕。遗憾的是，她没有自知之明，过度自信，还觉得自己长得多么美，所以什么都入不了她的眼，把所有人都贬得一无是处。她天天烦得要命，觉得什么事都看不顺眼，即便把她请到王宫，去和国王攀交情，她还觉得受委屈了呢。她走在街上时，会故意露出厌恶的表情，捂着鼻子通过，似乎她遇到的人身上都发臭一样。

她这种矫揉造作,真是让人有苦难言。就是这一天,她回到家坐到弗莱斯哥的身边,一直不停地叹气,就像受到了多大委屈一样,那叔父实在看不过去了,问道:

"契丝卡,今天过节啊,你怎么回来得这么早?"

她一脸郁闷地说:"是的,今天回来得是早了点,这是因为今天城里让人厌恶的男男女女史无前例得多。我在街上遇到的全是一脸凶相的人——也算是我倒了大霉!我想世界上应该没有哪个女人比我更厌恶这群小丑了吧?为了躲开他们,我只好早早地回来了。"

"我的孩子,"弗莱斯哥真是受够了她那种狂妄自大的样子,说道,"既然你无法忍受一脸凶相的人,那么你就要高兴一点儿,以后千万不要去照镜子。"

她原以为自己的智慧超群,就像所罗门一样,事实上却像一根芦苇一样,肚子里空空如也,因此竟然完全没有听出来弗莱斯哥话里的深意,还以为是像别的女人一样,时常照照镜子呢。她因此一直很高傲,直到现在依然如此。

故事九

遭到嘲讽的纪度用犀利的语言回敬了那班居心叵测的人。

艾米莉娅把故事讲完以后,就只有两个人没讲了,那就是女王和狄奥内奥,而狄奥内奥又是拥有特权的人,一定要留到最后,因此女王就开始说了:

漂亮的小姐们,你们最起码讲了两个我想讲的故事,幸好我还留了一个,这个故事最后一句诙谐的话也许要比你们讲过的厉害些。

大家都知道,从前,我们佛罗伦萨城有不少优良的习俗,可是现在都消失了,这都是因为我们城市的生活水平越来越高了,而且人的欲望越来越多,因此那些古老的风俗也就不需要存在了。我们先说说其中一个风俗:佛罗伦萨的绅士之前时常在一起聚会,可是参与的人必须是拥有足够钱财的人,每个人轮流请客,请客的地点不固定,有时还会把一些来自国外的宾客和本城的人士邀请过来,每年最起码举办一次,遇到重要的节日——特别是遇到喜庆的节日,或者是有好消息的日子,他们就穿着同样的衣服,骑马在城里游行,有时还会举办武技竞赛。

　　这些社团有一个的主办者是贝多·勃伦奈莱希大爷,他和他的朋友都再三说服罗致·纪度(他是卡维康蒂的儿子)参与进来,当然是有因可循的。先不说他是当今世上最为有名的伦理学家、哲学家(他们可一点儿都不喜欢哲学),而且他很健谈,也很幽默,他具有一个绅士所应具有的所有才华,而且样样都比别人强。更何况,他又很富有,对待朋友也非常慷慨。可是贝多一直没办法让他成为他们社团的一员,贝多和几个朋友经过商议,最后得出结论,原因是他时常冥思苦想,不过问世事。而且他比较喜欢伊壁鸠鲁的学说,大家都说他非要对天主的虚无加以证实呢。

　　有一天,纪度从奥多·圣米歇尔出发,从科索·阿台马利经过,去圣约翰礼拜堂,他时常走这条路。那时的圣约翰礼拜堂一带就像如今的圣莱巴拉达礼拜堂的坟地一样,处处都是大理石或其他石块建成的陵墓。纪度正徘徊在大门紧闭的礼拜堂门前坟地的云斑石柱中间,贝多和几位朋友正好骑马经过这里,看到纪度正在坟地里,便说道:"我们去取笑一下他吧。"

　　于是他们使劲踢了一下马腹,快马加鞭赶到他那里,等他看到他们时,他们早就出现在他的面前。他们说道:"纪度,你为什么不愿意成为我们社团的一员呢,我们也想问一下,哪怕你真的证实了天主是虚无的,那又如何呢?"

　　纪度看到自己被他们围在中间,马上答道:"在自己的老家里,你们想怎么和我说话就请便吧。"

　　他边说边一手按在坟墓上,灵活地跳出了他们的包围圈。

　　那班绅士看到这样的场景,不由得目瞪口呆,马上开始议论起他来,说他的神经是多么不正常,因此说话颠三倒四,他们所站的地方,和他们——特别是和纪度有什么关系呢? 他们和其他人有什么不同,不也是过路人吗? 可是贝多回头说道:

　　"如果你们不知道他所说的是何意,那精神失常的就是你们了。他只是说了简短的一两句话,却把我们骂得体无完肤。你们怎么没有听懂,这很多坟墓就是死人的老家,因为死人在一直在里面躺着,他说坟墓是我们的老家,因为像我们这班见识浅薄的笨蛋,相比他,以及他那样的学者,真是还不如死人呢,因此他说我们在自己的老家里啊。"

　　大家这才明白过来,不由得羞愧万分,自此以后再也不敢取笑他了,还觉得贝多是一个聪慧、明理的绅士。

故事十

契波拉教士在乡下人面前允诺,要让他们看看报喜天使的羽毛是什么样子,可是到了那时把盒子打开,里面只剩下木炭,根本没有什么羽毛,幸好他反应快,胡乱解释了一通,才没有被那些乡下人拆穿。

每个人都讲完了一个故事,狄奥内奥看到现在轮到了自己,于是不等国王下令,等大家赞美了一番纪度的嘲讽天才以后,便开始说道:

美丽的小姐们,尽管我拥有特权,可以自由发挥,可是如今大家都讲得那么好,所以我也决定和你们的主题保持一致。我在你们后面讲,讲一位名叫契波拉的圣安东尼派修道士是怎么聪慧,没被两个年轻人设置的陷阱抓住。为了更好地讲述这个故事,可能大家要耐心一点,这一点要请大家原谅。你们看,太阳还那么高,时间还早呢。

各位大概都听说过,瓦台尔沙的切塔尔多城市虽然非常小,可是之前也有不少富贵人家住在那里。有个圣安东尼派的修道士,因为看到那里有丰厚的油水,因此每年都要去那里一次,那些傻瓜自会施舍一些给他和他的师兄师弟们。可能就是因为他有个很好的名字,之前"契波拉"是洋葱的意思,而那个地方之所以在托斯卡纳全境闻名,就是因为洋葱很多,所以他才会备受那里的人们欢迎。

契波拉修道士个头不高,头发红红的,整日一副吊儿郎当的样子,是个非常幽默的坏蛋。尽管他所受的教育极其有限,可是口才非常好,脑筋也很灵活,如果你对他的过去全然不了解,你不仅会觉得他是一个辩论天才,还会觉得他是西塞罗或昆提利安①再生呢。那地方的人几乎都是他的好朋友、老熟人。

某年八月的一天,他和往常一样到那个地方去。礼拜天上午,周围的善男信女们都会在这个教区的教堂里聚集,一起做弥撒。他瞅准时机,上前对他们说:

"诸位太太先生,你们每年都会送些玉米和燕麦给圣安东尼老爷的子女们,这都是因为你们渴望在圣安东尼的庇佑下,你们的牛羊牲

---

① 古罗马演说家。

畜都平平安安的,当然,有的送得多,有的送的少,这完全取决于你们的收入和真心。此外,你们,特别是那些参加了这个教团的人,总会把每年都要付的一小笔钱付出去。如今我的上司,也就是我的院长,专门派我来收取。天主祝福你们,今天下午钟声一响,你们都应该在教堂门外聚集,我会和平常一样,来和你们讲道,让你们亲吻一下十字架,你们都要积极一点儿。我知道你们都忠诚地信奉我主圣安东尼,因此我专门从海外的圣地带回来一件尊贵的圣物,作为一项特殊的恩典。这件礼物就是当初加百列天使光临拿撒勒,给圣母玛利亚报喜时从他身上掉下来,而落在她卧室里的那根羽毛。”

说完了这话以后,他就继续做弥撒。

当他高谈阔论时,教堂里的会众中有两个青年特别顽皮,分别叫乔方尼·台尔·白拉金涅拉和比亚焦·皮湛尼,他们都和这位修道士是好朋友,听他说到什么圣物,不由得哑然失笑,于是决定戏弄他一下,就拿这根羽毛来作文章。他们听说他那天上午要和一个朋友在这个城里吃饭,便决定等他入席以后,就到他住的那个旅馆里去,比亚焦负责缠住他的佣人,乔万尼则抓紧时间去搜他的行李,拿走他所说的那根羽毛,不管它是不是圣物,看他到时候在听众面前如何圆场。

这位修道士的用人有很多绰号,有人用“鲸鱼加丘”称呼他,有人用“泥水匠加丘”称呼他,还有人用“猪猡加丘”称呼他。他是一个大混蛋,即便是大画家李波·托波,也从来没有画过这样的人物。契波拉修道士时常在朋友们面前开他的玩笑:

“我这个用人有九个大不足之处,这些不足之处在所罗门、亚里士多德、塞纳卡身上都找不到,要不然就会把他们的德性和聪慧全毁了。你们想一想,他身上这九大不足之处,却全然没有德性和聪慧等品质,那成了个什么样的人啦。”

人家问他那九大不足之处究竟是什么,他就直接编了首打油诗:

“我来告诉你们吧:既懒又不诚实、马虎又邋遢、说坏话、固执、粗鲁、冲动。此外,诸多小缺点就更不用说了。这人有一点特别有意思:不管他到哪里去,都想在当地娶个老婆,成立一个家庭,因为他长了一大把胡子,就自诩长得很美,认为所有女人都会对他一见倾心。假如你把他一个人扔在那儿,他就会去找女人,非要撞了南墙才会回头。实事求是地说,他作为我的助手倒是很不错,无论什么人要和我交谈,他总会偷听一部分,人家问我什么问题,他生怕我回答不出,总是根据他的想法帮我回答。"

契波拉神父这次将这个用人单独留在客店里,临走前还再三嘱咐他,任何人都不准动他的行李,特别是那个装有圣物的旅行包更是不能乱动。这个用人却喜欢整天在厨房待着,就像夜莺喜欢在树林里待着一样。特别是,如果让他闻到厨房里有女用人的味道,那就更是欲罢不能了。他早就在这个客店里看到有个长得很丑的厨娘,乳房硕大无比,面孔也像母夜叉一样,一脸的汗水、油脂和烟灰。加丘从他主人的房间走出来以后,就像饿狼扑食一样,径自去了厨房,也不管他主人的行李了。尽管那是八月,他却在炉灶边坐下来,和那个女用人妞塔聊起了天。按理来说,对于她来说,他应该是个绅士。不仅给人施舍了不少钱财,而且所说的话、所做的事,都非常伟大,只有天主才可以体会得到。他根本不知道自己的头巾上全是油渍,完全可以用来涂抹阿尔托派斯丘的大釜,也根本不知道自己那件紧身衣已经烂得不成样子,领子上和胳肢窝下的油垢处处都是,还到处是补丁,都可以和土耳其人或印度人的鲜艳衣服相媲美了,鞋子也裂开了,袜子也破洞了。和她交谈时,他说话的语气就像卡第伦公爵。他说他要给她买新衣服穿,还要带她离开这个地方,不再过这种寄人篱下的生活,哪怕不能让她拥有万贯家财,但最起码生活要舒心得多。虽然他说了太多花言巧语,却依然是无济于事,就像之前他和其他女人打交道一样。

那两个青年到达目的地以后,发现加丘正在纠缠那个女用人妞塔,觉得真是天赐良机,因为这样他们就省事多了。他们看到修道士契波拉的房门大开着,便直接走了进去。第一件事就是对他那个放着羽毛的行李袋进行搜查。他们把行李袋打开,找到了一个小盒子,外面包裹着一大块绸子。他们把小盒子打开,看到一根鹦鹉尾巴上的羽毛静静地躺在里面,料想这就是他允诺给切塔尔多人民看的圣物。

那时他想骗当地那些人可真是易如反掌,因为当时埃及的奢侈品还只运到了托斯卡纳境内的极少数地方,不像现在这样实现了大规模运输,以至于对意大利的风化都产生了影响。虽然境内其他地方对这类奢侈品的了解程度也很有限,可是在这个地方几乎为零。他们还延续着祖先的古朴风俗,不仅没有看到过鹦鹉,甚至连这种鸟类听都没有听说过。

那两个年轻人把这根羽毛找到以后,欣喜若狂,立刻就拿走了。为了避免空盒子太过显眼,他们又随手塞了点木炭放在里面。关好盒子以后,他们让一切回到原来的样子,才兴高采烈地离开了,整个过程中无一人发现。现在他们只需要等着看好戏,看契波拉修道士发现那根羽毛不翼而飞以后会如何处理。

教堂里那些单纯的善男信女们听说下午就可以看到加百列天使的羽毛,一个个都十分兴奋坏,做好弥撒就赶紧回了家。吃完饭以后,就三五成群地涌到了镇上,把那地方挤得水泄不通。

契波拉修道士吃饱饭后休息了一会儿,听说不少乡下人都朝这里涌来,马上让加丘把铃和旅行包带来。加丘和妞塔聊得正欢呢,接到主人的命令,也只好赶紧把主人要的东西准备好,赶到指定的地方。因为水喝得太多了,等他跑到那里时已经气喘吁吁了。他主人让他马上到教堂门口去摇铃。

人们都来了以后,契波拉修道士就开始讲道,却没有发现他的法已经被人破了。他先是大肆歌颂了一番自己的功德,之后觉得到了把加百列天使的羽毛拿出来给大家见识的时候了。他先是虔诚地祈祷了一遍,之后把蜡烛点燃,把头巾打开,之后再非常小心地把那块大绸子打开,把那个小木盒拿出来。

他先说了几句夸赞加百列天使和他的圣物的话,就动手打开了那个木盒,映入眼帘的是全是些木炭。他毫不怀疑加丘在和他开玩笑,因为他知道加丘想不到这些,他也没有斥责加丘没有加强防范,以致让别人钻了空子。他只是暗暗自责,既然知道加丘不够细心,为什么还要交给他来保管?可是他依然镇定如常,把双手高高举起,仰望天空,高声说道:

"啊。主呀,愿人们会一直夸赞你的力量。"

接下来,他就关上了盒子,回头对大家说:

"各位先生,女士,你们应该知道,早在我年轻的时候,我的上司就把我派到东方去,他还专门嘱咐我要把制造瓷器的秘密找出来。我们从东方人那里得知了秘密,这并没有损害到他们,却非常有利于我们。

"我接到这个任务以后,就从威尼斯启程,从希腊街经过,骑马从阿尔加夫王国和包尔塔加经过,我来到了帕里温,历尽了千辛万苦才来到萨丁尼亚。可是我为什么要说出我经过的所有地方呢?我从圣乔治海峡经过,来到两个人口特别多的地方,那就是'糊涂国'和'诡计国'。我再从那里去了'虚伪国',在那里遇到了不少我们的兄弟和其他教派的修道士,他们只说是因为天主的原因而变得好吃懒做,对于别人的劳动一点儿都不在乎,只想到自己,到处都在使用还是半成品的钱币。后来我又到了阿伯鲁齐国,那里的人无论是上山还是下山都穿着木底鞋,把猪肉放到猪肠子里保存下来。我继续向前走,遇到了一些用棍子捅面包、用袋子装酒的人。后来我又到了'懒惰乡',那里的水都流向上下。

"简而言之,我走了很远的路,最后来到印度巴斯第那卡,我可以指着圣袍向你们发誓:我看到了会飞的长柄镰,如果不是亲眼看到,没有人是会相信的。可是在当时,名叫马梭·台尔·沙乔的大商人却可以为我作证,当时他正在剥胡桃,零卖胡桃壳。

"可是我没有找到我要的东西,因为继续往前走的话,就要走水路了,我只是返回圣地,那里,夏天的一块冷面包可以卖四个铜子,而热面包却一个都卖不出去。在那里,我找到了白来姆米诺特·安以特泼里斯尤神父,他是耶路撒冷最受人推崇的一位大主教。感谢他很喜欢我主圣安东尼赐给我的这件圣袍,就给我看了他那里所有的圣物。那真是太多了,如果我逐一讲出来,可能要把几英里路都摆满。可是为了满足你们的好奇心,我就挑几样讲给你们听。

"他首先把一只圣灵的手指指给我看,仍然很完整,就像新的一样,他又把那个曾在圣方济面前出现的六翼天使的一绺额发给我看,还给我看了九天使中第二位天使的一个手指甲、'快到窗畔的维本·卡罗'的一根肋骨、神圣天主教信仰派的几件衣服、'三大贤人'亲眼看到过的那颗明星的光芒、一瓶务米迦勒和魔鬼打斗时流下的汗水、圣拉扎鲁的颚骨,以及其他不少东西。

"我把几大卷用土话写的蒙特·莫列罗的神学著作和几卷卡帕勒佐的著作献给了他,他当然很高兴,因为他已经搜集了好久,一直没有弄到手,作为回报,他给我一些圣物:一个圣十字架的齿轮、一个小瓶子——瓶子里装的是所罗门庙堂里的钟声,还有我刚刚跟你们说过的加百列天使的羽毛,还有圣吉拉尔多·达·维拉·马格那的一只木底鞋,前段时间,我到佛罗伦萨去,把这件东西给了吉拉尔多·狄·朋西,因为他非常崇拜那位圣徒,除此以外,他还把当年那拥有福分的殉教者圣劳伦斯被酷刑烤死时用的几块木炭给了我,我把这些圣物都带回家以后,一直好好地保存着。

"我的上司一定要对这些圣物的真伪进行鉴别以后,才允许我拿出来给大家看,如今一是因为这些圣物已经铸就了不少奇迹,二是因为大主教又写了不少信过来，他才相信这些圣物的真实性，才允许我拿出来给大家看。因为把这些东西交给别人保管我不放心，所以一直随身携带。

"我担心把加百列天使的羽毛弄坏了，所以把它珍藏在一只小盒子里，而用另一只盒子保存烤圣劳伦斯用的木炭。这两只盒子的形状太像了，以至于我时常弄错——如今我又弄错了。我原本想拿的是那只装羽毛的盒子，结果又拿成了这只装木炭的盒子。我觉得这也不算什么失误，而是出于天主的意旨，是天主亲自将这只装有木炭的盒子拿给我的，现在我才想起来，圣劳伦斯的节日前两天刚过。

"如此看来，是天主想要我给你们看那烤死了圣劳伦斯的木炭的，好激发你们的虔诚，因此我没有拿成羽毛，却把这一盒被圣体的汗浸灭了的神圣的木炭拿了来。我的有福的孩子们，你们把帽子摘下来，过来瞻仰吧。

"我还得跟你们说，无论谁用这个木炭在身上画一个十字，保你们一年内不会引火上身，哪怕烧到身上，也是不会疼的。"

说完了这些，他就把盒子打开，把木炭拿出来给大家看，同时高唱着赞美歌来夸赞圣劳伦斯，那些善男信女们一脸虔诚地看了一会儿以后，就蜂拥过来，把契波拉教士围住，把比往年更多的孝敬都献给他，争着抢着让他用木炭给他们画十字。

于是契波拉修道士就把木炭拿起来，开始在男人们洁白的衬衫上、紧身上衣上、女人们的面纱上画十字，还说，尽管因为画十字，这些木炭有不少的损耗，可是只要放进盒子，就会再次增长，他已经用多次实验证明过。

就这样，他给切塔尔多所有人都画上了十字，获利颇丰。那两个青年原本把他的羽毛偷走，是想让他下不来台的，而他却可以随机应变，让他们的谋划失败。这会儿，那两个人也和大家一起听他讲道，见他如此厉害，想出了新的计谋，还巧舌如簧，绕了一个大圈，让这事情有个圆满的结局，直把他们笑得腰都快直不起来。当众人都走了以后，他们就把事情经过都跟他说了，还把那根羽毛还给他了，让他明年再拿出来，还可以像今年一样，替信徒们祝福。

这个故事所有人都听得津津有味，契波拉修道士让大家笑了很长时间，尤其是说他朝拜圣坛时，看到了不少圣物，还带了不少回来时，

他们笑得更厉害了。这个故事讲完以后,女王的任职也到期了,她站起来,把王冠取下来戴在狄奥内奥的头上,说道:

"狄奥内奥,现在你也来试试如何管理和领导女人吧。你来当国王吧,好好地处理国事,当你到期以后,大家都会歌颂你的德政。"戴着王冠的狄奥内奥笑着答道:

"你们见过不少比我贤明的国王,我是说那棋盘上的'王'。当然,假如你真的把我当成一个国王,我一定会让你感受到另一种快乐——只有具有了这种快乐,娱乐才会尽善尽美。先不说这些话了,我一定会努力做好一个国王。"

于是他和往常一样,把总管叫来,告诉总管在他的任期以内,要如何对事情进行安排,之后他说:

"尊贵的小姐们,你们已经从各个角度对人的天性、人生的各种境遇进行了讨论,幸亏莉奇斯卡刚刚来和我谈了一下,我才想到了我们明天的故事范围,要不然的话,我即便把脑袋想破,也不一定能想出一个新颖的题目来。刚刚你们不是也听她说了吗——她所认识的女人在出嫁时都已经破了处,她还说,她知道所有妻子用来欺瞒丈夫的种种计谋。我们先抛开她前面那段话,因为那都是些气话,可是我觉得她所说的后半段倒是可以作为我们讲故事的一个好玩的题目呢。既然莉奇斯卡给我们提供了一条线索,那么我们明天的故事范围就定作:妻子为了偷情,或者情急之下,对丈夫采用的各种计谋,有的被丈夫发现了,有的瞒过了丈夫。"

有几位小姐觉得这种题目不太适合他们,要求换另一个题目。国王说:

"小姐们,我让你们讲这样的故事,从来没想过你们会有这样的担心。可是我可不能因为你们有不同的意见,就改变我的观点。因为在现在这种时候,没有什么是不能谈的,只要男女之间不是无所顾忌的,只要不要做出有损体统的事情来就好。你们肯定也知道,因为出现了大的危机,法庭上连法官都已经没有了,普通人的法律和宗教的法律都已经消失了,为了保全自己,任何人都可以肆无忌惮地行事。所以你们的谈话有些许出格,只要不模仿那些有失体统的行为,那就不会对你们的贞洁造成损害。你们只是在讲故事而已,只是在和大家谈天说笑而已,我倒是看不出,将来谁可以找出一个正当的理由来对你们加以谴责。

"更何况，从一开始到现在，你们都一直很注意自己的言行举止——无论我们在这里都说了些什么（希望上帝保佑，我们还要接着往下讲），你们的贞洁谁不知道呢？我觉得任何东西都不会让你们失去贞洁，哪怕是死神的威胁也不会，就更不用说几个幽默的故事了。

　　"实事求是地来说，假如让人家发现你们不愿意把这些故事讲出来，也许还会被人家怀疑呢，觉得你们心里有事，有意不说的。更何况，一直以来，不管什么事，我都愿意遵照你们的心意，现在你们一致举荐我做你们的国王，让我来命令你们，现在却又不听从我的旨意，不愿意讲我所指定的故事，那你们让我怎么下得来台？我看你们还是不要太担心了（这些担心只应该在那些平庸的脑子里存在），每个人准备一个好故事吧。"

　　听了他这番话，小姐们都深以为然，于是国王让大家都去娱乐一会儿，等到吃晚饭时再相聚。这一天讲的故事都不长，因此讲完故事以后，太阳还高高挂在天空，狄奥内奥和其他两位青年打牌去了，艾莉莎叫来小姐们，对她们说：

　　"附近有个叫女儿谷的地方，我相信你们都还没有去过。自从到这里以后，我一直都想和你们一块儿去看看，却总是没空。幸好今天还早，如果大家愿意的话，我们就一起去吧，我相信你们到那以后，一定不会感到失望的。"

　　小姐们都表示愿意去。于是她们就瞒着那三位青年，带着一个女仆出发了。走了三里多路以后，她们就到了女儿谷。这里有一条小道，旁边是一条清澈的小涧。她们从小径往谷中走，看到这里既安静又美丽，特别是这样一个炎热的天气，可真是让人心旷神怡。后来我听到她们中间有一位说，尽管谷中的那片平原看起来像是纯天然的，一点都没有人工雕琢的痕迹，却浑圆浑圆的，似乎经过人工修整一样。周围大概有一两里长。六座海拔比较低的小山围绕着它，每座山顶上都有一座别墅，就像一座美丽的城堡。山坡慢慢倾斜至平原，似乎一排排高低不等的座位，从山顶往下看，这一圈圈石级一层层缩小。朝南的斜坡上被葡萄、橄榄、扁桃、樱桃、无花果和其他的水果树占满了，找不到一丝一毫的荒地。朝北的斜坡上则被笔直的、绿油油的小橡树填满了。山脚下的那片平原只有小姐姐们刚走进来的那一个入口，那里被杉、柏、松、桂等树填满了，似乎经过某个园艺家的精心栽种。烈日炎炎时，树叶丛中把阳光挡得死死的，即便有透进来的光线，也非常少,下面地上则全是鲜花和绿草。

那条山溪是她们最喜欢的地方,它发源于两山之间的小谷,落在一块天然岩石的悬崖上,发出动听的声音,当它飞落到石块上时,老远看过去,就像一大摊水银,在一种神奇的作用下变微小的水花。溪水流到小平原上,就从一条小沟迅捷地穿过,流到平原中央,汇聚成一个小湖,就像城市居民们自己精心打造的鱼池。

湖水只到胸口的位置,水面波澜不惊,特别清澈,下面鹅卵石的数量都可以数得清。与此同时,还可以看到下面好多鱼儿成群结队地游过,快活似神仙。这样的美景真是让流连忘返、赞叹不已。湖边全是草地,在湖水的滋润下,越发娇艳。从湖面流出来的水流入另一条小沟,再经过那里从小谷流出去,汇入低洼处。

小姐们来到湖边,尽情地欣赏了周围的风景以后,决定在湖里洗个澡,因为天太热了,湖又近在咫尺,又不用担心会被他人瞧见。她们让女用人在她们刚进来的地方守住,看到有人来,就赶紧跟她们说一声。接下来,七位小姐就褪下衣衫,下了水。雪白的肌肤在水的映衬下,就像一朵朵娇艳的玫瑰,在一个薄薄的玻璃罩里供着。她们轻盈地嬉戏,并没有搅浑水,之后就四处游开了,到处追赶鱼儿,可怜那受惊的鱼儿被吓得四处逃窜,却无处可躲。

她们在水里嬉戏了一会儿,抓了几条鱼以后就上岸了。她们太喜欢这个地方了,对它极尽赞美之词。而且,马上也到了回去的时候了,她们就轻盈地往回走,一路上还不忘对这个美丽的山谷津津乐道。回到寓所里,时间仍然还早,那三位青年依然在玩牌。潘皮内娅微笑着对他们说:

"嗨,今天我们独自去寻找快乐啦。"

"什么?"狄奥内奥问道,"你们还没开始讲故事,就已经率先做出了行动吗?""是呀,陛下。"潘皮内娅说。之后她就跟这三位青年说了她们去了哪里玩,那里的风景有多么好,离这里有多远,她们都干了些什么。国王被她说得心直痒痒,直呼想去看看,于是命令大家赶紧吃晚饭。大家都高兴地吃完晚饭以后,三位青年就带着仆从们和女郎们告别,去了女儿谷。他们都没有去过那里,认真观察了一番,都觉得再也找不出比这里更美的地方了。洗完澡以后,大家把衣服穿好,看着天色已晚,才回了家。

回家以后,他们看到小姐们正在跳圆舞,伴唱的是菲亚梅塔。一曲舞跳完以后，三位青年又说到了女儿谷，不停地夸赞那个地方的美景。

国王又叫来了总管，告诉他明早在那儿开饭，而且要搬几张床去，这样到了下午还可以在那里休息。他又嘱咐掌灯的拿来酒和糖果，等大家都吃了一点儿以后，他又让所有人都来跳舞。潘菲洛遵照他的指示跳了一场舞以后，国王就回头对艾莉莎说：

"美丽的小姐，今天感谢你的抬爱，让我戴上了王冠，今晚我怎么都要回敬一下，请你唱一支歌，你就随便唱一支吧。"

艾莉莎微笑着说，当然愿意，她马上唱了起来：

> 如果不是爱情的枷锁，
> 将我禁锢得那么紧，
> 我便再也没什么牵挂，乐得自在。
>
> 啊，爱神，我正当青春年华，
> 就曾经和你在情场上争夺，
> 原以为你只有温柔，不会盛气凌人。
> 我卸下武装，以为非常稳当，
> 谁料想就这样被你俘虏，做了你的仆人，
> 没料到你这个暴君这么残暴，
> 用你的枷锁牢牢地拴住我。
> 自此以后，你就把我紧锁，
>
> 送给我前世的那个死对头，
> 我心也忧，泪也流。
> 日见得衣带渐宽人渐瘦，
> 无奈他是一副铁石心肠，
> 无论我如何仰天长叹，
> 也不能得到一点儿怜悯，
>
> 啊，这让我何等凄惶！
> 凌厉的风儿在呼号，
> 我在风声中祈祷，
> 他如何听得到？

可能他是有意装聋,我又怎能知道?
啊,我无法忍受这煎熬,
我无法活,也无法死。
你大慈大悲的爱神啊,
快把他绑到我面前来。

假如你不能达成我的心愿,
就请打消我这片痴情,
不要再让我因为相思受罪,
假如你成全了我这桩美事,
我脸上的愁云就会消散,
我会再次变得明艳动人,
我还要把红玫瑰和红玫瑰都戴在头上,
那会是多么迷人!

艾莉莎把歌唱完以后,发出一声长叹,尽管听了她的歌词,大家都觉得很奇怪,可是没有人能想到她为什么会唱出如此哀怨的词。吹笛伴舞国王的兴致却是出奇的高,叫来廷达罗,吩咐他拿风笛来伴舞,直到夜半时分,他才让大家都去休息。

第七日

decameron

《十日谈》第七天就此开启,国王是狄奥内奥。这天故事的主题是:妻子为了约会情人,或为了缓解当前的窘境,对丈夫使用各种阴谋,有的被丈夫戳穿了,有的骗过了丈夫。

星星已慢慢消失在夜空,太阳已经冒出了地平线。早起的总管把行李带到女儿谷,在国王的指示下安排好一切。打点行李的声音和驾马的声音吵醒了国王,他马上起来,并叫醒小姐和少爷们。出发时,太阳才从山坡上露出脸来。一路上,夜莺和各种鸟儿动听的声音不绝于耳,真是一个美好的早晨,他们来到女儿谷,又听到了更多的鸟叫声,似乎在欢迎他们到来一样。

他们再次欣赏了一遍这里的风景,只觉得这里的美景早上来看要比晚上来看更迷人一些,他们享受了一顿丰盛的美食以后,就唱起了动听的歌谣,似乎不想只让鸟儿们高歌一样,悠扬的歌声回荡在山谷中,鸟儿们也和他们一起唱出更动人的曲调。

很快就到了吃午餐的时间,国王吩咐人在湖边上的桂树和其他一些苍翠的树木的绿荫下摆好桌子,他们边吃着美食边欣赏着湖里的游鱼。这场景不但更加迷人,也让话题更加丰富。午餐吃完以后,他们撤掉席面,再次高歌,甚至比刚才兴致更高了。之后,在谷的四处,能干的和管家摆好床铺,把法国哔叽做的帐子撑起来,国王让大家自由选择,可以午睡,可以去娱乐。没过多久,大家睡完午觉起来,就聚集到一起开始讲故事。国王吩咐管家拿几条毯子铺上附近的一块草坪上,大家就这样席地而坐,开始了今天的讲述,国王叫艾米莉娅开头,艾米莉娅就微笑着开始了她的讲述:

故事一

半夜,詹尼听到有人敲门,便立刻叫醒妻子,妻子却骗他说是在闹鬼,事实上是她的情人在敲门。后来,她又胡乱说了一些驱鬼的祈祷文,他的情人才没有继续敲门。

陛下,今天这个题目太好了,如果陛下让其他人率先开讲,我会很高兴的,可是,既然陛下让我先开始讲,我当然乐意之至,希望能给几位小姐做个示范。更何况,我亲爱的小姐们,我要讲的这个故事,将来可能帮到你们。假如你们大家都和我一样是个胆小之人,特别是怕鬼的人,就可以好好听听我这个故事,把一篇会受益终生的祈祷文学会,这样的话,如果将来真的遇到鬼,就可以用来祛邪驱鬼。说真的,鬼到底是什么东西,我还真不知道,直到现在我也不知道鬼是什么样,没人知道,可是和大家一样,我们都怕鬼。

在佛罗伦萨的圣白兰卡丘地区,从前有个叫詹尼·洛泰林吉的梳羊毛的人。这人的技术很高超,却完全不了解人情世故。他有一点呆傻,时常在圣玛里亚·诺凡拉唱诗班做领唱,还负责对这个团队进行管理。他多次出任这类小差使,而且为此扬扬自得。而他只是凭借有钱才弄到了这些小差使,他时常会送教士们一些小礼物,比如送这个教士一双袜子,送那个教士一件长袍,又或者送另一个教士一件法衣——为了回报他,教士们会教给他一些当地话的祈祷文,像《圣阿勒克西斯之歌》《圣白尔那多的挽歌》《马蒂他夫人颂歌》等枯燥的文词,他却将这些东西都看作宝贝,铭记于心,觉得这些东西可以对他自己的灵魂进行救赎。

他娶了个名叫苔莎的貌美妻子,是柯柯利亚地区马纳丘的女儿,是个特别精明的女人。她看到丈夫比较蠢,于是就对一个名叫费代里哥·第·纳里·培歌洛蒂的潇洒后生动了心,那男的也对她爱慕有加。于是,她就和她的侍女商议,想办法让费代里哥到堪麦拉塔乡下她丈夫的别墅里去和她相会。一整个夏天,她都在别墅里住,丈夫几乎很少去那边吃饭,基本上都是睡一晚上又走了,不是继续干他的活,就是去教堂唱歌。

费代里哥一直很苦恼,没办法和她接近,于是在约定好的那天晚上,当詹尼又出去时,他就来到他的乡下别墅,和他老婆一起吃饭,一起睡觉,快活无比。那位太太一整晚都在他的怀里安眠,还把她丈夫熟悉的六篇祈祷文教给他。

他们两只想着以后还有机会约会,又不好每次都叫佣人去叫他,所以两人就偷偷想了一个办法:费代里哥的家就在这附近,今后每天,他不管是出去还是回家,只要经过此地,都先看一眼屋子附近的那座葡萄园。原来在那座葡萄园里,她在一根攀藤的杆子上放了个驴子脑壳,假如那脑壳和佛罗伦萨相对,他就可以到她家里来和她约会,如果门是关的,他轻敲三下门,她就会给他开门。假如驴子脑壳是和费也索相对的,那就意味着詹尼没有出去,他就不要来。就这样,他们偷偷来往了多次。

有一天,詹尼说晚上不回来了,于是苔莎便煮了两只又肥又嫩的阉鸡,让费代里哥过来和她共进晚餐。没想到,晚些时候,詹尼却回来了。她苦恼极了,只得把一些另外烧的咸猪肉拿出来,和丈夫一起吃饭,同时嘱咐侍女把两只熟鸡和几只新鲜鸡蛋、一瓶好酒包好以后送到花园里去,放到她和费代里哥一块儿吃饭的地方——草地旁边的一棵桃树下面,而且那个地方还有一个优势,那就是去那里不需要经过住宅。可是她因为太慌张也太烦躁了,忘记交代侍女在树下等等费代里哥,说丈夫今晚回来了,叫他自己放食物拿回去吃。

夫妻俩刚上床,侍女也进入了梦乡,费代里哥如约来到了门口敲门。这扇门就靠近卧房,詹尼马上就听到了,她自然也一样,可是她只能假装睡着了,以免丈夫怀疑自己。费代里哥在门外等了一会儿,看没有人来开门,便又敲了一阵。詹尼疑窦丛生,就推了推身边的妻子说:

"你有没有听到什么声音? 苔莎,似乎有人在敲我们的门呢。"

事实上,他的太太比他听得清楚多了,却有意装作还没有完全睡醒的样子说:"啊,你说什么?"

詹尼说:"我好像听到了敲门声。"

"敲门声?"他妻子大叫道,"啊,我的詹尼,不好了,你不知道这是鬼吗? 这几天天天都有这样的声音,我都快被吓死了。一听到这声音,我就赶紧用被子蒙着头,直到天亮才敢探出来。"

詹尼说:"来,我的太太,不用害怕,我上床之前,已念了'台·卢契''盎台梅拉达',以及别的虔诚的祈祷词,还以圣父、圣子、圣灵的名义,在床铺的各个角落都画了十字,因此不用担心,任何鬼都不会来伤害我们了。"

他妻子担心如果费代里哥一直等在门外,会疑心她有其他的情人而产生忌妒之心,于是打定主意,不管如何也得下床,让他知道詹尼回家了,于是她就对她的丈夫说:

"太好了,你念过祈祷文,那你没事了,可是我一定要等到赶走鬼,我才会觉得安全,刚好你今天在这,你就帮我把鬼赶走吧!"

"可是鬼怎么赶得走呢?"她丈夫问。

她说:"你放心好了,我有办法。有一天,我到费也索教堂里去做免罪祈祷,有个女修道士——啊,我的詹尼,这个女修道士的道行可深呢! 至于她的道行到底有多深,只有天主才知道——她知道我怕鬼,就把一篇虔诚而有效的祈祷文教给了我。她跟我说,当她还是个俗人时,就曾经多次试验过这篇祈祷文,每次都非常灵验。天知道,我一直都不敢独自尝试,今天正好你在家,我们就一起来念这篇祈祷文吧!"

詹尼说,他乐意之至。于是两人就都起来了,小心翼翼地来到门口。这时,等在门外的费代里哥已经有些丈二和尚摸不着头脑了,正在听屋里的动静。詹尼的妻子马上对詹尼说:"一会儿我叫你吐口水,你就赶紧吐啊!"

詹尼答道:"好的。"

于是他妻子开始念起那篇祈祷文:

> 小鬼小鬼,昼藏夜行,
> 尾巴翘翘,光临寒舍,
> 翘翘尾巴,赶紧离开!
> 快到花园里的桃树下去吧,
> 树下有一盆香膏烹制的野餐,
> 还有我家母鸡撒的一堆粪,
> 你享用完美酒,
> 就赶紧逃开吧,
> 不要再来打扰詹尼夫妇了。

之后,她就对她丈夫说:"詹尼,快吐口水!"詹尼依言照做了。门外的费代亚哥听到在这些,马上就不忌妒了。尽管他很失望,却不由得想笑,差点都笑出了声。当他听到詹尼吐口水时,在心里腹诽:"当心你的牙齿,不要一起吐了。"

詹尼的妻子一连念了三遍祈祷文,才重新回到床上睡觉。

费代里哥原本打算和她共进晚餐的,没能如愿,听了这篇祈祷文以后,马上就知道了意思,立刻赶去花园,在那棵大桃树下找到了美食,拿回家去一个人享用了,以后他和情妇见面,还时常把这篇祈祷文拿出来当笑话讲呢。

也有人说,原本那天她已经把驴子脑壳对准了费也索,可是有个庄稼人从葡萄架跟前经过时,顺手用棍子敲了一下,便让它对准了佛罗伦萨,费代里哥看到了,还以为情妇喊他约会了,于是就去了,而他情妇那次念的是这样一篇祈祷文:

> 鬼魂,鬼魂,看天主的面赶紧离开,
> 是别人转动的驴子脑壳,
> 干坏事的人,天主会惩罚他的!

> 我现在和我的詹尼已经就寝。

他们说，听了这篇祈祷文以后，费代里哥赶紧离开了，晚饭没有吃，也没有在这里过夜。可是我的一个邻居老太太跟我说，她小时候听到的版本是这样的，这两种说法都没错，可是后者说的不是詹尼·洛泰林吉，而是指在宝达·圣彼罗的另一个詹尼·第·尼罗，他和前一个詹尼一样，也很傻。

亲爱的小姐们，你们可以随意选一篇自己喜欢的祈祷文，或者如果两篇都喜欢也可以。你们听完故事以后就会明白，在这种情况下，这类祈祷文还是很派上很大用场的，因此我劝你们赶紧牢牢记住，也许将来有一天会派上用场呢。

故事二

> 佩罗妮拉的情人在酒桶里藏身，她丈夫要把酒桶卖掉，她就说，她早就卖了，买主现在正在桶里查看呢。那情人听了，赶紧从桶里跳出来，要丈夫刮干净桶，然后直接买了拿回了家。

听了艾米莉娅的故事，大家都笑得前仰后合，都说这篇祈祷文实在是绝妙至极。她讲完以后，国王就吩咐菲洛斯特拉托接着讲下一个故事：

亲爱的小姐们！男人（特别是结了婚以后的男人）骗起女人来，那花样可多着呢。所以，如果哪个女人对她的丈夫耍了点阴谋，你们听了必定非常开心，幸运的事，天底下竟然真的有这样的事情。而且，你们还会四处去传播，让所有男人都知道：不光爷们儿会耍阴谋，娘们儿也可以。这样做会让你们受益匪浅，因为一个人如果知道他的对手丝毫不逊色于他，他就不敢那么肆无忌惮地捉弄人了。如此看来，我们今天所讲的这类故事就不会让人怀疑了，如果男人们听到了，或者知道了女人们和他们一样精明时，那他们以后就要小心点了。因此我就来讲一个地位低下的年轻女人，是如何运用智慧，成功保全了自己，瞒过了她的丈夫的。

以前那不勒斯有个穷人，娶了个长得很美的姑娘为妻，名叫佩罗妮拉。男的是个泥水匠，女的在家纺织，尽管收入不高，可是勤俭一些，日子还是挺好过的。有一天，附近有个长得很俊俏的名叫姜尼罗·斯脆那里奥的后生，看到佩罗妮拉以后，心生爱慕，便千方百计接近她,终于让对方也爱上了他。于是他们想到一个约会的好办法:每天早上,那男的就在那附近盯着,一看到她丈夫出去干活,他就偷偷跑到她家里来和她幽会,因为她住的那条阿沃利奥街很偏僻,几乎没什么闲人,他们就这样暗中来往了数次。

平常,她丈夫总是早早出去,很晚才回来,可是突然有一天,姜尼罗正在她家里和她约会,她丈夫突然回来了,看到大门关得死死的,就一边敲门一边想:"我的老天啊,我一直都歌颂你,尽管你没有让我大富大贵,却让我拥有了一个美丽贤惠的老婆。你看,我一出去,她就把门锁上了,免得闲人闯进来生事。"

佩罗妮拉一听有人敲门,马上就意识到丈夫回来了,于是对她的情人说:

"天哪,我的姜尼罗啊,我要死啦! 真是的,我的丈夫回来了! 不晓得今天是怎么了,他怎么在这个时候回来了。也许你进来时他看到了。可是,不管怎样,看在天主的份上,你赶紧躲到那个大酒桶里去,让我来打探一下他今天这么早回来有什么事。"

姜尼罗一听,赶紧钻到了酒桶里,佩罗妮拉过去把门打开,让丈夫进来,一开口语气就不太好:

"你今天怎么回来这么早? 我看你把工具都带回来了,是想收工了吧? 这样下去,我们要怎么办呢? 我们要怎么生存下去呢? 你难道想当了我的那件袍子和几件旧衣裳吗? 我天天不分白天黑夜地纺纱,五个手指都纺得只剩下皮包骨头了,也只赚到了几文灯油钱! 我的好丈夫,亲丈夫,周围的女人都很奇怪我怎么这么辛苦,人家都在看我的笑话呢。这个时候,你应该在外面干活的,怎么空手回来了呢?"说完,她就哭开了,还继续说道:

"老天爷呀,我的命怎么这么苦啊,我出生的时辰太不好了呀,真是倒霉到家了,竟然嫁到了这户人家。我为什么不嫁有身份的年轻小伙子,偏偏嫁给了这样一个完全不在意自己老婆的男人! 哪家女人没有三五个情夫,成天只顾着吃喝,把丈夫蒙在鼓里,让他们误把月亮当作太阳。只有我活该这么辛苦,我只是因为心地善良,不想要这些花招,就活该倒霉,我太傻了,为什么不向其他女人学习,也去偷个把汉子呢。我的丈夫呀,你要知道,如果我真的想出去找,难道还找不到吗? 多的是俊俏小生看中我,他们都奉承我,都愿意给我钱花,还送我衣服、首饰什么,只要我肯要,我什么都会有。只是我不想违背自己的良心——我不是那种贱种养的——没想到你却在应该干活的时候偷懒,跑回家来了。"

她丈夫说:"我的好妻子,看在天主的分上,你不要再生气了。请你放心,我一直都知道你是个什么样的女人,今天我更是验证了这一点。我本来是准备出去干活的,可是我们都忘了今天是圣加利文节,外面是没有活干的,因此我就回来得早了些。可是我想出了一个办法,可以让我们一个多月衣食无忧。你看看我带来的这个人,他愿意把我的酒桶买走呢,我想那只酒桶放在家也占地方,干脆卖了,而且我还卖了五块钱呢。"

佩罗妮拉说:"这样我就更生气了。真的,你这么大个男人,成天在外面跑,对市面再熟悉不过,竟然只卖了五块钱,而我这么一个常年窝在家的女人,看到这酒桶放在家里占地方,却以七块钱的价钱把它卖给了一个老实人。你回来时,他正好在桶里检查呢。"

听了这话,丈夫高兴至极,就对和他一起来的人说:

"老兄,抱歉啦,你只出了五块钱,我老婆已经先一步,以七块钱的价钱卖给了别人。"

"没事,"那人说着就走了,这时佩罗拉又对她的丈夫说:

"既然你现在回来了,那谈判的事就交给你了。"

躲在桶里的姜尼罗认真听着桶外的动静,想着如果发生什么祸事,他要随机应变才好。当他把佩罗妮拉的话听明白以后,就赶紧从桶里爬出来,假装还只有她一个人在家,大声叫道:

"大嫂,你在哪儿?"

那丈夫闻声赶紧过去,说:"我在这里,你到底怎么样?"

姜尼罗问:"你是哪一位? 我要和那位大嫂谈一下这只桶怎么卖。"

他说:"你跟我谈就好,我是她的丈夫。"

姜尼罗说:"酒桶本身没问题,可是那里面的酒渣你要清理掉才行,桶壁上有一层又硬又干的壳,我刮了很久都没有刮掉,你把它刮干净,要不然我就不买了。"

佩罗尼拉接过话头说:"这么好的一笔交易,千万不要因为这么一点儿小细节给毁了。我丈夫会处理好的。"

她丈夫也赶紧说道:"当然,马上就好。"

说着,他就把手里的工具放下来,把外衣脱掉,拿了一盏灯和一把刮刀,跳到桶里面去刮。佩罗妮拉假装要看他怎么刮,便把自己的头、一条胳膊和一边肩膀都塞到了桶里。原本那个桶口就不大,这下被她堵得严严实实,只听到她在不停地指挥她的丈夫:

"这里,还有那里,都好好刮刮。还有那里,把那里再好好刮刮。"

再说姜尼罗,因为她丈夫太早回来了,破坏了他们的一场盛宴,现在看到这女人在指挥她的丈夫刮桶,心想,这不是弥补的好机会吗,因此趁她把桶口塞得严严实实时,一下子扑到她身上,就像草原上发情的公马进攻一匹安息的母马一样。等他的欲念满足了以后,那丈夫正好把桶刮完了,他也从马上下来,佩罗妮拉缩回头,让丈夫从桶里出来,然后对姜尼罗说:

"先生,你看一下,看刮干净没有?"

姜尼罗看了一眼,频频点头,于是付了她丈夫七块钱,叫人把酒桶搬了回去。

故事三

> 里纳尔多教士正和他教子的母亲偷情,她的丈夫忽然回来了,他便说教士是为了孩子祛病而来,成功瞒过了丈夫。

菲洛斯特拉托说到安息的母马,措辞直白,那几位小姐又那么聪明,听了只觉得好笑,只是她们假装是因为其他事情而笑罢了。国王见他讲完了,便要艾莉莎接着讲下一个故事,艾莉莎马上开始了:

可爱的女郎们,听了艾米莉娅刚说的那个驱鬼的故事,我也不由得想到一个与之类似的故事。尽管相比之下,她那个故事好听多了,可是一时之间我也想不到其他的故事,就只好先讲这个了。

从前,在锡耶纳地区,有个叫里纳尔多的青年,他出身于贵族家庭,长相也很好,对附近一位有钱人家的美丽太太一见倾心,心想,只要找准机会不露痕迹地接近她,就可以得偿所愿。可是他想了很久,也想不出来一条妙计。后来,那位太太怀孕了,他就想借机和她攀个亲家,他先是和她的丈夫攀交情,又找准机会说愿意做孩子的教父,那丈夫不知道这其中有诈,于是便答应他了。

既然做了亲家,他就可以明目张胆地去看那位安涅莎太太了,而且还大胆地说出了自己的心意——事实上,他无须开口,从他的眼神中,她早就明白了一切。尽管听了他的告白,那位太太并没有表现出明显的拒绝,可是他的目的依然没有达到。

　　没过多久,不知道怎么回事,里纳尔多竟然当上了修士。对于这项营生,无论他是否满意,都一直在干。做了修士以后,他曾经想过把一些凡心杂念都抛到一边,忘了那位太太,他尽管穿上了修士的袍子,可是没过多长时间,就又起了凡心杂念。自此以后,他又穿上了华丽的衣裳,和一个公子哥没什么区别,还亲自动手编写歌曲,写十四行诗,写歌谣,整天都忙着唱歌这一类的事情。

　　为什么我要一直絮叨这位里纳尔多修士呢?天下的修士不都一样吗?现在社会风气这么差,出家人竟也是一样,真是让人感到可悲。他们一个个吃得肥头大耳的,衣服也极尽绚丽,所有用具也极尽奢侈,完全不知道害臊。他们走路的样子也特别豪气,更像竖冠凸肚的火鸡,而不像温顺的鸽子。他们在地窖里堆满了各种药物、糖果、蒸馏香精和香油,以及出产于马姆锡和塞浦路斯等地的名酒,根本不像修士的地窖,更像药剂师或香料商的店铺。更恶劣的情况是,即便他们被人看到油头粉面的样子,却一点都不觉得羞耻。他们还以为人家不知道吃得寡淡一点,时常斋戒,只会让人更加健康,即便生病,也不会得痛风症,因为一个正派修士的寡淡生活,正好可以医治痛风症。他们还掩耳盗铃,自以为人家不知道一个修士假如一整个晚上都祈祷,严格遵守清规戒律,只会让人面目苍白,日渐憔悴,哪里会变得膀大肚圆?要知道,圣多明尼古和圣方济各不仅没有华美的服饰,而且连一件长袍都没有,他们穿的都是不染色的粗羊毛皮,只是为了躲避严寒,而不是为了显摆。希望天主看到这些事情,让那些给他们提供衣食的老百姓,不要再被他们骗了。

　　再来说里纳尔多修士,他又有了凡心杂念,有事没事就去看望那位太太。他的胆子越发大了,所以对她纠缠得更紧了,要和她行欢。经不住他一再恳求,又觉得相比从前,他长得更俊俏了,终于有一天,那位太太抵挡不住他的挑逗,只是像一般女人受到胁迫时那样说:

　　"什么!里纳尔多神父,你们修士也这样吗?"

　　他回答道:"太太,我只要脱掉这件法衣——这当然太容易了——我就是一个普通的男人了,而不是什么修士了。"

　　那位太太装作严肃的样子说道:

　　"天哪,那怎么得了,你是我孩子的教父,我们怎么能做这种事呢?这是万万不行的。我还时常听人家说,这个罪过很大,要不然我就会答应你的。"

里纳尔多说:"假如你担心的是这个,那你就太傻了。我并不是说这不算罪过,可是,一个人即便犯了天大的罪过,只要可以忏悔,天主就会宽恕他。我倒要问问你,我只是替你的孩子洗礼命名,是你的丈夫生了这个孩子。那么,和这个孩子最亲的人是谁呢?"

"当然是我的丈夫。"那太太回答道。

修士接着说:"你说得没错,那么,你丈夫是不是和你睡在一起?"

"当然。"她回答。

里纳尔多又说:"那么,既然我和这孩子的亲密度比不上你的丈夫,那当然更没有问题了。"

她原本就不太明事理,在里纳尔多的一再鼓动下,就误以为他说得没错了,可能是有意装作一副深以为然的样子,说道:"你这么讳莫如深的话,我可是答不上来啊!"

于是,她彻底抛开了他的教父的身份,任由他摆布。两人一旦开始,便一发不可收拾了,反正这层宗教上的关系还可以给他们打掩护。

有一次,里纳尔多和一个同伴一起来到她家,见没有外人在,只有一个惹人怜爱的小丫头,于是就叫他的同伴把那个丫头带到鸽房去,告诉她念祷告文,自己和那位怀抱孩子的太太一起来到房间里,锁上门,尽情欢乐。当他们正尽兴时,那女人的丈夫忽然回来了。没有人听到他回来了,直到他去敲卧室的门,叫他妻子的名字,她才一下子慌了神,对修士说:

"这下我可全完了。我丈夫回来了,这一次他可知道你怎么这么亲近我了。"

这时的里纳尔多已经脱掉了长袍法衣,只穿着一套便服,听她这样说,也慌慌张张地说道:

"你说得没错,假如我穿戴整齐,还可以找个理由,可是现在这个样子,要是被他看到了,那可是跳进黄河也洗不清了。"

那太太突然灵机一动,说道:

"你听好了,你赶紧把衣服穿好,一把衣服穿好,就抱着孩子。我出去和我的丈夫说话,你好好听着,之后你再出去和他讲,就可以和我的话保持一致了。其他的事就交给我吧。"

这时她丈夫还在敲门,她立刻答道:"来啦!"

说着,她就站起来把房门打开,亲切地对丈夫说:

"丈夫,孩子的教父里纳尔多修士在呢！真的要好好感谢他了,幸亏他来了,要不然我们的孩子可就没救啦！"

那善良的傻丈夫一听这话,都快吓晕过去,说道:

"什么情况啊?"

"我的丈夫,"安涅莎说,"这孩子忽然之间就晕了过去,我还以为他死了。当我正不知所措时,他的教父里纳尔多教士刚好来了,他赶紧把孩子抱起来,说:'太太,这孩子肚子里有虫,已经快到他的心脏了,怕是活不过来了,可是你不用担心,我可以念念咒,咒死那些虫。我保证,我一定会把他治好的,我一定会让他和之前一样健健康康。'他还要你和我们一起做几个祷告,可是丫头没找到你,于是就把他的同伴叫上一起去做祷告了。我们两人怕有人来打扰,就锁了卧房的门,因为这件神功只有孩子的亲生母亲才能参与。现在他还抱着孩子,可能是在等同伴念完祷告吧。我看他那位同伴的祷告也快要念完了,因为孩子已经醒了。"

这个善良的老实人真的相信了,只是担心自己的孩子,竟然上了他老婆的当,只听到他叹息了一声说:

"我要去看看他。"

他妻子说:"你先等一等,不要冲撞了法术,那一切就都白搭了。你先等等,我先进去看一眼,假如可以的话,我再叫你。"

里纳尔多修士在房内把他俩的对话都听了进去,淡定地穿好衣服,也想好了对策,随手把孩子抱在怀里,大声说:

"太太,你丈夫是不是回来了?"

那个傻丈夫答道:"是的,神父。"

"那么请进来吧。"里纳尔多修士说。

傻丈夫走了进去。里纳尔多修士说:

"快抱抱你的儿子吧,刚刚我还以为等不到黄昏,你就无缘再和他见面了,感谢天主,现在他已经好了。你应该做一个和孩子身体大小差不多的蜡像,放在圣安布鲁斯的神像前,感谢天主赐福于你,正是因为圣安布鲁斯,你才能够得到天主的恩赐呢。"

那孩子和一般小孩子一样,看到自己的父亲来了,就很快亲热地跑了过去。他把孩子一把抱起来,一边哭一边不停地吻他,又再三感谢教父的救命之恩,那场景真让人以为他刚刚脱离死神一样。

再说里纳尔多的那个同伴,他已经把四篇祈祷文都教给了那个小丫头，又给了她一个修女给他的白线袋，把她收为自己的徒弟。听到那个傻丈夫在敲妻子的房门，赶忙蹑手蹑脚地走过去，在一个没人看见的地方躲起来。他看到了一切，也听到了一切。这时，看到风波已经过去了，就进去说道：

"里纳尔多修士，你要我念的四篇祷告文，我已经念完了。"

里纳尔多修士说："兄弟，你真是太厉害了，一下子念完四篇。我刚念了两篇，孩子的父亲就回来了。可是，真的要感谢天主的保佑，我们总算治好了孩子。"

傻丈夫马上把美酒糖果都拿出来款待他们，他们想要的就是这个。接下来，他送他们到门口，和他们说了再见以后，马上去做了蜡像，挂在圣安布鲁斯的神龛面前，而不是挂在从米兰来的神龛面前。

故事四

托法诺不让妻子进门，即便她一而再再而三地恳求，他都不答应。于是，她把一块石头扔到井里。丈夫还以为她想不开自尽了，匆忙出去救她，妻子借机钻到屋内，锁好门，反过来骂他。

艾莉莎刚讲完她的故事，国王就转身让劳蕾塔接着讲下一个故事，她便开口了：

爱神啊，你太伟大了，太神奇了！你蕴藏了太多智慧！只要是以你为榜样的人，你都会随心教给他们一些计谋，教他们临场应变的技巧，从古至今，没有哪个哲学家、艺术家可以做到这一点。相比你的教诲，已经讲过的这些情人的计谋所带给我们的教诲都不值一提。可爱的小姐们，这里我再接着讲一个故事，讲爱神是如何指导一个老实女人想出了一条绝妙好计谋的。

之前，在阿莱佐地方有个叫托法诺的富翁，他娶了个长得很美的妻子，名叫琪塔。不知道为什么，他有个非常不好的特点，那就是善妒。看到他这个样子，他的妻子很是生气，就一再问他为什么要这样，他却说不出来。所以，他的妻子就这样想道：既然是他自己无中生有，那么我干脆让他的妒火越烧越旺，最终毁了自己。

有个年轻人很喜欢她，却苦于无法靠近她，而她也很喜欢他，于是便想办法和他互诉衷肠。一切都非常顺利地进行着，只需要落实到行动中就好。所以，她就必须想个办法来达成自己的心愿。刚巧她丈夫有很多恶习,其中一项就是嗜酒,她不仅不好言相劝,反倒怂恿他去喝。幸运的是,她有着极高明的手段,随时都可以让她的丈夫醉成一摊泥。只要他醉了,她就把他扶到床上睡觉,之后自己出去找乐子。她多次使用这条妙计,而且从来没有出过问题。只要丈夫喝醉,她就马上变得胆大包天起来,不仅让情人到自己家里来,而且因为情人就住在附近,她还时常在情人家里流连到大半夜。

这位有了情人的太太一直过着这种逍遥的生活。终于有一天,她丈夫发现不对劲儿,每次妻子劝自己喝酒时,自己却滴酒不沾。他想:这女人是不是想把我灌醉,等我睡着以后,她好出去胡作非为?为了解开自己心中的疑惑,有一晚,他原本没喝酒,却装作宿醉的样子,开始胡说八道,路也走不稳。他妻子却丝毫没有怀疑,而是觉得他又像往常一样喝醉了,马上把他扶到床上去躺着。等他睡好了以后,她就跟原来一样,去了情夫家里,直到半夜才回来。再说托法诺,妻子前脚刚走,他后脚就爬了起来,锁好门,坐在窗口等妻子回来,好让她知道她的行为已经被自己撞破了。到了半夜,那妻子从情人家回来,却发现门已经上锁了。这下可怎么办呢,她急得直撞门。直到她撞了好一会儿以后,托法诺才开口说:

"你这娘儿们,你不用浪费力气了,今天你别想进屋了。你从哪里来,就回哪里去吧。你做出了这样的事,我怎么可能让你这么容易就回家?我请来了你的娘家人和邻居,等他们到了以后,你再好好说说你的光辉事迹吧!"

他妻子不停地哀求他,请他看在天主的份上放她进去,说她并不是像他所想象的那样,只是因为夜太长了,她有点失眠,一个人待在家又太无聊了,所以去邻居家一个女人那里坐了一会儿。可是无论她如何祈求,她的丈夫都不肯答应。这个不讲理的丈夫似乎生怕人家不知道他的家丑,非要让阿莱佐所有人都知道才甘心一样。他妻子见祈求没有作用,便恐吓道:

"如果你再不给我开门,我就会让你后悔一辈子了。"

"你能把我如何?"托法诺问道。

可能是爱神让她临时想到了一个好办法。她马上回答道:"我无法忍受你朝我头上扣屎盆子。附近有口井,我甘愿马上就跳井自尽,等到人家把我的尸体捞上来,肯定会觉得是你喝醉酒把我推下去的。到了那时,你就只能舍弃家乡,四处流浪了,也许还要落得个谋杀妻子的罪名,连性命都不保呢。"

托法诺主意已拿定,不管妻子说什么,他都不放在心上。所以他妻子又说:

"好啊,你这样的侮辱真是太伤人了,我已经无法忍受了,我把纺线杆放在这里,你来负责收回去吧。"

那时天已经黑了,什么都看不见了。她来到井边,把附近的一块大石头搬起来扔到井下,同时大声叫道:"天主饶恕我吧!"石头落入井里,发出巨大的声响,托法诺听到了,还以为他妻子投井自杀了,立刻把吊桶和绳子拿了上来冲了出去,奔到井边去救她。谁知他妻子竟然在门口躲着,见他一冲出去,就马上借机溜进了屋里,锁好门,来到窗口对他叫道:

"以后你喝酒,可要加些水进去啊,不要让酒味太浓了,也不许再喝酒喝这么晚了。"

托法诺听到这话以后,马上就知道自己上当了,迅速朝门口奔去,可是门早就被他妻子锁上了,他现在只能回过头来请妻子开门了。这一次,他妻子可不是畏畏缩缩的了,而是大叫道:

"你这个醉鬼,天都不容你,今晚你别想进来了。你这种恶习我再也受不了了。我一定要让大家都好好看看,你到底是个什么样的人,这么晚才回来?"

托法诺快气晕了,也骂个不停。听到吵闹声,邻居们都跑到窗口来。询问究竟是怎么了,他妻子哭着说:

"这个混蛋,他总是一到晚上就喝得酩酊大醉,有时甚至都不回来睡觉,到这半夜才回来,我已经够容忍他了,现在已经无法忍受,因此才不让他进来,让他出出洋相,看他会不会悔改!"

笨蛋托法诺虽然被关在门外,可是也毫不示弱,马上跟大家说了事情真相,而且还非常凶狠地威胁他的妻子。他妻子赶紧对邻居们说:

"你们看看,你们看看他究竟是个什么样的人,如果今天站在门外的是我,他在屋里,你们猜猜他会说什么呢?恐怕你们也会相信他所说的话吧。光凭这一点,你们就可以评评理,他这个人究竟有没有脑子。他干错事在先,现在却倒打一耙,也不知道他朝井里扔了什么东西,想恐吓我!老天爷啊,他怎么不跳到井里去,喝两口井水,冲淡一下肚里的酒水呢!"

邻居们全都谴责托法诺，说他不对，不应该那样冤枉他的妻子。没过多久，风波就传开了，不久那女人的娘家也知道了。那娘家人一听说有这样的事，就马上赶过来，狠狠打了托法诺一顿，几乎打断了他身上所有的骨头。之后，他们又走进屋子，收拾好那女人的衣饰财物，带着她回了娘家。临走前又恐吓托法诺说，他们还会让他吃不了兜着走的。一看形势不对，事情被闹得如此局面，托法诺只怨自己妒忌心太强了，此外，他还爱着他的妻子，所以就请了些朋友出来当和事佬，要她回来，答应以后不会那么忌妒了，而且，他还答应她以后可以想怎么样就怎么样，只要小心一点儿，瞒着他就好了。这个蠢丈夫虽然吃了苦，却反过来和他的妻子和平共处了。爱情万岁！清除了夫妻不和谐这一类的事情。

故事五

一个善妒的丈夫打扮成一个神父的样子，听妻子忏悔，她忏悔自己爱上了一个神父，于是丈夫就在大门口守着，妻子借机让情人来到她家，和她一起度过美好的时刻。

劳蕾塔把故事讲完以后，大家都对那位太太赞叹不已，说她这样对待丈夫合情合理，只是那丈夫太不识好歹了。国王只要抓紧时间讲故事，于是转身吩咐菲亚梅塔接着往下讲，于是，她便开始说了：

尊贵的小姐们，这个故事听完以后，我也想给大家讲一个善妒的丈夫的故事。因为在我看来，身为妻子，无论怎样对待这样的丈夫——特别是当他们毫无理由地吃醋时——错都在那位丈夫身上。我想，假如立法者可以多考虑这样的事情，那他们就不会对这些妇女进行责罚了，只是将她们的行为视为一种自卫的行为，因为她们根本没有犯罪，真正的罪人其实是那些善妒的丈夫，他们让年轻妻子饱受折磨，其实就相当于要了她们的命。

众所周知，不管什么人，种地的也好，做匠人的也好，或是在这个门里当官员的也好，辛苦了一周，都希望在节假日好好休息一下，女人们一整个星期都关在家里做家务，当然也想和其他人一样，可以在假期里放松一下。这原本是效仿天主，他老人家勤勤恳恳地工作了六天，也得休息一天。所以，为了尊重天主、体恤民众，不管世俗的法律还是神圣的教规，都区分了工作日和休息日。可是善妒的丈夫偏要和这一点唱反调。到了休息日,他们把妻子锁在家里,看得更牢了。所以,对于他们的妻子来说,原本让他们放松的休息日,反倒变得更加有苦难言。可怜的女人哪,她们究竟遭受了多大的折磨,只有经历过的人才会明白。因此,我想说的是,假如丈夫蛮不讲理,只知道吃醋,那么妻子做了什么对她丈夫不好的行为,不仅不应该遭受指责,反倒应该加以颂扬。

亚美尼亚地方从前有个很有钱的商人,有很多地产,娶的妻子也非常美艳。自此以后,他就喜欢无缘无故的忌妒,这一切只是因为他爱妻如命,觉得她长得太美了,又如此会让他开心,因此他就担心其他男人也会觉得她长得很漂亮,会爱上她,而她也一样会让他们开心。这个可怜的愚蠢的丈夫就是因此才善妒的。既然他如此善妒,就更加严厉地看管她,叫她动弹不得,也许狱卒也没有这么严厉地看守死囚。

他不许他妻子出席在任何公开场合,甚至连教堂都不许去,总的来说,不让她迈出家门。她甚至都不敢站在窗口看一眼外面。那种日子真的太难过了,她越想越生气,因为她越想越觉得自己是无辜的。后来,她想好了,既然她的丈夫这样冤枉她,干脆一不做二不休,把它变成现实好了,尽力去认识一个人,放宽心,这样一来,也不枉受到男人的虐待了。可是,她连站在窗口都不被允许,根本没机会让其他人看到她,更不用说向她示好了,也没有机会和其他人打招呼,表达自己的情感了。

正好附近住着一个长相俊美的青年,她想:我们之间离得这么近,只要在墙上找到一条缝隙,就可以时常通过那条缝隙看到外面了,总有一天会发现那个青年,借机向他表达自己的感情。假如他接受了她的好感,她就要和这个青年产生交集,也好让她的生活快乐一点。等医治好她丈夫的妒病再说。

于是,只要丈夫一不在家,她就在墙壁上四处搜寻,功夫不负有心人,终于在一个隐藏的地方找到一条缝隙。她朝里面看,尽管看得不太清楚,却看到墙那边是一个房间。她想:"假如这个房间就是隔壁那个青年费里波的房间,那我的心愿就快要实现了。"她叫来自己的贴身女仆,让她私下打探一下,最后发现果然是那个单身青年睡在那个房间。

自此以后,她就时常去那道缝隙看看。只要打听到青年在房里待着,她就会从缝隙里塞一些鹅卵石或什么小东西进去。后来,他只要听到声音,就会走过来,她就小声地呼唤他,他听到是她在说话,就会马上答应。她趁机跟他表明了自己的心意,他听了很是高兴,想办法把那条缝隙弄宽了一些,而且丝毫不留痕迹。自此以后,这对男女就时常在一块谈情说爱,可是因为那个善妒的丈夫管得太紧了,没办法再继续往前。

圣诞节很快就要到了,她就跟她的丈夫说,无论他是否答应,她都想和其他的基督徒一样,去教堂里做忏悔,领圣体。那善妒的丈夫说:"你为什么要去忏悔,你犯什么罪了?"

"什么?"他妻子说,"难道你觉得只要把我看得紧紧的,我就变成圣徒了吗?你要知道,只要是人,都会犯罪,我也是一样,可是我不能跟你说我的罪,我只能说给神父听。"

善妒的丈夫一听这话,疑窦丛生,心想我一定要搞清楚她犯了什么罪才行,而且当时他就想好怎么办了。他答应她可以去教堂,可是只能到本堂去,不能去其他的教堂,明天一大早,她就可以去,可是到那里去了以后,只能向那个本堂神父忏悔,或者由本堂神父指定一个修士听她忏悔,不能向其他人忏悔,而且忏悔完以后就要赶紧回家。他妻子已经把他的用意猜透了一大半,便决定顺坡下驴,就照他的意思办。

圣诞节那天天刚蒙蒙亮,她就起床了,梳洗完以后,就到了她丈夫所说的那个教堂。那个善妒的丈夫也先一步赶到那里去了。他提前跟那个神父说明了自己的意思,急忙把一套修士的衣服换上,把一顶修士戴的那顶潇洒的大风帽戴上,把整个脸都罩住了,在唱诗班的席位上坐下来。他妻子来到教堂以后,就来找本堂神父。神父推辞道,他没有时间亲自来听她忏悔,可是可以帮她重新找一个兄弟。于是,他就找了那个善妒的丈夫过来。那丈夫眼看就要倒霉了,却假装一副严肃的样子。尽管这天的天色还不太好,他又用风帽遮住了眼睛,遗憾的是,他乔装得太不像了,他的妻子一眼就认出了他。那妻子一看这种情况,心里就在想:"感谢天主,这个善妒的家伙竟然变成了一个神父,我先不要去理他,让他没有好日子过。"

她装成完全没把他认出来的样子,在他面前坐下来。我们这位善妒的丈夫一早就把几块小石子塞进了自己嘴里,说话的声音也和以往不一样了,这样他的妻子才不会把他的声音认出来,所以他还以为自己装得很好,完全没有破绽,他妻子不可能认出他来的。忏悔一开始,她就说自己已经结婚了,可是却和一个神父私通,每晚都和他睡在一起。那善妒的丈夫一听这话,心像被刀戳一样,真想马上就结束忏悔,起身离开,可是同时他又迫切想要知道具体情况,因此只能镇定下来继续问道:

"什么?你晚上不和你的丈夫睡在一起吗?"

"是的,他和我睡在一起,神父。"他妻子答道。

"那么,"那善妒的丈夫说,"你怎么能和神父睡在一起呢?"

她说:"神父,我也不知道那个神父使了什么伎俩,无论我们怎么锁好门,他只要轻轻一碰,就会把门打开。他还跟我说,他只要一走到我的房门口,连门都不用推,只需念几句咒语,我的丈夫就会进入梦乡。等我丈夫睡着了以后,他就把房门打开进来和我睡觉,从来没有出过问题。"

那乔装的神父说:"夫人,这事情你做得不对,以后万万不可如此。"

那妻子说:"神父,这怎么可以呢?我太爱他了。"

那善妒的丈夫说:"假如真的是这样,我就不能宽恕你了。"

她说:"这太让我难过了,我到这里来不敢对你撒谎,假如我可以办到的话,我一定会告诉你我可以。"

"实话实说啊,夫人,"那丈夫说,"我真为你感到可惜,因为你干的这件事情,把你自己的灵魂都毁了。可是,为了帮你赎罪,我可以帮你向天主念几篇特别不一样的祈祷文,可能会帮到你。我还可以时常派个徒弟去你那里,问问这些祈祷能不能帮助到你,假如真的可以的话,就可以一直往下念。"

"神父,"那妻子说,"你想怎么做都没事,可是千万不要派人去我家里,因为我的丈夫的妒忌心太强了,如果他知道了,不管是什么人到我家里,他都会觉得对方有什么不好的心思,那他也许要跟我吵很久。"

他说:"太太,你不需要担心,我只管把事情安排好,让他不会再怨你。"

她说:"既然是这样的话,我觉得你可以考虑试试。"

她的忏悔就这样结束了,于是站起来去做弥撒。这件倒霉的事情让那个善妒的丈夫怒火中烧。他把神父的外衣脱掉,匆忙回到家中,一门心思想着怎么把他妻子和那个神父抓个正着,让他们见识一下他的厉害。

没多久,妻子回来看到她丈夫那个样子,就知道这个圣诞节让他很不爽——虽然他竭尽全力掩饰,不让她发现他都干了些什么,已经发现了什么秘密。他打定主意,那天晚上他一定要守在大门口,等着那个神父过来,同时对他的妻子说:

"今晚我去外面吃饭,晚上就不回来睡觉了。你睡觉时,可以锁好大门、楼梯口的门和卧室门,安心睡觉。"

"好吧。"他妻子答道。

丈夫刚一走,她就来到墙壁的缝隙那里,像往常一样发了个暗号过去,费里波听到了匆忙赶过来,她就把早上的情况和她丈夫吃过午饭以后所说的话原原本本地告诉他了,最后又说:

"我猜想今晚他会在这房子里待着,而且会站在大门口等候,今晚你想办法从屋顶上爬过来,我们就可以在一起了。"

那青年听了很是高兴,说道:"太太,我一定会想办法过来的。"

夜幕降临,那个善妒的丈夫携带着武器,在楼下的一个房间里藏起来,到时,他妻子就锁好各个门,特别是楼梯口的那扇门,让她的丈夫上不了楼。之后去叫那个青年小心翼翼地爬到房间里,两人在床上玩得不亦乐乎,直到东方露出鱼肚白,那个青年才回家。

再说那个善妒的丈夫,几乎一整晚都把那个武器拿在手里,只等着那个神父送上门来,连晚饭都没有吃的他饥寒交迫,心里十分难受。等到天快亮时,他早已疲惫不堪,实在无法再坚持下去了,就回到底层那个房间里睡着了。等到晨祷钟敲过,门开了以后,他才假装从外面回来,吃了顿早饭。没过多久,他又派一个小厮扮作教堂里那个听她忏悔的神父的小徒弟,去问他妻子,她那个情人和她还有没有来往。

他妻子一眼就把这个小徒弟的真面目戳穿了,马上回答他说,昨天晚上,那人果然没有来,尽管她很爱他,可是假如他再不来的话,她也一定会忘了他。

下面的事就不用再说了吧,一连几个晚上,那个善妒的丈夫都在大门口守着,只等那个神父来,而他的妻子呢,却借此和她的情人逍遥快活。最后,那个被戴了绿帽子的丈夫再也受不了了,就非常生气地去质问他的妻子,那天早上他到底跟那个神父忏悔了什么。他妻子说,这个不能让他知道,因为让他知道有诸多不便,而且不应该。

于是他不由得大骂道:"你这个卑鄙的女人!你不老实交代,我也知道你都跟她说了些什么。和你偷情的那个神父,每天晚上念咒语和你睡觉的那个神父,到底是谁?假如你再不说,小心我杀了你。"

那妻子答道,什么神父啊,这根本就是无中生有啊。

丈夫大声斥责道:"什么?你向那个神父忏悔时,不是说得很清楚吗?"

他妻子说:"不要说是他跟你说的,哪怕你当时在现场听到的,也只是这样而已,我承认那些话我确实说过。"

"那么,你还不跟我说那个神父是谁吗?"忌妒心很强的那位丈夫说。

他妻子笑着说:"说出来我可太高兴了。一个聪明男人会听凭一个平凡的女人指挥,就如同一头羊被人牵着上屠宰场一样。可是你不是什么聪明人。自从你的忌妒心变得那么强以后,你就和聪明人无缘了。你越是蠢笨,我愈是觉得脸上无光。

"我的丈夫,你笨得迷失了心智,难道你觉得我也笨得看不见了吗?事实上根本没有。那天,我一进到教堂里面,就发现那个听我忏悔的神父是你,所以我当时就想好了,就按照你的意思来,而且我也真的这样做了。如果你当时聪明一些的话,你就不会想用这样的办法来打探你妻子的隐私了,你更不需要胡乱猜测,而应该听得出她在你面前所说的那些忏悔话都是真的,而且她那样做一点儿罪过都没有。

"当时我就告诉你,我爱上了一个神父,你想一下,我是不是爱你爱错了——你当时是不是打扮成了一个神父?我又说,当他要和我睡觉时,不管哪个门都锁不住。请你想象一下,每次当你来找我时,我锁过哪扇门?我还说,那个神父天天和我睡一块儿,你想一想,这不是说的你吗?每当你派小斯过来打探时,我就想,既然你没有跟我睡在一起,我当然就说那个神父没来啊。

"除了像你这样因为忌妒心太强,而迷失了心智的人以外,还会有谁这么笨,根本听不出我的话里所蕴含的意思。你明明一整晚都在大门口守着,却要来骗我,说什么要去外面吃饭过夜?

"我劝你保持一些理智,像从前一样做个好人吧,不要让那些知道你是个什么样的人的人,像我一样笑话你。你这样严厉地管我也可以结束了。我可以对天发誓,假如我真的想给你戴绿帽子,你即便长出一百双眼睛,我也可以想办法瞒过你,更不消说你现在只长着一双眼睛了。"

这个善妒的丈夫还以为自己多么厉害,戳穿了妻子的秘密,现在听妻子这么说,才发现受愚弄的是他自己,便不好继续追问下去了,相信他妻子是个非常守妇道的女人。他在不需要忌妒时,偏偏忌妒心那么强,而轮到他忌妒时,他却不忌妒了。自那以后,他那精明的妻子果然得到了丈夫的许可,可以自由出入了,不用再叫他的情人小心翼翼地爬到屋顶上去,而是可以从大门自由进出了。一对有情人就这样开开心心地过了一辈子。

故事六

> 伊莎白拉把两个情夫先后关到房里,她的丈夫突然回来了,她先派一个情人提着剑冲出去,之后又用计让丈夫护送另一个回家。

听了菲亚梅塔的故事,大家都喜不自禁,齐声说那位太太做得非常好,对付那种胡搅蛮缠的男人,就应该这样。故事讲完以后,国王吩咐潘皮内娅继续讲,于是,潘皮内娅开口说道:

天下很多人总是说些幼稚的话,觉得爱情会让人们迷失心智,人一旦被爱情裹挟,智商就会变成零。我觉得这种说法太荒谬了,我们听到的这些故事就足以证明我这句话的真实性,现在我再来举个例子。

众所周知,在我们那个美好的城市里,从前有一个身份尊贵的美人,和一个同样尊贵的绅士结了婚。没过多久,那位夫人就对她的丈夫无比厌烦,爱上了一位名叫列昂纳多的青年。这可能也是正常的事情,就好像我们天天吃一种菜,总是吃也会觉得难受,想要换个花样一样。列昂纳多长得很亲切,也很有绅士风度,只是身份没有那么尊贵,他也爱上了这位夫人。这种事情只要男女双方情投意合,基本上就会有结果,因此没过多长时间,这对男女就浸润在爱河中了。

也是这位夫人长得太妖娆了,她还得到了本城一位兰巴特丘大爷的爱慕,只是在她看来,那人长得太难看了,也毫无风趣,所以一点都不让人心动。那骑士不止一次向她求爱,可是都遭到了拒绝。后来,那人竟然凭借自己的权利,找人恐吓她,假如她依然拒绝他,他就要让她的名誉受损。她知道这个人既然这样说了,就一定会做到,不由得感到害怕起来,只好答应了他。

那夫人名叫伊莎白拉,有一天,根据我们当地的避暑习惯,她到乡下一个漂亮的庄园去住,而她丈夫却骑马去了别的地方,大概要耽搁好几天,于是她就把列昂纳多请了来。列昂纳多当然是求之不得。

没想到,那位兰巴特丘大爷一听说她丈夫不在家,也一个人骑马过来找她。这时她正和列昂纳多两人在屋里寻欢呢。她的贴身女仆开门看到是兰巴特丘,马上去卧室叫夫人,对她说:

"太太,兰巴特丘大爷一个人骑马赶来了,就在楼下。"

一听这话,夫人很是不高兴,可是又不敢得罪他,只得请求列昂纳多大度一点,先躲在床帏后面,等兰巴特丘走了再说。列昂纳多也很害怕那位骑士,只好依言照做。这时,夫人才嘱咐侍女下去开门,好让兰巴特丘大爷进来。他从马上下来,把马拴在一棵树桩上,之后进了屋子。夫人笑盈盈地在楼梯口迎接他,尽可能表现得很兴奋的样子,又问他到这里来有什么事。他一下子抱住她,亲吻着她说:

"我的心肝,听说你的丈夫不在家,我专程跑过来陪你的。"

说完,两人就进了卧室,还锁上了房门,兰巴特丘就开始寻她开心。正在这时,没想到的是,她的丈夫回来了。一看到主人回来了,侍女赶紧去报告夫人:

"夫人,老爷回来了! 我看他已经到院子里去了!"

听了这话,那女人一下子慌了,心想:这房里有两个男人,可怎么办啊? 特别是兰巴特丘,他的马还在院子里系着,更是遮掩不了。她只觉得自己离死不远了。幸运的是,她还能镇定如常,即刻从床上跳下来,对兰巴特丘说道:

"大爷,假如你还有半分怜爱我的意思,愿意保全我的性命,那就请听我一句话。赶快把你的剑拔出来,然后凶残地冲下楼,一边跑一边大声叫道:'我发誓,即便他逃到天涯海角,我也要把他抓回来!'如果我丈夫把你拦住,问你为什么,你也这么说,其他什么话都不要说。你千万不能理他,只管跨上马背离开。"

兰巴特丘当即答应下来,当场把剑拔了出来。刚刚他大干了一场,现在又听到她丈夫回来了,一时气愤不已,所以一脸红晕,严格按照那位夫人的话去做了。这时,那丈夫已经到了院子,从马上下来了,看到院子里还有一匹马,一时间吃惊不已,正准备上楼,就看到兰巴特丘从楼下直冲而下,一脸气愤,还说着奇怪的话,便问道:

"这是什么情况,大爷?"

兰巴特丘什么话也不说,只是骑到马上,大骂不止:"他娘的,即便你逃到天涯海角,我也要把你抓回来。"说着就一阵风似的离开了。

那丈夫走到屋里,看到妻子正在楼梯口站着,一脸惊慌,便询问道:

"这到底是什么情况?兰巴特丘大爷刚刚怎么那么气愤,到底和谁闹了别扭?"

他妻子把他拉到卧室里,对他说(躲在房里的列昂纳多一字不落地听了进去):

"丈夫,今天可把我吓坏了,刚刚有个陌生的年轻人逃过来,兰巴特丘大爷在后面追他。看到我的房门是开的,那个瑟瑟发抖的年轻人就央求我说:'太太,看在天主的份上,请你救救我吧,不要让我就这样死了。'我吓得面如土色,正准备问他是谁,兰巴特丘大爷这时已经进来了,不停地叫道:'你这个王八蛋,我看你能逃到哪去!'我到门口把他拦住了,没让他进来,他一再请求,见我不愿意,也没有为难我,就像你刚刚看到的那样,便走了。"

她丈夫说:"太太,这件事你做得非常好。假如有人死在我们家,那我们岂不要被人说闲话——兰巴特丘大爷也太过分了,人家都躲到这来了,他竟然还追了过来。"

接下来,他又问妻子那个青年藏在哪儿,他妻子说:

"我也不知道他躲在哪儿。"

他便叫道:"你在哪儿,赶紧出来,现在已经没事了。"

列昂纳多听到这些话以后,便小心翼翼地走了出来,一副担惊受怕的样子(他确实很害怕)。

骑士问他:"你怎么得罪兰巴特丘大爷了?"

他答道:"我哪有得罪他,我根本都不认识他,这人一定是精神失常了,要不然就是认错人了。在他们府附近的一条大街上,他看到了我,就拔剑叫道:'小王八蛋,拿命来!'我哪敢找他问个究竟啊,只能开始飞奔,一下子就跑到这里来了。谢谢天主和这位太太,我终于捡回来一条命!"

那丈夫说:"你不用再担惊受怕了,我会护送你平安回家的,之后你再去问个究竟。"

吃过晚饭以后,他就把一匹马借给那个青年,把他送到佛罗伦萨的家里。这青年按照夫人的指示,当天晚上偷偷去拜访了兰巴特丘,把具体情况告诉了他。尽管后来这事情也引出了不少闲话,可是那个丈夫一直没有发现这是他妻子的阴谋。

故事七

> 白特丽丝骗她丈夫把她的衣服穿上去花园去,好借机和情人
> 偷欢,之后又叫那情人把她的丈夫狠狠打了一顿。

听了潘皮内娅的故事,大家都夸赞伊莎白拉有勇有谋,当他们还在对伊莎白拉称赞有加时,国王已命令菲洛梅娜开始讲下一个故事了。

可爱的女郎们,现在我来讲一个与之类似的故事,在我看来,这个故事完全可以和刚才那个故事相媲美。你们知道,巴黎之前住着一个来自佛罗伦萨的商人。他原本是个绅士,由于家里太穷了才开始经商,并一下子赚得盆满钵满。他只有一个名叫罗多维可的独生儿子。这孩子对于他父亲原本的贵族门第倒是非常喜欢,却对经商不太感兴趣,所以他父亲就没有让他插手自己的商业,而让他去交法王手下的那些贵族人士,和一班绅士在法王的宫廷中做事,所以学了不少礼仪。

有一天,罗多维可正在宫廷里和其他几个年轻的公子哥在一块儿对英法各国的美女评头论足,这时正好有几个骑士从东方朝拜圣地回来。听到他们谈论的内容以后,一个骑士说,他走过不少地方,也见过诸多美女,可是再没有哪个女子可以和波洛尼亚地方的艾甘诺·德·加鲁栖的妻子白特丽丝相提并论。他同行的伙伴们也连连点头称是。

直到现在为止,罗多维可都没有爱上过什么女人,听了这一席话以后,一股热情从胸中喷涌而出,他一心想和那位夫人见一面,其他什么事情都不管不顾了。他决意要去一趟波洛尼亚,看看那个美人儿是不是像他们所说的那么美,假如真的喜欢她的话,就先住在那里。于是,他就他的父亲谎称要去朝拜圣地,得到了父亲的许可。

他换了个安尼契诺的名字,来到波洛尼亚。老天眷顾他,他刚到那里的第二天,就在一个宴会上遇到了那位夫人,觉得她长得真是太美了,甚至超出了自己的想象。他不由得一下子就爱上了她,决意要博得她的好感,不再离开波洛尼亚。他想了很久,也想出了不少计策,却拿不定主意选哪一个,最后他否定了所有办法,心想只有去给她那个严加看管她的丈夫做随从,才有可能和他的心上人靠近,所以他就卖了马匹,安排好随身的仆从,让他们装作不认识他的样子,又请店主

人帮他找个去富贵人家当随从的活计。店主人说："这城里倒有个叫艾甘诺的绅士，养的侍从不少，而且个个都经过他的严格筛选，每个人都长得很周正，品行也好，像你这样，肯定会让他满意的，我可以帮你去说说。"

店主人果然言出必行，把他推荐给艾甘诺，一下子就成功了。安尼契诺于是跟随在艾甘诺身边，高兴极了，因为他有了更多机会和夫人见面。他又尽心竭力地照顾艾甘诺，深得他心，艾甘诺对他委以重任，不仅让他负责他自己的事情，即便是家务也交给他负责了。

有一天，艾甘诺出去放鹰了，安尼契诺在家里陪太太下棋。这时，尽管这位夫人还没有发现他的一腔爱慕，可是眼见他长得如此帅气，早就喜欢上他了。为了博得她的欢心，安尼契诺故意输了棋。果然，她兴奋得不知所以。旁边看棋的侍女们一会儿就都离开了，只剩下他们二人。安尼契诺就重重地叹息了一声，夫人看着他说：

"你怎么啦，安尼契诺？你把棋输给了我，很伤心吗？"

安尼契诺答道："夫人，我可不是因为这个才叹气的，我心里埋藏着一件更大的事。"

夫人说："假如你有一点点喜欢我，那就大胆说出来吧。"

听到自己的心上人竟然对自己说"假如你有一点点喜欢我"，安尼契诺便又重重叹息了一声，比前面那一次还要伤心难过。夫人又请他说说叹气的原因。

"夫人，"安尼契诺说，"我担心我说出来会惹你不高兴的，又害怕你把我的话传出去。"夫人回答说："我一定不会生气，而且不会讲给别人听，不管你跟我说的是什么，除非经过你同意，我才会讲给别人听。"

安尼契诺说："既然夫人如此应允，我就实话跟你说了。"

于是，他就眼含热泪，把自己的真实姓名告诉了夫人，还说了自己一开始是怎么听到夫人的芳名，又是怎么爱上了她，跑过来做她丈夫的随从又是出于什么原因，最后又低三下四地要求夫人同情他，犒劳他的一片痴心，假如她不答应，也请他千万不要揭穿自己的身份，好让他继续单相思下去。

啊，彼伦亚女人的血液里涌动着多么神奇的感情啊！在这些场合下，你们值得莫大的称赞！看着别人流泪，你们从来都狠不下来心，当冤家再三恳求你们时，你们就会心甘情愿帮他们还风流债！遗憾的是,我不知道如何夸赞你们,要不然我会一直夸赞你们的。

当安尼契诺把自己的一腔爱意告诉夫人时,夫人一直盯着他看。在他不停地哀求下,她的心早就软了,也连声叹息着说:

"亲爱的安尼契诺,你尽管放心吧,我不知道有多少个达官显贵说爱我,到我眼前向我表衷心,不管他们送我什么礼物,允诺我如何如何,如何哀求我,我都从来没有动过心,我从来都看不上她们,可是今天听了你这么几句话,我觉得我动了心,我想我已经爱上你了,我一定不会辜负你,让你今天晚上就可以享受到爱情的甜蜜。

"今天夜半时分,你就可以到我房里来履行我们之间的约定,我把门打开,你知道我在床上哪一边睡着,如果我睡着了,你到了房间就把我喊醒。我一定会让你一直以来的相思病得以治愈。为了让你相信我是真诚的,现在我就先吻你一下。"

说着她就把他抱住,亲热地吻着她,他也同样地回吻着他。吻过以后,安尼契诺就从夫人身边离开,去干他自己的活了。他心里很高兴,只盼着黑夜早一点到来。

没过多久,艾甘诺就放鹰回来了,他很累,吃了晚饭就上床歇息,他妻子也和他一起上了床。依照约定,她开着房门。到了时候,安尼契诺小心翼翼地进来,随手关上了门。她走到夫人睡的那一边,伸手触摸她的胸口,发现她还醒着。夫人随即伸出双手,紧紧抓住安尼契诺的这只手,接着又在床上翻来覆去,她的丈夫很快就被她弄醒了,她对她丈夫说:

"今天黄昏时分,本来我想跟你说件事,可是看你太累了,我就忍住没有说。艾甘诺,我很想问一下你,在你这么多随从当中,你觉得对你最好、最忠诚的是哪一个?"

"夫人,"艾甘诺说,"你干吗问我这个? 这个问题的答案你不是最清楚吗? 安尼契诺就是对我最忠诚的那个啊,我手底下的人就数他最出色。可是你怎么突然想起问这个呢?"

听到艾甘诺醒过来了,他们夫妇俩所谈的话题又是关于自己的,安尼契诺胆战心惊,生怕夫人有意调戏他,好几次都想把手缩回去,可是夫人紧紧地抓着他的手不放,怎么也无法摆脱。

只听到夫人继续说道:"那么我来跟你说说其中的原因吧,原本我和你的想法是一样的。觉得这个人对你最忠诚,谁知道今天趁你出去放鹰,他竟然留在家里跑来调戏我,我这才知道他是个什么样的人。

为了让你相信我所说的是真的,而不是我信口胡诌,我当时便答应他,和他商量好,今天半夜我到花园里一棵松树下面去等他,我当然不会去,可是假如你想看看你的侍从究竟有多么忠诚于你,你可以把我的外衣穿上,把面纱蒙上,去看看他究竟有没有来,我相信他肯定在那里等我呢。"

听了这话,艾甘诺马上回答道,"竟然有这样的事,我一定得去看看!"说着,他就在黑暗中摸索着把妻子的外衣穿好,面纱蒙上,连忙赶到她所说的大松树底下去等着安尼契诺。

一看他从卧房出去了,妻子马上起身把房门锁好。那安尼契诺早就吓得魂不守舍了,几次三番想要逃走,心里不停地咒骂她,咒骂她的虚伪,还咒骂自己怎么能这么轻易就相信她所说的话呢?这会儿才恍然大悟,原来她是有其他的想法的,这时世界上最快乐真的是非他莫属。夫人一上床就赶紧就催他快点把衣服脱掉,和她一起躺下来,两人欢愉了一个小时。最后,她觉得时间到了,就赶紧让他把衣服穿好,对他说:

"我的心肝,你拿一根牢固的绳子到花园里去,装作你今天对我说那些话只是为了试探我,你尽管把艾甘诺当成我就好了,痛骂他一顿,然后痛打他一顿,让我们也乐和乐和,那才好玩呢!"

安尼契诺果然如她所言,拿了一根结实的杨木棍来到花园里,看到他走到松树跟前,艾甘诺正要假装一脸欣喜地去欢迎他,谁知安尼契诺大声谩骂道:

"你这个卑鄙无耻的女人,想不到你真的来了!你觉得我是这样的人吗?我难道会对老爷不忠吗?你这个贱人真该死!"

他边骂边举起棍子打他。听了这话,又见他把棍子举起来,艾甘诺只能悄无声息地开始逃窜,可是安尼契诺一直紧紧跟他后面,一边追还一边骂:

"你这个贱女人,天主也不会宽恕你的,我明天早上一定要禀报艾甘诺。"

挨了一顿毒打的艾甘诺一脸慌张地逃回卧室,他妻子问他,安尼契诺去了花园没有?他说:

"他要是没去就好了,结果他错以为我就是你,拿起棍子,不分青红皂白就开始打,我都快被打残了,他又对我一通臭骂。我原本就觉得奇怪他怎么会来调戏你,让我脸上无光呢?现在我明白了,他可能是看到你成天没个正形,才有意要试探一下你吧。"

于是他妻子说道:"感谢天主,他试探我的心意时只是用的言语,而对付你时却是用的行动! 我想,他肯定是觉得,相比我接受他的言语,你接受他的行动要厉害多了。既然他如此忠诚于你,那你今后一定要多多器重他,让他更上一个台阶。"

艾甘诺说:"那是自然,你说得真是太对了!"

这次试验以后,艾甘诺便自诩自己拥有了一个天底下最忠诚的妻子和一个最忠心的侍从。后来他们夫妇和安尼契诺三个还时常把这件事拿出来当笑话讲。自此以后,两人偷情也愈加方便了,他们也真是幸运,想出了这样一个好计谋,要不然可能就难以得偿所愿了。安尼契诺就这样一直做着艾甘诺的随从,一刻也不想从波洛尼亚离开了。

故事八

> 忌妒的丈夫严厉地看管着他的妻子,那妻子无奈之下只好在自己的足趾上系上一根线,另外一头放在窗外,当情人来时,只要拉一拉线,她就醒了。最后,她的丈夫发现了她的这条妙计,她买通婢女,采用一招苦肉计,反过来让丈夫下不来台。

这个故事讲完以后,大家都夸赞白特丽丝真是太聪明了,采用了一条好计策,又说她紧紧地抓住安尼契诺的手,在丈夫面前说他如何调戏她,一定把他吓坏了。国王见菲洛梅娜已经讲完了,就回过头命令内菲莱说:"你接着往下讲吧。"

内菲莱微笑着开口道:

漂亮的小姐们,听完你们这么多精彩绝伦的故事,我觉得我实在很难再讲得和你们一样出色了,希望上天能够眷顾我,让我讲的故事也能够让你们称心如意。大家肯定都知道,在我们城里从前有个名叫阿里古丘·贝林吉里的富商。他有一个非常愚蠢的想法,想要和贵族联姻,娶一个出身很高贵的妻子,以让自己的身价抬高——直到现在,我们都还看到很多商人在这样做。于是,他娶了一个和他很不匹配的贵族小姐,名字叫茜丝梦达。生意人通常常年在外,很难在家里陪伴妻子,这一位当然也是如此,于是茜丝梦达便和一个一直追求她的青年鲁贝托好上了,和他私通。

她跟鲁贝托的感情越来越深，以至于胆子越来越大，行为也愈加不小心，不知道是被她丈夫发现了蛛丝马迹还是如何，反正他非常忌妒。自此以后，她丈夫就严密地看管他，其他什么事情都不管了，每天非要等她上床睡觉了他才睡觉，弄得她很是苦闷，因为这样一来她便不能再和他的鲁贝托约会了。

鲁贝托反复恳求她，要她想办法和他约会，她想了很久，终于想出了一个绝妙的好主意。原来，她经过观察，发现丈夫每天夜里虽然很晚才睡，可是只要睡着了就会睡得像猪一样，怎样都不会醒，于是她决定叫鲁贝托等她丈夫进入梦乡以后，半夜到她家门口来，她可以开门，让他进来和她温存一会儿。为了让鲁贝托进来时她可以知道，另外又不会被让人家发现，她便找了一根线，一头放在窗户外面的大街上，另一头藏在被褥下面，等她睡觉时，就把那根线系在自己的大脚趾上。晚上，当鲁贝托来到窗口时，就扯一扯线，假如她丈夫睡着了，她就任由他把这根线拉走，然后出去给他开门；假如她丈夫没有睡着，她就把线头抓紧收回去，那他就可以回去了。这个主意深得鲁贝托的心，于是他们就这样见了几次面，也有几次没能如意。他们就这样一直交往着，谁料到有一天晚上，当这位太太睡着以后，她丈夫动了动腿，却不小心碰到一根线，他伸手一摸，发现那根线在太太的脚趾上系着，不由得想到这里面肯定有什么他不知道的事情，再看看这条线一直通到窗外，他心里就明白了七八分。于是，他轻轻地把这根线从太太脚趾上解下来，系到自己的脚趾上，要看看到底是什么情况。没过多久，鲁贝托就来到窗口，像往常一样开始拉线。他一下子跳了起来，可是他没有把线系紧，而鲁贝托又太用力了，一下子就拽走了那根线，所以鲁贝托觉得今晚可以温存一会儿，于是就在门口等着。再说阿里古丘，他很快从床上爬起来，拿起武器就跑到门口，想看看到底是谁这么大胆，要给他一点颜色看看，因为他尽管是个商人，可是他的身体很健壮。他把门开开，可是他的动作太粗鲁了，而他妻子平常开门很轻盈，门外的鲁贝托发现情况不对，知道一定是阿里古丘过来开门的，随即逃之夭夭，阿里古丘在后面紧追不舍。鲁贝托逃了一会，看到她丈夫依然紧追不舍，想到自己随身也携带了武器，于是就把剑拔出来和他对战，双方打得你死我活。再说他妻子这边，被丈夫开房门的声音惊醒以后，看到脚趾上的线断了，知道丈夫发现了，又见他已经出去追她的情人了，于是马上起身，料定这次形势不好，便叫来知道这段私情的婢女,再三恳求她睡到自己床上,代她遭一顿她丈夫的毒打,不管她丈夫怎么用力打他,她都不要作声。假如她愿意这样做,她一定会好好地感谢她,一定不会让她吃亏。当她把这一切都安排好以后,她就把卧室的灯关了,到屋子另外一个地方躲起来,准备随机应变。

阿里古丘和鲁贝托两人的争斗把邻居们都吵醒了,都纷纷出来指责他们。阿里古丘生怕别人把他认出来,只能放走那个青年,并没有看清楚对方是谁,也没有伤到他一根头发。他气愤地回到家,一走进卧室就开始大骂:

"你这个贱女人去哪儿了?你以为关了灯我就找不到你了吗?你想错了!"他边骂边走到床前,错以为床上躺的就是自己的妻子,抓起来就开始用力地打,打得她一脸都是伤,而且用最恶毒的语言骂她,还揪住她的头发要剪。那丫头哭得伤心极了,不停地叫着:"哎哟,老天爷呀,你饶了我吧,不要再打了!"她已经哭得上气不接下气了,而阿里古丘却被气愤冲昏了头脑,一直没有听出来这不是他的妻子。他打够了又把她的头发剪掉了,于是就说道:

"你这个贱女人,我不打你了,我现在就回去找你的兄弟们,让他们都知道你都干了些什么好事,看他们还要不要脸,如何来处置你,总的来说,我要叫他们把你接回去,你再也别想待在这里了。"

说着,他就把门反锁,独自出去了。茜丝梦达听到了他所说的话,等他一走就把门打开,来到房间把灯点亮,可怜那个丫头浑身是伤,哭得好伤心。她柔声安慰了一番,就把她送回到自己房间里,派人偷偷照顾她,还拿了很多阿里古丘的钱给她,让她不再抱怨。茜丝梦达安顿好丫头以后,连忙回到自己的房间里把床铺好,把一切都收拾得妥妥帖帖的,似乎那天晚上没有人上床睡过觉一样。之后,她又穿戴得整整齐齐的,就像一副还没有睡觉的样子,又在楼梯口点了一盏灯,安静地坐在那里开始做针线活。

再说阿里古丘,出去匆匆忙忙赶到妻子的娘家,敲了好久的门,人家才出来给他开门,他的岳母和三个妻舅听说他来了,都起来把灯点亮,问他怎么这么晚一个人赶到这里来。他便把事情一五一十地都跟他们说了,从他发现茜丝梦达大脚趾上系着的线,一直到他赶到这里来。为了证明他所言属实,他又给他们看了他自以为从妻子头上剪下来的头发,最后还说请他们一起去他家,看看应该如何处置她,才不会让他们脸面尽失,因为他再也不能要这个妻子了。

他的妻舅们当然觉得他说的是真的,很是气愤,说自己的这个妹子实在是太不争气了,马上把火把点起来去他家,要好好教训她一顿。他们的母亲一把鼻涕一把泪地跟在他们后面,不停地求着儿子们,叫他们不要那么轻易就相信他所说的话,一定要调查清楚,因为她丈夫可能是因为其他的事生气虐待了她,却有意朝她身上泼脏水,想要推卸自己的责任。那老太太最后还惊讶地说,女儿是她一手带大的,她对女儿的品行非常了解,她一定不会做出这样的事来,此外,还说了很多与之相似的话。

兄弟三人进了阿里古丘的家门就准备上楼。在屋里的茜丝梦达已经听到他们的声音,于是问道:

"谁呀?"

她的一个兄弟回答说:"你这个无耻的女人,你马上就知道是谁了。"

"天哪!"茜丝梦达说,"你怎么说这样的话?"边说边起身来迎接各位兄长,"欢迎你们到这来,可是你们为什么半夜要到这里来呢?"

兄弟们见她毫发无损地坐在那里做针线,脸上一点伤痕都没有——阿里古丘可是说他已经把她打得全身是伤了——不由得感到很奇怪,这一来他们先暂时不生气了,问她阿里古丘所说的事是否属实,又严厉地威胁她说,一定要如实说,要不然会对她不客气。她只是说道:

"我不知道要怎么跟你们解释,也不知道在你们面前,阿里古丘是如何说我不对的。"

见她这个样子,阿里古丘一直盯着她看,恍惚间竟然以为自己在做梦。他记得很清楚,刚刚他打了她无数下,又是抓她又是挠她,让她吃尽了苦头,而现在她的脸上竟毫发无损,似乎那件事根本没发生过一样。一会儿,她的兄弟们就简单向她复述了一遍阿里古丘说给他们听的话,从开始的一根线到最后她丈夫打她的各种情况。她听了转身对阿里古丘说:

"我的丈夫,你究竟在说什么呀?你为什么要诬陷我是一个贱女人,也不怕自己脸上无光吗?你明明也不是个非常暴力的丈夫,为什么要说自己是那样的人?今天晚上,你什么时候回来了?先不说你有没有和我待在一起,你什么时候打我了,我怎么毫无印象?"

"什么!你这个毫无廉耻的女人!"阿里古丘大叫道,"刚刚我们不是还在一起睡觉吗？我跑出去追你的情夫以后不是还回来过吗？我不是还打了你一顿,还把你的头发剪掉了吗？"

茜丝梦达回答道："今天晚上你根本就没有上床睡过觉,先不说这个,因为如果只是我一个人来说,哪怕我说的都是真话,你们也不会相信,那我们就来核实一下你刚刚所说的几件事情吧——你说你打了我,还把我的头发剪掉了,我说你根本没有打过我,这里的所有人,包括你自己在内,都可以看到我有没有受伤。我可以指着老天爷发誓,你如果有胆量打我,我一定会把你的脸抓破,你也没有剪过我的头发,这都是你自己在做白日梦。假如你是在我毫不知情的情况下剪的,那就不好说了,那么我就给你看看我的头发到底还是不是好的。"

于是,她把她的面纱揭开,看到她的一头头发完好无损。她的母亲和兄弟们见此情景,都转身对她丈夫说:

"你这是什么意思？阿里古丘,刚刚你跑到我们家里所说的话跟事实完全不符啊,你能找到证明你说她那些话的证据吗？"

阿里古丘似乎在做梦一样,刚准备分辨,可是一看自己的如意算盘落了空,瞬间变得哑口无言。这时,他的妻子转身对她的兄弟们说:

"三位兄长,原本我不打算让他丢脸,在你们面前说他是如何卑鄙,可是他现在非要让我这样做,那我也就管不了那么多了。我相信,他跟你们所说的事的确发生过,因为他自己所说的那些事他的确做过,让我来把事情经过说给你们听吧。

"也活该我倒霉,让你们把我嫁给这样一个人。他声称自己是一个商人,人家都觉得他这个人很讲诚信。按道理来说,这样的一个人应该比一个修士更加懂得节制,比一个处女还要贞洁,可是他几乎每天晚上都要出去喝酒,不是和这个坏女人勾搭上,就是和那个坏女人勾搭上了,我哪天晚上不是独自坐到深更半夜,你们刚刚也看见了,有时候我还要等他等到天亮。我相信这一回他肯定又是喝得醉醺醺的,和哪个臭女人去睡觉去了。当他醒来时,发现那个臭女人的脚趾上系着一根线,于是又和人家动起武来,再又回头来打那个臭女人,把她的头发也剪掉了,他那时候脑子里是一团糨糊,还以为我就是那个被他痛打的女人。我看他现在还是在这样想吧,你们看看他的脸色,就像没睡醒一样。可是,无论他说我什么坏话,我都希望你们只是当他喝醉了酒在说胡话,我可以原谅他,希望你们也不要再计较了。"

她母亲听了这话,大叫道:

"我的女儿,我们怎么能够忍受这样的事情呢?这种无情的人应该遭到千刀万剐才对,他怎么能娶到你这样的姑娘做妻子呢。天哪,这太不像话了,哪怕你是个阴沟里拾起来的臭丫头,他也不应该这样对你。这样一个狗屎不如的小商人怎么能这样作践你呢?真是不得了了,他们出生于三家村的猪栏,穿毛呢的短衣马裤,屁股那还有羽毛。有了点钱就要和身份尊贵的小姐结婚,还配上一块纹章,自夸什么'我是富贵人家的子弟,我祖上是多么了不得'。当初我的儿子们要是听了我的话就好了。虽然你的嫁妆没有那么丰厚,却可以相当体面地和盖蒂伯爵的家族成婚,想不到他们非要让你和这个活宝结婚。你原本是佛罗伦萨一个最漂亮、最纯洁的姑娘,他却一点儿都不害臊,深更半夜来敲我们的门,说你不知廉耻,似乎你的本性我们不了解一样。如果他们愿意听我的,早就把他打得体无完肤了!"

接着,她又回过头,对她的儿子们说:

"儿子们,我早就跟你们说过,这门亲事是不能答应的。你们有听到吗?你们的好妹夫是如何对待你们的妹妹的?他是个低贱的小商贩!我要是你们,他如果那样骂你们的妹妹,还做出这样的事情,我一定会要了他的命。如果我是个男的话,我一定不会放过他。这个醉鬼真是该死,太不要脸了。"

听了这话,三个兄弟都转过身去,痛骂阿里古丘,就像在骂一个犯人一样,最后又说:

"这一次我们暂且就因为你喝醉了酒,先饶你一次。假如你看重自己的这条命,那就小心一些,以后不要再跟我们说这些糊涂话,假如再被我们听到什么风声,我们可要老账新账一起算了!"

他们说过以后就走了。阿里古丘一脸慌张,就像丢了魂一样,似乎不知道这场风波到底是不是真的一样,还以为自己做了一场梦,他什么话也不敢说,只能和他的妻子和平共处。这一来倒是让他的妻子占了便宜,她的随机应变不仅保全了自己,而且还给自己将来的寻欢之路大开方便之门,自此以后对她丈夫就更加肆无忌惮了。

故事九

为了试探情妇对他是不是真诚的,皮罗向她提出了三个难题,她都做到了。她又想出一个好计谋,当着丈夫的面和情人在一起欢乐,却欺瞒她的丈夫,让她丈夫相信他看到的都不是真的。

大家听了内菲莱的故事很是高兴,小姐们一个个笑得腰都快直不起来,连声夸赞。国王三番五次叫他们停下来都没能成功,直到很久以后,他们才安静下来,潘菲洛这才开始讲他的故事:

可敬的小姐们,我想人只要沉浸在爱情中,那么不管做什么事,不管遇到什么样的艰难险阻,他都不会退缩。尽管我们听到的这些故事已经可以让我们发现这一点,可是我还想再举一个例子作为补充。在这篇故事里,你们将听到一位太太获得了圆满的结果,而她并不是因为智商高,而只是因为运气好,因此我并不是有意劝你们要冒着风险去向她学习,因为一个人不可能总是被上天眷顾,天下男人也不是个个都那么好骗。

在阿凯亚地方,有个叫阿古斯的城市非常有名,历史也很悠久了,这倒不是因为这个城市本身是如何恢宏,而是因为这里曾经出现了很多帝王。从前,那城里有个名叫尼柯特拉多的贵人,快到晚年时,他被上天所眷顾,娶了一个名叫丽迪雅的名门闺秀,不仅人长得很漂亮,而且为人热情。尼柯特拉多既然是贵族,又有很多钱,所以身边有很多仆从,鹰狗也很多,整日在外游猎。他的仆从中有个叫皮罗的青年长得很俊俏,为人也很得体,不管做什么事情都非常有条理,所以尼柯特拉非常宠爱和信任他。

后来,丽迪雅爱上了这位青年,每天心里想的都是他,其他事情都不管不顾。可是皮罗呢,不知道是没有明白夫人的意思,还是因为对那位夫人不屑一顾,反正根本不在意她。夫人很是苦恼,一心想要让他知道她的心思,就叫来她一个心腹的贴身侍女,名叫卢斯茹的,对她说:

"卢斯茹,一直以来我都对你很好,我相信你也能对我很忠诚。现在我要跟你说一件我的心事,千万不能告诉其他人——除非是我要你去告诉那个人的。

"卢斯茹,我想你也看出来了,我是个正值壮年的年轻女人,只要是女人想要的东西,我都有——简单来说,我万事皆顺心,没有什么好抱怨的,可是却有一件事让我很苦恼,那就是我的丈夫比我大太多了,所以,年轻妇女最喜欢那件事情我并没有得到满足,可是我这方面的欲望又很强,所以这一段时间以来,我已经想好,既然命运之神不眷顾我,让我嫁给了这么一个老头儿,那我就不能和自己过不去,而不去想办法弥补。我看了很久,觉得最让人欢喜的就是皮罗了。如果可以和他两情相悦,一定可以让我的缺憾得到补偿。我太爱他了,一天看不到他,我的心里就难过要命。我想,我一定要尽快把他收入囊中,我才能活下去。所以,假如你可怜我,那就请你帮我想出一个最稳妥的办法,让他知道我对他的一片痴心,而且请你代我向他说说好话,以后我派你去请他时,你可千万不要推辞。"那个贴身侍女马上答应了。后来,她找了一个合适的时间和地点,把皮罗拉到一边,委婉地跟他说了夫人的心事。皮罗听了很是吃惊,因为他完全没有发现夫人的心意,只担心夫人把这个口信捎来,只是为了试探他是否忠心,因此,他非常粗鲁地回答道。

"卢斯茹,你说话可千万要当心啊,我不相信这些话出自夫人之口。哪怕是她派你来说的,我也不相信她心里就是这样想的。即便她心里是这样想的,老爷对我有如此大的恩德,即便是要把我的命拿走,我也不能这样做。因此我劝你还是小心一点儿,以后不要再跟我说这样的事情了。"

对于他这样一番义正词严的话,卢斯茹并没有被吓到,而是说道:

"皮罗,以后只要夫人派我来找你,不管是不是说这种事,我都还会来找你的。不管她要我来多少次,我都不会拒绝,也不管你是否愿意听。遗憾的是,你太傻了。"听了皮罗的话,侍女很是气愤,回去照原话跟夫人说了,夫人叫苦不迭,差点都活不下去了。过了几天,她又对这个贴身侍女说:

"卢斯茹,你要知道,一棵橡树不是一下就可以砍倒的。想不到那个人竟然对他的主人竟然如此忠诚,而不惜让我伤心,我看你可以再找一个合适的时机,再去跟他说我的心意,你要尽力帮我完成这件事情啊。假如还是无法成功,我可真的就要没命了。我看他一定是觉得我们是在试探他,所以我向了求爱,反而会让他恨我。"

那丫头宽慰了她一会儿以后,又去找皮罗。皮罗这天看起来很高兴,于是,她便对他说:

"皮罗,前几天我找到你,跟你说了夫人的心意。为了你,她现在很难过。现在我再跟你说一遍,假如你还是和上次一样,说话那么无情,她估计就性命难保了,我看你还是去安慰一下她吧。一直以来,我都觉得你是一个绝顶聪明的人,如果你依旧那么执拗,那我就真的觉得你是一个傻瓜了。假如可以让这样一位尊贵的夫人爱上你,天下还有什么事情更让你骄傲呢？你可要好好地感谢一下命运之神才好。她让你这样一件美事成真，让你不致浪费美好的青春，你还可以得到物质上的回报。你要聪明一点儿，好好想一想，哪个小伙伴有你这样的好运，你只要给她爱情，你就可以收获你想要的一切，武器马匹、金银首饰等。

"所以我希望你认真听我所说的话，你回去好好想一想。你要记住命运之神用心对待一个人，不会给太多次机会的，如果大好的机会降临到这个人头上，这个人竟然没有抓住，以至于后来变成一个穷光蛋，那他就只有怪他自己，而和命运之神无关了。更何况遇到这样的事情，主仆之间，根本不用像亲友之间那样把忠诚挂在嘴边。主人如何对待仆人，仆人也可以如何对待主人。如果你有一个妻子或是母亲、女儿或姐妹长得很美，入了尼柯特拉多的眼，你觉得他也会像你一样这么忠诚，考虑到主仆之情，而不去招惹他的妻子吗？如果你觉得他也会像你一样，那你就更傻了。他一定会去讨好她们，赢得她们的芳心，如果再不能如愿，他宁愿采取粗暴的方式。既然他们这样对我们残酷，我们又何必以德报怨呢？命运之神向你敞开大门，千万不要又关上了，而是应该主动走上前。实话跟你说吧，如果你不这样做，夫人是肯定活不下去了，即便是你自己也会懊悔终生呢。"

卢斯茹第一次跟他说过那样的话以后，皮罗其实早就在心里盘算了很久了，最后他想好，假如她下次再来，他一定要换一些说辞，试探一下夫人的真心，如果他确信夫人并不是在试探他，那他就决定让夫人如愿以偿。于是他就说道：

"卢斯茹，我知道你所言不虚，可是我也知道老爷是个聪明人，我只担心老爷让我负责所有的家务，却又不完全放心，所以才让夫人来打探一下我对他是不是忠心。可是如果她能够做到这样三件事情，我就不会再担心了，不管她叫我做什么事情我都会答应。我要她做的三件事情就是：第一就是当着尼柯特拉多的面，杀掉他那只最心爱的鹰；第二，把尼柯特拉多的一绺胡子送给我；第三，把尼柯特拉多的好牙齿送给我一颗。"

卢斯茹觉得这三件事实在是太难做到了，对于夫人来说更是如此。可是爱情的力量多么伟大呀，它又擅长让人想出各种计谋，所以夫人决定试一下，马上就派那个丫头去找皮罗，对他说，她一定可以尽快办到他所说的这三件事情的。她还说，虽然她觉得尼柯特拉多很聪明,可是她保证她可以当着他的面和皮罗寻欢作乐,而成功地骗过他。

于是,皮罗就等着看这位夫人会怎么做。

几天以后,尼科特拉多按照他一直以来的行事风格,摆了很大的宴席,请了几位好朋友来一起吃饭。吃完饭后,收拾餐桌,身穿一件绿色的织锦缎袍子、戴着华丽首饰的丽迪娅从房里来到客厅,当着皮罗和众宾客的面,把尼科特拉多的那只鹰脚上的锁链打开,似乎让它待在自己的手上一样,然后提着它的脚,用力摔向墙面,一下子就把它摔死了。

尼柯特拉多大叫道:"妻子,你为什么要这样做?"

她没有回答,而是转身对众宾客说:"各位,假如我遭到一只鹰的欺负,我都不敢报仇,那么,如果我遭到一个国王的欺负,我就愈加不敢报仇了。大家都知道,这只鹰占用了太多我们夫妇欢乐的时间,只要天一亮,尼科特拉多就起来走了,拿着这只鹰,骑上马到平原上去了,只留下我一个人孤零零地睡在床上。我早就想杀死它了,所以一拖再拖,只是想当着你们的面把它杀死,让你们能给我主持公道,我相信各位一定不会放我失望吧。"

贵宾们听了这话,都相信她非常爱尼科特拉多,哪猜得到她有其他的心思啊,所以都笑着对那个生气的丈夫说:

"尊夫人受委屈了,把这只猎鹰摔死出出气,这件事也没什么不对的呀!"

等他夫人回到卧室以后,宾客们又借机说了很多插科打诨的话,尼科特拉多也不由得笑了起来。看到这一切,皮罗心想道:"夫人这第一件事真是做得太好了,我已经感受到了她对我的爱,希望她能坚持下去!"

丽迪雅摔死这只鹰没多久,有一天,她在卧房里和尼科特拉多嬉戏打闹。尼柯特拉多把她的头发揪住玩,她借机把她丈夫的一小撮胡子使劲拉下来了——把皮罗要求她做的第二件事完成了,尼柯特拉多吃痛,她便说道:

"你怎么痛成这个样子?就是因为我扯了你几根胡子吗?你都知道痛,那么你刚刚扯我的头发我就不知道痛吗?"

他们两人就这样欢笑着打闹着,他妻子小心翼翼地保管着那一绺胡须,当天就给他的情人送了过去。

她已经完成了皮罗要求她办的三件事中的前两件,现在只剩下最后一件了,而且这一件事最难的。幸运的是,她天生就很聪明,如今因为爱神的眷顾,她的脑子变得更加活跃,很快就想出来一个好计谋,完成了这件事。原来,尼柯特拉多身边有两个小童,出生于大户人家,他们的父亲之所以把他们送到他家,就是为了让他们学习绅士的礼节。尼柯特拉多每次吃饭的时候,他们两人一个帮尼柯特拉多切吃的,另一个帮他倒酒。丽迪娅找来这两人,对他们说,他们嘴里有一股臭味,因此当他们侍候老爷吃饭时,应该尽量把头仰向后面,而且对他们千叮咛,万嘱咐,不可把这件事告诉给其他人。两个小童深信不疑,果然按照她所说的做了。没过多久,她又对她的丈夫说:

"你有没有发现最近那两个小厮伺候你吃饭时,和平常有什么不同?"

尼柯特拉多回答道:"没错,我发现了,我正要问问他们为什么要这样。"他妻子说,"你不需要问他们,我就可以告诉你。之前我怕你伤心,因此一直没有告诉你。可是现在既然人家都看出来了,所以我就不需要再瞒着你了。跟你说吧,他们之所以掉过头,是因为怕你口臭。我也不知道这是怎么了,之前你并没有口臭啊。可是这个毛病真的很让人头疼,因为你交往的都是达官贵人,必须得想办法治疗一下。"

尼柯特拉多说道:"这到底是因为什么呢?难道是因为我嘴里有一口烂牙吗?"

"可能是吧,"丽迪娅边说边把他拉到窗前,叫他把嘴张开,看看这里又看看那里,之后大声说道:"天哪,尼柯特拉多,你怎么容忍了这么久啊?我看你这边这个牙齿不仅坏了,而且已经腐烂了,假如你不管它,还让它这样长着,还会影响两边的牙齿的,我劝你还是趁早把它拔了吧,免得越来越糟糕。"

"既然你这样想,"他回答道,"那我也没什么意见,那我马上就请个牙医过来帮我拔吧。"

他妻子说:"我以天主的名义,劝你还是不要请牙医来了,我就可以代劳,更何况牙医拔起牙齿来太狠心了,把你交给他们折腾,我怎么也于心不忍,还是让我亲自来操作吧,假如你实在太痛了,我就可以停下来,牙医师可做不到这一点。"于是她就命令仆从拿来所有手术用具,又打发走了房间里所有的人,只留下卢斯茄一个人。然后她把房门闩上,叫尼柯特拉多躺在一张桌子上,把钳子放进他嘴里,由那个丫头用力地按住,她亲自动手把他的一颗牙齿拔了出来。他痛得直叫唤,她也不管不顾。接下来,她就小心地收藏起了这颗牙齿,又把提前准备好的一个腐烂的牙齿拿出来给他看,还说道:"瞧,你这颗牙齿已经烂了好久了。"尼柯特拉多尽管痛得要死,嘴里埋怨个不停,可还是相信了她的话,觉得自己的牙病已经好了,两个妇人好心地安慰了他一番,后来他不再那么痛了,才从房间走出去。

他妻子马上把这颗牙齿给他的情人送去了,他这才相信他是真的爱她,答应让她称心如意。这位太太每天的日子太难熬了,恨不得马上就跌入他的怀中,却还准备实现她曾经对他许过的诺言,进一步得到他的信任。因此有一天,她就假装自己生病了,吃过午饭以后,尼柯特拉多来看她,身边的随从只有皮罗一个人。夫人只说床上太困了,太闷了,要丈夫陪着她到花园里去走走。他就和皮罗两个人一左一右地搀扶着她,把她带到花园里,让她在一棵大梨树下的草地上坐着。坐了一会儿以后,他就按照提前和皮罗讲好的方法开口说:

"皮罗,我好想吃个梨子,你上去帮我摘几个下来吧。"

皮罗赶紧爬上树上去摘了几个梨子下来,可是忽然,他说道:

"老爷,你在干什么?太太,你在我面前怎么能干出这样的事来呢?一点儿都不觉得羞耻吗?难道你们真的当我眼睛瞎了吗?刚刚你还在生病,怎么一下子就好了,可以做这样的事情了呢?你们要做这种事去卧房里多好呀,干吗要当着我的面。"

夫人转头问她的丈夫:"皮罗在说什么呀?难道他精神失常了吗?"

只听得皮罗说:"我可没有精神失常,太太,难道你真的以为我眼睛瞎了吗?"

尼柯特拉多听得一脸茫然,说道,"皮罗,我看你是在做白日梦吧?"

"老爷,"皮罗说,"我怎么会是在做梦呢,你们也不在做梦,你们刚刚动得太厉害了,如果这棵梨树也像你们那样的话,恐怕树上的梨子全都自己掉下来了。"

他妻子说:"这究竟是怎么回事啊?难道是他的眼睛出了问题,真的看到了这样的情形吗?老天爷呀,假如我的身体是好的,我也要爬上去看看,他说的这种奇事到底是不是真的?"

这时皮罗还在梨树上假装胡说八道,尼柯特拉多把他叫下来,他就下来了。尼柯特拉多问道：

"你说你刚刚都看到什么了呀？"

"你肯定把我当成一个傻瓜了吧。"皮罗说，"刚刚我看到你压在太太身上，所以才说给你听的。等我从树上下来以后，我才看到你们起来了，规规整整地坐在这里。"

"你肯定是神经出问题了，"尼柯特拉多说。"你到树上去以后，我们一直在原来地方坐着，根本没有动过。"

皮罗说："你为什么要争辩呢？我亲眼看到了还会有假吗？假如是真的，那么刚才我的确看到你压在太太身上呀。"

尼柯特拉多越听越觉得惊讶，终于说道：

"我倒要看看这棵梨树难道是被妖魔附体了，是不是谁爬到这棵树上都会看到这种奇怪的事情。"

于是，他就爬到树上去，他刚一上去，他妻子和皮罗就开始动起来了。看到这样的情景，尼柯特拉多大叫道：

"你这个无耻的女人，你在干什么呀？皮罗，我如此相信你，你为什么要这样做？"

说着，他就从树上下来了，他妻子和皮罗同时说道：

"我们不是像刚才一样好好地坐在这里吗？"

见他真的下来了，一对情人赶紧坐到原来的地方。他回到地面上以后，看到他们正在原来的地方坐着，又狠狠骂了他们一顿。皮罗说：

"尼柯特拉多，我承认你刚刚所说的是真的，我在树上看到的也是这样的。我之所以这样说，是因为我知道你在树上所看到的情景和我刚刚看到的一样，也是错觉。我说的都是实话，你只要好好想一想，你太太是个最体贴、最纯洁的女人，如果她真的要让你颜面扫地，她肯定不会当着你的面啊，至于我自己就不用说了，我更不可能当着你的面做出这种没羞没臊的事情，哪怕我有一丝邪念，你也可以马上杀了我。如此看来，一定是这棵梨树出了问题，所以才会让我们产生错觉。因为我绝对不会做这样的事，也从来没有产生过这样的邪念，而你却说你看见我这样做了。如果不是听见你说，我即便是死也不会相信你刚才没有同你太太那个了。"

他妻子这时也佯装生气的样子，站起来说道：

"你这个该死的，你觉得我会这么傻吗？会在你面前做这样的事情，你怎么还好意思说得那么生动，说你亲眼看到了呢。实话跟你说吧,我要是做这样的事情,也自然会找个卧房去做,绝对不会到这来,如果我想要瞒着你,你也根本不可能知道。"

听了他们的话,尼柯特拉多觉得他们说得也很有道理——没错,哪怕他们要做这种事情,也不敢当着他的面做呀。于是,他不再骂他们,而是开始说这件事是多么奇怪,怎么一个人爬到那棵梨树上了,就会产生这样的幻觉,事物全变样了。可是他妻子依然表现出很生气的样子,怪她丈夫不应该怀疑她,说道:

"我可绝不允许这棵梨树再来毁灭我的名声了,或者让其他姐妹们的名声也被毁了。皮罗,快去拿斧子来砍掉它,给我们二人出口恶气——最好拿斧子把尼柯特拉多的脑袋也砍掉,因为他这颗脑袋太糊涂了,竟然那么轻易就被骗了。尼柯特拉多呀,哪怕你当真看见了你所说的那种事情,可是你只要好好想一想就不会信以为真啦。"

皮罗立刻把斧子拿来,把梨树砍倒了,那位太太看见梨树倒了,就对尼柯特拉多说:

"现在这个毁坏我名誉的敌人被砍倒了,我也不生气了。"

尼柯特拉多又说了很多好话,她才原谅了他,叫他以后不许再这样胡说八道,因为她太爱他了,甚至于超过爱她自己。那个可怜的、被蒙蔽的丈夫,便跟着她和她的情夫一起回到房间去了。自此以后,情妇和情夫便肆无忌惮地在一起欢乐,愿我们也能享受到这样的福分。

故事十

> 两个好朋友都对一位太太倾心不已,其中一个还是她的孩子的教父。后来,那教父先一步而去,根据生前的承诺,到阳间去给他朋友说阴间的事情。

听完故事以后,对于那棵无故被砍掉的梨树,小姐们都觉得很可惜,等她们惋惜结束,国王看到只有他自己还没有讲故事了,于是就开口说道:

但凡贤明的国王,不管自己制定了什么法律,自己都要先做好榜样,严格遵守,这个道理再明显不过了。假如他自己都不能做到,他有什么资格被叫作国王呢?不是应该被当作奴隶加以处罚吗?身为你们的国王,我不可避免要犯这个罪,遭受指责了。本来今天的这个故事内容是我自己规定的,我原本是打算和你们讲一样的故事的,可是现在,你们不仅把我之前准备讲的故事讲了,还讲了不少更好听的故事,我就算是想破脑袋,也讲不出同种类型的故事了。我只能违背我自己立下的法令了,在这里,我先向你们请罪,只要你们让我行使特权,我甘愿接受你们给我的任何处罚。

亲爱的小姐们,艾莉莎所讲的那个教父和教子的母亲私通的故事,还有那个锡耶纳人蠢笨至极的故事,都非常好,也让我联想到另一个锡耶纳人的故事,只是今天我们所讲的故事的主题是"娇妻戏弄傻丈夫",我这个故事不太切合主题。尽管这个故事里的不少事情不值得你们相信,可是有些地方还是值得细细揣摩的。

从前锡耶纳市有两个青年人。一个叫作丁戈丘·明尼,另一个叫作梅乌丘·第·都拉。他们都住在朴塔萨拉区,彼此过从甚密,却不大与他人来往,看来交情极深。他们也和一般人一样,常常一同上教堂去听讲道,听了许多因果报应的故事——生前行善,死后享福,生前作恶,死后受苦。他们极想弄明白这种因果之说是否确凿,可惜又想不出好办法,只得彼此约定,并郑重发誓:两人之间不论哪一个先死,都得回到阳间来,把阴间的情形说给另一个人听。

两人说好以后,彼此之间的关系依然很密切。后来,丁戈丘成为坎坡莱基地方安布鲁周·安塞明尼的儿子的教父。那个孩子的母亲是位非常可人的太太,名叫密达。丁戈丘时常和梅乌丘一起去探望她,来往的次数多了,情不自禁地爱上了她,也将宗教上的名分抛到了一边。没想到,梅乌丘见到那位太太以后,也对其一见倾心,再加上朋友又对她极尽赞美之词,也爱上了她。双方都没有说出自己爱慕那位太太的心思,可是为什么没有说出来,两人有着不同的理由。丁戈丘之所以没有告诉梅乌丘,是因为他觉得自己爱的人是教子的母亲,不能做出有损身份的事来,如果被别人知道了,那就太惭愧了,而梅乌丘之所以没有告诉丁戈丘,是因为他发现他的好朋友也爱上了那位太太。他想:"假如我跟他说了我的心事,他肯定对我妒忌有加,更何况,他还是那位太太的孩子的教父,他肯定会在她面前中伤我,让她离我远一点儿,那我就更加难以得到她的芳心了。"

事情发展成现在这个样子,两个青年都将一腔爱恋深埋于心。后来,因为丁戈丘有更多的机会和那位太太亲近,再加上他不惜采取任何手段,甜言蜜语不知道说了多少,终于征服了那位太太。没过多久,梅乌丘就发现了他们俩之间的私情,尽管他非常沮丧,可还是没有死心,心想总有一天自己也可以得偿所愿。因此,表面上,他依然装作毫不知情的样子,以免丁戈丘坏了他的好事。于是,两个青年中的一个得意忘形,另一个则失意至极。那丁戈丘既然找到了一块安乐的土地,自然免不了辛勤劳作,最后累倒了,没过多久,因为病情越发严重,最后就撒手大寰了。

他死后的第三天晚上,根据他们之前达成的约定,来到了梅乌丘的卧房(可能他的亡魂没办法早一步来)。梅乌丘刚好睡着了,他唤了他一声。梅乌丘醒来问道:

"你是谁?"

他回答道:"我是丁戈丘,根据我们之前达成的约定,我来把阴间的消息告诉你。"

看到他,梅乌丘不由得有点惧怕,可还是大起胆子问道:

"欢迎你,老兄!"接着又问他灵魂还在吗。

丁戈丘说:"如果某样东西掉了就再也找不回来了。假如我的灵魂已经没有了,就到不了这里了。"

"哎,"梅乌丘大声说道:"我不是这个意思。我是问你有没有和那些犯了罪的灵魂在一起经受磨难。"

丁戈丘回答道:"那倒没有,可是我活着时造了不少孽,因此现在正在经历磨难。"

梅乌丘把人们经常造的孽一样样说给丁戈丘听,问他一个人活着时犯了哪样的罪,会到什么样的处罚。丁戈丘都一一告诉他了。梅乌丘又问他在这人世间,他还需不需要给他帮什么忙。丁戈丘说有的,于是就请梅乌丘给他捐献弥撒、做祷告,以他的名义对穷人进行救济,因为这样做会极大地有利于死者。梅乌丘说,他很愿意帮他。丁戈丘正准备走时,梅乌丘想到他曾经和那个教子的母亲私通,于是问道:

"丁戈丘,还有一件事我想问你。生前,你和亲家相好,死后会受到什么样的处罚?"

丁戈丘说:"老兄,我一到阴间来,就遇到了一个男人,他似乎非常了解我生前所犯的罪孽,他带我来到一个地方,让我在重刑的拷打下痛哭不已,忏悔自己所犯的罪,在那里受苦的人不止我一个,还有很多人。我们都站在一起,我想到生前和我教子的母亲那段私情,吓得瑟瑟发抖。尽管当时我已经被一片火焰包围,全身上下都被烧坏了,我还觉得我还要经历更大的痛苦。我身边有个人看到我这样,就对我说：'你在火里还抖成这样，到底是什么原因？'我说：'朋友，在我还活着时，曾经犯了一桩滔天大罪，可能难逃严厉的处罚。'他问我究竟犯了什么罪，我说：'我和我教子的母亲有私情，过度放纵自己，所以才会英年早逝的。'于是他就开始嘲笑我，对我说：'没关系的，你这个傻瓜，不需要担惊受怕，这里并不管这档子事。'听了他这话，我才把心放到肚子里。"

后来，太阳快出来了，他说道：

"梅乌丘，天主保佑你，我先走啦。"

说完，他就消失了。

梅乌丘听说阴间并不管教父教母之事，不由得笑话自己的傻，竟然将好几个原本可以搭上的女亲家都放弃了。自此以后，他才没有了从前那种不知道来世的想法，在这件事上变得精明了很多。如果前边那个故事里的里纳尔多教士知道这一点，那么，他就不会在讨好教子的母亲时，把那套三段论法搬出来了。

这时太阳即将落山，刮起了风，国王已经把故事讲完了，就把王冠取下来，戴到劳蕾塔头上，对她说：

"小姐，现在我把花冠交给你，这正好吻合你的名字。你觉得大家可以如何寻欢作乐，你就以女王的名义下令吧。"说完，他再次坐了下来，下一任女王则是劳蕾塔。

做了女王以后，劳蕾塔叫来总管，命令他提前在山谷里摆好饭桌，大家早点把饭吃完以后，回去就不用那么着急了。接着她又告诉总管在她担任女王期间，他要做些什么。之后她就转身对大家说：

"昨天狄奥内奥把我们今天的故事主题定作妻子戏弄丈夫，如果我愿意被人视为一个迫切想要报复的小人，我一定会把明天的故事主题定作丈夫戏弄妻子。可是有必要这样做吗？我现在命令每个人都想一个这样的故事，要么是男人戏弄女人，要么是女人戏弄男人，要么是双方互相戏弄。我觉得，这个主题肯定和今天的故事主题一样有意思。"

说完以后，她就让大家自由活动，到吃晚饭的时候再聚到一起。于是，小姐们和少爷们就都起身了，有的赤脚去清泉中娱乐，有的在树林中悠闲地散步。狄奥内奥和菲亚梅塔合唱了一首《帕拉蒙和阿茜蒂》二重唱。大家都各自玩耍，尽兴极了。直到晚饭摆好了，大家才坐到湖畔的桌子边开始享用美食,百灵鸟悠扬的歌唱声传了过来,也没有蚊虫的侵袭,微风习习,好不惬意!

晚饭吃完以后,餐桌被撤走,太阳还高高挂在天空,大家又在美丽的山谷里转了一圈,之后遵照女王的意思慢慢回到住宅。一路上大家欢歌笑语,要么说到了白天里所说的那些搞笑的故事,要么漫无边际地闲谈。到达别墅时,天还是亮的,他们又吃了些冷酒和糖果,卸去疲惫以后,马上在清泉边翩翩起舞,廷达罗吹风笛给他们伴奏,有时候还有其他乐器。一会儿以后,女王叫菲洛梅娜唱支歌,于是,她便开始唱了:

啊,我这日子过得也太孤独了吧?
这一生能不能幸运地
赎回命运曾经拿走的美好?

这份幸运我怎么说得好?
我心里燃烧着激情,
只希望能故地重游,重温旧情,
啊,我的爱人,我不变的归宿,
我的整个心灵都在你的操控之下,请你告诉我,
我会不会这么幸运?我不想去向别人打听。
啊,掌控我心灵的人,带给我一些期许,
抚慰我落寞的心灵。

我每天都心神不宁,
一团渴念的火焰燃遍全身,
这火焰我看得到、听得到、摸得到,
它愈烧愈旺,从没有停歇,
自此以后我日渐憔悴,
再也无法忍受这样的苦楚。
只有你才能拯救我,
让我的心愿得以达成。

告诉我我们还能不能见面?
会在什么时候见面?

我要千万次地吻你那勾魂的眼睛，

啊，亲爱的人儿啊，你赶紧来安慰我吧！

我愿把时间缩短，

等你回来时，又把时间变长，

永远厮守在一起，

我无尽地相思，根本顾不了别人的闲言碎语！

后悔当初不懂事，

把笼中鸟放走了，

如果这一次你回来，

我一定会更紧地抓住你，

无论天地如何变幻。

我还要不停地吸吮你嘴唇上的蜜汁。

啊，你赶紧回来吧，爱人哟，

因为对你的思念，我已经唱了一早上了，

我在这里先不说别的话啦。

听了这支歌，大家都觉得菲洛梅娜有了美好的恋情，她的歌词还告诉大家，她已经品尝到爱情的真正味道。小姐们无不对她羡慕不已，觉得她今后一定会非常幸福。等到她把歌唱完以后，女王想到明天就是星期五，便温和地对大家说：

"各位尊贵的小姐，还有少爷们，明天就是我主受难日。我记得上礼拜内菲莱任期间，为了对这个日子进行纪念，我们曾经一连两天没有讲故事。我也准备学习内菲莱，觉得明天和后天也不要讲故事，大家在这期间可以好好想想怎么来拯救我们的灵魂。"

大家都一致同意女王这一番忠诚的话，看着时间已晚，女王让大家自由活动，于是大家都去休息了。

第八日

decameron

《十日谈》的第八天由此开始，由劳蕾塔担任女王，主要讲述女人作弄男人，男人作弄女人和男人之间相互作弄的故事。

礼拜日早晨,太阳冉冉升起,黑暗消逝,万物都能清晰可辨。女王起床后,先和大家在露珠经营的草地上散步,到午祷时,又和大家去附近的教堂做弥撒。回到别墅之后,大家享用了午餐,然后又唱歌跳舞,直到女王吩咐大家去休息。等到太阳西斜,大家就按照女王的命令,来到喷泉旁边,开始讲起故事。内菲莱得到女王的吩咐,率先讲起来:

故事一

> 古尔法度向商人借了两百金币后,又和商人的妻子鬼混,然后告诉商人借的钱全部还给了他的妻子。商人的妻子迫于无奈,只能承认。

我很荣幸,天主安排我来给大家讲第一个故事。亲爱的女郎们,我已经讲过很多个男人被狡诈的女人欺骗的故事。现在我想讲一个女人被狡诈的男人欺骗的故事;但是我的目的并不是替女人抱不平,同时批判这个男人;相反,我要批判这个愚蠢的女人,歌颂那个狡诈的男人。借机让大家明白,女人和男人之间可以互相欺骗。某种程度上来说,也不能用欺骗来形容,只是以牙还牙罢了。这样说的原因是:

一个女人珍惜自己的清白就像爱护自己的生命一样,这是值得肯定的。话虽如此,容易动摇却是女人的通病,因此是很难做到这一点的,所以我认为,女人如果因为金钱失去了清白,就应该接受火刑。如果因为爱情选择了牺牲清白,而判决的法官又比较仁慈,应该会和之前菲洛斯特拉托告诉我们的有关菲莉芭太太的案子那样,不会得到惩罚。

从前有个人叫古尔法度,他身材高大,是米兰那里的德国雇佣军人,他对雇主忠心耿耿,这样的德国人并不常见。别人把钱借给他,他每次都能按时偿还,所以别人很信任他,每次他缺钱的时候,大家都愿意借给他,利息也不高。在米兰的时候,他倾心于一个富人加帕罗洛·卡加特拉丘的妻子。富人和古尔法度是好朋友,他的妻子叫安勃罗佳,非常迷人。他小心翼翼,把这份感情藏在心里,因此富人和其他人都不知道这件事情。终于,他无法控制自己,私下写了一封情书给她,还说只要她从了他,无论让自己做什么都愿意。

那个女人推脱了几次后表示,她可以满足古尔法度的欲望,但是有两个前提条件,第一,这件事情只能他们两人知道,不能泄露给其他人。第二,古尔法度经济上比较宽裕,希望可以拿出两百金币给她。如果他能满足这两个条件,她也会同意他的请求。

看到她对金钱如此渴望,古尔法度才意识到自己错看了她,对她完全失去了好感,就想教训她一下。因此写信告诉她,他可以满足她的两个条件。还说,他甘心做任何事情,只要能够得到她,只要她有时间,他会把钱交到她手里,他们两人之间的事情,也只有和他关系亲密的朋友知道,一定不会泄露出去。

那个女人——或者可以这样称呼她,那个恬不知耻的女人,听到这样的回话十分高兴,就告诉他,她的丈夫不久会离开家,到时候她会通知他。古尔法度趁富人还未离开,就去找到他,对他说:"我遇到了一点儿困难,需要两百金币解燃眉之急,想和你商量商量,这次的利息能不能和之前的一样?"

加帕罗洛立刻把钱借给了古尔法度。几天以后,他真的离开了家。他的妻子立刻告诉了古尔法度,让他去家中私会,另外别忘了带上两百个金币。古尔法度和朋友一起到了她家,见面以后,首先就是让朋友做证,亲手交给她两百金币,然后对她说:

"太太,这些钱现在交给你,之后请转交给你的丈夫。"

那女人丝毫没有疑心他说的话,把钱接了过来,心里还猜想他之所以这样说,是因为朋友在场的原因,是为了隐瞒这笔钱的真正用途。于是她回答:

"一定会的,但是我现在要清点一下这些钱。"

然后她把钱都倒在桌子上,一一清点,不多不少正好两百金币。她难掩心中的喜悦,刚把钱收起来,就想满足古尔法度的欲望,立刻把他请到了自己的卧室。不单单那一次,在她的丈夫返回之前,他们还私会了许多次。

她的丈夫回家以后,古尔法度计算好日子,就和朋友一起去见了那位富人,当着那位太太的面说:

"先生,前段时间你把两百金币借给我,我已经把钱还给了你的太太,因为未曾派上用场,两百金币分文未动,现在我不再欠什么了。"

加帕罗洛回过头来向妻子确认。因为他是带着证人来的,她无法否认,只好回答:"的确如此,他已经把钱还给了我,我完全忘记了这件事情。"

那富人回答:"古尔法度,我知道了。你不再欠我什么,后会有期吧。"

古尔法度离开以后,她只能无奈地把这笔肮脏的钱交还给丈夫。如此一来,那人耍了个计谋,就把贪财的女人玩弄于股掌之间,甚至一分钱都没花。

故事二

一个农妇被教士诱骗强奸了,把教士的外套留下当作抵押,然后教士又向农妇借了一个石臼,把石臼还给农妇的时候顺便把抵押品也要了回来。女人无可奈何,只能照做。

所有人在听了内菲莱的故事后,都认为古尔法度的行为值得赞扬,因此女王面带微笑转过头来,让潘菲洛继续说另一个故事。于是他这样说:

亲爱的女郎们,我们总是被一种人欺负,却无能为力——教士就是这种人。他们总是觊觎我们的妻子,就像十字军东征那样,如果我们的妻子没能坚守,他们觉得这样的功绩就像把一个被捕的苏丹从亚历山德利亚押到了阿维尼翁,这样的话,无论罪孽多大也显得异常渺小,甚至可以忽略不计。然而我们这种平凡之人无能为力,只能在和教士有关的其他人身上发泄怒火。接下来我要讲的是一个爱情故事,是关于一个乡下教士和乡下女人的,故事很短,但是只有在故事最后才能找到乐趣,故事讲完以后,你们就能够明白,教士说的话一句也不能相信。

距离这里很近的地方,有个叫伐伦谷的村子——大家应该听说过这个村子——村子里的教士年富力盛,只侍奉太太小姐,非常伟大。虽然教士认识的字很少,但是每到周末的时候,他就在榆树那里告诉教民做人要善良处之。等到有人离开家时,教士就带着圣水和蜡烛去拜访人家的妻子(没有教士像他这样趋炎附势),为她们祈祷,还把从市场买来的东西作为礼物送给她们。

他看中了女教民中的一个妇女,她的名字是白科萝莱,丈夫是农民本蒂维涅·台尔·麦索。她看起来很健壮,皮肤微微有点褐色,任何一个女人推磨子都比不过她。她还擅长玩小手鼓,"流水峡谷"这首曲子是她拿手的。她跳舞旋转的时候,手里的丝巾也开始飞扬,任何女人都不能与她相比。教士完全痴迷于她,为了能够见到她,教士每天都在村子里宣讲。礼拜天早上的时候,只要白科萝莱一出现在教堂,教士一定会大声歌唱有关主的赞诗,就像马叫的声音一样,只是为了在她面前一展歌喉,如果没有等到白科萝莱,教士唱赞诗的时候就显得有气无力。对他的行为,农妇的丈夫还有邻居都没有察觉。

他经常给白科萝莱送东西,只为了能够得到她的欢心,有一次,他把自己亲手栽的大蒜送给她,听说村里找不到比这更好的大蒜了。后来又断断续续给白科萝莱送了豌豆、虾夷葱、青葱。他们单独待在一起的时候,就暗送秋波,可是白科萝莱假装不明白,对他不理不睬,所以教士的意图一直没有达到。

一天中午,本蒂维涅赶着驴子出村,碰巧遇到了在村中闲逛的教士。教士问他打算去哪儿,本蒂维涅说:

"不瞒你说,神父,我要去城里请蓬纳科利·达·纪内特莱托为我的诉讼案辩护,这些都是给他的东西,我莫名其妙地收到了法院的一张传票,让我去法院办理案件。"

听到本蒂维涅这样说,教士非常开心,就对他说:"亲爱的,你这样做是正确的。我为你祈祷,希望你的案子能早点结束。假如你碰到了拉浦丘和奈亭诺,让他们记得送还我用在连枷上的皮带。"

本蒂维涅毫不犹豫地答应下来,然后就离开了。教士想趁机去找白科萝莱,因此他径直往她家走去,刚踏进门就大声叫道:

"万能的主啊!有人在吗?"

白科萝莱听到他的声音,从阁楼上把伸出头来说:"原来是神父啊,很荣幸您能来!这么热的天,您到这里来是有什么事情吗?"

"因为天主的引导,"他说,"刚才遇到你的丈夫离开村子,我的目的就是为了陪伴你。"

白科萝莱从阁楼上下来,拿起一把椅子,然后慢悠悠地筛着从连枷上打下来的黄芽菜种子。过了一会儿,教士说:

"唉,你一直这样对我,白科萝莱,难道想让我去死吗?"

她觉得奇怪,回答道:"我什么也没做,你怎么会这么说呢?"

"你的确没做什么,但是天主都同意的事情,你一直没有同意。"

"你说的什么话!"白科萝莱大叫,"这样的事情神父也会做吗?"

"的确,"教士回答,"怎么不能呢? 我们和其他男人没有区别,当然也做这种事。另外你要知道,我们一直保存体力,所以这个活儿没人比我们做得好。不管怎么说,你会得到无尽的好处,只要你愿意。"

"无尽的好处!"她叫道,"所有的神父都视财如命。"

"怎么你才能相信呢?"神父问,"你可以说出你想要的。什么是你想要的? 鞋子、丝带,或者羊毛腰带?"

"谁稀罕!"白科萝莱大声叫道,"我什么也不缺,假如你对我是真心的,我可以同意你说的事情,但是前提是你要做一件事情。"

"尽管吩咐,我肯定照办。"神父说,"你想让我做什么?"

白科萝莱回答:"礼拜六我要去交纺好的羊毛,还要去修坏掉的纺车,所以要去趟佛罗伦萨城。如果你愿意把五个金币借给我——这对你来说并不算难事,我就能够把我的袍子和裙子从典当铺赎回来,如果赎不回来,我无法去任何地方,包括教堂。如果你愿意,之后一切我都听你的。"

"请天主保佑!"教士说,"我现在无法拿出五个金币。但是,我怎么会不实现你的愿望呢? 不要怀疑,礼拜六之前,我一定亲手把五个金币交到你的手上。"

"那就说定了,"白科萝莱回答,"你们神父从来都只是说说而已,之后假装一切没有发生。我和琵莉莎不一样,不会轻易上当受骗。天啊,如此说来,琵莉莎还比不上一个妓女。一切都等你拿了钱以后我们再讨论吧。"

"不要这样,"神父大喊,"让我待在这里。现在家里没有其他人,如果我先回去,我们的好事一定会泡汤。这样的时机很难再遇到了。"

但是她说:"既然如此,一切由你自己决定。"

事情发展到现在,教士知道她非常坚决,一定不会退让,他必须先有所表示,才能如愿以偿,于是转变态度,说:"唉,你一直怀疑我,既然如此,我以这件绸斗篷作为抵押,这样也能让你安心。"

白科萝莱抬起头来看了一下教士,问道:"真如你所说,把外套抵押在我这儿? 它的价值如何?"

"价值?"教士说,"必须说明一下,这可不是'特里爱'织造的,而是'杜爱'织造的——它被称为'加特爱'的代表。这是我不久之前从旧衣铺的洛多那里买来的,花费了我七个金币呢。根据牛托——他是这方面的行家——的估算,最少需要十二个金币才能买来。"

"真的吗?"白科萝莱大声说,"我从来不敢这样想。那就把它给我吧。"

教士立刻把斗篷给了她,他已经急不可耐了。白科萝莱收好斗篷,说:

"跟在我后面,神父,干草棚是个好地方,不会有人打扰我们。"

一进去,教父就一个劲儿吻她,人世间很难见到这样的热情,许久以后,他才离开。他身上只穿着件法衣就回到了礼拜堂,就像去主持了婚礼一样。

事情过去以后,他静下心来仔细思考,他一年收的蜡烛头还不够五个金币的二分之一,所以开始心疼起这五个金币。他的脑筋原本就转得快,没过多久就想到了躲过这次损失的办法。正逢第二天是一个节日,他假借平格丘和牛托来家吃早饭需要做调味品的缘由,让一个孩子去向白科萝莱借一个石臼。如他所料,孩子真的从白科萝莱那里借到了石臼。中午的时候,教士想着白科萝莱一定和她的丈夫一起用餐,就叫了一个司事,对他说:

"这是白科萝莱的臼子,你去还给她,并告诉她:'神父记住了她的善行',让她把孩子去借臼子的时候留下的斗篷还回来。"

司事记下这些话,去了白科萝莱家,她的丈夫和她正在用餐。他把臼子放下,复述了教士的话。白科萝莱正准备拒绝司事的请求,她丈夫却愤怒地大叫:

"你怎么能这样做?基督在上,我真想让你尝到教训!快点去拿斗篷,不知天高地厚的女人!之后他要一切都要给他,即使驴子也要给,一定不能拒绝。"

白科萝莱火冒三丈,把斗篷找了出来,递到司事手里,然后说:"麻烦转告神父,就说是白科萝莱的意思,天主为她证明,教士永远不可能再借到她的臼子,这次是她被耍了。"

司事回去把斗篷交给神父,然后转告了白科萝莱的话,教士笑了出来,说道:

"下次你碰到白科萝莱就告诉她,她也无法从我这里借到杵子,如果她坚持这样,我也以牙还牙。"

另外,本蒂维涅以为他的妻子是因为被怪罪才那样说话,于是并没有放在心上。但是白科萝莱对教士恨之入骨，一直到酿葡萄酒那年，也不跟他说话。之后因为教士吓唬她，白科萝莱变得害怕起来，再加上教士把新酒和炒熟的栗子送给她，她才愿意搭理教士。白科萝莱最终也没从教士那里拿到五个金币，不过教士为她的小鼓换了一张新羊皮，还安了个铃铛，她也只能就此作罢。

故事三

　　三个朋友相约去缪诺纳河边寻找宝石，一路上，卡拉德林不停地捡石子，原以为自己找到了宝石，匆匆忙忙赶回家中。没想到被妻子撞个正着，妻子觉得很奇怪，他不由得怒火冲天，狠狠地把她揍了一顿，还在两个朋友面前叫苦不迭，谁知道他才是被朋友们嘲笑的对象。

潘菲洛的故事让小姐们笑得前仰后合，艾莉莎也一样，直到女王叫她接着往下讲，她才正色说道：

各位可爱的姐姐，今天我讲的是一个很有意思的小故事，而且是确有其事，可是能不能讲得像潘菲洛那样让你们大笑不止，我就不知道了。不管怎样，我会非常用心地给你们讲。

一直以来，我们这里都有很多独树一帜的人物，在他们身上发生了很多奇怪的事情。前段时间，城里住着一个名叫卡拉德林的画匠，他是个愚笨且不太合群的人。一个叫勃鲁诺的画匠和一个叫布法马可的画匠经常和他待在一起，这两位都爱戏弄人，而且都非常精明。他们正是看中了卡拉德林的愚昧，才愿意和他交往，这样，他们就有了戏弄的对象。

在佛罗伦萨，还住着一个叫马索·台尔·沙乔的青年，他非常幽默，而且很聪明，总是喜欢想一些奇怪的办法来戏弄人。听说卡拉德林天生愚笨，就想戏弄他一下，让他相信他胡编乱造的话。

有一天，在圣约翰礼拜堂里，这个青年看到了他。当时他正一个人对着祭坛发呆，原来最近台上供奉了一个圣体匣，他这时正专心致志地盯着匣上的浮雕和色彩看。那青年觉得，这正是实行他的计划的好机会。于是他就把自己的计划跟一个朋友说了。两人一起来到卡拉德林的座位旁边，丝毫不顾及他在旁边，大声谈论各种珠宝，只听马索说这种珍珠的好处是什么，那种宝石的优点又是什么，就好像他们很懂一样。

看到他们这样旁若无人地聊天,卡拉德林干脆走过去和他们坐在一起。马素一看这种情形,心里别提多高兴了,兴致愈加高昂了。卡拉德林不由得打断他的话问道,在哪里可以找到他所说的这种具有魔力的宝石?

马素就说这种宝石大多在"本谷地"国,"巴斯克"省的"贝林松"城里可以找到,那里可真是太伟大了,捆葡萄藤都是用的腊肠,花一个铜子就可以把一只大鹅买过来,还会送你一只小鹅。那里有一座高山,全部是用帕马乳酪砌成的,居民一天到晚都无所事事,只是把通心面、炸肉卷放到阉鸡汤里煮成鲜羹,然后随意扔在地上,不管什么人捡起来吃都没问题。附近还有一条小河,河里全是最甘甜的美酒,根本看不到一滴清水。

"哎呀,"卡拉德林大叫道,"这个地方可真不错呀! 可是请你跟我说说,他们把阉鸡做成羹以后,阉鸡又是如何处理的呢?"

"阉鸡都被巴斯克地方的人吃了呀!"

"你去过那里吗?"卡拉德林问。

"你问我有没有去过那里?"马素回答说,"我都去过不知道多少次了。"

"那地方离这里有多远啊?"卡拉德林问。

"有多远啊?"马素说,"恐怕都不止一百万里呢,很远。"

"那照你这么说,那地方比阿布罗齐还远啦?"卡拉德林又问。

"那当然啦,"马素回答,"还要远一点儿。"

卡拉德林原本就很傻,看到马素不像开玩笑的样子,所以就觉得他说的都是真的,于是问道:"遗憾的是这也太远了,我没有那么多钱去,如果近一点儿的话,实话告诉你吧,我是一定会去的,哪怕只是看看他们往地上扔通心面,让我捡起来吃我就觉得很满足了。可是天主保佑你吧,请告诉我,那里究竟有没有具有魔力的宝石?"

"嗯,那可太多了!"马素回答他说,"那里有两种宝石非常奇特,一种叫'赛第涅诺'和'蒙第奇'磨石,这种宝石可以被做成磨子,倒麦子进去就可以得到面粉了。因此那地方有这样一句俗话,说是天主赐予我们恩典,'蒙第奇'给我们磨石。我们这里这种磨石多得很,可是人们却根本不在意,就像那边人根本不在意翡翠一样。说到那里的翡翠玉石,可真是太多了,堆起来的高度甚至超过莫莱罗山,一到晚上,我的天哪,熠熠生辉,真是太好看了! 实话告诉你吧,假如有谁可以把磨石打造成一对光溜溜的宝石,再做成戒指献给那里的萨拉丁,你的要求萨拉丁都会满足你。

"还有一种宝石,用我们珠宝商的说法叫作'鸡血石',这种宝石可真是太厉害了,只要你把这种宝石带在身上,那么就只能你看见别人,而别人却看不见你。"

"这可真是价值连城啊。"卡拉德林说,"可是请问一下这第二种宝石要去哪里才能找到呢?"

马索告诉他,只有在缪诺纳河才能找到这种宝石。

"这种宝石有多大?颜色是什么样的?"卡拉德林又问。

"这种宝石大小不等,大的也有,小的也有,可是颜色基本上都是黑的。"马索回答道。

卡拉德林记住这些话以后,便找了个理由离开了,一心想要去寻找这种宝石,可是他觉得有好事应该和自己的好朋友勃鲁诺和布法马可分享才行。于是这天上午,他就四处去找他们,要他们和他一块儿去寻找宝石,以免被别人先发现了。他找了很久,直到中午过后,才突然想起这两个人在法恩扎女修道院工作。当时正值正午,天气炎热,可他也顾不了这么多了,加上自己又没有其他事情,就赶紧跑到那里去,一看到他们就大声叫道:

"朋友,只要你们愿意听我的,我们就会成为佛罗伦萨首屈一指的富豪。刚刚我听到一位非常可靠的先生说,在缪诺纳河那儿可以找到一种宝石,你只需要带着这种宝石,就不会让别人看见你,因此我想赶紧去那里找这种宝石,以免让别人捷足先登。我知道得特别详尽,所以我相信我们一定可以找到这种宝石。找到宝石以后,我们只需要把它装在口袋里,去到金银兑换商那里,尽管拿他们柜台上的金钱就是,他们根本看不见。那我们不是马上就变成大富翁了吗?再也不需要每天忙不迭在墙壁上涂抹了。"

听到他这话,勃鲁诺和布法马可都不由得想笑,两人互相看了对方一眼,都装作一脸惊讶的样子,说卡拉德林怎么能想到这样一个好办法呢?勃鲁诺又问他那宝石叫什么,可是卡拉德林这个呆子早就忘记名字了,只能敷衍地说:

"我们只要知道它的功能就可以了呀,知道它的名字有什么用?我想我们还是赶紧出发吧。"

"好吧,"勃鲁诺说,"那么它长什么样呢?"

"它有很多种形状，"卡拉德林说，"可是基本上都是黑色的，因此我想我们只需要看见黑色的石子就把它捡起来，总会捡到宝石的。我们就不要再浪费时间了，赶紧走吧。"

"等等，"勃鲁诺说，接着又转过身对布法马可说，"卡拉德林说的的确是对的，可是我觉得我们现在去并不太合适，因为现在正值中午，那缪诺纳河正被太阳直射，那里的石子都被晒干了，即便有黑石子，也被晒成白的了。因此我觉得我们应该明天一大早，等太阳还没有升起的时候再去，那时才能找到黑石子。更何况今天是工作日，一定有很多人在缪诺纳河工作，如果我们这时候去，不就被别人发现了吗？这样他们就会把黑石子都抢光了，我们不是白忙活了吗？假如你觉得我说得没错，那么就按照我说的来吧，我们应该明天早上出发。这样才能分辨出黑石子和白石子，而且必须选在安息日去办，这样我们才不会被人家发现。"

对于勃鲁诺的说法，没有比布法马可更赞同的了，卡拉德林也终于被他们说服了，答应这个礼拜日的早晨三人一同出发去寻找宝石。他又反复告诫他们千万要保密，因为这是别人私底下告诉他的，然后又跟他们说了关于本谷地的各种奇闻怪事，还发誓说这都是真的。

卡拉德林走了以后，两人就开始商议到那天他们应该怎么办。

卡拉德林一心盼着礼拜日赶紧到，那天一到，他早早就起来去和他的朋友会合，一起从圣盖罗城门出发，来到了缪诺纳河，走到河床里面，顺着河流往下开始寻找宝石。卡拉德林一心想要找到宝石，所以在前面走得非常快，一会儿朝东边，一会儿朝西边，只要看到黑石头，就赶紧把它捡起来藏着。

他的朋友在他后面走，偶尔也把一两块石子捡起来。卡拉德林才走了一段路，就在胸襟里塞满了石子，只能把衣服下摆卷起来了（他的衣裳不是根据埃诺式裁制的，因此很宽大），系好腰带以后，一个大袋子就做成了，可是没过多久，袋子也被装满了，只好又把披肩拿过来做成袋子，没过多久，连这个袋子也被装满了。

看到卡拉德林已经装了那么多石子，而且吃午饭的时间也快到了，于是，布法马可和勃鲁诺就决定开始实行他们的计划。勃鲁诺率先问道：

"卡拉德林去哪儿了？"

布法马可明明看到他了，可还是装作左顾右盼的样子，回答道：

"我不知道呀,刚刚不还在我们前面吗?"

"刚刚?说得真是太妙了!"勃鲁诺叫道,"我可以向你保证,此刻他肯定已经回到家开始吃午饭了,却把我们扔在这缪诺纳河里,像个傻瓜一样在这儿找黑石头。"

"唉,"布法马可接过来说,"他先是骗了我们,现在又去骗谁了呀?我们真是全天下最傻的傻瓜,竟然会相信他的话,还专门赶到这缪诺纳河边来寻找什么宝石!"

听到他们的交谈,卡拉德林还觉得自己的运气真不错,已经把宝石找到了,因此,尽管他就在他们身边,他们却没有看到他,心里暗自得意。于是就决定悄悄地回家了。看到他转过身,布法马可对勃鲁诺说:

"我们现在怎么办?我们回去吧?"

"回去吧。"勃鲁诺回答说,"可是我要向天主发誓,自此以后,我们永远都不会再上卡拉德林的当了。假如他现在就像整个早晨一样,就在我们身边,我一定要用石子砸他的脚后跟,也让他有那么一段时间记得他让我们吃的苦。"

他刚把话说完,就已经把手举起来,猛地把石头扔向卡拉德林的脚后跟,痛得他直咧嘴,一下子把那只脚提了起来,可是他依然默不作声,继续往前赶路。接着,布法马可也把他刚刚捡起的一块石头拿在手里,对勃鲁诺说:

"你瞧,这块石头还可以,我真希望它可以把卡拉德林的腰打中。"

他刚把话说完,就把这块石头扔到了卡拉德林的背心上。总的来说,两人一路上就这样不停地对话,还不停地拿石子扔他,直到他们离开缪诺纳河来到圣盖罗城门,才扔掉捡起来的石子,在城门前停留了一会儿,他们提前已经告诉了卫兵们,假装没有看到卡拉德林,直接让他进城。因为这件事他们一个个笑得前仰后合。

卡拉德林就住在马奇那街的拐角处,他刚进城就直奔家的方向。也是很巧,上天注定要让他出大洋相。刚刚他沿着河流回来,这会儿又从街道穿过,竟然一个熟人都没有遇到,也没有谁跟他打招呼——也许这时大家都回去吃午饭了。他的妻子名叫苔莎,是个既美丽又本分的女人。当他拿着那么多石子朝家里奔时,她刚好在楼梯头站着,因为一直等他回来没有等到,心里很不痛快,所以一看到他,就叫骂道:

"你真是的,直到这时人家都吃过饭了,你才回来!"

一听到这话,卡拉德林知道自己的妻子已经看见他了,不由得恼恨无比,大声叫道:

"嗨,你这个贱人,你在这里吗?你把我的法术给毁啦,老天在上,我今天可要给你点厉害瞧瞧!"

他把话说完,就跑到小会客室,悉数倒出袋里的石子,然后非常生气地冲到妻子跟前,一把把她的头发揪住,将她摔倒在地,也不管她不停地向他求饶,只是使出全身的力气,不停地打她,把她打得伤痕累累、体无完肤。

再说勃鲁诺和布法马可在城门边和卫兵开着玩笑,一会儿,就悄悄躲在卡拉德林后面来到他家门前,听到他正在痛揍自己的妻子。于是他们便装作刚从城外回来的样子,大叫卡拉德林的名字。只见他通红着脸,气喘吁吁地从窗口探出头来,请他们上楼。这两个朋友假装被他戏弄的郁闷样子走到屋里,看到屋子里到处是石头,他的妻子被他打得那么惨,卡拉德林自己却把衣裳解开了,非常气愤地倒在另一个墙角里。两个朋友打量了这一对夫妻以后,便说道:

"卡拉德林,你这是什么情况?屋子里怎么堆这么多石头,你是准备建房子吗?"看到卡拉德林并没有回答,就继续说:"这又是怎么说的?苔莎夫人做了什么不对的事情吗?为什么你要打她?这到底是因为什么呀?"

卡拉德林揣着石子走了这么远的路,又对妻子一顿猛揍,希望全部落空了,心里恼恨交加,所以喘气都喘得不太均匀,一时间竟哑然失语。看他不回答,布法马可就一脸严肃地说:

"卡拉德林,你听好了:我不管你生气的原因是什么,可是你也不应该拿我们当猴耍呀,你只是说带我们去寻找什么宝石,你却自己回来了,让我们两个人像傻瓜一样在缪诺纳河里待着,连再见都没有和我们说一声。我们觉得你老兄的德行真的太糟糕了,以后不要再来戏弄我们了。"

卡拉德林上气不接下气地说:"朋友,别生气了,你们误会我了!我——唉,真是太不幸!已经找到了宝石,只要你们听我往下说,就知道我没有骗你们了。刚刚在路上,你们相互问我去哪儿的时候,其实我就在你们身边。后来我看到你们转回来仍然没有看见我,我就在你们前面走,互相之间离得很近,先一步回家了。"

于是他就从头开始说,把自己所说的、所做的全都说了出来,又让他们看自己背上和脚后跟被他们扔石子的时候所留下的伤,然后继续说:"我还可以跟你们说一件事,当我带着这里的那么多宝石进城的时候,那守城的士兵却什么都没有问我,你们要知道,平常这班卫兵可难缠了,他们非要认真地对东西进行检查以后,才会让你进去。来到街上,我遇到了好几个朋友和熟人,原本他们是一定会和我打招呼的,可是刚刚回来他们一句话也没跟我讲,半个字也没有,因为他们没有看到我呀。谁知道到了家里,这个该死的女人竟然冲撞了我,你知道的,无论什么样的宝石,只要一见到女人,那可就完蛋了呀!原本我是全佛罗伦萨最幸运的人,可是如今,我成了最倒霉的人。你想想,我能不出这口恶气吗?这种女人即便是杀了她,我也不会觉得可惜。唉,当时我第一次见她——当初把她娶回来时,就开始倒霉了!"他越说越生气,竟然又要跑过去打她了。

听他说了这些话,勃鲁诺和布法马可也真是能忍,竟然没有笑出来,还要装出极其惊讶的样子,频频点头,证明他说的是对的,后来看见他又开始生气,要动手打他的女人了,才站起来拦住了他。劝他不必要这样,因为这不是她的错。他既然知道宝贝不能碰到女人,那么他就应该提前叫她先躲起来,不要出现在他的面前,只可惜天主没有让他有提前预知的能力,也许是因为他命里就不应该得到宝贝吧,也或者是因为他捡到了宝贝而并没有告诉给他的朋友,却有意不让他们知道,所以才被老天爷惩罚了吧。

就这样,他们一直劝了他好久,才让他和他那一脸可怜的妻子和好如初。于是,他们离开了他家,让他对着一屋子的石头长吁短叹。

故事四

> 费埃索莱的教士想把一个寡妇诱骗到床上,寡妇偷偷地让使女代替她和教士同床共枕。同时为了在教主面前揭露他的丑行,还让兄弟去把教主找了过来。

所有人都因为艾莉莎的故事捧腹大笑,女王让艾米莉娅继续下一个故事,于是她又开始说:

亲爱的女郎们,你们听过了许多故事,全部是我们女人被那群教士调戏欺负,接下来我要说的还是一个有关教士的故事。教会里有关这样的丑闻很难说完，因为实在太多了。这个教士痴迷一个身份尊贵的女人，他竟然异想天开，丝毫不在意别人的看法，但是那个身份尊贵的女人也不是傻瓜，只用了一点伎俩，就让他摔了大跟头。

众所周知，之前的费埃索莱非常繁华——从我们这里就能看到它的山峰。虽然它如今没有了往日的繁华，却一直是个有主教的教区。距离礼拜堂不远的地方，住着一个叫碧卡达的寡妇，她的身份非常尊贵，有一座不太大的宅子和一处田庄。因为缺少钱财，她几乎整年都住在那里。和她一起住的还有她的两个兄弟，他们都文雅知礼。

这位寡妇十分迷人，年纪也不大，常去大教堂。谁料到教堂里的一个教士觊觎她的美色，说了许多难以启齿的话，还想要与她共度良宵。

这位教士虽然年龄很大，却不怎么聪明，他自视清高，蛮横无理，总是看不起其他人，所有的人都不喜欢他。寡妇不但非常讨厌他，甚至都不想看到他。但是寡妇灵活变通，想尽快摆脱教士的纠缠，就故意对他说：

"神父，能得到你的垂怜让我非常开心，我应该把全部的心思都放在你的身上。但是我们不能越界。你代表的是天主，引导我的性灵，并且你的年龄大了，所有的一切都局限了你的行为，何况我的丈夫已经去世，我不能和年轻姑娘相比了。众所周知，清白是一个寡妇必须坚守的底线，因此希望你能理解我，你期待的那种爱我无法满足，我也无法允许自己那样做。"

听了寡妇的话，教士觉得很失落，但是一次的失败不能阻挡他继续前进。教士依旧不知廉耻，不仅给寡妇写情书，还无数次让别人帮他带口信给她，甚至只要看到寡妇来教堂，就想尽办法调戏她。寡妇再也无法容忍教士的行为，暗下决心一定要让教士吃点苦头，不然，还会被他纠缠下去。

寡妇把两个兄弟找来，将教士的要求和她的计划告诉了他们，两个兄弟都表示支持。几天以后，寡妇去找教士。教士一看到她就迎了上来，态度依然十分轻浮。这次，寡妇很热情地回应他，用温柔的眼神看着他，带着他一起去了一个没人的地方。教士重复了以前的话，寡妇听完之后，失落地说：

"神父，别人跟我说，只要一直攻打，无论一个城堡多么牢不可破，最终也会被攻克。此时我的状况就是如此，因为你的不懈努力，我已经无法坚守了,能得到你的爱我很荣幸,因此只能满足你的心愿了。"

"亲爱的,你简直太善良了!"那教士异常激动,大声叫道,"实话实说,你能坚持如此长的时间都没动摇,这让我很好奇。其他女人很容易就沦陷了,因此我经常告诉自己,在我眼里女人分文不值,哪怕是用银子做的也是如此,因为她们特别脆弱。但是这些都不要紧——我们何时幽会呢?"

"亲爱的,至于时间,我无人拘束,任何时间都可以,看你什么时候方便,地点的话,我也不知道哪里合适。"

"哪里合适?"教士大声说:"难道你的家不是最合适的地方吗?"

"亲爱的神父,"那寡妇说,"我的两个兄弟还住在我家里,房子又小。他们整天在家里来回走动,如果要去我家,一定要小心谨慎,一句话也不说,不能让他们听到一点儿声音,并且为了办事方便,一切只能在黑暗中进行。假如你同意这一切,去我家也是可以的,两个兄弟从来不会到我的房间来,但是因为我和他们的房间距离很近,但凡你发出一点儿声响,他们都能察觉。"

"夫人,"教士回答,"短期内就先这样办,之后我会找到一个更好的地方。"

"都听你的,神父。"寡妇回答,"但是这件事你一定不能泄露出去,不能告诉任何人。"

"相信我,夫人。"教士说,"择日不如撞日,不如就在今晚吧。"

"千万不行。"寡妇说,然后和教士定好了时间,并且告诉他具体应该怎么做,然后就离开了。

寡妇家里有个丑陋的女仆,年龄也很大了。她的鼻梁塌塌的,嘴巴还有点歪,嘴唇厚厚的,牙齿有点往外突,眼睛有点斜视,眼皮看起来也有点红肿,加上她青铜色的皮肤,简直让人觉得不可思议。不仅如此,她两边的臀部还不一样大,走路的时候,右腿一瘸一拐的。原本女仆叫西乌达,因为觉得她看起来像癞皮狗,人们给她改名叫"西乌塔扎"。女仆不仅长得丑,还不安分守己。这天寡妇叫她过来,对她说:

"西乌塔扎,假如今晚你愿意帮我,我会送你一件新的衬衫。"

西乌塔扎一听这话,立刻说:"夫人,为了得到衬衫,我愿意做一切事情,即使赴汤蹈火都可以。"

"这就行了，"那寡妇说，"今晚，你要在我的床上代替我和一个男人睡在一起，并且要让他感到舒适，但是你一定不能开口说话，避免声音传到我兄弟那里。你应该清楚，他们的房间就在隔壁，事成之后，你将会得到一件衬衫。"

"和一个男人睡在一起！"西乌塔扎大声说道，"假如需要的话，即使更多的男人，也没有问题！"

晚上，教士按时来到了寡妇家。两个兄弟按照寡妇所说的，在房间大声说话，故意让隔壁听到声音。教士蹑手蹑脚地混到了寡妇的房间，小心翼翼地走到床边，紧接着就上了床，床上躺着的就是仆人西乌塔扎。所有事情都在寡妇的掌控之中，教士以为自己抱着的是自己的情人，一句话也不说，一直吻着她，仆人也一直用亲吻回应他，就这样他们开始风花雪月，以解相思之苦。

一切都是寡妇亲手策划的，此刻让她的兄弟接着往下进行。

两个兄弟小心翼翼地离开家里，去大广场找主教。或许是上帝保佑，因为天气太过炎热，主教正打算让两个年轻人陪着喝酒，就一起去了两兄弟的家里。两兄弟在庭院招待了主教，酒足饭饱以后，他们说：

"很荣幸您能光临寒舍，现在想请主教看一样东西。"

主教什么也不知道，立刻就答应了。因此其中一个兄弟在前面照明，其他人都紧随其后，来到了教士所在的房间。此时，教士在一番风花雪月以后，已经完全没了力气，尽管天气炎热，还是搂着西乌塔扎睡着了。

年轻的兄弟举着火把，带着主教和其他人进了房间，将眼前的情景看得明明白白。或许是噪声太大的缘故，那教士从睡梦中吓醒，借着火光，看见房间里都是人，张皇失措地把头遮住了。主教破口大骂，让教士不要再遮掩，看看睡在他旁边的人是谁。

教士这才明白自己上了寡妇的当。他不仅中计，还丢了脸面，难道还有比他更无地自容的人吗？他只能依照主教说的，把衣服穿上，滚出寡妇的房间。随后，他被关押起来听候发落。

之后主教问起教士和西乌塔扎睡在一起的原因。两个年轻人把事情从头到尾讲述了一遍，主教听完，夸赞了他们的智慧，因为他们让教士自寻死路，而不是用暴力去解决。主教让那个不遵守戒律的教士进行了深刻的忏悔。但是教士为了满足自己的欲望，吃的苦何止这些呢。教士最不能接受的，也是最让他气愤的是，无论何时，只要他出现在大街上，孩子们就会一直说：

"瞧，那个人就是西乌塔扎的情人！"

如此一来，教士再也不能骚扰寡妇。西乌塔扎不仅得到了衬衫，还拥有了一个美好的夜晚，因此她是最开心的。

故事五

三个青年把正在法庭上听审的法官的裤子拉了下来。

艾米莉娅讲完故事以后，大家都称赞那位寡妇太精明了，女王对菲洛斯特拉托说："现在该你了。"他马上回答道，他已经准备好了，于是说道：

各位可爱的小姐，因为刚刚艾莉莎提到了马索这个青年人，所以我原本想讲的一篇故事我决定舍弃了，改为讲他和同伴们之间发生的一件有意思的事情，尽管中间会穿插一些不太文明的字眼，你们会觉得羞于说出口。可是这个故事实在是太有意思了，而且还算得体，所以我决定把这个故事讲给大家听。

大部分时候，我们城里的长官都是由马尔凯斯地方的人滥竽充数的，可能你们大家都有所耳闻，这地方的人的品行都不太好，他们都非常卑鄙无耻，有的还很笨，只要一见到钱就忘记了一切。当他们上任时，随行还有一批法官和公证人，这班人并不是学法律的，更像来自田亩、皮匠摊。

有一个马尔凯斯人到我们这里来做长官，随行来的还有很多法官，其中有一个声称自己是尼古拉·达·圣莱比第奥大爷，他的样子倒像一个锁匠，时常和别的法官一起出庭，对刑事案件进行审理。

虽然普通市民并没有什么案子要送到法庭上，却喜欢在法庭上溜达。一天早晨，马索要去找他的一个朋友，所以来到了法庭上，偶尔看到这个尼古拉先生，觉得很碍眼，就好好打量了他一番，看到他戴了一顶特别油腻的法帽，一个小小的墨水壶系在腰上，穿着一件比斗篷还长的法袍，总的来说，他的一身打扮很不得体。可是最吸引人注意的还是他下身所穿的裤子，因为他的斗篷很短很窄，坐下来时没办法把前面遮到，因此可以看到他的裤子只到小腿。马索就这样看了他一会儿，决定不再找之前那个朋友了，另外去找了两个喜欢恶作剧的朋友来，他们分别叫里比和马泰乌佐，他对他们说：

"假如你们愿意听我的,那么现在就跟我去法庭,我让你们看看天底下稀有的怪物。"

于是,他们就在他的带领下来到法庭,让他们看到了那个法官和他那条裤子。还隔着好远的距离,那两个人看到了就想笑。后来,他们靠近法官的座位,看到那法官的踏脚板已经很破了,觉得完全可以藏在那长椅底下,在底下躲着的人可以自由地伸手。马索就对他的朋友说道:

"我们把他的裤子扯下来可真是太容易了。"

其余两个朋友也觉得这事很简单。大家商议好以后,次日一早又跑到那里,等到法庭上已经人满为患了,趁大家都不留神的当口,马泰乌佐爬到那法官的桌子椅子底下,在他脚边蹲下来。马索和里比分别走到我们法官老爷的两边,一个人拉他衣服下摆的一边,马索先说。

"老爷,老爷,请你看在天主的面上,千万不要放过了那个在你身子另一边的贼骨头。叫他把我的一双长筒靴赔给我吧,他把我的长筒靴偷走了还死不认账,可是前不久我还看他拿出来补鞋底呢。"

另一边的里比却高声申诉道:"老爷,千万别相信他的话! 他是一个无耻的大混蛋,我来控告他把我的马鞍袋偷走了,他是知道的,所以他才恶人先告状,说我偷了他的长筒靴。事实上,那双长筒靴一直在我家里放着,假如你不相信的话,我可以让很多证人过来给我作证,比如说我隔壁的邻舍特莱卡、卖牛肚子的女人格拉莎,还有一个在圣玛利亚打扫卫生的男人,当他从乡间回来的时候,他曾经看到过他。"

还没等他说完,马索就大声质疑道,对方也不甘示弱,两人开始针尖对麦芒,谁也不让谁。那法官只好站了起来,朝他们的方向偏了一点儿,好听清楚他们到底是争辩些什么。一看机会来了,马泰乌佐赶紧从破板的窟窿里把两手伸出来,把法官的两只裤脚管拿住,使劲一扯,法官原本就很瘦,屁股上又光剩下骨头,因此被他这样一拽,那条裤子竟然当场就落了下来。

看到自己的裤子被人拉下来,那位法官又气又急,想把衣服的下摆赶紧拉到前面挡住之后坐下来,偏巧马索和里比两个人,一边扯着,一边大叫道:

"老爷,你怎么不为我做主啊,怎么都不愿意好好听我说话,倒想着退庭了,这也太不应该了吧! 在这城里,这类小事儿根本不需要翻找什么法律条文呀。"

他们一边这样说一边有意把他衣服的下摆扯起来,让法庭上所有人都看到他没有穿裤子。而马泰乌佐把他的裤子扯下来以后,早就扔到一边儿去了,偷偷爬了出来,从法庭里溜出去了,没有人发现他。里比觉得闹够了,便说道:

"老天在上,我发誓要去长官那告状。"

马索把法官的斗篷放下来,也说道:"不,我不能就这样算了,这次即便是来得不巧,我下次还会来的,直到刚巧你不像今天早上这么匆匆忙忙为止。"

他们说完,就分别朝两边跑走了。到这时,那当着这么多人面,被人家扯了裤子的法官才醒悟过来,自己被他们戏弄了。他就问了那两个为了长筒靴、马鞍袋而争执不休的人去哪儿了,可是就连他们的踪影都找不到了。于是,他对天发誓,他一定要弄清楚,这地方到底有没有在法庭上帮法官脱裤子的风气。

听到法庭上闹出这样的笑话,市长很是生气。后来他的朋友告诉他,为了节省金钱,他请了一帮傻瓜来冒充法官,所以说佛罗伦萨人才会在法庭上这样做,目的就是抗议。听了之后,他觉得还是不要声张,这事才算平息了下去。

故事六

> 卡拉德林的两个朋友偷走了他的猪,又假意借助姜丸和酒查找窃贼,最终却证明卡拉德林贼喊捉贼。卡拉德林害怕事情传到太太那里,只能用两对阉鸡收买了朋友。

菲洛斯特拉托讲的故事让大家捧腹大笑,听完他的故事,女王让菲洛梅娜继续下一个故事,因此她说:

善良的姑娘们,菲洛斯特拉托之所以讲了刚刚的故事,是因为听到了马索的名字。我选择讲这个故事,也是因为听到了卡拉德林的名字。我想,这个故事一定会让你们满意。

你们对卡拉德林、勃鲁诺和布法马可都十分了解,因此我没有必要再过多介绍。我想和你们讲的是,卡拉德林有一个小田庄就在距离佛罗伦萨不远处,那是他妻子的嫁妆。他每年不仅能得到庄稼,还能从那里得到一头猪。同太太一起去田庄杀猪腌制猪肉,是他每年年底都会做的事情。

有一年,因为太太生病的缘故,卡拉德林只能独自前往田庄。勃鲁诺和布法马可得知卡拉德林独自前往,就偷偷跟在他的后面。卡拉德林有个邻居是个教士,是勃鲁诺和布法马可的朋友,因此两人借住在他家。早晨的时候,卡拉德林刚把猪杀了,碰见勃鲁诺和布法马可往教士家里去,就说:

　　"很高兴你们能来。我要向你们证明,我是实实在在的庄稼人。"

　　因此卡拉德林让他们到家里做客,把刚杀的猪给他们看。他们一致认为猪肉非常鲜美,在得知卡拉德林打算腌制猪肉作为平日食用的荤菜后,就说:

　　"你简直太傻了!用它换取钱财,我们一起开心,难道不更好吗?如果你的太太询问起来,就说猪被偷了,一切就解决了。"

　　"不行,"卡拉德林大叫,"她不会相信我的话,还会不让我进门。这种事我是坚决不会做的,别想入非非了。"

　　勃鲁诺和布法马可再三鼓动卡拉德林,说了许多好话,卡拉德林还是不同意。卡拉德林假意留他们做客,但是他们拒绝了。出门后,勃鲁诺对布马法说:

　　"今晚我们悄悄把猪偷过来行吗?"

　　"具体方案呢?"布法马可问。

　　"只要那头猪还在原处,一切就好办了。"勃鲁诺说。

　　"好的,"布法马可说,"既然如此,就不必客气,按照你说的做。得手以后,我们还能和教士一起享受一下。"

　　他们和教士说了计划,教士表示同意,于是勃鲁诺说:

　　"既然如此,我们得用点计策。卡拉德林爱占便宜,这一点布法马可是清楚的,假如是别人请客,他喝起酒来就不要命。干脆我们假借教士请客的由头,也让他一起去喝酒。因为是教士请客,他会去陪酒,如此一来他一定会喝得酩酊大醉。屋里只有卡拉德林自己,只要他喝醉了,我们就容易下手。"

　　勃鲁诺和布法马可按照计划进行。卡拉德林无法拒绝教士的热情,果真一直喝酒,因为不胜酒力,很快就喝醉了。这时天色已晚,卡拉德林就直接回家休息。他一进门就倒在床上,却忘记门还开着。

　　布法马可和勃鲁诺又回到教士家里。过了一段时间,他们小心翼翼地带着工具来到卡拉德林的家,打算把门撬开。他们正准备按照原计划进行,却看见大门没关,就直接冲进宅子,把猪从钩子上取下来,一起抬出宅子,又把猪肉藏好,就去休息了。

第二天,卡拉德林清醒过来,下楼以后,发现猪不见了,大门还敞着,就四处寻找,到处询问是否知道谁拿了他的猪,但是没有丝毫线索。他急得大嚷:"唉,真是晦气,我的猪不见了!"

布法马可和勃鲁诺刚睡醒,迫不及待想看到卡拉德林的反应,于是立刻去找他。勃鲁诺和布法马可一出现,卡拉德林就大声叫喊:

"亲爱的朋友们,我太惨了,有人偷了我的猪!"

勃鲁诺假意靠近他,小声对他说:"这次你竟然变得机智了,让人不敢相信。"

"这一切都是事实!"卡拉德林辩驳起来。

"没错,就是这样。"勃鲁诺说,"只要像现在这样,没有人会怀疑你。"

卡拉德林急得跳起来:"上帝啊,这的确是事实!"

"非常好!"勃鲁诺说,"就像现在这样,大声吵闹,让所有人都知道,如此一来更不会有人怀疑。"

"我真的想去死啦!"卡拉德林大声叫道,"如果我的猪不是被人偷走的,我宁愿去死! 都到了这个地步,你依旧怀疑我。"

勃鲁诺大声叫道:"你怎么会遇到这种事呢? 猪怎么会不翼而飞呢? 明明昨天还在那里。"

"我很认真告诉你这件事!"卡拉德林说。

勃鲁诺又说:"这一切是真的吗?"

"我说的都是真话,"卡拉德林回答,"我回家如何交差? 这下惨了! 我太太一定会怀疑,即使她没有怀疑,明年也没有平静日子可过了。"

"仁慈的上帝啊,"勃鲁诺说,"如果像你所说,事情就糟糕了。但是,卡拉德林,你应该知道这个方法是我昨天告诉你的,你一定不能欺骗我们。"

听了这话,卡拉德林完全无法控制自己:"唉,你们为什么一直把我往绝路上逼,真想乱骂一通。听我说:昨晚有人偷了我的猪!"

"如果真如你所说,我们要想想怎么把猪找回来。"布法马可说。

"你有什么对策吗?"卡拉德林问。

"听我说,"布法马可说,"毋庸置疑,偷猪人一定在你的邻居之中,不会是陌生人。只要你把所有的邻居都请来,我就能借助面包和乳酪抓住偷猪贼。"

"不要着急。"勃鲁诺插了一句,"这个办法没有任何用处,我敢肯定,偷猪贼就在他们中间,所以只要偷猪贼知晓了我们的目的,一定不会出现在这里。"

布法马可问:"我们应该怎么做呢?"

"我们假装请他们喝酒,并且准备好姜丸。这样他们都会前来,不会有人怀疑。姜丸也能连通神灵,与乳酪没什么区别。"

"我同意你的观点,"布法马可说,"卡拉德林,你觉得这个方法如何?"

卡拉德林回答:"看在上帝的分上,我请求你们帮助我,现在只要知道谁是偷猪贼,我就会舒服很多。"

"行吧。"勃鲁诺回答,"我很乐意去佛罗伦萨帮你采购这些东西,但是你要把钱先交给我。"

卡拉德林把身上所有钱财都交给了勃鲁诺,后者立刻出发去了佛罗伦萨。勃鲁诺的一个朋友是开药铺的,他去朋友那里买了质量很好的姜丸,除此之外还买了两粒效果强烈的沉香丸,外涂糖衣,看起来和姜丸毫无差别,但在上面做了记号,很容易辨别。勃鲁诺又买了一瓶质量上乘的白酒,接着返回田庄对卡拉德林说:

"恰逢明天过节,明早你把怀疑的人全部请来喝酒,他们一定不会拒绝。今晚,我们会给姜丸念咒语,明早就能派上用场了。看在我们的情谊上,这件事我会亲自实施,一切按照原计划进行。"

第二天一大早,卡拉德林就把邻居都请了过来,其中还包括许多在佛罗伦萨暂居的年轻人,让所有人在礼堂门前会合。勃鲁诺与布法马可两人分别拿着姜丸和白酒出现了,到达地点后,他们让所有人聚集起来站成一圈,然后勃鲁诺开口说:

"大家好,首先我要解释一下今天为什么把大家叫来,假如冒犯了各位,也绝不是我的错。不久前,卡拉德林家的猪被人偷去了,至今还未抓住偷猪贼,但唯一能确定的是他一定就在人群中。为了找到偷猪贼,卡拉德林打算用姜丸和白酒来检验大家。你们听我说,偷猪贼吃到的姜丸将会非常苦,比毒药都苦,根本吃不下去。因此,为了避免在众人面前失了面子,偷猪贼最好主动认罪,我们也不必再多此一举。"

许多来到的人都表示愿意接受考验。勃鲁诺让他们站成一排,卡拉德林也包括在内,然后依次分给他们姜丸。卡拉德林分到的是特制的姜丸,他刚把姜丸咬碎,就连忙吐了出来,因为药丸里掺了沉香,实在太苦了。此时,大家都想知道谁会吐出姜丸,所以彼此监督,而勃鲁诺假装没有看到卡拉德林的动作,继续给大家分发姜丸,突然从背后传来一声叫喊:

"哈,事情更有趣了,卡拉德林!"

勃鲁诺立刻转过身,看到了眼前的一幕,假意说道:"等一下,不知因为什么他吐出了姜丸,或许只是一次偶然。我们再尝试一次。"

他又让卡拉德林吃下一粒姜丸,然后继续给剩下的人分发姜丸。

卡拉德林觉得这一粒比之前的更苦,但是他为了不在大庭广众之下丢人,只能强忍着,苦得把眼泪都逼了出来,最终,他坚持不住,依旧把药丸吐了出来。

这时,布法马可和勃鲁诺正给人们倒酒,卡拉德林的举动立刻引起了轰动,有人骂他贼喊捉贼。其他人离开以后,只有布法马可和勃鲁诺留了下来,布法马可说:

"我早就说你贼喊捉贼,你却一直坚持是别人偷走的。看来你是不愿意花钱招待我们啊!"

卡拉德林嘴里还弥漫着沉香的苦味,只好对天发誓自己从未做过。布法马可又说:

"算了,兄弟,实话实说吧,你究竟卖了多少钱,六个金币?"

卡拉德林听了这话,有苦说不出,一旁的勃鲁诺插了一句:

"卡拉德林,实话告诉你,有一个朋友跟我说你与一个姑娘关系密切,所有的钱都花在了她的身上,据此推断,那头猪一定是被你送给她了。你把我们耍得团团转啊。之前我们跟你一起去缪诺纳河边捡黑石子,刚到那里你就一个人走了,不仅如此,还欺骗我们说找到了能隐身的宝石。如今你又耍花招,对天发誓说别人偷了你的猪,事实上都是你自己的杰作。但是我们已经被你骗过一次,这次不会上当了。必须事先说明,我们给姜丸施咒费了好大的劲儿,本来就该得到酬劳,如今就用两对阉鸡作为酬劳吧。不然的话,我们会把这件事在你的太太面前和盘托出。"

卡拉德林无论如何也解释不清楚,有苦难言,心想如果再传到妻子的耳朵里,一切全完了,只好答应了他们的要求。他们两人带着得到的东西返回了佛罗伦萨,留下卡拉德林独自忍受着一切。

故事七

> 一个寡妇把一位学者迷得神魂颠倒。学者在雪地里白白等了寡妇一夜。为了报复，他在最炎热的天气用计把寡妇骗上荒塔，让她赤身在太阳下暴晒了整整一天，忍受着被蚊蝇叮、被牛虻咬的痛苦。

听完卡拉德林中计的故事，小姐们捧腹大笑，如果不是因为同情他，她们一定会一直笑下去。听完了这个故事后，女王让潘皮内娅接着讲下一个故事，她立刻说：

各位尊敬的姐姐，如果一个人一门心思想捉弄他人，最终总会落入别人的圈套，有时愚笨的人也能做出设计捉弄人的事。接下来的故事是关于我们城中一个女人的故事——她故意捉弄别人，反而落入别人的圈套，差点没了性命，真是让人感叹。这个故事对我们是有帮助的，教会我们不能捉弄他人。

几年前，佛罗伦萨有个名叫爱伦娜的少妇，她长得非常美丽，身份高贵，财产很多，因此总是高高在上。她结过婚，失去丈夫以后就守寡在家，再也不想嫁人，但事实上爱伦娜对一个长相俊俏的少年倾心不已。原本她不必多想些什么，她与少年经常幽会，都是让贴身的侍女传话。

那时城里有个青年叫林尼厄里，是一个在巴黎留学多年的青年绅士，如今从巴黎回来，人们都称他学者，因为他与其他人不同，他完全是为了探究明理才去求学的。

林尼厄里和其他学富五车的人一样，也逃脱不了爱情。有一天，他在一个酒会上碰到了爱伦娜，她身穿黑色的衣服（这是寡妇的穿衣风俗），在学者眼里，全场最美丽的就是爱伦娜了，他心想，能占有她那雪白身子的男人，一定像进入天堂一样幸福。学者暗自把目光聚集到她的身上，他明白珍贵的东西都很难得到，所以只想恭迎她，得到她的青睐，然后实现自己的愿望。

那个少妇来回观看，洋洋得意，想看看是否有人沉迷她的美貌，因此很快就发现了林尼厄里的心思，然后自言自语："今天总算没有白来。如果真的像我所想的那样，已经有一只呆鸟上钩了。"所以爱伦娜对他暗送秋波，让学者误以为寡妇对他产生了情意。她觉得爱上她的人越多,越能证明她的魅力,特别是得到她爱情的人,一定会极其宠爱她。

那位学者满脑子只想着寡妇,早把哲学抛到了九霄云外。他向别人打听她的住处,为了实现心愿,每天借着各种理由在爱伦娜家周围闲逛。那寡妇非常自信,更加扬扬自得,每次都装作非常开心见到他的样子。之后学者拉拢她的贴身侍女,表示自己倾心于她的女主人,希望侍女能帮忙美言几句,全了他的心愿。侍女一边答应一边把学者的话全部告诉了寡妇,她听完后非常开心,说:

"你觉得这人从巴黎学到的知识都去了哪里?算了,就依照他的心愿,如果下次他来,你就告诉他,我爱他远胜过他爱我。为了不在其他女人面前丢脸,我只能维护自己的忠贞。假如他真如别人所说的那样聪明,他爱我的程度一定会更深。"

唉,真是蠢笨,竟然不知天高地厚,想要捉弄学者。

侍女把寡妇的话全部转告了学者。他开心极了,更加痴迷于她,每天想尽各种办法表达爱意。那女人每次只是说声谢谢,接受了他全部的心意,但是什么好处都没给他。就这样一直玩弄学者,让他空等了许久。

之后爱伦娜在情人面前说起了这件事。她的情人不仅忌妒,还有点生气。为了安抚情人,打消他的疑虑,在学者疯狂迷恋她的时候,她让侍女转告学者,为了报答他的爱意,希望圣诞节的时候能和他相会,不知他是否能在圣诞的晚上守在她家院子里,一有机会她就出来与他相会。听到这个消息,学者觉得自己的快乐达到了极致。终于到了约定的时间,学者迫不及待地赶去约会。侍女带他进入院子里,让他等着,然后把门锁上了。

此时的寡妇正在屋里和情人开心地用餐,吃完饭,爱伦娜才告诉了情人她的计划,还说:"现在可以打消你的疑虑了,我会让你知道我爱他的方式。"

情人听了这话,别提多高兴了,迫不及待地让她兑现承诺。恰逢那天下了一场雪,院子里都是积雪,只是那学者还在院里傻傻等候,刚等了一会儿就觉得寒气逼人。只是他没想到天气如此寒冷,自以为一会儿就能和寡妇相会,依旧在那里等待着。

此时,寡妇在屋内对情人说:"我们去窗口观望一下,看看你情敌的所作所为,我已经让侍女去招待他了。"

爱伦娜与情人在窗户前观看一切(院子里的人无法看到他们),

然后听到侍女站在另一个窗户那里大喊：

"先生，今晚我家中舅姥爷前来做客，一直和夫人谈话，只能留他在家中用餐，直到现在还没有离去，真没想到会发生这样的事情。夫人现在还无法来见你，但是我看应该用不了太久夫人就能抽出身来，夫人请你一定要原谅她，她现在饱受煎熬，内心真的非常想要见到你。"

林尼厄里以为侍女说的都是真话，就说："没事，请转告你家夫人，让她先忙，不过我还是希望能尽早见到她。"然后侍女就留下学者一个人，独自休息去了。

寡妇站在窗边对情人说："如何？这下无话可说了吧。假如我和他真的发生了什么，对他产生了情意，怎么会如此对他呢？"说完以后，她就和情人一起休息去了。此时情人完全放心了，在床上与她缠绵，心里还一直嘲笑那个蠢笨的学者。

那个令人同情的学者冷得完全无法思考，只能靠来回走动取暖。即使他想坐下，也没有地方能帮他遮挡风寒。学者一直在心里埋怨那位舅姥爷，那么久了还未离去，但凡听到一点声音就以为是寡妇出门来了，然而每次都是空欢喜一场。

寡妇和情人在房里寻欢作乐，过了许久，她对情人说："亲爱的，你如何看待学者的事情？你觉得把他的智慧和对我的情意放在一起比较，那个更有重量？之前与你开玩笑，你因此一直心存疑虑，现在我如此对他，你应该不再生气了吧。"

"宝贝儿，"情人回答，"如今我才明白你是我的一切，当然我也是你的一切。"

"这样的话，"她回答，"为了检验你的真心，赶快一直亲吻我吧。"

她的情人真的照做了，搂着她一直亲吻，许久都没有停下。他们又这样寻欢作乐好一会儿，然后寡妇说："我们先停一下，那学者每次给我写情书，总会提到他的心里有一团爱情的火焰，我们一起去看看现如今这团火焰如何了。"

他们披着衣服走到窗前，看向院里，看到那学者冷得一直颤抖，还一直蹦蹦跳跳，非常有节奏。

那寡妇对情人说："亲爱的，这样做如何啊？你看，我什么也不用做就能让人欢快起舞。"

情人笑了笑："你的确有这样的魅力。"

"我们一起下楼去,我和他交谈,你不要发出声音,或许他的话语会像他的舞蹈一样富有趣味。"

他们慢慢走下楼去,来到门口。寡妇依旧关着门,小声地从门孔里和学者说话。听到她的声音,学者异常激动,立刻冲到门那里,因为他以为寡妇是来为他开门的,他说:"夫人,我在这儿,请让我进去吧,看在上帝的分上,我冷极了。"

"的确,"寡妇从里面说,"真担心你在外面会冻着,一场小雪之后,天气越发寒冷了。但是听闻巴黎的夜晚比这还要寒冷。因为今天我的哥哥到家里做客,直到现在还没有离去,所以你依旧只能在外面待着。但是他很快就会离开,他一离开我马上让你进来。我想尽办法才能出来告诉你,让你再耐心一点儿,千万不要心急。"

"夫人,"学者的语气显得非常急切,"请你放我进去,看在上帝的分上,让我进去躲避一下!又开始下雪了——雪一直下着,非常大的一场雪。只要能有一点儿躲避的地方,我就可以一直等待你。"

"亲爱的,"寡妇从门里回答,"万万使不得,这门只要一开就会发出很大的声音,这声音一定会传到哥哥的耳朵里。我现在就想办法让他离开,这样你就可以尽早摆脱寒冷。"

学者苦苦哀求:"抓紧时间吧!另外我冷极了,请你点燃炉火,方便我进去取暖。"

"你怎么能这样说呢?"寡妇回答,"你在情书中一直说对我的爱情就像火焰那样热烈。如此看来,一切都只是玩笑罢了。你耐心等着,我现在要离开了。"

她的情人站在一旁听到了这一切,感到非常骄傲。说完,寡妇就和情人一起休息去了。但是他们哪里是去休息呢,不过是继续欢愉罢了,他们把学者当作谈笑的话题,直到深夜。

那学者一直等候在院子里,冻得时不时哆嗦一下。直到此时他才意识到,寡妇玩弄了他。他想离开,却根本无法推动大门,也没有其他途径可以离开院子。此刻,他和被关的狮子没有任何区别。他没有办法,只能来回踱步。那个女人竟然如此对他,夜晚太漫长了,他咒骂这寒冷的天气,他越来越气愤,开始咒骂自己的蠢笨,深刻的悔恨完全替代了热烈的爱情。他开始思索如何惩罚那个女人——报复的心愿竟然远远超过了以前想要得到她的欲望。

终于,他熬过了这寒冷的夜晚。天微微亮了,侍女睡醒以后,才按

照寡妇的意思下楼为他开门,还故意说:

"真是讨厌,夫人的哥哥到现在还没离开!因为这你遭受了整整一夜的寒冷,我们真是如坐针毡。但是这是事实,请你一定要原谅,幸亏以后还有机会弥补。夫人从未为了一件事情如此伤心过。"

幸亏学者很有修养,否则他的满腔怒火一定会全部爆发出来。但是他心里清楚,想要报仇雪恨,就必须保持镇定,因此他努力控制心中的怒火,小声说:"的确,我从未经历过这种事情,昨天晚上实在太痛苦了。但是我明白这不是你家夫人的错,谢谢她的怜爱,还特意过来跟我解释,抚慰我的心灵,希望像你说的那样,之后还有机会弥补。我先离开了,请代我好好问候你家夫人。"

然后,学者就拖着冻僵的身子颤颤巍巍地回家去了,刚到家就赶紧盖上被子,接着就晕了过去。醒来的时候,他觉得全身一点力气都没有,立刻让医生过来诊治。医生诊治以后给他开了些药,因为天气逐渐变暖,再加上他体格强壮,所以没过多久,他的身体就基本恢复了。恢复以后,学者牢记之前受到的愚弄,表面上却表现出对寡妇更疯狂的爱慕。

很巧的是,没过多久学者就等来了报仇的机会。

那寡妇的情人另结新欢,把她抛弃了,现在只留下她一个人孤独守候,只有她的侍女还对她忠心耿耿。侍女每天看女主人以泪洗面,茶饭不思,虽然十分担心但又无能为力。

侍女正在思考如何安慰寡妇的时候,碰巧看到学者像往日一样从家门口经过,就产生了一个大胆的想法:传闻学者会法术,既然夫人被情人抛弃,为什么不用法术再使她的情人回心转意?于是她跟夫人说了自己的想法。那寡妇也是见识短浅,假如真如传闻所说,学者会法术,他怎会到今日还得不到她呢?她竟然相信了侍女的话,然后让侍女问学者是否愿意帮忙,如果他愿意的话,她愿意满足他的任何愿望。

侍女把夫人的原话转达给学者,学者暗自高兴:"如此甚好,终于可以报仇雪恨了,我把所有的爱都给了她,她却践踏我的真心。如今我必须教训这个女人,以解我心头之恨!"他转过身来对侍女说:

"请转告你家夫人,这点小事不必担心。就凭我的本事,不管她的情人身在何处,我都能立刻让他老老实实回来认错。但是具体事宜,我必须亲自告诉夫人,在她方便的时候,我一定准时赴约。请你告诉她安心等待即可。"

侍女回家后,把学者的话一字不落地告诉了寡妇,之后将见面地点定在了普拉托的圣霸西亚礼拜堂。寡妇完全忘记了以前愚弄学者的事情,见面后,她把情人的所作所为一五一十都说了出来,希望他能够全力相助。

学者说:"夫人,虽然我在巴黎求学的时候的确学习了魔法,并且法力很高,然而天主讨厌凡人使用法术,所以我发誓绝不对任何人使用法术,我自己也一样。但是我实在太爱你了,你的请求我是无论如何也不能拒绝的。即使我会因此坠入地狱,只要是你的请求,我也义无反顾。但是你必须清楚,做法术不是一件简单的事情,特别是女人想和一个男人破镜重圆,这就更加不容易了。你可能不了解,因为这件事情别人无法插手,必须你自己来做,而且你的意志必须足够坚定,所有的事情只能在很晚的时候,找个没有人的地方一个人去做。你是否会因为我这样说就害怕了呢?"

那寡妇真是愚笨,完全被爱情冲昏了头脑,只说:"为了爱情,只要能让他回心转意,我愿意做任何事情。如何才能证明我的意志呢?"

"夫人,"那个想着报仇雪恨的学者说,"我会帮你做一个代表你情人的白蜡人像,做好以后,你一定要在有残月的夜晚,第一次睡醒之后,赤身裸体地拿着蜡像,在河流里沐浴七次。然后,你依旧是赤身裸体,爬到没有人的屋顶或者高高的树梢,身子面向北方,手里拿着蜡像,连续把咒语念七遍——我会把咒语单独抄给你。完成以后,你的面前会出现两个童女,她们会听从你的吩咐。此时你只要如实告诉她们你的心愿——一定要保证你情人的名字是准确无误的——说完之后,她们会按照你的吩咐去做,一切就结束了。然后你可以把衣服穿上,返回家里。过不了多久,你的情人一定会回心转意,并且请求你的原谅。从此以后,他一定会全心全意对待你。"

寡妇完全相信了学者的话,甚至觉得没有之前那么痛苦了,好像情人已经回到了她的身边,就说:"你放心,我会按照你说的去做,并且我想到一个特别适合做这件事的地方。我有一个农庄,距离阿诺纳河上游的山谷很近,就在河岸边上,如今天气也很炎热,去河里洗澡一定非常舒服。离河很近的地方坐落着一座荒塔,荒塔下面还有一个梯子,除了丢失羊群的牧羊人,几乎没人会去荒塔。我想在荒塔那里按照你的吩咐去做,能确保不会出现什么闪失。"

学者对寡妇说的地方都特别了解,听到她这样说,心中窃喜,就说:"夫人,你说的这些我都不知道,因此什么也不了解,但是假如真的像你描述的那样,就再适合不过了。蜡像和咒语我会准时给你送过去。但是如果你最后实现了愿望,明白了我的苦心,一定要兑现你的承诺。"

寡妇承诺一定会兑现自己的承诺,就回了家。学者看到一切都在自己的掌控之中,异常激动。他做了一个蜡像,自己胡乱想了一个咒语,另外写了一张纸条一起给寡妇送过去,反复强调一定要完全按照他的要求去做,千万不能错过时间。正巧他的一个朋友就住在荒塔附近,因此他偷偷带着仆人在朋友那里等着,准备按计划进行。

寡妇与侍女一起到达了农庄,晚上的时候,寡妇借口要早点休息,让侍女不必在旁侍奉。睡醒一觉后,她偷偷离开农庄,来到了离荒塔很近的阿诺纳河的河边。她环顾四周,发现周围寂静无人,就把衣服脱掉,躲在矮树丛里,手里拿着蜡像,下河沐浴了七遍,接着手里拿着蜡像,一丝不挂地上了荒塔。

学者和仆人先于寡妇到达了荒塔附近,他们躲在一棵杨树那里,将寡妇刚才做的一切看得一清二楚。在昏暗夜色的映衬下,寡妇洁白的身体显得更亮了,她的身体是如此让人痴迷沉醉。学者突然想到寡妇即将面临的事情,不免有点心软,很想立刻占有她的身体,可是突然想起寡妇之前的所作所为,又变得愤怒起来,不再想入非非。

寡妇登上了荒塔,身体面向北边,嘴里念着学者胡乱编写的咒语。学者小心翼翼地靠近荒塔,然后挪走了塔下面的梯子,准备看看她的反应。

寡妇按照学者的要求做完了全部事情,就等待着童女的出现,但是她等了将近一夜,两个童女都没有出现。此时,她内心非常失望,认为学者的话不能相信,可转念一想:

"或许学者是为了报复我之前愚弄了他,假如真是如此,恐怕不能如他所愿,和他那次相比,今天的夜晚很短,而且天气也远不如那天寒冷。"

爱伦娜想赶在天还没亮的时候离开,但是梯子不见了。她心急如焚,像是天塌了一样,突然晕倒了。等她醒来的时候,就大声地哭泣,意识到自己被学者耍了,后悔自己愚弄了学者,然后又错信了他,自寻死路。她愈加怨恨自己,往周围看了看,见自己根本无法逃离这个塔,

忍不住又开始哭起来,自言自语道:

"你真是命苦,如果被别人看到你在这里一丝不挂,到时候你周围的人——不对,是全部佛罗伦萨的人不知道要怎么看你呢?你在大家眼里一直是高贵清白的女人,这次真是丢脸极了。纵然你有办法让别人相信,但是那个可恶的学者一定会把你的丑行公之于众。唉,你真是命苦啊,不仅失去了最爱的人,连名誉都无法维持了。"她更加伤心了,真想跳下荒塔一了百了。

天亮了,爱伦娜往远处张望,看是否有放羊的人路过,能让他帮忙通知侍女。学者倚着树休息了很久,醒来的时候,他们正好四目相对。学者先说:

"早上好,夫人,有没有看到童女?"

学者的话刚说完,寡妇又大声哭了起来,她祈求学者到她身边。学者很绅士,按照她的话去做了。爱伦娜趴下身子,头伸出楼梯口,流着泪说:

"林尼厄里,实话实说,之前我愚弄了你,现在我也得到了应有的惩罚。现在虽然已经是七月,可我昨天晚上裸身站在这里,真的觉得很冷。另外,我特别伤心,后悔那样对待你,还不该不加思考就相信了你——我简直太愚蠢了!

"希望你能放过我,你对我一定没了情意,但你是一个绅士,即使对我没了情意,为了你自己的身份,不要再生气了,我已经得到了惩罚,你也发泄了愤怒,就请放过我吧。让我穿上衣服,离开荒塔吧。请不要让我失去了名誉,如果这样,我的名誉再也不会像以前那样了。我让你白白等了一夜,但是只要你愿意,我愿意用好多欢乐的夜晚来补偿你。我如此卑躬屈膝,你是一位名副其实的绅士,你已经教训了我,请饶恕我吧。万万不能在女人面前证明你的威风。老鹰抓住鸽子并不值得骄傲。看在上帝和你自己名誉的份上,就饶恕我吧!"

原本学者心里想的只有他受过的愚弄,如今寡妇在她面前痛哭求饶,他既心疼又开心。心疼的是他曾经爱慕的女人忍受痛苦,开心的是他终于发泄了心中的怒火。虽然有些难过,但是想要雪耻的信念还是战胜了他的怜悯之心,他说:

"爱伦娜太太,之前我在雪夜里等候了你整整一夜,忍受着刺骨的寒冷一直乞求你,请你让我远离寒冷。如果当时你没有拒绝我的请求,那么如今让我放你离开又是什么难事呢?如果你比之前更在乎自己的名声，认为这样一丝不挂过于羞耻，你应该去请求另一个男人，而不是在这里求我。那天我冻得半死的时候，你正和另一个男人风花雪月——你应该让他来帮助你，你的名声也应该由他来维护——你为了他，完全不在乎自己的名声。

"他是你的情人，他应该来救你，来保护你，这是他的责任。为什么不去找你的情人呢？那晚你们风花雪月的时候，你问你的情人：在他看来，你对他的情意和我的愚蠢相比哪个更强。愚蠢的女人，让他来救你吧，把你们的聪明才智与爱情加在一起，完全能战胜我的'愚笨'，让你的情人来救你啊！如今我已经不需要你的什么东西了，如果我真的要你做什么事，难道你会不照做吗？如果你能这次你能平安度过，就去和你的情人寻欢作乐，日日夜夜寻欢吧。我不愿重蹈覆辙。

"另外，你阳奉阴违的本领的确高强，你觉得称我为绅士，我就愿意放下对你的仇恨，然后饶恕你。我不会被你的一句甜言蜜语冲昏头脑，我已经不像之前那么好骗了。我头脑清醒，托你的福，那一晚我学到的东西比我这几年在巴黎留学学到的还要多。

"你这样的人不值得饶恕。难道要和一头凶猛异常的野兽谈善良？最该做的就是杀死它，饶恕只对人类而言。我不是老鹰，你也不是鸽子，在我眼里你就是毒蛇，因此我痛恨你，要用尽浑身解数来打倒你。事实上，如今我只想给你一个教训，不能称为报仇雪恨，报仇雪恨可比这严重多了。我的做法已经足够善良了。只要一想起你的所作所为，无论怎么做都难消我心中的怒火。

"所有人都会经历生老病死，难道只有你与众不同？我为什么要在乎你的美貌呢？时间久了，你满脸皱纹，原来的美貌也就不复存在了。谢谢你称我为绅士，但是我这个绅士没有被你折磨至死，不是因为你还心存善念，我不必谢你。我活一天比无数你这种女人活上千年的用处还要大。

"我今天教训你，是为了让你明白不要随便愚弄聪明的人，特别是我这样的学者，不然等待你的就是如今的惩罚。如果你这次能平安度过，我让你以后再也不敢做这种事。

"你想要离开的话，可以选择跳下这座荒塔。也许你会得到天主的怜悯，把你的脖子摔断，这样你就可以完全解脱，世上也没有什么事能让我难过了。我要说的就是这些。我是欺骗了你，你之前都能那样把我玩弄于股掌之中，难道现在不能想办法摆脱吗？"学者一直嘲笑

着,寡妇的哭声始终没有停止。天越来越亮,学者也不再说话,寡妇接着说:

"你简直太残忍了,假如那次我让你饱受折磨,你觉得我罪无可恕,无论我怎样可怜,怎样求你,你都不会改变想法,也不会可怜我,最起码你要这样想一下:我毫无保留地告诉了你我全部的事情,是出于对你的绝对信任,如此才让你得逞,把自己带入这般境地,如此一来,你的怒火应该会少了几分吧,最起码也会产生点怜悯吧。假如我怀疑你,即使你再怎么做,也没有任何办法对付我。

"原谅我吧,看在上帝的分上,请你宽容一点儿。如果你愿意放过我,让我离开这荒塔,从现在起,我愿意与那个男人断绝往来,把你当成我唯一的情人、丈夫。即使刚才你觉得我的美貌非常短暂,觉得它没有任何价值,但是相比其他女人,有一点我敢保证,纵然我的相貌不能算上完美,但足以吸引许多男人。即使你如此怨恨我,也一定不忍把我一个人丢在这里,眼看着我跳下荒塔,死无葬身之地吧。如果你还像以前那样真诚,在我看来你依旧很可爱。

"请你可怜可怜我,发发善心,看在上帝的分上。太阳的照射越来越强烈,我经历了一整夜的寒冷,实在无法忍受太阳的照射了。"

学者与她谈话,原本就是为了玩弄她,于是说:

"太太,你并不是因为对我有情才不怀疑我,仅仅是为了让你的情人回心转意罢了,因此你要为此付出更大的代价。你简直太愚蠢了,即使你不寻死路,我依旧有办法惩罚你。我想了无数种办法。我假装痴迷你,事实上很早就给你挖了许多陷阱,纵然你今天没有上当,总有一天也会中计。到了那时,你会遭受比这还要残酷的惩罚。今天我用这种方法惩罚你,仅仅是为了早点发泄我的怒气,而不是因为怜悯。

"即使你躲过了所有的陷阱,我还可以用笔记录下你一切的不堪,然后让你知道,让你陷入无尽的痛苦之中。那支笔远远比你想象的厉害。我对天发誓(老天帮我惩罚了你,希望会帮我到底),我想记录下所有有关你的丑行,让你遭受所有人的唾骂,最后连自己都无法忍受。小河流聚集成为大海,难道大海就应该被怨恨吗?

"刚才我已经说了,我对你完全没了情意,做你的情人更绝无可能。假如你能做到,依旧让他当你的情人吧。我曾经怨恨过你的情人,现在我要向他表示感谢,没有他你也不会遭受惩罚。

"你们女人被那些年轻人的外表迷惑,痴迷他们,中年人究竟哪里比不上他们呢?并且他们可比那些年轻人博学多了。你们一直觉得中年人骑马的劲头远远比不上年轻人,这点的确如此,但年轻人远没有中年人的经验。一堆毫无味道的食品也无法和一丁点儿的精致食品比较。另外,太过猛烈会让你疲惫不堪,稳步前行虽然速度比较慢,却把你舒适地送到了终点。

"你们这些女人太过愚蠢,你们被表面的皮囊吸引,却忽略了皮囊下的肮脏。年轻人见异思迁,他们不会全心全意对待一个女人,并且认为这是他们的权利。因此他们的爱情都是稍纵即逝的,你不就经历了这些吗?他们觉得女人对他们的崇拜是理所应当的,他们在别人面前骄傲地炫耀自己的情妇们。怪不得许多女人宁可成为教士的情妇,因为他们不会泄露分毫。你也许会说,只有我和侍女知晓你和情人的事情,如此的话,你就大错特错了。无论在哪里,人们都对你们俩指指点点,只是你自己不知道而已,当事人总是最后一个知道的。另外,年轻人不过因为你的钱财才与你在一起,但是中年人不会贪图你的钱财。

"由此看来,你完全瞎了眼,既然你愿意让他成为你的情人,就继续让他当你的情人吧,之前你完全看不起我,此刻却来求我。我已经有了一个情人,品行样貌都远远胜过你,而且非常爱我。假如你站在荒塔上,依旧不能理解我的意思,就从荒塔上跳下去吧。等你死了以后,就能够了解我亲眼看到你死去的心情。但是我觉得你不会这样做。我告诉你一个妙计:假如你忍受不了炎热,就想想之前我在雪夜里遭受的寒冷,冷热中和,你就不会觉得炎热了。"

寡妇见学者丝毫没有放过她的意思,又大声哭了起来,一边哭一边说:

"唉,既然无论我怎么做都无法获得你的宽恕,请你看在你和那个女人爱情的份上原谅我吧。你刚才说她的智慧样貌远胜于我,并且对你非常痴迷,为了她,请让我穿上衣服,放过我吧,让我离开这里。"

听她这么说,学者不由得笑出了声,又看到已经到中午了,于是说道:

"你竟然打着我情人的旗号来求我,那我是不是就应该答应你了?跟我说衣服在哪里?我去帮你拿过来,这样你就可以穿好了下来了。"

那娘们儿竟然相信了他所说的话，心里觉得舒服了多少，就告诉他衣服在哪里藏着。谁知道学者刚从塔里走出去，就吩咐仆人盯着她，不要让别人进去，等他回来再说。他这样叮嘱过后，就直接回了朋友家，怡然自得地吃过午饭以后就去睡觉了。

　　因为心存希冀，所以那娘们儿尽管留在塔顶上，精神状态却好了一点。可是太阳越升越高，她只能爬到墙角的一小块阴影里坐着等，心里难过极了，一会儿希望学着帮她把衣裳拿过来，一会儿又完全陷入了绝望。她就这胡乱想着，再加上一晚上没有睡觉，又非常伤心，竟然昏昏沉沉地睡着了。

　　当时正值中午，阳光像利剑一样直射到她的肉体上和裸露在外的头脑上。在这么毒的太阳的炙烤下，可怜她的细皮嫩肉竟然裂开了，让她痛醒了。她不由得活动了一下身子，晒焦了的皮肤就像被烧焦的羊皮一样，只需轻轻一扯，就全部裂开了，而且她又觉得头痛难忍，这很奇怪吗？那平台如此滚烫，让她没办法下脚，身子也坐不稳，躲也没有地方躲，哭得伤心不已，再加上这时候也没有风，苍蝇牛虻众多，成群结队地飞到她的身上，狠狠地叮着她那裂开的皮肉，被咬一口就像万箭穿心一样，所以她不停地挥舞着双手，把虫子赶走，同时骂她自己、骂她自己的命运，还骂他的情人和那个学者。

　　烈日当空，苍蝇牛虻又在周身不停地咬，加上肚子里又没有东西，更让人窘迫的是，口渴无比。皮肤也都裂开了，钻心的疼痛，她勉强站起来，眺望了一下四周，想着一看到人影就大声呼救，再也不管什么害不害羞了。可是也活该她倒霉，那天实在太热了，附近农夫都在自己的屋边打谷子，没有到田里去干活，因此她只能听到断断续续的蝉声和滚滚的阿诺纳河。阿诺纳河近在咫尺，可以看见，却根本无法过去，一时间让她觉得更口渴了。一样地，她看到了一丛树、一块阴凉地和一所房屋，真是要多羡慕有多羡慕。

　　这个倒霉的女人所遭受的痛苦可真是三天三夜也说不完啊。头顶烈日当空，脚下是滚烫的平台，身上布满苍蝇牛虻，她这一身细皮嫩肉，昨天晚上还在黑暗里发光，现在全身红肿，到处是血，变得像红土一样，不管谁看到她现在这副样子，都觉得全天下最丑陋的东西就是她了。

　　她就这样陷入了绝望，也没有什么办法可想，真想直接死了算了，直熬到太阳快要落山了。再说学者睡完午觉醒来，想知道那位风流娘儿现在怎么样了,于是回到塔边,同时让仆人回去吃饭。听到他的声音,那娘们儿用尽最后一丝力气,也不管全身疼痛难忍,一步步挪到平台的出入口,哭着说:

"唉,林尼厄里,你太残忍了。因为我的原因,你在院子里挨冻了一晚上,可是你让我在这么酷热的天气被晒了——不,在烈火里被焚烧了一天,又饿又渴。我以天主的名义发誓,请你上来一刀结果了我吧,因为我自己并没有勇气这样做,我受尽了折磨,也不想活了。如果你不愿意给我这个恩惠,那么你最起码给我一杯水,让我把嘴唇湿润一下,我的身体里就像有火在燃烧,我的泪水根本不够用啊。"

听到她的声音如此嘶哑,学者知道她已经快熬不住了,又大概看到她那被烧焦的躯体,听她说了一些话,也确实很惹人同情,所以不由得产生一些恻隐之心,可是他嘴上依然回答道:

"狠毒的女人,假如你要死,你就自己动手吧,可别指望我来杀你! 你要我给你一杯水,可是你有没有想过,当我在风雪天受冻的时候,你有没有给我一盆炭火? 还有一点我非常不服气,我冻坏以后只能用烧热的臭粪来治疗,实在是难闻死了,而你热坏了,却可以使用使用芳香扑鼻的玫瑰花露,这该是多惬意呀! 更何况我冻了一晚上,差点变成了残疾,连性命都差点丢了。可是你只是受了一些皮肉之苦,脱了一层皮以后,你还会变得更加美丽。"

"唉,我真是太不幸了。"那娘们儿叫道,"真希望天主让我的冤家得到我这样的'美丽',你真是太残忍了,怎么能用如此狠辣的手段来报复我? 即便我非常残忍地把你全家都杀了,也最多只是得到这样的报应而已。没错,哪怕是个卖国贼,让敌人把一城的人都杀光了,他也只是会受到这样的刑罚而已。你把我放在火热太阳下炙烤,让牛虻咬,让苍蝇叮,你现在也不给我一杯水。你要知道,即便是在处决明正典刑的杀人犯时,要求喝口酒也是会被满足的。你的心肠居然这么硬,眼看着我都快要死了,也不能让你有丝毫同情之心,那我就只能安心地等死,让天主来拯救我的灵魂吧,真希望你这种行为能被天主看见。"

说完以后,她就生无可恋地把身子拖到平台中间,再也不想逃生了。在她所经历的这许多痛苦中,最痛苦的就是口渴了。她每次昏迷过去,就是口渴让她醒过来的,一醒过来,她便开始痛哭。到了晚祷时分,学者觉得自己已经出够了气,就让仆人用他的斗篷把她的衣裳裹

起来,和他一起来到她的田庄,看到那侍女正一脸焦急地坐在大门口,一副不知所措的样子,他对她说:

"姑娘,你家少奶奶如何啦?"

"先生,"她回答道,"我不知道,昨天晚上我看她去睡觉了,可是今天早上进去没看到人。我到处找都没有找到,我真不知道发生什么事了,心里很是着急,能否请先生提供一点儿线索?"

他回答道:"如果你和她在一块儿,那就太好了,那我不仅惩罚了她,也顺便惩罚了你。可是请放心,你终究会遭到我的惩罚的,我一定会让你吃些苦头,让你不敢再欺负人。"

于是他回头对自己的仆人说:"把衣裳给她吧,告诉她,她的少奶奶在哪里。"

仆人就把衣裳给了她,侍女把衣裳接过来一看,果然是自己的女主人的,又听得林尼厄里说这些,还以为他们已经把女主人给杀了,差点尖叫出声。等学者一走,她就带着衣裳,痛哭流涕地赶去荒塔。

那一天,那娘们的田庄里,正好有一个庄稼汉的两头猪丢了,正四处找寻。学者刚走,这庄稼汉就来到荒塔边,正四处张望,突然听到有女人在哭,就走近塔内,大叫道:

"谁是上面哭啊?"

听出来是佣工的声音,那娘们儿就回应道:"看在老天面上,赶紧去找我的侍女来吧,帮她想办法上来救我一命吧。"

那庄稼汉也听出了女主人的声音,回答道:"唉,太太,你怎么会到塔顶上去的呀?你的侍女今天一整天都在找你啊,可是谁知道你在这里呢?"

于是他把移去的梯子又放回到原处,用柳条把梯上的横档扎好,正在这时,那侍女过来了,她一进入塔内就大叫道:

"我的少奶奶,你在哪里呀?"

听到她来了,那娘们儿大声叫道:"哎呀,我的亲妹妹,我在塔顶上呀,不要再哭了,赶紧把我的衣服拿来吧!"

听到女主人的声音,侍女这才稍微放下心。庄稼汉扎好梯子并放好,便帮她爬上去了,看到她的女主人光着身体,只剩下一口气了,就像一块刚从火里箍出来的木头,而不像一个人了。一看到她这种惨状,她不由得捂着自己的脸大哭起来,就像她那亲爱的主人已经死了一样。那娘们儿以天主的名义请她安静一点,赶紧帮她把衣服穿上。

从侍女嘴里她得知，除了送衣服来的人和这里的佣工，任何人都不知道她去了哪里，所以又顿觉欣慰了一些，求他们千万要保密。

他们交谈了一会儿后，因为不能行动了，庄稼汉就把那娘们儿抱下来，侍女跟在他们后面，谁知道她一下子没留神，直接从楼梯上摔下来了，把一条大腿给摔断了，痛得她直叫唤。那庄稼汉赶紧把女主人放到一片草地上，又赶紧跑回来照顾侍女，看到她已经把大腿跌断了，又急忙把她抱起来放到女主人旁边。那娘们儿原本还想着侍女来照顾他，谁知道她也受伤了，真是屋漏偏逢连阴雨啊，越想越觉得难受，又大声痛哭起来，那情状可真是惹人怜惜，那庄稼汉不仅没办法安慰她，也和她一起落泪。

这时天已经快黑了，按照女主人的意思，那庄稼汉赶回自己家中，叫他的妻子、两个兄弟带着一块木板过来，把侍女放在木板上抬回家，那庄稼汉还带了一瓶冷水过来给女主人喝，又安慰了她几句，就抱着她回到家，把她送到房中。

庄稼汉的妻子服侍她吃了稀饭，又帮她把衣裳解开，搀着她上床睡觉。当天晚上，他们想方设法把主仆两人送回了佛罗伦萨。那娘们儿原本就是个非常奸诈的人，编了一堆谎言，说她们被魔鬼报复，才得了这种奇怪的病，竟然让她的兄弟姊妹和其他的人都信以为真。大家马上把医生请过来给她治疗，在经历过痛苦的治疗以后，发了一场高烧，脱了几次皮，还引发了一些其他的并发症以后，她才算恢复了健康。那侍女跌断的一条腿也被治好了。吃了这个大亏以后，那娘们儿把他的情人彻底忘了，再不敢去随便勾引男人了。那学者听说侍女从塔上摔下来，把腿跌断了，觉得真是太痛快了，也就不去戳穿她们了。

这就是一个愚蠢的少妇一心想要捉弄别人，最后自己却被人家捉弄的故事。她原以为学者和一般人一样，也是特别好欺负的，却不知道学者要聪明多了。因此，各位姐姐，千万不要戏弄他人，特别是学者，更不要戏弄。

故事八

发现妻子和自己的好友之间有私情，柴巴马上对妻子加以恐吓，将那好友骗过来躲到木柜里面，又骗来他的妻子，在那木柜上，享受人间极乐，一报还一报。

听说爱伦娜被报复得如此严重，小姐们都很伤心，她们又觉得那个学者做得也太过火了，完全不通人情了，可是爱伦娜也是自作孽，不可活。如此一来，小姐们就对她再也同情不起来了。潘皮内娅把故事讲完以后，女王叫菲亚梅塔接着往下讲，于是她开口说道：

可爱的小姐们，刚刚你们听到那个学者那么无情，我想你们心里肯定不舒服，因此，为了让你们不那么生气，我决定给你们讲一个欢乐的故事。尽管这个故事不长，说的是一个青年被人家羞辱以后，却可以非常淡定地加以报复，而且采取的方式非常平和。从这个故事里我们可以看出，假如一个人被别人伤害了，完全没必要做得太过分，只需要适当地报复一下就可以了。

你们肯定都知道，从前，在西埃那地方，有一个叫斯平纳罗丘·泰涅纳的青年，还有一个柴巴·第·明诺的青年，两人都出身于贵族之家，而且都在堪莫利亚街上住，还是邻居，彼此之间交情很深，就像亲兄弟一样，甚至比亲兄弟还要好，他们都娶了一位貌美的妻子。

且说那斯平纳罗丘，因为时常去才柴巴家，不管柴巴在不在家他都会去，所以和柴巴的老婆混得别熟，最后竟然有了私情。两人就这样暗度陈仓，一直以来都相安无事。有一天，柴巴其实并没有出去，而他的妻子却以为他不在家，恰逢斯平纳罗丘又来找他，他妻子说，柴巴不在家，于是斯平纳罗丘马上上了楼，看到她一个人在客厅里待着，身边并没有其他人，一把就把她抱住，热烈亲吻起来。一旁的柴巴看到了这些情形，并没有出声，只是暗暗地躲在原地方，看他们接下来会如何发展。不一会儿，他的妻子和斯平纳罗丘两人就亲密地进了卧房，还把房门锁上了。他当然很生气，可是转念一想，假如这样的丑事被传扬出去，不但对自己无益，还会让自己更丢人。现在唯一的办法就是想到一个好计策，既能让自己报仇雪恨，还可以隐瞒家丑。他想啊想啊，最后终于想到一条好计策，于是一直在原来的地方躲着，让斯平纳罗丘和他的妻子高高兴兴地在一起，自己只当什么都不知道一样。

斯平纳罗丘前脚刚离开，柴巴后脚就走进卧房，看到妻子还在忙着整理头巾，原来她刚在和斯平纳罗丘玩乐时，她的头巾被对方扯下来了。她丈夫问道："你在做什么呀？"

她说："你没长眼睛吗？"

柴巴说："当然，一些我不想看到的事情却被我看到了。"

接着，他就原原本本地说出了他刚刚看见的那一幕，他妻子一时被吓坏了,嗫嚅了半天,不知道如何是好,最后只好实话跟他说了,因为他和斯平纳罗丘的来往是根本抵赖不掉的。她把事情都告诉他以后,她又一脸悲切地请求对方原谅自己,柴巴说:

"娘们儿,你听着,你既然犯下如此大错,要想让我原谅你,除非你答应我一件事,我要你去跟斯平纳罗丘说一声,叫他明天和我在一块儿,当第二遍午祷钟快敲响时,他就找个理由把我支开,来和你寻欢作乐。等他来到我们这里,我马上就回家,那时你只要听到我的声音,就马上让他在柜子里躲起来,并锁上柜子门。把这些事情都做好以后,接下来怎么做,我到时候会再跟你说的。你不需要害怕,我是不会伤害他的。"

他妻子只得按照他所说的办,而且还真的这样做了。第二天,两个朋友见了面,到了他所说的那个时候,因为和那位太太提前约定好了,斯平纳罗丘就对柴巴说:

"今天早上,我要去一个朋友家吃饭,现在时间已经快到了,我得走了,再见。"

"这么早就吃饭啊?"柴巴问。

斯平纳罗丘回答说,"我还要找他谈一件事情,还是早一点儿去比较好。"

于是他和柴巴说了再见,故意绕了远路,到了柴巴家。柴巴的妻子刚把他带到卧房,就听到了柴巴回来的声音。他妻子马上装出一副害怕的样子,按照她丈夫提前跟她说好的,叫斯平纳罗丘赶紧到那个柜子里面躲起来,并上了锁。之后,她从房门走出去,欢迎柴巴回来,他问道:"娘们儿,吃中午饭的时间到了吗?"

"是的,"他妻子说,"很快就可以吃了。"

柴巴说:"斯平纳罗丘去朋友家里吃饭了,只有他妻子一个人在家,你去窗口把她叫过来吃饭吧。"

因为之前受了惊吓,他妻子现在对他唯命是从,于是按照他的意思去做了。见她非要邀请她过来,又听说自己的丈夫去朋友家吃饭了,所以,斯平纳罗丘的妻子就来到柴巴家。一见她进门,柴巴就非常热情地迎了上去,轻声嘱咐自己的妻子回到厨房去,牵着她的手来到卧房,之后转过身来把房门锁上。看见他这样,斯平纳罗丘的妻子不禁疑惑地问道:

"哎呀,柴巴,你这是干什么呀? 你带我到这里来,难道就是为了这个吗？难道你和斯平纳罗丘之间的交情就是这样的吗？难道你就是这样忠诚于老朋友的吗？"

柴巴把她带到她丈夫所躲着的那个柜子旁边，把她紧紧抱住，并对她说：

"夫人，你少安毋躁，听我把事情原原本本地告诉你。一直以来，我都把斯平纳罗丘当作自己的亲兄弟一样看待，可是没想到昨天我发现，我对他如此信任，他却是这样回报我的，他竟然把我的妻子认成了你，还和她发生了关系。直到现在，他还以为我被蒙在鼓里呢，因为我和他感情甚笃，所以我也不想怎么报复他，只是想以他自己的办法来让他尝尝这种滋味。既然他享用了我的妻子，那么我也要和你好好快活一下，你觉得呢？假如你不愿意的话，我当然有别的办法报复他，为了让他弥补自己所犯下的过错，让他受到一定的惩罚，我一定要好好戏弄他一下，让你们夫妇永远别想过上好日子！"

听了他这番说辞，再加上柴巴反复地说，那夫人也就相信了，而且回答道：

"我的柴巴，既然要由我来承担这个报应，那我就接受吧。可是，虽然我们做这种事情，而你的太太又是先对不起我，我依然愿意和她保持友好的关系，因此我希望你也能和她和好如初。"

柴巴说："这点你放心，我一定会做到的，而且之后我还要把一颗珍贵的宝石送给你，这可是世界上独一无二的一颗。"

说着，他就把她抱住，疯狂地亲吻她，让她在她丈夫藏身的柜上躺下来，和她惬意地玩了好长时间。

再说那斯平纳罗丘，尽管在柜子里躲着，却一字不落地听清了柴巴的话和他自己妻子的回答，后来又觉得头上抖个不停，气得七窍生烟。如果不是因为害怕柴巴，他真要在柜子里狠狠地骂他的妻子呢。可是他又想到这个祸是自己闯的，和柴巴无关，柴巴也已经算够讲情义了。如此一来，他就想好了：今后只要柴巴愿意，他还想和他做朋友，他一定要对他更加友好，不一会儿，柴巴玩够了，于是从柜子上爬下来，那位太太问他宝石在哪儿，他就把柜门打开，还叫来了自己的妻子。只见她走进来，微笑着说：

"夫人，我们这下扯平了。"

柴巴马上对她说："打开这个柜吧。"

她打开了柜门，这才发现里面躲着的正是她自己的丈夫斯平纳罗丘。夫妻在这样的场合下相见,真的是不知道,更害羞的是哪一个了?一看到柴巴,斯平纳罗丘就知道柴巴已经揭穿了自己的秘密,虽然很惭愧,而他的妻子看到自己的丈夫就在自己眼前,知道自己刚刚所说的话,以及自己在丈夫头上所做的那番事情,都已经被她丈夫知道了。

"我给你的宝石就是这个。"柴巴指着斯平纳罗丘对她说,斯平纳罗丘从柜子里爬出来,马上说道:

"柴巴,这样一来,我们俩算是两清了。刚刚我听到你对我的妻子说,我们依然是朋友,这话说得没错。你我原本就是什么都没有分开的,除了妻子以外,现在看来,干脆连我们的妻子也变成共享了吧。"

柴巴同意了,于是,四个在一个餐桌上吃了饭,气氛不知道有多和谐。自此以后,这两个女人和两个男人就真的变成了一家人,彼此不分你我,吵架的事更是从来没有发生过。

故事九

> 两个画匠戏弄一个傻医生,说是推荐他去参加一个盛大的宴会。到了晚上,他按照约定来了,这是一个荒郊野岭,他们把他推到粪沟里面,让他狼狈不已。

对于那两个西埃那男人交换妻子的故事,小姐们议论了好一阵子,除了享有特权的狄奥内奥没有讲故事以外,女王发现没有讲故事的人就只剩下他一个了,于是开口说道:

可爱的小姐们,在斯平纳罗丘身上柴巴所使的那个奸计,都是斯平纳罗丘自找的,所以,对于潘皮内娅刚才的意见,我也表示认可,觉得对于那些自作孽的人,去戏弄他们一下,不仅不应该受到指责,而且应该表扬,所以现在我也来给大家讲一个自作自受的人的故事。

我要讲的这个故事的主人公是一个医生,他遭到了大家的愚弄。他原本很傻,去波洛尼亚学了医之后,竟然摇身一变,成了一个大学者。我们每天都可以看到很多人只要去波洛尼亚待一段时间,回来以后就成了法官、医师、公证人等,把那镶有白毛皮或者其他种种饰物的猩红色长袍穿在身上,看起来真的非常有气势。事实上,这种人是不是就像他表面上一样,我们也可以想象得到。我所说的这个医生名叫西蒙·达·维拉,尽管他并没有什么真才实学,却继承了很多祖传的遗产。不久以前,他才身穿大红袍、戴着巨大的白毛皮头巾回来,并自诩为医学博士,在我们如今被叫作维亚·台尔·柯柯麦罗街的那个地方租了一座房子,开始了自己的行医生涯。

这位才回来的医学博士有很多坏毛病,其中最明显的一个就是,当他正给病人看病时,假如有什么路人经过,他都要问病人那个人是谁。他记住了人们的一言一行,似乎这极大地关系到治病下药一样。吸引他更多目光的是两个画匠,分别叫勃鲁诺和布法马可,我们今天已经两次提到过这两个人了。他们两个人成天在一起,都住在这位医学博士的旁边。他觉得这两个人不同于一般人,并不怎么会生气、发愁,每天都过得无比惬意,便四处打听他们的处境。人们告诉他,他们只是两个穷得叮当响的画匠。于是他心里就想了,既然他们如此贫穷,怎么还可以生活得这样快乐呢?因此他觉得,这两个人一定有其他赚钱的方法,只是不为外人所知而已。自此以后,他一心想认识这两个人——哪怕只认识其中一个也可以。于是他就想办法认识了勃鲁诺。勃鲁诺才跟他交往一段时间,就发现他很傻,便胡乱编了很多荒谬的故事来戏弄他,而那个医生乐此不疲。请勃鲁诺吃过几顿饭以后,他就以为他们之间的感情已经很好了,可以说说内心最深处的话了。一天,他便对他说,像他和布法马可这样的人,虽然没有钱,可是过得很开心,真是让人纳闷,请他一定要讲讲这究竟是为什么。勃鲁诺听了只觉得可笑,这医生竟然能问出这种话,真是又傻又粗俗,应当借机戏弄他一下,就说:

"医生,原本我们的事情是不能随随便便告诉别人的,可是,既然我们已经是朋友了,而且我相信你一定会帮我们保守秘密,所以我也就告诉你了。你说得没错,我和我那个朋友,每天都过得很开心——甚至比你所能想象的还要开心些。既然我们没有足够的资产,假如光靠我们的手艺来赚钱,恐怕连喝水都成问题。可是你千万不要觉得我们做了什么不法行为,所以才会过得那么开心,想要什么都不是问题,而且不会危害到别人的利益,都是因为我的行踪漂泊不定,你看到我们的日子过得这么顺心就是这个道理。"

听了这话,医生竟然相信了,尽管他没有明白这到底是什么意思,却很惊讶,一味地想要弄明白这种浪游到底是什么意思,便一再祈求勃鲁诺告诉他其中的真相,还赌咒发誓说自己一定会保守秘密。

"哎呀,"勃鲁诺大叫道,"医生,你知不知道,你要求我做的这件事的性质是多么严重啊，这是一件极其隐蔽的事，如果被别人知道了，我这一生可就算是玩完了，连命都没有了，绝对会掉到圣盖罗的魔鬼嘴里去。虽然话是这样说，可是对于你这位勒那加的潘普金海神，我一向是敬重有加，而且我又非常相信你，当然不会让你扫兴，只要你能够凭着孟蒂松的十字架发誓，说一定会保守秘密，我就对你说。"

那医生就按照他的嘱咐发誓，说一定会保守秘密，勃鲁诺才开口说：

"亲爱的医生，那么我就来告诉你吧：前段时间，城里来了一个大魔术师。因为他来自苏格兰，所以人们又叫他米盖尔·莎格兰，很多绅士都热情地招待了他，这些人中的很多人都已经去世了。在绅士们的再三恳求下，他临走时留下了两个很厉害的门徒，告诉他们说只要在他的门下做门徒，不管有什么愿望都会帮他们实现。

"这两个门徒——还真的让这些绅士们在私情方面和其他一些小事情方面的要求都得到了满足。后来他们两人因为一直待在城里，爱上了这里的风俗习惯，就决定留在这里了。在这里，他们认识了很多的朋友，穷的也有，富的也有。为了让朋友们开心，他们便组织了一个团体，人数大概有二十五人左右。每个月，他们最起码见两次面，地点是临时决定的。每次见面，每个人都可以任意说出自己的要求，那两个魔术师都会想办法让他们当天晚上就实现自己的愿望。

"布法马可和我两个人与那两个魔术师之间交情甚笃，所以才能加入那个团体，到现在为止，我们依然是会员。我可以这样跟你说，每次聚会的时候，那场面可真是豪华至极呀！我们吃饭的那间大厅，到处都是锦绣，到处堆的是珠宝，桌子上的菜肴都赶上皇帝家的水准了。婢仆也有很多，每个都长得美且有气质，你可以点名要谁伺候你。吃喝所用的锅匙碗盏以及所有器皿什物，都是金银制作的。至于其他的美味，但凡你能想到，都可以马上让你吃到。

"而动听音乐歌曲的音调的美、乐曲丰富的种类，真的要怪我词穷了，还有宴席上点的华美的蜡烛、吃的美味的糖果、喝的高档的醇酒，更是怎样都说不完。还有，我的善良的潘普金海先生。说出来你肯定会怀疑，我们所穿的衣服，根本不能和我们平常所穿的衣服相比，每个人都是穿着锦缎，非常高贵，即便你看到的是一个穿得最破的人，你也会觉得他是一个帝王。

"这些都还不是最重要的，最让我们兴奋的还是我们可以把全天下的美女都招来享乐。你可以看到拉斯卡·洛女王、巴斯克的王后、萨拉丁的娇妻、乌兹别克鞑靼的女王、诺洛威的醉格尔抓格尔台尔、福拉普都得兰的莫拉格琳和武尔格刚尔柏林的马得凯特……可是我为什么要一个个说出来呢？总的来说，全天下的皇后都来和我们做伴，甚至有普列斯特·约铺的那个屁股中央长了角的萱瑞维嫩丝，喏，你看到没？她们吃了点东西以后，便缓缓地和邀请她们来的男人进了洞房。

"你要知道，这些洞房布置得也太豪华了，就像身处天堂一样。那一股香味儿，很像药铺子里面茴香的味道。我们睡的床真是太漂亮了，甚至连威尼斯总督的床都无法跟我们的相提并论。至于那些女人摆弄起梭子来那种功夫，你就只能自己去想象了。我觉得我们这伙人当中，我和布法马可两个人是最幸运的。布法马可时常把法国王后邀请过来陪他，我则时常请英国王后来做陪。这两位王后的美在全天下无人能敌。也是我们太厉害了，他们只看中了我们，别的人都没有看中。这下你知道我们为什么过得那么快乐了吧，那是因为我们得到了这两位美若天仙的王后的爱情的照拂。特别是因为我们如果需要钱，问她们要个一千两千金币根本不在话下。这一切被我们叫作浪荡，因为我们就像浪荡的海盗一样，从各个地方打劫来这些东西，不同的只有一点，那就是到了他们手里以后，东西就不归还了，而我们却是用过以后就原样还回去。

"可敬的医生，这下你应该知道我所说的游历的意思了吧，我想你也知道应该如何保守这个秘密了，我也不需要再多说什么，再交代你一遍了。"

这位医生的医术，可能医治一下小孩子的癞痢头还算勉强，现在竟然相信了勃鲁诺所编造的这篇故事，一心盼望着成为他们团队中的一员，那种热切的劲头就似乎得到了全天下的宝贝一样。他告诉勃鲁诺，难怪我看你们一直过得那么舒心，原来其中还有这样的缘由呢。他极力克制自己，才没有要求他们也带他去见识一下，因为他觉得还要多多巴结勃鲁诺，然后再提要求胜算才更高。

自此以后，他和勃鲁诺之间的关系就更加亲密了，早晚都请他吃饭，时时刻刻都在讨好他，每天都和他在一起，似乎只有这位画匠才能让他活下去一样。

受到那个医生的热情款待，勃鲁诺为了对他表示感谢，就在饭厅里给医生画了一幅四句节图,又在房门口画了一幅"神的小羊图",还在大门口画了个便壶,这样到他这里来看病的人看一眼就会明白,不会弄错。在医生的小穿廊上,那油画匠又画了一幅"猫鼠搏斗图",医生觉得画得非常好。假如勃鲁诺某一天没有到医生这里来吃饭,第二天他总会过来这样告诉他:

"昨晚,我们和他们在一起,最近,我已经玩够了英国王后,因此我要求让鞑靼大可汗的桃拉桃克西来陪我。"

"桃拉桃克西?这是什么东西?"医生问道,"我真是搞不懂这些奇怪的名字。"

"哎哟,我的医生,"勃鲁诺叫道,"这我倒是觉得很正常,因为我听说这些人的名字连泼考格拉索或华那森那都没有提起过。"

那医生说:"你是说喜泼克拉底斯和阿维森那吧。"

勃鲁诺说:"可能你说得没错,我也不太清楚。我说的这些名字你也听不懂,你说的这些名字我也听不懂。可是'桃拉桃克西'在鞑靼话里就是王后娘娘的意思。天哪,她真是个可爱的妞儿!我可以保证,如果你看到她了,一定会把你的什么灌肠剂、石膏纱布都忘得一干二净的。"

勃鲁诺总是用这些话来戏弄他。一天晚上,勃鲁诺在画"猫鼠搏斗图",他在一旁执灯。他不由得想道,现在勃鲁诺已经欠他够多情了,可以说出自己的心里话了,他看着只有他们两人,于是说道:

"勃鲁诺,老天在上,我还从来没有像对你这样对别人那么好。实话跟你说吧,哪怕你要我从这里走到泼里托拉去,我也不会拒绝。既然我们之间的感情现在已经这么好了,所以我希望你能帮我一个忙,你应该不会觉得我很唐突吧。实话告诉你吧,自从你上次跟我说了你那个愉快的团体的各种事情以后,我心里一直燥热难耐,真想马上就成为那里的一员,之后你就会明白,我如此想成为其中的一员当然是有我自己的道理的。去年在卡卡文西格里,我遇到了一个非常优秀的小丫头,我非常疼爱她,那次我许诺给她十个波洛尼亚钱,让她和我交往,谁知她怎么也不愿意。只要我成为这个团队的一员,我就一定会把她带过去,要不然你就一直嘲笑我吧。因此我请求你告诉我,要如何才能成为这个团队的一员,你也得给我帮帮忙才行。我可以保证,我一定会成为一个非常忠诚的会员,不会让你丢脸的。先不说别的,你看我长得这么英俊潇洒,面若桃花,更何况还是一个医学博士,恐怕你们中间再也找不出第二个像我这样的人了。我还知道很多高尚的事情，会唱的歌也不少，要不然我就先唱一支给你听。"

说着，他就唱了起来。他这样说还无所谓，可真是要让勃鲁诺笑死了，让他很是难为情，憋了很久，他才没有笑出声。医生把歌唱完以后就问他：

"喂，你觉得我唱得如何？"

勃鲁诺说："你唱得非常好，不管哪样乐器给你伴奏，你的声音都占压倒性优势。"

那医生说："你就是听我唱了，你才会相信我唱得这么好吧。"

勃鲁诺回答道："你说得没错。"

那医生又接着说："我还会唱很多歌呢，今天就先唱到这里吧。我还可以告诉你，我的父亲也是个绅士，只是住在乡村里，我母亲的娘家是伐莱丘家族。你也已经看到了，在佛罗伦萨的医生中，我的藏书和我的长袍是无人可比的。实话告诉你吧，我有件十年前做的袍子，仔细算一下，差不多要值一百多块钱，因此我要求你不管怎样都要帮助我成为其中的一员，向天主发誓，假如你能帮我这个忙，我可以一辈子帮你免费治病。"

听了这话，勃鲁诺越发觉得这个医生太傻了，于是说道："医生，请你把灯光往这边来一点点，等我先把这些老鼠尾巴画好以后再来回答你。"

他画好老鼠尾巴以后，故意装作一副不知如何是好的样子说道："我的医生，我知道如果我能帮你把这件事完成，你一定会对我表示感谢，可是，尽管你是有学识的人，你要求我的事情根本就不是一件什么大事，对于我来说却是非常重大的一件事。可是既然是你的事，我当然愿意竭尽全力，世界上也只有你才会让我这样做了。我愿意帮助你，一是因为我们之间感情很深；二是因为你说的话太好了，死的也被你说成了活的，哪本我原本是想拒绝的，可最后也被你给说动了。我越是和你相处，就越是觉得你聪明。即便不提这些，最起码你刚刚说你爱上了那个漂亮的姑娘，仅凭这一点，我也应该对你表示同情。可是有一点我必须先告诉你：在这件事上，我并没有像你想象的那样很有权力，因此我实在没办法答应你。可是假如你能够庄严地宣誓不会说出去，我可以告诉你接下来该怎么办。既然你刚刚跟我说你有很多珍贵的藏书和其他种种财物，我相信这事一定会有个圆满的结局。"

那医生说："你就放一百个心吧，直接把你的办法告诉我吧。我看你对我了解得还不够，根本不知道我是一个非常能够坚守秘密的人吧。你要知道，瓜斯帕鲁罗·达·沙里塞托先生在福林波波里做长官的时候，对我真是知无不言，言无不尽，因为他知道最能帮他保守秘密的人就是我。你相信我说的话吗？他要跟白茄敏娜结婚的时候，我就是他第一个告知的人，现在你明白了吧？"

"那真是太好了，"勃鲁诺回答说，"既然有这样一位人物都那么相信你，我当然也相信你，那么我就跟你说一下我的办法。每次聚会，我们都有一个首领、两个顾问，他们的任期是六个月，到期就会换。到了下个月，首领就变成布法马可了，我成了顾问，这已经是提前说好了的。只要首领说一句话，不管谁想要加入都没问题，因此我看你最好还是先去和布法马可联系联系，好好招待他一下。他这人啊，只要看到你是个聪明人，一定会对你另眼相待，之后你再在他面前高谈阔论，说说你有许多珍贵的财物，讨好他一下，再提出你的要求，他就一定会答应的。在他面前我已经提到过你，他很喜欢你，你只要做到了我所说的这些办法，其他的事情我都会和你处理好的。"

那医生说："听到你这样说，我真是太高兴了，只要他懂得爱才，那我只需要和他稍微交谈一下，就一定有办法让他接纳我。实话告诉你吧，我这身上所具有的才华，哪怕让全城的人来分享都分不完呢。"

两人说好以后，勃鲁诺就把这事的原因和经过都告诉给了布法马可，听到这个傻瓜竟然如此想入非非，布法马可真想马上就戏弄他一下。再说那医生，为了品尝到那种浪荡的滋味，整日吃也吃不好，睡也睡不好，只等真的和布法马可有了交情以后，才算平静一点。于是他准备了丰盛的酒席来招待他们两人。两位画匠也真是爽气，只要品尝到了美酒佳肴，下一次不需要请就直接过来了，可是嘴上还要说，别的人即便想请他们，他们还不会赏光呢。一段时间以后，医生觉得时机到了，便像上次要求勃鲁诺一样，也向布法马可说了自己的要求。布法马可装作气愤的样子质问勃鲁诺：

"天主在上，他妈的，你这个吃里爬外的东西，我真想暴揍你一顿，让你的鼻子掉到你的脚跟前去，也只有你才会把这个秘密讲给这个医生听。"

那医生见状，马上帮勃鲁诺申辩，发誓说这不是勃鲁诺跟他说的，

他是从别人那里听说的,他说了一些自以为很聪明的话以后,布法马可才没有生气了,回头对他说:

"医生,看得出来,你去波洛尼亚学习过,因此才懂得保守秘密。我还可以说,你和一般的傻瓜不一样,只捡到了几块香瓜皮,而是真的学到了很多知识,我看你肯定是在礼拜天受过洗礼。尽管勃鲁诺跟我说,你到波洛尼亚是去学习医术的,我却觉得你在那里学会了和人攀交情,就凭你那睿智的头脑和如此好的口才,要想和谁结交,有谁可以跟你比呢?"

原本他还要继续往下说的,可是这时医生把他的话打断了,对勃鲁诺说:

"和聪明人交谈可真是让人开心啊,哪一个能和这位伟大的先生一样,一下子就能看穿我的心事,连你也不能像他这样一眼就发现我的优势。之前你跟我说布法马可是个非常懂得欣赏有才干的人的,当时我是怎么告诉你的,你看我现在做到了吗?"

"做到了,做到了。"勃鲁诺回答道,"你这一手远比我想象的还要好。"

那医生又对布法马可说:"如果你在波洛尼亚看到过我,那你还不止这样赞美我呢!实话告诉你吧,那里的所有人,不管是大人物,还是小人物,不管是医生还是学者,就凭我绝佳的口才和晶莹剔透的心,保管让他们一个个都喜笑颜开,所以所有人都对我佩服之至。不仅仅是这样,我不管说句什么话,所有人都会高兴地笑出来。我临走时,他们都难过极了,一直挽留我,甚至要我留在那里,给所有的医科学生授课呢。可是我不想,因为我要赶回来继承家族里的一大笔遗产,所以我就回来了。"

勃鲁诺对布法马可说道:

"你觉得如何?之前我告诉你,你还持怀疑态度呢。天知道,这一带再也找不到一个这样像他这样如此深刻地研究过驴尿的医生了。即便你从这里找到巴黎去,你不可能找出第二个来。他非要请你给他帮个忙,就看你能不能推脱了。"

那医生说:"勃鲁诺说得没错,很遗憾的是,在这个地方并没有人欣赏我。你们佛罗伦萨人智力欠佳,如果让你们两位看见了我跟那些医生在一起——嘿!"

"那当然啦,医生!"布法马可说道,"我真没有想到,你的学问竟

然这么好。请原谅我当着你这样一位大学者的面说一句俗话,一定要
'竭尽绵薄',让你成为会员。"

听到他这样说,医生对他们两人更加热情了。为了回报他,他们
想尽各种办法来戏弄他,答应把茜芙拉丽公爵夫人介绍给他,又说那
位夫人是人间后街最漂亮的一位妇女。那医生又问,茜芙拉丽公爵夫
人到底是怎样的一位夫人? 布法马可回答道:

"我的木瓜先生,她可是一位非常伟大的贵妇人呢,这一带的所
有人都归她管。先不说别人,就连那些圣方济各派的修士,也要时常
送她贵重的礼物。我可以这么跟你说,只要她到一个地方,不需要开
口说什么,只要闻到她身上的香气,人们就知道她来了。平常她都是
深居简出,可是前段时间,她还经过了你门口,去到阿诺河洗脚,呼吸
新鲜空气。她一般在德洛特霍斯兰住。为了对她表示尊敬,她手下的
很多侍从官员都拿着长笏和铅锤去朝拜她。她的许多大臣随处都可
以看到,比如塔马宁诺·台拉·包塔、唐·麦塔、曼尼柯·第·斯考
巴、斯夸切拉,等等。我想,你和这些人都是老朋友了吧? 只不过你一
时想不起来。假如我们可以帮你把这件事办好,我看你还是把卡卡文
西格里的那位姑娘忘了吧,让你在我们的帮助下跌进这位贵妇人的温
柔乡吧。"

那位医生原本是在波洛尼亚长大的,接受教育也是在那里,所以
对于他们这些暗话,他完全听不明白,所以更加倾慕那位贵妇人了。
这场谈话过去没多久,那两个画匠就告诉他说,他已经被接受成为团
体的一员。就在该团体聚会的那天下午,医生又把他们两位喊过来吃
晚饭。吃完饭以后,他就请教他们今天晚上要怎么成为其中的一员。
布法马可说:

"医生,第一,你应该完全相信自己。假如你优柔寡断,就不可避
免会经历磨难,而且会不利于我们。现在我们就告诉你,你应该把胆
子放大一点儿。今天天只要一黑,你就到圣玛丽亚·诺凡拉教堂外面
的一座新坟去。你得穿上你最华丽的一件袍子,因为这是你第一次参
加聚会,你要打扮得更绅士一些。而且据说(只要我们不在场)公爵
夫人看你是个绅士,还准备帮你买一个巴斯爵士的头衔呢。到了那
里,你就耐心地等一会儿,我们会派人过来接你的。

"我还是直接告诉你了吧,那就是说,我们会派一头出角的黑色
野兽去接你。它并没有多么魁梧的身材,将会在你周边的空地上吼叫

着蹦来蹦去,它只是想吓吓你而已。可是,只要你在他面前没有表现出害怕的神色,他就会变得温文尔雅起来,等他靠近你时,你应该从那座坟上走下来。整个过程中,你千万不要害怕,也不要提起天主或者圣徒们,只要跨到它身上骑着就行了。等你骑到它背上,你应该双手环抱在胸前,意味着驯服,不要去碰它。如此一来,它就会好好地驮着你前行,直到我们那里。可是我得提前告诉你一声,如果你喊起天主或是圣徒,或是表现出一点儿害怕,它就会让你摔到地上,或者叫你在某个很脏的地方跌落下来,让你狼狈不已。所以,如果你没有勇气,也没有决心,就不要去了,要不然的话,不仅会让你自己受害,也会不利于我们。"

医生赶紧说:"我看你还是对我了解得不够呢。难道你是看我穿了长袍、戴了手套,所以觉得我是一个很胆小的人吗?假如我把之前我在波洛尼亚和朋友们在夜间追逐女人的那些事情讲出来,那你一定会惊讶得张大嘴巴吧。实话实说吧,有那么一天晚上,有个很瘦弱的、还不到三英尺高的小妞,她不愿意和我们一起离开,我先是连续扇了她几巴掌,之后又把她一手提起来,又猛地一下把她摔出去,叫她只能乖乖地跟在我们后面。我记得还有一次,大概是天快要黑的时候,我只带着一个用人经过圣方济各会修士的墓地旁边,那里当天曾埋葬了一个女人,我却完全不觉得害怕。因此,你们大可放心,我有足够的胆量,而且非常坚强。为了不给你们丢脸,我一定会把我得到医学博士的学位时所穿的那件大红袍穿上,让你们好好看看,见了我,你们的伙伴们是不是会特别高兴?会不会马上让我做你们的首领?那位贵妇人和我并没有见过面,就那样爱上了我,要替我把巴斯爵士的头衔买过来,等我到了那里,那可就不止这些了。我到底能不能有没有资格做爵士,能不能表现得很得体,你们就等着看吧!"

布法马可回答道:"你说得很好,可是你千万不要戏弄我们。我们派人去接你,你却不能到那边去或者去了又让我们找不到踪影。我之所以要这样说,只是因为现在天气太冷了,你们大医师一向对自己的身体极为爱惜。"

西蒙一声大叫道:"天哪,我可不像你们这么怕冷。我完全不怕冷,有时我晚上大小便,几乎都不会套上一件皮袍,因此我是一定会去的。"

于是他们两人就和他告别了。到了晚上,医生随便找了个理由,瞒过了自己的妻子,悄悄把自己最华丽的袍子穿上,走到圣玛丽亚·诺凡拉教堂,看到一座大理石的坟头,就走了上去,在寒风中等待那头巨兽。再说那布法马可,他原本是个身材魁梧、很有力量的人,想办法找到一个之前游戏时所用过的面具,又把一件黑色的皮外套反穿上,把自己打扮得像一头熊一样,只是面罩是个鬼脸,而且长了脚。打扮好以后,他就去了圣玛丽亚·诺凡拉教堂,勃鲁诺在他后面跟着,想看看热闹。看到医生已经在那里等着了,他便不停地跳着叫着,似乎像着了魔一样。

那医生的胆子原本就很小,看到这副场景,又听到这种奇怪的声音,不由得全身都开始发抖。这会儿他很生气,自己为什么非要跑到这里来,好好在家里待着不行吗?可是既然已经来了,又一心想看看那两个油画匠给他说的各种奇怪的事情,只能勉强装出不害怕的样子。那布法马可这样叫了一会儿以后,便假装平静下来,来到医生所在的那座坟墓前,一动不动地站在那里。

那医生正吓得浑身像筛糠一样,不明白现在应该怎么办,是待在原地呢,还是骑到兽背上去?最后,他担心骑到兽背以后会受伤,只能让前一种恐惧把后一种恐惧赶走,从坟墓上走下来时小声说道:"但愿天主保佑我吧!"于是,他便骑到了那头野兽身上,又按照他们之前的嘱咐,双手环抱在胸前,布法马可慢慢爬向圣玛丽亚·台拉·斯卡拉,把他带到里波尼女修道院附近。

那时候,这一地方处处都是沟渠,农民们都把粪倒在这里,用来肥田。来到这里以后,布法马可就走近一条沟边,把医生的一只脚抓住,将他摔下自己的背,倒栽到沟里。接下来,他就胡乱跳了一阵,发了一通脾气以后,就沿着圣玛丽亚·台拉·斯卡拉路朝奥霍罗旷野奔去,在那里和勃鲁诺相遇,原来看见当时那种场景,勃鲁诺一时间没有忍住笑,因此躲到了这里。两人又嘲笑了一阵那个傻瓜西蒙,站在很远的地方看着,只见他一身泥污,不知道他接下来会怎么做。

那个傻瓜医生看到自己的处境如此狼狈,只得奋力挣扎着起身,想要从那个臭沟里面爬出来。可是他好不容易爬起来了,结果又跌倒了,就这样循环往复,难免吃了好几口那脏东西,最后终于从沟里爬了出来,全身上下都沾满了粪污,头巾也不见了,真是狼狈之极。他也没有别的办法,只能用双手在身上不停地抹。他回到家敲门,过了很久以后,他妻子才给他开了门。他刚臭烘烘地回来,还没有来得及关门,勃鲁诺和布法马可两人就赶过来了。原来他们是专门过来看看他妻子会如何对待他的。他们躲在门口,只听那个妻子开始痛骂这个可怜虫:

"天哪,你还是个人吗?你肯定是出去找女人去了,穿着这么件大红袍,还嫌不够显眼吗?我还不能满足你吗?好小子,就凭我这么个女人,即便是要我满足全天下所有男人都不是问题,更不消说是你了!真是老天爷有眼,他们竟然把你抛到这种臭地方,你真是自作自受,你应该被淹死呀!还亏你是个厉害的医生,这有了老婆还要出去找别人家老婆。"

那女人一边不停地用恶毒的语言咒骂他,一边看他洗身子,直到半夜才消停下来。

第二天一早,勃鲁诺和布法马可先涂了很多青斑在自己身上,看上去就像被人打伤一样。之后,他们来到医生家里,一进门,他们就闻到了一股臭气,原来他们还没来得及收拾屋子。看到医生已经起床了,他们就迎上前,医生赶紧走过来,问候他们早安。这两个坏蛋就按照提前说好的,假装很生气的样子回答他:

"我们可不问候你早安了,真希望天主好好地惩罚你一顿!你真是全天下最不守信誉的坏蛋!我们好心抬举你,让你快活一阵,没想到你让我们险些被打死了。你说话不算话,还连累昨天晚上我们也跟着挨打,就是把一群驴子从这里赶到罗马,挨的打也只有这么多吧。而且,为了让你成为其中的一员,我们自己都差点被开除了,假如你不相信,你可以看看我们身上的伤痕。"

他们边说边把衣服解开,把胸膛露出来,因为屋里的光线很昏暗,涂在身上的颜料就真的像一块块的青斑,只是让他看了一眼,他们就赶紧把衣服穿好了。医生努力为自己申辩,说了自己昨天晚上的各种悲惨经历,以及掉下粪沟等事,布法马可马上把他的话打断了说道:

"我真希望你从桥上摔到阿诺河里,为什么你要喊天主和圣徒的名字呢?我们提前不是跟你说过吗?"

"老天爷呀,我真的没有喊过啊。"医生说。

"什么!"布法马可大叫道,"你真的没有喊过?你还喊了好几遍呢,我们的使者说你全身像一根芦苇一样不停地发抖,根本不知道自己在哪里。好呀,你真是把我们骗得够惨啊!实话告诉你吧,你以后不要再想这样欺骗我们了,既然你这样对我们,我们也一定会这样对你。"

医生再三乞求他们原谅自己,并请他们看在天主的分上,不要再让他丢脸了,又赔了很多笑脸,说了很多好话,让他们不要再生气了。自此以后,他更加殷勤地招待他们,时常请他们吃饭,只希望他们能够不要对外宣扬这件丢脸的事情。这会儿你们肯定听明白了,那些到波洛尼亚没有学到任何东西的人就是学到了这么一点皮毛。

故事十

一个西西里娘们儿把商人的所有钱财都骗到了手,那商人卷土重来,假装要把更多的财货运过来,找那荡妇借了很多钱财,结果最后她发现抵押品只是芝麻和海水。

女王讲的故事实在是太好笑了,小姐们一直笑个不停,个个眼里都笑出了眼泪,由此可见这个故事有多么好笑。女王讲完以后,狄奥内奥知道,自己是最后一个了,于是接着说道:

优雅的小姐们,越是心思活络的人越容易被别人骗(只因为有人的心思比他更活络),那么毫无疑问,这样的故事会让人觉得非常有意思。各位所讲的很多阴谋诡计当然很吸引人,我现在再来讲一个,肯定比之前讲过的都要好听,因为这个故事的主人公原本很擅长戏弄人,其捉弄人的能力甚至超过任何一个被人戏弄的男女,可是终究有一次她还是被别人骗了。

从前,一直有一种规矩(可能直到现在这种规矩都还在),只要是港口的地方,只要有客商来,卸下的货物都要存在一个堆栈里,在很多地方,那种堆栈都叫海关堆栈,这种堆栈有当地官办的,也有民办的,客商们把货物的明细列一个清单,交由海关管理人员,再由海关管理人员给他们指定堆放货物的仓库,并保存好,还要登记入册,以后客商提取货物时,都要按章纳税。只要是做捎客的,都到关上来,以账册为依据,来看某某客商还有多少存货,质量怎么样,之后再卖给各商家。

各地普遍采用的都是这种办法,西西里岛上的巴勒莫地方也一样,那地方有很多长得很漂亮、品行却不太好的女子,如果你对她们不够了解,还以为她们是多么正直、多么尊贵的小姐太太呢。她们对付男人不是吃你的豆腐,而是要把你的皮剥掉,只要看到有外地客商来,她们就会到海关账册上去查这个人携带了多少货物、价值多少,之后就通过美人计和甜言蜜语来引诱人家。很多富商巨贾都因此身陷图圄，有的损失了一部分财物，有的则被骗得什么都没有了，有的连货带船甚至连性命都不保了。这班可爱的理发师在运用她们手里的剃刀时，可真是毫不留情啊。

先说前段时间，有个名叫尼柯罗·达·西涅诺——大家一般都叫他萨拉巴托——的年轻佛罗伦萨人，在东家的指示下来到了那个地方。他在萨莱诺采购了一批毛制品，价值五百金币，运到那里去卖。他把货物清单交给海关以后，因为那批货物并不着急出售，所以他就把它存进仓库里，自己到城里去玩耍去了。

原本他长得就很俊俏，头发金黄，看起来很有生机，刚巧有个做这种行业的女人，声称自己是姜考费奥利夫人，了解到他是什么人以后，就不停地向他示好。看到这种情形，他还真的以为他是一个非常伟大的贵妇人呢，觉得他是用他的色相吸引了那位贵妇人，所以一门心思想着偷偷进行这件美事。他没有告诉任何人，只是一个人在她门前来回踱着步。那夫人向他示好了几天以后，让他的热情被激起来以后，就装作一副爱上他的样子，偷偷派了个擅长做媒的女用人去到他那里。那女用人和他交谈了很长时间，泪眼婆娑地对他说，他长得如此潇洒，她的主妇早就被他迷得神魂颠倒，她现在每天夜不能寐，假如他不嫌弃的话，希望他到一个澡堂子里去和她幽会。说过以后，她又拿了一个金戒指出来，说代表她的主妇送给他，以让他留个纪念。

听了这话，萨拉巴托真是太高兴了。他随手把戒指接过来，不停地看，不停地亲吻，之后戴在手指上，还对那个女用人说，既然夫人抬爱，那他一定不会能辜负她这一片好心，因为相比爱自己的生命，他更爱夫人，只要夫人方便，他什么时候都可以。

那个做媒的人回去禀报了她的夫人以后，马上又来告诉萨拉巴托，明天晚上，夫人会在某某澡堂等候他。在其他人面前，他守口如瓶，时间到了就一个人去赴约，发现那个澡堂子已经被妇人承包下来了。他刚到那，就见两个丫头进来了，一个头上顶着一床华美的棉垫，另一个顶着一个大桶，桶里什么东西都有。她们先在床上铺好垫子，然后再把两条很精巧的被子铺到垫子上，再把一块雪白的细麻布床罩铺到上面，还摆上一对非常精致的绣花枕头。接下来，她们就光着身体走下浴池，清洁浴池。

很快，夫人也过来了，随行的还有另外两个丫头。一看到萨拉巴

托,她就兴奋地跑过来和他亲吻,又叹息了一阵,然后说:

"恐怕也只有你才能把我整到这个地步了,你这条佛罗伦萨小狗,竟然让我如此动情。"

接着,他就按照这位夫人所说的,在两个丫头的服侍下,和她一起把衣服脱光,光着身体走下浴池。夫人不让丫头们帮萨拉巴托清洗,而是自己亲自用麝香和丁香肥皂替他擦洗身体。擦过以后,再叫两个丫头帮她洗澡。洗好以后,丫头们拿来两条用玫瑰花熏过的洁白的好床单,分别裹在萨拉巴托和夫人身上,把他们两个抬到了床上。等到他们身上的汗水干了以后,丫头便揭掉他们身上的被单,让他们光着身体躺在一起。之后,丫头又拿了很多精巧的银瓶子出来,瓶子里有各种各样的香水,有玫瑰香的、橘子香的、茉莉香的,还有柠檬香的,丫头们在两人身上撒了一些香水之后,又端来了很多糕点,请他们享用。

萨拉巴托觉得这一切真是太美好了,不停地盯着那个女人看,因为那个女人长得确实很美。他真想让那两个丫头赶紧走开,好和她紧紧地抱在一起,他觉得时间过得好漫长呀,终于,夫人打发走了那两个丫头。她们临走时,还留了一盏灯在房间。于是,两人紧紧地抱在一起,快活了好大一阵,萨拉巴托完全沉醉其中,只觉得这位贵妇人已经爱他爱到了骨子里。

又过了些时候,夫人觉得应该起床了,于是叫来了那两个丫头,帮他们两人把衣服穿好。接着又吃了一些美味的糕点,洗了手和脸,临走时,夫人对萨拉巴托说:

"感谢你看得起我,今夜请你去我家里吃晚饭,我将会非常高兴。"

这时萨拉巴托已经被那个女人的美貌和她那一套魅惑人的功夫给迷得神魂颠倒,以为她会真的把他当作自己的宝贝一样关怀,马上回答道。

"夫人,只要你愿意,我什么都好说。不要说今天晚上,不管什么时候,我都愿意听你的吩咐。"

于是夫人回到了自己家,吩咐用人好好收拾了一下自己的卧房,把最考究的衣服、最美丽的窗帘都拿了出来,又准备了一顿最豪华的晚宴,只等萨拉巴托来。夜幕降临的时候,萨拉巴托真的来了,夫人热情地欢迎他,晚饭不仅丰盛,而且伺候得非常周到。吃过饭以后,两人一起到了卧室,一股非常浓郁的香味扑鼻而来,床上还依照塞浦路斯的习惯装饰了各种鸟儿，墙上还挂满了华美的衣服。家具装潢，几乎所有的都让萨拉巴托觉得她一定是一位非常富贵的夫人。尽管他也听人说过这个女人，说她不太正派，他却表示怀疑。哪怕他没有怀疑别人所说的话，曾经有不少男人都在她那里吃过亏、上过当，他也不相信他自己会成为其中的一个。这一夜，他过得很开心，也就越发爱她了。

第二天早上他离开时，夫人送了一根非常精致的银裤带给他，还亲自给他拴上，这裤带上还有一个非常漂亮的钱袋。她说：

"亲爱的萨拉巴托，请你一定要记得我。自此以后，我的一切都属于你，任由你支配。"

萨拉巴托真是太高兴了，搂着她吻个不停，这才从她的家门走出去，来到客商云集的地方。以后他们就一直这样来往，自己一文钱都不用花，所以对她越来越爱。没过多久，他那批毛织品卖得了高价，获得了不少现款。那位夫人马上从其他地方得知了这个消息。

一天晚上，萨拉巴托又去了她那里，他们在一起拥抱亲吻，快乐得像神仙一样，似乎只有在他的怀里死去，才能成全这一片痴情。她又准备送给萨拉巴托两个非常精致的银杯，萨拉巴托表示拒绝，因为他前后已经接受了她价值三十个金币的礼物了，却从来没有为她花过一文钱。那位夫人看起来非常大方、非常痴情，显得更加喜欢他了。这时，突然有一个丫头按照提前说好的进来叫她出去。没过多久，就见她哭着回到了房里，倒在床上就开始大声痛哭，那样子看起来凄惨极了，看到这种情况，萨拉巴托很是吃惊，连忙抱起她，也陪她一起哭，并说道：

"唉，我的心肝，你怎么了？怎么哭了呀？到底是因为什么？看在天主的分上，请你赶紧告诉我吧！"

一开始，那位夫人还不愿意说，直到他再三央求，她才回答道：

"亲爱的，我真是太难过了，我应该从哪里开始说呢？我现在应该怎么办呢？刚刚我弟弟从墨西哥寄了一封信给我，叫我把我们所有的东西都卖掉当掉，在八天之内，给他凑足一千个金币，要不然他就性命难保了。可是我一下子去哪里弄这么多钱呢，如果给我十五天的期限，我还可以去想想办法，再多些应该也不是问题，更何况我还可以把一个农场卖掉，可是现在时间这么紧张，我还不如死了呢，也免得被这种消息给急死了。"

她先是假装非常难过地说着这些话,同时痛哭流涕个不停。萨拉巴托早就被她迷惑了,看她哭得这么伤心,说的又这么难过,竟然相信了她所说的话,说道:

"夫人,尽管一千个金币我没办法帮你凑齐,可是我可以借给你五百,只要你在十五天之内还给我就行了。还得亏你运气好,我昨天刚刚卖了货,要不然的话现在根本连一文钱都拿不出来。"

夫人大叫道:"天哪,你急需钱用吗?为什么不早点跟我说呢?尽管我拿不出来一千、两千,可一两百我还是拿得出来的呀。既然你如此疏远我,我又怎么能接受你的好意呢?"

听了这些话,萨拉巴托更加痴迷了,便说道:

"夫人,你千万不要拒绝我,如果我像你这样迫切地需要钱,我早就找你借了。"

"哦,我的萨拉巴托!"她大叫道,"现在,我知道你对我是真心的了,因此当我急需这么多钱的时候,你没等我开口就自愿给我帮忙。当然,就算你这次没有给我帮忙,我这个人也是你的了,可是这一次,我兄弟的命是你救的,我这一辈子都不会忘了你的大恩大德。天知道我有多么不愿意拿你这笔钱,因为我知道你是个商人,总是需要钱的。只是我实在是没办法了,而且我一定会想办法尽快还给你,因此我就暂且借用一下吧。至于不够的部分,如果一下子借不到这么多,就只好把东西先拿出去抵押了。"

说着,她就靠在萨拉巴托的脖子上痛哭不已。萨拉巴托一直柔声地安慰她,两人就这样过了一夜。第二天,没等她开口,他就主动给了她这五百个金币,以证明他是一个多么大度的情人。她把这笔钱拿到手以后,看起来还在哭,心里却得意极了。萨拉巴托相信了她的诺言,根本没有注意这些。

当她拿到这笔钱以后,形势就开始急转直下。之前,萨拉巴托不管什么时候去找她,她都会欣然应允,可是现在,她会找各种理由不和他见面,而且对他也不像从前那么温柔了。借的那笔钱不仅没有到期归还,而且一两个月以后也没有还的意思,有时他问起来,她也只是找个理由推脱。萨拉巴托这才发现他中了她的圈套,可是他根本拿她没办法,因为这笔借款既没有签字据,也没有见证人。他也不好意思告诉别人,因为人家之前就已经跟他说过,不要中那个女人的圈套,二是他怕别人嘲笑他,因为他受到别人的愚弄,都只怪他自己不够精明,根本就是自作孽不可活,所以他只有自己一个人偷偷地伤心落泪。这时东家已经给他写了好几封信催他汇款的信,他只得赶紧想办法逃脱,以免事情被发现。于是他登上一条小船,朝那不勒斯驶去,并没有回皮萨。

且说当时在那不勒斯城里,住着我们的一个名叫彼特罗·台罗·卡尼姜诺的乡亲,他是君士坦丁堡女王的司库,为人很精明,也很讲道理,和萨拉巴托一家交情很深。萨拉巴托对他非常信任,到那以后,就把自己这前后发生的事都告诉给这个人了,请他帮自己想想办法找个生存的门道,说是这一辈子也没想过回佛罗伦萨了。

听了这话,卡尼姜诺非常着急,便说道:

"你这件事确实做得欠妥,已经酿成了大错。你不应该违抗东家命令,还在一个女人身上花这么多钱,可是既然你已经上当了,我们就先不要管它了,我们现在想想应该怎么弥补吧。"

他原本就是个聪明人,马上就想到了一个好办法,告诉给了萨拉巴托。萨拉巴托听了很是高兴,决定就按照他的计划行事。原本他身上还有一些钱,卡尼姜诺又借给了他一些,于是他就买了好多扎紧的苎麻,还买了二十来只油桶,里面全部装的水,用船运到了巴勒莫。到那以后,将货物清单列好以后交给海关,以他自己的名义入了登记账册,存到了仓库里面,说是暂时不卖,等另外一批货来了再一起卖。

没过多久,姜考费奥利夫人就听闻了这个消息,又听说他这次所带的货物价值超过两千个金币,还有一批价值三千金币的货物要到。于是,她想,上次,她只从他手里弄到了五百金币而已,实在是少得可怜。她打定主意,先还他那五百,然后再想办法把他现有的五千金币弄进一大半来。想好以后,她就派人去请萨拉巴托,萨拉巴托就像假装不知道她的诡计一样,如约前往。那个女人就假装完全不知道他这次带了什么货物一样,只是非常亲切地说:

"上次应该如约归还你的钱,我并没有还你,假如你还生我气的话……"

萨拉巴托赶忙打断她的话,微笑着对她说:

"夫人,我确实有点生气,为了赢得你的芳心,即便是要我把心都挖给你,我也愿意。现在请你听我说,我是真的太生气了,为了爱你,我把大部分产业都卖掉了,买了两千多个金币的货物运到这里来,还有三千多的货物不久也会运到。我准备在这里开家商号,一直在这里住下去。这样我就可以和你天天在一起了,那真的是太幸福了。"

那女人说:"看你,萨拉巴托,我真是太爱你了,只要是对你有好处的事情,我都很高兴去做。你回到这里来,而且准备一直在这里住下去,我真的是太高兴了,因为我也非常想和你待在一起。可是我得先对你说一声抱歉,因为在你刚准备离开这儿的时候,有几次你要到这里来,我都拒绝了。有时候你来了,我也没有好好地招待你。最让我感到抱歉的是,我没有按照约定及时还你的钱。

"你要知道,我当时实在是太伤心了,不管是谁身处我那么样的处境,也没有心情去服侍她的心上人了,即便她有多么爱那个人,也无论她心里有多么想讨他的欢心。你也应当知道,一个女人要去凑一千个金币难度有多么大,欠我钱的人都没有如期把钱还给我,所以我也没办法,只好在别人面前也不讲信用,所以没有及时把你的钱还给你,也是因为被别人拖累了,并不是我一定要赖账的。没想到你才刚走没多久,我就把我的债务都收回来了,正准备还你,却不知道要寄到什么地方去,只好先把这笔钱保管好。"

说着,她就拿了一个钱袋出来,里面装的就是那五百金币,交给他说:

"请你数数看,够不够数?"

萨拉巴托真是太高兴了,把钱接过来数了数,刚好五百。

"夫人,"他说,"我知道你所言属实,你这种做法更加证明了你是爱我的。就凭你这一份信用,就凭我爱你,不管今后你需要多少钱,随时随地告诉我,我都会听你的。反正我以后就一直待在这里了,我并不是随口说说而已,你就等着看吧。"

萨拉巴托就这样和她和好如初,再次和她产生交集。她自然又像从前一样,对他非常热情,假装非常宠溺他。可是萨拉巴托这一次早就成竹在胸,一定要以牙还牙,一定要好好戏弄她一下才行。这一天,那女人请他去吃宵夜,他一脸忧愁,似乎马上就要死了一样。那女人抱着他,问他为何这么忧心忡忡。他思考了片刻才一字一句地说:

"这下我可真的是完蛋了,我每天盼着那批货赶紧运到这里来,谁知道,给我带货的那条船竟然遇到了摩纳哥的海盗,他们要求我拿一万金币去赎,我名下还得出一千,可是我现在根本拿不出来一文钱。你还给我的那五百早就汇到那不勒斯去买布了,准备运到这里来卖。现在市面上的形势又那么糟糕,假如这里的这批货物要赶紧卖掉,那肯定都是贱卖。我在这里又不熟，又不知道找谁借，真的是叫我一筹莫展。假如不能把赎金交出来，那批货马上就会运到摩纳哥去，那这辈子也别想再找回来了。"

听到这话，那女人一脸焦急，生怕自己的如意算盘落了空。于是，她思考了好一会儿，要怎么样才能让这批货物不会被抢劫到摩纳哥呢？沉吟了许久，她说道：

"天知道，我太爱你了，听闻你遭受这样的不幸，我真的是比任何人都要难过。可是光难过又有什么用呢？假如我有钱，我可以马上借给你，可是我并没有。但是，我想到我们这有个放高利贷的人，上次我有五百个金币的缺口，就是问他借的。只是他要的利息太高了，一定要是三角息才借。而且如果你要向他借钱，你必须用你的东西作为抵押品。我愿意拿我的人、我的东西作为一部分抵押品，可是其他的部分你要拿什么当抵押品呢？"

萨拉巴托马上看穿她为什么这么大度了，而且深知是她自己借钱给他，而不是别人，他想要的就是这个结果，于是赶紧对她表示感谢，还说，既然是迫于无奈，即便利息再高，他也要借。接着他又说，他可以抵押海关里的存货，并把它更名换姓，可是仍然由他保管堆栈的钥匙。要是债权人要看货，他可以带着去，这样才不会避免被别人偷走。

夫人说，他这话说得没错，抵押货物也很好。次日一早，她就请了一个心腹掮客过来，跟他说了这件事情的前因后果，并把一千个金币交给他。掮客把这笔款交给萨拉巴托的同时，又把他存放在海关里的货物换成了对方的名字，双方交换了借据和收据，办好手续以后，两人才告别。

萨拉巴托弄到一千五百个金币以后，马上驾了一条小船回到那不勒斯的彼特罗·台罗·卡尼姜诺那里。到那以后，他先给东家汇了之前的所有货款，又把欠彼特罗和其他所有人的债务都还清了，然后，和彼特罗两个一直嘲笑这个西西里女骗子。自此以后，他也不想做生意了，就去弗拉拉生活了。

再说姜考费奥利夫人那边，听闻萨拉巴托已经从巴勒莫离开了，一开始很是吃惊，之后就开始怀疑。一连等了他两个月，都没有看他回来，便知道他不会再回来了，便叫那个掮客去把仓库打开。他们先把那些油桶打开，原以为里面装的都是汽油，结果里面灌的全是海水，只是水面上漂着一层油。再把那一捆捆货物解开，里面全是些苎麻，布料只有一两捆。总的来说，所有货物加起来不超过两百金币。

她这才反应过来，自己中了别人的圈套，不仅还了他那已经骗到手的五百个金币，还赔了一千进去，不由得难过了很长时间，以后见到人就说："佛罗伦萨人太精明了，要是你们和他们打交道，可一定要多长个心眼儿。"这一次她挖空心思，最终却中了别人的圈套，真是赔了夫人又折兵。自此以后，她才知道人外有人，天外有天。

狄奥内奥把故事讲完以后，女王知道自己已经到期了，便对卡尼姜诺高明的手段进行了一番夸赞，又对萨拉巴托聪明，可以按计划行事进行了一番赞美以后，便把王冠摘下来戴到艾米莉娅头上，温柔地说道：

"小姐，你做了我们的女王，我不敢说你有多么幽默，可是最起码你是一位美丽的女王。真希望你的德政可以和你的容貌相提并论。"

说完以后，她就回到了座位上。艾米莉娅觉得有些不好意思，脸蛋绯红，这倒不是因为她做了女王，而是因为人家夸她长得美——而女人家原本就最喜欢人家说她长得美啊。她先是垂下了眼睑，等脸不再那么红以后，才和总管开始商量，明天大家的伙食如何准备。接下来，她又说道：

"可爱的小姐们，大家都知道，一头牛干了太久的活以后，也要给它把颈箍取下来，让它放松地休息一会儿，在树林里随便捡块草地吃草。相比那单调的橡树林子，我们这里随处是美丽的花园。这几天来，我们讲的故事都被题目所限，所以我看不如放松一下，变得懒散一点儿。这既有利于我们，也非常有必要，就像一个干苦力的人一样。我们好好休整一下，之后重新把颈箍固套上就不会觉得那么累了。

"因此，明天大家讲故事时就可以随意一些，不必非要围绕着某一个主题，只要大家喜欢就好，因为我相信，听着各种各样的故事才会让人眼前一亮，相比圈定一个主题要有意思多了。如果可以做到这一点，那么以后比我贤明的人继承了我的王位，在执行国法时就会顺利多了。"

说完以后，她就叫大家任意地娱乐，等到了晚饭时间再聚到一起。男男女女都对女王这一席话表示赞美，觉得她说得很有道理，各自起身去玩耍了。小姐们都去编花环或者做其他的游戏，少爷们要么打牌要么唱歌。到了吃晚饭的时间，大家都在漂亮的喷水池旁边聚集到一起，高高兴兴吃了一顿晚饭之后，按照惯例唱歌跳舞。之后，大家随意唱了好几支歌，为了遵守一直以来君王的制度，女王吩咐潘菲洛唱一支歌，潘菲洛马上开始唱道：

啊，伟大的爱神，
你赐给我数不尽的快乐，
在你的火焰中燃烧，
我真是太幸运了。

我心里非常高兴，被幸福填满，
这都是因为你的恩赐。
这无边无尽的幸福，
让我灵魂的疆界也被打破，
向周围泛滥，
让我脸上喜悦。
因为在高尚的爱情中沉醉，
我再也不担心你的火焰会烧坏我。

啊，爱神，我要如何歌唱，
也无法把我的喜悦唱出来，
即便我的文笔多么好，
也不能形容我心中的快乐，
哪怕可以抒情达意
我也要把它藏起来，
要不然让其他人知道了，
我不仅无法高兴，还要痛哭失声，
更何况我这千思万绪
如果用笔墨形容，可真是白费劲！

谁也不知道我这两条臂膀，
曾经搂抱过她的身子，
我的脸儿曾经紧紧和她贴在一起，
这才叫福从天降，
无论谁都想象不到！

啊,我要永远深藏这份幸福,

让爱情的火焰燃烧,

直到山无棱,天地合!

在大家的合唱声中,潘菲洛把这首歌唱完了,所有人都非常认真地听着他的歌词,而且都开始议论,他歌词中所谓要保守秘密,而不能唱出来的,到底是什么情况。虽然大家都在猜,可是没有一个人猜中。女王看潘菲洛已经唱完了,小姐和少男们也到了休息时间了,便吩咐大家各自回去休息。

第九日

decameron

《十日谈》的第九天就此拉开序幕,担任女王的是艾米莉娅,大家都自由发挥,讲一个故事。

天色已经大亮，黑夜早已被驱散，天已经变得碧蓝碧蓝的，田野间的小花也舒展了笑颜，艾米莉娅这时候已经起床了，还叫醒了女伴男友。在女王的带领下，大家一起从别墅慢慢走向附近的一个林子，林子里有很多种不同的动物，似乎都被人类驯服过一样，看到人来也一点都不慌张，可能是因为人类遭了瘟疫，它们不用再担心遭到猎人的射杀吧。这群男女时而摸摸这只羊，时而摸摸那只鹿，吓得它们上蹿下跳，特别有意思。

没过多久，太阳就已经升到了半空中，大家觉得到了该回去的时间了。这一路他们走来，把橡树叶编的花冠戴在头上，把一束束鲜花和香草拿在手上。如果有人看到他们这样子，肯定会说："这些人一定会长命百岁，最起码到死都是高兴的！"

他们一路歌唱着，欢笑着，慢悠悠地回到别墅，这时候仆从已经安排好了一切，正笑意盈盈地欢接他们回来。他们没有马上到桌上去吃饭，而是先休息了一会儿，几个青年和小姐又唱了六首歌，都是欢天喜地的，一浪高过一浪。唱完后大家洗手，在女王的授意下，总管带领大家入座。大家又高兴地谈笑起来，吃完饭后离开餐桌，他们又开始跳舞唱歌。直到女王命令大家停下来，大家才回到房间休息。

时间到了，大家都向一直以来讲故事的地点集中。女王示意菲洛梅娜第一个讲，她笑着开始第一个故事。

故事一

两个男子都对法兰切丝卡夫人倾心不已，可是对于这两人，她一个都看不上，有意让他们分别去装尸体和盗尸体，只要他们没办法完成任务，她就可以名正言顺地甩掉他们了。

陛下，承您厚爱，让我第一个讲故事，我感到很高兴。如果我可以讲好这个故事，那么接下来的人一定会讲得更好，这是毫无疑问的。

各位好姐姐，我们已经讲过不少证明爱情的力量有多么伟大的故事。可是我觉得我们不可能在这方面讲得清清楚楚、明明白白，即便我们抛开其他话题，只讲爱情，哪怕讲一整年也讲不完。现在我就准备给大家讲一个爱情的力量有多么伟大的故事,它不仅可以让情人置自己的生命于不顾,还可以让情人走进墓窟,拖出死尸。你们还会看到一个聪明的女人是如何用计谋甩掉了两个追求者的。

从前,有一位美丽的寡妇住在皮斯托亚城里,两个被驱逐的佛罗伦萨人,分别叫林奴乔·帕莱米尼和阿莱桑德·基亚蒙台西,都对这个寡妇倾心不已,可是他们互相之间并不知情。两人都偷偷想尽各种办法,想让寡妇爱上自己。

那位名叫法兰切丝卡·德·拉扎利的寡妇,时常会接到这两位的情书,还有人到她家里,给他们两人当说客,她被这二人纠缠得够呛。一开始,她可能太随和了,直到后来,已经很难轻易摆脱他们了。她打定主意要赶走他们,于是想到了一个好办法,让他们去完成一件几乎不可能做到的事,如果他们确实没法办到,她就可以理直气壮地不允许他们再派人到她家来了。

当她想好的那天,正好皮斯托亚城死了个人,虽然他出身于大户人家,却是个恶人,像他这样的无赖放眼天下都少有,更遑论皮斯托亚了。他长得一脸凶相,所有不认识他的人,见到他的第一面,都会被吓一大跳。他的尸体已经被埋在圣方济各会教堂的坟地上,那女人觉得真是天助我也,于是对贴身侍女说:

"你是知道的,那两个佛罗伦萨人——林奴乔和阿莱桑德整日纠缠我,我真是郁闷极了,我不喜欢他们,想要尽快摆脱他们。我想,他们不是成天说甘愿为了我去死吗?现在我倒要给他们出个难题,让他们分别去做一件他们无论如何也不敢做的事,只要难倒了他们,他们就不会再来纠缠我了。你听好我的计划:

"你知道,史卡那迪奥(就是我们刚刚所说的那个恶人的名字)今早被葬在圣方济各会教堂坟地里了。他在世时,他那副尊容可吓坏了不少人,即便是自诩最勇敢的人也是一样,现在死了更是如此。你先偷偷去找到阿莱桑德,对他说:'我家少奶奶嘱我来告诉你,你这样费尽心思地追求她,如今有个好机会可以让你得偿所愿,只要你愿意帮她做一件事就可以。今天晚上,她有个亲戚要把今天埋葬的史卡那迪奥的尸体抬到她家去——为什么要这样,以后你就会知道了。她很害怕,无论如何都不想看到这个尸体,因此她想请你帮帮忙,到了晚上睡醒头觉的时候,钻到墓穴里面,把尸体身上的衣服扒下来,套在你自己身上,然后把自己当成那个尸体躺在里面,等到有人来扛走你时,你要一声不吭,也不能随便乱动,任由他把你扛到少奶奶家来,她一定会把你留下来的,你愿意和她一起待多久都行,至于其他的一切,她会安排好的。'如果他毫不犹豫地答应了,那也就算了;如果他没有答应,那就跟他说以后都不要出现在我的面前——既然他如此看重自己的生命,那就不要再拿什么情书,派人上门来纠缠我了。

"你在那边把话带到以后,再去林奴乔那边跟他说:'我家少奶奶让我来告诉你,只要你愿意给她帮个忙,她甘愿陪你嬉笑欢乐。是这样的:史卡那迪奥的尸体今天早晨下葬了,她要你今晚钻到他的墓穴里面,把他的尸体偷偷扛到她的家里,在这个过程中,不管你遇到什么,都不要出声,到时候你就会知道她为什么请你帮她这个忙了,而且她一定会好好回报你的,直到你心满意足。假如在这件事上,你拒绝了她,那么她说,以后你再写信给她,派人上门,她都不会理你了。'"

侍女分别把这两位找到,把女主人的话原原本本地告诉他们了。两人都毫不犹豫地答应了,都表示只要她高兴,他们甘愿做任何事,别说是什么坟墓了,去地狱也无所谓。听到女仆的汇报以后,那女人心下窃喜,她倒要看看这两个傻子是不是真的会这样做。

夜幕降临,睡醒头一觉以后,阿莱桑德把全身上下的衣服都脱掉,只剩下一身紧身衣出门。他准备去墓穴里假装死尸。他一边走,各种可怕的念头不断出现在他的眼前,他不由得喃喃自语道:

"天哪,我真是太傻了,我现在正往哪里去啊?也许她的亲戚已经知道我是她的追求者了,还知道我们俩已经有了什么关系,强迫她给我设下这样一个陷阱,引我到墓穴里面,再要了我的命。假如是这样的话,那我可真的是有去无回了。而且没有人会知道这件事,他们根本不会被绳之以法。可能她还有其他情人,特地想出这么一个计谋,为的就是除掉我,好独自霸占她。而她为了让她的心上人示好,就专门让我去送死——这种事也是有可能的吧?"他接着又想道:

"即便这些都是我异想天开,她的亲戚真的把我扛到她家去,那么也没事,他们也不会把史卡那迪奥的尸体搂在怀里,更不会让她抱着。也许史卡那迪奥曾经亏待过他们,他们想要拿尸体出气。她叮嘱过我千万不能开口,可是他们如果要挖掉我的眼睛、除掉我的牙齿、砍断我的手臂,做出类似这样的行为,我该如何是好?依然保持沉默吗?如果我开口了,不就露馅了吗,可能他们愈加对我不利。就说他们饶我一命吧,也一定不会把我送到她家去,那时她就会说我没有听她的话,不可能让我捞到半点好处的。"

他越想心里越打鼓,准备打退堂鼓了,可是他实在是太爱她了,不由得又开始鼓励自己。就这样,他大着胆子来到了墓穴,把墓门打开,钻了进去,扒下史卡那迪奥的尸衣,然后套在自己身上,仍旧关好墓门,躺在之前死尸所在的地方。

这时,死前在世时所做的各种荒唐事都开始涌上他的心头,他还想到之前他听人说半夜,屋里(更别提是坟墓了)出现鬼怪的可怕场景,他不由得全身汗毛都竖了起来,差点以为史卡那迪奥就要复活了,要站起来杀他了。幸亏他对那女人的爱意特别深,才把各种恐惧和疑惑都压下去,安静地躺在那里,看看会发生什么事情。

再来看林奴乔,他看着半夜了,于是从屋里跑出来,准备依照情人的旨意去做。他一边走一边浮想联翩,他扛着史卡那迪奥的尸体,会不会和巡丁撞个正着,被当作男巫抓去烧死?将来,万一这事被大家知道了,史卡那迪奥家会不会对他施以报复?他越想越不敢往前走了,竟然站立在原地,想退缩了。可是他又回过头来想道:"唉,既然我这么爱她,她第一次请我帮她办一件事,难道我就要食言吗?特别是只要我把这件事办成了以后,她就会倾心于我,哪怕让我就这样丢了性命,我也一定要履行承诺啊!"

于是,他仍然接着往前走,终于来到坟墓前。他三下两下就弄开了墓门,爬进去触碰到了阿莱桑德,他以为那就是一具真的死尸,竟然把他的双脚提起来,扛在肩膀上拖着前行。听到他进来,阿莱桑德被吓得一动不动,任由林奴乔把他拖着前行。

林奴乔觉得好重,心里慌张得很,急急忙忙赶向情人家里,真所谓死人不管。这一路上,阿莱桑德可被折腾得够呛,到处被撞得青一块紫一块。再加上晚上天色昏暗,他都快要认不出来路了。

谁能想到,当他已经快要赶到那女人的门口时(她和侍女正在窗后站着,看林奴乔究竟会不会拖来阿莱桑德,而且把一套摆脱他们的话也准备好了),有巡丁正在街上巡逻,在黑暗里抓一名小偷。听到林奴乔的脚步声,马上把火把点亮,想看看究竟是怎么回事,一个个把枪和盾都举起来,大喝道:"站住!"

巡丁忽然出现在林奴乔面前,他被吓得够呛,什么都来不及想,把肩头的重负一丢,就三步并作两步跑开了,自己的一双腿现在也顾不得了。阿莱桑德尽管身穿的尸衣很宽大,可是跑起来动作也很快,从地上一跃而起,就飞也似的跑开了。

在巡丁的火光的照耀下,那女人看到了林奴乔扛着身穿尸衣的阿莱桑德,她很吃惊他们竟然真的如此胆大,敢做出这种事。可是即便她再吃惊,当她看到一个人扔掉另一个人,另一个跟着前一个人逃之天天时,她还是乐开了怀。这幕喜剧就这样画上了句号,她心头也没有那么沉重了,她感谢天主替她摆脱了这一对宝贝。她回到房中对她的侍女说,他们两人当真是非常爱她,因为不管她提出什么要求,他们就照干不误。

林奴乔很是失望,一个劲儿地怨自己的命不好,可是他不愿就此罢休,等街上的巡丁都离开以后,又回到他把阿莱桑德扔下的地方,偷偷找寻尸体,好找到以后去找那女人要回报。可是他找了很久,也没有找到什么尸体,心想巡丁肯定抬走了,只好叹息着回家去了。阿莱桑德也是如此,想不到其他好办法,又不知道是谁一路把他扛过来的,只能落寞地回家去了。

次日一早,有人发现史卡那迪奥的墓门被打开了,尸体也不翼而飞——其实只是阿莱桑德把尸体推进了墓道里面。全皮斯托亚的人都在议论这件事,众说纷纭,有一班愚蠢的人竟然觉得是魔鬼拖走了史卡那迪奥。

那两个情人却心下不甘,分别去找那女人,向她解释,他们按照她的吩咐做了,只是出了点意外,所以任务没能完成,确实是非常无奈,请她一定要原谅他们,而且还向她求爱。她却装作根本没有这样的事发生,非常严厉地对他们说:既然他们没有做到她吩咐的事情,那就别怪她以后都将他们视为陌路人了。

故事二

女修道院长把一个犯了奸情的修女抓住,正准备严厉处置她,没承想,那修女指出她头上戴的不是头巾,而是一条裤子。女院长只能原谅了她,自此以后不再对此事追究,也不再为难她。

菲洛梅娜把故事讲完以后,大家都对那女人的聪明绝顶赞叹不已,说她竟然可以想出这样的计谋,摆脱了两个她不爱的男人,同时,大家又觉得那两个情人对那女人唯命是从,竟然真的敢去做这样的事,其实称不上什么爱情,顶多只算是痴愚。女王一脸亲切地看着艾

莉莎说:"艾莉莎,现在轮到你了。"于是她马上开口说道:

各位好姐姐,刚刚你们听到法兰切丝卡夫人是多么聪明地去掉了心头的忧愁,现在又有一个年轻的修女,用自己随机应变的本事躲过了一劫。你们肯定都知道,世上有一班特别愚蠢的人,总是喜欢对别人说三道四,说别人的不是,可是老天爷有时候偏偏要叫这种人当众出洋相,你们且听听我这个故事:有一个女院长主这样出了洋相,而我所说的修女就是她手底下的人。

从前伦巴第地方有一所以虔诚圣洁闻名于世的女修道院,在院里的修女中,有个名叫伊莎贝达的姑娘长得特别美丽,而且出身非常高贵。有一天,她的亲人来看望她,她隔着格子窗和亲人交谈,竟然和一个一起来的俊俏后生相爱了。

只是两个人虽然都中意对方,却终究不能厮守在一起,两人为此被折磨得好苦。可是事在人为,后来,那后生发现了一条通路,可以偷偷溜到院子里去。她也觉得这样出入,不会被外人知道,非常保险。自此以后,他就三天两头跑来和她幽会,这两人在一起可高兴坏了。

谁料想有天晚上,当他从伊莎贝达那里离开,走出院子时,却被另一个修女看到了,而这两人却依然被蒙在鼓里。那姑娘撞破他们的好事以后,又偷偷跟另外几个修女说了,一开始,她们想去女院长那里告发她的——女院长名叫乌辛巴达,全院的修女,以及所有认识她的人,都觉得她是一个圣洁的天使。可是她们回头想了一下,觉得还是等时机来临时,请女院长当场捉奸,才不会让她有抵赖的余地。所以她们都沉默着,只是暗中对她进行监视,准备捉奸。

伊莎贝达也没有发现有什么异常,有一晚依然和情人秘密幽会,那些监视她的人马上就知道了。等到半夜时分,她们觉得时机正好时,就分成两拨人,一拨人在伊莎贝达的房门口守着,一拨赶紧去敲女院长的房门,当房内传来回应时,她们就大声叫道:

"院长,赶紧起来吧,院长! 我们看到有一个小伙子在伊莎贝达的房里啊!"

正好这天晚上,女院长和一个教士睡在一起:原来那教士时常在大箱子里躲着,任由其他人把他抬到女院长的房中。现在这些姑娘在门口急切地拍门,大叫个不停,她生怕她们会把房门打开,直接闯进来,于是赶紧从床上跳了起来,摸黑穿好了衣服,把教士的短裤拿起来直接戴在了头上(她们叫作"普萨尔德"),急匆匆地跑出去了,把房门

反锁。竟不知道自己已经贻笑大方了,还严厉地问道:

"那个天主的罪人在哪儿?"

修女们都闹哄哄地要去捉奸,根本没人发现女院长戴着一顶什么样的帽子。她们在前面带头,直朝伊莎贝达的卧房冲去,大家齐心协力打开了房门,冲到房里面,一对情人正你侬我侬地抱在一起——原来他们根本没有想到会有这么一天,突然降临的祸事,把他们吓得一动都不敢动。

那些修女们当场把伊莎贝达抓起来。女院长吩咐那些人把她拖到大厅上去,只留下那后生一人还在房里,他想看看今天到底会如何。他已经想好了,如果她们做出什么不利于他情人的行为,那就休怪他不客气了,他一定会把他的情人带走的。

女院长坐到大厅里,大家的目光都聚焦在那违反清规的罪徒身上。在所有修女面前,她严厉地斥责了伊莎贝达,骂她是个最无耻的女人,竟然做出如此荒淫的事情,如果这件传扬开去,一定会让女修道院里一直以来的名誉受损。把她骂了一顿以后,还说一定要狠狠地处罚她。

站在厅堂里的那个姑娘此刻羞愧极了,也害怕极了,一时之间手足无措,只是一直低着头,旁边的修女都看着有点不忍心了。谁料到那女院长反而越骂越过火,还拍起了桌子。伊莎贝达偶尔抬了一下头,看到女院长的头上有两条吊袜带不停地摆来摆去,马上知道是怎么回事了,顿时胆子也变大了,直截了当地说:

"院长,天主保佑你,请你先扎好头巾再和我说话吧!"

女院长没有听懂她的冷嘲热讽,却大声斥责道:"什么头巾不头巾,你这个无耻的小淫妇,此刻竟然还敢跟我开玩笑! 你觉得你做的事情很好笑吗?"

"院长,"伊莎贝达回答道,"请你先扎好头巾吧!"

听她这么一说,那许多修女都开始关注女院长的头巾了,她自己也伸手摸了一下,一下子就明白过来伊莎贝达为什么这样说了,其他修女们也都明白了。女院长这才知道自己已经出尽了洋相,而且是当着这么多人的面,根本掩饰不了了,干脆画风来了个一百八十度大转变,温柔地说:"可是非要强行控制一个人的肉欲,也真是太难了,因此大家只要注意保密就好,就尽情去欢乐吧!"

伊莎贝达如今已经脱险了,女院长继续回房陪教士睡觉,她和回到了情人身边,而且以后她还经常让情人进来。那班没有情人的修女都忌妒死了,所以都偷偷去寻找自己的幸福了。

故事三

> 勃鲁诺和他的两个朋友和医生串通好,让卡拉德林误以为自己怀孕了。卡拉德林急得满头大汗,赶紧出钱让他们去把阉鸡和药料买回来,才算去除了病灶,没有生育孩子。

艾莉莎把故事讲完以后,小姐们听见那个年轻的修女被忌妒她的同伴们抓住,最后又化险为夷时,都不由得对天主感激涕零。女王吩咐菲洛斯特拉托接着讲。他没等女王多说,便说道:

各位美丽的小姐,昨天我讲的故事是和一个法官有关,他来自马尔凯斯地方,被人拽下了裤子,后来,我又想到了卡拉德林和他的两个朋友的故事,虽然我们已经讲过好几个和他有关的故事了,可是我们是百听不厌的,因此我准备讲一下昨天我想到的故事。

大家已经知道这篇故事的主人公卡拉德林和他的两个朋友是什么样的人物了,我就不用赘述了。现在我要跟各位说的是,有一次,他的姑母去世了,给他留下一笔钱,拼拼凑凑也有两百个银币,于是四处宣扬说自己要置办田屋,而且和全佛罗伦萨的地产经纪人都打过招呼,似乎他手头有千万家产一样。可是一等人家开价,这笔买卖立马就黄了。

这件事,勃鲁诺和布法马可当然是知道的,多次劝他把钱拿出来,大家高兴一阵就好,为什么非要去置办什么田地,难道要做什么泥丸子去弹鸟吗?可是这话说了当没说,他们都不曾吃到他一顿饭。这样一来,他们就很生气了。有一天,他们的一个朋友来了,名叫奈洛,也是画匠,大家商量着要卡拉德林请他们吃顿饭才好,他们马上就想好办法,分头开始行动。次日一早,奈洛就在卡拉德林的门口守着,等他刚出门,奈洛就上前去打招呼:

"早啊,卡拉德林!"

卡拉德林也一样和他打了招呼,说是希望他出门一切顺利,谁承想奈洛突然往后退了一步,一直盯着他的脸看,卡拉德林不由得问道:"你在看什么呀?"

"昨晚你感觉还好吗?"奈洛问道,"我觉得你今天的脸色不太好啊。"卡拉德林听到他这么说,马上变了脸色,急忙问道:"哎呀！怎么了？你看我到底是怎么了？"

"唉,"奈洛回答道,"这我就不清楚了,我只是觉得你和从前不一样了——也许只是我想太多了。"

这么说过以后,他就自顾自地离开了,卡拉德林继续往前走,事实上他哪有不舒服？却一脸愁容,脸上写满了心事,没过多久,他就遇到了布法马可。布法马可看到奈洛已经离开了,便上前和他打招呼,问他有没有觉得哪里不对劲儿。

"我不知道,"卡拉德林回答道,"可是刚刚奈洛跟我说,他觉得我和从前不一样了,难道真的有哪里不对吗？"

"确实不对！"布法马可叫嚷着说,"你要么是胃出了问题,要么是肚子出了问题,我觉得你已经病入膏肓了。"

听到他这么说,卡拉德林只觉得全身都是滚烫的。谁知道正在这时,勃鲁诺又走过来了,他开口就是一句:

"嘿,卡拉德林,你是怎么啦？怎么面无血色？你是哪里不舒服吗？"听到所有人都这么说,卡拉德林便真的以为自己得病了,便忐忑地问道:"那我要怎么办呢？"

"我看,"勃鲁诺回答他说,"你还是赶紧回家去吧,到床上躺好,把被子盖好,再让西蒙大夫去化验一下你的小便——你知道,我们最好的朋友就是他了,他会立刻告诉你要怎么办的。我们现在就送你回去,假如有什么需要我们的地方,请尽管说。"

这时,奈洛又来了,三个人一起把他送回了家。卡拉德林一脸苦相,走到卧房里对妻子说:

"快来帮我盖好被子吧,我好伤心啊。"

他躺好以后,便派一个小女仆把他的小便给西蒙大夫送去——大夫的诊所就开在旧市,招牌上有个南瓜。勃鲁诺对他的朋友说道:

"你们就在这里陪着他,我去大夫那里看看是什么情况,如果有需要的话,我就请大夫过来。"

"啊,我的朋友,"卡拉德林叫道,"快去大夫那里吧,好回来跟我说我究竟是怎么了,我只是觉得肚子好难受。"

勃鲁诺气喘吁吁地赶到西蒙大夫那里,反倒跑在了那送尿的女仆的前面,他跟大夫说了他们的一套把戏,所以当女仆赶到,大夫看了眼小便以后就对她说:

"你先回去跟卡拉德林说多盖一点儿,我随后就来跟他说他究竟是怎么了,应该怎么办。"

女仆回家给主人说了。大夫和勃鲁诺很快就来了。大夫在卡拉德林床边坐下来,开始号脉,没过多久,病人的妻子过来了,他就告诉病人:

"卡拉德林,你听好了,看在朋友的面上我才跟你说,你没有生病,你只是怀孕了而已。"

卡拉德林一听说自己怀孕了,马上叫了起来:"哎呀,苔莎,这都怪你! 你总是要睡在上面,我跟你说过这是不行的,你就是不听。"

他的妻子原本脸皮就薄,听到丈夫说出这种话,不由得羞红了脸,头埋得低低的,逃也似的离开了卧室。卡拉德林继续抱怨道:

"唉,我怎么这么倒霉啊! 这下我该怎么办啊? 我怎么养得出孩子呢? 这孩子从哪里出来呢? 我看我这一次非死不可了,这都要怪那个淫妇。真希望天主好好处罚她! 如果我现在还好好的,我一定要好好打她一顿,把她全身都被打个稀巴烂。可是这也是我自找的,谁叫我让她爬上来,做我的上手呢? 如果这次我侥幸逃生了,以后即便看她死,我也不会让她这么干了!"

勃鲁诺、布法马可和奈洛听到他这番怪论,用了好大一番力气才没有笑出声来,可是那个江湖郎中快要笑掉大牙了。后来,经不住卡拉德林苦苦哀求,他才替他想了个办法。

"卡拉德林,你别着急,感谢上天,多亏你及早发现了这病,现在还来得及看,要不了多长时间,也不需要你承受多大的痛苦,我就可以帮你看好,可是你多少要破费一些。"

"唉,我的好大夫,"卡拉德林叫道,"请你看在慈悲的天主的分上,救救我吧! 我这里两百个银币,原本是准备置办田地的,如果需要这么多钱,你就都拿走吧,只要别让我生小孩就行。因为我不知道如何养小孩。我听到女人在生养孩子时,用尽全力叫喊,她们天生有宽大的产道都是这样,假如换作是我,肯定孩子还没降生,我就先痛死了。"

"别担心,"大夫说,"我会帮你提炼一剂药水,很好喝的,你只要连续喝三早晨,就可以打掉肚子里的胎儿了,我保证你又会变得神采奕奕。可是以后你要小心一些,不要再做这样的糊涂事啦。要想把这种药水提炼出来,还需要三对肥大的阉鸡和其他一些药料,总共需要五个银币。这里有你三个朋友，你随便让其中一个人去办就行。明天早上，我会准时配好药水送来，一定不会有延误的，你只管每次喝一大杯就行。"

"我的好大夫，"卡拉德林说，"就按你说的办。"

他把五个银币交到勃鲁诺手上，又拿出可以买三对阉鸡的钱给他，请他帮朋友办一下。大夫离开以后，配制了一些不会让人吃坏的药水，送到卡拉德林那里。勃鲁诺去买了阉鸡，置办了一桌酒席，请两个朋友和大夫一起来享受。

每天一大早，卡拉德林就会喝一杯药水，一连三天都是如此。最后一天，大夫和三个朋友一起过来看他，大夫给他号了脉以后说：

"卡拉德林，这个药效果然很好，你已经好了。现在你不需要在家里待着了，你可以到外面随意活动了。"

卡拉德林听说自己已经痊愈了，高兴得不知如何是好，从床上一跃而起，去外面干他的正经事了。自此以后，他见人就说西蒙大夫医术高超，三天之内就轻轻松松地打掉了他的胎。勃鲁诺、布法马可和奈洛三人因为想出了这个好计策，无论卡拉德林多么小气，都愿意把钱拿出来，为此高兴不已。只有苔莎太太发现这是一个圈套，以后总是和她丈夫叨咕这件事。

故事四

> 福塔利戈和人赌博输得精光，最后只剩下一件衬衫，还输光了主人的钱。主人骑马赶路，他在后面高喊抓贼。路边的农民帮他夺来了主人的衣衫和马，最后只穿着衬衫走路的反倒是主人了。

听到卡拉德林如此指责他的妻子，大家都笑得直不起腰来。菲洛斯特拉托把故事讲完以后，女王叫内菲莱接着讲下去。只听她说：

各位尊贵的小姐，就是人们极易说出愚昧无知的话来，却从谈吐间很难看出品性，那么大家说话也就不用那么小心了。那个像呆瓜一样的卡拉德林就是一个再明显不过后的例证。只要人家一鼓动，稍微哄一下，他就真的觉得自己得了什么奇怪的病，即便他再迫切地想要治疗，也不需要讲出闺房之事啊。由此，我想到一个与之完全相反的故事：一个奸诈之人是如何把一个有主见的人打倒了的，让他吃了莫大的亏，还遭到了很大的羞辱。现在我就给大家讲讲这个故事。

几年前,在锡耶纳地方,有两个男子年龄差不多大,都叫作乞哥。一个的父亲是安朱利厄利,另一个的父亲是福塔利戈,这两个虽然风格截然不同,却都一样怨恨自己的父亲,所以两人竟然成了好朋友,时常在一块玩耍。

安朱利厄利长得很清秀,举止也很得体,他觉得父亲每月只能收到少得可怜的津贴,一直在锡耶纳住太没意思了。这一次,他听说一个对他赞赏有加的红衣主教,要代表教皇到马尔凯斯来办理公务,于是决定请他提携自己,为自己的未来好好打算打算。他跟父亲说了自己的想法,请父亲一次性把六个月的津贴都给他,让他把衣服马匹都准备好,以更加得体地去见人,那父亲同意了。

他还想带一个仆人前往,正在到处寻觅时,听说了这个消息的福塔利戈马上赶来了,请安朱利厄利无论如何都要收留他,说自己宁愿做他的随从、马夫——做什么都无所谓,没有工钱也无所谓,只需要负责他的吃住就行。安朱利厄利无论如何都不肯答应,倒不是因为他这人做事有问题,而是因为他知道他喜欢赌博,有时还喜欢喝酒,可是福塔利戈不停地赌咒发誓,说他自此以后都不再喝酒赌博了,还不停地祈求他,安朱利厄利最后只好答应了。

就这样,两人在一个早晨出发了,来到布翁孔文托时已经到了中午,就在那里吃了午饭。吃过午饭以后,因为天太热了,安朱利厄请客店给他准备了一张铺位,让福塔利戈帮他把衣裳脱下来睡觉,就一个人去午休了。当他准备午睡时,他嘱咐福塔利戈,当午后钟敲了以后就把他喊起来。

他的主人刚睡下,福塔利戈就偷偷跑到酒店里面喝酒去了,看到人家在赌钱,他也手痒痒加入了,很快就输光了身边的钱,他把衣裳脱了再赌,没想到把衣裳也输给人家了。他一门心思要把本钱赢回来,就只穿着衬衫回到客店。看到安朱利厄利正在午睡,便拿走了他钱袋里的所有钱,又用这笔钱去赌博了,可是又和之前一样输得精光。

安朱利厄利睡醒了以后,翻身下床,把衣服穿好以后,却发现福塔利戈不见了,还以为他和往常一样喝醉了倒在哪个地方了,便决定不理他,自己叫人把鞍辔和旅行袋套在马背上,准备一个人前行,等到了科西尼亚诺以后再重新雇一个仆人。临走时,他去给店主人结账,却发现钱袋里已经空空如也。瞬时间,整个客店都吵翻了天,安朱利厄利说钱是在客店里被偷走的,所以一再扬言要把客店里的人送到锡耶纳去。

正吵闹得不可开交时,只身着一件衬衫的福塔利戈来了,原来他不仅偷了主人的钱,还想把他的衣服拿去再赌,现在看到他已经收拾好了准备出发,就急匆匆说道:

"安朱利厄利,怎么了,我们这么早就要出发了吗?天哪,再等一等,我用一件紧身衣押了三十八个银币,现在他就要来了,我可以保证,我只要把三十五个银币还给他,他就会还我紧身衣的。"

正当他这样信口开河时,又有一个人来了,他告诉安朱利厄利,那个仆人就是偷他钱的盗贼,他可以作证,他可以说出福塔利戈因为赌博输了多少钱。安朱利厄利听他这么说,相信他所说的是实情,所以怒气冲天,严厉斥责福塔利戈,幸而这时围观的人不少,要不然他才不管什么天主不天主,一定会杀了对方的。现在他恐吓福塔利戈说,他一定会让他上绞刑架,被发配。于是他骑到马背上。

哪承想福塔利戈却像个没事人一样,似乎人家骂的不是他,而是在骂另外一个人。他说:"安朱利厄利,好啦,少说点废话吧,还是说说正事吧,如果我们现在就把钱还给他,那么只需要三十五个银币就可以赎回衣裳了,如果拖到明天,就非得要三十八个银币了。正是因为我下赌注时顺着他的意思,他才会如此通融。哎,我们也愿意捞这三个银币的外快啊。"

听到他竟然说出这种话,安朱利厄利气得直发抖,特别是当着这么多人的面,被他这么一说,别人真的向他投来狐疑的目光,似乎偷钱的是他安朱利厄,而不是他福塔利戈。于是他说道:

"你的紧身衣跟我有什么关系?你这应该被绞死的恶徒!你输光了我的钱,现在还有胆子跟我开玩笑,让我脱不了身!"

哪料到福塔利戈仍然装傻充愣,似乎人家骂的不是他,而是说道:"哎呀,我省下这三个银币有什么不好呢?难道你觉得我日后没有机会弥补你了吗?看在老朋友的面子上,请你帮帮我这一回吧!为什么这么心急呢?时间还早呢,天黑之前我们一定会赶到托伦尼厄利的。来吧,把你的钱袋拿出来吧!要知道这可是我在全锡耶纳找到的一件最为合适的紧身衣。难道我能让那个人用三十八银币就换走这样一件衣裳吗?这件衣裳可不止值四十个银币呢。假如你不愿意,我不是要遭受双重损失吗?"

安朱利厄利看到他不仅偷了钱,还要如此胡搅蛮缠,差点气得背过气去，就再也不理他了，掉转方向，奔向托伦尼厄利的大路。福塔利戈马上想出一个绝妙的好主意，只见他仅穿着一件衬衫跟在马后跑。如此奔走了六里路以后，他还不停地问他要紧身衣。安朱利厄利不停地催促着马前进，只想赶紧把这个烦人的家伙甩掉，让自己可以清净一会儿。福塔利戈看到前面有几个农夫正在大路旁的田野中种田，于是大声叫道：

"抓贼啦！抓贼啦！"

那些农夫听到他这样叫，都把锄头、铲子拿在手里，冲到大路上，不让安朱利厄利前行，他们还以为前面那个人是个强盗，把后面那个拼命追赶、大声叫唤、仅穿着一件衬衫的人给抢了，所以抓住了他。虽然安朱利厄利努力为自己解释，可是他们压根儿不信。很快，福塔利戈就赶到了，只见他怒气冲冲地说：

"你这个贼也太没良心了，竟然把我的东西偷走了逃跑，我真想一刀杀了你！"边说边回头对农夫说：

"各位，你们都看看，我真是被他害惨了。他把钱都输光了，还把我一个人扔在客店。幸好老天有眼，在各位的帮助下，我把失物追回来了，你们永远是我的恩人。"

安朱利厄利跟他们说了实情，可是根本没有人听。这些农夫听了福塔利戈的话以后，都冲上去把他拖下马，福塔利戈把他的衣裳脱掉穿在自己身上，骑上他的马离开了。可怜的安朱利厄利只好光着脚，穿着一件衬衫，不知道该怎么办才好。福塔利戈回到锡耶纳以后，就四处跟人说，他和安朱利厄利打赌赢了，他的那匹马和衣裳都归自己了。安朱利厄利原本想体体面面地去见红衣主教的，可是现在只剩下一件衬衫，身无分文，回到了布翁孔文托。他觉得自己没脸回到锡耶纳，就找人借了些衣服，把福塔利戈留下的一匹驽马骑上，暂时住到了科西涅诺的一个亲戚家，等着父亲再次给自己提供资助。

福塔利戈就这样老奸巨猾地让安朱利厄利的美好计划落空了。当然，终有一天，福塔利戈是会受到处罚的。

故事五

卡拉德林喜欢上一个女人，勃鲁诺把一道符咒交给他，说他只需要拿这个东西碰一下她，她就会乖乖跟他走，让他得偿所愿。

谁料到他正准备下床，他的老婆就忽然赶来了，当场抓住了他，让他吃不了兜着走。

内菲莱的短故事讲完以后，大家都很安静，没有质疑声，也没有笑闹声。女王回头叫菲亚梅塔接着讲，她欣然应允，开口说道：

各位姐姐，你们肯定都知道，讲故事重复没关系，只要讲的人合理地安排时间和地点，即便一个题目被讲了很多遍，依然会让人听得有滋有味。我想，我们之所以聚集在这里，并不是为了其他的什么，原本就是为了寻找快乐，那么在这样的情况下，通过这样的机会，说些有意思的故事，让大家都乐和乐和，是再合适不过的了。哪怕这样的故事讲一千遍，也不会让人厌烦。大家已经讲了不少卡拉德林的奇闻轶事，刚刚菲洛斯特拉托才讲了一个和他有关的故事，都很有意思，我就接着再讲一个。原本我可以置事实于不顾，篡改一下故事里的人名，可是听故事的人更愿意听真实的故事，所以我就照实讲了。

尼可洛·科纳基尼是我们城里一个非常有钱的人，在卡美拉塔地方有一块上好的土地，他在那里修建了一栋特别豪华的别墅，请勃鲁诺和布法马可粉刷屋子内部，这个工程极其庞大，因此他又找来了奈洛和卡拉德林。宅子间有几个房间已经收拾好了，放了寝具，其他的房间还空着，交给一个年老的女仆打理。尼可洛有个叫腓力波的儿子，还没有结婚，时常把女人带过来寻欢作乐，一起待一两天以后便打发掉。有一次，他带了一个叫尼可罗莎的姑娘来，她原本是卡马度利地方曼乔纳所开设的妓院里的一个姑娘，不管谁对她中意，都可以用钱把她包过来，带到院外去。

这姑娘长得很美，还穿着非常华美的衣服，就她的身份而言，她的举止还算得体。有一天中午，她身穿一条白裙子，头上挽着发髻，从房里到院子的井边去梳洗。正在这时，卡拉德林也来取水，便和她亲切地打了个招呼。她也回敬了他，还看了他几眼，这倒不是因为她对卡拉德林心生爱意，而是觉得这个家伙有点傻傻的。卡拉德林也盯着她看了好一会儿，越看越觉得她长得美，竟然把正事给忘记了。一直待在井边，可是因为不知道她的身份，所以不敢贸然上去攀谈。

她知道他在看她，打定主意要戏弄他了，也时不时看他一眼，还轻叹了几声。卡拉德林立刻陷了进去，两只脚就像被钉住一样，直到姑娘听到腓力波的呼唤走进屋间，他才从天井离开。

回到工作的地方，卡拉德林却只顾着叹息，什么事情也不干。在

勃鲁诺眼里,卡拉德林一直都是一个妙人儿,一直关注着他的行为,现在看到他这番模样,于是打听道:

"朋友,你这是怎么了? 怎么老是叹气啊?"

"朋友,"卡拉德林答道,"只要有哪个能帮一下我,我就好啦!"

"什么情况啊?"勃鲁诺问。

"你可要帮我保密啊!"卡拉德林说,"你要是听到这件事一定会觉得很吃惊,我们楼底下住着一位长得很美的姑娘,赛过天上的仙女,刚刚我去打水时就遇到她了,哪料到她竟然喜欢上我了。"

"哎呀,"勃鲁诺叫道,"可不要是腓力波的老婆啊!"

"我觉得就是的,"卡拉德林说,"因为我听到他叫她了,他一叫,她立马就进去了。可是这又如何呢? 先不说他是什么腓力波,即便是耶稣基督,遇到这样的事,我也会一往直前! 朋友,实话跟你说了吧,我真的是太爱她了!"

"朋友,"勃鲁诺答道,"我去帮你打听一下她是谁,如果她真的是腓力波的老婆,那不用你说,我一定帮你把这件事办好——因为我和她的交情算是比较深了。可是我们怎么才能瞒过布法马可呢? 他一直在我身边待着,我找不到机会和她单独交谈啊。"

"什么布法马可,我才不在意呢!"卡拉德林说,"可是,我们倒要防着点奈洛,他是苔莎的亲戚,如果他知道了这件事,那就很难办了。"

"说得没错,"勃鲁诺说。

事实上,勃鲁诺知道楼下那个姑娘是谁。勃鲁诺亲眼看到她来的,之后腓力波也跟他提起过。没过多久,卡拉德拉就把手里的工作扔下,又跑去看她,勃鲁诺趁机跟奈洛和布法马可说了这件事,三个人就商议着如何哄一哄他。待他回来以后,勃鲁诺就小心翼翼地打听道:

"你看到她了吗?"

"唉,看到了,"卡拉德林回答道,"我这条命终归要归她所有了。"

事实上,勃鲁诺怎么可能不知道楼下那个姑娘是谁。

勃鲁诺说:"我去看看她到底是不是腓力波的老婆,假如真的是的话,那这事就好办啦!"

勃鲁诺走到院子里,跟腓力波和尼可罗莎说了卡拉德林的品行,还把他现在的痴心,以及他所说的话都告诉给他们了,又和他们商议

了一会儿,大家该怎么做,好用美人计让这只呆鸟主动送上门来,难道不是很有意思吗? 于是,他回到楼下,对卡拉德林说:

"你说得没错,就是她! 可是你得要小心点,如果让腓力波知道了这件事,只怕我们都跑不了。如果我看到她了,可以告诉她时,你要我跟她说什么呢?"

"没错,"卡拉德林答道,"一开始你就说,我希望她撒下千万颗种子,然后说,我就是她的仆人,问她愿不愿意……你明白我的意思吗?"

"当然明白,"勃鲁诺说,"交给我你就放心吧。"

很快就到了黄昏时分,这几个画匠从楼上下来,来到院子里,遇到了腓力波和尼可罗莎,有意停留了片刻,好让卡拉德林表演一下。只见他一直盯着尼可罗莎看,又是扬眉毛,又是挤眼睛,出尽了洋相,恐怕即便对方是个瞎子,也会有所觉察了。那个姑娘偏偏又顺着勃鲁诺的意思,全力和他周旋,更让他心痒难耐,看到他这副样子,那姑娘不由得乐开了花。

这时,腓力波正忙着和布法马可他们交谈,只假装没有看到卡拉德林的一举一动。交谈了一会儿以后,他们就和腓力波说了再见,一并带走了卡拉德林。卡拉德林可是百般不愿啊。在回佛罗伦萨的路上,勃鲁诺告诉他:

"我告诉你啊,你已经用你的热情融化她了,就如同太阳融化了一块冰一样。妈的,你如果带三弦琴,在她窗下深情吟唱几首动人的歌谣,恐怕她会忍不住从窗口跳下来呢。"

卡拉德林说:"你觉得——老兄,你觉得我到她窗下去唱歌好吗?"

"那是当然。"勃鲁诺回答。

"今天早晨我跟你说的,"卡拉德林继续说道,"你还有些迟疑。可是老兄,实话跟你说了吧,世上手段最高明的人非我莫属。只有我才能让这么一个美人对我一见钟情。你别过高估计了那班成天在街上闲晃的油头光棍儿,假如逛一千年以后,他们可以得到几颗糖果,就算他们本事高超了。当我到她窗下弹琴唱歌时,我真希望你也能来看看,那可真是妙啊! 我一定要向你严肃说明一下,我可不是什么老头儿,你别搞错了啊。她一眼便看出我是个年轻小伙呢——反正只要让我征服了她,那时候,她就知道我有多么厉害。我要让她迷恋我,就像吃奶的孩子迷恋妈妈一样，成天紧紧抓着我才行。"

"啊，"勃鲁诺应和道，"我可以保证，你一定会征服她的，我似乎已经看到你那坚硬的牙齿把她那樱桃小嘴和绯红的双颊咬住的样子，要不了多久，就把她整个消灭了呀！"

听他这么一说，卡拉德林真觉得自己已经梦想成真了，一路上又唱又跳的，走路似乎都要飞起来了一样，灵魂差点都飘到外太空去了。

次日一早，他果然带了一把三弦琴来，在她窗前唱起了情歌，一首接一首，大家都乐坏了。这所有就不赘述了，反正他真想一直在她窗前待着，也没有心思干活了，整天就上下奔跑来来回回，不是来到她的窗前，就是在门口等着，要不然就跑到院子里等她，希望可以和她见一面。那女人多聪明啊，在勃鲁诺的叮嘱下，有意创造机会和他见面。勃鲁诺做他们之间的传话筒，帮他把话带给那女人，又给他带来回音，有时还把她的口信带给他。当她不在宅子里时（这种事时常发生），就说她回娘家了，还有信件为证，信里说了不少美丽的情话，只是让他用心等待，暂时不要去她的娘家找她。

勃鲁诺和布法马可合伙玩这出把戏，看到卡拉德林整天痴傻的样子，真是觉得太有意思了。他们打着那女人的旗号，向他要各种东西，像钱袋、刀子什么的，都成功了。偶尔，他们也借由那女人的名义，把一些廉价的铜戒指送给他，他都喜不自禁地收了起来。他只希望他们可以多给他帮帮忙，对他们极尽奉承，时不时就请他们吃饭。

谁料到一晃两个月过去了，那女人仍然像一件珍奇宝物一样，只可远观，卡拉德林从她那里没有得到一丝好处。眼看壁画的工作已经接近尾声了，他着急坏了。他想，假如这时还不能征服她，以后就更别指望了，于是苦苦哀求勃鲁诺，让他无论如何要帮自己这个忙。勃鲁诺等那女人又住到别墅里来时，就去找她和腓力波商议，回来以后就对卡拉德林说：

"老兄，听好了，那位少奶奶在我面前信誓旦旦地说，一定会满足你的心愿的，却始终没有任何行动，我看她就是有意这样做的。既然她总是不信守诺言，那我们也不要管她愿不愿意了，只要你同意，我们就动手吧。"

"太好了！"卡拉德林叫道，"请你帮帮我，马上开始吧！"

勃鲁诺说："我把这张符给你，你敢用这张符碰一下她的身体吗？"

"那有什么不敢的?"卡拉德林回答道。

"那么,"勃鲁诺说,"你想办法去找一块还没生下来的羔羊皮来,一只活的蝙蝠、三撮香,再弄在祭坛上供奉过的一支蜡烛过来,其他的我会安排好。"

当天晚上,卡拉德林费了好大劲,总算把一只蝙蝠活抓了回来,于是和其他几样东西一起交给了勃鲁诺。勃鲁诺把这些东西拿进去,在羊皮上胡乱涂写了一阵,直接拿给卡拉德林说:

"听着,卡拉德林,你只需要用这道符碰一下她的身体,她就会乖乖跟你走,任由你控制。假如腓力波今天出去,你就找个理由去和她说话,趁机碰一下她,之后就跑向那边谷仓,她会跟着你来到那里的,那里真是一块极乐之地,没有人会到那里去的,到时你想干什么都行。"

一听这话,卡拉德林高兴坏了,把符咒接过来说道:"放心好了,老兄,你且看我的表现。"

奈洛是卡拉德林最不放心的一个人,而他和这伙人一起戏弄他却是他不知情的,他也觉得很有意思。听了勃鲁诺的话,他来到佛罗伦萨,找到了卡拉德林的妻子,对她说:

"苔莎,你是不是一直记得卡拉德林曾经在缪诺纳河捡了很多石子回来,没有任何理由地打了你一顿吧? 我觉得这个仇一定得报,假如你甘愿被他欺负,那么以后我也不是你的亲戚或朋友了。人家请他去对墙壁进行粉刷,他去和别人家的女人看对眼了,刚巧那女人也不是个省油的灯,经常和他在一间屋子里关着,谁也不知道他们在干啥,这不,才过没多久,他们又约好幽会了,我专门赶过来告诉你一声,你好前去捉住他们,让他也受点苦。"

听说卡拉德林竟然偷偷在外面找女人,那位太太顿时跳脚,气得火冒三丈,大叫道:

"嘿,你这个被人唾弃的恶徒,怎么能这样对我? 我对天发誓,这一回我一定让你吃不了兜着走!"

她边说边拿了一件斗篷披在身上,带着一个小侍女就和奈洛一起出发了,急切地赶往别墅。

勃鲁诺老远就看到了他们,回过头对腓力波说:"我们的朋友来啦!"

腓力波即刻来到他们工作的地方,特地大声说道:

"各位师傅辛苦了,我有事要去一趟城里,请大家接着好好工作。"

他说完就离开了,找到一个合适的地方躲起来,看卡拉德林会如何做。卡拉德林还以为腓力波已经走得很远了,就扔下工作来到院子里,一看院子里只剩下尼可罗莎一个人,就上前去和她说话。她心下明了,有意靠近她,比平常亲热多了。卡拉德林趁机把符咒拿出来,碰了一下她的身体,于是头也不回地走向谷仓,她跟在他后面,也走向谷仓。两人一到谷仓,她就立刻关上门,把卡拉德林搂住,趁机把他推倒,然后骑在他身上,把他的双肩按住,让他没办法靠近她。于是,她只是看着卡拉德林,似乎要释放澎湃的热情一样,说道:

"我那美好的卡拉德林啊,我的心肝宝贝啊,我每天都在想着拥你入怀!你那俊俏迷人的样子,让我整天茶不思饭不想。你的三弦琴让我无限沉醉!我这会儿是真的和你在一起吗?我有没有在做梦?"

卡拉德林几乎被她压得无法动弹,于是说道:"我的好宝贝,让我吻一下你吧!"

"哎呀,"她回答说,"这么急干什么!让我先好好看看你,看饱了以后再说吧!"

再说勃鲁诺和布法马可也和腓力波在一个地方躲起来,这一切都被这三个人尽收眼底,当卡拉德林正努力想去吻尼可罗莎时,奈洛和苔莎已经赶来了。奈洛说:

"老天在上,我可以保证,这对男女一定在里面!"

苔莎这时已经气得火冒三丈,匆忙跑到谷仓门口,用力一推,就推飞了那扇门,直接冲了进去。看到尼可罗莎正在卡拉德林的身上骑着。看到卡拉德林的老婆来了,尼可罗莎赶紧跳下来,躲到了腓力波那边。可怜的卡拉德林虽然也想一逃了之,可是根本来不及了,刚准备起身时,已经被他的老婆压住了,对方使命地抓他、挠他,还扯住他的头发拖来拽去,大声叫骂道:

"你这个可恶的死狗。你怎么能这样对我?你这个老不死的,我怎么还爱着你,我真是被猪油蒙了心。难道家里的你还不够用,还要去找野食吃?看不出来,你还是个情种呢?死狗,你好好照照镜子,看看自己是个什么东西,卑鄙无耻的东西,你怎么不撒泡尿好好照照自己?天知道,即便榨干你,也没有几滴水出来!我现在懂了,根本不是我苔莎叫你怀孕的,而是另有其人。我不管那个女人是谁,希望天主能为我做主。她肯定是个贱货,才会把你这样一个死狗视若珍宝!"

看到妻子突然从天而降,卡拉德林一时不知如何是好,只好任由她打骂,不敢有任何动作。他的脸被抓得破了相,头发掉了一大堆,衣服也被扯成了布条,最后晃晃悠悠地站了起来,把自己的帽子捡起来,只求自己的妻子小声一点,因为那个女人是屋主人的老婆,如果被他知道了,自己可真的就要吃不了兜着走了。

"希望天主降罪于这种女人。"她叫道。

勃鲁诺和布法马可跟腓力波、尼可罗莎躲在一块儿,都快笑岔气了。后来那两个老朋友只假装听到有人吵闹,便赶过来拉架,说尽了好话,才劝住了苔莎,又劝卡拉德林赶紧回佛罗伦萨,不要再来这里了,免得被腓力波知道了,可就不好收场了。可怜的卡拉德林头发也没了,脸也被挠破了,只能一脸丧气地回到佛罗伦萨,任由老婆吵骂,自此不敢再去找那个姑娘了。他那狂热的恋情被他的朋友们、尼可罗莎和腓力波嘲笑了一阵子以后,也就结束了。

故事六

> 两个青年在一家小客店寄宿,到了半夜,一个青年睡到了主人的女儿身边,主妇又误以为另一青年是自己的丈夫,后来那第一个青年又和主人睡在了一起,差点闯出大祸,幸而主妇反应快,只说一句话,就掩饰住了母女俩的羞辱。

卡拉德林的故事已经让大家捧腹大笑了好几次了,现在再次让大家乐开怀。小姐们难免要评价一下这个妙人儿,于是女王让潘菲洛继续讲,他开口说道:

尊贵的小姐们,卡拉德林看上了一个名叫尼可罗莎的女人,这让我不由得想到另一个也叫尼可罗莎的人儿来。现在我就给各位讲讲她的故事,让大家知道,一位好妻子是如何随机应变,丝毫不留痕迹地掩盖住了一桩丑事的。

之前,在缪诺纳平原上,一个老实人住在这里,他们家的情况很糟糕,只有一间很小的房子,全家赖以生存的手段就是给来往旅客煮些茶、准备一些饭菜。偶尔遇到天已经很晚了,有熟人过来,没办法及时赶回去了,就让他在这住一晚——假如来者是个陌生人,他们就不愿意这样做了。他有个长得还不错的老婆,生了两个孩子,大的名叫尼可罗莎,今年十五六岁了,长得很漂亮,还没有成家。小的还不到一岁,还在吃奶。

我们城里有位名叫皮奴乔的俊俏青年,时常出没在这一带,自从见到那个姑娘的第一眼,就爱上了她。那姑娘被这样一位绅士喜欢,也欣喜异常,因此在他面前卖弄风情,有意去讨好他。后来,假戏真做,她也爱上了他。这一对男女互相倾慕对方,可是因为那青年不愿意拖累他的情人,不想损害自己的名誉,所以才没有成就这桩好事。

可是他怎么也忘不了她,激情无处安放,再也无法抑制住和尼可罗莎偷情的欲望,努力想找个理由到她父亲家里过夜,因为他知道她家只有一间屋子,当一家人都进入梦乡以后,他就可以偷偷找到她,和她睡在一起。他想好以后就着手行动了。

和他一起来的是他的一个知道他正处于热恋中的好朋友,名叫阿德连诺,他们租了两匹马,在马背上分别放了两个袋子,里面装满了稻草,两人一起从佛罗伦萨出发,骑马绕了很大一圈,等来到缪诺纳平原时,已经很晚了,于是掉转方向,假装是从罗马纳回来,朝那老实人的小房子跑去,敲响了他家的门。那老实人原本就认识他们,马上就把门打开了。皮奴乔对他说:

"今天要打扰你们一晚上了。我们原本当天就回到佛罗伦萨的,谁知道跑得这么快,来到这里天还是黑了。"

"皮奴乔,"主人回答说,"你也知道,我非常荣幸能留宿你们这样的贵人,可是天已经晚了,你们也不能去其他地方了,只能让我想想办法,让两位先将就一下吧。"

两个青年听闻从马上下来,把坐骑系好,就进了这家小客店。他们随身携带有干粮,这时就拿出来和主人一起分享。

这个老实人只有一间小卧房,他想尽了办法,才在房里安排了三张床铺。两张靠在一堵墙上,另一张放在对面,只剩下一个狭窄的通道,连转身的余地都没有了。主人把单独靠墙,最拿得出手的一张床铺让给那两个青年睡。不一会儿,他们就假装睡着了,于是主人又叫女儿到对面的床上去睡,自己和老婆睡在第三张床上,婴儿的摇篮就放在床边。

皮奴乔偷偷把姑娘和主人的铺位看好,又睡了好长时间,心想这一家人已经睡着了,就小心翼翼地摸到他情人的床上,在她身边躺下来。她虽然高兴,但也害怕,只好任由他折腾,两个人一直以来的心愿算是在今晚达成了。

皮奴乔正和情人你侬我侬时，没曾想一只猫把什么东西绊倒了，啪的一声把主妇吵醒了，她担心出了什么事，于是从床上下来，摸索着走到那发出声音的地方。

阿德连诺这时也刚好起床了，当然，他并不是被惊醒的，而是觉得肚里有些不安，想要找个地方解决一下。没曾想刚走了几步，就被主妇放到那里的摇篮挡住了，他只得把摇篮抬到自己床边。等他完事以后，却已经全然忘记了把摇篮放回原处，只顾着爬到床上去睡了。主妇在黑暗中摸索了一会儿，发现原来是什么东西掉了，也不想点火看个究竟，一边骂着瘟猫，一边回房睡觉去了。她一直走到丈夫睡觉的那张床铺，却没有摸到摇篮，不由得喃喃自语道："我的天哪，我差点出了洋相，说出来可能没人相信，我差点和客人睡在一起了。"

她再往前走了几步，摸到摇篮，心想这下可到了自己的铺位了，就躺了下去，还以为阿德连诺就是自己的丈夫呢！这时的阿德连诺还没有完全睡着，心里高兴极了，一把抱住她，和她亲热个没完，那女人也很快乐。

这会儿，皮奴乔已经和他的姑娘尽兴了，害怕一觉睡过头，耽误了事，于是就从她身边离开，回到自己床上去睡。他摸到摇篮，还以为旁边的床就是主人的，就继续往前走了几步，谁承想睡到了主人的身边。主人一下子被他吵醒了，他也全然不知，还以为睡在他旁边的是阿德连诺呢，于是对他说道：

"实话跟你说啊，尼可罗莎可真是世上最惹人怜爱的小姐儿了。我这一夜的福气，其他男人可想都不敢想——我从你身边离开以后，已经在城里六进六出了呢！"

听到这些话，主人心下不爽，暗自想道："这个王八蛋在搞什么？"终于气得够呛，大声嚷嚷道：

"皮奴乔，你这个没良心的东西，竟做出这等龌龊之事，我非要让你吃不了兜着走。"

哪料到，皮奴乔这个后生也太不识时务了，明知大错已经铸就，不想办法弥补也就算了，还死鸭子嘴硬："你要怎么让我吃不了兜着走？你又能把我怎么样？"

主妇还以为自己睡在丈夫身边，对阿德连诺说："哎呀，你听，我们的两个客人吵起来了！"

阿德连诺笑着说:"不用管他们,活该他们倒霉,昨天他们喝的酒也太多了。"

主妇再认真一听,觉得叫骂声像是从丈夫那里传过来的,又听出来自己旁边说话的人是阿德连诺,一下子明白过来。她真称得上一个聪明绝顶的女人,一句话也不说,马上起身拿着摇篮趁黑摸到了女儿床上,睡到了女儿身边。于是假装被丈夫吵醒了,问他怎么了,发生什么事了?

"你没听到吗,你今晚和尼可罗莎都干了些什么吗?"那丈夫反问道。

"哎呀,"她叫道,"你在说什么梦话啊!他什么时候睡到尼可罗莎的床上了?我一晚上都睡在她身边,更何况我几乎都没有合过眼。你怎么会相信他的话,真是太傻了。昨天晚上,你们男的只顾着喝酒,等到了床上就不停地做梦,在床上翻来覆去的,还以为自己做了什么大事。你们没有扭断脖子,就已经要感谢老天了。可是皮奴乔为什么睡到你床上了?他为什么不在自己的床上睡?"

一旁的阿德连诺听得再清楚不过了,心想这主妇真是太聪明,轻飘飘的一句话就掩盖住了自己和女儿的丑事,于是应和着说:

"皮奴乔,我反复告诫过你,你最好不要在外面过夜。你明明睡着了,却总会爬起来到处乱走,还要对梦到的景象绘声绘色地描绘一番,好像真的发生了一样。你这种怪病早晚会给你惹来祸端的,还不赶紧回到我身边来,活该你这一晚上受罪。"

听到主妇和阿德连诺这样一说,主人还真的以为皮奴乔还没有睡醒,就按住他的肩膀,大力摇晃他,还用力叫道:

"皮奴乔,快醒醒,去你自己的床上睡。"

听到他们的话,皮奴乔心下明了,果然像做梦一样胡乱说了一通。主人不由得张嘴哈哈大笑起来,还用力摇晃了他几下。皮奴乔这才假装醒了,叫着阿德连诺说:

"怎么了?天亮了吗?是你在叫我吗?"

"是啊,"阿德连诺回答道:"赶紧过来吧。"

皮奴乔装着睡得稀里糊涂的样子,勉强撑起身子,回到阿德连诺身边。天亮以后,大家都起床以后,主人还用梦话调侃他。大家就这样说着笑说,直到两个青年把马鞍配好,袋子装好,才算结束。他们和主人道别以后,就跳到马背上,奔向佛罗伦萨。两人都各有收获,又都很顺利,所以越发得意扬扬起来。

自那以后,皮奴乔就另外找机会约会尼可罗莎了,那姑娘在她母亲面前起誓,说皮奴乔是在说梦话,那母亲还记得他和阿德连诺在一起的快活场景,心想,原来当时清醒的人只有她一个呢。

故事七

> 泰拉诺梦到恶狼把他妻子的喉头和面孔都咬烂了,所以嘱咐妻子千万不要去林子里,结果她却一意孤行,最终造成了不可挽回的后果。

潘菲洛把故事讲完以后,大家都夸赞主妇非常机智,于是女王叫潘皮内娅再接着讲,她开口说道:

各位美丽的姐姐,在之前的一些故事中,我们说过梦兆成真的事实,可是有好些女人只当玩笑,所以,尽管我们已经讲过类似的故事,我还是要给大家再讲一个小故事——前段时间,我的一个女邻居因为对丈夫所做的噩梦有所怀疑,最后产生了很不幸的后果。

我不知道你们认不认识一位名叫泰拉诺·第摩莱赛的绅士,他的太太玛格丽达很年轻,长得很美却非常固执,她看不惯别人做的任何事,她做事也向来一意孤行。娶了这样一位太太,泰拉诺真是苦不堪言,可是也很无奈,只能勉强接受,任由她固执下去。

有一天晚上,他和玛格丽达在乡村的别墅里睡觉,在梦中,他看到她去别墅附近的一座漂亮的林子里散步,突然,一头大狼从丛林里跳了出来,径直朝她扑过来,把她扑倒以后,又死命地抓着她向前拽。她大喊救命,虽然后来侥幸逃脱了猛兽,可是喉头和脸部却受了重伤。

次日一早,他动身时对太太说:"自从我把你这样任性的女人娶回来以后,我就没有过过快乐的日子,可是我也不忍心看到你遇到什么不好的事情,所以假如你愿意听我的话,今天你就不要出去了。"

她问他为什么,他跟她讲了他昨晚所做的噩梦,可是那位太太把头摇得像拨浪鼓一样,说:

"你之所以会做对我不好的梦,就是因为对我没安什么好心思。你表面上装作非常关心我,其实内心深处却非常想我死,所以才会做这样的梦。放心吧,不管什么时候,我都会当心的,不会遭遇什么不测,而让你称心如意的。"

"我就知道你会这样说。"泰拉诺说,"看来我真是多此一举了。随便你吧,你爱信不信,总的来说,我之所以告诉你,是为你着想。现在我再重申一遍,今天你最好不要出去,最起码不要去林子里。"

"好了,大不了我不出去了。"虽然她口头上答应了,可是之后心里想的是:"你看这个人也太奸诈了,有意恐吓我,让我待在家里。我用脚趾都能想到,他肯定和哪个不知廉耻的女人在林子里约会呢,生怕我看到了。嘿,他这种谎话骗骗傻子还行,骗我真是太小看我了,我难道会看不出他有其他的用意吗? 我看他还是不要异想天开了,今天,我要在林子里待上一天,也好看看他究竟是什么意思。"

她丈夫刚从正门出去,她就从边门偷偷跑了出去,匆忙赶到林子里,来到一个林木最为茂盛的地方,左顾右盼,看有没有人来。正当她耐心地等着丈夫出现时,没想到灾难已经降临到她的头上。一头凶恶的大狼忽然从丛林深处跳出来,她刚叫了一声救命就被恶狼扑倒了,她的喉头被恶狼咬住,被它拽着走。

恶狼把她的咽喉紧紧咬住,让她既无法叫喊,也无法挣扎,幸好这时经过了几个牧人,要不然她一定会被憋闷死的。那几个牧人一起叫喊着打狼,才把狼吓跑,把她救了下来。他们原本就认识她,看她已经只剩一口气,便赶紧把她抬回去。家人请了医生给她医治,很久以后才让她痊愈,可是喉头和脸部留下了不少疤痕。原本她长得很美,这下根本见不了人了,只能天天躲在家里抽泣,后悔当初不听丈夫的话,而任由自己做出了无法挽回的事。原本很轻松就可以做到的事,她偏偏不愿意做,最后给自己带来了不可逆转的伤害。

故事八

> 比翁德洛戏弄恰科,骗他说有人请客,让他受骗。恰科略施
> 小计,报复了他,让他遭到了一顿毒打。

听了潘皮内娅的故事,大家都说泰拉诺睡梦时看到的是一个启迪,而不是幻象,因为之后发生的事和梦境里的竟然一模一样。安静了片刻以后,女王叫劳蕾塔接着讲。她便开始说了:

各位美丽动人的姐姐,今天大家所讲的几个故事,基本受到之前讲过的故事的启迪。昨天潘皮内娅讲了一个学者复仇的故事,今天我也要给大家讲一个类似的故事,尽管招式远没有那么阴险,可是也让

人下不来台。

话说从前在佛罗伦萨城里，住着一个专门对吃喝进行研究的男子，名叫恰科，因为收入不高，没办法让自己想吃什么就吃什么，幸运的是，他是个举止得体的人，还比较幽默，所以尽管他不是宫廷里的小丑，那张嘴却能说会道，常在富贵人家出入，不需要人家对他发出邀请，他就会自己跑到有美酒美食的地方去蹭吃蹭喝。

城里还有一个名叫比翁德洛的男子，他个子不高却很精明，衣着打扮也很绅士，还戴了顶小帽，露出两绺整整齐齐的金黄鬈发，真是伶俐过人，之前从事的行业和恰科一样。有一天早晨，刚好是四旬斋节，他帮维厄利·德·切尔基大爷去鱼市场买了两条大鳗鱼，正好和恰科遇到了，对方马上跟他打招呼说：

"这是什么情况啊？"

比翁德洛答道："昨天，高索·土多那蒂先生买了三条鳗鱼，比这两条不知道要强多少倍。还买了一条鲟鱼，可是他请的客人太多了，这条鱼明显不够，所以又专门请我帮他再买两条，你也准备去吗？"

"那当然。"恰科答道。

他算好时间，赶到高索大爷家里，看到他正和邻居聊得正欢呢，还没有开始吃饭。主人问他有什么事情，他说：

"先生，我来做你的陪客吧！"

"好，好，非常欢迎，"高索答道，"现在已经到了吃饭的时间了，请大家上座吧。"

大家都入席以后，只见桌上都是一些豌豆啊、咸鲔鱼什么的，最后还来了一道油煎的阿诺河里的鱼，再没有其他的了。恰科一下子明白过来，比翁德洛骗他了，气得火冒三丈，发誓一定要报复他。

比翁德洛边呢，却是喜上眉梢，逢人便说这件事，引得众人哈哈大笑。没过几天，这两人又见面了，比翁德洛赶紧跟他打招呼，还戏谑地问他高索先生家里的鳗鱼好不好吃。

"究竟好不好吃，"恰科答道，"哪需要我说啊，再过几天你自己就知道了。"

于是，他缄口不言，和比翁德洛告辞以后，就去找了一个精明的小贩，用一笔钱请他帮自己办一件事。两人谈好以后，恰科就交给他一只很大的玻璃瓶子，把他带到卡维奇利巷附近，把一位骑士指给他看。原来这就是腓力波·阿尔真蒂爵士，他长得很强壮，脾气却很古怪，稍有不顺心就会大发脾气。恰科现在就对小贩说：

"你的这个瓶子给他拿去，并对他说：'先生，我是受比翁德洛的差遣到这来的，他想好好宴请一下几个朋友，听说你家里美酒无数，特地派我来讨点酒，让这个白瓶子装满红色的液体吧。'可是你跟他说话时，可一定要躲得远远的，要不然你就要遭殃了，我的计划也就不能成功了。"

"此外，我还要说什么吗?"小贩问。

"不需要，"恰科说，"你把这几句话跟他说完以后，就把瓶子拿回来，我好付你钱。"

小贩听了他的话，真的去找了腓力波大爷，跟他说了那番话。腓力波原本就是个脾气火爆的人，听到这话，觉得自己遭到了比翁德洛的嘲笑，顿时气得脸红脖子粗，大声叫道：

"什么'宴请'不'宴请'，什么'空瓶子''红色的液体'，你和他今年都不会有好果子吃！"

没等他把话说完，他就跳了起来，伸手要把小贩抓过来。幸亏小贩早就有所防范，看情势不对，抬脚就跑。远处的恰科把这一切看得清清楚楚。小贩回来以后，又跟他说了腓力波所说的话，恰科很是高兴，如约付了他钱，之后又去找比翁德洛去了，问他：

"刚刚你有没有去过维奇利巷?"

"没有啊，"对方答道，"你干吗问我这个?"

恰科就说："我实话跟你说吧，腓力波大爷正四处寻觅你的踪影呢，可是他为什么找你我是毫不知情。"

"好吧，"比翁德洛说，"我原本就要去那边的，就顺便去和他说说话吧。"

再说那位腓力波大爷，没有抓住小贩，一腔怒火正无处发，又反复想了想小贩的话，可是总也不明白他为什么这样说，心想一定是比翁德洛派人来嘲笑他，所以越想越生气，正好比翁德洛这时候进来了，看到他出现在自己眼前，立马一个大耳光扇过去。

"哎呀，"比翁德洛大叫道："这是从何说起?"

腓力波哪有空听他说这么多废话，直接扯住他的头发，把他的帽子一把扯掉扔了，边打边骂：

"混蛋，今天就让你尝尝我的拳头，你派人来跟我说什么'宴请'，'红色的液体'是什么意思? 你觉得我是一个手无缚鸡之力的小孩，可以任由你欺侮吗?"

他边说边举起重重的拳头朝他砸过去,又扯住他的头发往泥沼里拽。比翁德洛挨了一顿暴打,衣裳也被扯坏了,根本没机会问一声自己究竟哪里惹恼腓力波了,只听到腓力波反复说着什么'宴请'啊,'红色的液体'什么的,完全不清楚是怎么一回事。

腓力波把他好好打了一顿,后来更多人围过来看热闹,大家费了九牛二虎之力才解救了他。这时的他已经被打得青一块、紫一块了。听了腓力波的话,大家都说他是自找的,不应该这样嘲笑腓力波,要知道他可是个不好惹的人。比翁德洛一脸丧气,不停地为自己辩解,说自己并没有向腓力波大爷讨过酒喝,他强打起精神回到自己家里,心想这一定是恰科在陷害自己。

很多天以后,他脸上的伤终于好了,又出门晃悠,正好和恰科撞见了。恰科笑着问道:

"比翁德洛,你品尝到腓力波大爷的美酒了吗?"

"希望你在高索大爷家里吃的鳗鱼也是这个味道。"

恰科说:"这就要看你的本事了。假如以后你还让我吃上次那样的鳗鱼,我就和这次一样回报你。"

比翁德洛明白自己斗不过恰科,自此以后就希望和他和平共处,不敢再耍什么小阴谋了。

故事九

两个青年去向所罗门王讨教,分别问了他一个问题,一个问的是,如何才能让人家爱上自己;另一个问的是,悍妻要如何制服。所罗门对第一个人只说了"爱"字,对第二个人只说了"到鹅桥去"。

狄奥内奥是个拥有特权的人,因此现在没讲故事的人就只有女王一个人了,当遭到报应的比翁德洛被小姐们取笑了一阵以后,她才欣欣然开口:

各位可爱的小姐,如果我们仔细观察一下天地万物,我们就会发现,不管从哪个方面来说,女人都是从属于男人的,都是归男人统治的。如果一个女人想要过上平安喜乐的生活,就应该顺从统治她的男人,而且要保持圣洁——对于所有通情达理的女人来说,最为珍贵的宝贝就是贞操。

这种情况不是来自那传统的习俗,也不是由那对公共利益加以保障的法律所规定的,而是造物主的意志。造物主把我们女人创造出来,让我们身形娇小、胆小怯懦、声音动听、举止得体,都充分说明别人要统治我们。而我们必须非常尊敬统治者,顺从统治者的意愿,才能得到人家的统治,被人家保护。也只有男人才会来统治我们,保护我们。因此,我们一定要非常尊敬男人,一定要百分百听从他们的旨意。假如有哪个女人不坚持这个基本原则,就一定会遭到辱骂,甚至被打。

我已经把这个观点讲过无数遍,可是刚刚听了潘皮内娅所讲的一个泼妇的故事,虽然她的丈夫泰拉诺根本奈何不了她,天主却没有放过她,给了她应有的惩处,因此我又搬出了这番话。在我看来,如果一个女人不温柔、不可爱,就相当于违背了天理、人情和法律,就必须受到严厉的惩处。现在我想把一个所罗门王的故事讲给大家听,对于我们有些女人来说,他的忠告可真是一剂良药,而那些原本就遵规守矩、不需要严厉管教的女人,只要觉得这句话不是针对她们的就好了。尽管这样两句话时常被男人们提起:

好马也好,坏马也好,都有一对踢马刺。

好娘子也好,坏娘子她好,都需要一根木棍。

这两句话,假如只是用来开玩笑,女人们肯定都会承认它说得没错。事实上,如果把这两句话看作严肃的教训,也是蕴含着真理的。因为女人生来就不专心,对于那班水性杨花的女人,一根狠厉的棍子当然是必不可少的,即便是对于那班知道规矩的女人,备一根棍子也是必须的,好让她们时刻小心,不能有丝毫懈怠。现在我不需要讲些冠冕堂皇的话,还是讲我原本就要讲的故事吧。

大家知道所罗门王是最有智慧的人,举世闻名,更何况,他从来都是耐心帮人家解决各种问题的。这些事传扬开去,就有很多人在遇到难以解决的事情时,都会不远万里跑过来请教他。

在这些人中有个叫梅利苏的青年,是一位身份尊贵的富家子弟,专门从家乡拉亚佐赶来,想和所罗门王见一面。当他从安提奥离开,出发至耶路撒冷时,遇到了一个名叫约瑟夫的同行者。既然大家走的同一条路,两人就开始交谈了——出门在外的人通常都是如此。梅利苏打听了他来自哪里,要去往哪里,要做什么。约瑟夫回答说他要去见所罗门王,他家里原本有个非常强悍的老婆,其凌厉程度在整个世间都少有,不管他如何讨好她,或是跟她解释,她都听不进去,只是无

限放纵自己的性子,所以他只能去请所罗门教他如何对付妻子。接着他又反问梅利苏去哪里,有什么事,梅利苏答道:

"我来自拉亚佐,和你一样,也有苦难言。我正值年华,还有家私,为了和乡邻们处理好关系,我散去不少钱财,可是不知道为什么,别人都不喜欢我。所以我想去的地方和你一样,我也要去找所罗门王出主意,请他教教我如何才能让人家喜欢我。"

于是,两人就结伴而行,一起来到耶路撒冷,在所罗门王的武士的引荐下,二人来到了所罗门王的宫殿。梅利苏先大致说了一下自己的来意,所罗门王只回答了一个字"爱"。说完这句话以后,他就被送出了宫。

之后就轮到约瑟夫了,他也把自己的来意对所罗门王说了,所罗门王也只用"到鹅桥去。"这简短的一句话来回复他。于是,约瑟夫也马上被送出了宫,看到梅利苏正站在宫外,便跟他说了自己得到的回复,二人一起反复思考所罗门所说的是何意,却无论如何也想不明白,为什么到鹅桥去就可以让家里的悍妇变得温顺,为什么一个"爱"字就可以让别人喜欢自己。他们还以为所罗门王在嘲笑他们,只好打道回府。

一连赶了几天路以后,他们来到一条河边,这里有一座非常漂亮的桥,正在这时,一队载着货物的骡子和马经过这里,他们只好在桥边先站着等,等那队牲口过了他们再过。

没过多久,几乎所有牲口都过了桥,只剩下一匹骡子怎么也不肯过去,一直在桥边站着。那赶骡的只能用鞭子抽他,也没有太用力,只希望它能上桥就行,可是它左躲右闪,最后干脆转了个身,怎么也不愿意上桥。这一下子惹恼了骡夫,他举起鞭子,用力地抽它的头部和屁股,谁知道依然不起作用。

看到这样的场景,梅利苏和约瑟夫赶紧制止道:"哎呀,你这个人心也太狠了吧,为什么要这样对骡子下毒手,你是要把它打死吗?为什么不想个更好的办法牵它过去呢,那不是比毒打它一顿更管用吗?"

骡夫回答说:"你只知道你的马,我也只知道我的骡,还是按我的方法来吧。"

说完,他就举起鞭子死命地抽打那骡子,没过多久,那骡子终于屈服了,乖乖地过了桥,这充分说明骡夫所说的话没错。两人过桥时,约

瑟夫向一个在桥头坐着的穷人打听桥的名字,那人回答说:

"先生,它的名字叫鹅桥。"

听说是"鹅桥",约瑟夫马上想到所罗门王的指示,回头对梅利苏说:

"喂,朋友,我跟你说啊,所罗门终究还是给我出了一个绝妙的主意啊,我现在才明白过,我还不会打老婆啊,幸运的是,那个赶骡子的人已经告诉我应该怎么做了。"

几天以后,两人来到安提奥,约瑟夫请梅利苏到他家去歇息一两天。哪料到,看到他和一个客人一起回来,他的妻子竟然非常傲慢。约瑟夫也没有理会她,只是告诉她把晚饭准备好,请客人点菜。梅利苏见拗不过,便随便说了一两样菜。那老婆一直以来都非常蛮横,才不管客人点的什么菜呢,准备出来的饭菜完全不同。约瑟夫见了很是气愤,说道:

"难道晚餐要准备什么菜你没有听到吗?"

"你这是在说什么?"那老婆回头粗鲁地说道,"行了吧,你要吃晚饭,我不是给你准备好了吗?你只管吩咐你的,我只管做我的,这几样菜你满不满意我可管不了。"

听到主妇说出如此无理的话,梅利苏心下很不舒服。约瑟夫看她如此骄横,便说:"女人,我看你的脾气一点儿都没改,可是你放心吧,今天我就非要让你改变一下才行。"

于是他回头对梅利苏说:"朋友,我们很快就可以验证所罗门王的指示究竟有没有用了。可是我动手时,请你千万不要觉得不好意思,也不要觉得我是突然想起来这样做的。想想前几天我们帮骡子求情时,骡夫是如何回答我们的,那么你也不需要来劝我。"

"我是你家的客人,"梅利苏回答道,"当然你说什么就是什么。"

那老婆一点都不服,这时已经站了起来,不知道嘴里嘟囔着什么,径自回房了。约瑟夫找到一根粗壮的橡木棍子,跟在她后面进去了,一把把她的头发扯住,将她摔倒在地,举起棍子拼命地打她。一开始,那女人还吼叫个不停,接下来就开始高声叫骂,可是约瑟夫全然没听到,依然不停地打,打得她全身都肿了起来,这时她才求他不要再打了,还答应他以后一定乖乖听他的话。哪料到那棍子依然接二连三地落在她身上,一会被打在肋骨上,一会被打在屁股上,一会被打在肩膀上,直到最后他打累了才停下来,而这位好女人已经被打得体无完肤

了。打完以后,他回到朋友那里,对他说:

"明天我们就到鹅桥上去,看他的指点是否灵验了。"

他休憩了片刻,和梅利苏一起洗过手,吃过晚餐以后,就睡觉去了。

那可怜的女人被暴打了一顿,全身疼痛难忍,好不容易才从地上爬起来,瘫倒在床上再也动不了了,就这样一夜过去了。第二天一早她就起床了,叫人去请问约瑟夫,午餐要准备些什么菜。约瑟夫和梅利苏都不由得咧开嘴角笑了起来,叮嘱了一番。到了中午时分,他们回家吃饭,发现饭菜已经摆好了,而且完全是遵照约瑟夫的旨意。一开始,他们怎么不明白所罗门为什么会给他们那样的旨意,可是现在才醒悟过来。

梅利苏在约瑟夫家里住了几天就回去了。他把所罗门王的指示说给当地一位学识很高的人听,问他是什么意思,那位学识很高的人说:

"他给你的指示真是太清楚、太好了。你知道吗?你压根儿没有爱过人,你之所以宴请别人,给别人提供帮助,并不是因为爱别人,而只是为了显示自己的财富而已。因此遵照所罗门王的旨意,你好好去爱别人吧,别人自然也会同样地回报你的。"

真的要好好感谢所罗门王的一番话,那蛮横的妇女从此变成了温良贤淑的妻子,而那青年也因为爱人而受到他人的爱戴。

故事十

> 彼得请求神父施法,把自己的老婆变成一匹母马。当神父正念着咒语,给母马装尾巴时,彼得叫了一声:"我不要装尾巴!"法术就这样失灵了。

小伙子们听了女王的故事都大笑不止,小姐们却有着诸多不满,当她们不再议论以后,狄奥内奥开始说了:

美丽的小姐们,如果一只洁白的天鹅来到一群白鸽中,倒没什么新奇的,可是如果来的是一只乌鸦,那就越发显现出这群白鸽的出众了。一样的道理,假如一个什么都不会的人混杂在一群有学问的人中间,那么不仅可以显现出他们的学问有多么高深,还会给大家带来不少欢乐。你们都是非常沉稳的小姐,我呢,根本上就是个脓包,可是正因为如此,才更加显现出你们的美好,愈加让你们高兴。假如我过于优秀,倒会显现出你们的劣势,那么你们可能就不会那么喜欢我了吧。所以我想我在说话时可以不用那么拘谨,只是把我的本色显现出来,看到我没什么本事,说话难听的地方,你们也要多加担待啊。我现在要讲一个短小的故事,可是你们听了以后就会明白,我们应该如何小心翼翼地遵守那些念符咒的术士们的教诲,如果稍不留神,有什么不仔细的地方,就会竹篮打水一场空。

前两年,在巴勒达地方,有个叫詹尼·第·巴罗洛的神父,因为他的收入实在少得可怜,因此时常骑着一头母马,去阿普里市场做些生意,好贴补家用。在他这一来一回的过程中,他认识了一个和他很聊得来的乡下人,名叫彼得·达·特莱桑蒂。他做的也是这一行,不过他骑的是一头驴子。为了攀交情,那神父詹尼就依照当地的习俗,用"彼得亲家"称呼他。只要他来巴勒达,那神父总是让他在家里休息,并想方设法招待他。

那彼得亲家太穷了,只有一间很破旧的小屋,他和他那年轻力壮的老婆,还有他那头驴子几乎都住不下,可是只要詹尼去特莱桑蒂,他也会留他在家里休息,还想办法款待他,以回报他在巴勒达所受到的款待。可是到了晚上睡觉时,彼得就很无奈了,因为他家只有一张很小的床,他和他那美丽如花的老婆就在这床上睡,因此他实在没办法做一个合格的主人,只能让客人委屈一下,到马棚的草堆里去睡,让母马和自家的驴子陪伴他。

那老婆知道,在巴勒达时,她丈夫得到神父的热情款待,因此只要他来,总想着自己到邻居家去睡,这样他就可以和她的丈夫睡在铺位上了。可是神父总是阻止他这样做,有一次他这样说:"珍马达大嫂,不用再担心我了,我在外面睡得很好呢,我只要心情好,就可以马上让我那母马变成一个美丽的姑娘,这样我睡觉就不会孤单啦,等我要起床时,我再把她变成母马就好了,因此我是一定要跟她睡在一起的。"

那个年轻的女人听了这话大吃一惊,还以为真的有这么一回事,就回去跟她的丈夫说了:"如果你们两个真的有那么好的交情,那你为什么不让他教教你法术呢?这样的话,你也就可以把我变成一匹母马,等你要出门时,你就可以骑着驴子,再带一匹母马了,这样不就可以赚到比原本多一倍的钱吗?等回家以后,你再把我变回来就可以了。"

彼得原本就才疏学浅，觉得这事真的太妙了，于是就相信了她所说的话，去找了詹尼。詹尼努力想跟她解释清楚，让他不要再痴心妄想了，可是一点用都没用，于是神父只好说：

"那好吧，既然你非要学，那么明天我们依然和往常一样，当天蒙蒙亮时就起床，我表演给你看吧，可是装尾巴是最难的，你到时看到就知道了。"

这天晚上。彼得和他的老婆两个，一心想把这套法术学会，几乎一整晚都没睡。等到天蒙蒙亮时，就迫不及待地去叫神父起床了。他穿了一件衬衫到他们的小屋里说道：

"在这世上，我只会把这个法术教给你，不会再有下一个了。既然你非要学，我总得演示一下给你看。可是有一条，如果你要想让法术成真，就必须按照我说的做。"

那夫妇两人都把头点得像鸡啄米一样，于是神父把一支蜡烛拿起来放在彼得手里，说道："你要好好看我是怎么做的，怎么说的，你特别要记住的一条是——如果你不想事情变糟——不管你看到什么、听到什么都不可以出声，希望天主保佑，可以好好地装上尾巴吧。"

彼得接过蜡烛，答应一定会遵照他的指示。神父叫珍马达脱掉身上所有的衣服，赤裸着身体，就如同她刚出生一样。再叫她双手撑在地上，就像一匹母马一样，也同样告诉她无论如何都不要开口说话。于是他开始施法了。

他摸了摸她的脸蛋和头，说："赶紧去做母马美丽的头吧！"

又摸了摸她的头发，说："赶紧去做母马美丽的马鬃吧！"

又摸了摸她的胳膊，说："赶紧去做母马美丽的马腿和马蹄吧！"

接下来，他摸到了她的一对浑圆又结实的乳房，心下一动，身上不相干的东西竟然竖得高高的，他也同样说了一句："赶紧去做母马美丽的胸脯吧！"

于是他接着往下摸，摸到了她的背脊、肚子、屁股、大腿、小腿。最后，快要成功了，只剩下尾巴了，那神父就把衬衫撩起来，把那根他常用的锥子拿住，对着一条缝就开始刺，嘴里还连声叫道："赶紧去做美丽的马尾吧！"

彼得一直在旁边看得很专心，看到这最后一幕，总觉得哪里不对，大声叫道："哎呀，詹尼，我不要装尾巴，不要装尾巴。"

这时候，那孕育万物的甘霖早就出来了，詹尼只得抽回工具，并叫道：

"哎呀，彼得亲家，你这是做什么呀？我不是跟你说过无论如何都不要出声吗？这母马马上就要变成功了，你却在这个时候开口了，这下全完了，我也不可能再来一遍！"

"好吧，"彼得说道，"这样子的尾巴我可不要，你怎么不叫我来装呢？更何况，你这条尾巴也应该装高一点儿！"

"这不是第一次嘛。"詹尼回答道，"你还不知道应该如何做，我总得演示给你看啊。"

在他们两个正争论不休时，那个年轻的女人站了起来，她看得很仔细，因此开始骂她的男人：

"你这个笨蛋，为什么毁了我们俩的事？你什么时候看到过一匹母马没有尾巴的？老天爷帮帮忙吧，你这个穷汉当真是咎由自取，将来穷得叮当响了还要来找我！"

因为那彼得说了话，破坏了法术，那年轻女人没办法变成一匹母马了，只能悻悻地把衣服穿上。彼得仍然重操旧业，依然牵着一头驴子做着自己的小生意，依然和詹尼一起，只是再也不让他教自己什么法术了。

听完这个故事，大家都笑得前仰后合，特别是小姐们，她们太了解了，甚至都超出了狄奥内奥的意料。大家把故事讲完以后，天已经快黑了，女王知道自己已经到了最后的任期，就站起来把花冠脱了下来，戴到了潘菲洛的头上，在他们这个团体中，还没有接受过这个荣耀的就只有他了。女王笑着说：

"陛下，你是最后一个统治者了，你就要承担一个极其重大的职责，你要弥补我的，以及我之前的各位统治者的不足。希望主给你赐福，因为是他同意我把你立为王的。"

潘菲洛高兴地接受了王冠，回答道："你和其他各位的美德，一定会让我也受到大家的夸赞，就像我之前的统治者一样。"

他根据一直以来的习俗，和总管一起合理地安排了膳食等事务，就回头对希望他发言的小姐们说：

"美丽的小姐们，我们今天的女王艾米莉娅是个特别贤达的君主，让我们自由发挥，讲一个故事，不规定题目，好让我们的精神得到调节，现在我们休养好了，我们就应该回到我们的老办法上去，因此明天,我要你们各自准备一个故事,题目我已经想好了,那就是在恋爱方面或其他方面,人们所做出过的非常英勇的行为。这样的事迹一定会激励我们的心灵,所以也会展现出尊贵的行动。如此一来,当我们的肉体消失时,我们短暂的生命也不会消失,而会和我们的名誉一起在世间流传。人是不同于禽兽的,光填饱肚子,并不等于把所有问题都一并解决了,只是明白这个道理,所有人都会渴求这种荣耀,而且把这种荣耀当作奋斗的目标的。"

那一群美丽动人的男女们,在听到这个题目以后都拍手称快。于是,在得到新王的许可以后,他们都站了起来,在这段依旧是自由活动的时间里,每人都干着自己最乐意干的事情。到了晚饭时间,大家又高高兴兴地聚在一起,开始享用美食,还受到了非常热情的服务。饭后依然是跳舞,又唱了无数首歌,说曲子动人,还不如说是歌词美妙更合适些。最后国王嘱咐内菲莱唱一个她自编的歌曲,她马上用圆润的声音唱了起来:

> 我是一个欢乐的姑娘,
> 在美丽的三月放声歌唱,
> 感谢爱情和动人的梦想。

> 我在绿油油的草地上散步,
> 那里有五颜六色的花朵,
> 玫瑰带刺,百合像雪,
> 我用朵朵花儿媲美他的脸儿——
> 啊,我被他的爱情所奴役,
> 我的灵魂和梦想都依附着他。

> 我真的找到一朵最好的花,
> 花色可媲美情人的玉颜。
> 我轻轻摘下它,轻柔地抚摸它,
> 告诉它我是多么牵挂他,
> 之后我又摘了很多花,
> 编成个花环,箍在我美丽的头发上。

> 每一朵好花都让我心情愉悦,就如同

我只要看到他的身影就喜不自禁，
那爱情的滋味让我心神荡漾，
我没办法吐露我的真情，
只能轻叹一声。

我的叹息饱含深情，不像
其他姑娘充满幽怨，
却如同一阵风吹到了我爱人身边，
他听到这声叹息就跑了过来，
他来得太是时候了，正当我说：
"来吧，我已经寂寞难耐！"

　　国王和小姐们都一致夸赞内菲莱的歌曲，她唱完以后，天色已经很晚了，于是国王吩咐大家都回去休息。

第十日

decameron

《十日谈》的第十天，也就是最后一天，就从现在开始了。在潘菲洛代表国王所进行的主要指导下，大家各自讲了一些故事，故事的内容大概是，人们在爱情方面或者其他方面所表现出来的值得歌颂、慷慨大方甚至壮烈的行为。

西边天空飘荡着几朵小小的云彩,仍然像之前那样漂亮、鲜艳;东边天空的云朵则被初升的太阳镶上了亮边,边缘处金光灿烂,染得仿佛金子一样辉煌美丽。就在这时,潘菲洛起床了,并且把女郎和男士们都一个个地唤醒。等到大家全部都聚集到这里之后,他就跟众人提议,接下来要去哪里游乐,才能满足大家的需要。他跟菲洛梅娜、菲亚梅塔三个人慢步走在最前面,而剩余的人都跟在他们身后。就是这样,他们边走边谈,不停地进行着热烈的谈话,每一个人都谈论着将来的生活,以及其他相关的事情。大家都畅所欲言,发表了自己的看法。不知不觉间,他们已经走过了很远的距离,感觉到了天气炎热,阳光也强烈了许多,他们就一起返回别墅。到了住的地方,他们又围着清澈的泉水把杯子洗干净,需要喝水的人就可以随自己的心意盛水喝了。接着他们就继续在园子的林荫处尽情玩乐,一直到吃中午饭的时候才停下来。

大家像往常一样,吃饱了饭,也睡足了觉,于是就聚集到国王指定的地方。内菲莱得到了国王的指令,要奉命开头讲第一个故事。她感到很荣幸,高兴地说起了她的故事:

故事一

西班牙国王有一个下属,是一位骑士,这位骑士建立过很多功勋,但是从没有得到过国王的赏赐,所以他心里对这件事很不满。国王则想办法证实他之所以得不到赏赐,主要要怪他自己命运不佳,而并非国王难以知人善任而犯下的错误。随后国王又重重地奖励了这位骑士。

值得尊敬的、各位典雅的小姐,承蒙国王对我的厚爱,让我给大家先起个头,来讲一个有关于慷慨大方的故事,我觉得这是无上的荣光。正如大家所说,慷慨豪爽照亮了其他一切的美德,就好像太阳为天主增加光辉,这是一样的。所以,我现在来跟大家讲一个非常短小却很有意思的故事,我觉得如果能记住这个故事的话,对大家来说,起码是有些益处的。

估计大家都知道,回顾我们的历史,咱们这座城里,曾经有不少流芳后世的勇敢骑士,其中的一个——他可能是最勇敢的骑士了——名字叫作路杰利·德·费乔凡尼,他家境非常富裕,为人也特别慷慨大方。当时他注意到,土斯堪尼城里的风俗人情已经跟自己的性格不甚相符,觉得如果久居此地的话,很少能得到发挥自己才能的机会,有些英雄无用武之地了。那个时候,西班牙的国王亚尔丰梭颇具盛名,据说是当时最为贤德的君主,在骑士圈儿中早就传开了,很多骑士都曾经听过他的盛名,所以,路杰利下定决心准备暂时投奔他。他携带了很多兵马、武器,还有随从人员,去往西班牙投奔了那位国王,并且受到了国王的热情招待。

路杰利在那里住下来之后,由于他做人很慷慨,也建立了不少赫赫有名的战功,没过多久,他的好名声就传扬四海了。他在西班牙住了一段时间,仔细地观察国王的行为和举措,却发现国王根本没有办法给出合理的赏罚,有些时候,他经常会把城堡、市镇以及爵位随便分给某些人——但是往往这些人并没有建立什么功勋。他自认为自己建立了不少功勋,可实际上国王没有怎么赏赐过他,这实在有损于自己的名声,因此他决定离开西班牙国王,去别处投奔。他把自己想离开的想法上奏给了国王,国王允诺了他的请求,还赏给他一头非常好的驴子。现在路杰利既然已经做了决定,要外出远行,所以送他一头驴子倒也非常合适。

说完这边,我们再说说国王吧。路杰利跟他辞行之后,国王就安排了一个心腹侍从,吩咐他跟着路杰利一起出行,并且要求他隐藏身份,做好伪装,不能让路杰利发现他是国王派来的人,只需要一路上听听路杰利都说些什么话,尤其是有关于国王的只言片语,都要仔细记着,回来汇报给国王,并且在他说过那些话之后的次日早晨,就将路杰利带回宫里来。把所有的这些都安排好以后,那名心腹侍从就特意到半道上去等路杰利,等到路杰利刚从城里出来,他就巧妙地迎上前去,假称自己也要去往意大利,想要跟他做个伴儿,一起出行。

路杰利跨坐在国王赐给他的那头驴子身上,路上则随意地跟这名侍从说说话。在接近晨祷钟响起的时候,他提议说:

"我觉得,咱们需要让牲口们休息休息、撒撒尿了。"

接着他们就找了一个方便的地方,把牲口解下来让它们方便,结果除了国王赐给路杰利的那头驴子之外,其他所有的牲口都拉粪撒了尿。随后他们又继续往前走,侍从照旧全身心地观察着他所说的每一句话。后来他们继续前行,走到一条河边,就停下来让牲口喝水,可是那匹驴子竟然直接往河里撒尿。路杰利忍不住了,痛斥道:

"哎,你这要死的畜生,原来竟然跟把你赐来的国王是一路货色,一模一样!"

侍从悄悄地把这几句话记了下来。尽管那一整天他都陪在路杰利的身边。他们聊了很多,并且路杰利所说的话,除了这几句,剩下的是对国王的赞颂。第二天清晨,路杰利刚跨上自己的驴子,正要准备继续赶路去土斯堪尼。结果这名侍从坐在马上突然宣布了国王的旨意,让他马上改变自己的计划,回到王宫里去。路杰利只好遵从了。

返回皇宫之后,侍从就把路杰利在路上所说的那些话,汇报给了国王,也就是他说的有关于借用驴子来辱骂国王的言辞。所以国王马上宣召了路杰利到身前来,并且非常温和地对待他,询问为什么他会说国王像赏赐的驴子,或者换句话来说,用驴子来指代国王。路杰利非常坦诚地回答了国王的问题,他说道:

"陛下,我拿驴子来打比方,用它来代指你,主要是由于你经常赏赐那些并不应该接受赏赐的人,他们没有任何才能值得被赏赐;那些该受赏的人,你却没有让他们得到应有的赏赐。这就跟那头驴子一样,应该撒尿的时候故意不撒尿,到不应该撒尿的地方反而撒起尿来了。"

国王说道:"路杰利,确实,我恩赏了很多人,也赐给别人许许多多的礼物,唯独没有赏赐给。倘若根据大家的功劳来进行赏赐的话,或许那些人根本不可能与你相提并论,但是我之所以选择这么做,是有理由的。这并非由于我不知道你是最勇敢的骑士,可以坦然接受任何贵重的赏赐,且受之无愧。这是因为我没有办法这样做,这只能怪你自己命运不佳,是命运之神不让我这样,如此一来,我就没有机会可以赏你了,所以你只能自责自己命运不好,却不能怪罪于我。倘若你还是不相信的话,现在我就能够直接向你证实这件事情。"

"陛下,"路杰利回复了国王的话,他说,"您没有赏赐我,可我并没有因此而怨恨于你,因为我其实并不想发什么财。我只是有些生气,您根本看不到我所立下的汗马功劳,似乎我做的这些全都被抹去了。虽然如此,我依然相信您刚才所说的话都是真的,所以,不管您以什么样的方式来向我当场证明,我都愿意亲眼看看。当然,倘若您不给我证明的话,我也非常相信您有您自己的道理。"

所以接下来,国王就带领他进入一个客厅,这个客厅里摆放着两个很大的箱子,都上了锁。国王当着众人的面,告诉他说:

"路杰利,这里放了两只箱子,其中一只,里面装满了我的王冠、王笏、珠宝,以及我拥有的很多比如玉器、珍珠、戒指、金石等的宝物,总的来说,这里面就是我所有的奇珍异宝;而另一只箱子里则装满了泥土;现在你随便挑一只吧,不管你选到哪一只箱子,里面装的东西就全部都归你所有了。通过这个事情,我想这也就可以证明,到底是我对你不讲道义,还是说你的命运实在对你自己太过残酷。"

路杰利就按照国王的想法挑选了一只箱子,国王下令让其他人把这只箱子打开,发现里面果然装满了一整箱的泥土。所以国王微笑着对他说道:

"路杰利,这次你就彻底明白了吧,我之前说,是你自己命运不佳,这话一点儿错都没有,是不是?但是你的功绩的确不小,我愿意为你冲撞一次命运之神,违逆神的旨意。我知道,你不想定居在西班牙,成为一个纯粹的西班牙人,因此,我也不给你什么城堡或者土地了,但是另一只箱子里面所装的奇珍异宝,我就把它们全部都赐给你吧。即便命运之神不愿意让你选中它们,但这件事情上我一定要与他对抗,把这些珍宝全部都赐给你。现在,你就带着这些珍宝,返回你的故乡去吧。我对你的勇气极为赞赏,这就是我赏识你的证据,去在你的父老乡亲们面前当之无愧地炫耀一下吧,好好感受下荣归故里的感觉!"

于是,路杰利接受了国王赐给他的这一箱礼物,发自内心地感谢了国王的恩赐,随后就愉快地带着这一箱珍宝返回到土斯堪尼去了。

故事二

大盗贼金诺把克吕尼地方的修道院长抓了起来,却以对待上宾的礼仪来对待他,还治好了他所患的胃病,接着把他放回去。院长返回罗马以后,跑到教皇面前替金诺求情,最终使教皇重新接纳了金诺,像过去一样宠信他,并封他为救护团的骑士。

西班牙国王阿尔丰梭对待那位佛罗伦萨骑士的态度极为慷慨大方,很多人听完这个故事之后,都表达了自己的赞赏之情。国王也很

高兴,所以他吩咐艾莉莎继续下去,开始讲第二个故事。艾莉莎马上开始了她的故事:

各位优雅高贵的女郎,一个国王这样地宽宏大量,对待为他立过大功的人这样的慷慨,这的确是一件非常值得赞美的事情。可是,倘若在这里所讲的并不是一个国王,而是一个教士,他对待某一个人异常宽容——即便他跟那人是势同水火的仇敌,他就是把对方当敌人也没什么问题——那么,这样一来,对具有这样品德的一个教士,我们又当怎样评价他呢?自然,我们只能得出这样一个结论:如果说那个国王的慷慨大方是一种美德,那么这个教士的宽容和慷慨就只能称为奇迹了!毕竟天底下大部分的教士都非常吝啬,简直要比女人们还要吝啬得多,想要让他们慷慨大度起来,简直难如登天。普通人如果被别人欺负了,他们肯定会想尽办法进行报复。但是教士们呢,尽管他们张嘴就是宣称什么容忍宽恕之类的言辞,但实际上,他们如果采取报复的行动,只能比一般俗人厉害得多,简直有过之而无不及。希望大家仔细听我下面所要说的故事,来听听教士到底怎样慷慨大度,然后大家就能够明白了。

以前,曾经有一个叫作金诺·第·塔柯的强盗,他是一个臭名昭彰的、残暴的家伙,所以被国王驱逐出了锡耶纳。圣费奥利的伯爵们也跟他结下了仇,成为敌人。他鼓动拉地康凡尼人,让他们背叛罗马教廷,并拉帮结派在那里落草为王,成了一窝土匪,做些拦路抢劫的勾当。从这个地方经过的商贾或者旅客,基本上没有任何人能逃脱他的毒手。

那时,担任罗马教皇的就是庞尼法第八,从克吕尼地方来了位修道院院长,到罗马教廷去拜见教皇。这位修道院的院长是一位了不起的富翁,非常有钱,在宗教界也算得上数一数二的人物。不过,他在罗马得了胃病,医生给他建议说,要到锡耶纳去用海水沐浴,这样就可以治愈他的胃病。教皇恩准他到那里去,所以他就带着大队的人马、行李及装备出发,上路往锡耶纳去,完全没有把江洋大盗金诺或许对他进行拦路打劫的威胁当一回事。

金诺听说了这件事情,知道这位修道院院长要从他的领地里经过,所以就布下天罗地网,把院长和他随身携带的随从、行李、货物等全部都围困起来,包围在一个非常狭小的地方,让所有人都无法从他手中逃脱。当他做完这一切之后,又安排了一个自己最得力的心腹,带着很多人去见这位修道院院长,以金诺的名义客客气气地请院长到他的山寨去住上一段时间。院长听了这位随从的话,简直要气坏了,他说自己跟金诺一点关系都没有,绝不愿意去,还说自己要接着向前赶路,倒要看看,谁有那个胆子来阻拦他。金诺的使者听了院长所说的这些话,依然低声下气地央求道:

"院长,你现在应该已经明白自己的处境,我们打开天窗说亮话,在我们这个地方,我们唯一惧怕的就是天主,除此之外什么都不怕。像你的那套什么开除教籍,或者驱除出教的办法,我们这里完全都不在意。我奉劝您还是听从金诺的想法比较好。"

两个人就这样细细交谈着的时候,一帮强人已经团团围住了他们,似乎隐隐透出威胁之意。院长看着已经山穷水尽,再也没有别的办法,纵使千万个不愿意,也只能跟着金诺的使者去往山寨。他的随从及大队货物、行李等都跟在他身后,也进入了金诺的山寨。到了那里以后,院长从马上下来,金诺手底下的人就按照首领的要求,把他单独安排在一栋别墅当中,还特意找了一间又狭窄又黑暗的破旧小房间给他。却对他身边的其他随从厚厚相待,依照每个人的身份,分别把他们隔离起来住在山寨里,妥当保管他们所带来的财物,并没有侵占他们的东西。把这些事情全部安排完毕以后,金诺就跑去拜见院长,他直言道:

"院长,现在你是金诺最尊贵的客人,我到这里来,想要问明您此行计划到哪里去,又有什么意图?"

院长也非常聪明,到现在这种地步,他已经弄清了自己所面临的形势。这个时候已经迫于无奈收敛住了自己的性子,把自己此行来的原因,以及计划到哪里去等细节都告诉对方。金诺听了院长所说的这些话,马上就离开了,心里面想着,就院长这点儿小毛病,不是什么大事,根本用不着去进行海水沐浴也能完全治好。所以他就命令手底下人在院长所住的这间屋子里点燃了一盆炭火,还安排了一个守卫严密地看着院长。一直到第二天清晨,金诺用一块雪白的餐巾,给院长包了两片烤面包片,又把院长随行所带来的考尼格利亚葡萄酒装了一大杯,送到院长的房间里来,并告诉对方说:

"金诺少年的时候曾经学过医术,据他说,他自己深谙治疗胃病的良方,所以特意为你配备了最好最有疗效的药品,命令我送过来给你服用,说是可以治好你的疾病。现在我带来的这一服药就是他开的,请你吃下去吧,一定会药到病除的。"

这个时候院长肚子里空空如也,已经饿得心里发慌了,虽然他心里非常生气,可能是没有力气多花费唇舌跟他分辨些什么,只是顺从地把面包吃掉,喝光了那葡萄酒。吃喝完了之后,才说了许多傲慢的话,一并发些牢骚,提出些责难来,尤其指出一定要跟金诺面对面谈一次话。但金诺根本没有把他的话放在心里,只当耳旁风一般不加理会,彬彬有礼地应付道,等金诺有时间就会过来跟院长会面的。说完这些,他马上就从院长的房间里离开了。直到第二天才又返回,来的时候又给院士带来了两片烤面包和一大杯白葡萄酒。就这样一连过了好些天,金诺都是这样对待院长的。之后,他还特意取了些干豆子,趁着院长不注意,把豆子悄悄放在他的房间。一直到金诺发现院长确实悄悄吃掉了好几粒干硬的豆子,他才假借金诺的名义来询问院长,问他的胃病是否有所好转。院长对他说道:

"我认为,只要他让我离开这儿,那么我的病就完全好了。等我出去以后,其他的都不是问题,我一定要先好好大吃一顿,因为他的药实在太有效了,我的胃病已经彻底痊愈了。"

所以金诺就告诉院长自己带来的随从们,让他们帮院长整理一间优雅的房间出来。房间中的一切都是从院长的随身物品中取来的,铺的是院长自己的被褥。金诺还让自己的手下准备了一桌非常丰盛的宴席,邀请院长及其所有的随从参加,并带来了自己的很多下属来接待他们。第二天早上,金诺就去到了院长所在的房间,告诉他说:

"院长,您的身体现在已经恢复健康了,如今是时候从这个疗养院中搬出去了。"

说完这些,金诺就牵着院长的手,把他带到原先已经布置好了的房间里,送到了院长随身的侍从们身边。金诺自己则亲自跑到厨房做指挥,督促着每一个工人认真工作,相互照应,务必使整个宴会格外丰盛,殷勤备至。院长见到了自己身边的随从,马上就觉得安心了不少,所以就将自己这些天来所经受的苦楚告诉侍从。可是他的侍从跟他口径不一致,说他们这些天以来,受到了金诺的热情招待。最后开宴的时刻到了,金诺给院长和他的随从们送上了美酒佳肴。一直到这个时候,金诺依然没有暴露自己真实的身份,就这样又安排院长在他这里住了很长一段时间,金诺才下令,将院长的行李和货物全部拿出来堆在客厅里,将所有的马都集中在大厅外面的院子中,就连最糟糕的那匹马也没有落下,都牵了来。随后,他去询问院长现在感觉如何,身体是否已经完全好起来,可以骑马上路了。院长回复他说,自己感觉非常健康,甚至胃病也全都被治好了,如果金诺愿意放他离开的话,那就太好了,他就百病全消了。所以金诺就带着他来到了那个堆放着院长的行李、聚集了院长侍从的客厅中,还邀请他走到窗边来看看他随行带来的所有马匹,告诉他说:

"院长先生,其实我就是金诺·第·塔柯,估计你也已经有所耳闻了,我本来是从上等人家出身的,现在竟然沦落成了江洋大盗,与整个罗马教廷对抗。这实在是因为我太穷了,没有办法在家里安身,一贫如洗,还有那么多要命的敌人。我之所以做这个营生,主要是被逼迫的,出于不得已的缘故要保全自己的性命和名声,只能这样做。如今,你的胃病已经完全被我治好了,据我的观察,你也算是个非常高尚的好人,因此我才高看你一眼,倘若不是你,而是其他人落在我手里,那么这么多的财产和货物落在我手里,不得不说是发了一笔横财。我自己倒是觉得,想必你看在我替您忙活了这一段时间的面子上,肯定会将你自己随身的财物匀出一部分赠送给我。现在我把你所有的财物都放在这儿了。请您从窗口往外看一看,这个院子里拴着的都是你带来的马匹,这些东西呢,你是全部带走也好,留下一些也行,都随你自己拿主意吧。并且从现在开始,不管你是想马上离开这里,还是再在我这里休息几天,也都由您自己决定。"

听到一个江洋大盗竟然说出这样慷慨大方的言语,院长惊喜得简直不敢相信,原本满肚子的怒火也立马消散殆尽,并且对金诺产生了一些好感,甚至愿意将他当成真心的朋友。所以院长赶紧走过去拥抱金诺,并且告诉他说:

"我向我的天主发誓,能够与你这样一个高贵典雅的人做朋友,即便让我像前些日子那样再多受一些委屈,我也是情愿的!只是,最应该诅咒的是命运,是它迫使你做上了这种残酷的营生!"

院长说完这些以后,他只从自己随身所带的行李中取下几件必需的东西,带了几匹马,接着就返回罗马去了,而剩下的那些马匹、财物等全部都留给了金诺。罗马教皇早就听说了院长中途被劫的消息,所以很是为他不安,待他重新出现在教皇面前时,教皇就询问他,海水浴的作用怎么样,是否对他的健康有所裨益。院长一边笑着一边回答说:

"高尚圣洁的教皇啊，其实我没有洗成海水浴呢，却在近处找到了一位非常有能力的医生，我所患的毛病全都被他治好了。"

随后院长就把他所有的遭遇，从头到尾地说给教皇听。教皇听着他这样讲，情不自禁大笑起来。但是院长依旧继续讲述着，一边讲一边被金诺那种慷慨大方的精神感动着，一时间竟然不由得向教皇求起情来，希望教皇能对金诺开恩。教皇本来以为院长是想请求些别的东西，所以什么都没有想，就说愿意满足院长所提出的要求，说不管他提出什么祈求都愿意帮助他做到。但是院长接下来这样说道：

"教皇陛下，我现在想向您恳求的只有一件事，也就是希望您能够重新赐恩给我的医生，也就是金诺·第·塔柯，让他享有您过去曾赐予他的恩典。我这一辈子也曾经见过很多了不起的人物，但是这一个人，肯定是这所有人当中最贤德的那一个，我觉得他是最当之无愧的好汉。而他现在被迫做起了拦路抢劫的勾当，这其实并不是因为他自己本性比较坏或者行为特别恶劣，而只是因为他自己的命运不佳，只要您能够赏赐给他一些恩典，让他的日子过得稍微像样一些，保全他，让他不要有损自己的身份。那么我相信，过不了多长时间，您也一定会跟我有同样的看法，认为他是一个非常开明且慷慨大方的人物。"

这位教皇本来就是一个非常贤德的人，对别人相当宽宏大量，而且非常赏识他人的才华和美德。听完院长所说的这些话，马上就回答说，倘若金诺本人真的跟院长所讲述的一样，是这样一个慷慨大方的人，那他很愿意满足院长的这个请求。所以他就告诉院长，可以放心大胆地邀请金诺，让他安心来到罗马的领地。正是由于院长的邀请，金诺才对教皇所说的话深信不疑，马上就来到了罗马教廷。他到了教皇身前没过多长时间，教皇发现他的确是一个有本领的人，且人品很好，于是非常看重他，便封他为救护团的骑士，把整个骑士团的修道院都交给他来管辖。后来金诺毕生担任此职，成了教廷忠诚的奴仆，并且他一直是克吕尼修道院院长忠诚的朋友。

故事三

纳山为人慷慨大方，有着乐善好施的好名声，米特里丹非常忌妒他，想要杀死他取而代之。纳山却宽容地接待了他，并且隐瞒了自己真实的身份，还帮他出谋划策，教他怎样去暗杀自己。第二天早上，米特里丹在一座林子里碰到了纳山，才发现替他设计陷阱的人原来就是纳山本人，他觉得非常羞愧，从此之后，两个人就成了特别要好的朋友。

这则故事讲完以后大家都很唏嘘，觉得一个教会人士能够这样宽宏大量，做出如此慷慨的事情来，着实可以算得上奇迹了。女郎们七嘴八舌地讨论完以后，国王把指令给了菲洛斯特拉托，让他继续讲第三个故事，菲洛斯特拉托立即开口，说起了他的故事。

高贵典雅的女郎们，虽然西班牙国王非常宽宏大量，而克吕尼修道院院长的慷慨更是前无古人后无来者的奇迹，但是，现在我可以再跟大家讲一个故事，说一个人。你们听了一定会觉得特别稀奇，因为这个人竟然对一个想要杀害他喝他的血的人也非常宽宏大量，而且这还不算完，如果那个想要杀他的人确实敢于对他痛下毒手的话，那么他本人也愿意放弃自己的生命，从容就义。那么大家且听我细细地把这个小故事讲述出来吧。

只要是从卡泰周经过的人，不管是热那亚人，还是从其他地方来的人，都曾斩钉截铁地叙述过，在那个地方，以前确实有一个门第高贵、富裕无比的人，他的名字就叫作纳山。纳山有一座庄园，刚好位于一条交通要道旁边，只要是从波南和来文两个地方经过的人，基本上得走这条大路。纳山这个人生性非常豪爽慷慨，他很想做出一番惊天动地的大事业，让自己的声名传扬天下。所以他请来了很多工匠，在很短的时间内就建起了一座十分富丽的大厦，这栋大厦里面所陈设的东西都特别讲究，其豪华程度真是前所未见，有人说它足以款待天底下所有的宾客，不管什么样的人到这里，都会有宾至如归的感觉。而且纳山的家里安排了非常多的仆役，不管什么人到他那里去，都会受到热烈而隆重的款待，可谓无微不至。他将这样一种令人赞美的做法坚持了很长时间，以至于到后来，来文境内没有不知道他的，而波南境内也几乎所有人都听过他的好名声。

纳山年老以后依然非常好客，甚至比年轻时有过之而无不及。但是这件事情传到一个青年的耳朵里，这个人名字叫作米特里丹，就住在纳山家附近不远，这样一来，就没有办法避免一场是非了。原来是这样的，那名青年也是一个家资丰厚的人，跟纳山比起来，两个人基本上差不多。但是他特别忌妒纳山的好名声和美德，所以想尽办法想要让自己显得更加慷慨大方，以便胜过纳山，或者要把纳山给比下去。因此他本人就仿照纳山那座大厦的形式建造了自己的住所，二者几乎是一模一样的，只要是从他这里经过的人，他都无比热诚慷慨地款待他们，彬彬有礼，特别宽容。就这样过了一段时间之后，他自己也算积攒了一些好名声。

话说有一天，这个年轻人自己一个人待在住所的庭院里，有一个穷困潦倒的女人，从大厦的一扇门口走了进来，向他要求施舍，米特里丹慷慨地施舍了这个女人。但是没过多长时间，她打开另外一扇门又走了进来，他又给了她施舍。这个女人这样反复开门进来有十二次之多，等到第十三次，米特里丹终于忍不住，询问道：

"这位可敬的大娘，您这样讨要施舍，似乎次数有些太多了吧！"但是他依然施舍给了这个女人。

结果那个老年妇人听见他的话，就大声回答他说：

"啊，只有那个宽宏大量的纳山才是真正的慷慨，只有他才是唯一了不起的人，他的那间大厦足足有三十二扇门，每一个门口我都去过，要求他施舍我，而且他每一次都如我所愿，给了我需要的东西！并且在这三十二次里，他没有任何一次表示出自己认出了我。但是在你这里，我只不过来了十三次而已，你就故意表示认出了我，并且责备我！"

老妇人说完这些就离开了，此后再也没有来过他的大厦。

米特里丹听完老妇人说的话，心里明白，肯定是纳山的好名声把自己给比下去了。所以他忍不住怒火中烧，心里想着："上帝呀，这也太让人难过了！就连这一种小事上，我都不能与他相提并论，又如何能做出些惊天动地的大事，显得比他还要慷慨大方呢？我更不可能超过他了！这样看，如果不把纳山干掉，我不管做什么也是白费力气！他这个老家伙，年纪这么大了还不死，那么我就只能毫不迟疑地主动从事，把他给干掉！"

他心里这样决定了之后，并没有把这件事告诉给任何一个人，就带着为数不多的几个随从上马出发了。三天之后，他来到了纳山所住的居所。这个时候差不多是傍晚了，他马上下令让他的随从做好伪装，假装他们并不是相熟同行的人，各自分散开来去寻找住宿的地方，等待他下达的新命令。因此他自己独自一人继续赶路，走了一段时间，就在他来到纳山那座大厦附近的时候，碰见了一个衣着简朴的老人，老人此时正一个人在林子里慢慢走着,似乎在散步。其实这个人就是纳山,不过米特里丹没有见过他,所以不认识。他就询问这位老者,是否能够告诉他纳山的住所在哪里,而纳山温和从容地告诉他说:

"孩子,你找到我算是问对人了,在这里,所有的人都不如我更为熟悉纳山,现在如果你愿意的话,我马上就带你去他那儿。"

这个年轻人说,这样的话就是太好了,但是倘若可以的话,他不想跟纳山直接见面,也并不想跟纳山相识。

纳山回答他说:"既然你这样要求,我就如你所愿,按你所说的来办吧。"

所以米特里丹就从马上下来,跟在纳山身边,往那座漂亮的大厦走去。这一路上他们两个谈笑风生,而等走到了纳山的住所之后,纳山安排一个仆人,把这个年轻人的马拴好,又悄悄指示那个仆人跟家里的其他人说明情况,不让大家告诉那个青年他本人就是纳山,他的仆人当然都听从了他的指令。接着他又带着米特里丹去了一间最为考究漂亮的房间,安排他在那里住下,并且派去了很多仆人殷勤地照料他,纳山自己也亲自跑去陪着他,除此之外,也就没有其他人在青年身边了。

米特里丹就这样,在纳山的居所住下了一段时间,并跟纳山相处了很久,尽管他把这位老者当作一个父辈来尊敬,却情不自禁地询问他的身份。纳山回答他说:

"我是纳山手底下的一个仆人,非常微不足道,我从小就在这里伺候了。我这一辈子都在做这样的工作,他却从没有奖赏或者提拔过我。我现在已经一把年纪,所以虽然其他的人都赞扬他,但我觉得他其实很一般,并不需要对他抱有什么感恩之情。"

他说的这些话,让米特里丹心里顿时燃起了希望,觉得自己那些作恶的计划,已经多了几分实现的可能。纳山也客气地询问了他的姓名,以及他到这一带来的计划,还说倘若需要他帮忙的话,他绝对会竭尽全力的。米特里丹最初还有些犹豫,沉默着不想回答,但等了一段时间,他下定决心,觉得可以将这个老人当作值得信任的人,先是绕了很大的圈子,告诉他一定要为自己保守秘密,然后希望他帮自己参考一下怎样动手才比较合适,随后才表明了自己的身份,原原本本地把自己此行的目的都告诉给了老人。纳山认真地听他说完这些话,知道他所制定的狠毒计划,不觉间心慌意乱,可是他并没有迟疑,就镇静而从容地告诉对方：

"你的父亲是一个非常高贵的人，而你本人能够像他一样，做起这种好善乐施的事业，真是慷慨大方，非常崇高，你对众人的慷慨，并没有辱没你的家风，你是一位非常优秀的贵族子弟。你妒忌纳山宽容仁慈的品德，我觉得这很正常，也非常赞同，倘若这个世界上能多几个像你这样强烈忌妒纳山的人，那么现世这恶劣透顶的社会风气可能就会迅速好转起来。而你已经把自己的打算全盘说给我听，我保证一定会保守你的秘密。可关于你想做成的这件事情，我只能尽量快点儿帮你想个办法出来，我本人不能直接帮你动手。我是这样想的，你看，在离这个住所不远，大约一里半的地方，有一座不怎么大的小林子，每一天早晨，纳山都要自己一个人去那个林子里散步，并且总要走上好一会儿工夫。如果把动手的地点选在那里，你就能非常轻松地找到他，在那里把他结果了，你自己的心愿也就实现了。倘若你杀死他以后，想要快点回到家里，那就千万别走你来时走的那条原路，不妨顺着林子左边的那条路出去，尽管那是条荒僻小径，但离你的家非常近，所以也更加安全可靠些。"

米特里丹从他这里得知了这些情况，把一切都给弄清楚了，等到纳山从他这里离开以后，就小心谨慎地召唤他的随从等人（原来他们也在这座大厦里借宿），告诉他们明天要到什么地方会合。我们再来说说纳山，他跟米特里丹出谋划策，其实本来就是他自己的真心话，所以等到第二天，他也不觉得后悔，就一个人来到了树林里，准备好迎接自己生命的终结。也就在这个时候，米特里丹也起了身，把弓箭和宝剑带在身上——他只有这两样武器，其他的都没有带来，跨上马匹，冲着树林跑去。果不其然，隔着很远的距离，他就一眼看见纳山独自一人在树林里悠闲地散步。年轻人在动手之前，决定先走过去瞧瞧纳山的真面目，听听他会说些什么，之后再动手杀死他。所以他跑上前去，一只手抓住纳山的头巾喊道：

"老头儿，这下你死定了！"

听到这些，纳山只是坦然地回答说："我确实是一个该死的人。"

米特里丹听见他这样说，认出了他的声音，再仔细看一看脸，马上就发现，原来这个老头儿就是这些天好心好意接待他、温和地陪伴他，并且忠诚地帮他制定计划的那个人，所以自己的胸口的那股无名之火瞬间消散，立即转化为羞愧了。他立即把已经出鞘准备用来刺杀纳山的宝剑用力丢在一边，从马上跳下来，哭着跪到纳山身前，说道：

"亲爱的老爹爹，这次我可真的相信你有多慷慨、多宽宏大量了！我说了一些狂妄的话，没有任何原因就想要杀掉您，但是您居然悄无声息地跑到这儿来，把您的命送到我手上来！我的天哪，真是承蒙天主眷顾我的生命，在这最紧要的关头，让我这双眼睛重新睁开，明辨是非，这一双被丑陋的忌妒所蒙蔽的眼睛啊！您越这样成全我，我越觉得自己犯下了最为沉重的罪孽！简直没有任何天理能够容忍，我真是罪该万死！现在请您来惩罚我吧！您觉得应该怎样对待我，我一定毫无怨言！"

纳山走上前去扶起了米特里丹，温和地拥抱他，亲吻他，接着告诉他说：

"孩子，你对我所做的这些事情，不管你认为它是罪孽还是善行，我肯定都会成全你的，你不需要对我道歉，我也无所谓要原谅你，因为你之所以这样做，并不是因为你恨我，而是因为你想得到比我更好、更慷慨大方的名声。因此，你还是好好生活吧，不用担心我或者害怕我，并且，请你一定要安心，这个世界上，再没有其他人会比我更爱你了，因为我十分敬佩你，你积攒了这么多的家产和财富，却没有如同守财奴一样紧紧守着，吝啬成性，反而直接使用在众人的身上，让大家来取用。你的高贵精神的确值得我敬佩。你想要在这件事情上博得好名声，所以曾计划把我杀死，对于这件事你也别觉得羞愧，更不必以为我会对此感到惊讶。从古至今，那么多伟大的帝王只知道杀人，取下了无数人的生命，并不像你一样，只想杀掉我一个人。那些帝王为了扩张自己的领土，为了让自己名垂青史，竟然不惜以各种手段毁灭其他国家，把很多城池都毁灭。这样比较的话，你为了让自己博得好名声，只不过是想要杀死我一个人，你这样的做法，其实并不会让人觉得惊异，也是合情合理的，这只是人们经常会采用的做法而已。"

米特里丹无法原谅自己的邪恶意图，所以并没有出言辩解，而是对纳山这番高雅坦诚的话语称赞不已，称对方所说的话只是为了为自己的所作所为开脱，实在太光明磊落了。之后他问起为何纳山竟然心甘情愿地来赴死呢，甚至愿意为他的狠毒计划出谋划策，这一点他实在无法理解。所以纳山接着这样说道：

"米特里丹，我之所以甘心赴死，甚至愿意帮你制定谋杀计划，关于这一点你实在无须感到稀奇，这是因为我从成年之后，我就下定决心要从事你所从事的这种慷慨事业,不管是什么人来到我家里,也不论他们提出什么样的要求,我都会尽我自己所能去满足他们。现在即便你要我的性命,我立即就下定决心要把自己的生命交到你手里了,因为我不愿独独亏待你一个人,让你无法称心如意,怀抱希望而来,却失望地离开。我肯定要想尽办法满足你的需要,所以我就为你制定了那个计划。好让你既能够取走我的生命,自己还能置身事外,不被连累。我现在还是这样的想法,再跟你说一遍也依然如此:倘若你当真想要取走我的生命,那你现在就可以立即动手,满足你自己的这个心愿吧。我活了一辈子,如果能以这样的结局收场,那真是再好不过了。如你所知,我已经度过了八十年的岁月,所有的幸福都体验过了,快乐也都享受尽了。无论是人还是东西,都得遵循自然的规律,有一个必然走向终结的日子,我距离自己寿终正寝的日子也不远了。所以,我心里觉着,就算是再珍惜我自己这条命,最后也改变不了什么,总是会走向死亡的。与其这样无意义地死去,还不如像我平时施舍钱财一样,把这条命也送给人吧,这算得上是一个更好的选择。

“一个人,就算能活到一百岁,也就那回事儿吧,不过是小事一桩,更何况,我顶多只能活个十年八年的了,到时候我奉送给你的礼物岂不是更微不足道了吗?所以我奉劝你啊,如果你愿意,就把这条命取走吧!我活了这么大岁数,还没有遇到其他的什么人想取我性命的,要是这回你想要却不立即拿走,那么从今往后,我都不知道什么时候才能再遇上要取我性命的人了!即便还会出现这样的人,可我的这条命愈加苍老,也会变得越来越不值钱了,就是碰上第二个人也没什么用了。所以,我请你还是趁早动手,取了我的性命去吧!”

米特里丹这个时候已经羞愧到无地自容了,简直想找个地方躲起来,他回答说道:

“简直是上天也不能容忍我了!我不仅不能把你这宝贵的生命给夺走,就是只有这种念头也是大大的不应该啊!我决不愿意损伤你的性命,甚至愿意把我的命交给你!”

纳山马上告诉他说:“倘若你打定了主意要把你的性命交在我手里,你肯定能做到的,绝不会食言。但是我希望你在这么做的时候,答应我一个请求,就是帮我做一件我从来没有帮别人做到过的事情——也就是说,我这辈子还没有从别人那里取走过什么东西或者财物,现在却要从你这里取走你的东西,你也都愿意接受吗?”

米特里丹马上告诉他："我非常愿意！"

纳山说道："那你就听我的话，按我说的开始做吧。我要告诉你，你现在正年轻呢，有着十分美好的未来，你就留在我家，继续以纳山的名义成为这里的主人，我则以米特里丹的名义去你家里生活。"

米特里丹忙回答他道："我知道您这是对我的一番好意，承蒙不弃，这实在是我的荣幸。可是，倘若我在为人处事上能够与你相提并论的话，我一定会按照你所说的去做，但是根据我对自己的认识，我觉得自己肯定比不上您。那么这样一来，我的为人处世只会毁坏纳山的名声，因此，请恕我不能听从您的建议，免得再对您产生不好的影响，让我所犯下的罪过又加上一等。"

两个人就这样互相谦让，一直推脱了很长时间，最后还是纳山提出，邀请米特里丹返回他的大厦里，并且有礼貌周全、无微不至地款待了他很长一段日子，还想了很多办法来鼓励米特里丹继续他那伟大而崇高的慷慨事业。后来，米特里丹想要带着自己的随从回家去，纳山也不忍心勉强他，只好让他走了。这次，米特里丹就得到了一个非常大的教训，也就使他终于明白，在乐善好施这一项慷慨事业上，他是很难超越纳山的。

故事四

> 金第先生喜欢一个女人，但她已经是有夫之妇了。一次，这个女人得了暴病，丈夫家里的人都以为她已经死了，就埋葬了她。幸好金第把她从墓葬里挖出来，并救活了她，还让已经怀孕的她生下丈夫的孩子。最后，金第把这一对母子归还给那位丈夫，让他们一家团聚了。

女郎们和那些青年们都认为，世界上竟然有人大方到不惜牺牲自己生命的地步，简直太令人吃惊了，所以他们一致评定，纳山的慷慨程度，实在要比西班牙国王和克吕尼地方的修道院院长强很多。大家针对此事进行了热烈的讨论，国王等待大家讨论完毕，就朝劳蕾塔瞥了一眼，用眼神示意她接下来继续讲第四个故事。劳蕾塔接受了国王的指令，马上就开始了她准备好的故事，她说：

年轻的女郎们，前面他们所讲的这几件事，确实是相当伟大、高贵的故事，我认为，可能我们再也找不出任何其他的、能跟之前几个故事相提并论的有关慷慨大方的故事来了。不过,今天我们还没有谈及爱情方面的故事,可能这是一个例外,毕竟不管是什么类型的题材,只要其中包含了爱情故事,我们就能找到足够的话题来谈论了。就是因为这个,也是因为,毕竟谈情说爱这样的爱情话题,对于我们这样年纪的人来说更加富有吸引力。因此,我很愿意讲一个有关情人的慷慨故事。相比于前面所讲的那几个故事来讲,这个故事无论如何都不会更差。毕竟,倘若一个人想要得到自己喜欢的人,会不惜耗费自己大量的财富,消解恩仇,有的时候甚至不惜牺牲自己的生命和名声,为之付出千百般风险也都是心甘情愿的。

从前在伦巴第平原最为著名的波伦亚城里,居住着一位年轻的绅士,他的名字叫作金第·卡利生蒂。他出身名门,品行高尚,受到很多人的尊重。但是他竟然悄悄地爱上了尼柯罗丘·卡辛米柯的妻子——卡塔琳娜夫人。但是,这位夫人并不爱他。就在他被拒绝了以后,这位绅士正巧接到命令,要到莫台纳地方担任长官,所以他就灰心丧气地去赴任了。

没过多长时间,尼柯罗丘也从波伦亚城离开了,此时他的妻子已经怀有身孕,不便远行,所以就挪到城外大约十里地的乡间别墅里去住着。可突然间,这个女人患上了严重的疾病,这种病又急又厉害,一下使她失去了所有的生命特征,仿佛死了一般,甚至那些医生们都已经断言,她已经断气了。而且,跟她走得最亲近的家属们,也只是谈论到不久之前,她本人曾经说过有关怀有身孕的事情。这么算来,她肚子里的孩子还没有足月,所以也没有办法挽救了。于是亲属们陷入悲痛之中,过了没多久,就将她埋入了附近教堂里的一个墓地里。金第很快就从朋友那里听说了这件事情。尽管这位夫人并不曾给过他一星半点儿的怜爱,他却为此感到悲痛万分。最后他心里悄悄地想道:

"卡塔琳娜夫人,没想到你现在竟然与世长辞,你活着的时候,我竟连被你看上一眼的福气也没有得到,如今你已经死了,没有办法再做主了,不管你愿不愿意,我一定要亲吻你几下才行。"

他这样考虑过之后,就等到天色完全暗下来,悄无声息地带了一个心腹仆人,骑上马连夜兼程,跑去卡塔琳娜夫人的坟墓旁,马上打开了墓门,小心谨慎地爬进墓穴,躺在卡塔琳娜夫人的尸体旁边,用脸贴着她的脸,流着眼泪一边哭泣,一边亲吻她。我们深知,人的欲念总是永无止境的,如果一个愿望得到满足,那么就立马会生出另外一个欲

望,对于情人们来说尤其如此。而这位金第先生也是这样,就在他准备从墓穴中离开的时候,突然萌生了另一个想法:

"哎呀,既然我千里迢迢赶到这里来,为什么不摸摸她的胸膛再离开这里呢? 我从没有摸过她的胸膛,从今之后再也没有机会抚摸到它们了。"

在这种欲望的驱使之下,他伸出手抚摸她的胸口,抓住她的乳房揉捏了一会儿。就在这时,他突然感觉到夫人的心脏似乎还在轻微地跳动。这时,所有的恐惧全都烟消云散了,他仔细在夫人身上按摩了一会儿,断定她并没有死亡,她的生命还存在一些极其细微的气息。所以他马上叫来自己的仆人,帮助他轻柔地将卡塔琳娜夫人从墓穴中抬出来,放在自己的马上,他自己则坐在后面紧紧地抱着她,趁着月色,悄无声息地把这位夫人送往波伦亚他自己的家里住着,他母亲就守在家中。这位老太太是一个高尚且聪慧的女人,听完儿子所讲的这一切,忍不住对这个女人产生了同情的心理。所以她马上给卡塔琳娜夫人洗了个热水澡,又生着了火炉,暖热她的身子。没过多长时间,卡塔琳娜夫人的生命终于被唤醒,她悠悠醒来之后,长叹了一口气,询问道:

"哎呀,我这是在什么地方呀?"

这位老夫人回答说:"请你安心,这是一个非常安全的地方,能够保你平安。"

卡塔琳娜夫人彻底苏醒过来,她强撑精神,往四周看了一下,迷惑地想弄清楚自己到底身在什么地方。可是当她瞧见金第先生就在面前站着时,大吃一惊。所以就继续询问这位老夫人,她到底是如何被送到这里来的。所以金第先生便把这件事情一五一十地讲给她听。她听完之后,情不自禁地痛哭起来,感到非常悲伤,随后再三谢过了金第先生,又请求他顾及他对自己的这份爱,希望他不要做出任何有失礼仪的事情。并要求,绝不能把她留在家里,使她遭遇有损自己和丈夫名声的事情,还请求他等天亮就赶紧把她送回丈夫家中。

金第先生这样回答道:"夫人,不论在这之前我曾经对你起过怎样的爱慕之心,但是从此时此刻开始,甚至到将来的任何时候,不管我在这里还是在其他地方,我都永远把你看作自己亲生的姐妹。正是因为承蒙天主赐给的恩宠,照顾到我对你的钟爱,所以故意安排这次机会,让我能够拯救你,使你起死回生。可是昨天夜里,我已经帮您做了那么多的好事,理所应当地需要得到您的一些报答,因此,我现在就想请您答应我一件事,希望你不要拒绝。"

卡塔琳娜夫人温和地回答道,只要是她能够做得到,且不会损害到她的贞洁的事情,不管他提出什么样的要求,她肯定会竭尽所能让他满意的。

金第先生说道:"夫人,你身边所有的亲朋好友,甚至在波伦亚城中生活着的每一个人,都认定你已经死去了,根本没有起疑心,因此您家里并没有任何人等着你回去。我请求您,暂时跟我母亲一起住在这里,且不能把这个消息透露给其他人知道。我要到莫台纳去一趟,请你务必等到我回来之后再做打算,这其实用不了多长时间。我之所以这样要求你,让你满足我的这个提议,只是为了一件事情:我要把本城所有的名人志士都请到这里来,当着所有人的面,把你这件贵重无比的珍宝,隆重而正式地还给你的丈夫。"

卡塔琳娜夫人自己深知,这次已经欠下了金第先生的恩情,并且觉得他提出的这个要求还算正当,所以即便她自己恨不得早些让亲友们得知自己还活着的消息,好让他们也高兴一阵子,但也只能像之前所承诺的那样,答应了金第先生的要求。可是没想到她的这句应答的话还来不及说完,突然就感觉到肚子痛,看来是要分娩产子了。幸亏金第先生的母亲尽心尽力地照料她,让她诞下了一个漂亮的小男孩。她自己非常欢喜,金第先生也为她感到特别高兴。金第又细心嘱托了自己家里的仆人们,要求他们,只要是这位产妇所需要的任何东西,都要立即提供给她,还让大家务必小心看顾她,甚至要以对待家中主母的态度来对待她,听从她的指示。把这些都安排完毕之后,他就又悄无声息地返回莫台纳地方去了。

等到他在那边办完了公事,即将返回波伦亚之前,他特意嘱托家仆,要求他们在自己返回家中的那个上午,准备几桌隆重的宴席,要遍请城中所有的名流贵族,且务必要请上尼柯罗丘。后来,他从莫台纳返回了波伦亚的家中,从马上下来之后,发现很多人都在家里等着他,自然也包括卡塔琳娜夫人——她比之前更加健康美丽,刚出生的婴儿也被照料得很好,活泼又漂亮。金第看到这种情况心里非常高兴,他安排各位客人们就座开宴,仆人们按照他的吩咐给每一桌客人都端上了名贵的食物,都是些山珍海味。就在宴会即将结束的时候,金第先生就照着事先跟卡塔琳娜夫人商讨好的计划开始行动了。他对大家说道：

"诸位先生们，我曾经听人说过，过去波斯曾有这样一种风俗，特别有意思。据说，只要有人想要对自己的某个朋友表达自己最崇高的敬意时，就会邀请那个朋友到自己家中，取出自己最珍视的东西展示给对方看。不管要展示的是自己的妻子、情妇或者是女儿，甚至任何其他最宝贝的东西都行，并且，还得在取出自己的爱物之时告诉那位朋友，就像现在拿出自己的珍宝一样，倘若他能够办得到的话，愿意把自己的心也挖出来给他看。

"承蒙大家愿意屈尊降贵来我这里吃顿便饭，我感觉到非常荣幸，而今天呢，我也想要借助波斯的风俗，来向大家表示一下我对你们的尊敬之意。把我自己最为珍视的一件物品，也许是一件世所罕见的宝物，取出来让大家观赏一下。不过在我这样做之前，还有一个让我非常困惑的问题需要向大家求教：倘若有一个人，他家里有一个非常忠实善良的仆人，突然之间，这个仆人患了很厉害的疾病，结果那个主人没有等到病人断气，就把他扔到大街上去，不再管他了。后来有一个陌生人从这个奄奄一息的仆人身边走过，很同情他得了重病，所以就把他带回自己家照料，想尽了一切办法，还花了不少钱，让他起死回生，恢复了往日的健康。那么现在我想问一问，倘若这个陌生人现在就把那个仆人留下来，让他做自己的仆人，那么这个仆人原来的旧主，是否有权利责怪那个陌生人呢？而且，倘若原来的旧主要求新主人归还他的仆人，但是这个陌生人不肯归还，那旧主是否有权指责这个陌生人做得不对呢？"

在座的绅士们聚集在一起商讨了一段时间，最终得出了一致的看法，所以他们就委托尼柯罗丘先生来对这个问题进行回答，因为他能言善辩，是一个口才很棒的演讲家。尼柯罗丘先生先是对波斯这种风俗表示了肯定和赞赏，随后才说道，他跟其他客人一样，都觉得原来的那位旧主人根本无权要回那个仆人。因为在那个仆人重病将死的时候，他不但没有照顾他，反而将他丢到外面大路上去，幸亏第二位主人，也就是那位陌生人怀着悲悯之心救了这个仆人，让他重新获得了生命。因此，他应该理所当然地成为第二位主人的仆人，这样做也并没有给前一位主人造成任何烦恼或者损失，甚至一丁点儿委屈都没有让他受。

在座的很多有身份、有地位的人，都认为尼柯罗丘所说的意见就

代表了他们的想法。金第听到他们这样讲,心里非常高兴,所以马上宣布自己也赞同这样的看法,而且立即回归正题,说道:

"那么,现在我就遵守之前我的承诺,向各位致敬吧。"

说完这些,他就吩咐两个心腹佣人赶紧去请那位夫人。卡塔琳娜夫人早先已经得到他的吩咐,把自己装扮得极其华丽高贵,仆人们跑去请她赶紧出来会见宾客,好让大家高兴一番。于是她就抱着自己漂亮的新生婴儿,被两个男用人陪同着,进到了宴会的大客厅,并且依照金第的安排,坐在一位非常有身份的高贵绅士旁边。金第这个时候继续说道:

"各位先生,这个就是我最为真挚的宝贝了。不知道大家觉得我这样说,是否很有道理呢?"

在场所有的宾客们都大加赞赏这位夫人,细七嘴八舌地说,金第应该将它当作宝物一般来珍惜,随后大家仔细打量她,却发现他们当中很多人都认出了她的身份,只是由于最初都觉得她早已经被埋葬了,所以都没有说出口。尼柯罗丘是所有人中看得最为仔细的,他心里焦急,简直像热锅上的蚂蚁一般,想要弄清楚她的真实身份。在金第从宾客们身旁走开的那一段时间,他情不自禁地趁机跑去询问她,到底是波伦亚人,还是从外地来的。卡塔琳娜夫人听见自己丈夫询问,差点憋不住就要立即回答他。可是,因为之前已经跟金第先生约定好了,只好忍住,不发一言。还有人继续询问她,怀里抱着的那个婴儿是不是她自己的孩子?她跟金第先生到底是什么关系,是他的夫人还是亲戚?但是她对这些问题一概不答。又过了一段时间,金第先生回到这里来,其中一位客人开口说道:

"先生,虽然您的这位夫人美貌极了,可是她似乎是个残疾,不会说话,是这样吗?"

金第先生回答他说:"我的各位贵客呀,她克制着不在你们面前说话,这正是一个充足的证据,可以证明她所拥有的美德。"

那个客人就接口问道:"既然如此,那么就请你来说一说,她到底是什么身份吧!"

金第说道:"要让我这样,实在是乐意至极。但是我希望你们答应我一点,就是不管我说出什么样的话来,在座的任何人都不能随意离开自己的座位,一定要坚持到让我把整件故事全部讲完为止。"

大家都一致保证能够做到,因此金第安排仆人们撤去了餐桌,而

他来到了这位夫人身边坐好,郑重地告诉大家:

"各位先生们,这位了不起的夫人,其实就是我刚才跟你们讲起的那个故事里忠诚的仆人。她的亲属们并不重视她,把她当作废旧的坏东西一样扔到大街上,是我把她带了回来,用尽各种办法挽救了她的生命。这实在要感谢天主顾念我的一片真情,使我终于没有白费心机,竟然将她从一具令人惊骇的尸体,变成这样一个活色生香的美人。我现在想要把这件事情的经过简略地复述给你们听,好让你们更明白,这件事情到底是如何发生的,而我又是怎样交上这样的好运的。"

所以他就从自己对这位夫人产生爱慕的故事讲起,把其中的细节都讲清楚了,在座所有的宾客听了之后,都觉得特别惊讶。随后,他又说道:

"要是这样的话,倘若在座的诸位,特别是尼柯罗丘先生,如果都还坚持刚才自己的观点的话,那么也就是说,我就可以理所应当地拥有这位夫人了,没有任何人有正当的理由能够把她从我手中夺走!"

大家听完他说的这些话,没有任何言辞能够反驳他,只好安静地等着他继续说下去。而尼柯罗丘以及他的夫人,包括在场的很大一部分人,都因为他的讲述感动得流下泪来。随后,金第站起身来,一手抱过了新生的婴孩,另一只手拉着卡塔琳娜夫人的手,并带着母子二人在尼柯罗丘面前站定,对他说道:

"请你站起身来吧,我的亲家!我现在所做的并非归还你的妻子,毕竟你的亲人们已将她埋葬了,我现在要做的,只是将这位夫人,我的亲家,还有她所生下的这位你的亲生骨肉,一并送给你。我确信这孩子是你所生,我已经抱着他接受了洗礼,给他取名叫作金第。并且,我希望你千万不要觉得,自己的夫人在我的家中住了将近三个月,就对她产生怀疑,不再爱她了。我可以在天主面前向你发誓,这段时间以来,她一直跟我的母亲一起同住,再也没有人比她更为贞洁了。啊,我觉得,即便她与自己的父母,或者跟你住在一起,也只能贞洁到这样程度而已。或许天主注定让我爱上她,目的只不过是为了让我的爱拯救她的生命罢了。"

随后他又转过身去,对卡塔琳娜夫人说道:

"夫人,从现在这个时刻开始,你向我许下的所有诺言全部解除,您可以毫无束缚地返回尼柯罗丘的家中了。"说完这些,他就把这母子二人交还给尼柯罗丘,自己则返回座位上坐着。尼柯罗丘赶紧把自己的妻儿接过来。他本来已经不存什么希望了,如今事情竟然发展到这样,简直是天降福报一般,真是说不出的高兴。所以,他竭尽所能地对金地说了很多感激的话,真是再三道谢。而现场得知这种情况的客人们,全部感动哭了,每个人都交口称赞金第的美德。——确实,只要是听过这个故事的人,基本上所有人都会对他称赞有加。而卡塔琳娜夫人家中的人,接回了自家夫人之后也都非常欢喜,家里人都盛情地接待她。而且,几乎波伦亚所有的人都跑去拜见她,都惊奇而仔细地打量她,仿佛把她当作一个死而复生的人了。从那之后,金第先生跟尼柯罗丘先生两人一直互相交往,成了至交好友。而他们双方家中的人,以及那位夫人娘家的人,互相之间关系也都非常好。

各位温柔贤淑的女郎们,我还可以再补充些什么给你们听呢？还是由你们自己思考一番吧,西班牙国王将自己的王冠和玉笏赠送给了骑士,而修道院的院长则促使了一个江洋大盗跟教皇重新和解,但他们自己并不用付出什么代价；那个老人情愿引颈就戮,宽宏大量地让仇人来砍杀自己——前面所讲述的那几件事,又有哪一件能与我所讲的这件事相提并论呢？金第是一个非常年轻的人,充满了粗犷的热情。别人不小心丢弃了一件珍宝,可是他凭着自己的好运把这件宝物拾到手里,按理说,不管什么人都会贪恋这样珍宝,割舍不去,并且能够光明磊落地据为己有。但是,他不仅控制了自己的欲望,这一点着实令人敬佩,甚至将自己期盼了很长时间,且花费了各种心思想要搞到手的一件珍宝,慷慨大方地送还给原来的主人。因此我认为,说实话,之前他们讲述过的那几个慷慨大方的故事,都比不上我刚才所讲的这个。

故事五

安萨多一直纠缠着狄安瑙拉夫人,这位夫人不胜其扰,故意拿言语推脱他,让他死心,提出,如果他能够在正月布置出一个缤纷美丽的花园,那么她就满足他的心愿。安萨多花费重金聘请了一位魔术师,果然实现了狄安瑙拉夫人的要求,她的丈夫得知这件事之后,便让她去实践诺言,满足安萨多先生的欲念。而安萨多先生在得知她的丈夫竟然这样慷慨大方之后,马上就让这位夫人取消了诺言。

这一伙儿欢乐的年轻人,不管是女郎还是男士们,所有人都交口称赞金第先生的慷慨,简直要将他吹捧上天了。这时,国王给艾米莉娅下了指令,让她继续讲第五个故事,艾米莉娅显得非常有信心,似乎已经完全准备好了,迫不及待地开口说道:

各位温柔典雅的女郎,金第先生这样慷慨大度,这是我们所有人都无法否认的,简直让人无话可说。但是倘若有人觉得,像他这样的豪放举动是绝无仅有的,那么我倒要说,还有人可以比他更为大度。大家还是来听一听我这个简短的故事吧,听完之后就会明白我所说得很有道理。

弗留里地区是一个气候非常寒冷的地方,但是那里是一个群山苍翠、泉水清澈、景色宜人的地方。在那片群山之中,有一个名为乌丁的城市。曾经这座城里出生了一位非常美丽的高贵妇人,她的名字叫作狄安瑙拉,她嫁给了吉尔贝托——当地一位有名的富豪绅士,为人也十分风流倜傥,和蔼可亲。由于这位夫人极为貌美,富有魅力,所以一位名叫安萨多·格拉登斯的爵爷深深爱上了她。这个人有着很高的社会地位,十分英勇,还是一个彬彬有礼、殷勤备至的男人,因此很多人都听过他的名声。他非常热爱这位夫人,所以想尽了一切办法,想要讨得她的欢心,也不知给这位夫人写了多少封情书,但最终都没有什么效果。

最后,那位夫人瞧着他总这么纠缠自己,心里觉得有些厌烦。可是不管她怎样拒绝,这位安萨多先生始终不肯放弃,依旧热烈地爱着她、央求她、向她示爱。所以她下定决心,想着要故意提出一个难以达到的要求来刁难他,好让他知难而退。所以,有那么一天,经常被安萨多先生打发来说服她的夫人又来拜访,她就故意说道:

“善良的大娘啊,你之前多次跟我说过,安萨多先生非常爱我,他对我的爱高于一切,并且他曾经送了很多宝贵的礼物给我,对于这些,我都拒绝了,还是让他自己留着用吧。我肯定不会因为这些礼物或者财产就爱上他,让他心愿得偿,但是,倘若他能够证明,他真的如你所说那样真诚地爱着我,那我肯定会爱上他的。这样的话,我才能如他所愿。所以我现在唯有一件事求他,如果他确实能做到的话,我才能相信他对我的爱是真的。那么我呢,就愿意听从他的安排,满足他的心愿。”

那位妇女就询问道:“夫人,那么你想提出什么样的要求呢?”

这位夫人回答说:“我是这样想的,下个月就到正月了,我希望他能够在我们这座城里开辟一座花园，那花园要布置得像五月里的花园一样，长满各种各样的鲜花，万紫千红，还要树木葱茏，绿草如茵。倘若他没有办法达成这个愿望，那么我希望从今往后他再不要打发你或者任何其他人到我这里来纠缠我。之前我一直在自己家人和丈夫面前守口如瓶，倘若他做不到，我就决意不再替他隐瞒，亲口把这件事告诉他们，叫他们替我把他赶走。"

安萨多得知了那位夫人的要求之后，心里知道，这件事实在难以实现，根本无法办到，也知道这位夫人之所以提出这样的要求，最终目的只是让他死了这份心。但是他还想尽最大的努力去尝试一下。就私下打听，看是不是有人能够帮他想出个办法来。最后，有一位魔术师说，自己可以利用魔术来完成他的要求，但是需要极高的酬劳。安萨多知后自然万分高兴，马上答应了对方的要求。还许诺等事成之后，必给对方重重的酬劳。接着就快乐地等待着那位夫人指定的日子到来。

到了那一天，天气非常寒冷，到处都是冰天雪地的。就在新年来临的前一天晚上，那位法术无边的魔术师在城外郊区的一片草地上施展他的魔术，根据当时在现场亲眼看见过的人说，次日早晨，那片草地上确实出现了一座美得前所未见的花园，园里长满了葱茏的树木和美丽的鲜花，绿草如茵，甚至结出了五颜六色的果子。安萨多先生看到这些，兴奋极了，赶紧让人从花园里采摘了几种最漂亮的花朵，摘下几样最好的果子，派人悄悄去献给自己深爱的那位夫人，请求她赶紧来同他一起欣赏这按照她的要求建设的花园，好让她知道自己究竟是怎样地深爱她。并且提示，她当初曾对自己许下严肃的誓约，既然她是一个非常诚实的夫人，那么就得想办法遵守约定才行。

而那位夫人，早就听闻其他人七嘴八舌地说起过那个奇异的花园，没过多久又亲眼见到了从那园里采摘来的鲜花和水果。不由得十分悔恨自己之前许下的诺言，露出想要反悔的意思。不过尽管她内心特别后悔，但还有点好奇，想要赶过去亲眼看一看这魔术的奇迹。于是，她就跟城中的其他几位夫人一起到那座花园里去观赏美景，亲眼见到了那座魔术师幻化出来的花园，并诚心诚意地赞美了一番，觉得特别惊讶。可到回到家之后，她想起既然花园已经实现，自己就非得履行诺言了，内心不由得十分悲伤。所以她整天这样忧心忡忡，被她丈夫看出些端倪，再三的追问她到底为何总是这样心事重重。最初，她担心这件事情实在有些羞耻，不好开口讲，拖了很长时间都沉默相对。最后被丈夫逼得躲不过去，不得已把事情的来龙去脉全都告诉了自己的丈夫。

而她的丈夫吉尔贝托听了这样的叙述，一开始特别愤怒，后来转念一想，知道自己的妻子之所以这样做，完全是出于纯洁的目的，所以就忍住了自己的怒气，对她说道：

"狄安瑙拉，你要知道，一个真正聪慧而贞洁的女人绝不会主动理睬那些帮他们牵线搭桥的不正经的女人，更不会以自己的贞洁来跟其他人讲条件做承诺。对一个已经深深爱上你的男人来说，只要他听到了这些话，就会牢记在心，于是产生一种许多人难以估量的勇气，就连最困难的事情都能做得到。你一开始听了那些牵线人对你所说的话，这是你犯下的第一个很大的错误，此后你又故意提出这样的条件，更是错得离谱了。但是我明白，你这样做并没有什么坏心思，只是纯粹想要让他远离你。所以，为了不让你违背自己的诺言，解除这种诺言所给你造成的约束，我现在做出决定，允许你做一次不管其他任何男人都不可能答应的事情吧，这样做的另一个目的，也是因为担心安萨多知道自己被你欺骗了以后，会叫那个魔术师对我们造成损害。我觉得，现在你必须到他那里去一趟了。倘若你能想办法使自己践行了诺言，但又不失去自己的贞洁，这自然是最好的了。但倘若没有办法保住贞洁的话，那也只不过才失身一次给他，但绝不能把你自己的灵魂交给他，只要这样就好了。"

这位夫人听了丈夫说的这些话，大声痛哭起来，表示自己无论如何也不愿意接受他这样宽宏大量的情谊，去安萨多那里践行承诺。但是不论夫人怎样表示自己的心意，吉尔贝托始终坚持必须让夫人去。所以第二天一大早，他就让妻子起了床，随便装扮了一番，只带了一个贴身的婢女，前面则有两个仆从帮她们引路，将她送去了安萨多先生家里。安萨多听说自己心心念念的意中人过来寻找他，当下感到十分诧异，所以马上将之前变幻出花园的魔术师请了过来，告诉他说：

"你看呀，你那如此高明的魔术让我得到了珍奇的宝物，我必须要让你亲眼瞧瞧！"

接着他就跟魔术师一起走出去，迎接那位夫人的到来，他的举止极为庄重得体，没有流露出一丝一毫的轻视的意思。三个人一起走进了一间漂亮的房间，这个房间里生着一大盆炭火，安萨多先生安排那位夫人在房间里坐下，就询问她：

"尊敬的夫人，我对您的爱已经持续了这么长时间，倘若我的爱还值得您给我一点儿报偿，那么我求您清楚地跟我说明一下，今天一大早，你赶到我这里来，并且随身带了这么多人，到底是因为什么事情而来呢？此行有何计划呢？我提出的这个问题，想必你不会不愿意回答吧。"

这位夫人满脸都是羞愧之色，她含着眼泪回答了安萨多的话：

"先生，我之所以来您这里，并不是因为我对你心怀什么爱情，也并不是必须坚守自己的承诺，是被逼无奈才来到这里，是我丈夫要求我必须来见你。虽然您对于我的爱情很不正当，我的丈夫却能够体谅你为了得到我想尽各种办法的情谊，所以也就不愿意再顾念我们两个的名声了，叫我到你这里来。我来这里，主要是出于他的命令，这一回准备满足你的要求，让您称心如意。"

安萨多瞧见她走进来的时候，已经觉得很惊讶了，现在听完她说的这番话，更是觉得诧异非常。吉尔贝托这样宽宏大量的气度让他觉得倍受感动，他满腔的欲火都转化成了对这一对夫妻的同情之心，于是他说道：

"夫人，我听完你说的这番话，觉得既然您的丈夫这样体谅我对您的感情，倘若我要再损害那位如此顾及我的高贵之人的名声，那真是违背天主的意思了。现在，我要把你视作我的亲生姐妹，希望你能在我这里住上一段时间，您想什么时候回去就随您的便，不过，只是希望你能够代替我好好感谢你的丈夫，希望从今之后，你能一辈子将我当作你的兄弟和仆人。"

这位夫人听完他的话，顿时喜笑颜开，立即非常高兴地回答道：

"您之前所表现出来的那种高尚的举动，早就让我胆敢断定，今天我来到您这里拜访，绝不会出现什么不好的事情，您肯定会宽恕我的不守诺言，因此，我余生都会对您感激涕零的！"

说完这些，夫人就从安萨多家里离开了，而他还指派了很多仆人一路热热闹闹地护送她回去。夫人回家之后，就将她在安萨多家里经历的事情全都告诉了丈夫吉尔贝托，从此之后，吉尔贝托和安萨多成了具有深厚友谊的朋友。至于那位奇妙的魔术师，安萨多先生本来计划把所有的酬金按照原来商定好的数额全部交给他，可是，魔术师如今见识到，吉尔贝托竟然那样宽宏大量，甚至体谅人家对他的妻子抱

有觊觎之心;安萨多本人在面对自己心爱的人时也能做到如此慷慨大方,所以他就回答道:

"既然我已经亲眼看见吉尔贝托先生如此慷慨,甚至连自己的名声也不顾了,而你慷慨到连爱情也可以牺牲,那么我呢,如果连这笔酬金也不愿意放弃的话,真是天理难容呀!这笔钱还是留在你这里吧,可能在你这里会更有意义一些。"

安萨多先生觉得这样做面子上有些过不去,一再请求他收了全部的酬金,或者起码也要拿一部分酬劳。但是再三推让,魔术师始终也不肯收。三天以后,这位魔术师把整座花园都给拆掉了,随后就离开了这里。安萨多则真心地向天主祷告,希望神能够赐福于他。也就是从此之后,安萨多完全消除对那位夫人的各种欲念,只是正正经经地把他当成朋友的妻子来敬爱。

可爱的各位女郎们,你们认为我讲的这个故事如何呢?虽然金第坚持把自己仰慕的情人归还给原来的丈夫,但是那个时候,甚至可以说,他一心惦念的情人已经差不多死掉了。当时他已经灰心绝望,对情人的爱情也被冲淡了许多。可是安萨多则是拼尽全力才将自己垂涎了很长时间的女人弄到手,那个时候他满腔的热情可能只会比过去更加炽热,烈火烹油,几乎已经燃起了更大的希望。但是他竟然能那样宽宏大量,控制住了自己的淫欲。把这两件事情放在一起比较,大家觉得到底是哪一件更值得受到赞扬呢?如果有人说,这两起慷慨大度的行为完全不相上下,那么我觉得就太愚蠢滑稽了。

故事六

查理国王年老了以后,变得特别痴情,他对一位少女产生了爱恋,后来他意识到自己不应该产生这样的念头,觉得很惭愧,所以就为这位少女主婚,将这她和她的姐妹体面地嫁给了别人。

女郎们听完了有关狄安瑙拉的爱情故事,议论纷纷,根本说不清楚吉尔贝托、安萨多以及魔术师这三个人,到底哪一个才是最为宽宏大量的人。我们在此也不必对这些争论加以细说,以免多费口舌。国王听凭众人争论了一段时间,就朝着菲亚梅塔看去,命令她接着讲下一个,尽快让这场争论画上句点。菲亚梅塔二话不说就开始了她的故事,说道:

众位典雅高贵的女郎，我始终有一个想法，像我们这些人聚集在一起讲故事的时候，应该清清楚楚地表达出整个故事的意思，以免让人在一些细微之处产生分歧，争论不休。只有那些追求学问的学者们，才需要时刻不停地争论，而像我们这些整天忙着织布纺纱的女人们来说，怎么有那个资格去争论不休呢。本来，我的脑海里也想着一个主题不甚明朗的故事，但是刚才瞧见大家对已经讲过的故事争论不休，所以我暂且不讲这个故事，以免引起大家再度争论，要换一个故事来讲给大家听。这个故事的主人公，并不是普通的小人物，而是一个英明睿智的国王。故事讲的是，一个国王怎样做了一件非常有骑士风度的事情，使自己留下了好名声。

可能你们在座的每个人，都曾听过查理一世这位国王。他是一个非常有才能的人，声名显赫，特别是他后来战胜了曼弗雷迪国王，将保皇党人驱逐出了佛罗伦萨，使教皇党人能够重归城中。就是在这样的背景下，有个骑士，名字叫作纳瑞·德里·乌贝第，携带着自己的家属、仆从等，收拾财物离开了佛罗伦萨，希望能够在查理国王治理的范围内找个僻静的地方容身，所以他们就来到了卡斯台拉迈·第·斯塔比亚。这位骑士在这个城市买下了一块地，距离当地居民的住所只有一箭之遥，他在这块地上种满了橄榄树、胡桃树和梨树，并建筑了一所非常豪华美丽的宅院，住宅前特别安置了一个漂亮的花园，园里流水淙淙，十分惬意。他还在这个花园正中，按照佛罗伦萨的样式开挖了一个巨大的鱼池，外观非常漂亮，水池里的水特别清澈，许多鱼儿在水中游来游去，闲适有趣。这个骑士每天别无他事，一心扑在这座庄园上，想把自己的园子整治得漂漂亮亮，就这样日复一日，他的花园果然变得愈加美丽。后来有一次，查理国王来到卡斯台拉迈避暑，听人说起纳瑞的花园十分漂亮，所以想到他这里来观赏一下。可是国王一听说，这个花园主人的名字竟然属于之前敌对政党一派的，觉得理应先跟他拉拉交情，先熟悉一下再做打算，所以就安排自己的仆人去知会纳瑞，等某天晚上，国王将带着自己的四位大臣赶到他的花园里享用晚餐。纳瑞听了这件事情感到不胜荣幸，所以就非常铺张地准备了一遍，又跟家人一起安排下特别隆重的欢迎仪式，把一切都准备得十分妥当，全家人都高高兴兴地等在花园里接驾。

国王带着他的臣子们来到纳瑞家之后，一一观赏了他家的花园和住宅，就来到准备开宴的地方用餐，他在旁边洗了手，这个宴会的座位就设置在鱼池的旁边。之后国王安排纳瑞及跟他一起来的葛·德·蒙福特伯爵分别坐在自己的两旁，嘱咐另外三个跟他一起来的臣子听从主人的安排在旁边就座。没过多长时间，晚宴就开始了，美酒佳肴全都被送上桌来，山珍海味，非常气派。所有的仆人都伺候得十分体贴，一点儿嘈杂忙乱的声音都没有，国王对此感到很满意，称赞不已。

国王一边快乐地享受着宴会美妙的气氛，吃着美味的食物，仔细打量着这赏心悦目的花园。正在这时，忽然有两位年纪大约十五岁的少女闯进花园里来，她们的金色头发卷曲得像金丝一般，蓬松地披在肩上，头上都戴着长春花编织的花环。两个女孩的容貌极为漂亮，简直如同天使一般娇艳，两人都身穿雪白细腻的夏布衣服，上半身的衣服很紧，下半身则像蓬蓬裙一样散开，一直拖到地面上。走在前面的一个女孩，左边的肩膀上搭了两张渔网，右手提着一根竹竿。跟在后面的那个女孩，左边肩膀上扛着一只做饭用的煎锅，胳膊底下夹着一大捆木柴，左手拎了一只三脚架，右手拎着一瓶油和一个正在燃烧的火把。国王瞧见这两个少女这般模样，不由得十分惊讶，静静地等着，想要看看她们接下来会有些什么样的举动。

这两个漂亮的女郎扭扭捏捏地来到了国王的面前，脸上都带着羞涩的红润，两人恭敬地朝他行了礼。随后，手拿煎锅的女孩就把自己手中的东西放在池塘的边缘，从另一个女孩手中拿过那根竹竿，然后两个女孩都迈进了池塘里。池塘的水很深，一直淹到她们的胸口的位置。她们刚下去，纳瑞手下的一个仆人就悄悄准备起了煎锅，支好了三脚架，把锅放在上面，在架子底下点燃了火把，锅里倒了些烹饪用的油。随后，等着那两个姑娘把自己逮到的鲜鱼丢过来。这两个女孩站在池塘里面，其中一个拿着竹竿捣来捣去，似乎她知道鱼儿都藏在什么地方一般，专注地到处搜寻。而另外一个女孩则手持渔网，站在旁边等着。国王坐在自己的座位上屏气凝神地看她们捉鱼。不久，两个女孩就捉到了不少鲜鱼，国王也非常高兴。两个女孩按照之前纳瑞的嘱咐，把这些活蹦乱跳的鱼儿丢给了岸上的那位仆人，仆人把鱼一个个地放到煎锅里面。随后，两个女孩又选了几条最好的鱼，扔到了国王和他的臣子们宴饮的桌子上。活鱼在桌面上跳来跳去，国王见了这种情景特别高兴，顺手又抓起桌面的鱼，像开玩笑一样再向她们扔过去。就这样，热闹了很长一段时间，仆人烹饪的鱼已经完成了，就送到国王的面前，这其实算不得上是什么好吃的东西，只是纳瑞为国王所安排的一点刺激的小菜。

那两个美丽的姑娘眼见着抓到的鱼已经差不多够吃了,仆人都已经把鱼肉端上桌了,所以两人就从水池里走上来。被水打湿的薄薄的白色夏布衣服,遮不住她们美好的身材,曲线毕露。两个女孩羞怯地来到了国王面前,把自己的东西收了起来,返回自己的房间里去了。而在场看到她们这种模样的国王、公爵,包括所有的仆人们,都一动不动地盯着这两个美人儿,所有人都在心里悄悄赞赏他她们长得秀美动人、风情万种。特别是国王,尤其对她们感兴趣,这两个美人儿刚从池塘里走出来,国王那双眼睛就不时停留在她俩身上,徘徊不定,越看越觉得心神荡漾,此时即便有人拿针戳他一下,他也不可能感觉到的。国王不知道这两个女孩到底是什么身份,或者是谁的女儿,但是却越来越惦记这两个女孩,恨不得马上要跟她们相识一下,跟她们说说话,一直到他自己突然意识到,倘若他再不稍加收敛的话,可能马上就要爱上这两个女孩不能自拔了。还有一件事,这两位女郎的长相简直太像了,他自己也弄不清楚到底对哪一位更为宠爱些。他想了一段时间,就侧身去问身旁的纳瑞,这两个姑娘到底是什么身份?父母是谁。纳瑞坦诚地回答了国王的问题:

"国王陛下,这是我的两个双胞胎女儿,一个叫漂亮金妮芙拉,另一个则是金发伊淑塔。"

国王连连称赞了好几遍,又提出,这两个女孩儿应该已经到了年岁,可以嫁人了,但是纳瑞只是推辞,不肯接话,说他现在还没有能力完成这件事。很快,晚宴就到了尾声,只剩下最后一道水果甜点还没有端上来。这个时候,只见那两个女郎已经换上了漂亮的丝绸衣服,手里抱着两个很大的银盆,里面装着时新的新鲜水果,送到国王的桌前来。放下手里的东西,这两个女孩就走到国王旁边站定,开始唱起一首歌,开始那两句的歌词是这样的:

啊,爱神呀,一言难尽说不清楚!

但是我已经到达了彼岸——

两个美人的歌声也非常美妙甜润,国王听见以后不由得呆住了,心神荡漾,甚至怀疑这是天使们下凡来到凡间为他歌唱。两个女孩唱完歌之后,就跪在国面前,非常恭顺地向国王告辞。虽然国王心里根本不希望她们离开,也只能装出一副高兴的样子,准许她们从宴会上离去。

晚宴结束之后,国王带着他的随从大臣等人跨上了马,从纳瑞家里离开,返回王宫了,他们在路上谈了很多话,滔滔不绝。不过虽然国王心里满怀着对那两个女孩的激情,却尽量不把这些表现出来。随后他政务繁忙,每天要处理很多事情,可漂亮金妮芙拉,以及她那位容貌极其相似的姐妹的身影,总是盘旋在他的脑海中。这件事情简直把他弄得有些神魂颠倒了,他对这两个女孩如此痴情,除了她们,别的再也不愿意多想。他甚至故意想出了各种各样的借口,不时同纳瑞交往,经常到他的花园里去参观,以便能够看到她们。

后来他的相思之情煎熬着他,他再也忍不住了,却没有其他的办法能够让自己的情欲平息下来,而且他一直在思考,如果只娶其中一位姑娘的话,似乎还不够,他计划能把两个姑娘都娶到身边。因此他就把自己的心事告诉了葛伯爵,并把自己的计划说给对方听。这位伯爵原本是一个很讲道义的正直的人,他听完国王所说的话,就告诉他:

"我的主人,当我听完您说的这些话,觉得非常震惊。特别是因为我们两个一起从小到大在一处,我比任何人都更了解你。在你的少年时代,爱情本来会更容易让你困扰,纠缠于你,可你那个时候从没有为爱情操过心,也没有为它烦恼过。可是现在你年事已高,竟然陷入爱情故事难以自拔,我觉得这简直是一件不可思议的奇迹啊。

"但是,因为我自己的责任,我实在需要对你说一句不怎么顺耳的话:要知道,现在您正在统治一个刚刚才被征服的崭新国家,战乱才刚平息,对整个国家的民情琐事都还处于不太了解的状态,而且要随时防着有可能出现的阴谋叛变之类的事情,在国家大事上需要您时时刻刻提高注意力,让您忙得连平心静气坐下来休息一会儿的时间也没有。在这么多繁忙的事物中,你哪里又有空闲时间可以去谈恋爱呢?

"一个英明贤德的君主,绝对不应该做出这样的事情,那是一些糊涂的年轻人才会做的事。那位老先生在自己的家中款待你的时候,想尽了各种办法,非常殷勤,甚至安排自己那一对孪生女儿几乎光着身子来到你的身边,对您表达了他足够的敬意。我觉得这已经可以说明,他对您非常坦诚信任,也就是说他把您当成一个贤明的国君,而并非看作一个贪婪的狼。但是你现在竟然计划着要将那一对姐妹都纳到你自己的身侧,这算怎么回事儿呢?这个可怜的骑士如此慷慨,你却要夺走他的亲生女儿,这也太说不过去了!而且还有呢,难道现在你已经记不起来了吗?曼弗雷迪国王为什么最终被你赶出去了呢,不正是由于他贪恋女色、骄奢荒淫，才让你抓住了机会长驱直入，征服了这个伟大的国家吗？纳瑞先生尽心尽意殷勤地对你，可是您却想要把他的名声、希望以及安慰全部夺走，这简直是最为忘恩负义的行为！如果您辜负了他，那么你这一辈子，一直到后世，所有人都会指责你。倘若你真的做了这样的事，别人又会怎么看待你这个君主呢？或许你也能找到足够的理由，认为自己这样做是合理的，说什么：'纳瑞是保皇党人，这也就是我要娶那两个女孩儿的原因。'那么我再来问你，不论他到底属于哪个党派，既然现在纳瑞已经投奔到你这里，向你寻求庇护，可是你竟然这样对待他，抢夺他的女儿！这怎么能算得上是当帝王的人能做出的事情呢？陛下，求您再听我多说一句吧，曼弗雷迪已经被您彻底征服，这的确是一件伟大的事业，是您无上的荣光，但是，倘若你也能够彻底征服自己，那才得到了更大的荣光。你是一个国家的君主，倘若你自己就不能够严格约束自己，又怎么能统治其他人呢？因此，你应该先把自己心头的这种邪恶的念头克制住，绝不要在自己所创造出来的光辉事业中残留这样一个抹不去的污点。"

他所说的这些话，深深刺痛了国王的心，并且觉得他说得句句警示人心十分在理。这让国王心里更加难难过，于是他不禁长叹一声，说道：

"伯爵，你说的这话确实很对，对于一个已经经历过千锤百炼的战士来说，战胜敌人，确实算不上难于登天的事情，最难的事情其实在于如何克制自己不正当的念头。尽管克制自己需要无比坚强的毅力，可不管多么困难，幸而你所说的话让我明白过来，因此我保证，用不了几天，我就能够像战胜自己的敌人一样，战胜我自己的心。这样白白说些空话是没有意义的，且看我之后的实际行动你就知道了。"

国王说完这些话之后没过几天，就返回了那不勒斯。此次他之所以从纳瑞这里离开，其中一个原因是为了彻底断绝自己的机会，让自己不至近水楼台先得月，做出些卑鄙的事情来。另一个原因，也是为了厚谢纳瑞对他的坦诚，将他的两个双胞胎女儿看作自己的亲生女儿，选好人家嫁出去——虽然他深深爱着这两位美丽的女郎，实在难舍难分，不愿让其他人占有她们。他跟纳瑞谈了这件事情，获取了对方的同意，还为这两个女儿准备了非常丰厚的嫁妆，把漂亮金妮芙拉嫁给了高贵的骑士马费奥·达·帕利济，将金发伊淑塔嫁给了另一位高贵的骑士，圭列摩·台拉·马尼亚，两人都是显赫的男爵。国王把这件事情处理完毕,就心碎地去了阿普利亚,给自己留下足够的时间,继续克制自己,斩断情丝,摒弃欲望,度过他剩余的一辈子。

或许有人会这样讲,一个荣耀的国君给两个姑娘指婚,把她们嫁出去,其实算不得什么大事。这种说法我也挺同意,可是我认为,一个已经爱上了这两个女孩的国王,还能够坚持把自己最爱的姑娘嫁给其他人,甚至都不曾冒犯过她,触碰过她的花叶,这简直是一件令人赞叹的事情。如果从这个角度来看的话,这一位贤明大度的国王,光明磊落地对纳瑞给出了自己正当的回报,而且又令人敬佩地尊重了自己心爱的姑娘,他还很有毅力,决然地征服了自己的情欲,应该被传为佳话。

故事七

> 有一位民间少女深情地思念着国王彼得,国王听说这件事以后,立即赶去安慰这个患上相思病的姑娘。之后为她安排了一个高贵的青年,让她嫁给了他,而自己只是轻轻吻了吻她的额头,并承诺成为她终生的骑士。

菲亚梅塔讲完了她的故事,所有人都交口称赞国王查理的慷慨宽宏,以及他惊人的自制力,唯有一位小姐没有开口,因为她属于保皇党的人。随后,在国王的吩咐下,潘皮内娅接着讲下一个故事,她开始说道:

各位值得敬爱的女郎呀,你们深切地赞扬了国王查理,只要是明理的人,都会同意你们的观点,除非有一些人因为其他一些缘故,对他抱有敌意,那就是另一回事了。而我现在呢,想起了另外一个故事,讲的则是查理国王的敌人,跟我们佛罗伦萨的某位姑娘之间发生的事情,他对这位女郎赐予了丰厚的恩德。而这个故事,也像前面那个故事一样,是一个充满高风亮节的故事,值得人们赞扬,因此我很愿意把这个故事说给大家听听。

在法国人被驱逐出西西里岛时,在巴勒莫地方居住着一位来自佛罗伦萨的药剂师,他的名字叫作贝那多·普契尼,他是一个拥有很多资产的人,非常富裕,他只有一个女儿,长得非常漂亮,而且已经到了许配人家的年纪。那个时候,来自阿拉贡的彼得统治了那个小岛。一天,他带着自己的臣子和仆人们在巴勒莫地方举行盛大的欢庆宴会,并且安排很多人依据卡达鲁尼亚的风俗，举行场上竞技比赛，正好贝那多的女儿——名叫丽莎的姑娘，那天正同其他几位好闺蜜一起站在窗口悠闲地凭空眺望，突然瞧见那名伟大的国王在赛马场上骑马驰骋，英姿勃发，立即就对他一见钟情，深深爱上了他，一双眼睛从此只装得下他一个人了。丽莎目不转睛地盯着国王，但是国王和他的臣子们举行完宴会就散场了，而她一个人躲在家里，满脑子想着的只有自己伟大而高尚的意中人。但最令她觉得困扰的事情在于，她自己是一个身份低微的人，所以绝无可能跟国王真正在一起，得到十分圆满的结局。可尽管这样，她依然无法摆脱自己对那位国王的爱恋，只不过由于担心这会带来更多麻烦的事情，只把这份深沉的爱情憋在心里，从来不敢示于人前。

国王根本不知道这个女孩爱着他，所以也完全没有把她放在心上。而女孩更加痛苦，备受爱情的煎熬。这位漂亮可爱的姑娘，日复一日地害着相思病，被这样的痛苦折磨着，她的痛苦都越来越深。最终她终于支撑不住了，一病不起，整个人也日益消瘦起来，仿佛阳光下的积雪正在逐渐消融。父母看到她这个可怜的样子都担心极了，万分焦急，因此对她格外的珍惜，一方面希望她能够重新振作起来，打起精神恢复健康。而另一方面，这对父母想方设法，希望能够找到名医医治她的病情。但是这所有的举动都没有任何用处，只有她自己知道，她对于国王的爱恋，无异于痴心妄想，绝对不可能实现，因此她的内心非常绝望，宁愿一死了事。

有一天，姑娘的父亲央求她，承诺不管她想提出什么样的要求，都尽管讲给父亲听，而这位父亲肯定会想尽办法让她得到满足。所以这名女孩改变了主意，她想着，还是在自己离世之前，想一个办法让国王知道自己的这片真情实意。所以她央求父亲为她请来了米努乔·达雷佐。米努乔是当时一位非常知名的大演奏家，也是一位演唱者，国王非常喜欢他。贝那多以为自己女儿丽莎只是想听一听这位演奏家弹奏的音乐和歌声，所以马上安排人把他请了来。而米努乔这个人，原本就是一个礼貌周全、非常温和的人，听得有人邀请，马上也就应邀来到了这里。他先是对那个姑娘说了一些好话去安慰她，希望她能够快活起来。接着就把自己随身带的"维琐尔"拿起来弹奏了一两段小调子给她听，随后还献唱了几首歌。他本来唱这些歌，主要是想让这个女孩得到一些宽慰，但是没想到，他不唱还好，唱起歌来却反而让这个姑娘的爱情之火燃烧得更加热烈了。所以这位姑娘马上跟歌唱家说道,希望其他人暂时出去,单独留她跟音乐家说上几句话。等到众人都从房间里离去之后,她才开口对这位音乐家说道:

"米努乔,我将你看成一个值得信任的人,因此我计划把自己的一段心事讲给你听。并且希望你千万为我保密,除了你本人和另一个人以外,千万不要再跟其他人透露这件事情。如果你答应,我马上就把这个人的身份告诉你。还希望你能够尽力帮我的忙,我在这里求你了。亲爱的米努乔啊,我不想瞒你,直接告诉你吧,在我们的国王彼得之前举行的即位典礼上,那一天举行了很大的欢庆活动,大家都在竞技场上比武,我恰好看到了国王的英姿,那一天我对他一见钟情,内心对他燃起的爱情之火难以克制。所以才变成了现在这个样子,这种状况你已经亲眼见到了。我深知,以自己的身份地位绝对配不上那样一位高贵的国王,这是我自己的痴心妄想罢了,但是我对他的这份真心,不管怎样都压抑不下去,十分难以割舍。我现在为此悲痛难忍,受尽烦忧,所以只想心甘情愿地死去,免得再这样活活地忍受痛苦。

"当然,倘若我就这样悄无声息地死掉,不能把自己的深情告诉给他知道,那我就算死也绝不能瞑目。可如果要将这件事情告诉给国王,除了你之外,我再也没有其他合适的人选了。因此,我特意求你,千万不要拒绝我,希望你到他那里,把这件事情转告给他,再回到我这里告诉我一声,如此一来就算我死了也是心甘情愿的,不会再有什么怨恨了。"她说完这些话之后,就痛苦地哭了起来,连话都说不出来了。

这位美丽女郎这样高尚的灵魂,以及她决绝的计划已经让米努乔大吃一惊了,并且为她感觉到十分焦急。然后他忽然意识到,自己可以用正当的手段满足她的心愿,所以就告诉女孩说道:

"丽莎小姐,我在此向你担保,绝对不会把你拜托我的事情当作儿戏来对待,我对你是一片诚心,绝不会让你上当受骗。你情不自禁爱上了一位高尚的国王,这确实是一种伟大的志向,值得世人称赞。所以我愿意竭尽所能地帮助你,不过,我还是希望你能好好在家里静养。我保证,在三天之内给你一个好消息。好吧,现在我们就抓紧时间开始吧,不再耽搁了,我现在就去给你想办法。"

丽莎听到对方已经答应了她,还是再三拜托,并且承诺自己一定会静静等着他的回音。好生休养。于是米努乔就拜别了离开了。出门之后他就赶紧跑去拜见一个当时特别著名的诗人，名字叫作米可·达·西埃纳。对着那个人央求了半天，还说了不少好话，恳求他为自己编写一支歌谣，那只歌谣的词句是这样的：

爱之神啊，求你赶紧飞去拜见我的君王吧！
请你一定要告诉他，我备受相思之苦，痛苦难当，
相思苦苦难言，不敢将心意告诉给君知；
宁可一死了心念！

爱之神啊，我求你接受我这深深的一拜，
求你怜悯我，快快飞去君王的宫殿，
把我的心事告诉他知道，
我时常思念爱恋他，
我整颗心都燃烧起炽热的爱情火焰，
啊，这甜蜜的热焰，使我赴汤蹈火，
我怕这烈焰太烈，使我死去，
让我忍受终身苦楚，怨恨此生，
只要想起他，我的君王，我既羞愧又害怕，
啊！求求你，看在天主的分上，
把我这一腔的相思之情表述给他知道。

爱之神啊，自从那次我一见就爱上了他，
但你从不肯给过我半点勇气，
让我对我的王倾诉衷肠，
我只能把爱慕之心深深埋藏在心底，
并为此黯然神伤，
如果就让我这样一死了之，真是叫我心痛难当，
风流倜傥的君王啊，倘若他知道我竟这样相思于他，
未必不会牵动柔肠。

为什么，你总是这样不愿意给我足够的勇气，
让我向他敞开自己的心房，
啊，爱情之神啊，都要责怪你，
不愿意给我勇气，

让我能够在君王面前表露自己的心思，
就是因为这样，才让我病入愁肠。
你不愿意为我鸿雁传书，更不愿令我眉目传情，
可现在，爱之神，我苦苦哀求于你，
求你赶紧去到他的身边，
向他提起，只为了那天他的登基盛典欢庆无比，
只为人群中那一眼瞥见，
他在骑士中间持枪带盾，勇猛无双。
从此后，我竟日思夜想，一病不起，
残躯已入膏肓，
为君憔悴呀，竟不像个人的模样。

米努乔拿到这首诗以后，立即依照题材和自己所要表述的内容，配上了哀怨幽婉的曲调，非常贴合那个女孩的情境。第三天一早，他就赶到王宫，此时国王彼得正在享用自己的早饭，看到他已经进宫，就吩咐他用随身带着的"维琐尔"唱几支歌曲，来给自己欣赏一下。所以米努乔就自然地唱起昨天编好的那支歌，歌曲十分动人，哀怨婉转，听得每个人都入了神，王宫里所有人都呆呆站着，屏气凝神地倾听，国王更是如此。等到米努乔把整首歌都唱完之后，国王就询问他这首歌的来历，为什么自己从来没有听见他唱过。这位伟大的演奏家回答国王说道："我的国王！我所唱的这首歌，从编词入曲到最终完成，总共还不到三天时间呢！"

所以国王又接着问他，那这首歌到底是为了什么事情而做出来的呢？米努乔则告诉国王说："这件事情除了陛下一个人之外，我绝对不敢再对其他任何人有所透露了。"

国王非常好奇其中到底有什么样的缘故，等到他吃完饭，就把米努乔叫到内屋细细询问。米努乔就把丽莎告诉他的故事，从头到尾一字一句地讲给国王听。国王听了之后满心欢喜，对那位美丽的姑娘赞扬不已，还说非常怜悯这位高尚而有志气的姑娘，并且命令米努乔赶紧代表自己去抚慰这个姑娘一番，让他带去自己的话，就说等到这天晚间祷告的时刻，国王会亲自赶去拜访她的。

米努乔听到国王这样说万分欣喜，这无疑是个好消息，所以他马上把自己的乐器收拾起来，连忙跑去那位女郎身边，悄悄把所有一切都原原本本地告诉给姑娘，随后又为她弹奏起他的"维琐尔"，还给

姑娘唱了几首歌。这位女郎非常高兴,她的病也马上大有起色,一心祈祷着晚上约定好时间到来,届时国王将到她家里来访。她没有把这些事情告诉给家里人知道,甚至家里的任何人都没有发现丝毫端倪。

那个国王本就是一个豪爽且仁慈宽厚的人,米努乔把这件事情告诉他之后,他自己在脑海里也反复想了很多次,而且他早就听说过那位女郎美丽的容貌,所以情不自禁更加怜悯她。好不容易等到晚上,他立即跨上马,佯装自己只是出去随便走一走。但他骑上马直接跑到了药剂师家里,借口要到他家里观赏一下那座美丽的花园。到了花园,国王就从马上下来,随便跟主人聊了几句,就把话题转到了贝那多的女儿身上,询问她现在情况如何,是否已经许配了人家。

贝那多则告诉国王:"国王陛下,她现在还没有嫁人,非常不幸的是,这孩子生了一场病,已经病了很久,直到现在依然躺在床上一病不起呢。但是说来也有些奇怪,自从今天上午开始,她的病似乎已经大有起色了。"

国王听了对方这样的话,马上就明白了,对这位姑娘好转的原因心知肚明。所以他马上说道:

"上天啊,像这样一位漂亮的姑娘,倘若出现什么不好的事情,那简直太过残忍了,你们带我去看望她吧。"

不一会儿,他就随身携带两个侍从,跟在贝那多身边,来到了女郎所居住的房间。国王走到丽莎床边,只见她正努力打起精神,迫不及待地等着自己到来。所以国王马上就握住她的双手对她说:

"可爱的姑娘呀,你又是何苦这样呢?像你这么年轻漂亮的姑娘,应该去安慰和照料其他人的,可是怎么你自己先病起来了呀?我倒是希望你能够看在我的面子上,放松心情,振作起来,变得开朗活泼一些,这么一来,你的病可能立即就会好起来。"

那位美丽的姑娘被她痴心爱慕着的人牵着双手,尽管心里非常羞涩,心里却欣喜万分,好像自己已经进入了天堂一般幸福。她努力让自己显得更加精神些,告诉皇帝说:

"我的国王陛下,我身子单薄,所以经不住太过沉重的忧愁,因此才生了病,非常感谢您对我的善意,相信不久之后,您就能亲眼看到我彻底痊愈起来的。"

其实这善良的姑娘所说的话,还有另一层意思,但这些只有国王自己一个人能意会,因此国王更加看重这姑娘的人品,只是暗暗诅咒命运之神,为何要让这样一个有志气的好女孩,出生在这样一个贫贱的家庭中。国王又在她身边待了一段时间,宽慰她,之后就跟主人辞别离开了。

臣民们都对国王的这种仁慈和宽宏大量的心进行歌颂和赞扬,每个人都觉得,这是国王赐给药剂师和他女儿的莫大光荣。而那位姑娘得到了国王这样的宠爱,心里非常高兴,在这样的激励之下,重新对人生燃起了希望。所以没过几天,她就完全康复了,甚至变得比之前更加娇媚漂亮。等她的身子完全恢复健康,国王就把这件事同王后商议了一番,想要探讨出一个计划,报答这个姑娘对于国王的痴情。一天,国王就骑上他的马,召集了很多贵族,一起到药剂师家去。走进花园之后,就让仆人通知贝那多和他的女儿一起到花园里来。没过多长时间,王后也携很多仆从婢女一起来到了花园,亲自接见了丽莎,两个人见了面彼此都很高兴。又等了一会儿,国王和王后两个人屏退众人,单独跟丽莎谈话。国王告诉这位可爱的姑娘:

"高尚典雅的女郎呀,我知道你心里怀揣着对我深沉真切的爱情,我们应当报答你的这份爱,希望我们的做法能让你满意。我们的计划是这样的:据我看,你现在也差不多到了该嫁人的年纪,我们准备帮你挑个丈夫,而我则依然做你忠诚的骑士。我对你别无所求,只想亲吻你一下,你觉得如何?"

这位姑娘听完国王的话,整张脸都羞红了。她接受了国王的心意,小声说道:

"国王陛下,我心里也明白,倘若被其他人知道我对您一见钟情这件事,肯定会觉得我疯了,不知天高地厚,不知自己卑微的身份跟您相差巨大。只有天主能够明白我的心意,知道自从我看了您那一眼便爱上了你,我知道我们彼此的身份,您是高高在上的国王,我只是低微的药剂师贝那多的女儿,不能高攀于您。但是我觉得,关于这件事,您应该比我更清楚,这世界上的男男女女们相爱的时候,并不会小心谨慎地再三思量双方是否门当户对,只不过是由欲望和喜欢所萌发出来的激情而已。我之前也多次尝试克制自己,尽量避免自己重蹈覆辙,但不管怎样克制,竟然毫无用处。因此我才深深爱上了您,现在爱,将来也会永远爱您。

"但是,从我爱上你那一刻开始,我心里就已经做好决断了。处处以你的想法为准,听从您的安排,因此,我不单单愿意遵照您的吩咐,接受您为我指婚的丈夫,并尽自己的本分,好好爱他,这是您赐予我的荣誉;并且,即便您要让我跳到河里去,只要能够让你感觉到高兴,我也是非常愿意的。我相信您明白,您这样一位国王,能够成为我的骑士,这将是我多么荣耀幸运的事情,我还能说什么呢?而关于您只是向我索求一个亲吻来了结我对您的爱情,若是没有王后的允许,我也不能答应这事。您和王后都是这般宽厚仁慈,真让我用尽一生也无法报答,只愿天主赐福,能够代替我报答您、感激您。"说完这些之后,她就不再开口了。

王后听到女孩这样讲,也非常欢喜,认为这个女孩果然跟国王说的一样,聪慧懂事。所以国王彼得立即叫来了女孩的父母,把自己的想法跟他们说明,大家都特别高兴。接下来,国王又把一位贫寒却十分高贵的青年叫到身边来,这青年的名字叫作培第康。国王当场赐给他几个戒指,并为他和丽莎赐婚,国王和王后又赏赐了这位姑娘很多珍贵的宝物和首饰。除了这些以外,国王还给培第康赐予了封地——就是那两个最为富饶的地方,塞法罗和卡拉塔贝罗塔,并告诉他说:

"把这两个富裕的封地赐给你,就当作贝那多的女儿带过去的嫁妆。我们之所以会把这样的嫁妆赐给你,其中深意,等到将来你自会明白。"

随后国王又转身告诉姑娘:

"现在是时间向你索要爱情之果了。"所以他用双手捧住姑娘的脸颊,在她的额头上亲吻了一下。

所有人都非常高兴,培第康、丽莎和丽莎的双亲也都喜不自胜。没过多久,两人就准备下了盛大的喜宴,高高兴兴地结了婚。

后来有很多人都可以证明,国王信守着自己的诺言,在世之年一直都自称这位小姐的忠贞骑士。每次要到竞技场比武的时候,他身上所佩戴的武器,都是那位姑娘赠送给他的东西。

国王这样的做法深深地赢得了臣民的心,给所有人都树立了良好的榜样,也维护了自己永久的声誉。不过现在很大一部分的君王都非常残暴,很少有人能够对这些事情感同身受了。

故事八

吉西帕斯将自己的未婚妻转送给了好朋友第图斯,令他们夫妇结婚,并一起返回罗马。后来吉西帕斯穷困潦倒地来到罗马,他错误地以为第图斯看不起他,绝望之下只想一死了之。所以就冒名顶替,说当时的一桩命案是自己所为。第图斯了解到事情真相之后,为了救他,也争着供认是自己犯下了杀人罪,后来等到真凶自首,案件的真相水落石出。第图斯把自己的同胞妹妹嫁给了好兄弟,并把自己的财产也分给他。

潘皮内娅的故事已经讲完了,所有人都交口称赞国王彼得的美德,特别是那位保皇党人,出口赞扬的话要比别人更为热烈。又过了一段时间,菲洛梅娜按照国王的指令,继续讲新的故事:

各位高贵的女郎,所有的人都知道,只要国王们心里愿意,不管再难的事情都能够做成,特别是有人向他们恳求开恩的时候。要是这么说的话,不管是谁,只要能做到他力所能及的事情,只能算是完成了本分而已。我们本来就不能太过于吹捧他,唯有某些人完成了自己力所不逮的事情,大家的赞扬才是实至名归的。所以,倘若大家觉得,自古以来那些帝王们所做下的功绩是值得赞扬的,那么我绝对相信,有一些跟我们完全一样的凡夫俗子,他们所做出的事迹,完全可以跟国王相提并论,甚至比国王更加值得赞扬。因此,我接下来要讲的故事,其中的主人公是两个平民百姓,他们是一对非常要好的朋友,这是有关他俩之间慷慨大方的故事,下面就听我细细道来吧。

想来大家都知道,在屋大维·恺撒还没有称帝的时候,他以执政官的身份统治着整个罗马。那时候,罗马有一位名叫帕白列斯·坤塔斯·孚维斯的绅士,他有一个儿子,名字叫作第图斯,这孩子天生聪慧,因此被父亲送往雅典学习哲学。父亲把自己的儿子交给雅典的一位贵族朋友照料,这位老朋友名字叫作克瑞梅斯。从那时候开始,第图斯就一直住在克瑞梅斯家里,跟他的儿子吉西帕斯时常在一起玩耍,克瑞梅斯为两个孩子请来了一位哲学家——阿瑞斯提帕斯来教导他们。

这两个年轻人初见时就觉得脾气很合,在一起相处时间越久,情谊就越深,最后两人简直亲如兄弟,每天都待在一起,只要有一时分别,就都觉得坐立不安、浑身难受。他们这份友谊可能直到死才能结束吧。两个人在一处读书,由同一个教师指导,他们都非常聪明,学习成绩也都不相上下,非常优秀,甚至在两人在哲学方面都有很高深的造诣。就这样,他们在一起共同学习了三年,克瑞梅斯非常高兴,将两个孩子都当作自己的亲生儿子一般对待。但是非常不巧,就在第三年,年迈的老克瑞梅斯撒手人寰了。这原本是寿终正寝的自然现象,这两个年轻人都非常难过,第图斯表现得仿佛死去的是自己的生身父亲一般,亲朋好友看到他们两个同样悲伤,也分不出究竟哪一个悲伤得更重些,应该先去宽慰哪个人。

又过了几个月时间,吉西帕斯的亲朋好友,甚至第图斯,大家都奉劝他赶紧找个女孩结婚,他也就答应了。所以亲友们最终为他寻找到一个非常美貌的女孩,是一个高贵的雅典姑娘,名字叫作莎孚朗尼亚,年方十五岁。临近婚礼举行之前的某一天,吉西帕斯叫上第图斯,想要一起去见见那位姑娘,毕竟第图斯还没有跟她见过面。两个人就一起去姑娘家里拜访,姑娘坐在两人中间,陪他们说话。第图斯仔细审视着这位姑娘,似乎要细细地打量一遍,看朋友的未婚妻到底是否美貌一般,他仔仔细细观察了半天,发现自己竟然挑不出来一点儿毛病,他心里一边对女孩的美貌赞不绝口,一边尽情不自禁地对这个女孩产生了狂热的爱恋,只不过面上没有表示出来,只是按捺在心里绝口不提。

两个人在女孩家里坐了一段时间,就起身告别。第图斯独自返回了自己的房间,情不自禁地想起那位可爱的姑娘,不禁越想越爱,不由得长叹了好几口气,自言自语第说道:

"啊,第图斯啊,你真是一个命苦的家伙,你的灵魂、爱情和希望都被你放在什么人那里了?你要明白,克瑞梅斯和他的家人对你恩同再造,而你又跟吉西帕斯是这样好的朋友,这个姑娘已经要跟他结婚了,难道你竟然不懂,要将她看作一个要好的姐妹吗?这样说来,你到底想要去爱谁呢?你这不正当的爱情,心里面存着不应该的念头,难道不是非分之想吗?难道不是等着它把你引上绝路吗?你应该让自己赶紧清醒过来,仔细审视一下你自己吧,你这个下流的家伙!克制一些,恢复你的理智,不要沉浸在这种肉欲之中,清除掉所有的邪念,把你的心思放在正经的事情上才行。你应当克服欲望,趁着现在为时未晚,一切都还来得及改正,你心里想到的这件事情实在不符合传统,而且不忠不义,非常无耻。如果你现在还顾念你真正的朋友,要对得起他,那么即便这件事情你有把握做成,也应该尽力避免,更何况你哪有这样的把握呢?第图斯,你现在怎么计划呀!倘若你想做个堂堂正正的人,就请你赶紧把这种不恰当的感情给消灭掉吧。"

随后，他不由得想起了莎孚朗尼亚，刚才心里所想的那些全都被他丢在一边，完全改了主意，在心里嘀咕道：

"爱情的法则要大于所有其他任何的法律，甚至大过于神的法律，更何况友谊呢？从古至今，父亲爱上女儿，兄长爱上妹妹，父母爱上继子，这样的事情不是比比皆是吗？而爱上一个朋友的妻子，这种事情更是多不胜数，根本不值得奇怪。况且，我是一个年轻人，天底下的年轻男人哪个不擅长服从爱情的规律呢？爱神的想法也就等于我自己的想法。只有老一辈的人才会讲求道德，而我只不过听从爱之神的安排，那位美丽的小姐简直像天仙下凡，有谁见了会不喜欢呢？像我这样一个年轻的男人，看见她并爱上了她，难道有人竟可以责备我吗？我对她的爱，并不是由于她要跟吉西帕斯结婚，只是因为我必须如此，根本顾不上她是什么身份了。而这正是命运的错，把她给了吉西帕斯，却不给别人。既然她生成这样的美貌，使得人家必须爱她，她也确实值得别人去爱。即便这样的话被吉西帕斯听见了，他肯定也会认为，让其他人爱上她，还不如让他的朋友我爱上她更好吧。"

他就这样认真想了一段时间，又从相反的观点嘲笑了自己一遍。他这样日夜不歇，翻来覆去，左思右想，接下来好几天也都茶不思饭不想，心神不安，难以入眠，终于因为想得太多而卧病在床了。

吉西帕斯很早就发现他似乎近来心事重重，现在他又生病了，就对他很是关怀，想尽办法地去宽慰他，守在他身边不愿意离开，一直追问他到底为什么心事才这样难过，以致卧床不起。每次吉西帕斯问起的时候，第图斯都是随便找些借口搪塞过去，但都被对方看穿了。最后他经不起再三的盘问，只能哭着回答了好友的问题：

"吉西帕斯，要是天主允许的话，我现在就想去死，不想继续活下去了。命运之神要检验我的品德，让我陷入进退维谷的地步，但是我却无法忍受这样的考验。这真让我无比惭愧，简直没有脸面活在世上，所以我真是渴望赶紧去死，死了也是我罪有应得，免得活着总是会想到自己卑鄙无耻的样子，那样也太受罪了。我不应该对你有所隐瞒的，而这件事情我也不顾羞耻了，还是应该告诉你吧！"

所以他就把事情从头到尾讲了一遍，把自己心中的苦楚、精神上的斗争，都告诉了好友。又向他坦白，现在是哪种想法成为他的主导思想，还直接承认，现在甚至因为莎孚朗尼亚得上了痛不欲生的相思病，最后他还说，他知道自己的这种想法非常可耻，所以想一死谢罪，他也相信自己命不久矣。

吉西帕斯听完自己的好友的叙述，又看对方失声痛哭，霎时间也呆住了。这是因为，尽管他不像第图斯一样对那个女孩充满热情，可他也是真喜欢他那娇美的新娘。但是，他立即就想明白了，现在还是挽救自己朋友的生命要紧，对莎孚朗尼亚的爱恋完全可以放在次一步的位置。因此他瞧见朋友落泪，自己也泪水涟涟地说道：

"第图斯呀，要不是看在你现在需要被宽慰的情况下，我真得对你发发牢骚。你仔细思考一下，你因为这桩心事如此痛苦，却瞒了我这么长时间，你对得起我这个朋友吗？难道不是在破坏我们之间的友谊吗？虽然你觉得这样的事不算光彩，可越是不光彩的事越不能向自己的好友隐瞒啊！一个人自然愿意为了朋友光荣的事情鼓掌喝彩，可是他更愿意想办法帮助自己的朋友消除一些不甚光彩的欲望。我们先不说这些大道理，只谈我觉得更加紧迫的事情吧。莎孚朗尼亚是我的未婚妻，但是你爱上了她，这一点我并不惊讶，倒是相反，如果你没有爱上她我才觉得惊讶呢。她是那样美丽的尤物，而你又是一位志向很高、圣洁高尚的人，所以最使人爱慕的当然也就最使你钟情。你越是觉得自己对莎孚朗尼亚的爱是必然的，那你就越不该埋怨命运之神把她给了我。尽管你没有说太多这方面的事情，我猜测，你可能认为，如果命运之神不是把她给了我，而是给了别人，你就可以光明正大地爱她了吧。倘若现在你的头脑还跟往常一样清醒，那我倒有一个问题需要问你一问：如果命运把她给了别人，不管那是什么人吧，到底是比给了我更对你有利吗？我们暂且不提你的爱情如何高尚，我只需要问你一句话——不论任何人得到了她，是留给自己享受，还是会把机会让给你呢？不过现在命运把她给了我，关于这个，倘若你还把我当你真正的朋友，你就完全不必担忧。自咱们两个成为朋友以来还从没有分过彼此。关于这个漂亮的女孩儿，即便到了无可挽回的时候，我依然像对待其他事物一样，愿意跟你共同分享。更何况，如今事情还没有糟糕到那种程度，我肯定会把她完全交给你，相信我绝对可以办到。如果在这件事情上，我能够光明磊落地帮助你，可是我不愿意帮你满足愿望，那么你还何必珍惜我对你的这份友谊呢？确实，莎孚朗尼亚已经快要嫁给我了，我也非常喜欢她，盼望着能早一点儿娶到她。但是你比我更有才情，而且你对她的热情也比我要多得多，你更想得到这位珍贵的漂亮姑娘。所以，也请你安心吧，我会把她娶回家来，不过并不让她成为我的妻子,而是让她给你当妻子。我奉劝你,现在别再烦恼愁苦了,你完全可以好好休息,放轻松,让自己开朗起来,接下来只需要高高兴兴地等着吧,你这份远比我更高贵的爱情,肯定能够得到美好的结局。"

吉西帕斯所说的这些话,让第图斯心里开朗了不少,他也觉得快乐许多,重新产生了希望。可是他一边高兴一边觉得惭愧,他自己的良知不停地提醒他,吉西帕斯是这样慷慨大度的人,而自己竟然为了满足私欲而利用了这段友情,所以越发显得自己卑鄙可耻。此时他依然不停地哭泣着,过了好长时间,才忍住了哽咽回答对方说道:

"吉西帕斯,你对我如此宽容,这份诚挚的友情让我清楚地懂得了自己到底应该如何选择。神灵把这样一个美丽的姑娘赐给了你,那是因为你比我更有德行,更配享有她。如果我从你手里把她抢走,天主也不能容忍我了。倘若天主觉得这位美人应该是我的,那么不管是任何人都绝不可能相信,天主竟然将她交到你手中。因此,请你听从我的劝告吧,既然天主把这位姑娘赐给了你,你还是好好享受主赐给你的福分吧,不要伤害了亲友对你的好心和天主赐给你的福分,就让我终日哭泣、日渐萎靡吧。因为天主已经判定,我根本没有资格拥有这样的珍宝,因此惩罚我付出这么多的眼泪,要么让我战胜自己的痛苦,再次成为你的至交好友,要么就让我陷入悲伤中无法自拔,从此我也能彻底摆脱痛苦了。"

吉西帕斯说道:"第图斯,我们两个的友谊倘若能够让我强迫你答应我一件事,那么现在我就要使用这种特权,倘若你不心甘情愿听从我的劝慰,那我就要做到一个真朋友的本分,强迫你必须跟莎孚朗尼亚结婚。爱情的力量是非常伟大的,我知道这种力量的威力,也知道从古至今男男女女为了爱情而不幸死去的事情发生了无数件!眼见着你现在就快要踏上绝路了,你既做不到悬崖勒马及时回头,也无法克制自己的悲伤,如此一来只能日渐憔悴,甚至小命也要被赔进去,这样一来我肯定要随着你一起死去了。"

"从这个角度上来看,即便我不是因为其他的事情非常珍爱你,就只是为了保全我自己的生命,也得爱惜你的命啊!所以你必须娶莎孚朗尼亚,因为你很难再遇到这样一个符合你心意的美人,我用情不深,却可以不费吹灰之力就把我的爱情转移到别人身上去。如此一来,咱们两个就都能称心如意了。倘若寻找妻子也跟维持一段友谊一样艰难，那我可能就不会像现在一样豁达宽容了。现在既然我不难再找到另外一个妻子，却再也无法遇到你这样的至交好友，因此，我宁可把她让给你。这并非我彻底失去她，反而是为她找到一个比我更好的归宿。我该说的话都说完了，如果你都仔细听进去的话，我还是奉劝你不要再伤心了，这样做，咱们两个心里都能得到宽慰，你振作精神，赶紧等着你一心喜欢着的那位姑娘来到你身边吧。"

第图斯有些羞愧，不愿意直接答应娶莎孚朗尼亚做自己的妻子，所以沉默不语。但是，他受着爱情力量的驱使，且没办法拒绝吉西帕斯一而再再而三的劝导，最后还是答应了。他说道：

"吉西帕斯，你劝导我按你的意思行事，还说这样能让你高兴，倘若我真的依照你的想法从事，其实我也说不清楚到底是为了让自己开心，还是为了让你开心。但是你这样慷慨宽容，征服了我羞愧的心灵，所以我决定依照你的想法办。但是我必须跟你说明一点，你要记住，我绝不会忘记，你不单单把我心爱的女人让给了我，还帮助我保住了生命。你对我的爱远超我自己的自爱，你这样待我，我绝不会忘恩负义的，希望将来我能竭尽全力体面地回报于你。"

吉西帕斯听完他说的话，就回答道：

"第图斯，倘若我们想要把这事情做好，那么我觉得，我们应该按计划行事：你也知道，我跟莎孚朗尼亚之间已经订婚了，这是我们两家的家长和亲属商讨了很长时间才确定下来的。倘若我直接跟家里人说，我不愿意娶她，那么人们肯定会传出些谣言，成为一件非常轰动的丑闻，我们两边的亲属也都会气愤不已。自然地，只要能让你娶到她，这一点儿小事不足挂怀。但是我只是担心，只要我一说自己不愿意娶她，那么她家里人马上就会把她嫁给其他人，或许不一定会把她嫁给你。如此一来，咱们两个人就都鸡飞蛋打，白白弄丢了美人。这样做真是何苦来哉？现在我觉得唯一的办法，只有依照以前商定好的将计就计，我先把她娶回家，照常举办婚礼和宴会，接着悄悄让你去跟她住在一起，发生夫妻之实，让她成为你真正的妻子，生米煮成熟饭。之后，到了恰当的场合和时机，咱们再把所有的真相和盘托出，如果大家都愿意，就万事大吉了。如果有人提出异议，但木已成舟，他们反对也没什么用了。我们现在只能这样做，你觉得怎么样？"

第图斯很赞成朋友提出的这条妙计。很快，他恢复了健康，也不再忧虑了。吉西帕斯迎娶了他的新娘。免不了要庆贺一番，热闹地举办了宴会。夜里，女宾们把新娘送到新房，让她在新郎的床上休息，众人便都告辞走了。第图斯的卧室就在新房旁边，而且两个房间里面是互通的。吉西帕斯进入新房之后悄悄灭掉了房间里的灯，随后蹑手蹑脚回到了第图斯的房间，让第图斯去新房跟新娘洞房。就在这个时候，第图斯羞愧万分，临时改变了心意，不愿意去新房了，但是吉西帕斯非常坚持，说话要算数，一定要让自己的朋友心愿得偿，最终好容易说服他往新娘房间里去了。

第图斯进入洞房，上了婚床，把可爱的新娘抱在怀里，仿佛开玩笑一样询问她，是否愿意嫁给他，新娘还以为他是吉西帕斯，于是就直接回答"愿意"，第图斯就为她戴上一只非常珍贵漂亮的戒指，说道："我也愿意娶你为妻。"

他们就这样成了婚，一夜缠绵，恩爱欢乐。新娘自己还有其他人都觉得，这个晚上跟她一起同床共枕的男人就是吉西帕斯。

但是没想到，就在第图斯和莎孚朗尼亚新婚的时候，他的父亲帕白列斯病重辞世，家里来信，让他赶紧返回罗马，丧仪还需要他来料理。所以他就跟吉西帕斯说了这件事，计划带着自己的新娘莎孚朗尼亚一起赶回罗马。可是如果不把真相告诉她，这件事就十分难办成了。所以他们选在某一天跟新娘坦白，他们单独请新娘来到一个房间，一五一十地把所有真相都告诉了她，第图斯还讲了不少男女间当夜说的私房话，来证明他们说的是真的。莎孚朗尼亚轻蔑地看着这两个男人，目光在他们脸上游移不定，随后竟放声大哭，责怪吉西帕斯竟然要手段这样欺骗她。她不愿意跟他俩多费口舌，直接回了娘家，把吉西帕斯欺骗她和她家人的事情告诉了父母，并说明自己现在已经是第图斯事实上的妻子，并非像众人所说嫁给了吉西帕斯。

莎孚朗尼亚的父亲得知这个消息，实在气愤至极，连忙召集自己家的亲戚，一到吉西帕斯的亲朋好友那里诉苦，把这件事闹得不可开交。吉西帕斯家里的人都对他非常生气，而且不仅如此，莎孚朗尼亚娘家的人也都非常憎恨他。所有人都认为，不仅应该谴责他，还要狠狠地惩罚他。吉西帕斯却觉得，自己做的这件事光明磊落，他为莎孚朗尼亚找到这样好的夫婿，她家里的人应该感谢自己呢。

而第图斯这边呢，他知道这些事情被闹得满城风雨，也觉得很是烦恼。不过他非常了解希腊人的性格：越表现出软弱可欺的样子，对方就越要欺凌你、吓唬你。而等到他们发现对方其实不好对付的时候，他们就会立即软弱下来，谦卑恭谨，甚至十分怯懦了。所以他下定决心，不能这样听之任之，要给予回击。

他本就有着罗马人的胸怀，还学到了雅典人的智慧，所以就故意设计了一条计策，将吉西帕斯和莎孚朗尼亚双方的家长都请到一座教堂里来商议这件事。等大家都到场以后，他就跟吉西帕斯一起走进教堂里，跟等着的人们说道：

"很多哲学家都曾说过，不管普通人要做些什么事，事实上都只是永生的神的意志和安排。因此，有些人这样说：不管是对于已经发生或者未曾发生的事情，都是已经注定了的必然，尽管也有些人认为，唯有那些已经发生过的事情才是已经注定的必然。咱们只需要用事实来验证一下这些说法，就会清晰地得出一个结论，如果一件事情已经成为事实，撤销它就变得绝无可能了，那就等同于不自量力要挑战神明的权威。对于那些神明，我们只能全然相信，他们以绝对的智慧安排着我们俗世中的事情，且绝对不可能出现差错。

"既然如此，你们总该明白了吧：倘若我们不依不饶，非得去指责神明的行为，那是多么狂妄无知的举动啊！倘若有人胆敢这样做，那他一定是自讨苦吃。我听见你们反复强调一点，说莎孚朗尼亚本来是要嫁给吉西帕斯为妻，现在竟然嫁给了我，如果我的耳朵没出问题的话，你们就都属于这种狂妄的家伙！你们难道从没有想过吗？神从最开始就决意把她赐予我了，并没有将她给吉西帕斯，而且现在摆在面前的事实已经证实了这一点。

"可是如果谈论起奇妙的神明，以及它对这一切命中注定的安排，有很多人都觉得，这是极为匪夷所思的事情。那么现在我很愿意用世俗的见解来对这件事进行探讨，暂且假定神明并不会干预普通人的事情。不过这么说，我就必然要做两件事情，平时我并不习惯这么做，这两件事情就是：第一，我要夸奖我自己；第二，我也需要恰当地去批评和责备大家。但是不管我怎么做，这两件事都是因为形势所迫，不得不这样做，毕竟我不愿意跳出事实来看待这些事情。

"你们只是出于自己的私愤，也顾不得什么理智了，就开始对吉西帕斯无情责骂和诋毁，你们已经不再是低声讨论，而是在高声叫骂。但你们之所以如此，只是因为你们出于善意把一位姑娘许配给他，可是他甘心将这个女孩嫁给我。我认为他这样的做法值得众人赞美，主要有以下两个理由：第一，他非常够朋友，做了一个朋友应该做的事情;第二,在这件事情上,他的做法要比你们聪明得多,也更妥善。

"这会儿我不会再跟你们说什么,朋友之间的情谊到底有多么神圣之类的事情,需要怎样发自内心诚恳地帮助对方。我只不过想告诉你们一件事,朋友之间的感情远比骨肉亲情更为重要,因为朋友是我们自己做出的选择,亲人则是命中注定的关系。如果从这个角度来看,吉西帕斯珍爱我的生命远胜于珍惜你们之间的情谊,你们也不必为此感到吃惊,他是我的真朋友。现在我们再说说第二个原因,这一点你们更是必须知道不可。我认为他比你们所有人都聪慧,毕竟你们根本不能领会天主的旨意,也体会不到友谊到底有多么强大的力量。我现在要说的是,你们周密商讨过,仔细进行了各种斟酌才决定把莎孚朗尼亚嫁给吉西帕斯这个年轻人,他还是一位伟大的哲学家。你们是想把她嫁给这个雅典人,可是吉西帕斯心甘情愿将她嫁给了另一位罗马人;你们要把这个女孩嫁给一个身份高贵的年轻人,可是这个年轻人心甘情愿为她找到另一个更为高贵的夫婿;你们现你们所选的这个男人,是一个富裕的青年,而吉西帕斯为她选择的夫婿更加富有;你们要把她嫁给一个并不爱她甚至并不了解她的人,吉西帕斯却为他她选中了一个爱她胜过爱一切,爱她胜过爱自己生命的人。

"我所说的全部都是真话,为了证明这一点,让你们明白吉西帕斯的所作所为要比你们强,且让我细细说给你们听吧。我跟吉西帕斯一样,非常年轻,又是高深的哲学家,这一点不需要我多说,只要你们看到我的英姿以及我的智慧就能体会到了。我们两个年纪相同,曾在一处读书,共同进步才能不相上下。确实,他是雅典本地人,我却是个罗马人,倘若大家要争论起来这两座城市到底哪一个更加辉煌,那么我必须说了——我属于自由城市的公民,他却居住在一个附庸城中。我所在的那个城市掌管着整个世界,可他的城市必须归于我所在的那个城市管辖。我所在的那个城市,不管是文化还是武艺,全都名动天下。可他所在的那个城市,除了文艺之外再没有其他出名的东西啦。尽管在你们眼里,我只是一个身份低微的读书人,但我并非出身于罗马不入流的家族。在我自己的家中,以及罗马的史册上,记录了第图斯家族曾经为罗马神殿所做出的各种光荣业绩,我们家的名声并非日渐式微,而是随着岁月的不断变化,到如今比过去任何时候都更加焕发光彩。我不愿意提起家里的财富和地位,主要是因为自己羞于启齿,我自始至终牢记,高贵典雅的罗马公民,从古代开始就一直坚守一个道理:清贫而有骨气才是最伟大的财富。即便那些普通人只是觉得我在胡言乱语,认为唯有拥有财富才值得被称赞,那么我也不得不明确地跟你们说,我家里非常富裕,这些财富并非出于贪婪或者抢夺,而是命运之神直接赐给我的。我心知肚明,你们一直以来都很愿意在雅典本地巴结吉西帕斯,希望跟他成为亲戚,甚至到现在也还是愿意跟他打好关系。可是不管如何,你们绝对不能够因为种种原因,轻视我这个从罗马来的年轻人,因为在罗马,我也是个非常高贵的男人,于公于私,我既能干又勤劳,还充满魄力,从任何方面说都不比其他人弱。

"因此呢,现在你们不要意气用事,先平静下来仔细考虑一下吧,你们之中,谁觉得自己的想法要比我的好朋友吉西帕斯给出的办法更为高明?肯定没有任何人会这样认为。因此,莎孚朗尼亚跟吉西帕斯的好朋友结了婚,也就是那位出身世家的罗马贵族第图斯,成为他的妻子,这才是真正的门当户对,亲事正相配呢!倘若有人因为这件事情发牢骚,或者觉得不舒服,那真是错得离谱的举动,也可以从这件事看出这个人其实是非不分。或许也有人会讲,其实他们埋怨的并不是第图斯跟莎孚朗尼亚最终结了婚,他们只是厌弃他采用一些见不得人的手段,把女方的亲戚朋友蒙在鼓里,偷偷娶了这个漂亮女人。但这一点也并非什么新鲜事儿,又怎么值得大家这样大惊小怪的呢?

"天底下这样的女人多的是,她们不听父母之命、媒妁之言,胆大妄为和其他人私订终身,甚至与自己的情人私会奔逃,最后结为夫妻;还有一些女人是先跟男人有了私情,怀了身孕,即将产子的时候才能如愿以偿嫁给对方;她们也并非按照传统的规矩,走求婚订婚的老路子办理结婚的,她们的家属也被逼无奈只能认可;像这样的情形更不用我多说大家也都知道。可是我们没有让莎孚朗尼亚遇到过任何一种这样的状况,吉西帕斯经过慎而又慎的思考,办过正当的手续,以规规矩矩的方式把她娶进门给了第图斯。或许依然有人质疑,吉西帕斯不能这样就把一个女人转手赠给另外一个人,这都是女人之见,不值得一提,只是她们没有见识而已。这些都是命运之神注定好的事情,为了要达成自己原先的安排,必须采用各种新鲜的办法,或者奇妙的方式来完成,这根本不是开天辟地第一回呀!我们打个比方来说:比如我有一件事情要办,可是帮我完成这件事的人并非一个哲学家,他的身份只是一位鞋匠,但是只要他能办得到,我根本顾不得他到底是偷偷摸摸办成,还是光明磊落地办成,这些怎么值当去计较呢?倘若这个鞋匠在这事情上办得不周到，那么这次我感谢他，从今往后再也不让他帮我办事也就是了。倘若大家觉得，这一次吉西帕斯对待莎孚朗尼亚的婚事处理得还挺好，那么你们再埋怨他采用了不恰当的手段，就有点儿多此一举，简直属于比较愚蠢的做法了。如果你们不再相信他，这一次只要你们对他表示感谢，且从今以后不要再让他参与你们女儿的嫁娶就可以了。

"但是在此，我还应该告诉你们，对于莎孚朗尼亚，我并没有对她采用任何欺骗或者阴谋诡计，去玷污你们高门世家的声誉。尽管当时我跟她之间的婚礼是悄无声息地办妥的，可我并没有强迫她，也没有采用粗暴的手段侮辱他的贞洁，也没有像仇敌那样想尽办法把她搞到手就成了。我的确是因为她的美丽和品德，而狂热地爱上了她，我的爱情之火熊熊燃烧。我知道你们对她的宠爱，如果当时我选用正当的办法向她求婚，也就是你们希望的方式，那我就绝无可能娶到她，你们肯定会担心我带她回到罗马去。

"所以我迫不得已，只得借用这种秘密的方法使其木已成舟。现在可以直接跟你们说清楚，是我直接说服了吉西帕斯，希望他能够帮我完成这一件他不愿意做的事情。还有一点，即便我热烈地爱着她，可我向她求爱并非以情人的身份，而是以丈夫的身份去进行的。我最先跟她说尽了好话，还奉上了婚礼戒指，跟她求了婚，询问她是否愿意承愿意嫁给我，她告诉我她愿意，我把那戒指戴在她手指上，这才与她洞房。这一点你们完全可以问她自己，我说的都是实话。如果她觉得自己上当受骗，那绝不应该责怪我呀，而是她自己当时为什么不问一声我到底是谁呢？这样说来，不管是身为好朋友的吉西帕斯，还是热烈地爱着莎孚朗尼亚的我来说，我们两个所犯的最大的过失，其实就是不应该偷偷摸摸把莎孚朗尼亚嫁给了第图斯·坤塔斯，叫她成为他的妻子。而你们狠狠责备吉西帕斯，恐吓他，破坏他的声誉，其实也就只是因为这一点而已。可倘若当时他把这个姑娘嫁给了一个乡下人、一个流氓或者奴仆呢，你们又当怎么办呢？想必到时候，就算你们直接给他带上镣铐，送进牢狱，抬出十字架绞死他，又能于事何补呢？

"好了，关于这一点，我们暂时就停在这里，不再继续谈下去了吧。我们没有多少时间了，事出突然，我的父亲突然辞世，所以我必须赶快返回罗马。我的意思是，带着莎孚朗尼亚一起回去，这也就是为何原本我们计划保守秘密的事情，如今也只能跟大家讲明。倘若你们都是聪明人,肯定会高高兴兴地接受,从此罢手,不再过多干涉。你们得明白,倘若我真的只是想要欺骗你们、羞辱你们,那我现在就可以丢下莎孚朗尼亚不管,任凭她接受世人的嘲讽。但是神不允许我这样做,在任何一个罗马人的心灵深处,从来都不会有这样卑鄙的想法!

"总而言之,现在莎孚朗尼亚已经属于我了,这主要是因为我的好友吉西帕斯为我出了一条好主意,以及我在爱情上非常聪慧机敏,并且这都是神明赐福的命中注定,在人间的所有法律手续也都办妥,一切都成定局。倘若你们觉得自己比其他人聪明,甚至要比神明更加睿智,那么完全可以采用以下两个办法来与我对抗,为难我:第一个办法就是,你们故意强留莎孚朗尼亚,不让她跟我一起走;但是我确定,除非经过我的允许,否则你们绝无权这样做。第二个办法则是仇视吉西帕斯,不论他怎样地帮助了你们,始终待他如仇敌;如果你们真的这样做,我现在也不想跟你们深入说明这办法的愚蠢之处了。我只想作为一个朋友,劝你们忍一忍,平息了这口怨气,让我带走莎孚朗尼亚,我会跟你们结为亲家,在我们走的时候,大家客客气气,将来也可以友好来往。说句实话吧,现在生米已经煮成熟饭,不论你们愿意不愿意,我都要这样做,倘若你们故意存心与我作对,我就立即带着吉西帕斯一起走,等我们返回罗马之后,不论你们如何阻拦,我也会坚持把莎孚朗尼亚夺回来,因为她是我名正言顺的妻子,是属于我的!到时候你们再坚持,我就跟你们彻底翻脸,咱们成为仇敌,你们就意识到罗马人的厉害了!"

第图斯讲完之后,怒气冲冲地站了起来,他手挽着吉西帕斯,从教堂里走了出去,并且抬头挺胸,示威性地对他们摇头。尽管教堂里人多势众,可他一点都没有放在眼里。这些家长们一方面都被第图斯所说的联姻的道理说服了,想着能跟他好好成为亲家,重归旧好。另一方面也被他最后那几句话吓到了,所以大家一致做出决断,既然现在吉西帕斯不想跟他们成为儿女亲家,那还是换一条路,最好跟第图斯联姻吧,以免失去了一个吉西帕斯,还跟第图斯成为仇敌,这样并不划算。所以他们就跑去找到第图斯,告诉他愿意联姻,心甘情愿把莎孚朗尼亚还给他,双方成为亲家,也愿意友好地对待吉西帕斯,将他视作朋友。随后双方按照正当的规矩礼数庆贺了一番,就各自回家了。莎孚朗尼亚的亲人也把她送回第图斯那里去了,她本来就是一个聪慧懂事的女人,看到现在事情已经无法转圜,也就半推半就地答应了,把之前爱慕吉西帕斯的感情，很快转移到了第图斯身上，并愿意同他一起返回罗马。回到罗马之后，他们果然得到了非常隆重的接待。

　　而吉西帕斯继续留在雅典，但是大家都很轻视他。过了一段时间，因为一些同乡宗派之间的争斗，某些人故意陷害他，找了个由头将他和全家人都从雅典驱逐出去，终身流放在外。他变得一贫如洗，非常凄惨，甚至一度沦落为乞丐沿街乞讨。他一路上忍饥受冻，终于来到了罗马，想要投奔自己的好友第图斯，看看他是否还记得旧时的情谊。等他来到罗马之后，听别人说第图斯依然活着，并且罗马人还很尊敬他，就跑到第图斯家门前等着好友归来。现在吉西帕斯落难到这样的景地，非常羞愧，碍于面子不愿意先开口呼唤第图斯，只是想方设法希望对方能够先认出他来。但是没想到，第图斯当时根本没有看到他，只是自顾自地从他身旁经过。他误以为当时第图斯看见了自己不愿意搭理，此时想起自己对好朋友做的一切，可如今第图斯不把自己放在眼里，忘记了他所有的恩德，就怀着绝望的心情，怨恨地从他家门口离开了。这个时候，天已经完全黑了下来，他肚中空空，十分饥饿，但是身无分文，在城里随便走了很久，也不知道要到哪里容身，真是渴望立即一死了之。不知不觉间，他竟不小心逛到了罗马城中一个非常荒僻的地方，看见那里有一个很大的洞穴，就钻了进去，准备在这里过夜。他在山洞里哭了一会儿，哭得一点力气都没有了，才又累又饿地倒在光秃秃的泥地上睡了过去，真是数不尽的凄凉。

　　一直到黎明时分，有两个江洋大盗带着自己夜间偷盗来的赃物来到这个山洞。两人分赃不均，竟动起手来，结果身强力壮的那个把另外一个人杀死了，随后他逃之夭夭。吉西帕斯听到外面大吵大叫，又看到眼前凶杀案的场景，心里面觉得，自己现在正在发愁怎么死呢，现在可算得到了一个好机会，如今不必自杀，也能正当地结束自己的生命了。所以，他就一直躲在山洞里不离开，后来巡查的士兵们听到了凶杀案的消息赶来，以为那个人是他杀死的，就气势汹汹地把他抓走了。对此案进行审判的时候，吉西帕斯甚至直截了当地承认自己杀害了那个人，杀完人之后，他一时间没有办法从山洞中逃走。审判此案的大法官马卡斯·瓦罗下了命令，要依照当时罗马的风俗，把他钉在十字架上处以极刑。

　　在这个时候，也是事有凑巧，第图斯刚好来到执政官的法庭上，听说了这件案子，就朝犯人的脸上看了一眼，结果马上就认出，这是自己的好友吉西帕斯，一时间非常惊讶：不知道自己的好朋友怎么落到这般悲惨的田地，又是如何来到罗马了。他心里想着赶紧去救自己的好友，可是当时那种情况，除了自己代替他顶罪之外，别无他法了。所以他慌忙走上法庭，大声说道：

"马卡斯·瓦罗，赶紧把那个死囚犯押送回来吧，他并没有犯下这桩罪过。今天上午你手底下的士兵们发现的死尸，其实是我所犯下的罪行，我谋杀了他！现在我的这桩罪行既然已触怒了神灵，可不能再冤枉无辜的人，让他含冤而死，要不然我真是罪加一等呀！"

瓦罗当时非常惊异，可当时整个法庭上的人都听见了他所说的这话。此事事关官员的名誉，所以执政官也只能依照法律行事，叫士兵们把吉西帕斯押送回来，直接当着第图斯的面跟他对峙，问道：

"这是一件性命攸关的事情，我们审讯的时候没有用刑你就招认了，你怎么竟疯成这样了？把自己的生命当儿戏，不是你自己犯的罪，居然也要承认吗？你自己交代，昨天晚上那个人是你杀害的；可是现在有另一个人说，其实杀人害命的并不是你，而是他。"

吉西帕斯抬起头去看那个人，发现他竟然是第图斯，心里顿时明白了，他这是在帮自己顶罪，搭救他呀，好报答过去自己对他施加的恩惠。因此，吉西帕斯忍不住悲痛欲绝地痛哭起来，说道：

"瓦罗大人，那个人真的是我杀的，第图斯只是同情我，出于好心想要帮我顶罪，但现在为时已晚。"

可是第图斯说道："大法官，相信你也可以看出来，这人是从外地来的，并且你们在那具尸体旁边直接抓住了他，那个时候他身上可没有携带凶器啊！并且，大家一目了然，可以清晰地看出，他这是一心求死，只是因为自己生活得太过艰难，贫苦无依呀！因此，你得立即释放他，判处我这个应该被惩罚的罪人。"

执政官发现他们两个人居然争着抢罪，非常惊讶，竟然有点疑惑，不由得猜想，或许这两个人都不是真正的凶手。他正在思考怎样帮他们开脱，这个时候，外面突然有一个年轻人走了进来，他说自己叫帕白列斯·安北斯塔斯，是当地一个无恶不作的无赖、一个远近闻名的窃贼罗马人都知道他的恶名，还说那件杀人案就是出自他之手。原来他看到这两个无辜的人竟然争着帮他顶罪，不由得大为感动，良知萌发，来到大法官瓦罗面前说道：

"大法官，这可能是我命中注定的吧，要来解开这两个人之间的争执，我也不知道到底是什么神在鼓动着我，拍打着我的良心，非让我到你这边来投案自首。现在你们听好了，这两个人争相到你面前认罪，说是自己杀了人，但其实这件事并不是他们之中的任何一个犯下的。今天黎明时分死掉的那个人，是被我杀掉的，当时我正跟他一起瓜分我们盗窃来的赃物，我亲眼瞧见这个穷困潦倒的家伙就在边上睡觉，而至于第图斯本人，就不需要我多加说明了，他美好的名声在我们这里无人不知无人不晓，大家都知道他绝不可能是做下这种事情的人。因此我求您，赶紧放了他们吧，请依照法律来对我判刑好了。"

屋大维也听别人说起了这件案子，所以便把三个人都召到身边，询问他们为何这样一个个争着引颈就戮呢，他们把真实的情况告诉了他。所以屋大维就释放了那两个朋友，因为他们是无辜的，也对另一个人进行了赦免，理由是——他能够帮助和珍视那两个好人。这件事情过去之后，第图斯先是对吉西帕斯进行了一番指责，说他不应该这样对朋友丧失信心，因为惭愧就不愿意直接去见自己，随后两个人就高高兴兴地庆贺了一番第图斯把吉西帕斯带回了自己家，莎孚朗尼亚见到这种情景，感动得热泪盈眶，像对待亲兄弟一般照顾他。等他在家里休息了一段时间，吃了东西，精神也好些了，第图斯又准备了一些体面的衣服来装扮他，把自己所有的财富和家产分给他，还把自己的同胞妹妹孚维亚许配给他。所有这些都做完之后，才告诉他说：

"吉西帕斯，现在请你做决定吧：你愿意永远在我这里住着，跟我在一起呢，还是愿意带着这一切，返回雅典呢？这完全由你自己决定好了。"

吉西帕斯想起自己已经被故乡放逐，另外也特别感动于第图斯对他的友情，所以决定留在罗马，在这里定居。从此之后他和孚维亚、第图斯、莎孚朗尼亚四个人一起住在一所很大的宅院里，生活得其乐融融，非常幸福，他们之间的友谊与日俱增，无人可及，真是令人艳羡。

如此看来，友谊确实是一种非常神圣光辉的东西，不仅仅值得提倡，还应该得到永远的赞扬——慷慨和荣誉就是从友谊中萌发的，同时感恩和仁慈也被它所激发，友情始终都是憎恨和贪婪的敌人；不论任何时候，友情都随时做好准备，无须他人恳求就心甘情愿牺牲自己。但是如今，已经很少看到朋友之间有像这两个人一样的情谊了，这都是因为人们的贪心才造成的过错，也是一种耻辱。每个人都只顾着自己个人的利益，根本顾不得什么友谊，早就把这种事情丢到一边不予理会了。

你们仔细考虑一下,如果不是因为友谊的话,这个世间还有怎样的感情、怎样的财富和怎样的关系,能够让吉西帕斯深切地被第图斯的爱情、眼泪和叹息所感动呢?甚至愿意把自己心爱的未婚妻也让给他?如果不是出于友谊,还有怎样的法律、怎样的恫吓和恐惧能够让吉西帕斯躲起来,没有在黑暗中在自己的床上伸出胳膊拥抱那位漂亮的女郎呢?或许那个女郎当时等着的正是他的爱抚呢?倘若不是因为友谊,又有怎样的荣誉、怎样的酬劳、怎样的头衔,能够使得吉西帕斯为了达成朋友的心愿,竟然不惜背叛自己所有的亲朋好友和未婚妻的家人呢?并且无视于千万人的无无理取闹和嘲讽呢?

另外,第图斯那个时候甚至可以心安理得地装作没有认出自己的朋友,这样做绝不会有人责难他的,可是为了让自己的朋友免受杀身之祸,他竟毅然决然冲出去舍身相救,这又是因为什么呢?如果不是友谊的话,又有什么样的力量能够推动他这样去做呢?第图斯亲眼看见自己的朋友走上了穷困潦倒的道路,想也不想就把自己的万贯家财拿出来与他共同分享,如果不是因为友谊,他又如何会这样慷慨大方呢?他明明已经知道,好朋友现在一贫如洗,却还是满怀热情,把自己的同胞妹妹嫁给他,除了友谊之外,还有什么其他别的原因呢?

众所周知,天底下的人都希望自己拥有很多的亲戚和朋友,朋友众多,儿女成群,得到万贯的家财,家中的仆役像云一样多。但是这些人都只想着自己而已。就是树上掉下一片树叶来,他们都担心会把自己的脑袋打破,而自己的父亲、兄弟或者长辈碰上了危难,他们也不当回事,朋友之间的友谊却完全不同于此。

故事九

托雷洛热情接待了打扮成商人模样的萨拉丁苏丹。托雷洛参加十字军之前与妻子约好,如果到了规定日期,他依然没有音讯,那么妻子就可以另嫁他人。被抓的托雷诺成了驯鹰人,被举荐给苏丹,苏丹把他认了出来,并对他极尽恩宠。托雷洛非常想念自己的妻子,苏丹见状,请术士用法术连夜把他送了回去,正好赶上妻子准备嫁给他人。妻子把托雷洛认出来了,夫妇二人得以团聚。

菲洛梅娜讲完以后,大家都对第图斯知恩图报的行为大加赞赏。

国王不想让狄奥内奥最后讲故事的特权被剥夺,于是自己接着往下讲:

优雅的女神们,菲洛梅娜对友谊的探讨非常中肯,现如今,我们的确要哀叹友谊遭到轻视的现象。今天我们聚在这里,假如是为了对世道进行攻击,让社会风气向好的方向发展,接下来我可以讲很多大道理。可是我们有着不同的目的,所以我想给大家讲一个和萨拉丁的大方有关的故事。故事有点长,但是很有意思,大家听后也许会受到一点启迪,因为我们天生的不足,很难得到真诚的友情,可是我们最起码可以帮助别人,也许总有一天会得到回报。

我说的是,在腓特烈一世皇帝执政时期,为了收复圣城耶路撒冷,基督徒组织了一次十字军远征。当时的巴比伦苏丹萨拉丁骁勇善战,在了解到这个情况以后,决定亲自去考察一下信仰基督教的诸侯们准备得如何,以做好防御准备。萨拉丁把埃及的事务都安排妥当以后,便打着要远出朝圣的旗号,带了两个精干的朝臣和三名仆人就上路了。

这六个人先是从很多信仰基督教的地区经过,到了伦巴第以后,又翻山来到米兰去往帕维亚的路上,一天到了晚祷时间,他们和帕维亚的一个名叫托雷洛·德·斯特拉的绅士相遇,这名绅士带着仆从和猎鹰猎犬,准备去泰西诺河畔,因为他有一座庄园在那里。看到那几个旅客的样子,托雷洛先生觉得他们很有气度,像身份高贵的外地人,决定好好招待他们。萨拉丁问托雷洛的一个仆人到哈维亚还要走多久? 在城门关闭之前能不能赶到? 没等仆人开口回答,托雷洛便答道:

"先生,等你们赶到帕维亚,城门肯定已经关闭了。"

"我们刚到这里,对这一带还不太了解,"萨拉丁说,"请问附近有没有好一点儿的客栈?"

托雷洛先生说:

"这个你可算是问对人了。我原本要去帕维亚附近去办些事,正准备派人去呢,这样吧,就让他和你们一起去,他会把你们带到一个比较好的客栈。"

托雷洛对他一个最为机智的仆人嘱咐了几句,让他陪着外地人在前面走,自己紧跟着到了庄园,吩咐仆人以最快的速度把晚餐准备好,并把桌子挪到花园。一切安排妥当以后,他便等在门口。陪行的仆人和外地的绅士们一边聊，一边多走了一点路，不由得来到了主人的庄园。看见他们来了，托雷诺马上迎了上去，笑着说：

"先生们，欢迎光临。"

萨拉丁很聪明，当即反应过来这位先生是害怕他们不答应，所以刚才问路时才没有发出邀请，而是想出这个办法把他们带到这里来，让他们只能在他们这里借宿。他赶紧礼貌地回应道：

"先生，我们只是见过一面而已，没想到您这么高看我们。假如礼多也会招人怪的话，我们可要怪你让我们多走了一点儿路，只能接受你的好意了。"

托雷洛是个很会为人处世的人，马上回答道：

"各位气度不凡，我如此上不得台面的招待，可能会对各位的身份造成侮辱。可是帕维亚城外的确没有适合各位借宿的地方，所以我才冒昧地让各位多走一点儿弯路，来到这里，先将就在这里住下，还请各位海涵。"

客人们纷纷从马上下来，托雷洛的仆人马上上前牵走他们的马。在托雷诺的带领下，三位绅士来到早就布置好的房间里，客人们先是换了靴子，之后喝了些清甜的葡萄酒，之后，托雷洛又陪着他们聊天，直到晚饭准备好。萨拉丁和他的随行人员都擅长说拉丁语，所以交流起来非常顺畅。他们都觉得托雷洛是他们所遇到的最为幽默的主人。托雷洛先生则觉得客人们一言一行都透着高贵，相比第一次见到他们，对他们更加敬佩了，很可惜当晚来不及把其他的贵宾邀请过来作陪。他决定明天再补请一次，于是，他把想法跟他的一个仆人说了，让那个仆人连夜去告诉他贤惠的妻子（原来帕维亚就在他的庄园不远处，晚上城门也不会关闭）。接下来，他就领着客人来到花园里，彬彬有礼地问他们来自哪里，萨拉丁答道：

"我们是来自于塞浦路斯的商人，现在要去巴黎。"

托雷洛先生说：

"要是我们的国家能出几位像塞浦路斯商人那种气质的绅士就太好了。"

一时之间宾主相谈甚欢，直到到了吃晚饭的时间，晚餐端了出来。尽管是临时准备的，却应有尽有，服务得也非常周到。吃过饭以后，托雷洛先生见客人们旅途劳顿，都有些累了，于是请他们赶紧去休息，卧室和床铺都布置得非常豪华，他自己也去休息了。

与此同时,仆人把托雷洛先生的口信告诉给了夫人。夫人和一般女流不一样,是个非常大气的人,处事非常干脆利落,迅速通知了托雷洛先生的朋友和仆役,准备了盛大的宴会,还邀请了本城有头有脸的人物。家里就像过节一样,根据丈夫的叮嘱,把一切准备工作都做好了。第二天,客人们起床以后,托雷洛先生和他们一起骑到马上,把猎鹰带上,去附近的猎场捕猎。萨拉丁请求派人把他们带到帕维亚最好的旅店去,托雷洛说:

"我原本就要去帕维亚办事,我和你们一起去吧。"

他们相信了他所说的话,于是,和他一起兴致勃勃地上了路。午前祈祷时分,他们到了城里,还以为要到最好的旅店去,没想到来到了托雷洛先生的家,那里已经等着四五十位本城最有名的人物了,上前扶镫牵马。一看到这种情况,萨拉丁一行人立马猜到了八九分,遂说道:

"托雷洛先生,我们并没有发出这样的请求,昨晚你已经盛情地款待过我们,远远超出了我们的希望,我们不便再打扰,请你让我们自己走吧。"

托雷洛先生说:

"各位先生,昨晚是因为缘分,我们才会相遇。因为到的时间太晚了,各位只能在舍下勉强凑合一夜。如今是我和在场的各位绅士们为大家接风洗尘,假如你们不愿意赏光和他们一起吃顿饭,我也不会强行要求。"

萨拉丁等人实在恭敬不如从命,于是从马上下来了。绅士们非常体贴地照顾他们,把他们带到几个专门为他们布置得非常豪华的房间,他们把旅行的装束换掉,休息了一会儿以后,就来到了豪华的宴会厅。他们洗完手以后就坐到了座位上。各种山珍海味一应俱全,哪怕是招待一位皇帝也不过如此。萨拉丁和他的大臣一直过着非常奢华的生活,大世面也见过不少,可是如今眼见这种场景还是有点惊讶,尤其是他们想到,托雷洛只是个普通人,而不是什么贵族。

吃过饭以后,大家又畅谈了一会儿。天太热了,帕维亚的绅士们向托雷诺洛生告罪,就都回去休息了。托雷洛和三位贵客来到一个房间,为了表示对客人的极大尊敬,把他的妻子请了出来。他的妻子长得很美,身材也很好,穿着非常优美的服饰,把两个非常可爱的儿子带上来和客人见面。客人们赶紧起身,恭恭敬敬地还了礼,请她坐下来以后，微笑着逗弄两个孩子。托雷洛先生有事出去了一会儿，夫人非常大方地和客人攀谈，问他们来自哪里，要去往哪里。客人们逐一作答，就像之前回答托雷洛先生一样。夫人笑着说：

"我相信对于各位来说，女人的见解有时也会有帮助，我请各位千万要赏脸，不要拒绝我给大家准备的一点儿小小礼物。女人气度狭小，我可不会送特别贵重的礼物，可是礼轻情意重，还请各位笑纳。"

她派人先取了几套衣服，每人一件夹袍、一件皮袄。质量都非常好，且不说普通百姓或商人，即便是王公贵族穿也很得体。此外还有三套外衣和内衣等。她说：

"我丈夫穿的也是这样的衣服，就请各位收下吧。各位远离尊夫人，出门在外，一路跋涉，而且有很长的路要走。商人喜欢整洁，尽管这些衣服并不怎么值钱，可是也许会帮助到你们行路人。"

对于托雷诺先生的殷勤周到，客人们无不赞叹。他们觉得这些衣服给商人穿似乎不太合适，心想难道托雷洛把他们的真实身份识破了，其中一个对夫人说：

"夫人，这些衣服实在是太贵重了，我们原本不应该收，可是你刚刚这番话说得太真诚了，我们只好收下了。"

这时托雷洛先生已经回来了，夫人求天主保佑他们，便退了下去。萨拉丁的三位仆人也收到了一些馈赠。

托雷洛先生再三央求客人再多住一天。午睡过后，他们把新衣换上，和托雷洛先生一起骑马对市容进行了参观。晚饭时，又有很多本城的知名人士来和他们相见。当晚他们休息得很好，第二天准备出发时，他们看到三匹疲累的坐骑也已经被换掉，换成了鞍辔鲜明的骏马，仆人的老马也被换掉了。萨拉丁见状对侍从说：

"我在真主面前发誓，这么殷勤好客、圆滑通透的人我还是第一次见。假如基督教国家的国王们都和这位绅士一样，巴比伦苏丹和他们中间的任何一个都只能甘拜下风，就更不用说他们联合在一起了。"

客人们知道无法推托，再三向托雷洛先生表示感谢以后，就上了马。托雷洛先生和许多朋友送了他们很长一段路。尽管萨拉丁已经喜欢上了托雷洛，舍不得和他分开，可依然请他赶紧回去，不用再送他们了。尽管托雷洛也不想和客人们分别，可是也只有说：

"各位先生，既然如此，我就先送到这儿了。可是我还是要说一句话,我不知道你们是什么人,你们告诉我什么,我就相信什么,不想打破砂锅问到底。无论你们说什么,我都不相信你们是商人,愿天主赐福于你们。"

萨拉丁和托雷洛的朋友都逐一辞行以后,对托雷洛说:

"先生,总有一天,也许我们可以给你看看我们的货物,让你不再持有现在的看法,愿天主保佑你。"

萨拉丁便和随从们边赶路边说托雷洛夫妇是多么好客,非常推崇他们的为人。萨拉丁多么希望,把这场预期的战争打完以后,他一定要好好感谢托雷洛先生对他的热情款待。他们不辞劳苦,走访了西方各国,从海路回到亚历山大城以后,便根据考察结果部署防御措施。托雷洛先生回到帕维亚以后,一直在想那三个旅客到底是什么人,可终究还是没有想明白。

到了十字军远征的日子,处处是欢腾的景象,车马声不绝于耳。即便妻子再三相劝,托雷洛先生依然决定参加。等一切都准备好以后,临出发前,他对亲爱的妻子说:

"夫人,你知道的,这次我参加十字军,不仅仅是为了获得俗世的荣誉,更是为了拯救我的灵魂。这个家的所有财产和声望,现在我全都交到你手上。我是一定要走的,可是我不敢保证我一定会回来,世事瞬息万变,我也不敢说。所以,临出发前,我希望你能答应我一件事,那就是不管我经历了什么,从我出发这天开始算,你要等我一年一个月零一天。如果这个期限到了,你依然没有得知我还活着的准确消息,你就另嫁他人吧。"

夫人泣不成声地答道:

"托雷洛先生,今日你要离开我,我好伤心,可是我相信我可以承受任何痛苦。不管你会经历什么,我都不会忘记你,生也好,死也好,我都是你的妻子,你尽管放心。"

托雷洛先生说:

"夫人,假如任何事情你都可以做主,我相信你会说到做到。可是你还年轻,又长得如此美丽,还出身于望族,再加上你是如此贤惠,我相信,如果我的生死是个未知数,很多有身份的绅士都会你的兄弟亲戚求亲,希望能把你娶回去。哪怕你自己并不愿意,也难以违背他们的心意,最后只能听他们的意思。我正是考虑到这个,才提出一个期限,希望你能遵守。"

夫人说：

"我会尽力按我刚刚所说的做。如果到时候我被逼无奈，便只好按照你所说的办。可是我祈祷天主，希望我们不会沦落到那个境地。"

说完，她就抱住托雷洛先生放声痛哭，把手上的一枚戒指摘下来送给他说：

"如果我没有再和你见面便死了，你看到这个东西，就好像看到我一样。"

托雷洛先生把戒指收好，和大家辞行以后便上马走了。他和伙伴们到了热那亚以后，坐船来到了阿克港，成为基督徒军队的一员。没过多久，十字军里开始流行瘟疫，很多人都因此丢了性命①。不知道是依靠计谋，还是运气好，萨拉丁没费吹灰之力，就将活着的基督徒全部活捉了过来，分别押到几个城市去。托雷洛先生被押到了亚历山大城，对于他来说，那是个全然陌生的城市。假如有人知道了他的真实身份，就必须缴付大量赎金。他便说自己是驯鹰人，幸运的是，他也很擅长驯鹰。听说有这样一个人，萨拉丁便让他从监狱里出来，到宫里去驯鹰。萨拉丁用基督徒称呼托雷洛先生，并没有把他认出来，他也没有把萨拉丁认出来。托雷洛虽然待在亚历山大城，可是心里想的却是帕维亚，有好几次他都想逃跑，可始终没有找到合适的机会。没过多久，来了几个热那亚的使者，想和萨拉丁商量一下要把这几个俘虏赎出来，得多少赎金。回国前，托雷洛想托他们给他的妻子带封信，告诉她自己还活着，只要一有机会，他就会回去，让她等着他。他恳求之前一个熟识的使者把信带给切尔多罗圣彼得教堂的神父，也就是他的叔父。

托雷洛先生在宫中干活时，一天萨拉丁说到驯鹰的事，托雷洛先生不由得微笑了一下。萨拉丁觉得这个表情好熟悉，在帕维亚时曾经看到过。他想到了托雷洛先生，又认真打量了一番驯鹰人，把托雷洛认了出来。萨拉丁先不谈猎鹰了，而是问道：

"基督徒，你来自西方哪里？"

"苏丹陛下，"托雷洛回答道，"我是伦巴第人，在帕维亚城居住，家里一贫如洗，依靠驯鹰生存。"

---

① 这件事历史上的确发生过。阿克是当时巴勒斯坦的港口城市，一九一一年，在狮心王理查的带领下，第三次十字军攻破了这座城市。

一听这话,萨拉丁差不多肯定了自己的判断,于是高兴地想到:
"真主赐给我机会,让我有机会对他的礼遇表示感谢。"他叫侍从把他
的衣服全都挂在一个房间里,然后把托雷洛带进去说:

　　"基督徒,你看一下,你有没有见过这里面的衣服。"

　　托雷洛先生挨个看了一遍,看到他妻子赠送给萨拉丁的衣服,可
是觉得有点难以置信,于是回答道:

　　"陛下,这些衣服我都没见过。可是其中有两件好像是我妻子曾
经赠送给到我家做客的三个商人的。"

　　萨拉丁再也控制不住自己的感情,上前把托雷洛先生紧紧抱住,
连声说道:

　　"你是托雷洛·德·斯特拉先生,我就是那三个商人中的一个,
这些衣服就是尊夫人送给我的。和你分开时,我曾经说过,有一天,我
可能让你看到我的货物,现在时候到了。"

　　托雷洛先生听后很是高兴,同时又有些不好意思。他为当初接待
过贵客表示高兴的同时,也惭愧于那次有很多做得不好的地方。这时
萨拉丁又说:

　　"托雷洛先生,既然真主让我们再次相见,你就不用那么客气,把
自己当成这里的主人就好。"

　　萨拉丁传话下去,准备了丰盛的宴席,把皇家的服饰给托雷洛先
生换上,让他见大臣们,当时满朝文武官员都对他大加赞颂,还说要想
获得苏丹的恩宠,都应该像尊敬苏丹本人那样尊敬托雷洛。之后大家
也的确是这样做的,尤其是那两个和萨拉丁一起接受过托雷洛热情接
待的大臣。

　　托雷洛先生扶摇直上,不再那么想念伦巴第。更何况,他估计他
叔父已经收到了他托使者带的家信。

　　十字军遭袭的那一天,营地里正好把一个从普罗旺斯来的名叫托
雷洛·德·迪涅的骑士给埋葬了。因为托雷洛·德·斯特拉先生出
身尊贵,在军中的名气又很大,听说去世的人是托雷洛先生,都以为是
托雷洛·德·斯特拉,而不是托雷洛·德·迪涅。接下来,因为太乱
了,很难把真相弄清楚,活下来的意大利人便把这个不实的消息带了
回去。有些人甚至大放厥词,说自己亲眼看到托雷洛先生被埋葬的场
景。听到这个消息以后,托雷洛的妻子、亲戚以及认识他的人无不难
过得要命,就更不用说他的妻子了。她一连守了几个月的丧,当她的

悲痛有所缓解时，伦巴第一些名门绅士就开始登门求婚，她的兄弟亲戚也劝她再好好看看。她不止一次地表示拒绝，可是在亲戚们的反复劝说下，她最后提出一个条件，说她和托雷洛先生之前有过约定，不管怎样，都要等过了约定的期限，她才能另嫁他人。

在帕维亚，托雷洛夫人的处境就是这样不好，离他们约定的期限只剩下最后八天了。这时，身处亚历山大城的托雷洛先生遇到了一个和热那亚的使者坐同一艘船的人。托雷洛问那人，上次航行的怎么样，到热那亚是什么时候，那人回答道：

"先生，那条船出了意外，我是在克里特岛上岸的。后来，我听说那艘船航行到西西里岛附近时，一阵猛烈的北风刮来，船被刮到了北非海岸，最后触礁沉入了海底，一个生还者都没有，我的两个兄弟也在那次事故中丧生了。"

托雷洛先生相信了他所说的话，眼看和妻子约定的期限只剩下最后几天了，而帕维亚那里根本不知道他现在在哪儿，这样看来，他妻子铁定得改嫁了。一时间，他急得不知如何是好，卧病在床，甚至都没有了求生的欲望。听说这件事以后，萨拉丁关切地来探望他，跟他讲了一大通道理，问清楚他为什么伤心难过以后，便斥责他怎么不早点告诉他。最后，萨拉丁请他放心，打起精神来，他会想办法让他在期限之前回到帕维亚的，还告诉了他他的想法。托雷洛先生知道萨拉丁一旦许诺，就一定会做到，这样的事他之前也听说过一些，于是放宽了心，请萨拉丁早日践行诺言。

萨拉丁找到一个巫师，这个巫师曾经也给他施过法术，请他想办法在最短的时间内，把托雷洛先生送回帕维亚。巫师说可以，可是考虑到托雷洛本身，施法时，他最好处于熟睡的状态。萨拉丁和巫师商量好以后，就回去跟托雷洛说了，托雷洛巴不得现在就回去，赶到期限到来之前回到帕维亚，要不然他就不想活了。萨拉丁对他说：

"托雷洛先生，真主知道，你这么爱你的妻子，担心她另嫁他人，我一点儿都不怪你。不管从哪个方面来说，她都是我所见过的女人中最值得颂扬的一位，暂且不说漂亮，因为像鲜花一样漂亮，终归会枯萎。命运让你来到我这里，我原本想让你就留在这里，和我共同打理这个王国。早知道是这样的话，我原本可以派人早点把你送回去。既然你这么想要回去，时间又那么紧，我只好采用我刚刚所说的办法了。"

托雷洛先生说：

"陛下如此器重我，我无功受禄，实在是愧不敢当。即便陛下没有亲口告诉我这些，我也已经体会到了，并会一辈子铭记于心。我已经想好要离开了，所以恳求陛下早日实现您的诺言，因为明天就是最后的期限了。"

萨拉丁说没有问题。第二天，萨拉丁准备在晚上送走他，让仆人们把一张豪华的大床摆在大厅里，根本当地的排场，把几条天鹅绒和金丝绣的褥子垫在下面，又把镶嵌有很多珍珠和宝石的床罩（后来见过床罩的人都说非常贵重）铺在上面，还摆放了一对和床铺匹配的华美的枕头。布置好床铺以后，萨拉丁又吩咐根据撒拉逊人的习俗，对已经恢复健康的托雷洛先生进行打扮，把一袭极其华美的长袍给他穿上，还把一条特别长的头巾裹在他头上。这时已经是黄昏了，萨拉丁又带着满朝文武来到托雷洛先生所在的房间，在他身边坐下来，满含热泪地对他说：

"托雷洛先生，我们就快要分别了，因为你这次旅行的方式太特别了，所以我没办法和你一起走，也没办法派人护送你回去，我只能到你的房间里来和你说再见。在分手之前，我以我们之间的友谊和感情的名义，请你一定不要忘记我。等你把伦巴第的事务安排好以后，有生之年，我希望你最起码能来看一次我。这次你走得太仓促了，我没有招待好你，希望我们再次相逢时，我可以好好地弥补你。在这之前，希望你能经常给我写信，如果有什么需要我的地方，请尽管告诉我，我会非常乐意为你提供帮助。"

托雷洛先生一时也激动得泪流满面，他说他一辈子都不会忘记萨拉丁的大恩大德，只要他还活着，他甘愿为萨拉丁做任何事。萨拉丁拥抱并亲吻了他，请他珍重，之后从托雷洛的房间离开了。大臣们也分别和他说了再见，和萨拉丁一起来到放有床铺的大厅。

天色已晚，巫师要开始施行法术。一个医师把一碗汤药端来，说是可以强身健体。托雷洛先生依言喝了下去，马上就进入了梦乡。萨拉丁吩咐仆人把他抬到那张奢华的床上，再把一顶金灿灿的皇冠放在上面，上面还有一句话，说是送给托雷洛夫人的。苏丹还把一枚珍贵的戒指戴到托雷洛手上，上面的红宝石极其亮眼，还有一把佩剑，上面镶嵌着无法估量价值的宝石的，扣钩的珍珠又大又亮，宝石更是极其珍贵。左右两边还分别放了一个黄金大盘子，金币、珍珠串、戒指、腰带等饰物把盘子都堆满了。这一切都安排停当以后，萨拉丁再次亲吻了托雷洛先生，吩咐巫师开始施法。巫师嘴里念叨着什么，承载着托雷洛先生的床铺就飞了起来，转瞬间就消失了，萨拉丁和文武大臣们都惊讶得张大了嘴巴。

晨课时分，按照他的请求，承载有托雷洛先生和大批珠宝的床铺缓缓落在帕维亚切尔多罗的圣彼得教堂，托雷洛还睡着。教堂司事手持蜡烛进来，看到如此华美的床铺，不由得大吃一惊，转身就跑。神父和修士们问他缘何如此吃惊，司事说他看到了一件奇怪的事情。

神父和修士们拿着蜡烛进入教堂，看到那张床和床上睡着的人，并不敢靠近，只是隔着老远，看着那散发着夺目光辉的珠宝。这时药效已经消失了，托雷洛先生苏醒了。修士们被吓坏了，喊了一声"天主保佑！"就仓皇逃走了，神父也紧随其后逃了出来。托雷洛先生把眼睛睁开，环顾了一下四周，明白自己已经回到了他的家乡，很是高兴。他坐起来，发现身边堆满了数不尽的珍宝，被萨拉丁的豪爽所感动，尽管他很了解萨拉丁是什么样的人。看到修士们被吓得四处逃窜，他已经猜出了其中的缘由，于是便叫着神父的名字，叫他不用害怕，自己是托雷洛，是他的侄子。神父早在几个月以前就听说侄子死了，现在对方自称托雷洛，让他更加害怕，可是为了把事情搞清楚，他还是画了一个十字，鼓足勇气上前。托雷洛先生对他说：

"神父，你怕什么？感谢天主，我还没死，而且回来了。"

尽管托雷洛蓄着长胡子，装扮得也和阿拉伯人无异，可是神父还是把他认出来了，这才拉住他的手说：

"我的孩子，欢迎你回来。我们害怕也是有道理的，因为全城人都相信你已经死了，以至于你的妻子阿黛莱德夫人都经不住她亲戚们的再三劝说，只好答应再嫁了。婚礼和喜筵都已经准备停当，今天就要另嫁他人了。"

托雷洛先生下了床，和神父、修士们打了招呼以后，就说请他们先不要声张他回来的消息，他要先去办一件事。接下来，他就请神父先帮他保管好那些珍宝，并对他的经历进行了详细的说明。神父很高兴他交了这样的好运，并和他一起祷告，向天主谢恩。托雷洛问神父，他妻子要嫁给谁，神父跟他说了。托雷洛说：

"我想先看看我妻子是如何看待那场婚礼的，在大家还不知道我还活着时。我知道神父通常不参加婚庆喜筵，可是今天我希望你能破个例,带我去一次。"

神父说他非常愿意。天亮以后,他派人去跟新郎说,他想带一个客人去参加婚礼,新郎表示非常欢迎。喜筵开始时,托雷洛先生依然没有改变之前装束,和神父一起来到了新郎家。看到他,客人们都大感惊讶,可是没有人把他认出来。神父告诉大家,他是撒拉逊人,是苏丹派到法国宫廷去的大使。托雷洛先生被请到他妻子所在的前面的一张桌子前就座,她的表情告诉他,她并没有因为再婚而非常高兴,托雷洛不由得喜上眉梢。她偶尔也看一下他,可是并没有把他认出来,一是因为他留起了大胡子,穿戴着完全不同于以往的装束,二是因为她相信他早已经死了。到了合适的时机,托雷洛先生应该试探一下他的妻子,看她还记不记得他,便把妻子临别前送给他的那枚戒指拿出来,递给在她身旁伺候的一位小厮,并对他说:

"你去跟新娘说,就说我们国家有个习俗:像我这样的外国人参加别人的婚礼,为了表示对贵宾的欢迎,新娘要用自己的酒杯,倒上酒,然后给贵宾敬酒,等贵宾把自己的酒喝完以后,再把杯子还给新娘,新娘一口气喝光。"

小厮把他的话带给了新娘,阿黛莱德原本就是一个很有修养的人,深知这位客人的身份一定很尊贵,为了尊重起见,她让小厮把她面前的一个金杯洗干净,把酒倒满,过去敬给那位贵宾。

托雷洛先生先把戒指藏到自己嘴里,喝酒时故意让它沉到杯底,没有人发现他这样做。他只留下了一点点酒,然后盖好杯盖,让小厮端回去给新娘。她把酒杯接过来,把盖子打开,正准备按照客人刚所说的礼仪喝酒时,却发现杯底躺着一枚戒指。她先是吃了一惊,然后仔细辨认后发现,这就是自己当初和托雷洛分别时送给他的东西。她把戒指取出来,又打量了一会儿那个外国人,终于认出了他,直接把前面的桌子推倒,站起来大声叫道:

"托雷洛先生还活着,我的丈夫还活着,他就在那里。"

她跑到托雷洛的桌子旁边,顾不得自己正盛装打扮,也顾不得桌上摆满了杯盘,只是紧紧地把他抱住,生怕他消失了似的。托雷洛先生叫她先忍耐一会儿,说以后多的是机会吻他,她这才把身子站直。客人们一时间惊呆了,可是看到托雷洛先生好好的,都不由得开心地笑了。过了好久,大家才恢复了平静。

托雷洛先生跟大家详细说了他离开帕维亚之后的情况,最后他说,当时新郎以为他已经不在人世了,所以要他的妻子嫁给他,他是可以理解的,而现在他没有死,如果他们夫妻重新团聚在一起,他应该不会不高兴吧。尽管新郎有点生气,可是仍然非常坦诚地说,托雷洛先生有权利按照自己的心意来办事。于是,阿黛莱德便摘掉了新郎送的戒指和冠冕,把他从酒杯里取出的戒指和萨拉丁送的王冠戴上,从新郎家离开了,和婚礼的参与人员一起回到托雷洛先生所住的地方。看到他平安归来,托雷洛先生的亲友都非常高兴,城里人都觉得他的经历实在是太神奇了。托雷洛先生把一部分珍宝赠送给了新郎,因为筹备婚礼他肯定花费了不少钱,另一部分送给了神父和其他人,又派人送信给萨拉丁,说他已经顺利地回到了自己的国家,并说今后他和萨拉丁永远是朋友,他愿意为萨拉丁做任何事。自此以后,托雷洛先生和他贤惠的妻子就非常幸福地生活在一起,甚至比从前还要热情。

托雷洛先生和他亲爱的妻子终于不用再经历磨难了,他们发自内心的热情也得到了应有的回报。世界上有很多人效仿他们,却效仿得很失败,虽然他们也有能力这样做,可是因为他们首先想的是从别人那里得到足够的回报,然后才想着给他人提供帮助,所以他们的真诚热情是不值得称颂的,人们也不会敬佩他们的做法。

故事十

在老百姓的再三敦请下,萨卢佐侯爵终于同意组建自己的家庭,他的妻子是一个村民的女儿,两人育有两个孩子。侯爵先是假装说自己已经把孩子处死了,之后又表示对妻子感到厌烦,打算另娶他人,并把自己的女儿接回家中,对外宣称这是自己将要迎娶的新妻子。他的妻子被休以后仍然快乐地过着清贫的生活,侯爵举行盛大的仪式,把她接了回来,和已经长大成人的子女相认,并尊称她为侯爵夫人。

大家一脸兴奋地听国王把他那么长的故事讲完了,狄奥内奥笑着说:

"你如此推崇托雷洛先生,却惹恼了那天晚上等着小鬼垂下尾巴的好人。"

狄奥内奥知道,没有讲故事的就只剩下他一个人了,于是说道:

温婉贤淑的女郎们,今天大家讲的故事似乎都和国王苏丹之类的人物相关,我也和大家一样,讲一个和侯爵有关的故事。那个侯爵干的事实在是太荒唐了,尽管结局是好的,却不是什么值得称道的行为,因此我劝大家不要效仿他。这种人之所以会有一个好的结局,只能说老天瞎了眼。

很久以前,萨卢佐侯爵家族的大儿子是个青年,名叫瓜尔蒂耶里。他单身一人,每天过着放鹰打猎的生活,从来没有考虑过娶妻生孩子。我觉得他的做法很明智,可是他领地上的百姓们颇有怨言,不止一次请求他成立自己的家庭,这样才有后代来继承他的位置。他们甚至主动说要帮他娶某某家族的后代,说那位小姐有着多么优良的品行,他一定会满意,等等。最后,瓜尔蒂耶里烦了,便回答说:

"朋友们,这件事我原本就想好不做了的,可是你们非要我做。因为一直以来我都觉得找一个生活习惯和我相匹配的人太难了,太多人性情不合,而和一个性情不和女人在一起生活又实在太让人难受了。你们说通过父母的情况,就可以知道女儿的品性如何,要帮我找一个令我满意的妻子。这话真是太愚蠢了,因为我疑惑的是,父亲的性格和母亲的秘密,你们是怎么知道的。哪怕你们都知道,也有很多女儿和父母完全不同的例子。既然你们非要我结婚,那我也只好听从了。可是这件事必须由我自己做主,就算是以后事情被搞砸了,我也不会怨天尤人,只会把责任怪到我自己头上。我要提前跟你们说好,不管我找谁做我的妻子,你们都必须尊重她,否则我会很不高兴的,因为我违心地答应了你们的请求,成立了自己的家庭,而你们却不尊重我的妻子,那样一来,你们也不会得到什么好处。"

领地的百姓说,侯爵只要结婚,他们没有任何意见。

瓜尔蒂耶里一直以来都觉得附近村子里有一个长得很美的姑娘,虽然出生于贫民之家,气质却很好,他觉得他如果能娶到这样一位妻子,他就心满意足了。没有费什么周折,他直接找到她的穷苦父亲,说了要和他的女儿结婚。双方谈妥以后,瓜尔蒂耶里请来当地的朋友,对他们说:

"朋友们,一直以来你们都要我结婚,我答应了,这并不是因为我自己想结婚,而是为了让你们开心。你们向我保证,不管我和谁结婚,你们都会满意,而且对她表示尊重。现在我就要实行对你们的承诺了,希望你们也会遵守你们的诺言。我已经找到一位令我满意的姑娘,准备和她结婚,过几天就把她娶回家。既然我让你们满意了,现在我希望你们也能回去好好地准备这场婚礼,不要让我失望。"

听到这个好消息,领地的百姓们都说,不管他娶的是谁,他们都会非常尊敬她,把她当作侯爵的夫人尊敬。他们和瓜尔蒂耶里都各自去准备了,准备大摆宴席。瓜尔蒂耶里把很多亲友和当地的名人绅士都请来了,找了一个和新娘身材差不多的女子,缝制了不少华丽的衣服,还买了腰带、戒指、一顶精致的冠冕,以及新娘需要用到的各种装饰。举行婚礼的时间到了,午前祈祷钟声刚刚敲响,一切都准备停当以后,瓜尔蒂耶里就跨上了马,对前来祝贺他的客人说:

"各位先生,现在该去迎接新娘了。"

他们跨上马来到村里那姑娘家门前,看到姑娘刚打水回来,因为急着回去收拾家务,和村里的妇女们一起去看瓜尔蒂耶里的婚礼,所以她急匆匆地往前走着。那姑娘名叫格里塞尔达,一看到她,瓜尔蒂耶里就喊她的名字,问她的父亲在哪里。她小声地回答道:

"大人,他在家里。"

瓜尔蒂耶里从马上下来,让同伴们在外面等,一个人走到那所破旧的小屋里,找到姑娘的父亲,也就是詹努科洛说:

"我来把格里塞尔达娶回去,可是我要先问她几句话,而你要作为见证人在场。"

他问姑娘,如果他把她娶回去,她愿不愿意一直对他唯命是从,讨他的欢心,不管他做什么、说什么,她都会满意等,她全都回答了愿意。于是,瓜尔蒂耶里把她领出来,在所有人面前把她的旧衣服脱掉,把他带来的、专门为她做的新衣服和鞋子穿上,还在她未经梳理的头上戴上那顶冠冕。当大家正丈二和尚摸不着头脑时,瓜尔蒂耶里说:

"各位,就是这个姑娘,假如她愿意当我的妻子,我就愿意娶她。"

接着,他转向那位正不知所措的姑娘,问她:

"格里塞尔达,你愿意做我的妻子吗?"

她回答说:

"愿意,大人。"

他便说:

"那我也愿意做你的丈夫。"

于是,当着众人的面,侯爵和姑娘成了亲。他让新娘骑上马,簇拥着她回去。婚礼和喜宴当然都非常豪华,都还以为他娶的是一位法国公主呢。

换了衣服以后，姑娘顿时像变了一个人一样，神采奕奕。之前，我们就说过，她长得很美，身材也很好，现在不仅仅是美，而且很显高贵，非常有仪态，似乎根本不是出身于牧羊人詹努科洛之家，而出身于贵族。只要是见过她之前的模样的人，现在都惊讶得张大了嘴巴。

结婚以后，她什么事都听丈夫的，对丈夫的照顾极尽周到，瓜尔蒂耶里觉得世界上最幸福的人非他莫属了。对于丈夫领地上的百姓，她也非常仁厚，每个人都非常尊敬她，为她祈福。以前，很多人还觉得瓜尔蒂耶里太蠢了，竟然娶了这么一个姑娘，可是现在他们都觉得瓜尔蒂耶里是个非常有眼光的人，因为只有他，才能一眼看到那姑娘寒酸的衣服背后所隐藏的高贵的品质。总的来说，一段时间以后，她受到了侯爵领地上和领地以外的所有人的夸赞，都说她品行优良。侯爵娶她时说过坏话的人现在都怪自己当初怎么那么不开眼。

他们共同生活一段时间以后，她有了身孕，并生下一个女儿，瓜尔蒂耶里很高兴。又过了一段时间，瓜尔蒂耶里产生这样一个想法，想好好地考验一下她。一开始，他出言侮辱她，说就是因为她的出身太卑微了，以至领地上的百姓都瞧不起她，特别是她生了孩子以后。自从女儿出生以来，大家都有怨言。

听到这些以后，格里塞尔达并没有生气，而是非常镇定地说：

"大人，只要能够让你的名誉不受损，让你高兴起来，你愿意怎么对待我，我都没关系。我知道自己的出身不高，受到这样的抬举原本是不够格的。"

对于她的回答，瓜尔蒂耶里很满意，因为他发现，尽管他和别人都非常尊敬他的妻子，可是她并没有因此变得高傲。没过多久，他又非常含糊地对妻子说，对于她所生的女儿，他属下的百姓没办法容忍。他又派了一个仆人去见他的妻子，让他按照提前准备好的说辞办事。仆人一脸的伤心，跑去对她说：

"夫人，主人给我下的命令我必须遵从，要不然我的小命就难保了。主人说把你的女儿抱走，然后……"

说到这里，仆人突然停了下来，格里赛尔达听了前半句，看见仆人一脸伤心，不由得想到丈夫前段时间所说的话，心想他很可能下命令处死那个女孩。她从摇篮里把孩子抱起来，亲吻她，并给她祈福，虽然她很伤心，但还是面色镇定地把孩子交给仆人说：

"就按照主人的吩咐办吧，只是别让孩子的尸体暴露在野外，被野兽所吃掉,如果主人吩咐非要这样做,我也没什么可说的。"

仆人把女孩抱走以后,把夫人的话跟侯爵说了。看到妻子如此镇定,侯爵觉得心下一惊。他派人把女儿送到波洛尼亚的一个女亲戚家,拜托她好好照顾这个女儿,可是不要让人知道她的身份。没过多久,格里塞尔又怀了孕,这次生了一个男孩,瓜尔蒂耶里很是高兴。可是他觉得上次的事还不足以考验妻子,要更加严酷地考验她一次才行。于是,他非常生气地对她说:

"夫人,自从这个男孩出生以来,我属下的百姓和我之间的关系越来越剑拔弩张了。他们抱怨说竟然要詹努科洛的外孙做他们的主人。假如我想保住我的爵位,可能我还得像上次那样,对孩子进行处置,并最终让你丢弃侯爵夫人这个位置,重新再娶一个妻子。"

格里塞尔达非常镇定地听他说完,然后回答道:

"大人,您不必考虑我,你只要想着你自己怎么满意就可以了,只有你高兴,我才会高兴。"

几天以后,瓜尔蒂耶里就像上次把女孩抱走一样,又派人把男孩抱走了,表面上是要处死孩子,其实也送到了波洛尼亚。格里塞尔达自始至终都表现得非常平静,一点怨言都没有。瓜尔蒂耶里非常惊讶,他觉得她真是世界上最镇定的女人。他知道格里塞尔达采取了非常英明的做法,可是,他差点以为她一点儿都不关心自己的孩子呢,要不是他曾经亲眼见过她有多么疼爱自己的孩子。听说侯爵下令把孩子处死了,领地上的百姓都相信了,纷纷指责他,而且非常同情他的妻子。当妇女们安慰格里赛尔达时,她只是说,既然孩子的亲生父亲要这么做,那她也别无他法。

大女儿出生以后之后的很多年,瓜尔蒂耶里觉得,应该最后一次对妻子进行考验了。他在领地百姓中间宣扬说,当初娶格里塞尔达真的是太不明智了,那时他太年轻,不懂事,现在他已经无法容忍了,决定请求教皇允许他休妻,再重新娶一个妻子。很多正派人士都纷纷指责他做得不对,可是他一意孤行,说是一定要这样做。格里塞尔达听说以后,便想好了回她父亲家去牧羊,可是一想到她心爱丈夫要重新娶一个妻子,便难过不已。虽然如此,她依然和前几次一样,打算这次也忍下来,镇定地接受。

没过多久,瓜尔蒂耶里派人从罗马带了一些信件回来,对属下百姓谎称教皇已经答应让他休妻另娶了。他找来格里塞尔达,当着许多人的面对她说：

"教皇已经允许我把你休掉，重新再娶一个妻子了，我祖上一直都是本地的侯门贵族，而你的祖先都是乡野农夫，我觉得你做我的妻子不合适，你带着你的嫁妆回努科洛家吧，我准备重新娶一位和我相匹配的夫人。"

听到这样的话，别的女人一定会一哭二闹三上吊，而格里塞尔达却强忍住眼泪说道：

"大人，一直以来我都很明白，我的出生很卑微，和你高贵的门第不匹配。这些年以来，我有幸在你的身边伺候，我得对天主和你表示感谢，可是我一直没有觉得这种幸运是上天恩赐给我的，而是把它当作暂时的借贷。假如你觉得让我们的关系到此为止会让你感到满意，我一定会按照你的心意去做，因为我最大的幸福就是让你满意。

"你当初娶我时给了我这枚戒指，现在请你收回去。至于你所说的让我带走嫁妆，你不需要担心这些。我也不需要什么箱笼骡子，因为我一直记得我是光着身子到你家来的。我为你生过子女，假如你觉得让大家看到我的身子而不会让你丢脸的话，既然我是光着身子来的，我也可以光着身子走。我把童贞给了你，却无法带走了，我请你看在这一点上，让我穿着贴身内衣离开吧。"

听了这话，瓜尔蒂耶里特别难受，很想哭。可是他依然一脸严肃地说：

"那你就穿一件内衣走吧。"

在场人无不要求侯爵给格里塞尔达一套衣服，说是不管怎样，这十三年来，她都是他的妻子，穿着内衣出去像什么样子。可是侯爵并没有被他们说动。于是，她把首饰摘下，只穿着一件内衣，祝告了天主以后，就赤脚从侯爵府离开了，回到了自己的父亲家。看到她那副凄惨的样子，所有人无不为之动容。詹努科洛一直都不相信女儿真的是瓜尔蒂耶里的妻子，觉得总有一天这种事情会发生，所以瓜尔蒂耶里那天早上娶她时她所脱下的衣服，他一直给她好好地保存着，现在直接找出来给她穿上。和以前一样，她依然在父亲家干杂活，对于命运让她经历的这么大的灾难，她已坦然接受。

瓜尔蒂耶里宣称要和帕纳戈伯爵的一个女儿结婚，准备举行盛大的婚礼，派人找来格里塞尔达，并对她说：

"我要新娶一位小姐，家里难免要收拾一下，你知道办这么大的事,家里一定要好好布置一番,要做的事有很多,而人手又不足。这家里的情况没有人比你更熟悉了,所以说你得安排一下,你邀请女宾,然后以女主人的身份招待她们,婚礼结束后你就可以回去了。"

格里塞尔达依然爱着瓜尔蒂耶里,听到这些话,心里难受极了,可是她依然像没离开之前一样。

身穿粗布衣服的她,走到前段时间光穿一件内衣离开了的邸宅,就像一个女佣一样,开始收拾房间,张挂帷幔,准备喜宴要用的菜肴,什么活都干。没过几天,一切就都收拾好了。接下来她以瓜尔蒂耶里的名义,邀请了当地的夫人小姐们。婚礼那天,尽管她穿得有点寒酸,出来接待女宾却一脸喜气,举止谈吐都颇有大家风范。

帕纳戈伯爵夫人是瓜尔蒂耶里的女亲戚,瓜尔蒂耶里把他的孩子交给他们夫妇,请他们悉心教导。如今,女孩已经十二岁,出落得亭亭玉立,男孩也有六岁了。瓜尔蒂耶里请伯爵把他的两个孩子送到萨卢佐来,而且把许多体面的客人也都邀请过来了,对大家说少女是来结婚的,但不能说是和谁结婚。按照侯爵的吩咐,伯爵带着姐弟二人和很多尊贵的客人来到了萨卢佐。这时已经是午饭时分,当地的百姓和附近的百姓都想看看瓜尔蒂耶里娶了一个什么样的夫人。新人被带到摆喜宴的大厅里,格里塞尔达的装扮一如往常,笑意盈盈地上前说:

"欢迎你,夫人。"

之前,女眷们不止一次请瓜尔蒂耶里,让格里塞尔达单独在一个房间待着,或者让她换上她以前所穿的衣服,以免在外人面前没有颜面。瓜尔蒂耶里拒绝了。她们坐在一张桌子旁边,酒菜端上来了。男宾们都打量着那个少女,说瓜尔蒂耶里的眼力真是好,选的新人也非常不同,可是对新人和他的小弟弟一直称赞有加的是格里赛尔达。

瓜尔蒂耶里觉得他的妻子非常镇定,已经全部考察完了,深信她就是贤惠,而不是愚笨。她表面上虽然看起来非常镇定,心里却非常痛苦,不应该再让她遭这份罪了。于是,他把格里塞尔达叫过来,当着众宾客的面,一脸微笑地对她说:

"你觉得我的妻子如何?"

"大人,"格里塞尔达回答说,"我觉得非常好,不仅很美丽,而且很贤惠,我相信你和她结婚,一定会成为世界上最幸福的人。可是我忠心地请求你不要像对待你的前妻那样对待她,让她吃那么苦。因为我觉得她太娇嫩了,根本经受不住那样的磨难,她一看就是在蜜罐里长大的,而你的前妻是从小过苦日子过惯了的。"

看到格里塞尔达真的相信那少女要和他完婚,而且并没有说出什么抱怨的话,瓜尔蒂耶里让她坐到自己身边,并对她说:

"格里塞尔达,现在是该公布真相了。一直以来,你都忍着着数不尽的磨难,那些指责我冷酷的人也该明白过来了。之前我做的很多事情都是带有目的性的,我就是想让你成为一个贤惠的妻子,让别人都尊敬你,让我自己也可以放下心来,和你好好生活。当初我娶你时,还担心这些你不可能做到,所以我用了各种办法让你伤心,让你受尽磨难。可是我发现不管我做出什么样的行为,你都坚持着你的初衷,从来没有违背我的意愿,我相信你可以给我我想要的安慰,于是我决定把一直以来从你身上剥夺走的,现在都一并还给你,让你好好开心一下,以让你的伤口愈合。现在请你好好看看你觉得是来准备和我结婚的少女和她的弟弟吧!他们可是我们的孩子啊。长久以来,你和别人都觉得我无情地把他们杀死了的孩子就是他们。至于我,我是你的丈夫,我爱你。我非常自豪拥有你这样一个贤惠的妻子。"

格里塞尔达高兴得哭了起来,瓜尔蒂耶里拥抱并亲吻了她,两人一起来到惊讶得张大嘴巴的女儿身边,和少女以及她的弟弟热情地拥抱在一起,在场的宾客们这才醒悟过来。女宾们兴奋地离开座位,把格里塞尔达拉到另一个房间,帮她把旧衣裳脱下来,换上华美的服饰,像簇拥贵夫人一样把她带回大厅(当然,她高贵的气质是以前的粗布衣服根本掩盖不了的)。宾客们热烈庆祝侯爵一家团聚,瓜尔蒂耶里应该是最高兴的一个人了。虽然大家都觉得他过于残酷地考验了他的妻子,可是这显得格里塞尔达更加贤惠了。几天的热闹过后,帕纳戈伯爵回到波洛尼亚,瓜尔蒂耶里没有让詹努科洛继续放羊,而是尊称他为岳父,把他带到府邸过晚年生活。后来,他让女儿和一家望族成亲,她和格里塞尔达一直过着相敬如宾的生活,生活很美满。

故事到这里就结束了,还要多说两句,即便是穷苦人家,也会出现品行优良的人来说,而出生于帝王之家的人,不一定就有资格管理百姓,有的只有资格牧猪放羊。也就只有格里塞尔达,可以笑着接受瓜尔蒂耶里那残酷的考验。假如换成别的女人,当瓜尔蒂耶里只允许她穿着一件单薄的内衣被赶出去时,她完全可以再找一个男人,重新穿上漂亮的衣服,瓜尔蒂耶里不是搬起石头砸了自己的脚吗?

狄奥内奥的故事让大家议论纷纷，一时之间说什么的都有，有人觉得有些地方值得夸赞，而另一些人却觉得应该加以斥责。国王看着太阳已经落山了，他没有站起来，而是直接说道：

"美丽的女神们，我相信你们都知道，人不只是因为可以把过去都记在心里，对现在加以认识，才充满智慧的，而是因为可以博古通今，进而对未来进行预测。见多识广的人都觉得这才是最大的智慧。你们也知道，我们已经离开佛罗伦萨已经十五天了，当初城里瘟疫肆虐，一片惨淡，到处是悲伤和焦躁的情绪，我们从城里出来，是为了调节，保持健康和生命。在我看来，这些日子里我们一直安守本分，尽管讲了一些幽默的甚至带有挑逗意味的故事，尽管整天都在吃喝跳舞。对于意志薄弱的人来说，这可能会让他们干出一些有失道德的事，可是我发现不管你们一方或者我们一方都没有做出任何出格的行为，我看到的发现的一直都是正直、和谐以及亲密的关心。我很高兴，因为我们双方都非常尊重礼仪，从来没有做出出格的行为。可是再快活的日子，只要过久了，都会让人厌烦，而且，我们一直待在城外的话，也会让人说闲话，我们每人又都轮流做过国王或女王，所以，假如各位同意的话，我觉得到了我们回去的时间了。更何况，我们的聚会，已经被外界所知，再持续下去的话，会有更多人要求加入，可是人太多了，就没啥意思了。假如各位同意，我决定明天就动身回去。在回去之前，我继续行使一下国王的权力。假如你们还有其他的想法，我已经考虑好由谁来担任下一届的国王了。"

女郎和青年们讨论了一会以后，最后一致认为国王的建议非常合理，就按他所说的做。国王便找来总管，把明天该做的事吩咐好了，然后让大家各自去活动，到了晚饭时间再集合到一起。像往常一样，国王和大家都站起来去娱乐了，愉悦的晚餐结束以后，大家就开始弹奏乐器，唱歌跳舞。劳蕾塔带头跳了一支舞，国王让菲亚梅塔唱支歌，她愉快地答应了：

> 如果和爱情一起来的不是忌妒，
> 我想任何一个女人的兴奋
> 都无法和我的相提并论。
> 假如女人的心上人
> 应该潇洒俊逸，正值年华，
> 品行优良，操行弥高，

英勇而懂礼仪，
周到而体贴，
完美，无可指摘，
我已经找到这样的人，
因为我所爱恋的人
就拥有这些品德。

可是我发现其他女人
都和我一样聪明，
我不由得开始害怕。
我往最坏的地方想，
担心其他女人看上他，
那样我会非常伤心。
原本这是我的幸运，
现在却变成了我忧心忡忡的地方，
害得我每天愁眉苦脸、唉声叹气。

我开始对心上人的美质表示怀疑，
如果他可以让我放心他很忠诚的话，
我的忌妒也就会消失了。
可是见异思迁的男人实在是太多了，
招蜂引蝶的女人也很多，
我觉得她们都有可能来勾引他。
她们多看他一眼我都会很难过，
担心她们会勾引我的心上人，
一想到这里我就心痛得无以复加，还不如就这样死了。

我凭天主的名义，
呼吁所有女人，
求她们不要夺走别人所爱的人，
假如有谁伤害了我
竟敢言语挑逗，勾引我的心上人，
只要我发现了，

只要我还有一口气在，

我一定会让她懊悔莫及。

菲亚梅塔把歌唱完以后，坐在他身边的狄奥内奥要笑着对她说：

"小姐，你跟所有女人公布了这件事，以免她们无意间把你所爱的人夺走了，也算是礼仪周全了，到时候你再生气也没有人会说什么了。"

接下来，大家又唱了几支歌。接近午夜了，国王下令都回去休息。第二天，当大家起床时，总管已经把行李装上车运到佛罗伦萨去了，在国王的带领下，大家回到了城市。在圣马利亚新教堂，三位青年和七位女郎挥手告别，分别去干自己的事情了，女郎们也各回各家。

跋

　　各位典雅高尚的夫人女郎，为了让你们得到些消遣和乐子，我才担负起这样一个艰难的工作。多亏了天主对我的庇护，之前我在这本书最前面所做的承诺，最终也算全部完成了。我觉得天主之所以这样帮我，并不是因为我自己身负什么功绩，全都是因为你们的祷告非常虔诚。因此，我先要感谢我们的天主，第二个就要对你们表示感谢。从今以后，我就可以把自己的笔放下，让疲惫的手休息一段时间。但是，我很好奇，我所说的这些故事其实也并非什么严肃的真理，肯定会被别人批评——在第四天最开始的时候，我也曾说过——所以在正式放下我的笔杆子之前，我还想对大家可能会提出责备的地方，简略地进行回复。

　　或许有某位夫人会这样说，我所讲的这些故事，有太多涉及男女情爱之间的事情，并非规矩的女人应该去倾听或者谈论的。对这一点我持相反的看法，因为只要言辞得当，天底下所有的事都可以宣之于口，并且我相信在这方面，我所说的话都十分妥帖。

　　即便你们对我的指责是对的（毕竟我也不想跟你们争论，就让你们得胜好了），我还有其他已经准备好的理由能够进行辩解。第一，即便这本书中的某些地方描述得猥亵，这本来就是这个故事的性质所决定的，只要是见过世面的人，平静地看一下故事内容，就可以直接承认：如果我不把这故事完全换一种说法，就找不到其他的办法对此加以叙述了。即便这篇文章里间或有几个字眼不太文雅，让你们觉得不能入目——毕竟你们这帮女人自视清高，老觉得语言十分重要，只想做些表面规矩，骨子里却是完全相反——那我就要这样答复你们：一般正常的男女每天都在说"洞"啊、"钉子"啊、"臼"啊、"杵"啊、"腊肠"啊、"什锦香肠"啊之类的字眼儿,那为何他们能够这样讲,我却不能这样写呢?并且,我手里握着的这支笔,按理说应该跟画家的画笔有着同样的权利。画家能够用他的笔,画出圣迈克尔斩杀蛇的画面,圣乔治杀龙的画面,画里面的人不管是用刀枪还是用别的什么,都可以随意描绘。他甚至可以把亚当画成男人的形态,把夏娃画成女人的形态,还能画为拯救人类而被钉死在十字架的耶稣的形象,有的时候,他会在耶稣脚上画一枚钉子,而有的时候则画两枚钉子,那么为何偏偏要这样约束我,不让我这样做呢?

并且众所周知,像这样的故事,适用的场合肯定不是教堂,只有在教堂中,大家才只能采用干净的话语,心怀圣洁的精神,虽然在教会历史中,也可以找到很多跟我所写的这些故事相近的内容。而这些故事也不应该在哲学的学院里面进行讲述,哲学家跟其他普通人一样,不管任何事都必须依据体系。它也不是在修士或者哲学家聚集的地方讲的,这些故事全都是在花园里游乐,或者宴饮游荡的时候才讲的。故事的受众虽然年纪很轻,但大多已经是成年人了,不会因为这些故事就走上不正经的道路。更何况,那个时候即便是最有品德的人,为了让自己的生命存活,也能用裤子套住头,光明磊落地走到大街上去。

而且这些故事,就跟天底下所有的事情一般无二,既有可能使人变坏,也能够让人得到有益之处,这主要取决于听故事的人的态度。所有人都知道,钦奇利翁尼和史科莱奥和其他很多人都说,在健康的人看来,酒是非常美妙的东西,但对于已经烧得厉害的病人来说,喝酒是有百害而无一利的。难道只是因为发烧的病人没法喝酒,我们就抹杀酒存在的美好价值吗?所有人都知道,火在人类生活中占有极高的地位,人类的生存不可能离开火的存在,但是有的时候,火也会烧毁房屋、村镇,有时候还会烧毁城市呢,可我们竟然因此责怪火是有害的吗?武器也是同样的道理,我们想要在某个地方过好日子,平安生活,就必须靠自己的力量和刀枪来保障这样的生活,但武器还有另外一个作用就是杀害别人,这并不怪刀枪本身,只是不好的人借助于刀枪来做不好的事情。

那些品行低劣的小人,不管怎样也绝无可能从正当的方向体会某一句话中的善意,再好的道理,对他们来说也没什么价值。而刚好与之相反的是,那些德行高尚的人即便听了一些不算正经的话,也不会因此改变了自己本来的人格,这就是所谓的出淤泥而不染,就像泥土并不能遮挡太阳的光芒,地上的污泥也无碍于美丽的天空。

天底下还有什么书籍、语言或者文字,要比圣经更为圣洁,更具有饱经传世的价值,受人推崇吗?但是偏偏有那么多人,总是故意曲解圣经,让自己和他人一起坠入无间地狱。每一样东西总有自己的好处,倘若使用不当的话,也会引发很多弊病。我笔下讲述的故事也是如此,倘若有人因为这些故事,生出了不好的念头,或去做坏事,我也没有办法阻拦。且不说故事本身可能有一些不太恰当之处,就是一篇绝佳的故事,如果被其他人歪曲,或者扯出些其他负面的东西,也都会变成错的事情了。倘若有人想要从这些故事里汲取一些对自己有益的东西,那么我相信这部作品也会让他们满意。这些故事是为了某些特定的读者而作的,只要在恰当的时间阅读,那么他们一定会觉得,这本书既有好的作用又非常得当。

如果哪家的小姐特别喜欢早晚祷告,循规蹈矩,像她祖母一样特别喜欢做些小糕点孝敬神父,热爱忏悔,那么就随她们的便,谁也没有特别希望她们来阅读我所写的故事。尽管像这样一帮女圣徒,某些时候自己也会说一些好听好看的话,或者做出类似事情来。

有一些夫人或许会讲,倘若能把这书中的故事删掉一些,或许会更好些。没错。但是我没有这个能力,别人是怎么讲的,我就原封不动记录下来。你们这样的提议的,理应告诉那些讲故事的人,让他们把这些故事讲规矩些,那么我写出来肯定也就规矩得多。倘若有人觉得这些故事出自我之笔,全是我编的(事实上并非如此),那么即便这些故事可能不是每一篇都那么典雅,我也不觉得有什么羞愧的。毕竟除了天主之外,这个世界上再没有什么其他人能创造出毫无瑕疵的东西。我们就以查理大帝举例子吧,最开始他册封了"派拉亭骁士",但最终也只是封了十二个骑士,说到底,他也召集不起不到能足以编成一支军队的骑士。这个大千世界,缤纷多姿,哪有千篇一律的东西呢。一块再好的田地,不管你怎么勤奋耕种,那美丽的稻子和麦子中间,也总会生出荆棘和杂草。

而且,我所写的这些故事,针对的人群大多是你们这帮没什么心机的小姑娘,倘若我想尽办法,故意去说什么比较有深度、渊博的道理,跟你们文绉绉、死板地掰扯一番,那我真是个愚蠢的家伙了。把这本故事集翻开,你们可以随便选自己喜欢的去读,不喜欢的可以丢到一边去，为了避免读者看到不想看的，在每篇故事之前，都加了一段简短的介绍，好说明这些故事的大概意思。

还有一些人肯定会觉得，这几篇故事长得离谱，那么我还要再告诉他们一遍：如果一个人手里有正经事要干，却把那正经事丢到一边，仔细阅读我这本故事集，即便里面的故事都很短，那也简直太愚不可及！自我开始创作这本书直到现在全部完工，前前后后隔了很长一段时间，但是我还记得最开始我写这本书的目的，就是献给那些无所事事的夫人和小姐，可不是给其他人的。倘若你读这本故事书的目的是为了消磨时光，肯定能够如愿以偿，并不会觉得这些故事太长了。用简短的话说完中心思想，这主要是对于大学生才比较合适，他们要在自己学业上费心，要把时间放在有益的事情上面，不能随便浪费。可是各位夫人小姐，你们用不着这样，你们的生活中只有恋爱，除此之外实在太闲了，你们也不需要到雅典、波洛尼亚，甚至巴黎去求学，那么还是跟你们说得再细致一些吧——毕竟你们跟那些拥有很高才能的博学志士是不同的。

我猜测你们之间肯定还会有人这样说道：在这个故事中，有关于戏谑搞笑的因素实在太多，仿佛并非出自一个庄严自重的人。他们这么说，是因为对我的一片好心，担心我的名誉受损，我会感谢他们，并且我已经谢过了。可是面对他们的指责我要这样说：我得承认我非常自重，并且人们很尊重我，但对于那些并不尊重我的女性，我还是干脆承认吧——我不是一个庄重的人，我就是一个贱骨头，甚至轻贱到可以漂浮在水面上。你自己想想，最近神父在讲明道义、指责世俗间存在的罪恶时，也会尽量多说些笑话、开些玩笑，那我原本写这本故事书的目的，就是为了给女人们解闷儿的，在里面写些笑话，根本不值得奇怪呀。倘若担忧她们因为这些笑话出现毛病的话，那么只需要打开耶利米的《哀歌》、救主的受难、曼丽·玛大琳的哀哭等各种书本儿，保管她们马上就好起来了。

并且，毋庸置疑，还会有一帮人说我在某些地方写出了神父真实的面孔，就说我诬告于人。但说这话的人，我还是谅解他们，毕竟要断定他这样说并非出于正义而是另有居心，那也太令人难以相信了，所有人都知道，神父是好人，毕竟他们敬重天主，所以不甘心一贫如洗。等到蓄水池里的水满了，他们就能推动磨盘，可是从不会在他人面前自卖自夸。倘若不是每个人身上都带些羊骚味儿，那真是令人无可指摘的伴侣。

　　尽管我这样说,但是我还得认可,天底下所有的事情都是在变的,说不定我的舌头到时候也会变化。我根本不敢相信自己做出的判断(只要遇到我自己的事儿,我总是尽量避免加入自己的主观见解),可是没多久之前,我的一位美丽的邻居告诉我,她觉得我的嘴巴是这个世界上最甜蜜的东西,有最美妙的舌尖。说实话,她告诉我这句话的时候,我这部故事差不多快要完结,而对于那一帮对我进行攻讦的人,我就只能答复到这里,再也不多说什么了。

　　每一位小姐和夫人,如果阅读了我所写的这些故事,可以任凭自己的心意发表看法和建议。我呢,写到此处就要放下我的笔杆子了。我非常感谢天主,感恩天主对我的帮助和指引,使我用了几年时间,费尽心血,总算完成了自己的心愿。

　　可爱的诸位小姐和太太,但愿天主的仁慈平静能够保佑你们。如果你们读完整本书的故事,能够得到一些有利的收获,那么请不要忘记我呀。